닫힌 텍스트, 갇힌 여성들

계몽의 시대, 여성 담론과 여성교육

닫힌 텍스트,
갇힌 여성들

계몽의 시대,
여성 담론과 여성교육

김경남 지음

성균관대학교
출판부

머리말

한국여성연구소(1999)에서 펴낸 『새 여성학 강의』를 참고하면, 한국 사회에서 이른바 '여성학'은 1970년대 이화여자대학교에서 '여성학 강좌'를 개발하면서 성립되기 시작한다. 이후 다양한 여성문제들이 여러 분야의 연구소와 전문가들을 통해 숙고되었다. 하지만 여전히 여성학과 여성문제에 대해서는 기본 개념부터 혼란스러울 때가 적지 않다.

여성학 전공자들이 파고드는 주제들을 들여다보면 이러한 난맥과 복잡성이 잘 드러난다. '평등과 해방의 개념', '성차와 성차별의 구별', '남성문화와 여성문화의 구별' 같은 본질적 문제뿐 아니라 '정치와 권력', '법과 사회', '경제와 복지' 나아가 '성별 언어' 등까지 여성학의 논의 대상과 차원에는 제한이 없다. 이 책 또한 여성문제의 한 갈래로서 여성교육의 역사성을 고찰해본 것이라할 수 있다. 초점을 맞춘 시기는 우리의 근대 이후 일제강점기다. 책의 얼개는 다음과 같다.

서장 '근현대 여성교육과 여성문제 연구 방법'은 연구의 필요성과 목적, 연구 대상과 방법을 서술한 장이다. 이 장에서는 '근현대', '학문', '계몽' 등의 기본 개념과 '여성 담론', '여자교육' 등의 개념을 확정하고, 주된 연구 방법으로 양적 연구와 질적 연구를 병행하고 있음을 밝혔다.

제1장 '근대 계몽기 여성 담론과 여자교육'에서는 1880년대부터 1910년 사이의 여성 담론과 여학교, 교과서를 중심으로 분석했다. 미리 짚어두건대 이 장에서 근대 여학교를 지칭하면서 '여자교육'이라는 용어를 사용했는데, 그 까닭은 이 시기 여학교에서 '여성교육'이라는 용어를 사용한 예가 없었기 때문이다. 이 장은 여자교육 관련 교과서의 유형과 독본, 수신류 교과서의 내용 분석이 중심을 이룬다.

제2장 '일제강점기 여성 담론과 여성교육'에서는 『매일신보』, 『동아일보』, 『조선일보』 소재의 여성 담론과 교육 자료를 대상으로 시대별 여성문제와 교육 실태 등을 파악하는 데 집중했다. 그 과정에서 1910년대의 경우 '식민지 여성 만들기'의 문제를 중점적으로 다루었으며, 1920년대 이후는 가정교육, 교육정책과 맹휴, 여학생 담론 등을 분석하는 데 집중했다.

제3장 '일제강점기 여성교육용 자료의 분포와 내용'에서는 학교교육을 중심으로 식민정책과 여자교육독본, 청년운동과 농민독본류의 여성교육, 식민지 농촌정책과 부녀교육, 신문 연재물과 계몽독본 분석에 초점을 맞추었다. 일례로 조선교육령 및 여자고등보통학교 규칙의 '조선어과' 요지에 따라 편찬된 교과서인 『여자고등조선어독본』이 식민지 여성관을 실현시키는 선명한 도구였음을 설명했다. 무엇보다 청년운동과 농민독본, 신문 연재 독

본에 당시 여성문제를 반영한 진취적인 교육 내용이 거의 등장하지 않는다는 사실은 일제강점기 여성교육이 갖는 한계를 분명히 드러내는 지점이었다.

제4장 '일제강점기 여성잡지와 여성교육'은 1910년대부터 1930년대까지 여성 독자를 대상으로 발행된 35종의 여성잡지를 분석한 장이다. 이 장에서는 여성잡지의 시대적 변화, 잡지 속에 등장하는 여성문제를 주제 삼아, 여자교육 문제와 여성교육 담론을 객관화하는 데 목표를 두었다. 주목할 점은 1920년대와는 달리 1930년대 여성잡지의 경우 흥미, 오락적 경향을 보이면서도 '강좌, 강화, 독본, 교과서' 등의 명칭을 사용한 교양물이 다수 등장한다는 점이다. 이 책에서는 이들 자료를 좀 더 객관적으로 분석해보고자 했다.

제5장 '일제강점기 여성교육의 구조와 본질'에서는 앞선 논의들을 종합하여, 교육 현실과 여성교육의 문제, 그 내용과 특징을 분석하는 데 중점을 두었다. 조선총독부의 『여자수신서』를 비롯하여, 신문 잡지 소재 '독본류 자료'를 중점적으로 살폈으며, 이 시기 여성문제 가운데서 중요하게 다뤄진 '노동'과 '성차별(성교육)' 문제에 보다 심층적으로 접근했다.

식민지 시대의 여자교육과 담론이 광복 이후 한국 사회에 어떤 영향을 미쳤는지를 살펴보는 일 또한 중요한 과제다. 제6장 '식민지 여성교육과 광복 이후 여성 담론의 변화'에서는 일제강점기 제도로서의 여성교육(여학교 제도)과 여성 담론의 본질을 규명하고, 식민지 여성교육의 본질과 수탈 구조, 군국주의 일제의 패망 이후 과도기적 상황에 반영된 여성 담론의 특징 등을 논의 대상으로 삼았다.

당초의 원대한 연구계획이 좌절될 때마다 안고수비(眼高手卑)를 거듭 절감했고, 좀 더 천착해야 할 문제가 무엇인지 집필 과정에서 인지했다. 이를 후속 연구의 출발선으로 삼겠다. 아울러 운영에 하등 도움이 안 될 줄을 알면서도 기꺼이 출간을 맡아주신 성균관대학교출판부에 감사드린다. 그리고 이 땅의 이름 없는 여성으로 태어나 엄마라는 이름으로, 희생의 아이콘으로 평생을 살아오다 이제 좁은 병상에 몸을 맡긴 나의 어머니께 이 책이 다소나마 위로가 되길 간절히 소망한다.

2024년 겨울
저자

목차

일러두기

1. 신문, 잡지, 교과서 등 자료의 인용은 당대 표기를 그대로 사용했다.
2. 인용문 가운데 강조는 필자의 것이다.

서장

근현대 여성교육과
여성문제 연구 방법

1. 연구의 필요성과 목적

이 책은 근대식 학제 도입 이후 일제강점기(및 직후)까지 여성 계몽운동에 사용된 독본의 내용과 분포를 통해, 계몽시대 여성운동의 특징과 한계를 분석하는 데 목표를 둔다. 우리나라에서 '여성운동' 또는 '페미니즘'이라는 용어가 쓰이기 시작한 것은 1920년대로 추정된다. 1922년 6월 13일부터 30일까지 『동아일보』에 연재된 「부인문제 개관」이라는 연재물에서 월마 마이클의 저서 『건전한 훼미니즘』을 소개하고 있는데, 이 기사 이전에는 여성문제를 페미니즘의 관점보다 '여자교육' 또는 '부녀교육' 차원에서 다루었다.[1] 그러다 1898년 순성여학교 설립 운동이 본격화되면서부터 근대식 학제 이전의 '이화학당'에서처럼 일부 선교사들이 제기한 여자교육 문제가 사회 전반적인 문제로 확산되기 시작했다.

여자교육 문제는 본질적으로 '남녀동등권' 개념을 기반으로 한 사회문제였지만, 1900년대 이후 일제강점기 내내 여자교육용 독본(讀本)에는 전통적인 부덕(婦德) 중심의 부녀교육과 애국계몽시대 인물 중심의 애국여성 담론, 국권 침탈과 식민 시

『녀ᄌ독본』 겉표지(1908)

대 근로여성 이데올로기 등이 혼재되어 있었다. 이는 1900년대
발행된 다수의 『가정독본(家庭讀本)』이나 여학생을 대상으로 한
『초등여학독본』, 『여자독본』, 『부유독습』 등을 통해 확인할 수
있다. 나아가 일제강점기 남궁억의 『가정독본』, 이만규의 『가
정독본』, 조선총독부 발행 『여자고등조선어독본』, 『동아일보』
소재 「새며느리독본」, 「어머니독본」, 「가정독본」, 「화장독본」,
『조선일보』 소재 「주부영양독본」, 「주부간호독본」 등을 통해서
도 확인 가능하다.

　관련한 선행 연구들을 종합해볼 때, 1900년대 이후 일제강점

기까지 여자교육용 독본 연구는 여성운동사나 국어교육사 연구
차원의 편린으로 다뤄진 경향이 우세하다. 독본 연구가 활성화
되면서 일부 독본이 현대문으로 옮겨지기도 했으나, 근본적으
로 여성운동사 차원의 연구에서는 남녀동등권이나 페미니즘을
지나치게 부각하고자 한 경향이 있으며, 국어교육사 차원의 연
구에서는 특정 텍스트의 내용 분석에 치우친 연구가 많았다.

무엇보다 이 시기는 상황에 따라 논조는 다르지만, 학교 확장
과 지식 보급의 필요에 따른 계몽 이데올로기가 중심을 이루는
때였다. 이는 갑오개혁 이후의 학교 확장론, 국권 침탈 시기의
애국계몽론, 일제강점기 식민 지배자들의 조선인 지배 이데올
로기 전파와 조선인의 민중·문화운동 등을 통해 확인할 수 있
다. 요컨대 계몽 시대에는 시대 상황에 따른 다양한 이데올로기
들이 혼재되어 있었거니와, 거시적 맥락에서 이러한 이데올로
기의 스펙트럼을 고려하지 않으면, 당시 여성교육 문제를 객관
적으로 분석하기 어렵다.

이에 이 책은 갑오개혁기, 애국계몽기, 일제강점기(및 직후) 독
본 교과서 그리고 신문·잡지 소재의 여성 관련 연재물 텍스트
들에 주목하면서 여자교육 담론의 변화상을 분석하는 데 중점
을 두었다.

2. 연구 방법과 대상

1) 연구 대상과 범위

이 책은 2014~2017년 추진되었던 한국학중앙연구원의 근대 총서 개발 프로젝트인 '한국 근현대 학문 형성과 계몽운동의 가치'의 연속선상에서 1900년대부터 일제강점기까지의 여성운동과 여성 계몽에 활용된 독본 분석을 목표로 삼고 있다. 근대 총서 개발 작업에서는 지식 산출을 위한 학문 연구 방법론과 한국 계몽운동의 특징을 중심으로 7종의 총서를 개발했는데, 이 책에서도 당시 사용한 연구 방법을 적용했다. 그 총서에서 기본 전제로 사용한 용어들의 개념은 다음과 같다.

> **근대 총서에 적용된 기본 개념**
> · 근현대: 역사적인 의미에서 근세 이후 형성된 "과학적 지식, 경제적 상호 의존, 인문주의, 민주주의, 민족주의, 세계주의"를 특징으로 하는 '근대' 이후로부터 외형적으로 현대의 특징을 보이는 일제강점기까지. 좀 더 구체적으로 말하면 1876년 개

항 이후로부터 1945년 광복에 이르는 시기

· 학문: 과학적 탐구 방법에 의해 탐구된 지식이나 그 지식을 산
출하기 위한 활동. 좀 더 넓게는 이와 관련된 논문이나 논설,
저서들

· 계몽: 지식의 보급이나 국민 계발을 목적으로 이뤄지는 계도
적(啓導的)인 모든 활동. 계몽의 주체와 목적, 객체에 따라 계
도 방식이 다르더라도 '계도'를 목표로 한 활동을 모두 포함

근대 총서는 근대 이후로부터 일제강점기까지의 분과 학문 형
성 및 계몽운동의 역사를 기술하고, 그 의미를 고찰하는 데 목표
를 두었다. 이를 기반으로 하여 이 책에서는 근대 계몽기로부터
일제강점기(및 직후)까지의 여성교육 담론과 텍스트를 분석하는
데 목표를 둔다.

여성학이 학문 연구의 한 분야로 정착된 오늘날, '여성운동',
'여성교육', '페미니즘' 등의 단어는 특정 분야의 전문용어가 아
니라 일상어로서 누구나 쉽게 들을 수 있는 것들이다. 사실 우리
나라에서 여성이라는 용어가 본격적으로 사용되기 시작한 때는
1920년대 전후로 보인다. 이와 관련하여 김경남(2020)에서는 조
선왕조실록의 경우 보편적으로 여자를 나타내는 용어가 '여(女)',
'여자(女子)' 또는 '부녀(婦女)'였음을 지적하고, 1920년대 신문·잡
지류에서 '여성'이라는 용어가 본격적으로 번지기 시작했음을 밝
힌 바 있다. '페미니즘'이라는 용어도 마찬가지다. 예를 들어 『조
선일보』 1929년 12월 4일자부터 11일자까지 7회에 걸쳐 연재

된 정철(鄭哲)의 '여권운동(女權運動)의 사적 고찰'이라는 논문을 보면, '여성 참정권 운동', '법률상의 평등한 지위 획득 운동' 등 세계 여성운동사를 소개하면서 '여성운동'을 '페미니즘(Feminism)' 이라고 칭한다.

하지만 근대 계몽기로부터 일제강점기까지 여성운동은 '여성'이라는 명칭보다 '여자', '부인', '부녀' 등의 용어를 보다 일반적으로 사용했다. 이 점은 '이화', '동덕', '숙명'과 같이 '여자대학'이나 '여자고등학교' 등의 교명에서도 확인된다. 이들 학교명은 개교 당시의 이름이 그대로 이어지고 있는 것으로서 전통적으로 '여성'보다 '여자'라는 용어가 더 친숙했음을 보여주는 사례가 된다.

이러한 차원에서 '여자'와 '여성', '부인'과 '부녀', '여성운동', '페미니즘' 등의 용어는 좀 더 검증하여 사용해야 할 용어임에 틀림 없다. 사전적 의미에서 '여성'은 "성의 측면에서 여자를 이르는 말"로 풀이되어 있다. 주목할 점은 '여성'이라는 개념의 형성 과정인데, 적어도 이 용어는 일제강점기 이전에는 사전에 등재된 단어가 아니었다. 예를 들어 1880년 파리외방전교회에서 편찬한 『한불자전』이나 1897년 제임스 스카트 게일이 편찬한 『한영자전』에는 '여자'나 '여성' 등의 낱말이 등장하지 않는다. 그 대신 '부인(婦人)'이나 '부녀(婦女)'는 표제어로 선정했는데, 『한불자전』의 경우 '부인'은 'Femme, dame'에 해당하는 말로 "고귀한 지위를 가진 결혼한 여인"이라고 풀이했으며, '부녀'는 'Femme'에 해당하는 말로 '부인'과 같은 뜻으로 풀이했다. 이러한 흐름은 1931년 게일의 『한영대자전』에서도 마찬가지다. 이 사전 제3판은 '부인, 부인교풍회, 부인기자, 부인과, 부인병원, 부인석, 부인해방' 등의 표제어를 선정하고, '부인'을 'wife' 또는 'women'에 해당하는 말이라고 밝혔다. 대신 '부녀'는 'A lady, a gentleman's wife'에 해당하는 말로 '지어미, 계집'의 의미를 갖고 있으며 '안악네'와 같은 의미라고 했다.

사전에 '여성'이란 단어가 처음 등장하는 것은 1938년 문세영의 『조선어사전』(영창서관)인데, 이 사전에서는 '여성'을 "① 여자의 성질 및 체질, ② 여편네, 여자"라고 풀이하고, '여자'는 "여편네, 계집애의 총칭"이라고 풀이했다. 이 풀이는 '여자'라는 용어가 신체 구조상 '남자'와 대립되는 자연발생적 용어임에 비해, '여성'이라는 용어는 성차별과 여성에 대한 억압문제 등이 제기되면서 등장한 용어임을 보여준다. 그리하여 이후 국립국어원의 『표준국어대사전』에서도 '페미니즘'을 "성별로 인해 발생하는 정치·경제·사회·문화적 차별을 없애야 한다는 견해"를 의미하는 사회 일반의 전문용어로 규정하고 있다.

이와 같은 배경에서 이 책에서는 '여성 담론'과 '여자교육'이라는 용어를 사용한다. '담론'이란 일반적으로 "이야기를 주고받으며 논의하는 것"을 의미한다. '담론'이란 표현은 언어학에서 'Discourse'를 지칭한 것으로, 다수의 사회언어학자들은 'Discourse Analysis'를 담화분석이라고 번역한다. 그런데 개념사 연구가 활발해지면서 '담론'은 사회적으로 관심사가 된 주제에 대한 논의 또는 논쟁을 포괄적으로 지칭하는 용어로 굳어졌다. 개념사의 특징을 연구한 나인호(2011)에서는 담론이 "① 일반적 수준에서 담화나 말하기 혹은 하나의 텍스트를 구성하는 문장들, ② 동일한 정치철학을 공유하는 이들이 쓴 텍스트와 발언의 공통적 특징, ③ 문장 및 텍스트가 구조화된 의미 관계 속에 놓여 있는 텍스트의 조합, ④ 특정 시대의 특정 지식을 만들어내는 제도화된 말하기 방식 및 생각의 방식" 등으로 이해될 수 있는 가능성을 제시했다. 이 가운데 ④는 개념 형성이나 변화 과정을 규명하는 적절한 관점이 된다. 이러한 맥락을 활용하면 이 책에서 사용하는 '여성 담론'이란 근대 이후 성차별과 여성 억압 및 여성해방을 부르짖는 새로운 관념의 형성 과정에 등장하는 논의들을 포괄하기에 적합하다.

'여자교육'이라는 용어는 근대 이후 빈번히 사용되었다. 이 용어는 선언적일지라도 '남녀동권(男女同權)' 개념이 등장하고, 여성의 사회적·국가적 역할이 강조되면서 '여자를 대상으로 한 교육의 필요성'을 주장하는 담론에서 주로 나타난다. 이러한 담론은 근대 이전 여자를 대상으로 한 공식적인 교육이 없었고, 서세동점의 위기 상황과 국가 개념이 재정립되는 과정에서 여자를 교육하지 않으면 문명부강을 이룰 수 없다는 논리를 바탕으로 한다. 이러한 논리는 일제강점기에도 자주 등장하는데, 그 배경에는 '국가주의', '애국담론' 등이 깔려 있었다.

그러나 '여자교육 담론'은 페미니즘적인 성차별론이나 여성해방론과는 다소 차이가 있었다. 적어도 한국 여성운동사에서 성차별적 입장에서의 여자교육론, 즉 '여성교육 문제'가 등장한 것은 1920년대 이후의 일이다. 이를 고려하면 근대 이전 왕실이나 사대부가를 중심으로 한 '부녀교육(여자교육)'과 근대의 '여자교육', 1920년대 후반부터 본격화된 '여성교육' 등은 역사적 맥락에서 일정한 변화와 발전의 모습을 보인 것으로 추정할 수 있다. 이를 고려하여 손인수(1971)의 『한국여성교육사』, 김혜경(2002)의 『한국여성교육사상 연구』 등의 저술에서는 '여성교육'이라는 용어를 자연스럽게 사용하기도 했다.

그런데 '여성교육'이라고 할 때에는 '여성'이라는 용어에 '성차별에 대한 저항'이나 '여성해방' 등의 의미가 전제되어 있기 때문에 근대 계몽기로부터 일제강점기의 여자교육 담론 및 텍스트를 분석하는 데 혼선을 빚어낼 가능성이 있다. 그리하여 이 책에서는 여자를 대상으로 한 교육을 포괄적으로 '여자교육'으로 지칭하고, 그 가운데 '여성'의 의미를 강조한 교육 담론과 텍스트의 내용을 분석할 경우에는 '여성교육'이라는 용어를 제한적 의미로 사용하고자 한다. 이상의 논의를 종합해 이 책에서 사용하는 '여성 담론'과 '여자교육'이라는 용어를 정리하면 다음과 같다.

'여성 담론'과 '여자교육'의 개념

· 여성 담론: 근대 이후 성차별과 여성 억압 및 여성해방을 부르짖는 새로운 관념의 형성 과정에 등장하는 논의를 포괄적으로 지칭하는 용어

· 여자교육: 여자를 대상으로 한 교육 담론 및 교육 내용을 포괄적으로 지칭할 때 사용하는 용어이며, 그 가운데 '여성운동' 차원의 교육 담론을 의미할 경우 '여성교육'이라는 용어를 사용함

'여성 담론'이 여성에 대한 새로운 관념 형성과 관련된 논의를 포함한다고 할 때, 근대 이후 여성 담론에는 각 시대별 특징이 나타난다. 즉, 1880년대로부터 1910년에 이르기까지 국가주의와 애국 담론 하의 여성 담론은 근대 이전의 부녀·부덕(婦德) 담론과 큰 차이를 보이며, 일제강점기에도 강점 초기로부터 1926년 이전의 문화운동과 1926년 여성단체 출현 이후의 여성 담론 사이에는 적지 않은 차이가 나타난다. 강점 초기로부터 1920년대 전반기까지 여성 담론이 일반적인 문화운동의 영향 아래 놓여 있었다면, 1926년 다수의 여성단체가 출현한 뒤로부터는 '성차별', '여성 직업문제', '여성 참정권문제' 등 다양한 이슈가 등장하는 시대가 되었다.

　물론 여성운동사에 등장하는 다수의 여성문제가 그 자체로 여자교육 텍스트에 반영되는 것은 아니다. 왜냐하면 교재가 지닌 보수성이나 국가 통제력 등의 요소가 사회적으로 민감한 여성문제를 직접 반영하기 어려운 경우가 많기 때문이다. 따라서 신문·잡지 등의 대중 매체를 중심으로 한 여성 담론 분석과 교과서 등의 텍스트를 중심으로 한 여자교육 분석 사이에는 일정한 거리가 놓일 수밖에 없다. 이 책에서는 대중 매체와 교과서(근현대 여자교육용 교과서)를 중심으로 여성 담론과 여자교육의 관계, 여자교육의 실체와 변화 과정 등을 객관적으로 기술하고 분석하는 데 중점을 두고자 한다.

2) 연구 방법

연구와 집필은 세 단계를 밟았다.

제1단계 기초 자료의 수집과 정리 작업(DB구축)은 근대 계몽기(여자교육 담론이 본격화된 1895년 이후부터 애국계몽기까지)와 일제강점기(1910~1945)로 나누어, 신문·잡지의 기사 및 논설, 교과서 및 단행본 서적 목록 및 내용을 체계화했다.

이 책에 정리해놓은 근대 계몽기 여자교육 담론은 『독립신문』, 『제국신문』, 『황성신문』, 『대한매일신보』, 『만세보』 소재 자료 60편과 아세아문화사 《개화기 잡지 총서》 소재 30편 등 100여 편에 이르며, 분석 대상으로 삼은 교과서는 여자교육용 독본 3종(『초등여학독본』, 『녀ᄌ독본』, 『부유독습』), 가정학 3종(『국문신찬가정학』, 『신편가정학』, 『쇼ᄋ교육』), 여자교육용 수신서 2종(『녀자소학슈신서』, 『여자수신교과서』) 등이다. 일제강점기의 여성운동 및 여자교육 담론은 『매일신보』, 『동아일보』, 『조선일보』 및 『개벽』, 『동광』, 『별건곤』, 『삼천리』 등의 종합잡지, 『여성』, 『신여성』, 『신가정』 등 여성 독자를 중심으로 한 잡지 소재 400건이 정리되어 있다. 또한 이 시기 『동아일보』에 연재된 「어머니독본」(1938.4.8~1938.7.18, 23회), 「가정독본」(1939.7.6~9.25, 38회), 「화장독본」(1933.10.12~10.28, 12회), 「새며느리독본」(1937.10.29~12.3, 32회), 『조선일보』에 연재된 「주부영양독본」(1937.3.21~3.26, 7회), 「주부간호독본」(1938.3.11~3.19, 9회) 등을 정리했다.

단행본 및 교과서는 1895년 이후 발행된 독본 25종, 수신교과서 13종에 소재한 여자교육 내용을 추가 분석 대상으로 삼았다. 아울러 일제강점기의 경우 농민독본, 부인강습회 강의록, 조선총독부 편찬 조선어독본, 조선 부녀자를 대상으로 한 부업(副業) 장려 관련 서적 등을 추가하여, 식민시기 여성운동과 정책이 갖는 특징을 객관적으로 분석할 수 있도록 했다.

제2단계 시기별 여성운동과 여자교육의 전개 양상 기술 작업에서는 계량화 기반의 양적 연구 방법을 선택했다. 이 방법은 커뮤니케이션 이론에서 필연성과 연계적 설명을 위한 방편으로 적합하다. 이해를 돕기 위해 스테판 W. 리틀존(2005)이 『커뮤니케이션이론』에서 구분해 사용한 '인과적 필연성'과 '실용적 필연성' 개념으로 설명해보자면, 전자는 사건에 대한 원인과 결과의 필연성을 전제하지만, 후자는 어떤 목표를 달성하기 위한 의도적 행위로서 '행위와 결과'의 관계를 중시한다. 여성운동과 여자교육 문제는 사회학적 견지에서 다양한 필연성이 존재하는 영역이어서 연구자의 관점이나 의도가 개입될 가능성이 높아진다. 이러한 주관성을 최대한 억제할 수 있는 메커니즘 중 하나가 계량화에 따른 양적 방법론이다. 즉, 여성운동 및 여자교육 담론을 계량화하여 시대별·매체별·주제별 분포도를 작성하고, 그에 따른 연계 자료를 대응하여 설명해가는 방식이다. 이 책은 이와 같은 방식을 통해 각 매체별로 '남녀동등권(평등권)' 개념의 등장과 여자교육의 필요성 및 학교 확장론의 급증 현상을 확인할 수 있었다. 하지만 그런 와중에도 여자교육용 교재의 개발과 보급은 남자교육용에 비해 현격히 부족했다. 허재영 엮음(2017)의 『근대 계몽기 학술 잡지의 학문 분야별 자료』 권9에서 보듯이, 이 시기 교과용 도서 464종 가운데 여자교육을 위한 것은 불과 10여 종뿐이다.

통계 프로그램을 활용한 양적 방법론은 일제강점기 여성운동 분석에서도 유용하게 적용될 수 있었다. 특히 식민 정책 차원에서 '부녀운동', '근로여성', '모범촌과 부업 장려' 등의 이데올로기는 매체의 특성(『매일신보』 대 『동아일보』와 같이)이나 계몽운동의 목표와 대상에 따라 다양한 해석이 이뤄질 가능성이 높은 소재다. 즉, 이 영역에서 특정 인물을 부각하거나 특정 활동을 강조할 경우, 실용적 필연성에 집중한 결과 연계적 설명이 약화될 가능성이 높아져버린다. 물론 여성운동과 여자교육에 대한 인물사 또는 단체의 활동을 중심으로 한 질적 연구가 그 나름대로 가치를 갖는 것은 틀림없다. 그러나 1920년대부터 1940년대에 이르기까지 『매일신보』 소재 논설 및 기사류에 등장하는 '부인강연회', '여자 유학생', '산업제일주의', '자력갱생', '직업교육', '부업 장려' 등의 키워드는 그 무엇보다 우선하여 식민시기 여성 노동력 착취와 밀접한 관련을 맺고 있었다. 이와 같은 관점에서 1920년대 이른바 문화운동 차원의 계몽 이데올로기, 신여성(모던 걸) 담론 등도 계량적 경향 파악을 통해 일정한 흐름과 의미를 다시 읽어낼 수 있었다.

제3단계에서는 여자교육과 관련된 교재에 집중했다. 근대 계몽기의 수신서 및 독본, 가정학 교과서를 대상으로 교재의 구성과 교과 내용 등을 중점적으로 분석했으며, 일제강점기 경우엔 '조선어(급한문)' 교과서(특히 1922년 신교육령 시기 『여자고등조선어독본』 1~4)를 중점적으로 분석했다. 이와 함께 『동아일보』, 『조선일보』 등에 연재된 독본 자료들(「어머니독본」, 「새며느리독본」, 「가정독본」, 「주부영양독본」, 「주부간호독본」 등), 『시문독본』, 『대중독본』과 다수의 농민독본 등에 포함된 여자교육 관련 단원을 분석 대상으로 삼았다.

분석 과정에서는 주제어별 빈도수를 추출하는 텍스트 마이닝 기법을 사용했다. 이 방식은 각 교과와 교재별로 여자교육의 내용상 특징을 도출하는 데 유용했다. 예를 들어, 근대 계몽기 이원긍(1908)의 『초등여학독본』(보문사)은 '독본'이라는 명칭을 사용하고는 있지만, '명륜장(明倫章)', '입교장(立敎章)', '여행장(女行章)', '전심장(專心章)', '사부모장(事父母章)', '사부장(事夫章)', '사구고장(事舅姑章)', '화숙매장(和叔妹章)' 등과 같이 수신(修身)이 중심 내용을 이루고 있다.[2] 더구나 그 구체적인 내용을 들여다보면 여전히 조선시대 부녀교육 담론에서 강조되었던 '여행(女行)'과 '여덕(女德)'이 중심이다. 요컨대 남녀동등권과 전통적인 부녀자 교육 이데올로기가 혼재된 근대 계몽기 전형적인 독본의 양상을 고스란히 보여주고 있었다.

이에 비해 장지연(1908)의 『녀ᄌᆞ독본』(광학서포)은 인물사 중심의 읽기 텍스트에 해당한다. 상권은 우리나라 인물을 대상으로 했으며, 하권은 중국이나 서양 여성을 대상으로 했다. 상권 인물은 전통적인 효부·열부가 중심이지만, 하권에는 진취적인 외국 여성이 다수 등장한다.

흥미로운 건 일제강점기 독본류들인데, 여학생들을 대상으로 하여 '가정', '재봉', '절부(節婦)', '애국부인회(愛國婦人會)' 등과 관련된 단원이 빈번히 등장한다. 이는 식민시기 지배 이데올로기의 영향으로 볼 수 있는데, 이러한 내용은 다른 독본류(특히 부인 강습 자료 및 농민독본류)에도 영향을 준 것으로 보인다. 또한 『동아일보』, 『조선일보』 연재물들이 '어머니', '가정' 등 전통적인 교육 내용을 주로 다루거나 '화장', '주부영양', '주부간호' 등을 대상으로 삼은 점도 일제강점기라는 시대 상황을 반영한 것으로 해석할 수 있다.

3. 선행 연구

이 책과 관련한 선행 연구는 '여성사 또는 여성운동사', '여자교육사', '근현대 독본 연구'라는 세 가지 차원에서 살펴볼 수 있다.

첫째, 한국 사회에서 여성운동에 대한 관심은 1920년대부터 본격화했는데, 이는 『동아일보』에 소재한 다수의 여성운동 관련 논설이나 연재물들에서 확인된다. 예를 들면 1920년 6월 2일자 '여자 해방의 문제'라는 사설이나 6월 21일부터 6월 24일까지 연재된 '자기로 사는 부인' 등의 자료들이다.

반면 여성사나 여성운동사 관련 연구 결과물은 많지 않은데, 초기 연구로 이능화(1927)의 『조선여속고(朝鮮女俗考)』(한림서원), 『조선해어화사(朝鮮解語花史)』(한림서원) 정도를 꼽을 수 있다. 일제강점기라는 시대 상황 속에서 여성사 연구는 여성운동보다 '여속(女俗)'을 주요 대상으로 삼았고, 중심 내용은 '혼구(婚媾)', '혼인 제도', '부녀 산육', '복장 제도' 등이었다. 그럼에도 『조선여속고』는 '여자 권리 칭호 및 계급', '여자 개방 현금 상태', '여자 노력 동작(勞力動作)', '부녀 지식 계급', '여자교육' 등의 문제를 포함하고 있었다. 이후 1928년 1월 6일자 『동아일보』의 「여성운동의 사

『조선여속고』(1927)

적 고찰」, 1929년 8월 15일부터 9월 27일까지 12회에 걸쳐『조선일보』에 연재된 문일평(文一平)의「역사상으로 본 조선 여성의 사회적 지위」등의 논문이 있긴 하지만, 1931년 12월 3일부터 31일까지『동아일보』에 연재된 김병곤(金秉坤)의「조선여속소고(朝鮮女俗小考)」처럼 여속 차원의 연구가 다수를 이루었다. 이러한 경향은 광복 이후에도 상당 기간 지속된 것으로 보이는데, 이태영(1957)의『한국 이혼제도 연구』를 비롯해, 김용숙(1989)의『한국여속사』등도 혼인제도 및 여속을 주제로 한 연구다.

이와 같은 흐름은 1950년대 여성문제를 집중적으로 연구하는 연구소의 출현과 1970년대 이화여자대학교의 여성학 강좌

개설 그리고 '여성학'의 정체성이 확립되는 과정을 통해 한국 여성운동사 연구를 본격화해나간다. 예를 들어, 정효섭(1971)의 『한국여성운동사』, 이현희(1978)의 『한국 근대 여성 개화사』, 김옥희(1991)의 『한국천주교여성사』 등의 저서와 박용옥(1984)의 「한국 근대 여성운동사 연구」, 이승희(1991)의 「한국여성운동사 연구: 미군정기 여성운동을 중심으로」 등의 박사학위 논문이 대표적인 성과라고 할 수 있다. 더욱이 장병인(2007)의 「조선시대 여성사 연구의 현황과 과제」, 정해은(2013)의 「조선시대 여성사 연구 동향과 전문 2007~2013」 등은 여성사 연구의 현황과 과제를 정리한 성과이다.

이러한 흐름 속에서 최근에는 여성 지식인에 대한 관심이 높아지기도 했다. 예를 들어, '여성 지식인'과 관련된 기존의 박사학위 논문 가운데 김순천(2010)의 「조선 후기 여성 지식인의 주체 인식 양상: 여성성의 시각을 중심으로』, 김성은(2012)의 「1920~1930년대 미국 유학 여성 지식인의 현실 인식과 사회 활동』, 장영은(2017)의 「근대 여성 지식인의 자기 서사 연구』 등이 이에 해당한다. 그럼에도 한국 여성사 연구는 초기의 '여속 중심' 또는 이른바 '여류 문인'을 비롯한 소수의 여성 지식인 연구에 한정되는 경향이 있다. 이러한 점에서 이 책은 여성운동과 여자교육의 상관성을 중시하면서 텍스트를 통한 여자교육의 내용과 성격 규명에 집중했다.

둘째, 여자교육사 연구는 이능화(1927) 이후 일제강점기 내내 거의 관심 대상이 아니었다. 1920년대 이후 여성운동 담론은 활성화되었을지라도 여자교육이 활성화되지 못한 식민지 상황에서 역사적 연구가 충실하게 이뤄지지 못했기 때문이다.

한국 여자교육사 연구가 본격화된 것은 1970년대 이후로 보인다. 손인수(1971)의 『한국여성교육사』, 정효섭(1978)의 『한국여성고등교육의 역사적 배경』 등이 초창기 저작들이다. 이후 김경희(1993)의 「한국 여성고등교육기관의 변천과정 연구」, 김인아(1993)의 「한국 여성 사회교육의 사적 고찰」, 송인자(1994)의 「개화기 여성교육론 연구」 등의 한국 교육사 관련 박사학위 논문이 나왔고, 김혜경(2002)의 『한국여성교육사상연구』, 조경희(2009)의 『학교 밖의 조선 여성들: 젠더사로 고쳐 쓴 식민지교육』 등과 같은 여자교육사 관련 논저가 출현했으나, 근대 계몽기부터 일제강점기까지 여자교육 내용을 체계적으로 분석한 연구서는 찾아보기 어렵다. 다만 『규합총서』, 빙허각, 강정일당 등의 여훈서나 여성 인물 연구 등이 다수 존재한다. 이러한 점에서 이 책은 여자교육 담론과 교육기관, 시기별 교육 양상 등을 종합적으로 연구하고자 했다.

셋째, 근현대 여자교육용 교재와 관련한 연구는 한국학문헌연구소 편(1977)의 《한국개화기교과서총서》 20책을 비롯한 자료 영인 보급과 함께, 박붕배(1987)의 『한국국어교육전사』, 이종국(1991)의 『한국의 교과사』, 윤여탁 외(2005)의 『국어교육100년사』 등을 비롯한 교과서 연구가 있었다. 또한 2000년대 이후 교과서로서의 '독본'에 대한 관심이 높아지면서, 구자황·문혜윤 편저(2009)의 『시문독본』을 비롯한 근대독본총서, 이화여자대학

『부유독습』(1908)

교 한국문화연구원(2011)의 『근대 수신교과서』, 『근대 역사교과서』 등이 간행되기도 했다. 특히 근대 여자교육용 교과서인 이원긍(1908)의 『초등여학독본』, 장지연(1908)의 『녀ᄌ독본』, 강화석(1908)의 『부유독습』 등의 교재에 대해서는 영인 작업뿐만 아니라 몇 차례 번역·해제 작업이 이뤄졌으며, 비교적 다수의 연구 논문이 발표되기도 했다.

한편 일제강점기 조선어과 교과서와 관련한 다수의 독본 자료가 영인되기도 했으며, 청년독본 및 농민독본 자료의 발굴과 보급도 비교적 활발하게 전개되었다. 그러나 근대 계몽기의 수신

서와 가정학 등을 포괄한 여자교육용 교재 분석 작업이나 일제
강점기 여자교육용 독본의 분포 및 내용 분석과 관련한 연구 성
과는 충분하지 않다. 더욱이 자료 발굴 및 복원 성과에 비해, 식
민시기 여자교육 상황과 교재의 상관관계에 대한 연구는 양적인
차원에서도 충분한 것으로 보기 어렵다.

이와 같은 차원에서 이 책은 근현대 지식 보급 담론의 하나
인 '계몽의 문제', '여자교육론의 형성과 변화', '여자교육 실현 방
법으로서 수신·독본 텍스트'에 대한 실질적 분석 작업을 단계별
로 진행했다. 이를 바탕으로 근현대 여성운동과 여자교육의 변
화·발전 과정을 객관적으로 분석하고, 각 시기별 여자교육의 특
징과 의미, 나아가 그 한계를 규명하는 데 목표를 두었다.

근대 계몽기 여성 담론과
여자교육

1. 여성관의 변화

여성을 어떤 눈으로 바라볼 것인가는 시대에 따라 큰 변화를 보인다. 근대 이전 『여사서』나 『여소학』 등의 여자 교훈서에 흔히 보이는 '건곤의 덕과 음양의 도'에 따라 남녀의 분별이 이뤄지고 이를 바탕으로 부덕(婦德)을 지켜야 한다는 여성관과, 남녀의 차이가 천부(天賦)에서 비롯된 것이 아니라 학(學)과 불학(不學)의 차이에서 비롯된 것이므로 여자에게도 교육이 필요하다는 이른바 근대적 여성관 사이에는 커다란 시각차가 존재한다.

근대 계몽기 여성관의 변화에 대한 상당수의 선행 연구에서는 '부덕'과 '부의(婦儀)'를 강조하는 전근대적 여성관이 변화하는 과정에서 '실학사상'이나 '천주교의 역할'을 자주 거론한다. 일찍이 '한국 여성운동 소사'를 정리한 최민지(1972)에 등장하는 "17~18세기로부터 밀어닥친 세계 사조에 힘입어 우리나라의 여성세계에서도 파문이 일어났으니, 제가(齊家)의 책임만을 강조하면서 여성의 생활 전반을 통제하던 유교적 윤리와 조선 왕조가 자체 내의 여러 모순으로 균열되고, 동시에 천주교와 서양 문물의 유입으로 근대화와 개화라는 사회변동을 맞으면서 마침내

이화학당 수학수업(1908)

전통사회의 고루한 여성관을 뒤흔들기 시작했다"[1]라는 진술이
나, "철저한 유교사상으로 고정화된 사회관념 하에서 여성의 개
화성이 나타나기 시작한 것은 천주교와 동학이 싹튼 뒤부터였
다. 천주교는 일명 서학이라고도 생각한 것으로 윤리, 도덕과 그
생활규범을 부인함을 특징으로 했다. 여기서 사족의 부인이 그
남편과 가족을 외면하고 천주에 귀의했고, 전도생활에 종사함으
로부터 여성의 개화성은 서서히 싹트기 시작했으며, 천당 사상
은 빈부귀천 남녀노유의 구별을 가리지 않아, 유교 사회질서에
중대 위협을 가하게 되었던 것이다. 천주교가 전래 수용되면서
여성의 지위가 급선회로 변화를 가져온 뒤 개항과 더불어 일본

과의 교류는 또 하나의 새로운 여성을 의식하게 되었다"[2]라는 언급이 이를 증명한다. 뿐만 아니라 다수의 논문에서도 이와 비슷한 연구 경향을 찾아볼 수 있는데, 권경애(1999), 이배용(2003), 김현우(2016) 등[3]에서 실학사상과 천주교의 영향을 살핀 것도 이 범주에 포함될 것이다.

이와 같은 흐름 속에 1886년 이화학당의 설립, 1895년 근대식 학제 도입, 1898년 순성여학교 설립 운동 등 일련의 과정을 거쳐 1908년 '고등여학교령' 공포에 이르기까지 근대 계몽기 여자교육 담론은 활발히 전개되기 시작했다. 그러나 현실적으로 여자교육의 보급은 더뎠고, 학교 설립이나 교과서 개발도 여러 이유로 한계를 드러낼 수밖에 없었다. 이에 이 장에서는 당시 독본류와 수신서, 가정학 교과서 등을 분석함으로써 근대 계몽기 여성 담론과 여자교육의 실체를 객관적으로 서술해보고, 나아가 그 한계를 되짚어보고자 한다.

2. 근대 계몽기 여성 담론과
여자교육의 변화

1) 근대 계몽기 여자교육 담론

조선 후기 실학자 가운데 여성의 사회적 역할이나 여성의 지위를 직접적으로 거론한 사례는 드물거니와 천주교 교리가 남녀평등을 그대로 암시한다고 보기도 어렵다. 일례로 이익(李瀷)은 《성호사설》 제16권 『인사문(人事門)』의 「부녀지교(婦女之敎)」에서 "글을 읽고 의리를 강론하는 것은 남자가 할 일이요, 부녀자는 절서에 따라 조석으로 의복·음식을 공양하는 일과 제사와 빈객을 받드는 절차가 있으니, 어느 사이에 서적을 읽을 수 있겠는가? 부녀자로서 고금의 역사를 통달하고 예의를 논설하는 자가 있으나 반드시 몸소 실천하지 못하고 폐단만 많은 것을 흔히 볼 수 있다"[4]라고 하여 전근대적 여성관을 견지한다. 이덕무(李德懋) 또한 《청장관전서(靑莊館全書)》 권5 『영처잡고(嬰處雜稿)』「매훈(妹訓)」에서 "여자의 덕은 화순(和順)으로 규칙을 삼으며 언어와 걸음걸이로부터 음식에 이르기까지 한마음으로 하여 게으르지 않는 것이 그 직분[5]"이라고 주장한다. 그가 집안 여자들을 위해 『부의(婦儀)』를 쓴 것은 무엇보다 전통적인 여성관을 바탕으로 여교(女教)가 필요하다고 여겼기 때문이다. 이와 같은 맥락에서 이배용(2003)에서도 여성관의 변화와 관련해서는 실학사상보다 유길준의 개화사상이나 최제우·최시형 등의 여성관에 주목했음을 확인할 수 있다.

여성관의 변화에 관한 천주교의 역할에 대해서는 좀 더 고민해보아야 할 문제가 있다. 이현희(1978)뿐만 아니라 김옥희(1983)의 『한국천주교여성사』 등에서 보이듯, 천주교 전도활동이 여성관의 변화에 적지 않은 영향을 끼쳤음을 강조한 연구는 비교적 많다. 그런데 기독교의 교리 자체가 그대로 남녀평등을 지시하는 것은 아니다. 이러한 관점은 이미 1920년대 여성운동사와 관련한 다수의 논문에서 지적된 바 있다. 1929년 11월 22일부터 12월 10일까지 37회에 걸쳐 연재된 이주연(李周淵)의 「부인문예강화」에서는 마르크스주의 진화론적 입장에서 동서양 어느 종교이든 남녀평등을 교리로 삼는 종교는 없음을 강조하고 있다. 다음 대목은 이를 잘 증명한다.

基督教의 女性觀

이러케 여자를 압제하는 것이 긔독교의 특징이거나 또는 중심되는 교의(教義)는 물론 아닙니다. 모권제도(母權制度)가 업서진 이후 고대 민족들은 거의 공통으로 여자를 압제하얏고 그 고대 문명에 근거를 둔 종교(宗教)들은 여자를 압제하는 교리를 가지는 것이 또한 거의 공통하얏습니다. 그리하야 유교(儒教)도, 불교(佛教)도 모다 여자를 압박하는 교리(敎理)를 가진 것은 긔독교와 백중(伯仲)간입니다. 이것을 자세히 이야기하랴면 너무 길게 될 것임으로 그만두고, 모든 종교가 공통히 여자를 압박하얏슴에 불구하고 특희 긔독교의 녀성관을 이 강화에서 말슴하는 리유는 무엇인가? 하는 데에 대한 대답을 잠깐 말슴하겟습니다. 부인해방운동(婦人解放運動)이 처음으로 력사상에 나타나던 경로를 살핀다면 긔독교를 신봉하는 서구라파의 각 나라에서 처음 닐러나기 시작하얏고, 이들 나라에서 부인해방운동이 처음 닐러나게 되는 리유를 또 알아본다면 긔독교가 여자를 몹시 압박하얏고 그 교리와 사상이 당시 사회 사정에 맛지 안흠으로 이에 대한 구라파 사람의 항쟁이 생겻고 항쟁함으로 각성(覺醒)은 생겻습니다. 그리하야 그들의 각성으로 이루어진 근대 문명(近代文明)의 새벽이 그곳에서 생겨진 까닭입니다. 이것이 부인해방운동을 말할 때 긔독교의 녀성관을 말하지 안흘 수 업는 리유이오 금일 긔독교 국가의 녀성이 동양(東洋) 후진 국가의 녀성들보담 나은 지위를 가지고 잇는 것이 결코 긔독교가 녀성을 존중하는 교리를 가젓기 때문이 아니오 녀성을 압제하는 교리에 대한 항쟁으로 어더진 결과임을 알 것입니다.[6]

유교, 불교, 기독교를 포함한 모든 종교가 여자를 압박하는 교리를 갖고 있음에도, 기독교 문명국에서 여성의 지위가 향상된 것은 교리 그 자체가 아니라 여성 억압에 대한 항쟁과 각성에서 비롯되었다는 게 글의 논지다.

이 점에서 한국의 근대적 여성관은 문명부강한 국가를 건설해야 한다는 시대적 담론으로부터 형성된 것이라고 할 수 있다. 이와 같은 근거는 『한성주보』 1886년 2월 1일자 외보「일본 여자가 김옥균을 도움(日女結援玉均)」과 같은 기사를 통해서도 확인된다.

日女結援玉均

그 뒤 과연 자유당 괴수 오이(大井)·이나가키(稻垣) 두 사람과 깊이 결속하여 불궤스러운 짓을 모의하려 했다. 그리하여 이나가키(稻垣)와 함께 나가사키(長崎)에서 같이 기숙하다가 체포되었고, 함께 통모(通謀)한 자들과 아울러 오사카(大阪)의 옥중에 구금되어 있다. 히토시(英女)를 체포할 적에 그의 행장을 수색하여 격문을 찾아냈는데 이는 히토시가 스스로 지은 것이라고 한다. 아, 히토시의 아름답고 뛰어난 자질로 나이 20도 못되어 스스로 중죄에 빠져 꽃 같은 젊음이 산산이 부서지게 되었으니, 어찌 애석하게 여기지 않을 수 있겠는가. 가령 부모된 자들이 진실로 그녀의 재능에 따라 덕성을 훈도하여 규범(閨範)을 지키게 했더라면 틀림없이 양가의 어진 며느리가 될 수 있었을 것이다. 따라서 그녀로 하여금 의방(義方)을 준수하게 하지 못하고 자기 마음대로 방자하게 했다가 피할 수 없는 죄를 짓게 한 것은, 부모의 죄가 아니겠는가.[7]

이 글은 일본 여성운동가인 가케야마 히토시(影山英女)가 갑신정변 실패 이후 일본에 망명한 김옥균을 도운 사실을 보도한 뒤,

기자가 덧붙인 논평이다. 가케야마 히토시는 오카야마겐(岡山縣) 후작의 후손으로 부모에게 한학과 영어 교육을 받고, 남녀동등권을 신봉하며 스스로 프랑스의 마담 롤랑과 같은 인물이라고 자처한 대표적인 일본 근대의 여성운동가였다. 이 기사에서 기자는 여성으로서의 전통적 규범을 지키지 않았기 때문에 가케야마 히토시의 불행이 초래되었다고 논평한다. 이러한 논평은 당시 신문기자의 전근대적 여성관에서 비롯된 것이겠지만, 여성이 정치적으로나 사회적으로 활동할 수 있음을 일깨우는 계기로 작용했을 수 있다. 같은 맥락에서 1888년 박영효의 『건백서(建白書)』에 등장하는 "남녀·부부가 모두 같은 권리를 갖는다"라는 논리나, 1894년 갑오개혁 당시 군국기무처 「진의안(進議案)」에서 '조혼 금지', '재가 허용' 등을 의안으로 삼은 것은 여성의 사회활동 및 지위 향상의 필요를 뒷받침하는 일련의 사건들이라고 볼 수 있을 것이다.[8]

근대 계몽기 여성의 사회활동에 대한 인식은 본질적으로 문명담론과 국가주의에 기반을 두고 있다. 다음 논설을 보자.

논설

하놀이 만물을 내시민 음양과 ᄌᆞ웅이 잇셔 서로 조곰도 어긔여짐이 업셔야 순환ᄒᆞᄂᆞᆫ 리치에 덧덧ᄒᆞᆫ지라. 사람은 남녀 두 길에 난ᄒᆞ왓스나 남녀 상합ᄒᆞ여야 싱육ᄒᆞ고 번셩ᄒᆞᄂᆞ니 그 덕이 엇지 적으리오. 남녀 두 ᄉᆞ이에 일호도 놉고 나짐이 업고 크고 적음이 업거늘 만일 이 ᄉᆞ이에 무슴 분별이 잇고 보면 이ᄂᆞᆫ 리치에 대단히 어긔여짐이라. 일노 인연ᄒᆞ야 나라 흥폐와 집안 존망이 달녓스니 ᄌᆞ고급금에 남녀의 도리가 밧고혀 큰 ᄉᆞ업도 만코 큰 폐단도 만하 이로 긔억ᄒᆞ야 혜일 수 업술지니 엇지 ᄭᅢ다라 남녀지도를 고로게 ᄒᆞ지 아니ᄒᆞᆯ 배리오. 지금 셰계에 눈으로 보고 귀로 들어도 남녀의 권리가 평등ᄒᆞᆫ 나라ᄂᆞᆫ 다 ᄀᆡ명ᄒᆞ고 부강ᄒᆞ거니와 남녀권이 평등이 못 되고 보면 나라히 미약ᄒᆞ고 사ᄅᆞᆷ이 됴잔ᄒᆞᆫ지라. 오늘날 우리 대한 형셰로 말ᄒᆞ거드면 뎨일 큰 악습이 잇스니 이 악습으로 ᄒᆞ야 젼국 인민 이쳔만 인구에셔 일쳔만은 죽은 모양이오 이 악습으로 ᄒᆞ야 일년에 ᄒᆞᆯ ᄉᆞ업을 량년을 ᄭᅳ러가고 이 악습으로 ᄒᆞ야 강ᄒᆞᆫ 나라히 약ᄒᆞ야 가고 이 악습으로 ᄒᆞ야 부쟈될 사ᄅᆞᆷ이 간난ᄒᆞ야 지ᄂᆞ니 이 악습은 몃 쳔 년을 젼여 나려오ᄂᆞᆫ 악습이라. 악습으로 말ᄒᆞ드ᄅᆡ도 사ᄅᆞᆷ마다 밋을 리가 업슬 듯ᄒᆞ나 알고 말ᄒᆞ지 아니ᄒᆞ면 이ᄂᆞᆫ 스ᄉᆞ로 쇽이ᄂᆞᆫ 작시라.[9]

이 논설은 남녀 권리의 평등과 '개명 부강'이 밀접한 관련을 맺고 있으며, 동등권이 실현되지 못할 경우 국가 차원에서 인구 절반의 역할이 사라진다는 논리를 취한다. 이와 같은 논리는 근대 계몽기 신문·잡지의 논설에서 어렵지 않게 확인할 수 있다.[10] 일례로 1902년 9월 29일부터 10월 3일까지 『제국신문』에 4회에 걸쳐 연재된 「남녀성질분변론」은 서구 학자의 이론을 간추려 소개한 것이지만, 「사소한 일을 절묘하게 만들거나 소설 짓는 재주」, 「사리분별과 담략」, 「빈곤한 자를 구제하고 착한 일을 하는 것」 등의 꼭지에선 여자가 남자보다 우월하다는 주장을 펼치기도 한다.

물론 이와 같은 논리가 전근대적 성 인식을 완전히 극복했다고 보기는 어렵지만, 이 시기의 여성관이 신체상 차이는 있을지라도 능력이나 자질 면에서 남성보다 열등한 것이 아니라는 점을 인식하고자 한 점은 일정 부분 진보적이라고 볼 수 있다. 그러나 이 시기 여성 담론은 성차별이 전통적인 인습에서 비롯되었으며, 그것을 극복해야 문명부강에 이를 수 있고, 이를 위해 '여자교육이 필요하다'는 논리로 이어지는 경우가 많다. 근대의 여성관이 여자교육 담론과 밀접한 관계를 맺는 이유가 여기에 있다.

2) 근대 계몽기 여자교육의 전개

우리나라 근대의 여자교육은 1886년 5월 31일 미국 감리교 여선교사 메리 스크랜튼(Mary Fletcher Benton Scranton) 부인에 의해 설립된 이화학당(梨花學堂)에서 출발한 것으로 알려져 있다. 손인수(1980)의 『한국개화기교육연구』에 따르면, 스크랜튼 부인은 1885년 6월 도한(渡韓)하여 선교사업의 하나로 한국 여자를 대상으로 한 학교를 세우고자 결심했는데, 1886년 5월 여학생 한 명을 대상으로 학교를 시작했다고 한다. 이화여자대학교(1967)의 『이화80년사』에 따르면, 이 학생은 김씨 성을 가진 정부 관리의 첩으로 영어를 배워 통역 일에 종사하고 싶어 입학한 학생이었다. 이 학생은 3개월 동안 공부하고 그만두었으며, 같은 해 6월 성문 밖 걸아(乞兒) 한 명을 다시 학생으로 받으면서 이화학당 운영이 재개되었다고 한다.

이와 같은 회고는 1880년대 조선 사회에서 여자교육이 얼마나 어려운 일이었는가를 여실히 보여준다. 1880년대에 설립된 학교들 자체가 '동문학'(1882), '기기창 기술 전습반'(1883), '원산학사'(1883), '부산학교'(1884, 부산지역 일본 거류민), '배재학당'(1885), '육영공원'(1886), '경신학교'(1886), '경학원'(1887), '연무공원'(1887) 등 극히 제한적이었으므로, 여학도를 대상으로 한 학교라는 개념조차 인식되지 못한 것은 당연한 일로 판단된다.[11]

근대식 학제 도입 이후 여자교육과 관련한 내용은 '소학교령'에서 처음 찾아볼 수 있다. 소학교령은 1895년 7월 19일 칙령 제145호로 공포되었는데, 이 학교령의 교과목 규정을 살펴보면 여아를 위한 '재봉(裁縫)' 교과가 포함되어 있었다.

소학교령

第八條 小學校의 尋常科 敎科目은 修身 讀書 作文 習字 算術 體操로 홈. 時宜에 依ᄒ야 體操ᄅᆞᆯ 除ᄒ며 ᄯᅩ 本國地理 本國歷史 圖畫 外國語의 一科 혹은 數科ᄅᆞᆯ 加ᄒ고 女兒ᄅᆞᆯ 爲ᄒ야 裁縫을 加ᄒᆞᆯ 得홈.

第九條 小學校 高等科의 敎科目은 修身 讀書 作文 習字 算術 本國地理 本國歷史 外國地理 外國歷史 理科 圖畫 體操로 ᄒ고 女兒ᄅᆞᆯ 爲ᄒ야 裁縫을 加홈. 時宜로 外國語 一科ᄅᆞᆯ 加ᄒ며 ᄯᅩ 外國地理 外國歷史 圖畫 一課 或 數科ᄅᆞᆯ 除ᄒᆞᆯ 得홈.[12]

이 규정에 따르면 '재봉'은 여학생을 위한 교과목이다. 아울러 소학교령 시행을 위한 '소학교 교칙 대강'[13] 제2조 '수신과 요지'에서는 "女學生은 別로히 貞淑한 美德을 養케 홈이 可홈"이라는 설명을 부가했고, 제11조 '재봉과 요지'에서는 "裁縫은 眼과 手랄 鍊習ᄒ야 通常衣服의 縫法과 裁法을 熟習케 홈을 要旨로 홈. 尋常科의 敎科에 裁縫을 加홀 時ᄂ 爲先 運針法을 授ᄒ고 漸次로 簡易혼 衣服의 縫法과 通常衣服의 補綴을 授홈이 可홈. 高等科에ᄂ 最初에ᄂ 前項에 準ᄒ야 漸漸 通常衣服의 縫法과 裁法을 授홈이 可홈. 裁縫의 品類ᄂ 日常所用의 物品을 選拔ᄒ야 授홀 際에 用具種類와 衣類保存과 洗濯方 等을 敎示ᄒ고 항상 節約 利用의 習慣을 涵養홈을 要홈" 등과 같이, 교과의 목표와 내용을 구체적으로 제시했다. 이를 고려하면 근대식 학제 도입과 동시에 공식적인 여자교육이 실시된 것으로 보이지만, 실상은 그렇지 않았다. 이 학교령 공포 직후인 1895년 서울에 4개의 소학교가 설립되었다고 하는데, 당시 신문이나 잡지 또는 다른 문헌 자료를 종합하더라도 소학교에서 여학생 교육이 이뤄졌다고 추론할 만한 자료를 찾기는 어렵다.

근대의 여자교육 담론은 여성관의 변화와 문명부강론을 배경으로 활성화되었으며, 이후 여자교육의 필요성을 점진적으로 확장시킴으로써 여학교 설립 운동으로 이어졌다. 이와 같은 흐름에서 근대의 여자교육 담론은 1898년 찬양회(贊襄會)의 여학교 설시 운동과 순성여학교(順成女學校) 설립으로부터 본격화된 것으로 보인다. 다음은 순성학교 설립 운동과 관련한 논설의 일부분이다.

官報

第一百十九號

開國五百四年
七月二十二日
火曜

內閣記錄局官報課

勅令

大君主 御押 御璽
開國五百四年七月十九日

內閣總理大臣 金弘集
內 部 大臣 朴定陽

勅令第一百四十四號
朕이小學校令을裁可ㅎ야頒布케ㅎ노라

朕이漢城府管轄內抱川郡에加平郡을合倂ㅎ에關ㅎ는件을裁可
ㅎ야頒布케ㅎ노라
加平郡을抱川郡에合倂홈

勅令第一百四十五號
小學校令

第一章 小學校의本旨와種類及經費

大君主 御押 御璽
開國五百四年七月十九日

學 部 大臣 李完用

第一條 小學校는兒童身體의發達홈에鑑ㅎ야國民敎育의基
礎와其生活上必要ㅎ普通智識과技能을授홈으로써本旨로
홈

第二條 小學校를分ㅎ야官立小學校公立小學校及私立小學
校의三種으로홈
官立小學校는政府의設立이오公立小學校는府或郡의設立
이오私立小學校는私人의設立홈이오

第三條 官立小學校에要ㅎ는經費는國庫에셔支辦ㅎ고公立
小學校에要ㅎ는經費는府或郡에셔負擔홈

第四條 私立小學校는各該觀察使의認可ㅎ야設置홈
私立小學校에關ㅎ야는規程은學部大臣이定홈

第五條 私立小學校經費는地方理財或國庫에셔幾許를補助
ㅎ을得홈

第二章 小學校의編制及男女兒童의就學

第六條 小學校를分ㅎ야尋常高等二科로홈

第七條 小學校修業年限은尋常科と三個年高等科と二個年
三個年으로홈

第八條 小學校의尋常科敎科目은修身讀書作文習字算術體
操로홈
時宜에依ㅎ야體操를除ㅎ며本國地理本國歷史圖畫外國
語의一科或數科를加ㅎ고女兒를爲ㅎ야裁縫을加ㅎ을得홈

第九條 小學校高等科의敎科目은修身讀書作文習字算術本
國地理本國歷史外國地理外國歷史理科圖畫體操로ㅎ고女
兒를爲ㅎ야裁縫을加ㅎ며
時宜에依ㅎ야外國語一科를加ㅎ고又는外國地理外國歷史圖
畫一科或數科를除ㅎ을得홈

'소학교령'이 게재된 대한제국 관보(1895)

슌셩학교에셔 상소한 소초

복이 학교란 쟈는 인지를 비양호옵고 지식를 확쟝호옵는 거시
라. 고로 녯젹에 국에 학이 잇스며 당의 샹이 잇스며 가에 슉이
잇슴은 홀노 남ᄌ만 교휵홀 ᄯᅳᆫ 아니라 비록 녀ᄌ라도 ᄯᅩ혼 교
도지방이 잇스와 내측과 규범 등 션훈이 구비호엿스오며 구미
각국으로 말슴호와도 녀학교를 셜입호여 각 항 ᄌ예를 학습호
와 ᄀᆡ명 진보에 니르럿스온즉 엇지 아국에만 녀학교가 업스오
릿가. 유 아 대황뎨 폐하ᄭᅴ옵셔 즁흥의 운을 응호옵시고 독입의
업을 건호오셔 도을 빅유신호시며 셩택이 방유호오셔 관사립
학교들를 셜립호샤 인지를 발달케 호오시니 의여 셩ᄌᆡ라 흠죵
도무호옵ᄂᆞ이다. (즁략) 소이로 신쳡등이 찬양회을 셜시호와 츙
이 이ᄯᅳ룰 규즁으로붓터 일국이 흥왕케 호랴 호오나 학교가 아
니면 춍혜훈 녀아등을 비양홀 도리가 업습기로 감히 외월을 불
피호압고 츙쟝을 실폭호와 계셩앙유어유광지하호오니 복걸셩
명은 깁히 통쵹호오셔 학부에 칙령을 나리오샤 특별히 녀학교
을 셜시호야 방년묘아 등으로 학업을 닥겨 동양에 문명지국이
되옵고 각국과 평등의 디우룰 밧기룰 복망호압ᄂᆞ니 다 신쳡 등
은 무임병영 긔간지지 근미스이문호압ᄂᆞ니다. 광무 이년 십월
십일[14]

이 소초는 『매일신문』뿐만 아니라 같은 날짜의 『황성신문』,
『독립신문』에도 게재될 만큼 중요한 의미를 갖는 상소문이었다.
이 상소에서는 여학교가 '개명진보'의 중요한 수단이며, '충애'의

애국교육을 위한 수단임을 분명히 보여준다. 이 운동은 1899년 여학교를 위한 정부 예산 편성과 그해 5월 13조의 여학교 관제 제정으로 이어졌다. 당시의 관제는 다음과 같다.

여학교 관제

녀학교 관뎨) 학부에셔 녀학교 관뎨 十三됴를 쑴여 뎡 후야 의 정부 회의에 졔출 훈 대개에 대범 교휵이란것은 인민의 지식과 지예를 발달케 후눈 바인듸 남녀가 일반이거놀 국즁에 각죵 각 교눈 략간 베프럿스나 녀인 학교를 지우금 베풀지 못 후엿더니 녀인 등이 샹쇼 후야 비답을 무루왓기에 본년도 예산에 녀학교 비를 임의 편입 후야 쟝추 학교를 셜치 후겟기로 회의에 졔츌 흔다고 후엿눈듸

뎨 一됴눈 녀학교눈 계집 ㅇ희의 톄신 발달 홈과 살님에 반다시 긴요흔 보통 지식과 지죠를 글ㅇ치눈것으로 써 본 뜻을 숨을일

뎨 二됴눈 녀학교에 쓰눈 경비눈 국고에서 지츌 홀일

뎨 三됴눈 녀학교에 심샹과와 고등과를 논하 둘일

뎨 四됴눈 녀학교의 슈입 년한은 심샹과인즉 三기년이고 고등 과 인즉 二기년으로 뎡홀 일

뎨 五됴눈 녀학교에 심샹과의 과목은 몸을 닥고 글을 닑고 글시 익히고 산슐 후고 바느질 후기며 고등과의 과목은 몸을 닥고 글을 닑고 글시 익히고 산슐 후고 글 짓고 바느질 후고 디리학 비호고 력수 비호고 리과학 비호고 그림 그릴 일

뎨 六됴는 녀학교 셔칙은 학부에셔 편집호 외에도 혹 학부 대신
 의 검명 홈을 지낸즈로 쓸일

뎨 七됴는 녀학교에 계집 ᄋ희의 나은 아홉살 이샹으로 열다셧
 살지 뎡 홀일

뎨 八됴는 녀학교의 글ᄋ치는 과목에 가셰와 편급과 구별과 교
 슈의 시한과 일톄 셰칙은 학부 대신이 뎡 홀일

뎨 九됴는 녀학교 교쟝은 교원이나 혹 학부 판임관이 겸임도 홀일

뎨 十됴는 녀학교 교원은 샤범 학교 졸업쟝이 잇는 즈로 임용
 홀일

뎨 十一됴는 녀학교에 지금은 혹 외국 녀교샤도 고용 홀일

뎨 十二됴는 각 디방에 녀학교를 공립으로도 셜시 ᄒ고 샤립으
 로도 셜시 ᄒ기는 맛당 홀디로 허락 홀일

뎨 十三됴는 본령은 반포 ᄒ는 눌노 브터 시힝 홀일[15]

이 관제는 여자의 보통교육을 위한 것으로 구체적인 실현을
보지는 못했다. 손인수(1980)에 따르면, 당시 학부대신 신기선(申
箕善)은 여자교육뿐만 아니라 신교육 자체를 부정하던 인물이었
는데, 이 관제 실행을 수용하지 않았다고 한다.

소학교령에서 여학생 교과목을 두고, 여학교 설립 운동에 따
라 여학교 관제 제정 시도가 있었지만, 정부 차원에서 여자를 위
한 중등교육 및 전문교육을 위한 노력은 보이지 않는다. 이는
1899년 4월 4일 칙령 제11호로 공포된 '중학교 관제'나 1900년
9월 3일 학부령 제12호 '중학교 규칙'의 요지와 교과목에 여자

교육과 관련된 어떤 내용도 포함시키지 않은 것을 통해 확인할
수 있다.

중등 이상의 교육에서 여자교육을 법적으로 규정한 것은
1908년 4월 2일 칙령 제22호 '고등여학교령'과 1908년 4월
10일 학부령 제9호 '고등여학교령 시행규칙'이다. 이 시기 중등
교육에서는 남자교육과 여자교육을 구분하고 있었다. 1906년
8월 21일 칙령 제44호로 공포된 '고등학교령'은 그 이전 '중학교
령'을 개정한 것으로, 제1조에서 "高等學校는 男子의게 必要한
高等普通敎育을 施홈을 目的으로 홈이라"라고 규정하여, 고등학
교가 남자교육만을 대상으로 하고 있음을 분명히 했다. 그렇기
때문에 이보다 2년 뒤 '고등여학교령'을 제정·공포하게 된 것이
다. 그 내용은 다음과 같다.

高等女學校令

第一條 高等女學校는 女子에게 須要홀 高等普通敎育 及 技藝
　　를 受홈을 目的으로 홈

第二條 高等女學校는 官立 公立 급 私立의 三種으로 홈

國庫의 費用으로 設立혼 者롤 官立이라 ᄒ고 道 或 府, 又는 郡
　　의 費用으로 設立혼 者 公立이라 ᄒ고 私人의 費用으로 設立
　　혼 者롤 私立이라 홈

第三條 公立 及 私立高等女學校의 設置 及 廢止는 學部大臣의
　　認可롤 受홈이 可홈

第四條 高等女學校에 豫科 及 技藝專修科롤 置홈을 得홈

第五條 高等女學校의 修業年限은 三個年으로 홈

但 土地의 情況에 依ᄒ야 一個年을 延長홈을 得홈

豫科 及 技藝專修科의 修業年限은 二個年으로 홈

第六條 高等女學校의 本科에 入學홈을 得홀 者ᄂ 年齡 二十歲

以上으로 普通學校를 卒業혼 者와 又ᄂ 此와 同等의 學力이

有혼 者로 홈

豫科에 入學홈을 得혼 者ᄂ 年齡 十歲 以上으로 普通學校 第二

學年 修了 以上의 學力 有혼 者로 홈

技藝專修科에 入學홈을 得홀 者ᄂ 年齡 十五歲 以上으로 홈

入學年齡 及 學力의 制限은 現今間은 前三項의 規定에 依치 아

니홈을 得홈

第七條 高等女學校의 教科書ᄂ 學部에셔 編纂혼 者나 又ᄂ 學

部大臣의 認可를 經혼 者를 用홈

第八條 高等女學校에ᄂ 授業料를 徵收홈을 得홈

第九條 本令의 規定에 依치 아니혼 學校ᄂ 高等女學校라 稱홈

을 得치 못홈

第十條 高等女學校에 附屬幼稚園을 設홈을 得홈

第十一條 本令施行에 關혼 規則은 學部大臣이 定홈

附則

本令은 頒布日로붓터 施行홈[16]

第一條 左裏中에 訓導及副訓導下에 保姆欄을 加호고 官立平壤
日語學校 本令에 左갓치 加홈.

官立漢城高等女學校	一人	二人	一人	一	四人	一人

附則
本令은 頒布日로붓터 施行홈
隆熙二年四月二日
御名
御璽

　　　　內閣總理大臣　李完用
　　　　度支部大臣　高永喜

勅令第二十一號
隆熙元年勅令第四十八號臨時稅關工事部官制中改正에關홍件을裁可호야玆에頒
布케호노라
第二條中事務官의「專任一人」은「專任二人」으로改正
第七條次에左一條를加홈
第八條 度支部大臣은必要에應호야工事豫算의範圍內에
서臨時로技師主事及技手를增置홈을得홈
附則
本令은頒布日로붓터施行홈
隆熙二年四月二日
御名
御璽

　　　　內閣總理大臣　李完用
　　　　度支部大臣　高永喜

朕이高等女學校令에關홍件을裁可호야玆에頒布케호노라
御名
御璽
隆熙二年四月二日
　　學部大臣臨時署理內閣總理大臣　李完用

勅令第二十二號
高等女學校令
第一條　高等女學校는女子에게須要홍高等普通敎育及技藝
를授홈을目的으로홈

第二條　高等女學校는官立公立及私立의三種으로홈
國庫의費用으로設立호者를官立이라호고道或府又는郡의
費用으로設立호者를公立이라호며私人의費用으로設立호
者를私立이라홈
第三條　公立及私立高等女學校의設置及廢止는學部大臣의
認可를受홈이可홈
第四條　高等女學校에豫科及技藝專修科를置홈을得홈
第五條　高等女學校의修業年限은三個年으로홈
但土地情況에依호야一個年을延長홈을得홈
豫科及技藝專修科의修業年限은二個年以內로홈
第六條　高等女學校本科에入學호者는年齡十二歲以
上로普通學校本科卒業호者或은此와同等의學力이有호
者로홈
豫科에入學호者는年齡十歲以上으로普通學校第二
學年修了以上의學力이有호者로홈
技藝專修科에入學호者는年齡十五歲以上으로홈
第七條　高等女學校의敎科書는學部에서編纂호者或은學
部大臣의認可를經호者를用홈
第八條　高等女學校에는授業料를徵收홈을得홈
第九條　本令의規定에依치아니호高等女學校라稱홈
不得홈
第十條　高等女學校에附屬幼稚園을設홈을得홈
第十一條　本令施行에關호規則은學部大臣이定홈
附則
本令은頒布日로붓터施行홈
朕이學部直轄學校及公立學校官制中改正에關호件을裁可호
야玆에頒布케호노라
御名
御璽
隆熙二年四月二日

'고등여학교령'이 게재된 대한제국 관보(1908)

'고등여학교령'은 고등여학교가 '여자에게 반드시 필요한 고등보통교육 및 기예'를 교육하는 기관임을 명시했다. 당시 여자교육의 내용이 '고등보통교육'과 '기예'에 중점을 두고 있으며, 이를 위해 '예과'와 '기예전수과'를 둔다고 밝혔다. 이를 뒷받침하는 법령이 '고등여학교령 시행규칙'이다. 이 규칙은 '총칙', '교과목 및 요지', '학년, 학기, 교수일수, 교수시수, 휴업일', '설치 및 폐지', '입학, 출학(黜學) 및 징계', '수업 및 졸업' 등 제6장 22조 부칙으로 구성되었는데, 그 가운데 '교과목 및 요지'를 살펴보면 다음과 같다.

고등여학교령 시행규칙 제2장 교과목 및 요지

第二章 敎科目 及 要旨

第四條 高等女學校 本科의 學科目은 修身 國語 漢文 日語 歷史 地理 算術 理科 圖畵 家事 手藝 音樂 體操로 홈 但 手藝 中에 刺繡 編物 繰絲 囊物 造花 及 割烹의 一科目 或 數科目을 隨意科目으로 후고 外國語(日語를 除홈) 及 敎育大要를 隨意科目으로 후야 豫科로 후야 加홈을 得홈.

豫科의 學科目은 修身 國語 日語 算術 理科 圖畵 手藝 音樂 及 體操로 홈. 技藝傳授科의 學科目은 修身 國語 算術 裁縫 刺繡 編物 組絲 囊物 造花 及 割烹의 一科 或 數科目으로 홈 但 日語 及 家事를 隨意科目으로 후야 加홈을 得홈.

第五條 高等女學校 本科의 各學科目 敎授要旨는 左와 如홈.

一. 修身 看實穩健ᄒ야 女子에게 適當ᄒ 淑德을 養홈을 期圖
ᄒ고 實踐躬行을 宗旨로 홈을 홈. 修身은 初等에ᄂ 嘉言善
行 等을 敎授ᄒ고 又 學員의 平常擧止ᄅ 因ᄒ야 道德의 要
領을 敎示ᄒ며 또 容儀作法을 授홈이 可홈.

二. 國語 普通의 言語文法을 解得ᄒ야 正確ᄒ고 自由로 思想
을 表彰ᄒᄂ 能力을 得케 홈을 要홈. 國語ᄂ 現代의 文體ᄅ
購習케 ᄒ며 又 實用簡易ᄒ 文을 作케 ᄒ고 文法의 大要
及 習字ᄅ 爲主ᄒ야 授홈이 可홈.

三. 漢文 文理와 結搆에 注意ᄒ야 文法을 正確히 理解케 홈을
要홈. 漢文은 平易ᄒ 文法을 講究케 홈이 可홈.

四. 外國語 會話에 熟達ᄒ야 明確히 理會케 홈을 期ᄒ야 恒常
發音에 注意ᄒ고 間或 國語로 飜譯케 홈을 要홈. 日語ᄂ 發
音과 綴字로붓터 簡易ᄒ 文字의 讀法, 譯解, 書取, 作文을
授ᄒ고 文法의 大要와 會話 及 習字ᄅ 授홈이 可홈.

五. 歷史 歷史上에 重要ᄒ 事項을 知케 ᄒ야 文化의 由來ᄒ
所以ᄅ 辨知케 홈을 要홈. 歷史ᄂ 我國의 國初로붓터 現代
에 至ᄒ기ᄭᆞ지의 事歷을 授홈이 可홈.

六. 地理 地球의 形狀運動과 地球의 表面 及 人類生活의 狀態
ᄅ 理會케 홈을 要홈. 地理ᄂ 我國과 밋 我國으로 더부러
重要關係가 有ᄒ 諸外國의 地理大要ᄅ 知케 ᄒ고 又 地文
의 一斑을 授홈이 可홈.

七. 筭術 日常의 計筭에 習熟케 ᄒ야 生活上에 必要ᄒ 智識을
與ᄒ고 兼ᄒ야 思考ᄅ 正確케 홈을 要홈. 筭術은 日常의 計

算에 習熟케 ᄒᆞ야 生活上에 必要ᄒᆞᆫ 智識을 與ᄒᆞ고 兼ᄒᆞ야 思考를 精確케 홈을 要홈. 筭術은 小數 分數 比例 步合筭을 授ᄒᆞ고 又 學校 修業年限에 應ᄒᆞ야 求積 平面 幾何의 初步 及 代數의 初步를 授홈을 得홈.

八. 理科 天然物 及 自然의 現象에 關ᄒᆞᆫ 智識ᄋᆞᆯ 與ᄒᆞ야 互相 及 人生에 對ᄒᆞᆫ 關係를 理會케 ᄒᆞ며 兼ᄒᆞ야 平常의 生活에 資用케 홈을 要홈. 理科ᄂᆞᆫ 重要ᄒᆞᆫ 植物 動物 礦物에 關ᄒᆞᆫ 一般의 智識과 生理 及 衛生의 大要와 重要ᄒᆞᆫ 物理學 及 化學의 現象과 機械의 構造 及 作用과 元素 及 化合物에 關ᄒᆞᆫ 智識의 一斑을 授홈이 可홈.

九. 圖畫 物體를 精密히 觀察ᄒᆞ야 正確ᄒᆞ고 自在로 此를 畫ᄒᆞᄂᆞᆫ 能力을 得케 ᄒᆞ며 意匠을 練習ᄒᆞ야 美感을 養홈을 要홈. 圖畫ᄂᆞᆫ 自在畫로 ᄒᆞ되 寫生畫를 主로 ᄒᆞ고 臨畫를 加ᄒᆞ야 敎授ᄒᆞ고 間或 自己의 思量ᄋᆞ로 畫케 홈이 可홈.

十. 家事 家事 整理上에 必要ᄒᆞᆫ 智識을 得케 ᄒᆞ고 兼ᄒᆞ야 勤勉節儉 秩序 周密 淸潔을 尙ᄒᆞᄂᆞᆫ 思想을 養홈을 要홈. 家事ᄂᆞᆫ 衣食住 看病 育兒 家計簿記 其他 一家의 整理 經濟 等에 關ᄒᆞᆫ 事項을 授홈이 可홈.

十一. 手藝 女子에게 適切ᄒᆞᆫ 裁縫 及 其他의 手藝에 間熟케 ᄒᆞ고 兼ᄒᆞ야 勤勉 節約 利用의 習慣을 養홈을 要홈. 裁縫은 普通衣服의 縫法 裁法 補法 及 裁縫機械使用法의 一斑을 授홈이 可홈. 裁縫 外에 手藝ᄂᆞᆫ 刺繡 編物 組絲 造花 割烹 等 土地 情況에 適切ᄒᆞᆫ 者를 授홈이 可홈.

十二. 音樂 音樂에 關ᄒ 智識과 技能을 得케 ᄒ야 美感을 養ᄒ
고 心情을 高潔케 ᄒ며 兼ᄒ야 德性涵養에 資케 홈을 要
홈. 音樂은 單音唱歌룰 授ᄒ고 又 便宜로 輪音唱歌와 複
音唱歌룰 交ᄒ 樂器使用法을 授홈이 可홈.

十三. 體操 體룰 强健히 ᄒ며 精神을 快活케 ᄒ야 兼ᄒ야 容儀
룰 端正케 ᄒ야 規律을 確守ᄒ며 協同을 尙ᄒᄂ 習慣을
養홈을 要홈. 體操ᄂ 普通體操 及 遊戲로 ᄒ되 普通體操
ᄂ 矯正術 徒手體操 及 其他의 體操로 홈.

十四. 敎育大要 敎育에 關ᄒ 普通知識을 得케 ᄒ야 家庭敎育에
資케 홈을 要홈. 敎育은 敎育의 理論大要룰 授홈이 可홈[17]

이 시행규칙의 교과목 가운데 '수신', '가사', '수예', '교육대요'
등의 교과목은 당시 여자교육의 성격과 내용이 어떤 것인지를
잘 보여준다. 즉, '수신'에서 "여자에게 적당한 숙덕(淑德)을 기름
을 도모하고 실천궁행을 종지로 함"은 근대식 여자교육 속에서
도 전통적인 여덕(女德)을 중시하고 있음을 의미하며, 이를 위해
'초등에는 가언선행(嘉言善行)' 등을 교수하고 평상거지(平常擧止)
로 말미암은 '도덕요령(道德要領)', '용의작법(容儀作法)'을 중시하고
있음을 보여준다. 이와 같은 수신교과의 내용 규정은 이 시기 여
자교육이 근대식 여성관을 전적으로 반영하기 어려움을 의미한
다. 이는 다수의 교재 분석을 통해 확인할 수 있다.

또한 '가사'에서 '근면절검·질서·주밀·청결을 숭상하는 사상'
을 강조한 것이나 '의식주, 간병, 육아, 가계부기, 기타 일가 정리,

경제 등에 관한 사항'을 교수하도록 한 것도 '가사'는 여성이 담당하는 것이라는 전통적인 사고방식을 벗어나지 못한 규정이라고 할 수 있다. '수예'의 교과 내용이나 '교육대요'에서 '가정교육'을 위해 교육과 관련된 보통 지식을 갖추도록 한 것 등도 이 시기 여자교육의 내용이 전통적인 여공(女工), 가사를 완전히 탈피하지 못했음을 보여준다.

이처럼 근대식 여학교 제도가 공포되었음에도 교육 요지나 내용에서 전근대성을 완전히 탈피하지 못한 이유는, 교육 보급의 부진[18]과 여학교 설립의 미흡, 근대 여성운동의 사상적 한계 등에서 기인한 것으로 볼 수 있다. 교육 보급의 부진은 근대식 학제 도입 이후 학교를 확장하려는 다수의 노력에도 불구하고, 실제 전국적으로 설립된 학교가 많지 않았으며, 그 가운데 여학교 설립은 더욱 미흡했음을 의미한다.

3. 여자교육 교과서의 유형과 내용

1) 여자교육과 관련된 교과서의 유형

근대 계몽기 여자교육용 교과서가 편찬된 것은 소학교령 공포 직후 1895년 학부(學部: 학무아문(學務衙門))에서 『숙혜기략(夙惠記略)』을 편찬한 이후라고 할 수 있다. 이보다 앞선, 다수의 선교사들이 운영한 학교는 교과 과정이나 교재의 전모를 살피는 데 한계가 있다. 1886년 설립된 이화학당의 경우, 처음에는 '성경'을 교과 과정으로 삼다가 1889년 '언문 과정'(읽기, 쓰기, 작문, 편지쓰기)이 생긴 뒤 1891년 '성악'이 추가되었으며, 1892년부터는 '반절(反切: 국어), 한문, 영어, 수학, 지리, 역사, 과학' 등의 교과가 추가되었다고 한다.[19] 물론 이들 교과목에 사용된 교재가 어떤 것이었는지는 확인하기 어렵다.

그러나 근대식 학제 이전 조선성교서회, 미이미(美以美: 감리교) 교회 등에서 출판한 다수의 서적은 학제 이전의 여자교육용 교재로 활용되었을 가능성이 높다. 예를 들어 1891년 존 로스(John Ross)의 『The Bible Catechism』을 번역한 『성경문답』(1891, 메리 스

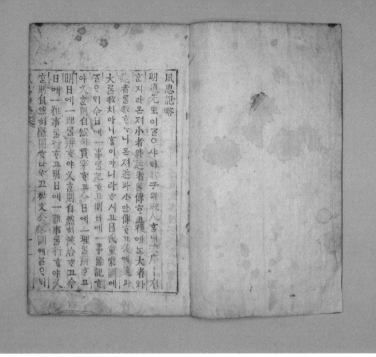

『숙혜기략』(1895)

크랜턴 옮김),[20] 파벨 리 모티머(Favell Lee Mortimer)가 지은 『The Peep of Day』의 번역본 『훈ㅇ진언』(1891, 메리 스크랜튼 옮김),[21] 1893년 존 그리피스(John Griffith)의 『The Gate of Virture and Wisdom』을 번역한 『덕혜입문(德慧入門)』(1893, 호러스 그랜트 언더우드 옮김)[22] 등 순국문 기독교 서적이 대표적이다. 이들 책명과 내용을 고려하면 선교사들의 초기 여자교육은 기독교 전교를 목표로 했으며, 그 자체가 여성운동에서 지향하는 여성의 지위 향상이나 사회적 각성 등을 목표로 한 것은 아니었다. 그러나 선교사들의 여자교육은 근대식 학제의 도입과 함께 여자교육의 필요성을 일깨우는

계기가 되었으며, '소학교령'에 여자를 포함함으로써 교과서에서
도 여자교육과 관련된 내용이 포함되기 시작했다.

따라서 근대 계몽기의 여자교육 내용은 1895년 이후 편찬된
각종 교과서를 통해 확인할 수 있다. 교과서의 역사를 연구한 박
붕배(1897), 이종국(1991) 등에 따르면, 우리나라의 교과서 편찬
역사는 1895년부터 1900년 초까지 '학부 주도'의 편찬이 이뤄
지다가, 1900년대 중반부터 본격적으로 민간 출판 교과서가 급
증한 것으로 나타난다.[23] 특히 학부 편찬 교과서는 교과 개념을
염두에 둔 것으로 볼 수 있는데, '소학교령'의 '독서, 작문, 습자',
'산술', '본국지리', '본국역사' 등을 위한 교과서를 편찬한 것으로
보인다.

이는 1897년 학부 편찬 『신정심상소학』 권말의 '학부편집국
간행 서적 정가표'의 서명을 통해서도 확인할 수 있다. 이 광고에
등장하는 17종의 교과서 가운데 『국민소학독본』, 『소학독본』,
『유몽휘편(牖蒙彙編)』은 '독서, 작문, 습자'를 위한 교과서로 볼 수
있으며, 『숙혜기략(夙惠記略)』, 『서례수지(西禮須知)』는 '수신', 『만
국지지(萬國地誌)』, 『조선지지(朝鮮地誌)』, 『여재촬요(輿載撮要)』,
『지구약론(地璆略論)』, 『동국지도(東國地圖)』, 『사민필지(士民必知)』
등은 '지리(본국지리, 외국지리)', 『만국사략(萬國史略)』, 『조선역대사
략(朝鮮歷代史略)』(한문본), 『조선약사(朝鮮略史)』는 '역사(본국역사, 외
국역사)', 『근이산술(近易算術)』, 『간이사칙산술(簡易四則算術)』은 '산
술' 교과서다.

이처럼 학제 도입 이후 교과를 준거로 한 교과서 편찬이 이

뤄졌으나, 학교 보급이 충분하지 않은 상황에서 1900년대 이후로 민간 편찬 교과서가 증가함에 따라 특정 교과를 목표로 하지 않는 국문 보급용 교과서나 수신, 독본류 교재가 다수 출현했다. 예를 들어, 1902년 선교사 조원시(趙元時, 조 헤버 존스(Goe. Haber Jones))가 편집한 『국문독본』이나 1904년 선교사 제임스 게일(James Scarth Gale)이 출판한 『유몽천자(牖蒙千字)』 등이 대표적이다. 이를 고려하여 근대 계몽기의 교과서 발행 실태를 조사하면, 대략 464종의 교과서가 출판된 것으로 추정된다.[24]

그 가운데 여자교육과 관련된 교과서류는 '수신과' 교과서나 '독서'를 목표로 하는 '독본', '재봉' 또는 '수예'를 비롯한 '가정학 교과서'로 한정할 수 있다.[25] 그런데 근대 독본과 수신서류에는 여자용임을 밝히지 않았을지라도, 여자교육과 관련된 내용이 포함된 교과서들이 있었다. 예를 들어, 학부 편찬(1896) 『유몽휘편』, 학부 편찬(1897) 『신정심상소학』, 조원시(1902) 『국문독본』, 게일(1904) 『유몽천자』 등은 일부 과(課)에서 여자와 관련된 교육 내용이 포함된 경우들이었다. 그렇기 때문에 여자교육 내용을 기준으로 근대 교과서(수신, 독본, 가정학)를 분류할 때에는 '여자교육 내용이 전무한 것'(제1류), '여자교육용이 아니더라도 일부 내용을 포함한 것'(제2류), '여자교육을 주요 목표로 한 것'(제3류)의 분류가 가능하다.[26] 이를 기준으로 근대 계몽기 교과서를 분류하면 다음과 같다.

여자교육을 기준으로 한 근대 교과서 분류

· 제1류: 여자교육 내용이 보이지 않는 교과서[27]

번호	교과	연도	교과서명	저작	출판	구성	비고
1	독본	1895	국민소학독본 (國民小學讀本)	학부 (學部)	학부(學部)	41과	여자교육 관련 내용 없음
2	독본 (수신)	1895	소학독본 (小學讀本)	학부 (學部)	학부(學部)	5장 (立志, 勤誠, 務實, 修德, 應 世)	여자교육 관련 내용 없음
3	수신 (독본)	1895	숙혜기략 (夙惠記略)	학부 (學部)	학부(學部)	소아를 가르치 는 원리로 연령 별 고사를 소개함	여자교육으로 보기 어려움
4	수신 (윤리)	1906	중등수신교과서 (中等修身教科書)	휘문의숙 (徽文義塾)	휘문의숙 (徽文義塾)	60과 (學生의 注意, 朋友에 對ᄒᆫ 注意, 家庭의 注意, 處世의 注意, 國家에 對ᄒᆫ 注意, 修德에 關ᄒᆫ 注意를 항목으 로 과별 편제)	여자교육 별도 설정 없음
5	수신 (윤리)	1907	고등소학수신서 (高等小學修身書)	휘문의숙 (徽文義塾)	휘문의숙 (徽文義塾)	120과 (중등 수신교과 서와 동일한 체제)	여자교육 관련 내용 없음
6	수신 (윤리)	1908	초등소학수신서 (初等小學修身書)	유근 (柳瑾)	광학서포 (廣學書舖)	60과	여자교육 관련 내용 없음
7	수신 (윤리)	1910	보통교과수신서 (普通教科修身書)	휘문의숙 (徽文義塾)	휘문의숙 (徽文義塾)	90과 (중등 수신교과 서, 고등 수신 교과서 동일 체제)	여자교육 관련 내용 없음

· 제2류: 여자교육을 천명하지 않았으나 여자교육 내용이 포함된 교과서

번호	교과	연도	교과서명	저작	출판	구성	비고
1	수신 (독본)	1896	유몽휘편 (幼蒙彙編)	학부 (學部)	학부 (學部)	상권 12장(총 론과11장), 하권 장별 분 류 없음	'명부부지 별(明夫婦 之別)' 등과 같이 부녀 의 도를 포 함
2	수신 (독본)	1896	서례수지 (西禮須知)	존 프라이어 (傅蘭雅)	학부 (學部)	9장	서양인 예 절에서 부 인과 관련 된 사항 설 명
3	수신 (독본)	1897	신정심상소학 (新訂尋常小學)	학부 (學部)	학부 (學部)	97과 (1권 31, 2권 32, 3권 34 과)	일부 과에 여자교육 교재 포함
4	독본	1902	국문독본 (國文讀本)	조원시	미이미교회	51공과	일부 공과 에 여자교 유 교재 포 함
5	독본	1903	유몽천자 (幼蒙千字)	게일	대한성교서회	138과 (1권 25과, 2 권 33과, 3권 31과, 4권 49 과)	
6	수신 (독본)	1906	초등소학 (初等小學)	국민교육회 (國民敎育會)	국민교육회 (國民敎育會)	91과 (1권은 과별 편제 아님, 2 권 21과, 3권 30과, 4권 29 과, 5권 29과, 6권 28과, 7 권 29과, 8권 25과)	일부 과에 여자교육 교재 포함

7	독본	1906	고등소학독본 (高等小學讀本)	휘문의숙 (徽文義塾)	휘문의숙 (徽文義塾)	90과 (1권 45과, 2권 45과)	일부 과에 여자교육 교재 포함
8	독본	1907	보통학교 학도용 국어독본 (普通學校學徒用 國語讀本)	학부 (學部)	대일본주식회사(大日本株式會社)	207과 (1권 45과, 2권 25과, 3권 23과, 4권 22과, 5권 23과, 6권 26과, 7권 20과, 8권 23과)	일부 과에 여자교육 교재 포함
9	수신 (윤리)	1907	초등윤리학교과서(初等倫理學敎科書)	안종화 (安鍾和)	광학서포 (廣學書舖)	장절 식 구성 (수기(修己), 가족(家族), 사우(師友), 타인(他人), 선군(善群), 지방(地方), 국가(國家))	제2장 가족 제3절 부부
10	수신 (독본)	1908	최신초등소학 (最新初等小學)	정인호 (鄭寅琥)	우문관 (右文館)	99과 (1권 26과, 2권 26과, 3권 22과, 4권 25과)	일부 과에 여자교육 교재 포함
11	수신 (윤리)	1908	보통교육 국민의범 (普通敎育 國民儀範)	진희성 (陳熙星)	의진사 (義進社)	장절 식 구성 총24장	방문 예절에서 남녀의 주의점 설명
12	수신 (윤리)	1908	윤리학교과서 (倫理學敎科書)	신해영 (申海永)	보성관 (普成館)	편장절 구성 (修身ᄒ는 道 7장, 家族의 本務 7장, 親知의 本務 2장, 社會 3장, 國家 5장)	보편적 윤리 규범을 설명했으나 '가족의 본무'에서 부부의 의무를 설명함

13	독본	1908	노동야학독본 (勞動夜學讀本)	유길준 (俞吉濬)	경성일보사 (京城日報社)	50과	일부 과에 여자교육 교재 포함
14	수신 (독본)	1909	신찬초등소학 (新撰初等小學)	현채 (玄采)	현채가	235과 (1권 41과, 2 권 38과, 3권 40과, 4권 38 과, 5권 40과, 6권 38과)	일부 과에 여자교육 교재 포함
15	수신 (윤리)	1909	초등 수신교과 서(初等修身教 科書)	안종화 (安鍾和)	광학서포 (廣學書舖)	초등윤리학교 과서 개정판 장절 구성	제2장 가족 제3절 부부
16	수신 (윤리)	1909	초등 수신서 (初等修身書)	박정동 (朴晶東)	동문사 (同文社)	장절 식 편제 (신체, 윤리, 잡저, 가언, 선행)	일부 장에 여자교육 관련 포함 설명
17	수신 (독본)	1909	초목필지 (樵牧必知)	정윤수 (鄭崙秀)	보문관 (寶文館)	129장 (상권 63장, 하권 66장)	일부 장에 여자교육 교재 포함

· 제3류: 여자교육을 주요 목표로 한 교과서

번호	교과	연도	교과서명	저자	출판사	구성	내용
1	가정	1907	신찬가정학 (新撰家政學)	박정동 (朴晶東)	정희진가 (鄭喜鎭家)	장절 식 편제 7장 순국문	여자에게 필 요한 가정교 육 지식
2	가정	1907	신편가정학 (新編家庭學)	현공렴 (玄公廉)· 박영식 (朴永植)	현공렴가	장절 식 구성	여자에게 필 요한 가정교 육 지식
3	독본 (수신)	1908	초등여학독본 (初等女學讀本)	이원긍 (李源兢)	보문사 (普文社)	장절 식 구성	여자를 위한 수신 윤리 덕 목을 설명함

4	독본 (문자)	1908	부유독습 (婦幼獨習)	강화석 (姜華錫)	황성신문사 (皇城新聞社)	상중하 3권 한자 어휘 및 어구에 대한 낱자와 해석	여자 및 초학자가 익혀야 할 한자 지식
5	독본 (읽기)	1908	녀주독본 (女子讀本)	장지연 (張志淵)	광학서포 (廣學書舖)	상하 2권 과별 편제 상권 64, 하권 56과	여성 전기를 중심으로 한 여자교육 독본
6	가정	1908	쇼ᄋ교육 (小兒教育)	임경재 (任景宰)	휘문관 (徽文館)	장절 식 구성	여자에게 필요한 소아교육 지식
7	수신	1909	녀자소학슈신서 (女子小學修身書)	노병선 (盧秉鮮)	동문사 (同文社)	53과 순국문	여자가 지켜야 할 직분을 중심으로 한 수신교과서

이 표에 나타난 것과 같이 근대식 학제 도입 직후 교과서는 여자교육을 포함하지 않은 것(제1류)이 일반적이었다. 그러나 『유몽휘편』, 『서례수지』, 『신정심상소학』처럼 여자교육을 전제로 하지 않았으나 내용상 여자교육이 포함된 교과서가 등장한 까닭은 여자교육의 필요성을 주장하는 근대의 여성 담론을 고려할 때 자연스러운 현상으로 보인다. 다만 제2류 교과서의 내용 자체가 앞서 논의한 근대적 여성 담론을 반영한 것은 아니다. 이 점은 1906년 이후 저작된 제2류 교과서나 제3류 교과서도 마찬가지다. 달리 말해 근대식 학제에서 소학교의 여자교육이 부정되지 않고, 여자교육의 필요성이 주창됨에 따라 여자교육과 관련된 교육 내용이 선정되었을지라도, 그 자체가 근대성을 띤 것은 아니라는 뜻이다. 엄밀히 말하면 이와 같은 현상은 교육이 갖는 보수성에서 기인한 것일 수도 있지만, 근대 계몽기 여성 담론이 갖

는 본질적 한계일 수도 있다. 이 문제는 제2류 교과서와 제3류 교과서에 포함된 여자교육 관련 내용을 분석함으로써 입증된다.

2) 일반 독본 및 수신류 교과서에서 여자교육의 내용

앞서 분류했듯이 근대 계몽기 수신, 독본, 가정학 교과서 가운데 여자교육과 관련된 내용을 포함한 교과서는 대략 17종 정도다. 이들 교과서는 교과의 특성을 고려할 때 순수한 '독본'(읽기 중심), 수신을 목표로 한 수신용 '독본', 수신 윤리를 설명한 '윤리학 교과서'의 형태로 구분할 수 있다.

예를 들어, 『국문독본』, 『유몽천자』, 『고등소학독본』, 『노동야학독본』, 『보통학교학도용 국어독본』 등은 과별 읽기 중심의 독본류에 해당한다. 즉, 이들 교과서는 '독서, 작문, 서법' 또는 '국어' 등의 교과를 목표로 한 교재의 성격이 강하다. 그러나 『유몽휘편』, 『서례수지』, 『신정심상소학』, 『초등소학』, 『초목필지』, 『최신초등소학』, 『신찬초등소학』 등은 수신을 주제로 한 독본으로서의 성격이 강하기 때문에, 특정 교과의 교과서로 처리하기 어려운 측면이 있다. 반면 『윤리학교과서』, 『보통교육 국민의 범』, 『초등수신교과서』, 『초등수신서』, 『초등윤리학 교과서』 등은 독본이라기보다 윤리 교과서에 해당한다. 이를 고려할 때 제2류 교과서는 독본류(수신 목적 독본 포함)와 수신류(윤리 교과서)로 구분할 수 있다. 이를 기준으로 제2류 교과서에 수록된 여자교

육 관련 사항을 표로 정리하면 다음과 같다.[28]

제2류 교과서의 여자교육 관련 사항

교재 성격	연도	교과서명	전체 구성	여자교육 내용
독본류 (수신 목적 포함)	1896	서례수지 (西禮須知)	9장	* 한문본(1902년 언역본): '宴客(손님을 청ᄒ야 잔치하는 법)', '拜客(친구 찻는 법)', '衣飾(의복 입는 법)', '取樂(질기는 일) '零事(항용 례절)'에서 여성 관련 예절
	1896	유몽휘편 (幼蒙彙編)	상권 12장(총론+11장), 하권 장별 분류 없음	상권 第五章 明夫婦之別
	1897	신정심상소학 (新訂尋常小學)	97과(1권 31, 2권 32, 3권 34과)	제1권 22과(和睦ᄒ 家眷), 제3권 제9과(孝鼠의 이야기라), 제12과(宿瘤의 話라), 제13과(鳥됨을 願ᄒ는 問答이라)
	1902	국문독본 (國文讀本)	51공과	26(맹자의 모친이 맹자를 가라친 말이라, 휘문의숙 고등소학독본 권1 9과 맹모의 교자), 34(쥐의 효심이라, 신정심상소학 권3 9과 효서의 이야기), 35(새 되기를 원하는 문답이라, 신정심상소학 권3 13과 조됨을 원하는 문답이라)
	1903	유몽천자 (幼蒙千字)	138과 (1권 25, 2권 33, 3권 31, 4권49)	* 권1은 1903, 권2-3은 1904, 권4(유몽속편)은 1907년 발행: 3권 15(女子 그레쓰쌀닝之急人高義 一)
	1906	고등소학독본 (高等小學讀本)	90과(1권 45, 2권 45)	제1권 9과(家族의 相愛), 제2권 9과(孟母의 教子), 34과(木州曲)
	1906	초등소학 (初等小學)	91과(1권은 과별 편제 아님, 2권 21, 3권 30, 4권 29, 5권29, 6권 28, 7권 29, 8권 25)	제3권 6과(나물 캐는 것), 7과(솟굽질), 제4권 2과(賣買ᄒ는 모양), 26과(鷄), 권7 15과(蘭姬의 話), 16과(人의 職業), 20과(幼女의 話), 권8 21과(愛國心)

	1907	보통학교 학도용 국어독본 (普通學校學徒用 國語讀本)	207과 (1권 45, 2권 25, 3권 23, 4권 22, 5 권 23, 6권 26, 7권 20, 8권 23)	1권 19, 20, 27(과명 없음), 2권 10(我家 一), 23(母心), 4권 21(玉嬉의 慈善), 5권 10(母親에게 寫眞을 送呈훈), 17(養蠶), 8권 5(與妹弟書: 妹弟竹姬에게)
	1908	노동야학독본 (勞動夜學讀本)	50과	제32과 國民되는 義務
	1908	최신초등소학 (最新初等小學)	99과(1권 26, 2 권 26, 3권 22, 4권 25)	제1권 24일, 제2권 20과(救援훈 救), 제3 권 7과(업신여길 侮)
	1909	초목필지 (樵牧必知)	129장(상권 63, 하권 66장)	상권 13(부부지륜 夫婦之論), 14(남녀지 별 男女之別), 33(금샤치지요 禁奢侈之 要), 하권 25(계혼인위법 戒婚姻違法), 26(계간음 戒奸淫), 37(신구투상인 愼毆 鬪傷人)
	1909	신찬초등소학 (新撰初等小學)	235과(1권 41, 2권38, 3권 40, 4권 38, 5권 40, 6권 38)	제2권 37과(物件을 整理훌 일), 38과(慈 母의 心)
윤리학 교과서류	1908	윤리학교과서 (倫理學敎科書)	편장절 구성: 修身후는 道(7 장), 家族의 本 務(7장), 親知 의 本務(2장), 社會(3장), 國 家(5장)	'家族의 本務' 제4장 '부부의 의무'(부부, 애정, 혼인, 혼인과 고상한 애정, 부부 분업 필요, 남녀평등의 권리와 이치), 제5장 형 제 자매의 의무
	1908	보통교육 국민의범 (普通敎育 國民儀範)	장절 식 구성 총 24장	제10장 방문과 접객(10절 남녀 간의 방문)
	1909	초등수신교과서 (初等修身敎科書)	초등윤리학교과 서 개정판 장절 구성	가족 윤리에서 부부의 의미를 설명함

1909	초등수신서 (初等修身書)	장절 식 편제: 신체, 윤리, 잡 저, 가언, 선행	제2장 윤리(부모, 자매, 친척), 제3장(가정 교육)
1907	초등윤리학교과서 (初等倫理學 教科書)	장절 식 구성: 수기(修己), 가 족(家族), 사우 (師友), 타인(他 人), 선군(善 群), 지방(地 方), 국가(國家)	가족윤리에서 부부의 의미를 설명함

이 표에 정리한 것과 같이, 근대 계몽기 남녀 공용의 교과서는 독본류 11종, 수신(윤리) 교과서 5종으로 분류할 수 있다.

독본류 교과서에 나타난 여자교육 관련 내용을 살펴보면, '전통적 가족 윤리'와 관련된 내용, 현모양처로 대표되는 '모교(姆敎)' 및 '여성의 성품(여자의 덕목)'과 관련된 내용, '사회생활과 직업'과 관련된 내용이 중심을 이루며, 근대 여성관의 변화를 반영하는 교재 및 '애국심'을 주제로 한 교재가 일부 포함되어 있다.

전통적 가족 윤리를 주제 삼은 독본류

첫째, 전통적 가족 윤리와 관련된 것으로는 『유몽휘편』의 「명부부지별(明夫婦之別)」, 『신정심상소학』 제1권 22과 「화목(和睦)혼가권(家眷)」, 제3권 「효서(孝鼠)의 이야기라」, 『국문독본』 제34공과 「쥐의 효심이라」, 『고등소학독본』 제1권 9과 「가족(家族)의 상애(相愛)」, 『초목필지』 상권 13장 「부부지륜(夫婦之倫)」, 14장 「남녀지별(男女之別)」 등이 있다. 그 내용을 좀 더 살펴보자.

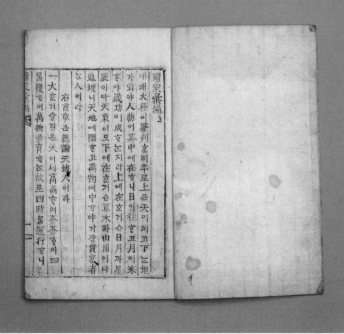

『유몽휘편』(1895)

『유몽휘편』 상권 제5장 「明夫婦之別」

夫婦란 者는 生民의 始오 百福의 原이니 人倫의 最大호지라. 故로 宮室을 호디 반다시 內外를 辨호야 男은 居外호야 內를 不言호고 女는 居內호야 外를 不言호고 夫 1 和호며 婦 1 順호여야 家道 1 正호리니 帝舜의 二女를 刑홈과 文王의 寡妻를 刑홈굿터야 可히 써 正家호는 道 1 라 호리니 帝王도 猶然커든 호믈며 衆人이랴. 右 五章은 明夫婦之別이라.

『신정심상소학』

1) 제1권 22과 「和睦한 家眷」: 여긔 한 조고마한 집이 잇스니 지은지 오린 故로 그 詹牙와 지붕도 장찻 허러질 터이되야 別노 볼 거슨 업스나 그러나 그 속을 본則 참 말노도 홀 수 업는 아름다온 것시 잇스니 여러분 싱각에는 이거시 무엇신쯧ᄒᆞ오. 必然 寶玉인가 或 金銀인가 녁이시는가 보오이다. 그러나 寶玉도 아니오 金銀도 아니라 다만 이 집 속에는 父母와 兄弟와 姉妹가 和睦ᄒᆞ야 스는 貌樣이 아롬다온 일 쑨이오이다.[29]

2) 제3권 9과 「孝鼠의 이야기라」: 順姬란 女子ㅣ 冊床 압히서 혼ᄌ 冊을 볼시 조고마한 소리 들니거놀 눈을 드러보니 壁 밋히 저근 구멍에서 한 쥐식기가 머리롤 니밀고 스룸의 動靜을 보는지라 順姬ㅣ 쥐식기의 動靜을 보고ᄌ ᄒᆞ야 氣運을 낫추고 喘息(천식)을 가만이 ᄒᆞ고 잇섯더니 쥐식기 이리저리 보면서 房의 쩌러진 米粒을 보고 忽然히 다시 슈머 가거놀 順姬ㅣ 싱각ᄒᆞ되 쥐식기 何故로 다시 나오지 아니ᄒᆞ는고 疑心ᄒᆞ얏더니 이윽고 그 식기 저의 어미롤 房中으로 引導ᄒᆞ야 오고 그 뒤에는 쏘 한 식기 짜라 누오더니 그 큰 쥐는 구멍 겻히 잇서 나오지 아니ᄒᆞ고 두 식기만 房中으로 도라다이면서 米粒을 집어서 저는 먹지 아니ᄒᆞ고 큰 쥐 압흐로 輸運ᄒᆞ야 가더니 큰 쥐 卽時 먹지 못ᄒᆞ고 다만 입으로 米粒을 추지면서 어릿어릿ᄒᆞ는지라 仔細히 보니 可憐ᄒᆞ다 이 큰 쥐는 盲者ㅣ오 두 식기가 食物을 어더 奉養ᄒᆞ는 거시라. 順姬ㅣ 싱각ᄒᆞ되 저것슨 짐싱이로디 오히려 그 모롤 極히 奉養ᄒᆞᆫ다 ᄒᆞ고 미우 感動ᄒᆞ야 더욱 고요히 안저 놀니지

이나 호얏더니 窓外에 忽然 人跡이 잇눈지라 두 쉭기 듯고 大驚
호야 호 소리롤 크게 질으니 이눈 제 어미의게 들녀 急히 逃亡
호게 홈이라. 그 쯰 큰 쥐 듯고 곳 구멍으로 드러갓누이다. 嗚呼
ㅣ라 짐싱이라도 其親을 奉養과 保護호기에 用心호기롤 이갓
치 호니 호믈며 사롭되눈 者ㅣ 孝心이 업슨 즉 엇지호리요.

3) 제3권 13과 「鳥됨을 願호눈 問答이라」: 호 敎師ㅣ 女生徒 서
희롤 모와 눗코 左列호 일을 質問호얏누이다. 敎師曰 蘭嬉야 萬
一 네가 시 될진디 어늬 시 되기롤 바라나뇨. 蘭嬉 對曰 나눈 죄
고리 되기롤 願호옵누이다. 죄고리눈 恒常 아름다온 소리로 滋
味 잇게스리 우옵나이다. 敎師 曰 竹嬉야 너눈 어늬 시 되기롤
바라나뇨. 竹姬 對曰 나눈 鴛鴦으로 되기롤 願호옵누이다. 鴛鴦
은 깃도 고을 쑨더러 恒常 즐기며 물우희서 노옵누이다. 敎師曰
貞嬉야 너눈 어늬 시 되기롤 바라누뇨. 貞姬曰 나눈 가마귀 되
기롤 願호옵누이다. 가마귀눈 보기눈 좃치 아니호나 孝心이 大
端호 시라 호옵나이다. 敎師눈 三女의 對答을 聞호고 그 貞嬉
의 對答이 가장 됴흔 줄노 미우 稱贊호고 또 訓戒호되 무릇 사
롭은 姿貌의 고흔 것보다 心志의 아름다온 거시 第一이라 호고
仔細히 말호얏다 호옵누이다.

『고등소학독본』

1) 제1권 9과 「家族의 相愛」: 一家의 父母와 兄弟와 姉妹눈 至
極히 密切호 關係가 有호 骨肉의 親이라. 同室에 相處호며 同
堂에 共食호야 天然的으로 聚合호 倫彝至情이니 其慈愛親睦

혼 心이 豈他人에 可比ᄒᆞ리오. 況父子의 恩愛ᄂᆞᆫ 暇論을 不俟ᄒᆞ거니와 兄弟 姉妹에 至ᄒᆞ야ᄂᆞᆫ 同氣의 親이라. 宜相愛相扶ᄒᆞ야 甘苦를 與同ᄒᆞ며 勞逸을 互分홀지니 若家族의 間에 忿戾ᄅᆞᆯ 生ᄒᆞ야 不和의 情이 有ᄒᆞ면 外人의 侮辱을 必招ᄒᆞ야 累가 一家에 及홀지라. 此豈可恥홀 事가 아니리오.

2) 제2권 34과 「목주곡」: 高麗時에 木州[今木川]에 一孝女가 有ᄒᆞ야 父와 及 後母를 事호ᄃᆡ 孝로써 聞ᄒᆞ더니 父가 後母의 讒에 惑ᄒᆞ야 女를 逐호ᄃᆡ 女ㅣ 忍去치 못ᄒᆞ고 留ᄒᆞ야 父母를 養홈이 益勤不怠ᄒᆞ나 父母ㅣ 愈怒ᄒᆞ야 又逐ᄒᆞ거ᄂᆞᆯ 女ㅣ 不得已 辭去ᄒᆞ야 一 山中에 至ᄒᆞ니 石窟 中에 一老婆ㅣ 有ᄒᆞ거ᄂᆞᆯ 其情曲을 訴ᄒᆞ고 寄寓홈을 因請ᄒᆞᄃᆡ 老婆가 哀憐히 넉여 許ᄒᆞ거ᄂᆞᆯ 女ㅣ 父母를 事홈으로써 事ᄒᆞᆫ즉 老婆가 愛之ᄒᆞ야 其子로써 娶케 홈이 夫婦가 協心ᄒᆞ야 勤儉致富ᄒᆞ얏ᄂᆞᆫᄃᆡ 女ㅣ 其父母의 生計가 甚貧홈을 聞ᄒᆞ고 其家에 邀致ᄒᆞ야 奉養이 備至호ᄃᆡ 父母ㅣ 猶不悅홈으로 孝女가 歌를 作ᄒᆞ야써 自怨ᄒᆞ니 其聲이 哀切ᄒᆞᆫ지라. 高麗樂府에 木州曲을 傳ᄒᆞ야 孝道를 勉勵ᄒᆞ니라.

『보통학교 학도용 국어독본』 2권 10과 「我家」

우리집에ᄂᆞᆫ 아우 二人과 妹弟 一人이 잇스니 父母ᄭᅥ지 家族이 六人이로다. 家族 外에ᄂᆞᆫ 婢僕도 업고 다만 소 ᄒᆞᆫ 匹과 ᄃᆞᆰ 세 머리가 잇스니 ᄃᆞᆰ은 째째로 알을 낫터라. 父親은 아참마다 일즉 닐어나셔 園圃ᄅᆞᆯ 도라보ᄂᆞᆫ 것으로 즐거온 일을 삼으시더라. 母親은 그 사이에 朝飯을 지으시고 妹弟ᄂᆞᆫ 房안을 쓰ᄂᆞᆫᄃᆡ 나ᄂᆞᆫ 소

의게 풀을 주고 둙의게 모이를 주는도다. 父母와 妹弟는 들에
나아가신 後에 나는 學校에 가고 두 아우는 집에셔 놀더라.

『초목필지』

1) 상권 13 「부부지륜(夫婦之倫)」: 부부는 인륜(人倫)에 쳐음이
오 만복(萬福)에 근원이라. 조손(子孫)을 나아 션조(先祖)의 종
통(宗統)을 니으니 엇지 즁디치 아니ᄒ리오. 그러나 부부ᄉ이
에 ᄯ 분별이 잇스니 남조(男子)ㅣ 연고(緣故) 업거든 낫에 닉
실(內室)에 거(居)ᄒ지 아니ᄒ며 밤에도 외당(外堂)에 거ᄒ야
공경홈으로 세 림(臨)ᄒ고 화락(和樂)으로써 일우며 그 셰쇄(細
瑣)ᄒ 말을 가도가 괴란(潰亂)ᄒ 쟈는 어가(御家)ᄒ는 법(法)이
아니니라.

2) 상권 14 「남녀지별(男女之別)」: 인싱 칠셰(人生七歲)에 남
녀ㅣ 자리를 혼가지 아니ᄒ며 먹지 아니ᄒ며 밧고 주기를 친
(親)히 아니홈은 별혼 빈니 만약 남녀의 분별이 업슨즉 가도가
산란(散亂)치 아니홀 쟈ㅣ 업스니 어린 ᄋ희를 ᄀ루치는 문견
(聞見)에 남녀지별이 가쟝 즁(重)ᄒ니라.

이상의 교육 내용은 전통적인 가족관이나 남녀관을 바탕으로
한다. 즉,『유몽휘편』과『초목필지』에 등장하는 '남자는 거외불
언내(居外不言內)하고 여자는 거내불언외(居內不言外)'한다는 것이
나 '남녀가 7세에 자리를 함께하지 않는다'는 것은 전통적인 남
녀관을 계승한 것이다. 또한 가정의 화목을 주장한 다수의 교재

에서 지나친 효를 강요하는 것도 마찬가지로 볼 수 있다. 더욱이 '효서(孝鼠)'와 '조(鳥)됨을 원하는 문답'(까마귀와 관련된 고사 반포지 효(反哺之孝)를 전제로 함)은 『신정심상소학』뿐만 아니라 조원시의 『국문독본』에도 실려 있는데, 같은 제재가 여러 교과서에 수록되는 양상은 전통 윤리의 정전화 현상을 보여주는 사례가 된다.[30]

모교를 주제 삼은 독본류

둘째, 현모양처로 대표되는 '모교(姆敎)' 및 '여성의 성품(여자의 덕목)'과 관련된 내용이다. 이 또한 전통적인 여성관을 기반으로 한 것으로, 여성에 대한 편견이 내재되어 있다. 다음과 같은 자료가 대표적이다.

『신정심상소학』 제3권 12과 「宿瘤의 話라」

支那 昔時에 齊나라에 쏭닙을 짜는 혼 女子ㅣ 잇스니 이 女子는 목에 큰 혹이 잇눈지라. 그런 故로 스롬이 宿瘤라 일홈을 지엇더라. 一日은 宿瘤ㅣ 쏭닙을 짜더니 뭇춤 國君의 擧動이 되눈지라. 許多혼 士女ㅣ 다 그 구경홈을 爲ᄒ야 奔走ᄒ되 宿瘤ㅣ 홀노 도라보지 아니ᄒ고 쏭닙만 짜거눌 齊王이 보고 疑訝ᄒ야 宿瘤룰 불으사 그 緣故룰 물으시니 宿瘤ㅣ 對ᄒ야 골오디 父母의게 쏭닙을 짜라눈 말을 듯고 大王의 擧動을 구경ᄒ라눈 말은 듯지 못ᄒ와 敢히 仰瞻치 못ᄒ얏ᄂ이다 ᄒ거눌 王이 크게 感動ᄒ야 골오디 너는 眞實노 奇女子ㅣ로다. 그러나 목에 혹이 잇스니 춤 앗갑다 혼디 宿瘤ㅣ 또 對ᄒ야 골오디 스롬은 ᄆ음이 第

『신정심상소학(권3)』(1896)

一이오니 혹이 잇습기로 무슴 關係가 잇소오릿가 호디 王이 그 賢明홈을 歎賞호시고 宮中에 잇그러 드리시니. 宮中의 女官들이 宿瘤ㅣ入闕홈을 듯고 다 服飾을 盛히 호고 기다리더니 宿瘤ㅣ入闕호미 非但 衣服이 麤홀 뿐 아니라 묵에 큰 혹이 잇슴을 보고 다 웃는지라 王이 그 無禮홈을 譴責호고 곳 宿瘤룰 封호야 王妃룰 삼고 自後로 王妃의 諫言을 容納호야 宮中의 冗費룰 減省호며 百姓의게 惠澤을 니리니 나라이 날노 富强호야 威力이 隣國을 壓服호엿노이다.

『국문독본』 제26공과 「맹자의 모친이 맹자를 가라친 말이라」

부모가 자녀를 나시면 조흔 줄은 아시나 교육하는 법은 알기 어려오니 대강 설명하오리이다. 녜전에 맹자의 모친이 맹자 어려실 째에 저자 가호로 이사하엿더니 맹자가 희롱할 째에 장사하는 모양으로 놀거늘 그 모친이 갈아대 가히 자식 기를 곳이 아니라 하고, 그 후에 뫼쓰기를 위업하는 사람의 집 리웃으로 이사하엿더니 맹자가 희롱할 째에 신체를 묵고 쌍을 파는 모양으로 놀거늘 그 모친이 갈아대 이곳도 자식 기를 곳이 아니라 하고, 드대여 학교 겻흐로 이사한대 맹자가 희롱할 째에 례를 배호는 모양으로 놀거늘 그제야 그 모친이 말삼하시기를 진실노 자식 기를 곳이라 하고, 그 짜에서 살더니 맛참내 큰 선배를 일우엇나니라. 쏘 하로는 맹자가 리웃집에서 되아지 잡는 소래를 듯고 그 모친끠 무러 갈아대 저 되아지를 누구의게 주랴고 잠나잇가 하니, 그 모친이 잠간 희롱에 말노 하기를 너를 주리라 하다가 생각한즉 어린 아해를 속이면 이는 거잣슬 가라침이니 엇지할고 하여, 되야지 고기를 사서 주엇다 하니라. 아모시던지 자식을 가라칠 째에 조흔 리웃을 택하며 쏘 거잣시 업게 하면 사람마다 군자가 될지니라.[31]

『보통학교 학도용 국어독본』

1) 제2권 23과 「모심(母心)」: 히눈 임의 지고 돌은 아직 나지 아니혼지라 져녁 바롬은 차셔 몸에 侵砭(침폄)호고 四方은 寂寞호도다. 貞童과 壽童은 낫에 나아가셔 아직 도라오지 아니호니 母

親은 깁히 憂慮ㅎ샤 門을 倚立ㅎ야 싱각ㅎ디 我子 等이 失路ㅎ 엿눈지 어디를 傷ㅎ엿눈지 내에 싸지지나 아니ㅎ얏눈지 惡혼 同侔와 사오고 울지나 아니ㅎ눈지 饑寒에 고싱이나 아니ㅎ눈지 여러 가지로 근심ㅎ며 기두리눈도다. 두 兒孩눈 母親이 如斯히 心慮ㅎ눈 쥴은 모로고 놀기에 着心ㅎ더니 日暮ㅎ야 어두온 後 에야 慌慌히 도라 왓도다. 母親은 心慮ㅎ다가 두 兒孩가 無事히 도라옴을 깃부게 싱각ㅎ고 兩腕으로 두 兒孩를 안엇도다. 父母 의게 憂慮를 끼치눈 者눈 不孝莫大흠이로다. 孔子ㅣ 길ㅇ사대 父母ㅣ 계시거던 멀니 놀지 말며 노라도 반두시 方向이 잇다 ㅎ 시니라.

2) 제4권 21과 「玉姫의 慈善」: 어느날 新聞紙에 「可憐혼 母子」 라 ㅎ눈 題目下에 左記혼 事實을 揭載ㅎ얏더라」 白洞 二十統 一戶에 사눈 李如源은 今年 十一歲되는 童子ㅣ라. 如源의 父눈 木工으로 資生ㅎ더니 어느날 某 家의 修理 工役에 被傭ㅎ얏다 가 重傷ㅎ야 死亡ㅎ니 이 씨는 如源의 나히 五歲라. 其 母ㅣ 悲 痛혼 中에 每日 낫에는 菜蔬를 行賣ㅎ고 밤에눈 他人의 衣裳 을 裁縫ㅎ야 僅僅히 歲月을 보니눈지라. 그러나 그 ㅇ들 如源을 敎育코져 ㅎ야 七歲에 白洞 普通學校에 入學케 ㅎ얏더니 如源 이 비록 年幼ㅎ나 그 母親의 勞苦흠을 焦悶ㅎ야 學校에 在ㅎ야 눈 先生의 訓導를 克從ㅎ고 自家에 在ㅎ야눈 母親을 誠心으로 셤기더라. 三年을 經過홈이 如源이 第四年生이 된지라. 然이나 그 母親이 積年 苦勞혼 所以인지 猝然히 臥病ㅎ거늘 如源이 크

게 憂慮ᄒ야 學業을 廢止ᄒ고 薪炭과 菜蔬를 行賣ᄒ야 엇은 돈
으로써 藥劑를 사셔 母親의게 進供ᄒ고 밤에는 母側에셔 至誠
으로 侍湯ᄒᄂ디 그 母親은 自己 ㅇ들의 可憐ᄒ 形容을 보면셔
心中에 혜아리되「뎌 吾子가 오작히 學校에 가고 십흐랴」ᄒ야
因ᄒ야 涕泣ᄒ더라. 母親의 病勢가 더욱 沈重홈이 如源은 心中
에 焦悶ᄒ야 門外에도 出去치 안코 侍湯ᄒ기를 至誠으로 ᄒ더
라. 슯흐다. 如源이 自今으로 엇더케 돈을 엇으며 엇더케 藥을
살 수 잇스리오, 그 母子의 身勢가 참 可憐ᄒ도다. 玉姬라 ᄒᄂ
女子의 母親이 그 新聞을 넑을싀 玉姬가 듯고 크게 感心ᄒ야 平
日에 貯蓄ᄒ 돈 六十錢을 如源의게 捐助ᄒ겟다 홈이 그 母親도
玉姬의 慈善心에 感動되야 나도 衣服을 주겟다 ᄒ더니 翌日에
玉姬와 그 母親이 如源의 집을 차져셔 돈과 衣服을 捐助ᄒ니 如
源이 喜悅ᄒ ᄆᆞ음과 感激ᄒ 情을 익의지 못ᄒ야 無數히 拜謝ᄒ
고 如源의 母親도 病床에셔 懇切히 그 恩惠를 닐큿더라.

「초목필지」

1) 하권 25장 「계혼인위법(戒婚姻違法)」: 혼인은 싱민(生民)의
근원이오 인륜의 되ᄉ니 엇지 솜가지 아니ᄒ리오. 녀가(女家)
에셔 혼인을 졍홀 ᄯᅵ에 폐빅과 지물을 밧아거나 임의 로약(牢
約)이 잇ᄂ 디 타인에게 두 번 허혼(許婚)ᄒ야 셩례(成禮)치 아
니ᄒ 쟈ᄂ 틴 칠십이며 셩례ᄒ 쟈ᄂ 틴 팔십에 쳐ᄒ고 나죵 졍
혼(定婚)ᄒ 남가(男家)에셔 지졍(知情)ᄒ 쟈도 죄가 굿흐며 혼
ᄉ(婚事)를 리간ᄒ거나 져희(沮戱)ᄒ야 셩혼(成婚)치 못ᄒ게 ᄒ

쟈는 틱 일뷕에 쳐호딕 인호야 스스로 쟝가들거나 타인에게 거미(居媒)혼 쟈는 일등을 가호고 혼소를 륵졍(勒定)혼 쟈는 틱 팔십이며 임의 시집 간 똘을 타인에게 직가(再嫁)혼 쟈는 징역 삼개월에 쳐호며 지졍호고 쟝가든 쟈도 죄가 굿흐니 계집은 젼부(前夫)게도 돌녀 보닉ᄂ.니라.

2) 하권 26쟝 「계간음(戒奸淫)」: 남녀가 분별이 업서 간음혼 쟈는 금슈의 힝실이니 사나온 힝실로 부녀(婦女)를 강간(强奸)호거나 십이 셰(歲)가 되지 못혼 어린 게집을 간음호거나 스치(私債)를 인호야 부녀를 간졈(奸占)호거나 강간호다가 주진(自盡)케 호거나 슈졀(守節)호는 과부(寡婦)를 쟝가들고져 호야 폐뷕과 직물을 위협(威脅)으로 밧게 호다가 죽는딕 일은 쟈는 교에 쳐호며 유부녀(有夫女)를 강탈(强奪)호야 쳐쳡(妻妾)을 숨은 쟈는 교며 강탈만 호고 간음치 아니혼 쟈는 징역 십오년이며 유부녀를 화간(和奸)혼 쟈는 남녀를 다 징역 일년에 쳐호ᄂ.니라.

3) 하권 37쟝 「신구투샹인(愼毆鬪傷人)」: 잉부(孕婦)를 구타호야 락틱(落胎)혼 쟈는 징역 이년이며 구십일 미만(未滿)에는 틱 일뷕이오 위핍(威逼)호야 락틱혼 쟈는 징역 일년이며 구십일 미만에는 틱 팔십이오 잉부와 혹 그 친속의 쳥구(請求)를 좃차 락틱홀 약(藥)을 써셔 락틱혼 쟈는 징역 십개월이며 구십일 미만에는 틱 칠십이오 간부(奸夫)가 약으로 락틱케 혼 쟈는 징역 삼년이며 사롬에 의관을 렬(裂)혼 쟈는 틱 삼십이며 믹(罵)혼 쟈

논 틱 일십에 쳐호딕 셔로 미혼 쟈는 각히 틱 일십에 쳐호느니라.[32]

『신찬초등소학』 제2권 38과 「慈母의 心」

西山에 히가 지고 東嶺에 달이 돗아 오도록 우리 兄弟가 도라가지 아니호니 우리 母親 우리를 기다리신다. 우리가 길을 일엇는가 우리가 물에 싸졋는가 우리가 惡혼 놈과 싸오다가 우지나 아니호는지 비도 곱푸고 몸도 칩겟다 호면셔 念慮호시는 마음 限量업다. 우리 兄弟는 母親의 마음을 全혀 모로고 日暮혼 後에야 도라오니 바름은 쳐부는데 四方에 人跡이 고요호다. 우리 母親 門을 의지호야 홀로 서섯다. 우리 母親 우리를 보고 깃분 마음 두손으로 우리를 붓들고 뭇는 말솜, 너의들 어딕 갓다가 인제 오노. 내 간쟝 다 말낫다.

『초등소학』

1) 제3권 6과 「나물 캐는 것」: 지금은 春이 되니 日氣가 매우 싸뜻호야 百가지 나물의 싹이 파릇파릇호얏소. 나물 중에는 냉이와 소루쟝이가 第一 먼져 나느이다. 져 밧을 보시오. 어엿분 계집 兒孩들이 小한 보곰이룰 가지고 나물을 캐느이다. 그 계집 兒孩들은 아마 냉이와 소루쟝이룰 캐느 보오.

2) 권3 제7과 「솟굽질」: 져 나물 캐던 두 계집 兒孩들은 순희와 난희올시다. 순희와 난희가 지금 그 나물로 솟굽질을 호느이다.

순희는 小刀로 나물을 쓸어 졉시에 담으며 난희는 상 우에 졉시를 벌여 노앗소, 져 편 자에 적은 각시를 만드러 놋코 손님 대졉호는 모양이오. 이 두 兒孩의 솟굽질은 매우 자미잇노이다.

3) 권7 제20과 「幼女의 話」: 古時에 酒를 戒호는 演說者 一人이 學校에 往호야 戒酒의 演說을 혼 後에 盟約書를 出示호면셔 何人이던지 此地方에셔 若干의 會員을 募集호는 者가 잇스면 此를 與호짓노라 호니, 時에 七八歲쯤 되는 女兒가 其席에 出호야 此를 受호고 大喜호야 家에 歸호더라. 其夜에 幼女의 父親은 大醉호야 歸來호거늘 幼女가 其 明朝에 盟約書를 持호고 父親의게 往示호야 盟흠을 請혼디 父親이 大怒호야 其 女兒를 睨視호면셔 大責호야 曰 汝는 何故로 此等 不緊혼 것을 持來호얏노냐 호고 大拳으로 其女兒의 頰을 打호니 其女兒는 痛哭을 堪치 못호나 然호나 오히려 盟約書를 堅執호고 놋치 아니호니 其 父가 此를 見호고 心中에 其過誤홈을 悔호되 오직 言치 아니호더라. 此幼女는 其母親의 慰勞홈을 得호야 其日에도 學校에 往호야 敎師와 學員의게 請호야 多數의 同意者를 得혼지라. 家에 歸호야 其盟約書를 母親의게 示호면셔 스스로 喜悅호되 敢히 其父親에게는 言치 못호고 오직 其悔改호기만 기다리더라. 然호나 其父는 始終을 其女의게 注目호야 其心을 奇特히 녁여 前의 過誤를 深히 悔호더라. 其父는 一朝에 其女兒를 呼호야 幾何의 會員을 募得호얏노냐 問호니 其女兒가 곳 自己의 室中에 往호야 前의 盟約書를 父의게 納호니 父가 此를 受호야 其人員

을 計數ᄒ거ᄂᆞᆯ 其女兒ᄂ 其頰을 復打ᄒᆯ가 畏ᄒ더니 其計算을
終ᄒ미 和色으로 其女兒의게 謂ᄒ야 曰 汝ᄂ 벌셔 百五十人을
募得ᄒ얏도다 ᄒ니, 其女兒가 父親의 怒치 아니홈을 見ᄒ고 其
父의 膝下에 坐ᄒ야 父의게 請ᄒ야 曰 父親이 萬一 加盟ᄒ시면
百五十一人을 得ᄒ깃ᄂ이다 ᄒᆫ지 其父가 곳 加盟ᄒ더라.

이상의 자료에서 현모양처와 여성의 덕을 주제로 한 교육 내
용을 살필 수 있는데,『신정심상소학』의「숙류(宿瘤)의 화(話)」는
전국시대 제나라 현부(賢婦) 숙류 고사를 대상으로 '여덕(女德)'은
외모에 있는 것이 아니라, 부모와 나라를 생각하는 마음에 있음
을 주제로 삼았고,『국문독본』,『고등소학독본』에 소재한 '맹모
삼천지교' 고사는 전형적인 현모(賢母)를 주제로 한 교육 재료다.
『보통학교 학도용 국어독본』의「모심(母心)」이나「옥희의 자선」
은 자상한 어머니의 마음을 주제로 한 것이며,『초목필지』의「혼
인 위법을 경계하는 것」,「간음을 경계하는 것」,「잉부를 구타하
여 낙태하는 일을 경계한 것」등은 근대 이후 형법을 반영한 것
이지만, 그 자체가 전통적인 남녀 질서를 타파한 것은 아니다. 이
와 같은 관점에서 현모양처의 여덕을 주제로 한 교육 내용은 전
근대성을 면하기 어렵다.
　　다만『초등소학』의「나물 캐는 것」,「소꿉질」등과 같이 여
아(女兒)의 일상생활이 교과서에 등장한 것은 의미 있는 일이며,
「유녀(幼女)의 화(話)」에서 여아가 금주 회원을 모집하는 이야기
는 이 시기 '국채보상운동'을 비롯한 금주 관련 계몽운동과 계몽

사상이 반영된 결과로 볼 수 있다. 그럼에도 이 이야기 속의 아버지가 딸의 뺨을 때리는 장면은 가부장적 가족제도 아래 아버지의 횡포를 당연한 것으로 서술했다는 점에서 근대적 여성관의 한계를 보여주기도 한다.

사회생활과 직업을 주제 삼은 독본류

셋째, 근대 이후 여성의 사회생활이나 직업과 관련된 교육 내용을 살필 수 있다. 이를 주제로 한 교육 재료는 교제 예법이나 여성의 사회활동, 직업 등과 관련을 맺는다. 다음 자료를 살펴보자.

『서례수지』[33]

1) 「宴客(손님을 쳥ᄒ야 잔치ᄒᄂᆞᆫ 법)」: 손님이 긱당에 모이거든 남ᄌᆞ 손님으로 ᄒ야곰 각각 부인 손님ᄭᅴ 향ᄒ야 디졉게 ᄒ되 그 법은 남녀간 쥬인된 ᄉᆞ람이 먼져 명홀 거시오, ᄯᅩ 그 년긔와 장가들고 아니든 거슬 보아 명혼 후 식당에 갈 ᄶᅢ에 다락으로브터 ᄂᆞ려오거든 남ᄌᆞ 손님이 부인 손님ᄭᅴ 길을 양ᄒ야 담과 벽이 갓가온 데로 힝ᄒ게 ᄒ고 [이ᄂᆞᆫ 부인의 근력이 약ᄒᆞᆫ 고로 의지ᄒ기 편게 홈이라] 식당에 이르러ᄂᆞᆫ 부인의 자리를 졍계히 ᄒ고 ᄌᆞ긔ᄂᆞᆫ 그 겻히 안지며, ᄯᅩ 부인이 루샹층디로 ᄂᆞ려올 ᄶᅢ에ᄂᆞᆫ 남ᄌᆞ가 좌우 쪽 간에 한편 팔로뻐 붓들어 위티치 아니케 ᄒ고 만일 긱당과 식당이 다 평디에 잇거든 단일 ᄶᅢ에 왼편 팔노뻐 잇그ᄂᆞ니라. 손님 부인을 디졉ᄒᄂᆞᆫ 남ᄌᆞᄂᆞᆫ 그 차례가 손님 부인을 인ᄒ야 명ᄒ고 남ᄌᆞ의 존비귀쳔을 뭇지 아니ᄒᄂᆞ니 향

88

쟈에 영국 틔즈씌셔 그 부인으로 더부러 어늬 잔치에 갓더니 그 사나히 쥬인이 틔즈 부인을 잇글고 먼져 나오고, 그 녀즈 쥬인은 틔즈를 짜라 동힝홀시 이러날 찌에 남즈 쥬인이 실례홀가 겁흐야 머리를 도리켜 왈 우리가 참남이 먼져 가오니 틔즈씌셔 죄를 사흐소셔 흔디 틔즈부인이 위로흐야 왈 이는 쥬인의 실례가 아니라 흐시고 이에 틔즈부인이 먼져 힝흐니 이는 례법이 원리 여츠홈이라.

2)「拜客(친구 찻는 법)」: 므릇 부인을 찻는 법은 오후 삼 졈 종 이젼에 가지 아닐디니 이는 그 부인이 집안 일로 결을이 업슬가 념녀홈이오, 쏘 오 졈 종 후에는 가지 안느니 이는 그 부인이 놀기를 인흐야 집에 업슬가 념녀홈이니라.

3)「衣飾(의복 입는 법)」: 부인의 의복은 일뎡흔 규모가 업거늘 향곡간 부녀들은 샹등 부인이 챠를 타고 단일 찌에 그 의복이 화려흔 거슬 보고 말흐되 이 의복이 아니면 불가흐다 흐느니 그러나 챠 탈 찌의 의복과 거러단일 찌의 의복이 크게 판이흐야 샹등 부인도 거러단이는 의복은 다 간편케 흐야 오젼에는 보뷔로 온 패물을 차지 아니흐고 혹 찰지라도 쏘흔 간편흔 패물을 차고 지어 광치 잇는 구슬과 보셕은 손님과 야연홀 찌에 차느니라.

4)「取樂(질기는 일)」: 춤츄는 회의 례모를 아는 스람이 만커니와 디뎌 귀즁 한 스람은 례스가 되느니 [례스는 례 맛흔 스람] 니

가 만일 아모 부인을 쳥ᄒᆞ셔 셔로 츔츄기를 원ᄒᆞ딘딘 맛당히 례ᄉᆞ의게 그 연유를 말ᄒᆞ면 례ᄉᆞ가 곳 그 부인의게 쇼개ᄒᆞ야 디 무ᄒᆞ기를 허락ᄒᆞ고 만일 불합ᄒᆞ면 례ᄉᆞ가 짜로히 다른 ᄉᆞ람을 틱ᄒᆞ야 디무케 ᄒᆞᄂᆞ니 이ᄂᆞᆫ 곳 이 회의 례졀이라. 만일 례ᄉᆞ의게 뭇지 아니ᄒᆞ고 부인을 맛디ᄒᆞ야 쳥ᄒᆞ면 부인이 허락지 아닐 ᄲᅮᆫ 더러 ᄯᅩ 크게 무례ᄒᆞ다 ᄒᆞᄂᆞ니라. 회즁에셔 디무ᄒᆞ든 부인을 ᄌᆞ 초로 슉면이 아니면 이번의 츔을 인ᄒᆞ야 사귀엿다 못ᄒᆞᆯ디니 후 에 비록 만나도 로샹인과 갓틀 거시오, 만일 그 부인이 먼져 몸을 굽혀 인ᄉᆞᄒᆞ거든 그계야 가히 모ᄌᆞ를 벗고 회례ᄒᆞᆯ디니라.

5) 「零事(항용 례졀)」: 로샹에셔 아는 부녀를 만날디라도 먼져 말ᄒᆞ지 말고 그 부녀가 인ᄉᆞᄒᆞ기를 기다릴디니 이ᄂᆞᆫ 늬가 먼져 인ᄉᆞᄒᆞ얏다가 만일 불긴히 알고 강잉히 회답ᄒᆞ면 무안ᄒᆞᆯ디라. 그러나 면슉ᄒᆞᆫ 부녀ᄂᆞᆫ 늬가 먼져 말ᄒᆞ야도 무방ᄒᆞ니 이ᄂᆞᆫ 영국 의 례졀이오, ᄎᆞ외 다른 나라들은 미양 이와 갓지 아니ᄒᆞ야 로 샹에셔 남ᄌᆞ가 먼져 인ᄉᆞ치 아니면 부녀가 아는 톄 아니ᄒᆞ고 ᄯᅩ 영국법은 부녀를 만나면 모ᄌᆞ 벗ᄂᆞᆫ 걸로 례를 삼고 다만 머리를 수기지 못ᄒᆞᄂᆞ니라. 므릇 남ᄌᆞᄂᆞᆫ 부녀의 챠 타기를 기다릴 ᄯᅵ든 지 혹 노리장 총디에 안즐 ᄯᅵ에ᄂᆞᆫ 모ᄌᆞ를 쓰지 아니ᄒᆞ고 문을 열거든 곱게ᄒᆞ야 쇼리가 나지 아니케 ᄒᆞ고 ᄯᅩ 헌화치 말디니 이 ᄂᆞᆫ 즁인의 귀를 어지러일가 념녀ᄒᆞᆷ이오 ᄯᅩ 노리를 드를 ᄯᅵ에 부 녀 잇ᄂᆞᆫ 데 가셔 슈쟉고자 ᄒᆞ다가 타인이 그 부녀와 말ᄒᆞ거든 곳 도라올디니 이ᄂᆞᆫ ᄉᆞ람이 만흐면 말ᄒᆞ기 불편ᄒᆞᆫ 연고ㅣ니라.

『초등소학』

1) 제4권 28과「織物」: 織物에는 絹織과 綿織과 麻織과 毛織 等 여러 가지가 잇소. 絹織은 繭의 絲로 織ᄒᄂᆫ 것이니 或 生絲로 ᄒ며 或 熟絲로 ᄒᄂ니 衣服의 됴흔 것은 만히 絹織이오 絹織에 는 絹亢羅 紬紗, 緞 等 各種이 잇소, 綿織은 木綿의 實 中에 在 흔 綿으로 絲를 作ᄒ야 織흔 것이니 諸君의 着흔 襦와 袴와 周 衣 等은 大抵 此 綿織이오. 免職에는 문영, 양목, 고구라 等 各 種이 잇소. 麻織은 麻皮와 苧皮로 絲를 作ᄒ야 織흔 것이니 苧 皮로 織흔 者는 苧와 苧亢羅 等이오 麻皮로 織흔 者는 布올시 다. 毛織은 羊의 毛로 絲를 作ᄒ야 織흔 것이니 毛織에는 羅紗 氈 等 各種이 잇소. 此等 四種의 織物은 厚흔 것과 薄흔 것이 잇 스니 日氣의 寒暑와 溫涼을 隨ᄒ야 衣服을 만드ᄂᆫ이다.[34]

2) 제7권 16과「人의 職業」: 人의 生活은 各其 職業을 務ᄒ야 其所得으로써 衣食住 等을 備치 아니홈이 不可ᄒ니 假令 富人 이 金錢을 만히 儲畜하얏슬지라도 手를 拱ᄒ고 優遊ᄒ야 日을 度홀진디 其 金錢은 漸散ᄒ야 맛참내 貧人이 되거던 ᄒ믈며 當 初에 貧흔 者리오. 然흔 則 人은 幼時로 붓허 身分과 才能에 適 合흔 職業을 學習ᄒ야 後日 長成홀 時에 應用홀 基本을 作홈이 可ᄒ니 古語에 云호디 幼에 學홈은 長에 行코져 홈이라 ᄒ니, 幼男幼女의 諸學徒아. 今日에 勤勉히 學ᄒ야 後日에 實行ᄒ라. 時間은 再來치 아니ᄒᄂ니라. 家의 繁昌을 謀홈에는 各其 幼年 의 兒童을 敎育ᄒ야 後日의 職業을 作케 홀지니 今日에 幼年은

將來의 長成호 人이라. 家와 國의 重任을 負荷홀 者니 家의 繁
昌은 卽 國의 繁昌이라. 幼年으로 自處치 말고 各其 兩肩上의
負호 重荷를 深히 念홀지어다. 吾人은 무슨 職業이던지 各各 一
心으로 勤勉ᄒ야 家가 富ᄒ면 國이 富ᄒ리니 國家이 富ᄒ면 自
己의 身도 또호 榮貴홀지니라.

　사회생활과 직업문제는 전통적인 여성관에서는 찾기 어려운
주제들이다. 때문에 근대 계몽기 교과서에서도 이와 관련된 제재
는 많지 않다. 『서례수지』의 경우 근대 이후 급증한 서양인과의
접촉을 고려한 예법 교과서로, 저자가 중국에서 활동한 서양인
이었으므로 당시 한국인의 의식을 반영한 것은 아니다. 그럼에도
서양 예절에서 여성을 존중하는 풍토가 있음을 교육한 것은 근대
의 여성관 변화에 적지 않은 영향을 미쳤을 것으로 추정된다.
　또한 『초등소학』의 「직물」, 「사람의 직업」 등은 여성의 직업생활
을 소재로 한 것으로 다소의 근대성을 띤다고 볼 수 있다. 특히 「직
물」은 전통적으로 여공(女工)과 관련을 맺는 소재인데, 이 시기에 이
르러 '양잠(누에치기)'이 여성이 가질 수 있는 직업의 하나로 인식되
고 있음을 고려할 때,[35] 교재에서 양잠을 '여성의 직업'으로 설정하
지 않았을지라도 여자교육의 한 분야처럼 인식되었을 가능성이 높
다. 또한 「사람의 직업」에서는 '유남유녀(幼男幼女)'가 모두 직업을
준비해야 하며, 직업은 '가정'뿐만 아니라 '국가 번창'의 차원에서도
중요한 의미를 갖고 있음을 강조했다. 이러한 내용은 직업교육이
국가주의를 기반으로 한 근대적 계몽성을 띠고 있음을 의미한다.

애국심과 여성관 변화를 반영한 독본류

넷째, 근대 계몽기 여성관의 변화 모습이나 애국심을 반영하는 자료는 남학도뿐만 아니라 여자교육에서도 일정한 의미를 갖는 것으로 볼 수 있다. 여성관의 변화는 여성이 국가나 사회를 위해 기여할 수 있다는 논리를 갖고 있는데, 다음과 같은 자료를 참고할 수 있다.

『유몽천자』권3 15과 「女子 그레쓰쌀닝之急人高義」

옛날 영국에 어린 소녀가 있었으니 그 이름은 그레스달닝이다. 그 부모와 함께 바안 섬에 거주하며 등대(光塔)을 지켰는데, 이 섬은 바로 덤벌난드 앞에 있어 험하고 위태로워 멀리서 오는 흔적만 바라보고 물 위에 떠 있는 섬일 뿐이었다. 길을 물을 곳이 없는데 혹 모험을 하는 까닭에 광탑(등대)을 세워 비바람 서늘한 저녁과 운무가 막막한 아침에 멀리 배를 비추어 위급을 면하게 했다. 이때 나이 22세로 푸른 눈과 흰 얼굴에 집안 깊은 곳에서 어머니께 침선을 배우고 아버지를 도와 불을 밝히더니 1838년 9월 밤 사나운 바람이 불고 거친 파도가 하늘을 뒤집을 정도여서 사람을 매우 두렵게 했다. 높은 탑에 올라 잠을 자지 못하고 풍범의 여행객들의 놀라는 것을 생각하는데, 어떤 배인지 모르지만 해도 사이에 표류하여 바람이 불 때마다 위아래로 흔들리고 파도에 따라 떠도니 위태로웠다. 이 배는 출범한 이후 배 밑에 구멍이 생겨 마른 곳이 없고, 물이 스며들어 심히 위태로웠다. 모든 사람이 함께 물그릇을 잡았으나 물 높이가 반 척이나

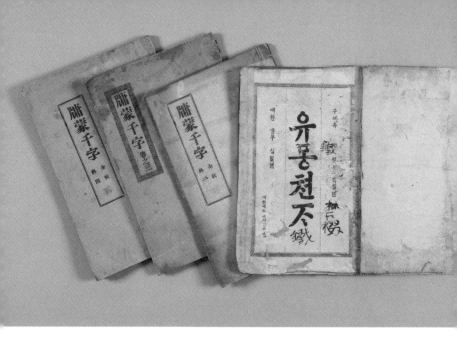

『유몽천자』(대한제국기)

되어 숨쉬기조차 위태롭고 또 눈비가 흩날려 뱃머리를 후려치
니 동으로 기울고 서로 뒤집어졌다. 물이 들어 불을 꺼트리고 운
무가 가려 하늘이 검어지니 하백(河伯)은 망양지탄하고 과부는
배에서 눈물을 멈출 수 없었다. 바람에 돛이 날리고 하늘이 밝기
만 기다리니 멀리 안개 속에 한 등대가 희미하고, 암초는 험하고
해안은 위아래로 아득하니 만겁의 여생이 저승에 든 것일 따름
이다. 배가 바위에 부딪혀 구조할 길은 없고 판미(板尾)는 꼬리
에 걸리고 뱃머리는 돌부리에 걸려 고기에 삼킬 지경이었다. 선
장 사격(沙格)이 물에 빠져 죽을 각오를 하고 수부 몇 사람과 함
께 닻줄을 묶어 파괴된 남은 갑판에 엎드려 전신이 파도에 파묻

했다. 날이 저물 무렵 한 여자 아이가 광탑에서 조망경(眺望鏡)을 비추는데, 안개와 사나운 파도 위 몇 리 밖에 신을 벗은 것 같은 널빤지 하나가 있고, 검은 점과 같은 사람이 있었다. 어머니께 급히 달려가 아버지를 불러 가리키니 아버지가 놀라 말하기를 어찌하나 어찌하나 물에 빠져죽을지라도 구할 길이 없으니 수중고혼을 누가 위로할 것인가, 힘이 미치지 못해 도울 수가 없다고 했다. 아버지의 사람됨이 비록 측은한 마음을 갖고 게으름이 없는 사람이지만 혼자 힘으로 위급을 막을 길이 없었다. 여아가 곁에서 이리저리 생각하며 구할 방도를 생각하니, 예전 해상에 바람이 잦아들 때 비록 노를 저어 물가에서 발을 씻으며 넓은 물가를 바라보았으나, 이와 같은 폭풍과 험한 파도를 본 적이 없었다. 안타까운 마음을 금할 수 없어, "사람이 죽는 것을 앉아서 보는 것은 자기를 구렁텅이에 빠뜨리는 것과 같으니 어찌 보고만 있을까요. 하느님이 돕는 곳에 이루어지지 않을 일이 없을 것입니다"라고 하니 아버지가 그 진심어린 마음을 알고 작은 배를 타고 노를 저어 험한 암초 사이를 헤쳐 파선한 곳에 이르니 죽을 지경에 이른 모든 사람들이 기뻐하며 생각하기를, "작은 소녀가 이 선장을 동반하여 어찌 이러한 위험한 곳까지 이르렀을까"라고 했다. 부녀가 심력을 다해 9명의 생명을 구하니 이때 물살이 더 급해져 거슬러 올라가기 어려웠다. 9인이 힘을 합쳐 배를 저어 드디어 모든 생명을 구했다. 이 일이 구주 각국에 널리 전파되어 각자 글로 치하했는데, 서중에 7천원이 동봉되고 시가를 등사하여 보내고 노래를 지었으니, 이 소녀는 비록 큰 명예를 얻었으나 끝내 교만하여 변심하지 않고, 그 부모와 더불어 3년을 함께 살았으나 마침 천식으로 세상을 떠났다.[36]

『초등소학』

1) 제6권 20과「勇猛 잇는 女子」: 西國 古時에 木으로 製造흔 鐵路 다리가 火災룰 맛나셔 쓰너지니 是時에 此룰 見흔 사람은 오작 十二歲되는 女兒 一人이라. 此 女兒가 생각ᄒ되 蒸氣車는 얼마 아니되야셔 반닷히 來ᄒ다가 져 다리에셔 覆滅홀 터이니 我가 此룰 救援ᄒ리라 ᄒ고, 急히 蒸氣車룰 停止식이고져 ᄒ야 鐵路線으로 行ᄒ오. 然ᄒ나 此女子는 쏘 機關手가 自己룰 見치 못홀가 念慮ᄒ야 그 手巾을 樹枝에 매여 旗와 갓치 들고 急히 往ᄒ오. 機關手가 蒸氣車룰 急行ᄒ다가 멀니 異常흔 旗룰 見ᄒ고 漸次로 車룰 停ᄒ야 女兒의 前에 到達ᄒ얏소. 女子는 機關手에게 向ᄒ야 다리의 문어짐을 仔細히 말ᄒ야 蒸氣車는 맛참내 覆滅홈을 免ᄒ고 此女子는 巨大흔 賞을 得ᄒ얏다 ᄒ오. 大抵 一 幼女子로셔 能히 危殆홈을 무릅쓰고 人의 生命을 구원ᄒ니 그 勇猛홈이 참 엇더ᄒ오잇가. 萬一 男子가 되야셔 勇氣가 無홀진디 엇지 此 女子에게 愧치 아니ᄒ오릿가.

2)『초등소학』제8권 21과「愛國心」: 幼年의 諸子들아. 諸子는 各其 自身을 愛ᄒ야 何事던지 自身의 便利홈을 望ᄒ(홈)은 곳 自愛心이니 自愛心은 自然흔 人情이니라. 然ᄒ나 諸子는 自愛홀 쑨 아니오 諸子의 父母룰 愛ᄒ며 兄弟姉妹 及 遠近 親戚도

또호 極히 愛호야 和睦홈을 要홀지며, 또 諸子의 朋友와 同居
호는 者에 對호야도 其愛룰 推及호야 何事던지 彼等의게 便利
홈을 要홀지니 故로 他人이 萬一 此等에 對호야 暴虐不正호 行
爲룰 加호면 諸子는 맛당히 力을 盡호야 極히 保護홀지니라. 諸
子 等아. 父母 兄弟 姉妹 等이 集合호야 一家룰 成홈을 家族이
라 云호고 家族의 多集홈을 民族이라 云호고 一定호 土地에 一
定호 統治權이 有호 民族을 國家라 云호느니 然則 國家는 個人
의 聚集호 者오 家族의 大호 者니라. 是故로 諸子는 家族의 一
人이 되야 家族을 愛홈과 又치 民族의 一人이 되며, 國家의 一
人이 되얏슨 則 恒常 中心에 國家의 幸福을 圖企호야 萬若 國
家에 對호야 暴虐 不正을 加호는 者가 有홀 境遇에는 力을 盡
호야 國家룰 保護홀지니 此國家룰 愛호는 思想을 愛國心이라
云호느니라. 國民이 다 堅固호 愛國心이 有호면 비록 土地가
小호고 人口가 少홀지라도 能히 其國家룰 保全호느니라.

『노동야학독본』 제32과 「國民되는 義務」

나라에 백성되는 쟈는 法律上[법률샹]으로 大義務[큰 의무]가
잇시니 그러호 고로 그 의무를 행치 아니호는 쟈는 나랏법이 반
다시 命[명]호고 命[명]호야도 從[좃]지 아니호는 쟈는 나라법
이 또 반다시 罰[벌]호나니 대개 法律[법률]은 님금의 主權[쥬
권]에 나고 命令[명령]은 님금의 나이는 쟈룰 갈오대 勅令[칙
령]이라 호고 政府[정부]가 나이는 쟈는 內閣[내각]에셔 난즉
閣令[각령]이라 호며 各部[각 부]에셔 난 즉 部令[부령]이라 호

나니 地方[디방]에 各道[각도] 各郡[각군]에도 令[령] 나이는 권
이 잇나니라. 國民[국민]의 義務[의무] 中[즁] 가쟝 큰 쟈는 法
律[법률] 命令[명령]에 服從[복죵]하는 일이니 가 賦稅[부세] 밧
치는 일 나 兵丁[병졍] 되는 일 다 子女[자녀] 가라치는 일. 부
셰를 아니 밧칠 수 잇나? 官吏[관리]를 두니 祿俸[녹봉] 쥬어야
하고 海陸軍[해륙군]를 두니 經費[경비] 잇서야 하고 敎育[교
육]을 힘쓰니 用度[용도]가 젹지 아니하니라. 兵丁[병졍] 아니
될 수 잇나? 內亂[내란]이 잇는 째에 鎭定[진졍]홀지오, 外國[외
국]의 侵[침노] 잇신즉 君[님금]을 위하며 國[나라]를 위하야 死
[죽]기로 싸호지 아니치 못홀지니라. 子女[자녀]를 가라치지 아
닐 수 잇나? 대개 아달과 쌀은 나 다음에 家[집]을 니으며 國[나
라]를 직히는 쟈라. 디식이 업시면 그 직분을 다하지 못하야 衰
殘[쇠잔]하기 쉬운 고로 집과 나라를 昌盛[쟝셩]케 하는 道[도]
는 어린 사람을 잘 가라치기에 잇나니라. 이러혼지라. 나라의 법
률과 명령을 좃지 아니하는 쟈는 그 나라의 백성이 아니니 착혼
백성은 의무를 잘 직히나니라.

『유몽천자』의 '그레이스 달링'은 빅토리아 시대 난파선 승객을
살린 달링의 영웅적인 이야기를 소개한 교재다. 달링은 23세 아
버지와 함께 난파선 승객을 구조했으며, 그 이야기가 전파되어
영국인들이 영웅적인 여성으로 추앙하는 사람이다. 『초등소학』
의 '용맹 있는 여자'도 이와 비슷한 구조를 갖고 있다. 이 이야기
속 인물이 누구인지는 밝혀져 있지 않지만, 나무다리가 무너져

증기차가 위험에 빠질 것을 여자 어린아이가 구했다는 이야기다. 여성일지라도 용기를 갖고 타인을 위해 희생할 수 있음을 강조하는 내용이다.

이와 같은 희생과 용기는 개인적 차원뿐만 아니라 국가를 위한 애국심으로 이어진다. 특히 '애국 담론'에서는 '개인에서 가족', '가족에서 사회(민족)', '사회(민족)에서 국가'로 이어지는 이른바 '신가국(身家國) 사상'을 근본으로 한다.[37] 『초등소학』의 '애국심'과 『노동야학독본』의 '국민 되는 의무'는 이를 잘 반영한다. 그러나 근대적 여성관과 애국심 관련 교재에서도 "대저 한 어린 여자로서 능히 위태함을 무릅쓰고 사람들의 생명을 구원하니, 그 용맹함이 참 어떠하오리까. 만일 남자가 되어서 용기가 없을진대 어찌 이 여자에게 부끄럽지 아니하오리까"와 같은 평을 덧붙인 것은, '남자는 용기가 있고, 여자는 유약하다'는 식의 전통적 고정관념이 전제되어 있는 평이라고 할 수 있다. 즉, 근대 계몽기의 여자교육은 시대 변화의 영향으로 교과서에 여학생이 등장하고, 여성의 사회활동이나 직업과 관련된 내용이 나타날지라도 그 자체로서 전근대적 여성관을 완전히 탈피하지 못한 상태라고 보아야 할 것이다.

신가국 사상이 전제된 애국 담론에서도 사정은 마찬가지였다. 이른바 '관계를 전제로 한 여성'(즉, 현모양처로서의 어머니나 아내로서의 여성)이 '스스로 각성한 여성'으로 변화된 모습을 보이지는 않았다. 이는 전반적으로 근대 계몽기 여자교육 관련 교재들에 내재된 특징이기도 하다.

수신교과서에서 여자교육의 내용

이제 수신교과서의 여자교육 관련 내용을 살펴볼 차례다. 남녀 공용의 수신교과서 가운데 여자교육 내용을 담고 있는 교과서는 1908년 이후에 저작된 것이 대부분이다. 『윤리학교과서』, 『보통교육 국민의범』, 『초등수신교과서』, 『초등수신서』, 『초등 윤리학교과서』 등이 이에 해당한다. 이들 교과서는 수신 윤리를 덕목별로 서술한 것이 대부분이므로, 각 덕목에서 여성을 어떤 관점에서 서술했는지를 짚어볼 필요가 있다.

첫째, 신해영의 『윤리학교과서』에서는 제2권 가족의 의무 제 4장 「부부(夫婦)의 본무(本務)」에서 남녀관을 읽어낼 수 있다. 주요 내용을 간추리면 다음과 같다.

부부의 본무

一國의 基礎는 一家에 在ᄒ고 一家의 基礎는 夫婦에 在ᄒ지라. 故로 夫婦의 和合은 小ᄒ게 言홀진대 一家의 幸福이 되고 大ᄒ게 言홀진대 一國의 富强이 되ᄂ니 夫婦의 道는 人倫의 始生ᄒ는 바ㅣ니라. 夫婦는 異姓된 他人의 結合으로브터 成혼 者ㅣ니 本來 骨肉의 親은 아니나 天緣을 一結혼 後는 異身同體의 關係로 生ᄒ야 苦樂을 홈끠 ᄒ며 榮枯를 갓치 ᄒ야 一生에 相離지 못홀 伴侶가 되ᄂ니라.

愛情은 夫婦의 原理이니 私利와 私慾을 不顧ᄒ고 夫는 妻를 爲ᄒ고 妻는 夫를 爲ᄒ야 十分의 愛情을 傾瀉ᄒ야 서로 永遠혼 幸福을 希望홈은 곳 夫婦의 夫婦된 所以니 人生의 最貴혼 情義

라. 夫婦가 此를 홈씌홀 時는 비록 憂苦라도 足히 써 憂苦가 되
지 아니하고 도로혀 深厚한 同情을 因하야 一種의 快樂을 感生
하니 愛情은 夫婦를 一體가 되게 하는 鐵鎖라 홈이 可하니라.

夫婦和合의 關係된 바ㅣ 如斯히 重大하니 故로 夫婦 結合의 基
礎된 바 婚姻을 成行홈에 當하야 깁히 愼重홈을 要홀지니라. 婚
姻은 男女一生의 禍福이 係한 바ㅣ니 一次 約結한 以上 再次 變
幻홈을 不得홀 바ㅣ니라. 離婚은 人生의 最大 不幸한 바ㅣ니 男
女의 精神上에 終生不愈홀 瘡痍를 被한 者ㅣ니 此는 미양 婚姻
厥初에 在하야 十分 銘念치 못홈에 坐罪홈이니 靑年의 男女와
밋 父兄된 者의 깁히 省察홀 바ㅣ니라. (中略) 임이 一家를 成한
즉 夫婦는 반다시 業을 分홀 必要가 生하느니 此는 男女의 差別
에 在하야 其性質의 不同홈으로써ㅣ니라. 男子는 女子보다 身体
가 强壯하고 心性도 쏘한 剛毅하나 此와 相反하야 女子는 本來
筋骨이 孱弱하고 性質도 쏘한 脆柔홈으로써 夫는 一生에 妻를
泯然히 녁이여 盡力扶護홈을 要하고 決斷코 其妻의 健康을 戕害
하거나 或은 其 身神에 過勞한 業務를 躬執치 아니케 홀지니라.

ㄹ. 社會의 經歷이 쏘한 其夫에 不及홀지니 夫가 無理非道를
云치 아니홀 限에 在하야는 반다시 承順無違하고 貞節自守홈
으로 本務를 삼아 一生 苦樂을 홈씌 홈이 可하니라. (中略) 其性
質에 適應홈을 依하야 職務를 分擔한 바ㅣ니 男女同權의 理도
쏘한 此中에 存在하니라. 然이나 世人이 輒稱호대 女도 南과 同
한 人이니 夫婦는 맛당히 同等의 地位에 立하야 同等의 職權을
行홈이 可하다 하니, 此는 甚히 沒理한 者ㅣ라 謂홀지니라. 男

女는 本來 性質과 能力을 相異케 호야 其差別은 다만 身体構造 上으로브터 見홀지라도 明確혼 바ㅣ니 男은 骨格이 强大호고 力役에 能堪홀지나 女는 不然호니라. 男은 推理에 長호고 女는 覺力에 長호며 男은 智力에 富호고 女는 感情에 富호며 男은 進取的 性質이오 女는 保守的 性質이라. 故로 保護男敢勞働은 男子의 職務오 輔佐謙讓異順은 女子의 職務ㅣ니 陰陽相和호고 剛柔相順의 理가 玆에 存在혼 바ㅣ니라.

임의 子를 生産혼 時는 夫婦는 곳 父母ㅣ니 適當혼 鞠養과 教訓을 施호야 家系를 紹述호고 또 社會 國家를 爲호야 有爲혼 人物을 養成홀지며 其愛情에 在호야서 數多 子女에 對호야 偏頗홈이 無홈을 要홀지니라.[38]

이 서술에서는 앞서 언급한 신가국 사상에 기반을 둔 국가관이 유지되고 있으며, 남녀는 결혼을 통해 일가를 이뤄 국가 구성원을 양성해야 한다는 사상을 전제하고 있다. 그런데 남녀관계를 두고 '이혼은 인생 최대의 불행'이라고 하는 것이나, '남자는 강장강유하며 여자는 근골 잔약'하므로 여자는 남자의 보호를 받아야 한다는 고정관념 등은 전근대적 사유에 해당한다. 더욱이 '부(夫)'가 비리무도할 경우가 아니면 여자는 '승순무위(承順無違)', '정절자수(貞節自守)'해야 한다는 관념이나 '남녀동권'의 개념도 본질상 잘못된 이치라고 주장하는 것은 이 시기 여성관의 본질적 한계를 보여준다. 다만 부부가 국가를 위한 인물 양성의 책임을 갖고 있다는 논리는 애국계몽시대의 국가관을 반영한 셈이다.

둘째, 진희성(1908)의 『보통교육 국민의범』을 살펴보자. 이 교과서는 일반 국민의 예법을 대상으로 한 교과서이므로, 남녀관을 구체적으로 반영하지는 않는다. 그러나 제10장 「방문(訪問)과 접객(接客)」에서는 여성의 사회활동 증가에 따라 '남녀 간의 방문'과 관련한 예절을 삽입했다.

남녀 간의 방문

男女間의 訪問은 公務와 其他 必要혼 事 外에는 行치 아니ᄒ며
又 互相 獨身者를 訪問치 아니홈이 禮가 되ᄂ 만일 不得已혼
事故가 有혼 時에는 確實혼 同伴者가 有홈을 要ᄒᄂ니 其要ᄂ
世間에셔 批評을 不受케 注意홈에 在ᄒ니라.

이 서술에 따르면 남녀 간의 방문은 공무가 아닐 경우 행하지 않고, 독신자를 방문하지 않되 부득이할 경우 동반자가 있어야 한다고 주장한다. 이는 세간의 비평을 두려워한 까닭이라고 했으나, 이와 같은 예법은 후대 '자유연애사상' 등에 비춰볼 때 근대 계몽기 여성관이 매우 보수적이었음을 의미한다.

셋째, 안종화의 『초등윤리학교과서』(1907)와 『초등수신교과서』(1909)를 살펴보자. 후자의 교과서는 전자의 개정판이므로 내용상 큰 차이가 없다. 다만 1908년 '교과용도서 검정 규정' 공포 이후 교과서 통제 원칙에 따라 일부 단원이 삭제되고, 표현이 바뀌었을 뿐이다. 두 교과서에 등장하는 여자교육 내용은 제2장 '가족'에서 찾아볼 수 있다.

제2장 가족 제3절 부부

夫婦는 一家의 本이니 易에 云호딕 夫婦가 有호 然後에 父子가
有호고 父子가 有호 然後에 兄弟가 有호다 호며 禮記에 云호딕
夫婦의 和는 家의 肥라 호니 夫婦는 人道의 大倫이라. 不愼키
不可홈으로 嫁娶랄 大부홈이 不可호며 配偶롤 不擇홈이 不可
호니 夫는 外業에 就호야 其 家롬 膽케 호며 婦는 內政을 操호
야 其 夫을 助홈이 夫婦의 正을 得홈이라.

이 교과서에 등장하는 부부의 성격도 전통적인 가족관을 벗어
난 것은 아니다. '남편은 외업에 종사하고', '아내는 내정을 담당
하여 남편을 보조한다'는 기본 관념에 충실하다. 이와 같은 관념
은 제7장 「국가」의 신가국 사상의 바탕이 되고 있다.

넷째, 박정동(1909)의 『초등수신서』에 반영된 여자교육 관련
내용을 살펴보자. 이 책은 「신체」, 「윤리」, 「잡저」, 「가언」, 「선
행」 등 5장으로 구성된 교과서인데, 이 가운데 제2장 「윤리」 제
3절 '자매', 제3장 「잡저」 제1절 '가정교육' 등에서 남녀관을 드
러낸다.

'자매'와 '가정교육'

姉妹: 姉妹는 兄弟와 同히 父母의 骨肉을 受호 女兄弟라. 我보
다 年長호 者롤 姉라 稱호며 我보다 年少호 者롤 妹라 呼호느니
大抵 父母에게 生을 受홈도 同호며 父母가 養育홈도 異홈이 無
호느 男兄弟에 比호면 輕重이 差有호다 홈은 女兄弟는 一次 人

에게 適하면 父母와 兄弟롤 遠히 홈이니라.

家庭教育: 教育은 人生의 必要혼 点이라. 學生이 幼稚ᄒ야 學校에 入ᄒ기 前에는 父母에게 教訓을 受ᄒ야 諸般의 行爲롤 先知ᄒ며 學校에 入혼 後에는 教師의 教育을 受ᄒᄂᆞ니 譬컨디 木을 養ᄒ야 材롤 成홈과 如ᄒ니 其栽培ᄒ며 養育홈은 教師와 父母가 擔任홀지ᄂᆞ 內에 賢혼 父母이 有ᄒ며 外에 嚴혼 師友가 有ᄒ고 學問을 成치 못홈은 子弟의 罪니라.

'자매'는 축자적인 의미 설명에 그친 듯하다. 그러나 '자매의 비중은 형제보다 가벼운데, 그 이유는 여자의 경우 출가하면 부모와 형제로부터 멀어지기 때문'이라는 의식은 전근대적 여성관을 반영한다. 다만 '가정교육'은 부모 모두의 책임으로 서술했다는 점에서 다소 진보된 면이 있다. 그러나 박정동은 이 시기 『신찬가정학』을 역술하여 가정교육에서 어머니의 책임이 중대함을 강조하기도 했는데, 이 점을 고려할 때 이 교과서에 서술된 '가정교육'도 여자교육 관련 내용에 포함시킬 수 있다.

이상과 같이 '소학교령' 이후 형식적으로 여자교육을 부정하지 않은 것처럼, 근대 계몽기 남녀 공용 교과서에서도 일부 여자교육 관련 교육 내용을 선정·반영한 모습이 보인다. 그러나 대부분의 교재에서는 전통적인 '현모양처', '부덕'을 중심으로 한 여자교육 내용을 탈피하지 못했다. 다만 일부 교재에서 여성의 용기를 주제로 한 일화나 신가국 사상에 근거한 국가주의적 여성관을 반영한 내용이 포함된 것은 근대 이전에 볼 수 없었던 현상이다.

3) 여자교육용 교과서의 내용과 의미

여자교육용 독본과 수신서(앞서 분류한 '제3류' 교과서)가 본격적으로 등장한 것은 1906년 '고등학교령'과 1908년 '고등여학교령'의 공포와 밀접한 관련을 맺는다. 특히 1906년 전후 '대한자강회'를 비롯한 다수의 단체가 조직되면서 '여자교육 담론'이 활성화되었는데, 당시 공포된 '고등학교령'은 남자교육을 목표로 한 것이었으므로, 여자교육의 필요성을 주장하는 담론은 더욱 거세지게 되었다. 이를 기점으로 1908년 전후에는 다수의 여자교육용 독본과 수신서, 가정학 관련 교과서가 출현했다.

먼저, 여자교육용 독본과 수신서를 살펴보자. 이 범주에 속하는 교과서로는 이원긍(1908) 『초등여학독본』(보문사), 장지연(1908) 『녀ᄌ독본』(광학서포), 강화석(1908) 『부유독습』(황성신문사) 등이 있다.

『초등여학독본』

첫째, 『초등여학독본』은 여자용 수신 독본의 하나로 '여자 세계의 진화'와 '남녀동등의 권리'를 천명한 교과서라는 점이 특징적이다. 이 교과서에 대해서는 박선영(2012)의 해제·번역본이 존재하나,[39] 이 연구에서는 원문 자료를 중심으로 내용을 살펴보고자 한다. 이 책의 서언은 다음과 같다.

서언

이 서언은 근대 계몽기 여자교육 담론의 실태와 한계를 명확히 보여준다. 이에 따르면 전통적인 여자교육은 '봉의취반(縫衣炊飯)', '공인지구(供人之具)'를 제공하는 일에 한정되었으며, 간혹 문장에 능한 여자일지라도 음풍영월(吟風詠月)과 탁흥기정(託興寄情)

의 언어로 이름을 얻은 데 불과했으므로, 풍기(風氣)가 크게 열림에 따라 여자교육이 필요하며, 덕육을 기초로 한 여자교육을 통해 여자계의 진보를 이뤄야 한다는 것이다. 그런데 '남녀동권'을 언급하고 있으나 교육 내용은 전통적인『여계』,『내칙』,『가훈』에서 취재(取材)한다고 했으므로, 여자교육의 내용이 전근대성을 띨 수밖에 없음을 의미한다.

이 교과서는 서언에서 언급한 것처럼 전통적인 윤리 규범을 기본으로 7장 51과로 구성되었다. 그 내용은 다음과 같다.

내용 구성 [40]

장(章)	과(課)
명륜장(明倫章)	인륜(人倫) 1-2, 인권(人權)
입교장 (立敎章)	모교(姆敎), 정렬(貞烈), 가본(家本), 학례(學禮), 사행(四行) 1-2, 여덕(女德), 여언(女言), 여용(女容), 여공(女功)
전심장(專心章)	전심(專心) 1-2, 내외(內外), 수심(修心), 수신(修身)
사부모장 (事父母章)	효경(孝敬), 음식(飮食), 양지(養志), 독녀(獨女), 유신(有愼), 유책(有責), 불원(不怨), 교감(驕憨)
사부장 (事夫章)	부부(夫婦), 우귀(于歸), 경순(敬順), 불경(不敬), 불순(不順), 모부(侮夫), 부언(夫言), 부노(夫怒), 부병(夫病), 부정(夫征), 나부(懶婦), 현부(賢婦), 유행(有行), 의뢰(依賴)
사고구장 (事姑舅章)	문안(問安), 곡종(曲從), 고애(姑愛), 여헌(女憲), 총부(冢婦), 주궤(主饋), 학부(虐婦), 무례(無禮)
화숙매장 (和叔妹章)	숙매(叔妹), 체적(體敵), 겸순(謙順)

　장 제목과 과명(課名)에서 추론할 수 있듯이, 이 교재는 대부분 전통적 여덕(女德)을 강조한 교재다. 「입교장」에서 '모교', '정렬', '여덕' 등을 강조한 것이나, 부모와 남편, 시부모를 섬기는 도리를 강조한 것 등이 이를 증명한다. 다만 시대의 변화에 따라 변모된 여성관을 언급한 부분도 있다. 「명륜장」의 '인권'이나 「입교장」의 '가본(家本)'이 이에 해당한다.

인권과 가본

第三課(人權): 陰陽이 殊性ᄒ고 男女ㅣ 異行ᄒ니 男子ᄂ 陽剛 爲德ᄒ고 女子ᄂ 陰柔爲用이라. 然이ᄂ 生民之初에 人權은 男

女同等호야 原有自由호고 知能은 男女同具호야 各有所長이어
늘 重南而不重女호니 不亦蔽乎아[음양이 성품이 다르고 남녀
가 힝홈이 다르니 남ᄌ는 양의 굿센 거스로 덕을 숨고 녀ᄌ는
음의 부드러운 거스로 쓰임을 숨으ᄂ 그러ᄂ 빅셩을 니든 초에
ᄉ람의 권리ᄂ 남녀가 동등호야 본딕 ᄌ유가 잇고 지릉은 남녀
가 동구호야 각각 소쟝이 잇거놀 남ᄌ만 듕히 녁이고 녀ᄌ는 듕
히 아니 녁이니 쏘한 편폐치 아니냐].

第六課(家本): 國之本은 在民호고 家之本은 在女호니 女子不
學이면 家無賢妻호고 家無賢妻면 亦無賢母호야 家庭教育을 無
所於受호리니 是以女學이 急於男學이니라[나라 근본은 빅셩에
잇고 집 근본은 녀ᄌ의게 잇스니 녀ᄌ가 비오지 아니면 집에 어
진 안히가 업고 어진 안히가 업시면 쏘한 어진 어미가 업셔 가
정교육을 밧을 데가 업스리니 이럼으로 녀ᄌ의 학문이 남ᄌ의
학문보담 급호니라].

　　제3과에 설명한 '인권'에서 '남녀동등', '여자의 자유' 등을 언
급한 것은 전통적인 윤리에서는 찾아볼 수 없는 내용이다. 이와
같은 내용이 들어간 것은 근대 계몽기 여성 담론을 반영했기 때
문이다. 제6과 '가본'에서 '국가재민 가정재녀'를 천명한 것도 이
와 마찬가지다. 근대 계몽기 신가국의 국가 개념으로부터 가정
의 근본이 여자에게 있으며, 따라서 가정교육의 주체가 어머니
가 되어야 한다는 논리다. 그런데 '남녀동권'이나 '여자교육의 필
요성'을 언급했을지라도 그 근본은 '오륜'에 기반을 둔 '현모양처'

담론을 벗어나지 못했다. 그렇기 때문에 제7과 '학례(學禮)'에서 여학(女學)의 근본을 "여자대절 권유사행(女子大節厥有四行)"으로 규정하고, '여덕(女德), 여언(女言), 여용(女容), 여공(女功)'에 둔 것이다. 이는 당시 여자교육 담론의 시대적 한계를 보여주는 전형적 사례라고 할 수 있다.

『부유독습』

둘째, 강화석(1908)의 『부유독습』은 책명에서 추론할 수 있듯이, '독습용' 교재로 편찬되었다. 특히 여성의 문식성 향상을 위해 필수 한자와 한문 숙어를 중심으로 편제한 것으로, 저술 의도는 서문에 잘 나타나 있다.

婦幼獨習 독습은 혼자 공부ᄒᆞ다 말이라

○ 대뎌 텬디 만물 즁에 ᄀᆞ장 귀ᄒᆞ 사름은 남녀가 일반인딕 엇지ᄒᆞ야 남ᄌᆞ만 학문을 공부ᄒᆞ고 녀ᄌᆞ는 학문을 모로리오. 우리나라 녀ᄌᆞ들을 구미 각국 녀ᄌᆞ의게 비ᄒᆞ면 령혼은 육신이 잇는 곳흔 사름이라고 ᄒᆞ기가 붓그럽도다. 그러므로 혹 가도가 빈한ᄒᆞ야 학교에셔 공부ᄒᆞᆯ 수 업거나 혹 나히 이삼십되여 가ᄉᆞ에 얽믹여 공부ᄒᆞ기 어려운 어린 ᄋᆞ희들이 집안헤 잇셔셔 혼자 공부ᄒᆞ기 위ᄒᆞ야 이 ᄎᆡᆨ을 내여 부인네와 동몽의게 일반분이라도 유조ᄒᆞ기를 부라옵 ○ 한문 흔 글ᄌᆞ에 토를 흔 번식만 돌앗스니 만일 즁간에셔 보시든지 혹 뒤에ᄉᆞ를 니겨ᄇᆞ리고 보면 뒤에ᄉᆞ의 토를 ᄎᆞᆺ노라고 골몰ᄒᆞᆯ 터이니 그리 아시고 뒤에ᄉᆞ

를 닉이 안 후에 쪼 압헤ㅅㅈ를 븨호게 ㅎ시옵 ○ 이 칙에 한문
혼 글ㅅㅈ에 사김토를 혼 번식만 돈 것은 공부 힘뻐 ㅎ기를 위
홈이라. 만일 ㅈㅈ이 토를 돌면 토만 쓰라 닑고 한문ㅅㅈ에는
힘이 적게 쓰일 것이니 그러면 글ㅅㅈ가 눈에 박이지 아닐지라.
연고로 토를 혼 번식만 돈 것이오 ○ 이 칙이 언문의 근본 문법
으로 썻스니 혹 입으로 닑기가 슌치 안타고 혐의치 말지어다. 이
제 대개 두어 곳을 설명ㅎ노니 비유컨대(이거시)라 ㅎ면 입의
슌ㅎ나 본문법이 (이것이)니 '이거슬', '이거세', '이거스로' ㅎ는
것이 다 '이것을', '이굿에', '이것으로' ㅎ는 것이 본법인즉 말
홀 제는 '이거시', '이거슬', '이거세', '이거스로' 이러케 입을 쓰
아 홀지라도 만일 글노 쓰면 '이것이', '이것을', '이것에', '이것
으로' 이러케 쓰는 것이 올홀 거시오 ○ '무엇과 굿치' ㅎ는 것
이 입에셔는 슌홀지라도 '굿하', '갓흔' ㅎ는 거시 본문법이외다.
○ 이 칙 샹하권에 새로 새ㅈ가 이쳔여 ㅈ가 되니 이 두 권을 븨
혼 후에는 온갓 국한문 칙이나 국한문 신문을 보시기가 무려히
넉넉ㅎ오니 보시다가 간혹 모를 ㅈ는 옥편에 ㅊ자보시면 그만
이오 하필 학교에 가거나 독션싱을 쳥ㅎ리오 ○ 이 칙에 씨ㅈ를
노혼 것은 사롭의 셩씨라 말이오.

서문은 학교에 가기 어려운 여자나 어린아이가 독습을 통해
국한문 도서와 신문을 읽을 수 있도록 이 교재를 만들었다고 밝
히고 있다. 이와 같은 의도는 근대 계몽기부터 등장하기 시작한
본격적인 계몽 담론을 반영한다. 특히 '구미 각국의 여자'와 비교

하여 우리나라 여자교육의 실태를 언급한 것이 특징적이다.

주목할 점은 책의 저술 의도가 한자 학습에 있음을 암시한 것인데, 저자는 한자와 숙어를 익힐 수 있도록 '언문 토'와 '새김글'을 활용했다. 이는 이 시기 상당수의 문헌이 국한문으로 발행되었기 때문에, 그와 관련된 문식력을 갖추기 위해 한자와 숙어 지식을 선정·배열한 것이라고 볼 수 있지만, '한문 문식성'을 전제로 한 학문 개념이 남아 있기 때문일 수도 있다. 또한 '언문의 근본 문법'이라고 명시된 국문 표기법은 이 시기 국문 통일운동의 흐름을 반영한 것으로,[41] 표음주의 대신 형태소를 밝혀 표기하는 것이 국문법에 적합함을 천명한 것이다.

이 교과서의 편제는 상하권에 다소 차이가 있는데, 상권의 경우 공부할 대상 한자를 우측 또는 상단에 두고, 좌측이나 하단에는 그 한자의 의미를 새기기 위해 순국문으로 의미 풀이를 하는 방식을 취했다. 예를 들어, '天[하ᄂᆞᆯ텬] 地[ᄯᅡ디] 日[날일] 月[돌월] 星[별셩]'을 학습용 한자로 설정할 경우, 우측에 해당 한자를 두고 좌측에 "하ᄂᆞᆯ노 덥고 ᄯᅡ흐로 싯고 날과 돌노 비쵬이는 것은 다 사ᄅᆞᆷ을 위홈이오"와 같이 의미를 새기는 방식이다. 이 점은 일반적인 교재와 차이가 있는데, 대부분의 교재에서는 해당 한자가 포함된 어휘나 문장을 통해 낱자를 익히는 방식을 취했기 때문이다.

이에 비해 하권은 상단에 한자를 두고, 하단에는 국한문의 독서물을 제시하는 방식을 취하고 있다. 이에 대해 상권 말미에 다음과 같은 설명을 부가해두었다.

여기서 '국한문을 섞어 씀'을 천명한 것은 하단의 읽기 자료를
가리킨다. 즉, 하권의 경우 상단에는 국문 음훈(音訓)이 달린 한자
를 제시하고, 하단에는 해당 한자가 포함된 텍스트를 제시하는
방식을 취했다.[42]

여자용 독습 교재로 저술된 이 책은 저술 의도에서 밝힌 것과
같이 당시 사회의 여자교육 내용과 성격을 잘 보여주고 있다. 하
단에 수록한 텍스트 가운데, 주목할 만한 여자교육 관련 내용을
간추려보면 다음과 같다.

婚姻은 人倫大事 ㅣ라 ㅎㄴ니 엇지 男女가 相見치 못ㅎ고 父母
가 쳔편ㅎ리오(하권 100쪽).

我國 古時에 十濟國이 잇스니 此는 十人이 合ㅎ야 一國을 創設
ㅎ엿고 또 百濟國이 有ㅎ니 此는 百人이 聚合ㅎ야 一國을 建立
ㅎ엿스니 我는 利川만 同胞 中에 保國ㅎ는 一分子ㅣ라. 女子는
戰場에 看護婦를 自願ㅎ며 或 愛國 男子의 緊用 物品을 在家供
給ㅎㄴ니 此亦 忠君愛國ㅎ는 男子의 後援이 됨이니 天地間에
爲國ㅎ는 血誠이 男女가 懸殊타 謂ㅎ리오, 我國 國俗談에 彼家
에는 內助가 有ㅎ다 ㅎ니 紡績 針線뿐 아니라 其子女를 愛國之
道로써 敎育홈이니라(하권 107-108쪽).

大抵 人類之生世에 男女가 均是大主宰之子女ㅣ라. 其性品上
知覺을 타고남이 原來 差別이 無ㅎ즉 職分上 權能이 엇지 優劣
이 有ㅎ리오. 我韓의 舊來 風習은 男尊女卑ㅎ고 男貴女賤ㅎ야
女子의 身分은 男子의 僕役이 되야 그 壓制를 受ㅎ니 비록 賢淑
ㅎ 資質과 聰慧ㅎ 知識이 有ㅎ 者ㅣ라도 皆閨中에 深鎖ㅎ야 幽
鬱ㅎ 生活노 炊飯과 裁縫에 從事홀 뿐이오 閨門 以外에는 一切
人事를 都不聞知ㅎ니 다힝히 其夫가 賢ㅎ면 이커니와 不幸히
狂夫를 遇ㅎ면 産業을 蕩敗ㅎ고 家門을 覆亡ㅎ는 患이 有ㅎ디
禁之不得ㅎ고 다만 無窮ㅎ 苦楚만 受ㅎ고 平生에 寃恨을 픔고
살 뿐이오 다시 餘望이 업스리니 이는 女子 學問이 無ㅎ 然故
ㅣ오 또 婦人이 學問이 無ㅎ야 世事를 不知홈으로 識見이 疏通

치 못ᄒᆞ야 偏僻之性을 自成ᄒᆞ매 家庭의 和氣를 失ᄒᆞᄂᆞ 者도 有ᄒᆞ고 壅鬱之氣를 積ᄒᆞ야 其身體의 病을 成ᄒᆞᆫ 者도 多ᄒᆞ니 所産 子女가 ᄯᅩᄒᆞᆫ 和順ᄒᆞᆫ 天性과 健壯ᄒᆞᆫ 體質이 缺少ᄒᆞ며, ᄯᅩ 婦人이 學問이 無ᄒᆞ면 家庭教育을 不知ᄒᆞ야 子女의 德性을 培養치 못ᄒᆞᄂᆞ니 以此觀之ᄒᆞ면 女子界에 教育이 無ᄒᆞ면 男子界에 教育이 ᄯᅩᄒᆞᆫ 完全홈을 不得홀지라. 엇지 審愼치 아니리오. 又 況 現今은 人種 競爭ᄒᆞᄂᆞ 時代라. 少數가 多數를 敵치 못ᄒᆞ며 野昧가 文明을 抗치 못ᄒᆞᄂᆞ 것은 固然ᄒᆞᆫ 勢라. 我韓 人口 二千萬에 女子가 半數ㅣ니 此男女가 教育이 無ᄒᆞ면 엇지 他國 人民의 一致 開明ᄒᆞᆫ 것을 對敵ᄒᆞ리오. 故로 女子教育은 人種의 一大 機關이라. 今日 女子普學院은 我韓 幾千年에 初有ᄒᆞᆫ 一條 光明이니 豈不美哉아. 其擴張홀 目的과 維持홀 方針은 一二人의 能力으로 得達홀 바 아니라. 故로 一般 有志가 團體를 助成ᄒᆞ야 擴張 維持코져 홈이니 果然 羣志가 團合ᄒᆞ면 維持가 何難之 有리오. 此結果과 文明의 根源地라. 可不勗哉아. 嗚呼ㅣ라. 天生蒸民ᄒᆞ실 ᄶᅵ에 男이나 女이나 其 權利가 歐美 各國에셔ᄂᆞ 異同이 無ᄒᆞ거ᄂᆞᆯ 惟獨 亞細亞洲에셔는 分別이 大過ᄒᆞᆫ 것은 無他ㅣ라. 女子가 學問을 崇尙치 아니ᄒᆞᄂᆞ 然故ㅣ니 깁히 ᄉᆡᆼ각ᄒᆞ여 보쇼셔(하권 123-130쪽).

高樓巨閣 됴ᄒᆞᆫ 집에 粉壁紗窓 ᄭᅮ며 노코 綾羅 錦繡로 衣服을 짓고 稻飯 肉羹을 飽食ᄒᆞ고 朋友들을 相對ᄒᆞ야 言語 酬酢ᄒᆞ여 보면 有無識이 懸殊ᄒᆞ야 新學問上 討論나니 默默不答 羞恥로다. 靑年

> 婦人이 每日 早朝에 起寢ㅎ야 洗手ㅎ고 成赤ㅎ고 粉缸은 鏡臺函
> 에 너코 衣裳을 端正이 ㅎ고 媤父母의 房에 들어가 晨省 問安면
> ㅎ고 自己房에 도라와 冊을 暫時 열어 二三字를 본 後에 口中에
> 暗習ㅎ며 炊飯ㅎ니 此二三字가 내 學問이오(하권 273쪽).

이 책의 여자교육 담론은 근대 계몽기 '충군애국 담론'을 기반으로 '신학문'을 공부해야 함을 주장한 점에서 다른 독본류에 비해 진보적이다. 위 예문에 나타나듯이, '애국성은 남녀 분별이 없으며', '남자가 전장에 나갈 때 여자는 간호부를 자원하거나 남자의 긴용물품을 공급해야 한다'는 주장은 전형적인 애국 담론의 여성관을 반영하고 있으며, '서양 부인네의 학문'과 '신학문 토론 상 묵묵부답의 수치'를 거론한 데서 여자의 신학문 필요를 역설하고 있다.

특히 '여자보학원(女子普學院)'과 관련한 서술에서 성품이나 직분 상 남녀의 차별이 없음에도 우리나라의 구습에 '남존여비', '남귀여천' 사상이 전래되어왔음을 비판하고, 여자교육을 통한 권리 신장이 필요함을 주장한 것은 이 시기 전형적인 여자교육 담론과 일치한다. 이 보학원은 1908년 초 강윤희, 최재학, 이석영 등이 주창한 여자교육 보급 단체로, 1906년 11월 결성된 '여자교육회'의 산하 단체다.[43] 뿐만 아니라 이 교재에서는 여자의 개명을 위해 『황성신문』에 게재된 당시 일본동경유학생계의 활동과 '대한학회 찬성 취지서(大韓學會贊成趣旨書)'를 수록하기도 했다. 따라서 이 교재는 이 시기 여자교육서 가운데 가장 진보적인 내용을 수록한 교재라고 평가해도 무방하다.

『녀ᄌ독본』

셋째, 장지연(1908)의 『녀ᄌ독본』은 상권 제1장 총론에서 밝혔듯이, 국민 지식을 인도하는 어머니된 자로서의 여자교육을 목표로 편찬한 교과서이다.

총론 제1과~제2과

뎨일과: 녀ᄌ는 나라 빅셩(百姓)된 쟈의 어머니될 사ᄅ이라. 녀ᄌ의 교육(敎育)이 발달(發達)된 후에 그 ᄌ녀로 ᄒ여곰 착흔 사ᄅ을 일울지라. 그런 고로 녀ᄌ를 ᄀᄅ침이 곳 가뎡교육(家庭敎育)을 발달ᄒ야 국민(國民)의 지식(知識)을 인도ᄒᄂ 모범(模範)이 되ᄂ니라.

뎨이과: 어머니된 쟈ㅣ 누가 그 ᄌ식(子息)으로 ᄒ여곰 착흔 사ᄅ이 됨을 원(願)치 아니ᄒ리오마ᄂ 미양 이졍(愛情)에 ᄲᅡ져 그 ᄌ식의 악(惡)흔 힝실을 기르ᄂ니 아바지된 쟈ㅣ 그 ᄌ식으로 멀니 학교(學校)에 보내고져 ᄒ여도 그 어머니나 혹(或) 그 조모(祖母)가 이졍에 못 니겨 반ᄃᆡ(反對)ᄒᄂ 쟈ㅣ 만흐니 이거슨 다 녀ᄌ의 학문(學問)이 업서 그러홈이니라.

총론에 나타난 것과 같이, 이 독본은 여자를 가정교육의 주체로 설정하고, '현모(賢母)'를 기르기 위한 의도에서 편찬되었다. 가정교육을 통해 국민 지식을 인도하는 모범을 삼는 데 목적을 두었다. 여기서 어머니나 조모는 애정으로써 자식을 멀리 학교에 보내는 일에 반대한다고 진술하고 있는데, 이런 서술은 이 시기 개신유학자들이 갖고 있던 전형적인 편견에 해당한다.

이 독본은 대표적인 여성들의 전기를 읽기 자료로 꾸렸다. 그 내용과 구성은 다음과 같다.

『녀ᄌᆞ독본』의 구성과 내용

권	장별	내용
상권	제1장 총론(總論)	뎨일과, 뎨이과
	제2장 모도(母道)	김유신 모친, 정일두(정여창) 모친, 이오셩(이항복) 모친, 이율곡 모친, 홍학곡(홍서봉) 모친, 김유신 부인 김씨
	제3장 부덕(婦德)	소나 처, 온달 처, 유응규 처, 인렬왕후 쟝시(신풍부원군 쟝유의 딸), 윤부인(신숙주 부인), 이부인(이세좌 부인), 김부인(은은당 조린의 부인), 이부인(상촌 신흠의 부인), 권부인(월사 이정구의 부인), 장부인(여현광 증손녀)
	제4장 정렬(貞烈)	석우로 처(내해왕의 아들), 박제상 처, 도미 처(개루왕 때 사람), 설씨, 영산 신씨, 안동 김씨(유천계의 처), 군위 서씨, 정부인(포은 정몽주 손녀, 문효공 조지서의 처), 권교리 부인(권달수의 처), 윤부인(나계문의 처, 윤기의 누이), 임의부(박조의 처), 송열부(송상 고준실 처), 김열부(송상 차상민 처), 박효랑 형제(성주사족의 여자)
	제5장 잡편(雜編)	의기 논개(진주 기생 논개), 계화월(평양 기생), 금섬·애향(송상현의 첩·정발의 첩), 야은비 석개(야은 길재의 여종), 약가(선산군 병사 조을생의 처), 향랑(선산 촌가 여자), 목주곡(목주 효녀), 회소곡(신라 유리왕 대), 무녀 일금(숙종 대), 허난설헌(허엽의 딸)
하권		맹모(孟母), 졔영(緹縈: 한나라), 방아가녀(龐娥賈女: 당나라 가녀), 이기(李寄: 동월), 목란(木蘭: 양나라), 순관(荀灌: 진나라 순숭의 딸), 부인성(夫人城: 진나라 부인성의 유래), 양부인(梁夫人: 송나라), 안공인(晏恭人: 송나라), 세부인(洗夫人: 수나라 고량태수 부인), 진양옥(秦良玉: 명나라), 양향(楊香: 한나라)과 동팔나(童八娜: 송나라), 적량공 이모(狄梁公 姨母: 당나라 고종), 반소(班昭: 한나라 반표의 딸), 황숭가(黃崇嘏: 당나라), 위부인(衛夫人: 위나라), 사로탈(沙魯脫: 프랑스 사를로트), 마리타(馬利他: 이탈리아), 로이미셰오(路易美世兒: 프랑스 루이스 미셸), 여안(如安: 프랑스 잔 다르크), 라란부인(羅蘭夫人: 프랑스 롤랑 부인), 루지(縷志: 영국), 부란지사(扶蘭志斯: 미국 프란체스카), 류이셜(流易設: 프로이센 왕후), 비다(批茶: 미국 비처스토), 남정격이(南丁格爾: 이탈리아 나이팅게일)

책의 상권은 장(章)과 과(課)를 나누어 편제하고, 하권은 장을 구별하지 않고 과를 배열하는 형식을 취했다. 한 과에 한 인물을 소개한 경우도 있지만, 여러 과에 걸쳐 같은 인물을 소개한 경우도 있으며, 상권 제5장 64과 '허난설헌'과 같이 주요 인물을 소개한 뒤 그와 같은 성격의 여러 인물을 열거한 경우도 있다.

김경남(2021)에서 분석한 바와 같이, 이 책에 소개된 인물은 '모도(母道)', '부덕(婦德)', '정열(貞烈)', '기타'로 구분할 때 총66명으로, 이 가운데 한국 여성이 40과 41명, 중국 여성이 16과 17명, 서양 여성이 10명의 분포를 보인다. 이들 대부분은 '현모양처', '정열부녀' 등 전통적인 여성관을 전제로 한 인물들이나 '목란, 황숭가' 등의 여장부나 '부인성, 양부인, 안공인, 세부인, 진양옥, 류이설(流易設: 프로이센 왕후), 여안(如安: 프랑스 잔 다르크), 로이미셰우(路易美世兒: 프랑스 루이스 미셸)' 등과 같이 나라(또는 군왕)를 위해 자신을 희생한 여성들, 여성 노예해방 운동가 비다(批茶: 미국 비처 스토), 부부애와 남녀평등의 삶을 실천하고자 했던 영국 여성 루지(縷志: 영국), 여자교육에 헌신한 미국인 부란지사(扶蘭志斯: 미국 프란체스카), 여성 혁명가 프랑스의 사로탈(沙魯脫: 프랑스 샤를로트) 등을 수록하기도 했다. 이와 같은 인물 선정은 근대 계몽기 여자교육 담론에 '충군애국'을 기반으로 한 국가주의와 전통적인 부덕 교육이 혼재되어 있음을 의미하며, 여장부나 애국 또는 해방 운동가를 소개한 것은 선언적 의미일지라도 '남녀동권' 개념이 등장하면서 그에 따르는 여성관의 변화를 반영한 것으로 보인다.

다만 이 책은 여성 인물을 통한 '남녀동권'을 주장하지는 않았

『녀즈독본』 목차(1908)

다. 대표적인 서양 여성 사로탈, 마리타(馬利他: 이탈리아), 로이미셰우, 여안, 라란부인(羅蘭夫人: 프랑스 롤랑 부인), 루지, 부란지사, 류이설, 비다, 남정격이(南丁格爾: 이탈리아 나이팅게일) 등의 활동을 소개하면서도 이들이 국가를 위해 얼마나 공헌했는가를 중시할 뿐, 이들을 통해 남녀동권을 언급한 부분은 없다. 이 책이 갖는 근대 여성 계몽의 한계를 짚을 수 있는 대목이다.

『녀자소학슈신서』

넷째, 수신교과서 가운데 노병선(1909)의 『녀자소학슈신서』는 대표적인 여자교육용 수신서이다. 저자인 노병선은 1859년생으로 상동소학교, 진명여학교 교사를 지냈고, 협성회 부회장을 역임했으므로, 이 시기 대표적인 여자교육 운동가라고 할 수 있다.[44] 이 책은 모두 53과로 구성되었는데, 순국문에 한자를 부속한 문체를 사용했다. 이 책의 저술 의도는 제53과 '녀ᄌ슈신총론(女子修身總論)'에 잘 나타나 있다.

녀ᄌ슈신총론

ᄉ람이 이 셰샹(世上)에 나매 맛당이 힝홀 본무(本務)는 도(道) 와 덕(德)이라. 그러나 도덕(道德)을 닥는 공부(工夫)가 업으면 도(道)와 덕(德)을 엇어 힝(行)ᄒ기가 어려온 고로, 인륜(人倫) 에 깨돌아 힝(行)ᄒ는 것을 궁구(窮究)ᄒ고 싱각(生覺)ᄒ여 그 방법(方法)을 긔록(記錄)ᄒ여 녀ᄌ학교(女子學校)에 교과서(敎 科書)가 될가 ᄒ노니, 조은 녀ᄌ(女子)가 되랴 ᄒ여도 이 칙(冊) 을 공부홀 것이요, 남의 조은 어머니와 조은 싀모(媤母)와 조은 며느리와 조은 동셔와 조은 올케와 조은 ᄌ녀가 되랴 ᄒ여도 이 칙(冊)을 공부홀 것이라. 그러나 이것이 엇지 본인(本人)의 의 견(意見)을 망녕(妄佞)되이 잡아 져슐(著述)ᄒᆫ 것이리오. 녯적 에 어진 녀ᄌ(女子)와 어진 남ᄌ(男子)의 금(金)ᄀᆞ튼 말과 향긔 (香氣)로온 힝실(行實)을 들어 긔록(記錄)홀 뿐이로라. 대뎌 일 이라 ᄒᆞ는 것은 몬저 힝(行)홀 것도 잇고, 나종에 힝(行)홀 것

도 잇으니, 몬저 마음을 바르게 ᄒ고, 몸을 닥아야 쳔만(千萬)가
지 힝(行)ᄒ는 일에 단단ᄒ 긔초(基礎)가 될지라. 그런고로 오
륜(五倫)에 딕ᄒ는 도리(道理)를 간략(簡略)히 써 녀ᄌ(女子)로
ᄒ여곰 못된 것은 버리고, 조은 것은 칡(取)하는 한 도음이 되기
를 깁이 바라노라.

총론에서 언급되듯이 이 책은 여학교 교과서를 목표로 삼아
전통적인 현모양처의 언행과 행실을 오륜에 근거해 편찬한 것이
다. 따라서 이 교과서 역시 이 시기 여성 담론에 비춰 볼 때, 전근
대적 여성관을 탈피하지 못했음을 의미한다. 교과 내용은 "얌전,
존졀, 악ᄒ 동모, 븨홀 것, 씻고 닥는 것, 의복, 어진 부인, 례졀,
안히 직분, 삼강오륜, 화평, 신부, 어진 안히, 어리셕은 부인, 어진
어머니, 스어머니, 하인 부리는 법, 죄에 형벌, 본밧을 일, 교ᄉ
를 공경, 시간, 운동, 어룬을 공경, 학교, 친구 사괴는 것, 약죠, 말
ᄒ는 것, 게으른 것, 즐거운 것, 가졍, 참는 것, 세긋ᄒ 것, 손님 디
졉, 편지, 용셔, 교육, 공부, 학문, 마음, 겸손, 나라, 권ᄒ는 말" 등
의 과명(課名)을 통해 짐작할 수 있듯이, 전통적인 현모양처론이
반영되어 있다. 다음에 예시를 든 제1과 '얌젼'만 보더라도 성에
대한 고정관념을 바탕으로 행실을 조심해야 한다는 논리가 부각
되어 있다.

대뎌 녀ᄌᆞ(女子)의 힝ᄒᆞ는 것과 안ᄂᆞᆫ 것과 눕ᄂᆞᆫ 것과 일어나는 것은 남ᄌᆞ(男子)와 다름이 만으니 맛당이 얌전ᄒᆞ고 씩씩ᄒᆞ며 단뎡(端正)ᄒᆞ게 ᄒᆞ되, 머리를 자조 빗으며, 웃옷과 알에 치마를 보병일소록 ᄭᆡ굿이 ᄒᆞ고, 믜ᄉᆞ를 허슈이 말고, 서기와 안기를 기울게 말며, 거만ᄒᆞᆫ 모양(貌樣)을 들어내지 말며, 크게 웃지 말며, 크게 소리 질으지 말고, 셩품(性品)대로 공연(空然)이 심슐 내며, 셩내지 말고, 음식 먹을 ᄯᅢ에 이리저리 옴겨다니지 말고, 존졀히 ᄒᆞ며, 무슴 일이든지 처음과 ᄅᆞ죵이 여일(如一)ᄒᆞ게 ᄒᆞ며, 말슴 ᄒᆞᆫ 마디라도 헛되이 말고, 압뒤를 재어 말과 힝ᄒᆞ는 것이 서로 합당(合當)ᄒᆞ게 ᄒᆞ고, 불을 조심(操心)ᄒᆞ여 켜고 ᄡᅳ는 시간을 직히며, 문을 신칙ᄒᆞ여 닷고 여는 규모(規模)를 살펴 의외(意外)의 지앙과 경망ᄒᆞ다는 칙망을 업게 ᄒᆞ라.

이 과에 언급된 것처럼, 이 교과서는 여자로서 지켜야 할 덕목과 하지 말아야 할 사항을 가르치는 데 중점을 두고 있다. 행실에서 남자와 다름을 근거로 '얌전'을 강조한 것은 전통적인 사행(四行: 여덕, 여언, 여용, 여공)을 중심으로 한 여성관과 크게 다르지 않다. 이는 '어진 안히', '어진 어머니' 등의 현모양처 관련 과에서도 마찬가지이다. 다만 '교ᄉᆞ 공경, 운동, 학교' 등이나 '죄에 형벌', '나라' 등에서 신가국의 국가주의에 기반한 애국사상을 반영한 것은 근대 계몽기의 시대 환경에 따른 것이라고 할 수 있다.

신가국의 국가주의적 애국사상

뎨이십륙과 죄에 형벌(련속): (중략) 녀즈(女子)는 나라 빅셩(百姓)의 어머니될 쟈니 어머니될 쟈이 무식(無識)ㅎ고 학문(學問)이 업으면 그 나라 빅셩(百姓)이 엇더혼 빅셩(百姓)이 되리오. 실상(實狀)으로 싱각(生覺)ㅎ면 녀즈(女子)의 직칙(職責)이 남즈(男子)의 칙임(責任)보다 몃 비(倍)가 더ㅎ니 쳥년녀즈학싱(靑年女子學生)들아. 마음을 쌔긋이 ㅎ고 몸을 단졍(端正)이 가져 후일(後日)에 국민을 낫고 기르고 가르치는 조은 어머니가 되소서. 그리ㅎ면 집에 복(福)이 잇고 집에 복(福)이 잇으면 나라에 큰 힝복(幸福)이 되리로다.

뎨오십이과 나라: 사람은 집에 매이고, 집은 나라에 매엇으니, 그런고로 나라가 업은즉 집이 업고, 집이 업으면 몸이 의지홀 바가 업ᄂ니라. 유태국(猶太國) 사람이 졍ᄉ를 잘ㅎ여 사람사람이 부ㅎ되 그 나라가 망(亡)혼 고로, 아라사국(俄羅斯國)에 간즉 아라사 사람이 죽이며, 법국(法國)에 간즉 법국(法國) 사람이 욕(辱)ㅎ여 넓고넓은 텬디(天地)에 돌아갈 곳이 업으니 심(甚)ㅎ도다. 나라 망(亡)혼 빅셩(百姓)의 신셰(身勢)여. 파란국(波蘭國)과 인도국(印度國)은 나라가 망(亡)ㅎ매 억쳔만 빅셩(億千萬百姓)이 죵이 되어 평싱(平生)에 락(樂)을 누리는 쟈 업도다. 그런고로 몸을 사랑ㅎ는 쟈는 그 집을 사랑ㅎ고 집을 사랑ㅎ는 쟈는 그 나라를 반닷이 사랑홀지니라. 나라를 사랑혼다 홈은 사람마다 각기 그 당(當)혼 직분(職分)을 힘써 ㅎ면 그 나라는 즈연 부강(自然富强)혼 나라가 되ᄂ니라.

이 두 과에 등장하는 국가주의는 '몸[身], 집[家], 나라[國]'의 일체로서 국가를 전제로 한다. 즉, 여자의 직분은 어진 어머니로서 국가의 일원인 국민 양성에 있음을 주장한 것이다. 이와 같은 논리는 애국계몽기 국가주의 담론과 여자교육 담론의 특징 가운데 하나이며, '여성 스스로의 자각'을 중시하는 여성운동 차원에서 볼 때, 근대 계몽기 여성 담론이나 여자교육론이 갖는 시대적 한계라고 할 수 있다.

『신찬가정학』

다음으로 여자교육의 주요 내용 가운데 하나인 가정학 관련 교과서를 살펴볼 필요가 있다. 이 시기 가정교육은 여자교육의 주요 분야의 하나로 인식되는 경향이 있었다. '고등여학교령 시행규칙'의 교과목에 '가사(家事)'가 포함되어 있었으며, 그 교과의 요지에서 "의식주, 간병, 육아, 가계부기 기타 일가(一家)의 정리(整理), 경제(經濟) 등에 관한 사항"을 교수하도록 한 것을 통해서도 여자를 가정교육의 주체로 인식하고 있었음을 추론할 수 있다. 따라서 1908년 전후 다수의 가정학 교과서는 여자교육을 목표로 한 교과서로 간주할 수 있다.

김경남(2015)에서 밝혔듯이, 이 시기 가정학 교과서는 1906년 저자를 알 수 없는 『여자교육설(女子教育說)』, 『가정교육학(家庭教育學)』(『대한매일신보』 1906년 6월 6일자 광고 소재) 등의 여자교육학 관련 서적뿐만 아니라 박정동(1907)의 『신찬가정학(新撰家政學)』(우문관), 현공렴(1907)의 『신편가정학(新編家政學)』(일한도서인쇄주식회사), 『한문가정학(漢文家政學)』(일한도서인쇄주식회사) 등의 저술이 있었다. 이 가운데 박정동(1907)의 가정학 교과서는『녀ᄌᆞ보통신찬가정학』이라는 책명으로 발행된 대표적인 가정학 교과서다. 이 교과서의 내용은 다음과 같다.

『신찬가정학』의 내용

장	절
第一章 어린아히 교양	一. 태중에셔 교육 二. 젓 먹여 길음 三. 어린 아히의 복과 음식과 거쳐 四. 어린 아히의 니 놀 째 종두함 五. 어린 아히의 동정과 희롱
第二章 가정교육	一. 가정교육의 필요 二. 가정교육의 목적 三. 가정교육의 방법
第三章 늙은이 봉양	一. 로인동정과 봉양 二. 로인의 봉양
第四章 병보음	一. 병남 二. 주장ᄒᆞ야 치료ᄒᆞ는 의원 三. 병실 四. 구원
第五章 교뎨	一. 방문 二. 뒤객 三. 향응 四. 셔신 五. 정표
第六章 피난	一. 화지 二. 풍지 三 진지 四, 수히 五. 적환
第七章 하인을 부림	一. 하인을 역사 식힘 二. 하인을 취함

이 책에 서술된 가정교육은 근본적으로 '현모양처'가 되기 위한 덕목과 지식을 가르치는 데 목표를 두고 있다. 이는 각 장의 서론에 해당하는 논설을 통해 확인할 수 있다.

『국문 신찬가정학』(대한제국기)

각 장의 서론 내용[45]

第一章 어린 아히 교양: 아해를 길으는 법은 동산에 쏫나무 심
으는 것과 갓후야 배양후는 법을 적당케 후면 변변치 못흔 화
초라도 쏘흔 금병에 채화보담 화려홀지오. 배양을 적당히 후지
못홀지면 비록 향긔 만흔 난초라도 말나셔 이울지니라. 사람도
쏘흔 이와 갓후야 자식을 나음에 약후고 둔홈은 그 근원이 태중
에서 생기며 쏘흔 어릴 쌔 위생에 힘쓰지 아니홈이니 엇지 일평
생에 한이 되지 아니후리오. 만일 건강흔 아히를 낫코져 홀진듸
반다시 강건후고 어진 어미를 구홀지라. 이럼으로 세상에 영웅
호걸이라도 어렷슬 쌔에 건강후고 어진 모친이 보호치 아니후얏

스면 엇지 큰 공을 셰웟스리오. 디져 수십 장 되는 큰 나무라도 쳐음 날 찌는 아해들도 능히 재글지니 배양ᄒᆞ는 리치는 사람과 물건이 엇지 달으리오. 슬프다. 어미의 아해 길으는 공덕이여. 장부가 셰샹을 건지는 공보담 더 크다 ᄒᆞᄂᆞ니 셰상에 사람의 어미된 니는 맛당히 친이ᄒᆞ는 쟈녀로 ᄒᆞ야곰 날기를 쩔치는 젼졍이 잇게 홀지며 세상에 고싱ᄒᆞ는 슬품이 업게 홈이 가홀지라.[46]

第三章 늙은이 봉양: 사람이 늙으면 극진히 보호ᄒᆞ기를 바라나니 집안을 주장ᄒᆞ는 자의 데일 긴요ᄒᆞᆫ 일이라. 그러ᄒᆞ나 이 글에는 먼져 아히 길음을 말ᄒᆞ고 다음에 가뎡교육을 말ᄒᆞ고 싯헤 늙은이 길음을 말ᄒᆞᆫ 자는 졀무니를 먼져ᄒᆞ고 늙은이를 뒤에 홈이 아니라 그 조목의 순셔를 편리케 ᄒᆞ야 말홈이니 보는 자는 오히치 말지니라. 집안을 주장홈은 디져 졀문 자부에게 잇나니 비록 동식가 홈게 잇슬지라도 시부모를 셤기는 도리를 가히 담당홀지니 녀자의 출가치 아니ᄒᆞᆫ 젼에 비록 그 부모를 보양ᄒᆞ야 어진 일홈이 잇스나 오히려 시부모를 봉양ᄒᆞ는 직칙은 업실지요 이믜 혼인ᄒᆞᆫ즉 그 싀부모에게 오쟉 유순ᄒᆞ고 공경홀 쭌 아니라 무릇 의복 음식과 긔거 동뎡의 왼갓 일에 다 극진히 보호홀지니 그런즉 졀문 여자덜은 며나리되는 도리에 먼져 연구홀지니라.(중략)

第四章 병보음: 여자의 셩졍은 유순ᄒᆞ고 ᄌᆞ이홈으로 병인을 보호ᄒᆞᆫ 데 맛당ᄒᆞ거온 하물며 왼 집의 주부가 되야 병인을 보호ᄒᆞ는 법에 몽미홀지면 집안에서 병인이 잇슴에 반다시 엇지홀 쥴 모르리니 아모리 이를 쓰나 무엇이 유익ᄒᆞ리오. 부요ᄒᆞᆫ 집에 ᄒᆞ

인들이 만호나 그 보호호난 법을 분별홀지면 그 주부의게 담착홀
지라. 고로 녀ᄌ들은 병보는 법에 소홀케 넉이지 못홀지니라.

第五章 교례: 스람이 세계상에 잇슴에 교례홈이 업지 못홀지니
기명혼 나라에셔는 법으로 쳐호고 례로 졉호야 례와 법이 겸비
혼지라. 이런 고로 나라와 나라ᄭ리 화합호고 화합지 못홈과 친
척과 향리ᄭ리 화목호고 화목지 못홈이 다 교례의 잘호고 잘못
홈에 잇ᄂ니 교례라 홈은 비단 남자만 잘홀 뿐 아니라 또혼 여
자도 련구홀 바이니 디져 남자는 밧게 나갈 ᄯ가 만혼즉 집닐을
쥬쟝호는 자는 다 여자에게 잇ᄂ니 집안에 왼갓 슈응호는 것과
셰간의 왕리함과 물건의 취사홈과 친구의 교의도 부인에 관계
됨이 만호ᄂ니 졔가호는 법을 비우는 자는 맛당히 련구홀 바이
니라.(중략)

第六章 피난: 하날 직앙이 다 닙은 디져 스람의 ᄯᅩᆺ밧에 당홈이
니 평시에 맛당히 예방호야 당홀 ᄯ에 황망치 안일지니 수지와
화지 풍지도 격등 직엥 디호야 주의홀 것을 아리에 말호노라.
第七章 하인을 부림: 하인을 부림은 쥬부의 직쳑이니 겨의 무리
는 학문과 지식이 업슴으로 도리에 몽미호나니 쥬부는 반다시
셩심으로 감동케 호며 신실홈으로 써 보여셔 화호고 엄홈을 아
울너 쓰며 은혜와 위염을 베푸러 호야곰 두려워 호고 겸호야 사
랑케 홈이 가홀지니라.

각 장의 서문을 고려하면, 이 시기 여성 담론과 여자교육 대상으로서 가정교육이 어떤 성격을 띠고 있었는지 짐작할 수 있다. 즉, '어린 아이 교양'에 등장하는 '현모(賢母) 사상'이나 '늙은이 봉양'에 나타나는 '현부(賢婦)'는 전통적인 현모양처론을 벗어나지 않는다. 뿐만 아니라 '병보음'에서 언급한 '여자는 유순하고 자애롭다', '교제'에서 '집안일은 여자가 주관한다'는 사고방식도 전근대적 고정관념을 답습한 형태다. 또한 '하인'으로 표현된 '아랫사람'을 대하는 방식에서도 봉건적 사회질서를 전제로 한 가정교육론을 전개하고 있다. 다만 이 교과서 제2장 '가정교육의 방법'에서 '신체를 강건하게 할 것', '인군께 충성하고 나라를 생각하는 생각이 가슴에 엉기게 할 것' 등을 주장한 것은 근대 계몽기 애국 담론과 일치하는 주장이라고 할 수 있다. 이와 같은 주장은 이 시기 발행된 다른 가정교육론과도 비슷하다.

4. 소결

이 장은 근대 계몽기 여성 담론과 여자교육의 전개 양상, 여자교육용 교과서의 유형과 내용 분석을 통해, 근대 계몽기 여자교육의 의미와 한계를 고찰하려는 목적에서 출발했다. 근대 계몽기 여자교육은 1886년 이화학당 설립, 1895년 근대식 학제 도입, 1898년 순성여학교 설립 운동, 1908년 '고등여학교령' 공포 등 일련의 사건을 통해 큰 변화를 이루었다. 이러한 변화는 근대적 여성관의 변화와 여성 담론의 출현, 여자교육 담론의 활성화 등과 밀접한 관련을 맺는다. 이 장에서는 근대 계몽기 여성 담론과 여자교육의 변화 양상을 기술하고, 이를 바탕으로 이 시기 교과서를 중심으로 여자교육 관련 내용이 갖는 특징을 분석했다. 이 장에서 전개된 주요 논의는 다음과 같다.

첫째, 근대 계몽기 여자교육 담론에서는 근대적 여성관의 변화와 한계를 규명하는 데 중점을 두었다. 근대적 여성관은 문명 부강한 국가를 건설해야 한다는 시대적 담론으로부터 형성된 것으로, 신가국(身家國)의 국가주의를 기반으로 하고 있다. 이와 같은 사상은 1880년대 여성의 사회활동 가능성에 대한 일본의 사례나 선교사들의 영향 등이 있었겠지만, 근본적으로 1894년 갑오개혁 이후의 '남녀평등', '남녀동권' 의식을 기반으로 한다. 그렇다고 이 시기 남녀평등론이 전통적인 남녀관에서 완전히 탈피한 것은 아니었다. 문명부강을 전제로 한 여성의 역할을 강조하기 위해 추상적 논리를 전제로 '여자교육이 필요하다'는 주장이 일반화된 시점이라고 할 수 있다. 때문에 다수의 여자교육 운동이 전개되는 과정에서도 '현모양처를 위한 여자교육론'을 탈피하지 못하는 경향이 우세하다.

둘째, 근대 계몽기 여자교육의 전개 과정을 객관적으로 기술했다. 이 시기 여자교육운동은 여성의 자의식 각성을 전제로 한 것이라기보다 문명부강, 애국 담론을 특징으로 했기 때문에, 여학교 설립이나 여자교육을 위한 단체 결성 등에서도 여성으로서의 자각 문제는 심도 있게 논의되지 못했다. 그럼에도 1895년 소학교령에서 여자교육을 부정하지 않았고, 충군애국하는 국민 양성을 위한 어머니의 역할을 강조하는 차원에서 1898년 순성학교 설립 운동과 여학교 관제 제정 운동이 전개된 것은 주목해야 할 일이다. 소학교 여학생을 위해 이 시기부터 여자교육 관련 내용이 교과에 포함될 수 있었고, 이를 기반으로 여자교육이 보급될 수 있었기 때문이다. 여학교 관제는 실행되지 않았으나, 이 시기부터 다수의 여학교가 설립된 점은 의미 있는 일이며, 1908년 '고등여학교령'의 공포는 애국계몽시대에 여자교육이 활성화될 수 있는 가능성을 보여준 중요한 사건이었다.

셋째, 근대 계몽기 여자교육 관련 교과서를 대상으로 여자교육의 실태를 규명했다. 이를 위해 여자교육 관련 교과서를 '여자교육 내용이 보이지 않는 교과서'(제1류, 대략 7종), '일반 독본 및 수신류, 즉 여자교육을 천명하지 않았으나 여자교육 내용을 포함한 교과서'(제2류, 17종), '여자교육을 주요 목표로 한 교과서'(제3류, 7종)로 분류하고, 이 가운데 제2류와 제3류 교과서에서 여자교육 내용을 중점적으로 분석했다.

이 중 제2류 교과서는 두 가지 유형으로 나누었는데, 하나는 독본 또는 읽기 중심의 독본류 교과서(수신 목적 독본 포함)이며, 다른 하나는 수신류(윤리) 교과서다. 전자에 속하는 교과서는 대부분 1) '전통적 가족 윤리'와 관련된 내용, 2) 현모양처로 대표되는 '모교(姆敎)' 및 '여성의 성품(여자의 덕목)'과 관련된 내용, 3) '사회생활과 직업'과 관련된 내용이 중심을 이루며, 4) 근대의 여성관 변화를 반영하는 교재 및 '애국심'을 주제로 한 교재가 일부 포함되어 있다. 내용상 근대 계몽기 근대적 여성관과 여자교육 담론들과 마찬가지로 전근대적 사회질서 및 성역할을 계승한 경우가 많으며, 3), 4)와 관련된 내용일지라도 국가주의와 애국 담론을 반영할 뿐, 그 자체로는 여성으로서 자각을 이루는 데 한계가 있었다.

후자는 남녀 공용의 수신교과서 가운데 여자교육 내용을 담고 있는 교과서로, 1908년 이후 저작된 것이 대부분이다. 『윤리학교과서』, 『보통교육 국민의범』, 『초등수신교과서』, 『초등수신서』, 『초등윤리학교과서』 등이 이에 해당하며, 이를 대상으로 각 교과서의 수신 윤리의 내용과 성격을 기술했다. 그 결과 대부분의 교재가 전통적인 '현모양처', '부덕'을 중심으로 한 여자교육 내용을 탈피하지 못했음을 확인할 수 있었다. 다만 일부 교재에서 여성의 용기를 주제로 한 일화나 신가국 사상에 기반한 국가주의 윤리가 포함된 것은 이전에 없었던 교육 내용이라고 볼 수 있다. 다만 전통 윤리를 계승한 것이나 애국 담론을 중심으로 한 교육 내용에서도 여성에 대한 고정관념 탈피나 성역할 자각 등의 근대성을 찾는 데에는 한계가 있었다.

넷째, 여자교육을 천명한 독본류와 수신서(제3류 교과서)는 1906년 전후 '대한자강회'를 비롯한 다수의 단체가 조직되면서 '여자교육 담론'이 활성화되고, 1908년 '고등여학교령'이 공포된 이후 등장한 것이었다. 이 유형에 해당하는 교과서는 1) 여자교육용 독본과 수신서, 2) 가정교육 교과서로 나누어 살펴보았다.

전자에는 『초등여학독본』, 『부유독습』, 『녀ᄌ독본』, 『녀자소학슈신서』 등이 있는데, 대부분 제2류 교과서와 마찬가지로 전통적인 사회질서와 여성관을 벗어나지 못했음을 확인할 수 있었다. 다만 『부유독습』의 경우 독습용 교과서지만, '충군애국 담론'과 '신학문 공부의 필요성', '남녀평등 사상', '여자교육회와 여자보학원' 활동 관련 내용, '대한학회 찬성 취지서' 등을 포함하여 근대성을 띤 교육 내용을 선정했다는 점에서 큰 의미를 부여할 수 있었다. 또한 『녀ᄌ독본』에서 영웅적 여성의 전기를 활용한 점도 근대 이전의 여성관을 전제로 할 때, 크게 차별되는 부분이었다. 하지만 『녀ᄌ독본』이나 『녀자소학슈신서』에 나타나는 애국 담론의 기저에는 전통적인 현모양처론과 국민 양성을 위한 여자의 역할 등이 전제되어 있기 때문에 여전히 근대 계몽기 여성 담론이 갖는 본질적 한계를 벗어나지는 못한 것으로 평가된다.

후자는 국민 양성을 위한 가정교육의 필요를 뒷받침하는 교과서로, 박정동의『녀ㅈ보통신찬가정학』이 대표적이다. 이 교과서의 편찬 의도는 각 장 서론에 해당하는 논설을 통해 추론할 수 있는데, 근본적으로 현모양처가 되기 위한 덕목을 기르고, 국민 양성을 위해 어머니로서 어떤 역할을 해야 하는지 교육하기 위한 목적을 갖고 있었다. 이러한 논리는 이 시기 다른 가정학 교과서뿐만 아니라 신문·잡지 등에 소재한 여자교육용 독서물에서도 빈번히 발견된다.

따라서 이 시기 여자교육 담론은 문명부강을 위해 여자교육이 필요하다는 논리가 지배적이었으나, 그 내용은 전통적인 여성관과 사회질서를 수용하는 것이 많았다. 여성의 사회활동에 대한 인식도 '새로운 국민 양성'을 위한 애국 담론 차원에서 '현모양처론'을 확장시켜 '신가국 차원의 새로운 직분'을 수행해야 한다는 논리로 이어지는 경우가 많았다. 이는 근대 계몽기 여성 담론이나 여자교육 담론, 여자교육과 관련된 교과 내용이 갖는 한계가 분명했다.

제2장

일제강점기 여성 담론과
여성교육

1. 1910년대 『매일신보』의 여성 담론과 식민지 여성 만들기

1) 『매일신보』 여성 담론의 일반적 특징

크리스티나 폰 브라운·잉에 슈테판이 편집한 『젠더 연구』를 참고하면, 여성 연구는 본질적으로 '생물학적 성'으로부터 '페미니즘'과 '사회적 성'을 연구 대상으로 두고 변화해왔음을 확인할 수 있다. 생물학적 성은 그 자체로 신체적 성징(性徵)을 의미하는 것으로, 전통적인 여성 의학이나 사회의 형성과 존속 과정에 존재하는 여성의 역할을 주제로 한, 비-이데올로기적 여성 담론의 대상을 지칭한다. 이에 비해 '페미니즘'은 억압 대상으로서 여성의 지위와 그에 대한 바람직한 역할을 담론화하며, 따라서 다분히 저항적이고 격렬한 성격을 띨 경우가 많다. 이른바 '제2의 성' 담론에서 주창되듯이, 억압을 벗어나 자유를 향유하고 인간으로서의 권리를 지킬 수 있는 새로운 담론의 출현을 의미한다. 그러나 젠더 논쟁에서 주목하는 또 다른 성은 '사회적 성'으로 불리는 '제3의 성'이다.

그런데 엄밀히 말하면 '제3의 성' 또는 '사회적 성'으로 불리는 진보한 여성 담론과 페미니즘의 경계가 무엇인지를 확인하는 일은 결코 쉽지 않다. 브라운과 슈테판이 제안한 학제 간 또는 초학제적 젠더 연구가 새로운 관점의 성 담론을 체계화하고 여성문제의 본질을 파악하는 데 유용한 대안이 될 수 있음은 틀림없지만, 여성 담론과 여성운동의 역사를 일률적으로 기술하는 일은 결코 쉬운 일이 아니다.

근대 이후 싹튼 여성 담론과 제도로서의 여자교육 문제를 살피기 위한 방편으로 신문과 잡지 매체의 여성 담론 및 기사를 확인하는 일은 여성운동의 역사를 기술하는 데 유용한 방편이 될 수 있다. 그런데 일제강점기의 매체 분포는 시기 차이를 감안하더라도 불균형한 것이 사실이다. 즉, 1910년대의 신문 매체 가운데 국문으로 된 것은 『매일신보』가 거의 유일한 상태이며, 이 신문이 식민정책을 수용하는 입장을 취한 점에서 담론 활성화를 기대하기는 어렵다. 1920년대 이후 『동아일보』, 『조선일보』 등의 매체가 등장하면서부터 여성 담론 문제도 다소 활기를 띠지만, 그 자체로 여성문제의 본질을 어느 정도 다루고 있었는가 신중하게 검토해보야야 할 문제다.

이 점에서 1910년대로부터 1930년대까지 신문 매체의 여성 담론과 여자교육 문제를 종합하는 작업은 일제강점기 여성교육의 변화 과정을 이해하는 기초 작업이 될 수 있다. 특히 1910년대 무단통치기의 여성 담론과 1920년대 이후 문화운동 차원의 여성 담론은 양적으로나 질적으로도 큰 차이를 보인다. 또한 강제 병합 이후 1910년대 『매일신보』에 등장하는 여성 담론은 근대 계몽기 싹이 트기 시작한 '여성 의식'조차 전근대성을 띤 순응주의적 여성 담론으로 회귀한 반면, 1920년대 문화운동이 본격화된 이후의 『동아일보』, 『조선일보』에 등장하는 여성 담론은 '여자'에서 '여성'을 인식하고, 문화운동의 주체로서 성을 자각하는 계기를 마련해준 측면이 있다.

사실 일제강점기 전반에 걸쳐 진행된 여성운동과 여성 담론은 식민지 피지배 민족 여성의 지위를 벗어나 생각하기 어려울 뿐 아니라, 제2의 성 또는 제3의 성에 대한 인식 또한 대중적으로 확산되는 데 한계를 보일 수밖에 없었다. 이제 1910년대 『매일신보』의 사설, 주요 기사 등을 대상으로, 이 시기 여성 담론의 특징을 분석하고, 이를 바탕으로 식민지 여성 만들기가 어떻게 진행되어왔는지부터 차근차근 규명해보자.

2) 『매일신보』 여성 담론의 주요 내용

여성 담론의 분포와 내용

수요역사연구회에서 편집한 『일제의 식민지배 정책과 매일신보: 1910년대』에서 밝힌 바와 같이, 『매일신보』는 일제의 동화정책을 충실히 수행한 신문이었다. 이 신문은 비록 총독부의 기관지는 아니었을지라도 통치자의 입장에서 식민 정책을 홍보해왔으며, 그에 따라 정치·경제·교육·종교 등 제반 분야에서 총독부의 시정을 찬양하고 조선인을 멸시하는 논조를 유지해왔다.[1] 이 기조는 여성 담론에서도 별반 다를 것이 없었다.

김경남(2021)에서 밝힌 바와 같이, 우리나라에서 '여성(女性)'이라는 단어가 본격적으로 사용된 건 1920년대 이후의 일이다. 근대 계몽기 여성을 지칭하는 단어는 대부분 '부인(婦人)', '여자(女子)', '부녀(婦女)' 등이었으며, 이는 1910년대도 마찬가지다. 이를 전제로 빅카인즈 고신문 아카이브에서 1910년대 『매일신보』에서 여성과 관련된 '부인', '여자', '부녀'를 키워드로 기사를 검색할 경우, 가장 많이 등장하는 단어가 '부인'이다. 이 용어가 쓰인 자료는 대략 1700여 건에 달한다. 그다음으로 '여자'가 제목인 기사가 910건 정도 검색된다. '부인'과 '여자'를 아울러 지칭한 '부녀'를 제목으로 한 기사는 190건이다. 이에 비해 '여성'이라는 용어를 사용한 기사는 1914년 8월 5일자 사진 '세르비아 여성 병사', 8월 13일자 사진 '새로 등장한 여성용 우산' 등 극히 제한적이다.[2] 이처럼 여성 담론과 관련한 용어 사용에서 '부인'이 일방적 지위를 차지하는 것은 1910년대 여성 담론이 주로 가정 내 '부인'의 역할을 전제로 이뤄졌음을 의미한다. 이는 『매일신보』 사설이나 논설, 심지어 전기문과 문학작품 등을 통해서도 증명된다.

이 장에서는 1910년~1919년 『매일신보』의 사설, 개인 논설 및 주요 기사와 연재물, 전기 및 서사물 등을 대상으로 136종의 여성 담론 자료를 조사했다. 짤막한 기사일지라도 시대 상황을 반영하는 특이한 자료일 경우 조사 대상에 포함했다. 이에 따라 기사 60종, 논설 16종, 사설 35종, 인물 전기 15종, 전설을 비롯한 서사물 10종이 정리되었다.[3] 또한 조사 자료를 내용에 따라 '계몽의식, 사회 구조, 노동/경제문제, 교육문제, 도덕의식, 식민지 동화정책, 전설, 인물 관련 내용, 의식주 생활, 문학성을 띤 서사, 예술, 경제문제, 기타' 등으로 구분했다.[4]

1910~1919년 여성 담론 조사 자료 분포

내용 \ 유형	기사	논설	사설	서사	전기	계
노동/경제	9	3	12			24
계몽	5	2	5		11	23
사회	14	1	7			22
교육	4	5	7			16
도덕	5	1	3		1	10
식민	6	2				8
전설				5		5
인물	1			1	3	5
생활	2	2				4
문학				3		3
정치	3					3
예술	2		1			3
기타	9			1		10
계	60	16	35	10	15	136

분류 결과 가장 빈번히 등장하는 여성 관련 자료는 식민 상황에서 부업을 통해 가정 경제의 주체가 되어야 한다거나 직업 생활을 통해 빈곤을 탈피해야 한다는 노동 담론들이다. 예를 들어, 「귀족 부인과 양잠」(1911년 10월 24일자), 「조선 부인의 진화: 수산 견습생의 모집」(1912년 3월 4일자), 「잠업과 부녀자」(1912년

3월 24일자), 「조선 부인의 신부업」(1913년 9월 10일자) 등이 이에 해당한다. 이러한 담론은 전통적으로 조선 부인은 가정에 칩거하여 남자에 의존하는 생활을 해왔는데, 그것이 가정 빈곤의 주된 원인이라는 논리를 바탕으로 한다. 즉, 식민지적 상황에서 발생하는 제반 빈곤의 원인을 부인의 '유의유식(遊衣遊食)', '사치'와 '허영심' 탓으로 돌리고, 선진 일본처럼 부유하게 살기 위해서는 부업뿐만 아니라 각종 노동을 즐겨야 한다는 논리를 성립시킨다.

노동·사치 경계·부업 담론

近來 朝鮮 婦人이 風潮를 覺醒ㅎ야 産業 發達의 思想이 日加ㅎ음은 甚히 可喜홀 現象이라. 彼下流婦女는 內地婦女의 勞働홈을 見ㅎ고 此를 效則ㅎ야 旣히 勞働에 從事ㅎ기에 甘心홈으로 下流社會에 好影響이 及ㅎ얏다 ㅎ야도 可홀지라. 然ㅎ나 中流 以上의 婦女는 從來 深閨에 蟄居ㅎ야 門外 一步를 不出홈으로 自然 無爲徒食에 不過ㅎ고 富豪家에는 內櫛의 役싯지 他人을 代ㅎ얏스니 事業의 妨害는 姑捨ㅎ고 身體上에도 幾分 不健康의 感이 有ㅎ야 疾病도 此로 由ㅎ야 不絶ㅎ며 産育도 此로 由ㅎ야 不繁ㅎ얏도다.[5]

大抵 虛榮心은 人의 知識을 蒙昧케 ㅎ며 人의 道德을 滅漸(멸시)케 ㅎ며 人의 生活을 困難케 ㅎ느니 故로 西儒가 有言ㅎ되 虛榮心과 希望心이 皮相的으로 同一혼 듯ㅎ나 希望心은 一日이라도 無ㅎ면 一日의 害가 有ㅎ고 虛榮心은 一日이라도 有ㅎ

면 亦一日의 害가 有ᄒ리라 ᄒ얏도다. (中略) 朝鮮 婦女는 自古로 安樂 窮困을 專혀 男子에게 依賴ᄒ여 男子가 富貴ᄒ면 婦女도 行乎富貴ᄒ며, 男子가 貧賤ᄒ면 婦女도 行乎貧賤ᄒ야 一毫도 自力辯이 無ᄒ나 然이나 尙히 規模를 格守ᄒ야 非分의 範圍에 過越홈이 無ᄒ더니 今日 婦女는 貧賤富貴를 勿論ᄒ고 擧皆 虛榮心이 激增ᄒ야 奢靡耀目이 極度에 達ᄒ얏스니 此가 無根의 花와 無源의 波와 何가 다르리오.[6]

總督府에서 朝鮮婦人의 適當한 事業을 指導ᄒ기에 努力ᄒ는 바 特히 朝鮮 婦人의 指頭 技藝가 巧妙 奇絶홈이 日本 婦人보다 優勝홈으로 水産係員은 水産의 道를 講ᄒ기 위하야 試驗的으로 女工을 募集ᄒ야 製絲法 及 漁網 製造法을 敎ᄒ얏더니 意想外에 其製品이 果然 巧妙奇絶ᄒ야 將次 發達의 希望이 有홈으로 漸次 此를 獎勵ᄒ야 從業者가 일일 增加ᄒ다 ᄒ니 現今 無恆産ᄒ 朝鮮 婦女로 ᄒ야금 相當ᄒ 業務가 有케 홈에 엇지 可幸치 안이ᄒ리오.[7]

이 세 편의 자료는 1910년대 『매일신보』의 여성 관련 노동 담론의 전형적 유형에 해당한다. 전통적인 칩거생활, 남자에 의존하는 생활에서 벗어나 가정 경제를 윤택하게 하고, 자신의 건강과 출산에 유익하기 때문에 '부인'의 노동이 필요하다는 단순한 논리를 반복한다. 더욱이 가정 빈곤의 원인이 부인의 사치와 허영 때문이라는 비판은 1910년대에 지속적으로 반복된다. 노동

경성부 은사수산장 양잠부(1911)

과 근면의 가치를 홍보하고, 부업과 저축을 장려하는 사설이 지속적으로 게재된 이유가 여기에 있다. 특히 1912년 5월 12일부터 6월 21일까지 36회에 걸쳐 연재된 「저축 권면＝부자 되는 비결」은 식민 수탈 상황을 은폐하고, 빈곤의 책임을 사치와 낭비로 돌리려는 취지가 두드러진 대표적인 자료다.[8]

아울러 이러한 배경에서 빈곤 탈피의 방책으로 여성의 부업을 강조하는 기사와 사설이 빈번히 실리는데, 조선총독부의 「수산 시험장 여공 모집」, 「제사법(製絲法)」과 「어망제조법」, 「잠업 장려」 등이 대표적이다. 즉, '노동', '사치와 허영심 경계', '부업 장려' 등은 식민지적 수탈 상황을 은폐하고 일제의 통치정책을 강요하는 과정에서 등장한, 여성에 대한 이중적 억압의 메커니즘을 보여주는 담론들이었다.

다음으로 살펴볼 '계몽', '사회', '도덕', '식민'으로 분류한 담론 자료는 분야별 차이는 있을지라도 식민지적 이중 억압 구조 아래서 강요된 담론이라는 점으로 볼 때 본질상 차이는 없다. 계몽 담론은 전통적인 예법, 순종을 미덕으로 삼아 부덕(婦德)을 강조하는 내용으로 이뤄져 있었다. 교육받거나 직업을 갖고 있더라도 여성으로서 순종해야 하며, 그렇지 않을 때 비난의 대상이 될 수 있다는 점을 강조했다. 특히 이 과정에서 일본 부인을 본받아야 한다는 의식을 은연중에 주입하는 자료가 많았다.

식민 상황에서 부인의 계몽·사회·도덕 담론

嗚呼ㅣ라 我 朝鮮의 女子界를 考察ㅎ면 自古及今 其待遇가 果然 何如ㅎ엿ᄂ뇨. 言必稱 女子를 '居內而不言外'ㅎ고 '惟酒食儀'라 ㅎ야 一生을 圈套 內에 長養ㅎ야 一字의 學問이 無ㅎ며 一物의 解得이 無ㅎ고 徒히 男子의 申櫛卑役만 受ㅎ야 我苦我樂을 人에게 依賴ㅎ얏스니 何等의 人權이 有ㅎ얏스리오. (中略) 何幸 近日은 文明 風潮가 日激홈으로 我 朝鮮도 女子의 苦網이 稍弛ㅎ야 女校 及 女會가 種種 設立ㅎ야 女子의 知識이 舊日 程度보다 頗愈ㅎ다 홀지니 **女子 諸君은 宜히 各種 學問을 是修ㅎ야 人類에 歸호 後 舅姑를 善事ㅎ며 家長을 順承ㅎ야 子女를 慈愛ㅎ며 其他 千百의 日常 家務를 文明的으로 善變ㅎ야 一家의 和**

氣를 培養ᄒ야 全局內 女子의 模範을 作홀지어놀, 往往 女子界에 可驚可憫홀 悖習이 有ᄒ다 ᄒ니, 일일이 枚擧키 難ᄒ거니와 最히 倫紀가 斁絶(두절)ᄒ고 家禍를 釀出ᄒᄂ 大事件이 有ᄒ즉, 不可不 一筆의 警告를 發코져 ᄒ노라. 現時 女子 중에 稍히 幾分의 科學을 習知ᄒᄂ 자는 其氣가 自驕ᄒ고 其性이 自傲ᄒ야 他人을 壓視홀 ᄲ 아니라 혹 家長은 野昧로 嘲罵ᄒ며 舅姑ᄂ 頑老로 指稱ᄒ야 閨庭 行動이 無人之境에 出入홈과 如ᄒ니 其他 姉妹 族婚間이야 更히 可言홀 바ㅣ 有ᄒ리오.[9]

朝鮮의 婦女는 古來로 外面의 行動이 無ᄒ고 단히 閨中에 蟄居ᄒ야 一生의 口腹을 男子에게 寄홈으로 相當ᄒ 知識이 無ᄒ며 相當ᄒ 事業이 無ᄒ얏스니 엇지 一毫의 人權이 有ᄒ리오. (中略) 泰西 列邦은 女子의 知識이 極度에 達ᄒ야 男子의 聞ᄒᄂ 바를 無所不聞ᄒ며 男子의 見ᄒᄂ 바를 無所不見ᄒ며 男子의 行ᄒᄂ 바를 無所不行ᄒ야 諸般 事業이 男子와 同等ᄒ고 反히 男子보다 養兒事業이 加付홈으로 男子가 敢히 慢視치 못ᄒ고 至於 參政權신지 同一ᄒ자는 問題가 有ᄒ며, 內地 女子로 言홀지라도 新聞을 不解ᄒᄂ 자가 稀少ᄒ야 農工商 其他 諸般 事業을 能爲ᄒ야 遊衣遊食의 徒가 無홈으로 現今 內地人의 豐富홈이 此로 起因ᄒ얏다 홀지라도 過言이 안이로다. 朝鮮 女子는 事業 經營은 姑捨ᄒ고 對人 接物홀 時에도 羞色을 不免ᄒ야 言語가 齟齬ᄒ며 步武가 浚巡ᄒ야 一個 風痴를 作ᄒ니 此ᄂ 素養ᄒ 知識이 無홈으로 由홈이라. 然ᄒ즉 諸君이 相當ᄒ 人權을 恢復코져 홀진디

相當혼 知識을 研究ᄒ야 文明 列邦의 女子의 行動을 模範홀지
오 若 相當혼 知識이 無히 言必稱 開化開化라 ᄒ야 無故 出入
에 異聞이 喧傳ᄒ면 反히 風化의 大病을 作홀지니 婦女 諸君은
試思홀지어다.[10]

이 두 편의 사설은 전통적인 조선 여자의 칩거생활과 근래 문
명 풍조에 따른 지식 변화를 언급하면서, 배운 여자일지라도 구
고(舅姑)를 효양(孝養)해야 하며, 남편에게 순종함을 미덕으로 내
세운다. '남녀동등'이나 '참정권'이라는 용어가 쓰일 경우가 있으
나 그 자체로서 동등권을 의미하는 것이 아니라 유의유식하지
말며, 교오(驕傲)하지 말아야 한다는 논리로 귀결된다. 이 과정에
'내지 부인'을 본받아야 한다는 주장이 스며들며, 사회 개조 차원
에서 개가의 필요성을 주장하거나 일본 부인의 복식을 예찬하는
내용이 반영되기도 한다. 결국 여성 계몽 담론이나 사회 개조는
본질적으로 순응주의로 귀결됨을 확인할 수 있다.

순응주의 이데올로기

我의 極禮極敬ᄒ는 純粹 貞明의 諸學生이여. 吾民類는 古來로
有名혼 禮儀之族이라. 男女界限에 鐵閫이 堅固ᄒ야 不可拔不
可奪의 志氣를 個個 婦女 方寸地에 緊緊 把握ᄒ얏더니 今日 風
潮를 隨ᄒ야 舊日 規模를 盡守키 不能이어니와 大頭腦 大關鍵
에 至ᄒ야는 一毫一釐라도 엇지 移易ᄒ리오. 我는 願望ᄒ고 祝
願ᄒ노니 諸 學生 中 元來 貞淑 勤儉혼 者는 益益 加勉ᄒ고 稍

조선 여자들의 일상(숯다리미질, 김장)

히 虛榮에 弛心 傾向이 有호 者는 猛然警省호야 前日에 舊習을 一刀割斷호야 共히 過程을 勤守호며 奢侈를 除去호야 文明世界에 一等 人物을 做成홈이 可홀지로다.[11]

멧십 년을 두고 무슴 죄나 지은 죄인과 한 모양으로 깁고 깁흔 규중에 갓치어 셰샹에 활동호는 자미를 맛보지 못호고 일평싱 수업이라 호는 것은 침션 방젹에 지나지 못호고 그 즁에 남편되는 사룸이 별별 학듸를 감심호고 지니던 째에는 오히려 부인샤회에 유명호 어진 부인과, 졀긔가 렬렬호 부인을 흔히 보겟더니 근일에 니르러는 일반 녀즈샤회에 일종의 쥬겨넘은 풍습만 느러 속에는 아모 덕힝이라던지 학문은 업고, 기살구가 지레 쉬여진다는 말과 곳치, 어림업시 쥬겨넘고, 시큰둥호기만 호야 **툭호면 남녀동등이니 무어이니 호며**, 남편의 졀제를 밧지 안는 결과 졈졈 유랑호 풍속만 느러가니 실로 한심호 일이로다. 요스이 부인계에 지식이던지 무엇이던지 별로히 남즈에게 지지 안이호는 셔양 부인 즁에도 남편을 셤기는 례법을 가쟝 존즁히 홈으로 **미국에 엇던 유명호 부인**은 일반 부인의 힝홀 열 가지 쥬의를 만드러 잡지에 발포호얏는듸, 첫지는 남편을 번거롭게 마러라, 둘지는 셩닌 빗츨 얼골에 드러니지 마러라, 셋지는 무슨 말이든지 속살거려 호지 마러라, 넷지는 남편의 신발에 창이 나지 말게 호며 의복이 츄호게 호지 마러라, 다섯지는 남편을 공경호야 남편의 뜻을 거스르지 마러라, 여섯지는 남편이 번거호여 하도록 이것져것 뭇지 마러라, 닐곱지는 흥상 불편이라는 것은 발에 맛지 아니호는 신

> 발과 ᄀᆞ치 싱각ᄒᆞ여라, 여덟지는 남편이 혹 무슨 반ᄒᆞᆫ 것이 잇
> 더리도 이를 방히하지 마러라, 아홉지는 남편의 명령을 복종ᄒᆞ
> 여라, 열지는 흥상 몸을 활발히 가져 봄바롬에 나붓기는 곳 ᄀᆞᆺ
> 치 ᄒᆞ여라.[12]

전자의 사설「여학생계에 대하여」는 이 시기 극소수의 여학생
을 대상으로 한 계몽 논설이다. 이 논설의 주요 내용은 문명 풍
조에 따라 여학생이 늘어가지만 '자유'라는 개념을 제대로 알지
못해 방종하며, 다소의 학문을 배웠다고 교만한 것이 여학생계
라는 주장을 전제로, 우리 민족은 '예의 민족'이며, '정숙 근검'에
힘쓰고 '허영과 이완된 마음'을 버려야 한다는 주장으로 귀결된
다. 후자의 사설「부인이 지켜야 할 10조항」은 출처조차 모호한
'미국 어떤 부인'이 만든 것이라면서 전통적 부덕보다 더 강한 순
응주의를 천명한 조항들이다. 이처럼 1910년대 '부인' 명칭의 여
성 담론들은 식민 침탈기 동화·우민화·노예화[13]를 전제로, 강요
된 이데올로기를 재생산하는 틀이 되었을 따름이다.

여자교육 담론의 퇴영

일제강점기 조선인 교육의 근본 목표가 '동화(同化)'에 있었음은
1911년 9월 2일 공포된 '조선교육령'을 통해서 쉽게 확인할 수
있다. 이 교육령은 "교육은 교육에 관한 칙어의 취지에 기초하여
충량한 국민을 양성함을 본의(本義)로 함"(제2조)이라고 규정한
다.[14]「교육 칙어」는 1889년(메이지 22년) 일본 제국주의 헌법이

공포된 이듬해인 1890년 교육에 국가주의를 주입하려는 목적에서 만들어진 조직이다. 교육령에서 이 칙어를 언급한 것은 국가주의를 기반 삼은 제국주의 이데올로기를 주입하고, '충량한 국민'으로 표현되는 새로운 일본 국민을 양성한다는 차원에서 정책상 자연스러웠을 것이다. 더욱이 일제는 조선을 강제 병합하기 전부터 식민 동화가 목표인 정책들을 수립해왔는데, 그 주된 이데올로기가 「교육 칙어」에 따라 조선인을 교육함으로써 문명화를 가능하게 한다는 논리였다.

이 논리는 1910년대 무단통치 이래, 『매일신보』의 각종 교육 담론에서 쉽게 확인된다. 1916년 8월 23일부터 8월 25일까지 연재된 이노우에(井上圓了)의 「선인동화(鮮人同化)」는 이를 요약적으로 보여준다.

> **선인동화**
>
> △ 內地 文明의 餘澤: 本年 五月 下旬브터 七月 上旬ᄭ지 二個月間 朝鮮總督府의 囑託에 依ᄒ야 十三道를 一巡홀시 九十一個處에셔 內地人 及 朝鮮人에 對ᄒ야 國民道德의 講演을 ᄒ고 兼ᄒ야 敎員 宗敎 等의 視察을 ᄒ얏ᄂᆞ딕 余가 明治 三十九年에 비로소 渡鮮ᄒ얏던 當時와 對照ᄒ면 鷄林의 事物은 全然 別天地를 作홈과 如혼 感이 有ᄒ더라. 如是 急速히 面目을 一觀이 有홈에 至ᄒ얏슴은 全然히 朝鮮의 倂合에 依ᄒ야 得혼 內地 文明의 餘澤됨이 無疑ᄒ다. 倂合 以來 僅히 七回의 星霜을 經홈에 不過혼 則 其日은 尙淺치 아니ᄒ다 謂치 아니치 못홀지오 如

是 短歲月間으로는 實로 可驚혼 長足의 進步라 흐리다. 朝鮮의
併合은 我明治의 維新에 比흘 것인디 目下의 現狀은 明治 八年
頃과 對照흐야 思考치 안이면 안되리라. 然面 或 点에는 今日
內地 以上의 것도 有흐니 假令 鐵道의 廣軌, 驛絡의 廣* 電化,
電燈, 水道의 設備, 自動車의 便利홈 等은 內地도 及치 못흘 바
이나 他点에는 尙今 頗히 幼稚홈이 明治 初年의 內地와 恰似흔
處도 有흐더라. (中略)

△ 鮮人同化 問題: 鮮人은 大概 柔順흐고 溫和혼 美風을 有흐
야 表面上으로는 我에 歸屬혼 듯이 뵈이나 裏面에는 如何혼지
併合 以來 不過 七八年 間에 到底히 彼로 흐야곰 衷心으로 服
從홈에 至치 못흐얏스리라. 於是乎 如何히 흐면 彼我間에 心底
로브터 融和흐게 흘가 흐는 問題가 起흔다. 卽 彼로 흐야곰 速
히 我와 同化케 흐는 方法이 如何오 흐는 問題라. 此點에 關흐
야는 余는 教育萬能主義를 就코저 흐노라. 于先 政治上에 在흐
야는 併合 以來로 鮮人의 生命 財產이 如何히 安全흐게 되고
文明의 惠澤이 如何혼 便利를 與흐얏는가를 感得케 홈에 在흐
나 彼로 흐야곰 能히 其恩을 知了케 홈에는 반다시 몬저 教育에
依흐야 一般의 智見을 盡흐고 智眼을 開케 안이면 안 되리라.[15]

여기서 필자 이노우에는 조선총독부 촉탁으로 13도 순회강
연을 진행하면서, 조선인 동화가 내지 문명의 혜택을 나누어주
는 것이며, 조선인의 성격이 유순·온화하여 겉으로는 동화된 듯

보이지만, 충심으로 복종한 것은 아니라는 전제 아래, 교육을 통해 조선인을 동화해야 한다는 논리를 펼친다. 이러한 논리는 1910년대 무단통치 하의 억압적 교육 담론에서 등장하는데, 여자를 대상으로 한 교육 담론도 예외가 아니었다.

1910년대 조선인 여자교육의 기조는 '정숙하고 근검한 여자 양성', '부덕을 길러 국민될 만한 성격 도야'에 있었다.[16] 1910년대 여자교육은 '조선교육령'과 이에 따른 '여자고등보통학교 규칙'이 발포되었을지라도, 그 자체로서 활발하지는 않았다.『매일신보』1916년 1월 1일자「신정오개년(新政五個年)의 회고」기사를 참고하면, 이 시기 식민지 조선에 존재하는 공립 여자고등보통학교는 경성과 평양 2개소이며, 경성에 사립학교 2개가 존재한다고 했다.[17] 이처럼 여자교육이 활성화되지 못했음에도 여자교육 담론은 지속적으로 게재되는데, 그 목표는 교육령에서 천명한 '부덕'과 '국민', '정숙 근검'을 이데올로기로 하는 순응적 조선 여성 양성에 맞춰져 있었다.

여자교육 이데올로기

녀학교를 세운 이샹에는 아못됴록 녀ᄌ에게 상당하고 녀ᄌ의 힘실이 유조ᄒ도록 가라칠 것이오 결코 학ᄉᆼ더러 그 힘실을 잘못ᄒ라고 가라치지 안이홀 것은 삼쳑동ᄌ라도 능히 짐쟉홀 바이라. (중략) 녀학교에셔ᄂᆞᆫ 본릭 학ᄉᆼ의게 **학문을 가라침보다 힘실을 가라치기를 쥬쟝**을 삼아 힘을 씨기를 바릭ᄂᆞᆫ 빅라 그 즁에도 더욱 심ᄒᆞᆫ 완고 부녀ᄂᆞᆫ 커단 계집이가 학교에 왕릭ᄒᆞᆫ 길거리에

셔 졈은 남녀가 우스며 손가락질을 흔다고 '에구 흥 에구 흥'흐
고 말흐나 괴악흔 남자의 못된 힝실은 그 남주만 못된 쟈 될 뿐
이지 당흔 녀학성에게 무슨 샹관이 잇는가. 우리의 말을 올타
싱각흐는 이로 뚤조식을 둔 부모는 죠금도 쥬져말고 리일부터
라도 학교에 보뉘셔 공부를 식혀 후일의 큰 후회가 업도록 홀지
어다. 일호반분도 거즛 쯧 업는 참 정셩으로 간졀히 바라고 바
루는 바이로다.[18]

녀주의 셩질은 남주의 셩질과 갓지 안이흐니 **만일 가뎡과 학교가
서로 련락흐야 엄흐게 감독흐지 아니흐면** 여러 가지 폐가 생기는 것이
라 혹 눈만 놉게 되야 집에 잇스나 혼인을 하야 남주와 동거흐
나 모든 일이 눈에 차지 아니흐야 제 힝실 제 지죠는 닥지도 못
흐면서 엇더턴지 남의 눈에 반짝 쯰이게 옷이나 잘 입고 십허흐
야 교육흔 보람은 업고 교육홀 제 히만 잇게 되면 참 한심흔 일
이라. 그러흔즉 여자를 교육흐는 동시에 **엄즁히 감독흐야 남의 안히**
가 되게 흐며 남의 모친이 되거던 현슉흔 모친이 되게 홀지라.[19]

　　1910년대 『매일신보』 여자교육 담론의 특징은 여자교육의 필
요성을 부정하지 않으면서도, 전통적인 현모양처의 관념을 탈피
하지 않았다. 특히 극소수의 여자교육 기관이 존재함에도 교육받
은 여자의 '교만·오만'을 막기 위해 엄격히 감독해야 한다고 주장
하는데, 이는 전통적인 남녀관계에서 비롯되는 억압과 식민 상황
에서 강요되는 억압의 이중 구조를 은폐하는 이데올로기의 하나

였음이 틀림없다. 이러한 배경에서 1910년대 『매일신보』는 교육받은 여자의 행실을 비판하는 기사를 거의 매일 싣고 있었다.

여학생 행실 비판

人이 有言호디 勿論 何國이든지 最多數훈 劣等 人民을 敎育
호눈 딘는 演劇이 第一点에 居훈다 호니 何以言之오 호면 彼 勞働
社會와 婦女 等은 里巷 外에 山河가 復有훈 줄을 不知호며 閨
門에서 天地가 至廣훈 줄로 思量호든 小小 見聞으로 執一拘滯
에 齷齪齷齪호야 人과 交際호눈 方法에눈 有耳有口훈 一個 盲
啞로 世와 推移호눈 境遇에눈 有手有足호 一個 跛攣(파련)이니
如此훈 蠢動物은 鎖國時代에도 流離顚連홈을 不免호얏거든 況
今 文明의 程度가 萬丈 億丈 無上点에 達훈 此世에 坐호야 엇
지 容易히 生活홈을 計圖호리오만은 此輩눈 年齡에 拘碍되며 生涯
에 繫絆되야 學校에셔 修學호기 不能호고 社會에서 接物홈을 不得훈즉
到頭에 一棄物을 作홈而已로다. (中略) 然호나 學生에 至호야눈
無論 男女호고 演臺 劇場에 出沒홈이 심히 不可훈 故로 我의 心으로
감히 贊成치 못호며 我의 口로 감히 誇詡(과후)치 못호며 我의
筆과 我의 墨으로 감히 襃揚호며 張皇치 못호노니 諸君의 學識
程度는 비록 年齡으로 더브러 幼稚에 尙屬호얏스나 干雲의 初
芽이오 河海의 發源이라.[20]

吾人이 此에 對호야 朝鮮 未來의 福運이라 謂홀지라. 故로 此를
贊成호며 此를 歡迎호얏거니와 姑히 制度의 不完全홈을 因홈인지

各種 奇聞이 往往 耳朶에 入ᄒᆞᄂᆞᆫ지라. 大抵 某學問을 勿論ᄒᆞ고 成就ᄒᆞᆫ 後에는 各其 實用에 適宜ᄒᆞ야 風化의 裨益을 作홀지어늘 稍히 幾種의 科學을 成就ᄒᆞ면 眼空一世(안공일세: 온 세상이 눈 안에 들어온다는 뜻. 교만함)로 自處ᄒᆞ야 父母兄弟도 輕視ᄒᆞ다가 歸入ᄒᆞᆫ 後에는 若夫壻의 學術이 一毫라도 自己에게 不及ᄒᆞ면 便히 草介로 視ᄒᆞ며 又 舅姑가 老衰ᄒᆞ면 言必稱 屈固라 ᄒᆞ야 出入進退를 放意自行ᄒᆞ야 甚至於 不忍聞의 說이 種種ᄒᆞ니 此等 學問이 果然 身分에 利ᄒᆞ다 謂홀ᄲᅡ. 其家에 利ᄒᆞ다 謂홀ᄭᅡ.[21]

    이 두 편의 사설은 1910년대 여학생의 행실을 비판하고, 부모 형제를 멸시하지 않고, 구고(舅姑)를 섬기는 교육을 받아야 함을 강조한다. 앞 사설은 연극장에 출입하는 남녀 학생을 "몸과 마음이 비뚤어져[執一拗滯] 교제하는 방법에 눈과 귀가 있어 일개 맹아(盲啞)로 세상을 따라가는 경우 수족이 달린 일개 절름발이[跛躄]"라고 비난하면서 남녀 학생은 모두 연극장에 출입해서는 안 된다고 경고한다. 뒤 사설도 "제도가 불완전하기 때문인지 각종 기이한 소문이 귀를 울린다"라면서, 각종 학문은 '실용적의(實用適宜)·풍화보익(風化補益)'을 위한 것이어야 하며, 학문 성취 후에도 '방의자행(放意自行)'해서는 안 된다고 역설한다. 이와 같은 여자교육 담론 역시 본질적으로 식민지 여성 만들기란 이데올로기 공고히 할 뿐이었다.

전통적 여성관과 국가주의를 결합한 식민 여성 만들기

1910년대 『매일신보』에는 부녀의 패악에 관한 기사와 전통적 효열(孝烈)을 주제 삼은 서사물이 함께 다수 게재되곤 했다. 예를 들어, 1912년 8월 30일과 31일 두 차례로 나눠 연재한 「하씨부인(河氏夫人)의 열행기(烈行記)」는 영천 조신목이라는 사람의 부인 하씨의 정렬문(貞烈門)의 유래를 소개한 기사다. 글의 구조와 내용은 전통적인 구비 전설과 동일하다. 그러니까 20세에 출가한 하씨가 남편이 죽자 3년상을 마치고 따라 죽었다는 단순한 구조에, "누가 하씨 부인을 칭찬치 아니하리오"나 "일경지내(一境之內)에 탄복치 아니할 자가 없더라" 같은 감탄 문구를 연발하면서 정렬문이 서게 된 내력을 전달하려는 의도를 뚜렷이 한다.

이와 같은 인물 전기는 1913년 5월부터 6월 사이 몽길생(夢吉生)이라는 필명으로 쓴 「재동야인(齋洞野人)」[22]이란 칼럼에서도 다수 확인할 수 있다. 그 대표적인 전설이 「심일송과 일타홍」(1913.5.29~6.4. 6회), 「재봉춘 기화」(1913.6.10~6.19. 9회), 「구부자진의 열녀」(1913.6.21~6.22. 2회), 「모범 충비의 완절」(1913.6.24), 「지성의 감맹수」(1913.6.25~6.26. 2회) 등이다. 일타홍은 선조 때 문신 심희수(일송)가 사랑했던 기생으로 그를 위해 정절을 바친 열녀이며, 재봉춘 기화는 병자호란 때 도적에게 피랍되면서도 절행을 지킨 김승지의 딸과 관련이 있다. 구부자진의 열녀도 병자호란 당시 열부와, 모범 충비는 주인을 도망시키고 대신 몸소 죽음을 선택한 향단이란 인물과 관련된다. 이런 이야기들이 신문에 다수 등장할 수 있었던 까닭은 전통적 효열사상과 일제강점기 순응적 여성관이 적절히 조화를 이룰 수 있었기 때문이다.

아울러 1916년 이후 장지연이 「송재만필(松齋漫筆)」이라는 칼럼에서 여러 열부들을 소개한 것도 같은 맥락에서 설명된다.

「송재만필」의 여성 전기

게재일(권호)	'일사유사'의 주인공들
1916.8.3(165)	양부인
1916.8.4(166)	유부인
1916.8.5(167)	나부인, 최부인
1916.8.6(167)	송재만필 허부인 정씨
1916.8.8(168)	최부인, 윤부인, 심부인, 정부인, 성부인, 이부인
1916.8.9(168)	허씨난설, 이부인, 심부인, 신분애자부, 확씨청창
1916.8.10(169)	신사임당, 남부인, 이매헌, 조현포, 정부인, 정문영처, 유씨
1916.8.11(170)	김임벽당. 송부인, 한영향당, 영흥김씨, 해서사인처
1916.8.12(171)	김부인, 서부인, 정씨, 정부인
1916.8.20(181)	최부인, 원씨, 채소염, 복랑, 연단태일, 일지홍, 능운, 혜란, 금가
1916.8.23(181)	조부인, 김열부, 김효부

표에서 보듯이, 「송재만필」의 '일사유사(逸事遺事)'에 소개된 여인은 효열부(孝烈婦) 45명이다. 허난설헌이나 신사임당처럼 조선시대 여성 지식인으로 이름을 날린 몇 사람의 행적이 포함되어 있기는 하지만, 그 자체가 현모양처나 효열이 대상인 전통적 여성관을 벗어나진 않는다.

이 여성 전기들은 장지연 사후 1923년 장재식의『일사유사
(逸事遺事)』에서 재편되었다. 김경남(2021)에서는 이 책에 수록된
여성 인물이 77명임을 고증했는데, 이는「송재만필」수록본보
다 30여 명이 늘어난 숫자다.[23] 하지만 장지연이 여기서 언급하
는 여성 인물들은 그 자신의 전작인『녀ᄌ독본』(1908, 광학서포)
에 미치지 못한 경향이 뚜렷하다. 이 또한『일사유사』가 1910년
대 일제 강점 상황에서 집필된 탓이 크다. 조선인 여성의 진취성
을 고취하는 그 어떤 내용도 허용되지 않는 식민지적 여성 만들
기의 시대 상황 아래서 여성의 활동을 그려낸다는 건 쉽지 않은
일이었다.

같은 차원에서『매일신보』에 등장하는 혁명적 여성 담론에 주
목해볼 필요가 있다. 먼저 다음과 같이 이 시기 여성의 활약상을
보도한 일부 기사에서 눈여겨봐야 할 지점들이 발견된다.

혁명적 여성 관련 기사

혁명란에 현츌ᄒᆞᆫ 지나 부인의 활동은 강경ᄒᆞᆫ 방면에셔는 암살
을 음모(陰謀)ᄒᆞ는 녀ᄌ군의 편제오 유순ᄒᆞᆫ 방면에셔는 군량의
준비와 상ᄒᆞᆫ 쟈의 구호로, 허다ᄒᆞᆫ 녀걸(女傑), 녀군인(女軍人),
독지 간호부(篤志 看護婦)가 만ᄒᆞᆫ지라. 그러ᄒᆞᆫᄃᆡ 강경ᄒᆞᆫ 방면과
유순ᄒᆞᆫ 방면이 다르며, 수빅년 이리로 ᄂᆡ려오는 폐습에 져즌 지
나부인이 신시ᄃᆡ에 접촉되야 쟝야건곤(長夜乾坤)의 깁흔 꿈을
ᄭᆡ고 신면목을 기젹코져 활동ᄒᆞᆷ은 사실이라. 근일에 발현ᄒᆞᆫ 녀
ᄌ 참정권 운동(女子參政權運動)은 ᄀᆞ쟝 현져ᄒᆞ얏스며 ᄯᅩ 샹히

에 녀즈 참정동맹회(同盟會)가 잇셔셔 녀즈의 정치능력을 양성
ᄒ야 국민 완젼의 참정권을 엇기로 목뎍ᄒ고 (중략) 지나 이억
의 남즈가 시로 공화뎡톄를 운영홈에 죡ᄒ 지식 능력이 잇ᄂ 셰
계의 한 의문이라 홀지라. 그러ᄒ나 남즈라도 오히려 참정권 사
용의 젹당 여부를 의심ᄒᄂ 지나에셔 녀즈에게 참정권을 쥬지
아니홀지 유식쟈의 판단을 기드리지 안이ᄒ야도 즈연 명확홀지
며, 물론 지나 부인 ᄉ이에도 신지식을 엇ᄂ 뎜에 디ᄒ야ᄂ 또
션진국 부인에게 슈치를 밧지 안코져 ᄒᄂ 쟈가 다슈홈은 의심
홀 바 업슬지나 이것을 이억 녀즈 젼톄에게 비교ᄒ면 구우일모
(九牛一毛)라. 일부녀즈의 정도로써 곳 일반 법밧게 ᄒ고져 홈
은 리론과 사실이 능치 못홀 터이나, 민국의 부인된 쟈ᄂ 영미
(英米) 션진국에 녀즈 참정권 운동의 반향을 거울ᄒ야 쓸디업ᄂ
공론에 미혹지 말고 일반 지나 부인의 교육 정도를 발젼케 ᄒ야
동양 부덕(東洋婦德)의 아름다온 일을 빗나게 홈이 가하다고 말
ᄒᄂ 쟈가 잇다더라.[24]

대뎌 지나 부인은 말을 쳥샨유슈로 잘ᄒ고 다쇼 교육잇ᄂ 녀
즈ᄂ 이무가론이오 아죠 하등의 녀즈라도 말을 미우 잘ᄒᄂ 모
양이니 말닷홈을 시쟉ᄒ면 사나희라도 익일 사룸은 별로 업ᄂ
모양이오 심피졍(중국혁명 여자 지도자)도 또ᄒ 그따위 편에 쇽
ᄒᄂ 드ᄂ 녀즈로 비샹ᄒ 웅변가라. 지작년 동경 귀죡원 의원
졔씨가 븍경에 갓슬 째에ᄂ 그 환영회 셕샹에서 대대뎍 연셜을
힝ᄒ야 여러 의원을 놀나게 ᄒ 일이 잇셧ᄂ디 그 녀즈ᄂ 다만

말을 잘홀 뿐만 아니라 먹기도 잘ᄒ니 사름을 맛난즉 챠를 마시고 술을 마시면셔 담론이 풍발ᄒ야 자긔도 여러번 그 녀ᄌ의 담론에 혼난 일이 잇셧노라. 그러나 이러혼 녀ᄌᄂᆫ 극희 희쇼ᄒ고 일반 녀ᄌᄂᆫ 우리나라 사름들이 짐작듯키 즁류 이샹의 부인은 집안에 깁히 드러안자서 혁명이 무엇인지 아지 못ᄒᄂᆫ 사름이 만흔 모양이라. 그런고로 어늬 국민에던지 공통ᄒᄂᆫ 바 평화롤 사랑ᄒᄂᆫ 마음으로 피를 흘니ᄂᆫ 혁명은 죠화ᄒ지 안이혼다고 말ᄒ더라.(동경통신)[25]

이렇게 1910년대 『매일신보』에는 혁명적 여성 관련 기사가 다수 게재되었다. 대부분 중국 혁명과 관련을 맺고 있었고, 인용한 두 기사처럼 중국의 '여자 참정권 운동'이나 북벌 과정에서 탄생한 여성단체 지도자 내용이 중심을 이룬다. 그런데 여성운동가들의 활동을 보도하면서 이들을 '극히 소수의 사람'이나 '비정상적인 사람' 또는 '시대적 사명을 제대로 파악하지 못한 사람'으로 바라보는 태도를 취하곤 했다. 위 기사에서도 다른 사람의 말을 인용하는 형식을 취했지만, "쓸데없는 공론에 미혹지 말고" 교육문제를 우선시해야 한다는 의견을 덧붙이거나 "피 흘리는 혁명을 싫어한다"는 식의 말을 덧붙임으로써, 여성운동 자체를 희석해버린다.

이와 같은 흐름에서 조선인 여성을 대상으로 한 식민지 여성 만들기는 혁명의 진취성보다 국가에 희생하는 여성 담론을 주입하는 데 주력한다. 다음을 살펴보자.

식민지 여성 만들기

혁명에 현출훈 지나 부인을 유독 녀ᄌ혁명가의 츄근(秋槿) 녀ᄉ와 녀ᄌ 군인의 오숙경(吳叔卿)만 디표ᄒ는 일은 온유쳥슉을 쥬쟝ᄒ는 동양녀ᄌ의 아룸다온 셩질을 파궤홈으로 긔탄홀 쟈가 잇슬지라. 그러ᄒ나 이것은 비상훈 째에 비상훈 사룸을 니ᄂᆫ 일부 현상뿐이오 다른 녀ᄌ 셩졍에 상당훈 방법과 슈단을 의지ᄒ야 **국가와 민족을 위ᄒ야 그 몸을 밧침과 가치 그 부덕**을 발양ᄒ고 온건훈 부인의 다슈홈을 물니침을 불가ᄒ도다. 곳 **병들고 샹훈 쟈의 구호와 유족(遺族)의 보호와 군량의 쥬션** 이것이라. 오직 이런 샤젹은 젼쟈의 긔록훈 바에 비교ᄒ면 질실ᄒ여 화려치ᄂᆫ 못ᄒ고 온화ᄒ야 격렬치ᄂᆫ 못홈으로 셰샹에 쟈쟈홈이 젹은 것을 유감홀 바이로다.[26]

올레안의 쇼녀와 굿흔 긔이훈 녀ᄌ의 ᄉ젹을 긔록ᄒ야 사룸을 감동케 ᄒ고져 홈이 안이라 지금의 젼쟝 중에 잇ᄂᆫ 법국의 부녀가 엇더케 ᄌ긔 나라를 ᄉ랑ᄒ는지 그 중에 훈 아룸다온 젼례를 들어 소긔코져 홈이라.[27]

앞의 기사는 중국 혁명 당시 상해에서 활동하던 추근, 오숙경 등을 소개한 기사다. 기사는 이들의 활동을 '온유청숙(溫柔淸淑)'을 주장하는 동양 여자의 성질을 파괴하는 것이 아니라 '국가와 민족을 위해 몸을 바치고 그 부덕을 발양한 것'이라고 칭송한다. 특히 전쟁 중 상이군인 구호와 유족 보호, 군량 마련 등이 여자의 임무임을 강조함으로써 식민지 조선의 여성들이 제국의 전쟁 수행을 위해 봉사해야 함을 강조한다. 뒤의 기사 「마상의 여천사(1)」는 잔 다르크의 전기를 소개한 글로, 근대 계몽기 『애국부인전』(장지연, 1907, 광학서포) 등에서 보이는 잔 다르크의 영웅성보다 여성으로서 국가 위기에 헌신하는 일면을 강조하는 논설적 서사다. '글을 배우지 않은 소녀', '정숙한 소녀' 짠이 '하늘이 계시한 직책에 따라' 국가를 구하고 고향으로 돌아가려 했다는 서사는 줄거리와 서술 방식에서 기존의 신소설과 큰 차이를 보이고 있다.

일제강점기는 식민지의 특수 사정에 의해 여러 차원에서 수많은 질곡과 변화가 발견되는 시대다. 특히 1910년대 무단통치기 여성 담론은 근대 계몽기에 싹튼 여성 의식이 진보는커녕 퇴행적 행태를 보이곤 했다. 분명 자주적 언로가 막혀버린 사정에서 기인하는 일이었다. 본격적인 여성 담론의 전개는 3.1운동 이후 1920년대 문화운동 시기를 기다려야 했다고 볼 수 있다. 그러나 식민지 특수성을 고려할 때, 강점으로부터 10년 사이 여성 담론의 전개와 그 내용을 고찰하는 것은 반드시 필요한 작업이다.

2. 1920~30년대
『동아일보』, 『조선일보』 여성 담론

1) 『동아일보』, 『조선일보』 여성 담론의 특징

일반적으로 여성학은 여성문제를 해결하기 위한 학문의 하나로, 여성의 성적 불평등 문제를 주된 연구 대상으로 생각한다. 박혜란(1993)에 따르면, 여성학은 1960년대 후반 서구의 캠퍼스를 중심으로 전개된 민권운동, 학생운동, 반전운동, 반문화운동에 참여했던 여성들 사이에서 여성문제에 대한 새로운 인식이 싹틈에 따라, 다양한 여성문제를 해결하려는 차원에서 학문적 연구가 진행되었다.[28] 이 설명은 강이수(1999)에서도 찾아볼 수 있는데, 무엇보다 여성학 성립 과정에서 '여성운동', '페미니즘'이라는 용어는 본질적으로 정치운동의 하나이자 여성의 의식화 과정에서 중요한 의미를 갖는 용어다.[29]

두 연구서를 통해 볼 때, 한국에서 여성학이 본격적으로 연구된 시점은 1970년대 이후로 확인된다. 강이수(1999)에 따르면, 1970년대 억압적 상황에서 다양한 계층의 여성들이 여성문제에 관심을 갖게 되었고, 1977년 이화여자대학교에 '여성학 강좌'가

개설되면서 여성학이 본격적으로 성립되었다.

그러나 '여성해방운동', '페미니즘', '여성의 법적 지위', '신여성' 또는 '모던 걸' 등은 일제강점기부터 쓰이기 시작한 용어들이다. 특히 1920년대 문화운동을 이끌었던 『동아일보』와 『조선일보』 에 등장하는 여성 담론은, 한국 여성을 식민지 여성이자 전통사회의 굴레를 벗어나기 힘든 조선 여성이라는 이중 구조 속에 묶어둔 채로, 때로는 민족운동이나 사회주의 운동과 결합해 진보적이기도 하고, 때로는 전통적인 여성 담론을 답습하거나 여성문제 자체를 왜곡시키기도 하는 등 복잡한 형태를 취하고 있다. 이 와중에 여성문제는 '부인'이나 '부녀' 차원에서부터 점진적으로 '여성'이라는 표현이 확대되는 경향을 보인다. 조선시대부터 사용되어온 '여자'라는 표현이 '남자'에 대립되는 생물학적 성의 표현이고, '부녀'와 '부인'은 가족제도를 전제로 한 표현인 데 반해, '여성'은 사회·문화적으로 의식화된 성별 의식을 반영한 표현이자 본질적으로 여성운동과 여성학을 반영하는 표현임을 고려할 때, 이는 커다란 변화가 아닐 수 없었다.

정리하자면, 1920년대 여성 담론은 '부인·부녀 담론'을 완전히 탈피한 건 아니지만, 여성해방운동의 등장, 여성단체들의 출현, 여성으로서 교육(여자교육에서 여성교육)의 필요성 등을 특징으로 한다. 특히 이러한 경향은 문화운동 차원에서 사회운동을 전개한 『동아일보』, 『조선일보』 소재 자료들에서 두드러진다. 먼저 1920년부터 1939년까지 두 신문에 나타난 여성문제 관련 자료들을 기사, 인터뷰 기사, 논설, 사설, 논문, 평론 등으로 유형

을 분류해 기초 데이터를 구축해보았다.[30]

1920~30년대 『동아일보』, 『조선일보』 여성 담론 기초 데이터

유형	동아일보	조선일보	계
기사	79	70	149
인터뷰 기사	7	5	12
논설	57	46	103
사설	52	22	74
논문	30	19	49
평론	2	3	5
기타	1	2	3
계	228	167	395

가장 많은 비중을 차지하는 것은 일제강점기 여성문제와 관련한 기사류로(149종), 종류는 매우 다양하다. 여성문제에 대한 심층 취재, 여성단체 설립 같은 여성운동 실태 보도 그리고 관련 인터뷰(12종) 등이 주를 이룬다(단, 사건 중심의 개별 기사는 수효가 너무 많아 제외했다). 이 가운데 '사회운동 개관', '여성운동 회고', '여성운동의 전망' 등을 주제로 한 기사들은 이 시기 여성운동사를 기술하는 데 적절한 자료가 된다.

논설(103종) 및 사설류(74종)는 여성관, 남녀평등, 여성해방의 의미, 교육문제 등 다양한 여성문제와 관련하여 개인 및 신문사의 견해를 서술한 자료다. 이들 자료는 일제강점기 여성문제에 대한 사회적 인식의 변화를 파악하고 기술하는 데 적절히 활용

된다. 특히 신문사 사설은 당대의 대표적인 여성문제를 드러낼 뿐 아니라 그에 대한 사회적 인식과 해결 방안은 무엇이었는지 살펴보는 데 유용하다.

주목할 자료는 논문류다(49종). 논문은 특정 주제에 대한 연구자의 연구 성과를 반영한다. 예를 들어, 1920년 9월 7일부터 15일까지 『동아일보』에 6회에 걸쳐 연재된 필자 '솟말생'의 「여학생 문제」는 논설류의 범위를 넘어 여성관과 여성의 타락 원인 등을 다양한 논거 하에 연구한 글이다. 1922년 1월 25일부터 27일까지 같은 신문에 연재된 변희용(卞熙瑢)의 「남녀 투쟁의 사적 고찰」역시 남녀 갈등의 역사와 자본주의 경제조직에 대한 충실한 이론적 고찰이다. 1922년 11월 13일부터 19일까지 『동아일보』에 6회에 걸쳐 연재된 양주동(梁柱東)의 「여자교육을 개량하라」나 1927년을 전후로 같은 신문에 소재하는 광산(光山), 유영준(劉英俊), 최활(崔活) 등의 '여성 정조론(貞操論)' 관련된 자료들은 논설류로 구분될 수도 있어 보이지만, 주제가 명료할 뿐 아니라 그 주장을 뒷받침하는 기초 자료가 풍부하다는 점에서 논설류보다 논문 형태로 분류했다.

평론류(5종)는 여성문학 관련 자료들이다. 일제강점기는 여성 관련 문학, 민속, 예술에 대한 관심이 높았다. 최재서(崔載瑞)의 「리아리즘의 확대와 심화: 「천변풍경」과 「날개」에 관하여」(『조선일보』 1936년 11월 6일자), 엄흥섭(嚴興燮)의 「12월의 창작평: 현대 여성의 성격」(『조선일보』 1936년 11월 15일자) 등은 문학의 여성상을 연구하는 데 유용하고 기초적인 평론 자료다. 그러나 평론으로 분류됨직한 이헌구(李軒求)의 「18세기 불란서 계몽운동·특히 문예사상가들의 혁신활동」(『동아일보』 1931년 9월 18일부터 9월 29일까지 8회 연재), 김태준(金台俊)의 「조선의 여류문학」(『조선일보』 1932년 12월 13일부터 1933년 1월 8일까지 14회 연재) 등은 내용상 평론이라기보다 논문으로 분류하는 것이 적절하다.

기초 데이터 분석에서 중요한 것은 여성문제의 내용, 즉 주제 분류다. 당대에는 이전 시대의 여자교육 담론뿐 아니라, 여성관과 여성상의 변화를 보여주는 다양한 주제들이 나타난다. 이 장에서는 '여성(여자)교육', '여성관(여성상)', '여성운동', '직업', '일반적인 여성문제', '여성 계몽', '문학', '사회', '가정문제', '위생', '정치', '법률', '식민주의 여성', '여성사', '법률', '여성미' 등 15개의 키워드를 주제로 설정했다.[31]

기초 데이터의 주제별 분포

분야	기사	인터뷰	논설	사설	논문	평론	기타	계
교육	27	1	22	21	4			75
여성관	13	1	30	2	10			65
여성운동	25	1	11	11	5			53
직업	23	3	9	6	2			43
여성문제	8	3	7	11	5			34
계몽	11		9	7				27
문학	4		3		12	5		24
사회	6	3	9	2	1		1	22
가정	5		2	1	2			10
위생	7							7

								계
정치	4			2				6
식민	4						1	5
여성사				5				5
법률	1		1	1	1			4
여성미	3				1			4
기타	8			1	1		1	11
계	149	12	103	74	49	5	3	395

조사 내용 가운데 가장 많은 비중을 차지하는 것은 교육문제다(75건). 이는 근대 여자교육 담론과 마찬가지로 교육의 필요성과 문제점을 지적하는 것이 많지만, 국가주의 담론을 전제로 여자교육의 필요성을 주장한 근대 담론에 비해 여성문제를 포함한 것이 많아지는 특징이 있다. 여성관과 여성상(65건)은 남녀관계를 어떻게 볼 것인가의 문제부터 바람직한 여성상이 무엇인지 주장하는 자료가 많다. 다양한 여성단체의 출현과 함께 여성운동(53건) 관련 자료도 다수 나타난다. 또한 여성의 직업 관련 문제(43건)는 일제강점기의 지속적인 관심사였으나, 본질적 고찰이 철저했던 것은 아니다. 이와 함께 일반적인 여성문제를 다룬 것(34건)과 추상적 입장에서 여성을 계몽하려 한 논설류(27건)가 다수 나타나며, 이른바 '여류문학'으로 불리는 문학 담론 자료(24건), 사회적 차원에서 여성문제를 논의한 자료(22건), 가정에서 여성의 역할을 강조하거나 가정교육을 다룬 자료(10건), 위생문제(7건), 정치적인 관점을 담고 있는 자료(6건), 식민정책에 따른 여성의 역할 관련 자료(5건), 여성사에 대한 논문(5건), 일제강점기 형법과 민법 개정 또는 친족상속법 제정과 관련된 자료

(4건), 여성미 관련 자료(4건) 등이 포함되어 있다.[32]

2) 『동아일보』, 『조선일보』 여성 담론의 주요 내용

근대 계몽기 이후 일제강점기에 이르기까지 여성 대상의 교육 담론은 대부분 '여자', '부녀' 또는 '부인'이라는 명칭 아래 주창되었다. 오늘날 여성학의 기반이 되는 사회·문화적 성 인식보다 근대 이후 형성된 국가주의 이데올로기 바탕의 담론이 주를 이뤘기 때문이다. 이는 일제강점기 여성 대상의 교육 담론은 '여성교육'보다 '여자교육'에 치중해 있음을 의미한다. 그럼에도 1920년대 초부터 민족운동, 사회주의 운동, 문화운동 등을 비롯한 각종 사회운동이 활발해짐에 따라 '여성'의 사용 빈도가 높아지는 경향이 뚜렷하다. 이러한 변화는 비록 식민 상황일지라도 이 시기부터 여성으로서의 자기 인식이 본격화되면서 다양한 여성 담론이 생성되었음을 뜻한다. 이제 그 토대가 되었던 1920~30년대 『동아일보』와 『조선일보』를 중심으로 여성 담론에 나타난 특징들을 분석해보자.

여성의 자기 인식

첫째, 1920년대 여성관에 여성의 자기 인식을 강조하는 논설이 등장한다. 예를 들어, 『동아일보』 1920년 6월 2일자 사설 「여자해방의 문제: 신도덕의 일단을 논함」은 "人生은 스사로 發達

할 義務를 負擔하며 子弟를 敎育할 義務를 擔當하는 것이어날 在來 朝鮮에서는 女子를 觀하되 이를 男女에 共通한 一個 人格者, 곳 사람으로 하지 아니하고, 오즉 사람의 關係되는 바 '母'나 '妻'될 者로 認定하야 所謂 살림살이에 知識이 何有 必要오 하엿스니 이 엇지 人格 養成을 目的하는 敎育의 本意를 善解함이라 하리오"라고 주장한다. 즉, '아내'나 '어머니'가 아니라 '여성' 그 자체로서 자기 인식이 필요하다는 의미다.

같은 차원에서 남녀관계에 대한 관심이 높아지고, 성평등과 관련한 다수의 논설과 논문들도 등장한다. 1920년 4월 2일자 『동아일보』 논설인 박인덕의 「현대조선과 남녀평등문제」도 이러한 내용을 담고 있다.

현대조선과 남녀평등문제

敢히 拙筆을 들고 現代 朝鮮과 男女平等이란 問題를 試考하매 心臟이 쒸고 쓰거운 피가 온몸에 循環합니다. 우리 朝鮮女子의 過去를 回顧할 째에는 實로 冤痛하고 可憐한 싱각이 남니다. 幾千年을 두고 우리 女子들은 人의 本義를 이저버리고 男子의 拘束下에서 一動一靜을 그들의 뜻대로 하고 隸屬生活을 하여 왓슴니다.(中略) 이제난 우리 半島 女子들도 幾千年間 드럿든 잠을 훨신 깨고 이러나서 밧갓 구경을 하게 되엿슴니다. 나가보매 압집 뒤집 건너집 女子들은 벌서 이러나서 野原과 田園에 나아가서 쌈을 흘니면서 努力을 함니다. 남들은 어머니다온 어머니 主婦다온 主婦, 누이다온 누이노릇을 함니다. 그리고 뎌들은 自己들의 本位를 차자가지고 相當한 事

業을 합니다. 男女同等權을 위하야 女子 參政權을 엇기 위하야 奔走 努力함
니다.[33]

이 논설에는 여성이 사람으로 대접받아야 하며, 남녀평등권을
확보하기 위해 여성 참정권을 보장받아야 한다는 논리가 등장한
다. 참정권은 남녀동등을 실현하기 위한 수단이며, 남녀평등이
이뤄져야 하는 이유는 '사람의 본질[人의 本義]'이자 '여성 자신의
본위(本位)'이기 때문이다. 근대의 남녀동등론에서는 보이지 않던
주장으로서, 1920년대 이후에는 이를 논리적으로 뒷받침하기
위해 다양한 논의가 진행된다는 점이 특징적이다.

1922년 1월 25일부터 27일까지 『동아일보』에 3회에 걸
쳐 연재된 변희용(卞熙瑢)의 「남녀투쟁의 사적 고찰(史的考察)」,
1923년 11월 7일부터 30일까지 『조선일보』에 24회에 걸쳐 연
재된 「성적 지위와 남녀의 지위」 등은 남녀관계를 역사적으로
고찰한 대표적인 논문이다. 전자는 남녀 불평등을 다른 사회문
제와 마찬가지로 자본주의 경제조직과 경제적인 문제로 파악했
으며,[34] 후자는 인류 역사에 등장하는 결혼제도(일부다처제, 일부일
처제)의 성립과 변화 과정을 살피면서, 일부일처제에 따른 성도
덕과 정조 관념이 여성의 굴종을 낳는 원인이 되었다고 주장한
다.[35] 내용의 타당성 여부와는 별개로, 두 논문이 주목되는 이유
는 사회제도와 역사성을 근거로 남녀관계를 규명하려는 시도가
이뤄졌다는 데 있다. 이는 성에 대한 인식이 생물학적 차원이나
근대적 국가주의 관점이 아니라 사회·문화적 차원으로 변화될

수 있는 가능성을 의미한다.

같은 차원에서 1920년 6월 21일부터 24일까지『동아일보』
에 4회에 걸쳐 연재된 아키코 요사노(與謝野晶子)의「자기로 사는
부인」, 1920년 7월 18일부터 19일까지 연재된 사설「신도덕을
논하여 신사회를 망(望)하노라」, 1921년 7월 14일부터 17일까지
『조선일보』에 4회에 걸쳐 연재된「부인의 장래」등은 여성의 자
기 인식을 주제로 한 대표적인 자료로 분류할 수 있다.

그러나 박인덕의 논설에서도 그러하듯이, 이 시기 여성 담론
에서 '인의 의의' 또는 '인격', '자기의 본위' 등이 구체적으로 무엇
을 의미하는지 드러나지 않는 경우가 많다. 때문에 여성의 자기
인식을 주장하는 다수의 논설은 대부분 '여자교육 필요론'이나
전통적인 '현모양처론'으로 귀결되는 경우가 많다. 다음은 여성
해방과 남녀평등을 모토로 하면서도, 본질적으로 여성의 역할을
현모양처에 두는 대표적인 자료들이다.

여성의 역할과 현모양처론

게재일	신문	종류	필자	제목	내용	연재 횟수
1920.6.30	조선일보	논설	청오 차상찬	女子界에 對하야	현모양처 (신여성 비판)	
1921.1.26~28	조선일보	사설		朝鮮 婦人界	현모양처	3
1921.6.7	조선일보	사설	주방산인	半島 女子社會의 現任 와 將來	현모양처 전통 미덕 강조	
1926.1.5	동아일보	논설	여의(女醫) 이태산 여사	現下 조선이 요구하는 여성	신여성 비판	

1928.1.3~5	동아일보	논문	허정숙	부인운동과 부인문제 연구, 조선 여성의 지위는 **特殊**	여성 지위, 부인문제	3
1928.11.18~25	조선일보	기사		보건, 취미 육아, 결혼	보건, 육아	7
1929.1.1	조선일보	논설	장응진	**女子敎育問題**	근대적 여자교육론, 남녀동등권	
1932.11.24 ~12.18	조선일보	기사		부인평론	현모양처의 변형 형태, 과도기적 여성관, 여성의 직업을 시대적 대세로 봄	16
1935.2.27~3.5	조선일보	기사	함대훈	내가 본 조선 녀성	조선 여성	5
1936.7.11	동아일보	논설	풍기 송지영	(소형논단) 婦人과 禮節	시대 변화 인정, 예절 강조	
1938.1.15~19	동아일보	논설		가정의 융성과 향상은 어진 안해에게 잇다	가정 · 현모양처	2
1938.2.6~11	조선일보	논문	김기석	여성론 · 여성이란 무엇인가	아내로서의 역할	5

게재일 분포로 볼 때, 일제강점기 여성상에서 전통적인 현모양처론은 적지 않은 힘을 발휘하고 있음을 확인할 수 있다. 이는 여성의 사회생활이나 성도덕 또는 여성교육 담론 전반에서 사회·문화적 성으로서의 여성 인식이 쉽지 않은 문제였음을 나타낸다.

또한 『동아일보』1920년 8월 16일자 홍기원(洪基瑗)의 기고문 「이성(異性)의 도덕을 논하여 남녀의 반성을 요구함」이나 1920년 8월 16일부터 17일까지 게재된 김여생(金麗生)의 기고문 「여자 해방의 의의」처럼, 사회·문화적 성 인식 차원에서 남녀관계와 성도덕, 이성교제(연애)에 대한 관심은 이 시기 대표적인 여성 담론의 주제를 이룬다.

성도덕에 대한 인식 사례

舊道德은 上視함과 如히 戀愛의 有無는 전혀 問題거리도 아니 될 쑨 아니라 奴隸 地位에 處한 女子는 男子의게 被愛될 수는 인스나 男子를 自愛할 權利는 無하도다. 換言하면 舊女子 道德의 中心은 戀愛 其物을 罪惡이라 하엿스며 男女의 關係를 다만 權利와 義務로부터 된 主從關係에 置하는 것을 참 道德이라 하얏고 이에 反하야 新女子 道德의 中心은 戀愛 其物쑨이니 彼此 戀愛함이 곳 男女 道德的 關係가 되는도다. (中略) 故로 戀愛가 高尙한 標準을 取하야 發達하려 하면 女子解放을 承認한 後라야 할 것이요 쏘한 그를 幇助할 것도 新女子 道德이 아니면 不可能하다 하노라. (中略) 新女子의 性的 道德은 반다시 男女의 性的 道德에 대한 그 무삼 要求가 包含된 것을 記錄코저 하노라. 近頃에는 賣淫問題로부터 自然히 男女의 貞操를 論하며 쏘한 이에 대하야 社會的 制裁는 何에 依하야 쏘한 엇더한 方法으로 喚起함을 可得할가라는 점싸지는 論及함은 別貿한 듯하도다. 一切 男女의 無貞操의 主要한 原因은 女子가 長期間에 其選擇力을 見失하엿슴이며 其反面에는 男性中心의 社會가 産出하엿슴이라. 이제 그갓흔 社會(無貞操한 男子로 組織됨)가 엇더케 男子의 無貞操한 行爲에 대하야 참으로 有效한 制裁를 規定할 수가 잇슬가?[36]

여러분 暗黑한 處에서 光明界로 不平等에서 平等으로 不自由에서 自由에, 不自然에서 自然으로, 即 통트러 말하면 산 世界 眞實한 世界에서 眞實한 道德으로 自己의 生을 實現시키게 하는 것이 이 곳 解放의 眞意라 하겟습니다.(中略) 이와 갓치 一物質로 認定하고 人의 대우를 밧지 못하든 女子에게서 그 民族을 榮華롭게 하며 중견될 만한 아동이 싱기기를 요구하며 자기의 생명의 계속되고 고귀한 문명의 전달자될 次世 국민의 산출을 기대함은 망상이외다. 여러분 少하야도 東洋 女子界를 引導할 朝鮮 女子이외다. 이네들을 위하야 性的 寄生蟲視 生活을 神聖化식혀 性的 民主主義 下에서 眞女子를 求하여야 하겟습니다. 우리가 男女를 表할 時에 乾坤으로 表하며 男尊女卑라는 尊卑로 表하얏슴니다. 이것이 正當한 認識이며 眞正한 判斷이라 하겟슴니가. 아니오. 女子가 사람이면 반다시 사람 그것에 差等이 無하외다.[37]

앞의 기고문은 '구여자=노예', '신여자=연애'라는 등식을 전제로, 신여성의 정조(貞操)와 남자 선택의 올바른 기준을 거론하면서, 본질적으로 정조는 여성뿐 아니라 남성에게도 적용되어야 할 문제임을 지적한다. 즉, 여성에게만 정조를 강요하는 것은 남성 중심 사회에서 생겨난 도덕이며, 여성해방은 여자 자신의 내적 혁명과 사회 개혁, 교육을 통해 이뤄질 수 있다는 논리를 펼친다. 이러한 인식은 뒤의 기고문에도 등장하는데 그는 해방의 참된 의미를 '자기의 생을 실현하는 것'으로 규정하고, 진정한 남녀평등을 '성적 민주주의'라고 규정했다. 그러나 이와 같은 논리도 필자의 성별 또는 시대에 따라 다양한 차이를 드러낸다. 특히 1927년 전후 등장하는 다수의 정조관 관련 논문들[38]은 여성해방을 전제로 하면서도, 본질적으로는 '부인', '부녀'의 입장에서 정조의 가치를 강조하는 경우가 많다. 여성관의 과도기적 상황을 반영하는 셈이다.

여성해방

둘째, 1920~30년대 여성 담론에서 여성해방운동(여자해방)이나 여성단체 관련된 논의가 활성화되는 것은 이전에는 볼 수 없던 현상이라고 할 수 있다. 3.1운동 이후 여성단체의 활동에 대해서는 정효섭(1971)에서 비교적 체계적인 정리가 이뤄지기 시작했는데, 이에 따르면 '조선여자유학생친목회', 상해임시정부와 긴밀한 관련을 맺고 있었던 '대한민국애국부인회' 등 민족운동과 관련된 여성단체들이 결성되었다.[39] 『동아일보』, 『조선일보』에서는 비록 이들 단체의 활동이 자세히 나타나지는 않았지만, '기독여자청년회', '조선여자청년회', '조선여자교육회', '경성여자청년동맹', '경성여자청년회', '조선 여성동우회', '반도여자청년회' 등 다양한 단체의 활동이 1920년대 초부터 지속적으로 보도되고 있었다.

이 가운데 1924년에 결성되었던 조선 여성동우회의 사례를 먼저 살펴보자.

자녀도 사람이다: 녀성동우회의 발긔

「남의 안해가 되기 전에, 남의 어미가 되기 전에, 사람이 되어야 하겟다」는 말은 「노라」를 식히어 입센의 부리지즌 소리이다. 이 것은 현내 녀성의 부르지즘을 대표한 말이오, 인류 량심(人類良心)에서 우러나온 거룩한 말이다.

현모량처주의(賢母良妻主義)의 무리한 쇠사슬을 버서난, 조선의 새녀자들은, 지난 사일에 경성에서 녀성동우회(女性同友會)라는 모임을 발긔하고, 미구에 창립총회를 열기로 계획중이라 한다. 그들의 모히랴 하는 취지는 과연 무엇인가.

아즉 선언(宣言)과 강령(綱領)을 발표하지 아니하얏슴으로, 분명한 내용은 알 수 업다. 그러나 「녀자도 사람으로 알어야 하겟다, 거리하기 위하야는 모든 쇠사슬을 버서나야 하겟다」하는 의미일 것으로, 추측하기는 어렵지 아니한 일이다.

「사람이 사람을 지배(支配)하는 것은 죄악이다. 짜라서 정치로나 경제로나 도덕으로나 사회로나 가뎡으로나 어느 사람이던지 남을 지배하는 것도 죄악이오, 남의 지배를 밧는 것도 죄악이라」 함은 현대 인류의 가장 공평히 밋는 진리(眞理)이다.

조선 사람아! 그대는 남자인가 혹은 여자인가. 그대들에게는 이러한 진리가 진리대로 시행되야 잇는가. 우리는 구태어 그대들의 생활을 추궁하야 뭇고자 아니하거니와, 남자이던지 여자이던지 이 진리를 위하야, 일을 하고 쩌들고 모히고 부르짖는다 하는 소식에는 우리도 역시 인류의 량심으로써 그 행동이 건전히 발달되고, 그 소원이 속히 이루어지기를 바란다.[40]

이 기사에 나타나듯이, 여성동우회의 결성 취지는 남자와 여자가 아닌 인간으로서의 여성 인식을 실현하기 위한 여성해방운동에 있었다. 이러한 의식은 앞서 살핀 여성으로서의 자기 인식이라는 여성관의 변화를 배경 삼아, 현모양처라는 인간관계를 전제로 둔 여성의 지위를 벗어나야 한다는 데 있었다.

여성동우회 창립은 1924년 5월 11일 김필애(金弼愛), 허정숙(許貞淑), 박원희(朴元熙), 송세죽(宋世竹) 등을 중심으로 이뤄졌다. 이 단체의 강령이 어떤 것인지는 구체적으로 확인되지 않으나 『조선일보』 1924년 5월 13일자 기사 「여성동우회창립」에 따르면, "우리 녀성은 이중의 노예[二重奴隷] 생활을 한다 하야, 부인계의 해방과 평등을 절규하얏스며, 죠션 구가뎡은 도덕과 습관을 어느 뎡도까지 타파하고 개혁하여야 할 만한 것인데 지금 우리의 긴 밤을 꿈을 깨여 장차 여명기(黎明期)가 왓슴으로 차차 운동할 시긔에 도달하얏슨즉, 우리는 남녀동등계급에셔 셔로 자유생활을 하자는 것"을 대의로 삼았음을 확인할 수 있다.[41] 여기서 언급된 '이중 노예'는 남성과 가정·도덕의 억압을 의미한다. 이는 다음 기사에서 좀 더 명료하게 드러난다.

朝鮮女性同友會: 건실하게 압길을 개척하자

조선녀성동우회(朝鮮女性同友會)에서는 별긔한 강령(綱領)과 선언을 발표하고 오는 이십삼일에 발회식을 거행한다. 그 선언에 의하면 인류의 력사가 필연적 법측으로 변환하야 가는 과정 중에 녀성이 남성의 횡포와 류린 아래에 바다오던 기한과 굴욕과 질병으로 사람다운 생활을 그대로 하지 못한 비참하고 잔혹한 것을 통절하게 말하엿다.

그리하야 여자는 다못 가뎡과 임금(賃金)과 성의 노예가 될 뿐이오 각 방면으로 생활에 필요한 일을 힘껏 다하야 사회에 공헌을 하여왓스나 횡포한 남성들이 녀성에게 주는 보수는 교육을 거절하고 모성(母性)을 파괴할 뿐이라 하엿다.

더욱 조선녀성은 그 우에 동양풍 도덕의 질곡(桎梏)에서 울고 잇게 하니 이러한 비인간뎍 생활(非人間的 生活)에서 분긔하야 굿세게 굿세게 결속하자 하엿다.

모든 구속과 학대에서 울든 조선녀성이 사람다운 각성으로 새로운 길을 차즈랴고 고고한 첫소리를 지르는 것이 아름답고 알뜰한 소리오 힘이 굿센 선언이다. 뒷바기지 아니하면 아니될 력사뎍 과도기(歷史的 過渡期)에 일른 현대 사람이 어느 누구나 해방을 부르지지는 것이 당연한 일이지만은 조선사람이야말로 크게 소리치며 굿세게 나아가야 할 것이 해방운동이오 단결이다.

그러나 우리는 녀성동우회가 우리의 사회 사정―사회 진화 정도에 합당한 운동방식으로 나아갈 뿐 아니라 참되고 긴 착한 정성으로 이 위대한 일에 충실하기를 바란다.[42]

역사의 발전단계, 여성해방, 사회 진화 등의 용어는 1920년대 초 사회 전반에 걸쳐 유행어처럼 사용되고 있었거니와, 기사에서도 나타나듯이 여성동우회의 강령은 이 시기 사회주의 이데올로기와 긴밀한 관련을 맺고 있었다. 남성으로부터의 억압과

가정·도덕의 굴레를 벗어나야 한다는 것이 이 단체의 핵심 주장
이었다.

그러나 이 단체가 활발한 활동을 전개한 것은 아니었다.
1924년부터 1926년까지 이 단체의 활동은 독서회와 강연, 노
동부인을 위한 음악회 개최 등이 대부분이었다. 이는 이현희
(1978)에서도 지적된 바 있다. 그에 따르면, 이 시기 항일운동
관점에서 대표적인 여성단체로 협성단부인회, 대한독립애국부
인회, 대한민국애국부인회, 동아부인상회(이상 1919년 설립), 조
선여자교육협회, 흥학회, 경성여자청년회, 여자엡윗청년회(이
상 1920년 설립), 기독교여자천도회(1921년 설립), 조선여자청년
회, 조선여자침공회, 여자고학생상조회, 불교여자청년회, 조선
여자기독교청년회(이상 1922년 설립), 도산애국부인회, 천도교내
수단, 대한기독교절제연합회(이상 1923년 설립), 조선 여성동우회
(1924년 설립), 경성여자청년동맹, 경성여자청년회, 여성해방동맹
(이상 1925년 설립), 중앙여성동맹, 망월회, 천도교여자청년회(이상
1926년 설립) 등이 있었다. 이들 단체의 활동이 모두 뚜렷했던 건
아니다. 이는 여성문제에 대한 철저한 인식의 부족과 식민지 피
지배 상황에서 해방운동이 갖는 한계에서 비롯된 결과였다.[43]

이러한 흐름 속에서 1920년대 후반기 여성운동 담론은 여성
동우회 이후, 근우회(槿友會)를 비롯한 여성단체의 활동이 중심을
이룬다. 이 단체들의 활동은 전년도 여성운동의 회고와 전망을
특집으로 다룬 신년 기사들에서 비교적 자세히 확인할 수 있다.
『동아일보』 1927년 1월 1일부터 3일까지 연재된 호우생(乎于生)

의 「병인 일년간 조선사회운동 개관」, 『조선일보』 1927년 1월 2일부터 7일까지 연재된 연경학인(燕京學人)의 「전환기에 임한 조선사회운동 개관」, 『조선일보』 1928년 1월 1일자 황신덕(黃信德)의 「1927년 여성운동의 회고」, 『동아일보』 1930년 1월 9일자 이지휘(李之輝)의 「조선사회운동(5): 거세개적(去歲概跡)과 금후의 추세(趨勢)」 등이 대표적이다.

특히 1927년의 여성운동 기사들은 대체로 정치운동과 관련된 내용이 중심을 이룬다. 호우생의 기사에서는 "진정한 공민전(公民戰)은 장래 운동에 필요한 제요소(諸要素)가 결합되어 발전하는 것이다. 한번 이와 같은 점에 도달하면 연합(조합)은 정치적 성질을 획득하는 것이다"라는 마르크스의 이론을 인용하면서, 조선 사회운동이 무산운동과 결합되어야 함을 강조한다. 또한 연경학인은 정치운동을 결산하면서 분파주의에서 전체적 통일운동이 일어나야 함을 강조하면서, 경성여자청년동맹과 경성여자청년회를 합친 중앙여자청년동맹의 결성을 높이 평가하고 있다. 이렇게 1927년의 여성운동이 정치문제와 결합한 것은 1920년대 초부터 활발해진 사회주의 이데올로기와 밀접한 관련을 맺고 있으며, 분파와 통일문제를 강조하게 된 것은 식민지적 상황에서 정치운동이 본질적으로 통합되기 어려운 점이 많았기 때문으로 보인다.

이러한 배경 속에서 1920년대 후반 여성운동 담론의 중심에 근우회가 있었다. 이 단체는 1927년 5월 27일 조선 여성운동의 단합과 통일을 목표로 창립된 전국적 조직이었다. 당시 『동아일

근우회 발회식(1927)

보』에 보도된 창립 취지는 다음과 같다.

槿友會 發起趣旨

人間社會는 만흔 不合理를 産出한 同時에 그 解決을 우리에게
要求하야 마지 아니한다. 女性問題는 그 中의 하나이다. 世界人
은 이 要求에 應하야 壯然하게 活動하고 잇다. 世界 姉妹는 數
千年來의 惡夢으로부터 깨어서 우리의 生活에 橫在하여 잇는
모든 桎梏을 粉碎하기 爲하야 奮鬪하여 온 지 이미 오래이다.
朝鮮 姉妹만이 엇지 홀로 이 歷史的 世界的 聖戰에서 落伍될

理가 잇스랴. 우리 社會에서도 女性運動이 開始된 것은 또한 이미 오래이다.

그러나 回顧하여 보면 過去의 朝鮮 女性運動은 分散되어 잇섯다. 그것에는 統一된 組織이 업섯고 統一된 指導精神이 업섯고, 統一된 抗爭이 업섯다. 故로 그 運動은 效果를 充分히 내지 못하엿다.

우리는 運動上 實蹟으로부터 배혼 것이 잇스니 우리가 眞實로 우리 自體를 爲하야 우리 社會를 爲하야 奮鬪하려면, 우리는 爲先 朝鮮 姉妹 全體의 力量을 鞏固히 團結하야 運動을 全般的으로 展開하지 아니하면 아니된다. 이러나라. 오느라. 團結하자. 奮鬪하자. 朝鮮 姉妹들아! 未來는 우리의 것이다.[44]

이 취지에 따르면, 근우회는 분산된 조선 여성운동을 통일함으로써 역량을 극대화하고, 여성의 지위를 향상시키는 데 목표를 두고 있다. 이현희(1978)에서는 이 두 가지 안건이 창립총회에서 강령으로 채택되고, 실천 강령으로 '여성에 대한 일체 사회적·법률적 차별 철폐', '일체 봉건적 인습과 미신 타파', '조혼 폐지 및 결혼의 자유', '인신매매 및 공창 폐지', '농촌 부인의 경제적 이익 옹호', '부인 노동의 임금 차별 철폐 및 산전산후 임금 지불', '부인 및 소년공의 위험 노동과 야업 철폐' 등 7개 항이 채택된 것으로 나타난다. 이 실천 강령은 기존의 여성운동에 비해 구체적이고 실천적이라는 면에서 여성운동 담론의 새로운 모습을 보여준다. 물론 식민 치하에서 민족운동과 계급운동 전반이 그렇듯이, 근우회 활동이 획기적인 성과를 거둔 것은 아니다. 그럼에도 1930년대 이후 여성운동에서 노동문제와 참정권문제가 본격적으로 대두된 것은 근우회 활동의 영향도 적지 않았을 것으로 추정된다.

여성문제

셋째, 1920년대 이후 여성문제는 이른바 '부인문제'를 제목으로 삼은 논설류에서 빈번히 나타나며, 가정 내 억압, 부자유한 결혼과 조혼, 성도덕 등과 관련된 내용이 중심을 이룬다. 1922년 6월 13일부터 30일까지 『동아일보』에 15회에 걸쳐 연재된 「부인문제 개관」은 이쿠다 조코우(生田長江)·혼마 히사오(本間久雄)의 『사회문제 12강』을 발췌 번역한 것으로, 자유연애, 성도덕 문제, 여성 참정권 문제 등을 집중적으로 소개한 자료다. 1789년 프랑스 혁명 이후 여성운동의 생성 과정, 입센과 엘렌 케이의 여성 담론 등을 소개하고, '부인 해방, 자유이혼, 연애의 자유', '부인 참정권의 역사', '부인의 직업', '모성보호론' 등을 비교적 상세히 소개하고 있다. 당시 조선의 사정을 반영한 것은 아니었지만, 1920년대 이후 무엇이 대표적인 여성문제로 인식될 수 있을지 보여주는 자료에 해당한다. 특히 1922년 6월 28일자 제14회 연재물인 「구주대전과 부인문제」에서 제시된 '부인의 직업문제, 노동문제, 참정권 문제'와 '전쟁의 참해로 인한 인도주의적 자각'은 서구뿐 아니라 당시 중국과 일본, 식민지 조선에서도 새롭게 제기될 여성문제임을 주장하고 있다. 이 논문은 다음과 같이 마무리된다.

吾人이 今에 目睹하는 바 중국이나 일본의 부인문제는 歐米의 그것에 비하면 在來의 道德的 觀念과 기타 各樣 제도에 관련되는 각종 事情으로 인하야 아즉 유치한 程度에 在하니 문제를 삼을 것이 업다 할 것이나, (中略) 아즉 朝鮮에 在하야는 남녀의 문제보다도 차라리 모든 人生으로서의 문제를 解決치 못한 今日이라. 가히 擧하야 論謂할 여지가 無하나 만근 數年來에 부인이 점차로 覺醒하는 傾向이 顯著한 것은 또한 事實이라. 금에 一例를 擧하면 '女子敎育會, 女子夏令會', 또 '女子苦學生親睦會' 등 각종 단체가 生하야 各히 그 처지대로 여자의 向上과 發展을 위하야 努力함은 부인 自覺의 一端을 證하는 것이며, 또 현금 京城에서 부인의 一團이 經營하는 '東亞婦人商會'와 平壤 鎭南浦에 設立된 '婦人商會' 등이 모다 부인 각성의 一端이라 하겟다. 何故오. 부인이 口로 남녀의 평등을 高唱하고 공상적 이론으로 참정권을 論謂할지라도 사실상 그 생활을 男子에게 依賴하면 畢竟 그 남자의 支配를 免치 못하는 것이 自然한 勢인 짜닭이다. 그럼으로 부인 문제 해결의 唯一한 방법은 전에 엘넨 케이 女史가 主張한 바와 가치 母性을 善히 保護하는 範圍 內에서 經濟上 能力을 充實함에 잇다 할 것이다. (終)

이 결론은 일제강점기 여성문제의 원인과 해결 방안에 대한 인식의 단면을 보여준다. 남녀평등, 자유연애, 여성의 직업활동, 참정권 문제 등을 전쟁과 관련지어 해석하고, 이를 해결하는 방안을 '모성보호', '경제적 능력' 등에서 찾는다.

그러나 일제강점기의 여성문제는 근우회의 실천 강령에서 보듯이 매우 다양한 형태를 띠었다. 여성을 억압하는 전통 도덕, 개가문제, 조혼, 연애문제 등과 같이 남녀관계를 전제로 한 문제가 있는가 하면, 성적 착취와 관련된 공창제도, 법률상 문제 등과 같이 사회·제도적 차원의 문제도 적지 않았다. 즉, 1920~30년대 여성문제에 관한 담론 구조는 매우 복잡한 형태를 띤다. 이를 보여주는 주요 자료들은 다음과 같다.

여성문제 관련 자료

게재일	신문	종류	필자	제목	내용	연재 횟수
1924.7.22.	동아일보	사설		改嫁問題	개가 문제	
1925.11.20~21	조선일보	기사	仁王山人	(가정평론란) 결혼할 준비	가정	
1926.1.1~4	동아일보	인터뷰 기사		婦人問題의 一面·男子의 할 일·女子의 할 일	부인문제	4
1926.2.25~27	동아일보	사설		현하 청년과 연애문제	연애문제	3
1926.2.27	동아일보	논설		부인과 건강	부인 건강, 국민보건책 임자	3
1927.8.7	동아일보	사설		公娼과 私娼	공창문제, 성도덕	
1928.7.11	동아일보	기사		女性問題 강연회	강연, 여성운동이라는 용어 사용	
1929.3.21	동아일보	사설		公娼 廢止案	공창 폐지, 조선공창폐지 촉구	

1929.3.22~4.4	조선일보	논문	表良文	久遠의 正義·性問題로 人間 生存互助論에 及함	여자문제, 부인문제, 현모양처주의 거부, 진화론적 해석	11
1929.11.22~12.10	조선일보	논문	李周淵	부인문데강화	부인문제, 마르크스주의 입장, 종교이론 배격	37
1930.04.05.	동아일보	인터뷰기사		生活·婦人·男女交際問題와 女子界 各 方面 意見	여성생활, 자녀교육, 남녀 교제	
1930.05.10.	조선일보	기사		公娼制 廢止案	공창폐지안	
1930.11.26.	동아일보	사설		女子에의 門戶開放	변호사법과 경성제대 남녀공학	
1931.1.22	조선일보	사설		男女의 性的 權利·日本 刑法 改正案을 듯고	성적 권리, 일본형법 개정안, 간통한 남편 고소	
1931.2.4	조선일보	기사		부인공민권 수정안 각의에 제출	일본형법 개정안	
1931.4.22~5.9	동아일보	논문	雲從學人	貞操의 將來	정조, 공창제도 긍정	10
1931.4.29~5.17	조선일보	논설	金埈源	법학 상의 결혼관	결혼제도 변천	16
1931.7.29	조선일보	논설	동경陳尙珠	맑쓰주의 戀愛觀	연애관, 마르크수주의	3
1931.8.23	조선일보	기사		不自然한 現實에서 悲鳴하는 女性	여학생에서 기생, 군산 이옥희 애화	
1931.11.1~11.20	동아일보	논문	세의전이명혁(?)	여성과 家庭生物學	부인의학, 성교육, 신여성	13
1931.11.21~28	동아일보	논설	월천생	女性界雜觀	직업과 직업 해방	5
1932.2.19	조선일보	논설		法庭에 반영된 朝鮮女性	여성범죄(형사상 살인, 간음, 절도, 민사상 이혼 소송, 정조 유린)	
1932.05.26.	동아일보	사설		公娼制度를 廢止하라	공창 폐지	
1932.12.7~12.18	조선일보	논설	의학박사오원석	여러 가지 화류병은 가정과 사회를 망칩니다	여성병·화ᄅ=병	10

1932.12.19	동아일보	사설		女性의 悲哀	공창, 妓娼 폐지 문제	
1934.1.1~1.06	동아일보	인터뷰기사		조선 부인의 당면 문제	부인문제	4
1934.6.12	동아일보	기사		當面의 社會問題인 公娼問題 大講演	공창 폐지	
1934.12.8	동아일보	기사		女性解放의 烽火	여성해방	
1934.12.9	동아일보	사설		公娼廢止運動에 對하야	공창 폐지	
1934.6.18~7.9	동아일보	기사		공창문제는 어데로 가나	공창 폐지	9
1935.1.17~26	동아일보	논문	崔錄	연애와 결혼에 대한 나의 제창	연애결혼	9
1935.4.10	동아일보	사설		花柳病에 대한 特別 戒心	화류병	
1935.7.3~8.9	동아일보	논설		(여성시론) 여성시론	직업 등	25
1935.11.25	동아일보	사설		女子와 結婚	결혼	

이 표에 제시한 것처럼, 1920~30년대 여성문제 가운데 '연애', '결혼', '정조', '화류병' 등은 이른바 '신도덕론', '신여성론'을 주창하는 근거로 작용하는 경우가 많다. 김수진(2006)에서 밝힌 바와 같이, 신여성 담론은 1890년대 영국을 시작으로 세계 각국에 퍼진 여성 담론 가운데 하나다. 그에 따르면 신여성은 중등교육·고등교육 제도에 진입한 초기 여성 세대, 경제적 독립을 누리고 소비와 유행의 주역으로 자리 잡은 세대를 일컫는 개념이었다.[45] 그러나 식민시기 조선에서 신여성은 실제로 중등교육을 받은 여성의 수가 극히 적었고, 그나마 그들의 직업이 대부분 성적 서비스 직종이라는 점 등에서 과장되거나 왜곡된 면이 적지 않

았다. 그럼에도 신여성 관련 담론은 1920년대 초부터 1930년대 말까지 지속적으로 나타난다. 이 시기 신여성은 여성해방운동의 주체로서 교육받은 여성을 지칭하는 경우도 없진 않았지만, 그에 관한 담론은 대부분 신여성의 사치 문제와 탈선 등을 경계하는 논설이 주를 이룬다.

現下 朝鮮이 要求하는 女性

여자는 언제든지 남자의 노예가 되야 오즉 主婦 노릇하는 것이 당연한 줄로 알고 잇는 舊式女子나 세상생활이야 엇지 되엿든지 죽어서 천당만 가면 그만이라는 意味下에 신앙생활을 하고 잇는 女子나, 남자의 완롱물됨을 달게 녁이고 그 중에서 행복을 어드랴는 일부 有閑階級의 娼婦型的 여자들은 말할 것도 업지만은 적어도 현실을 바로보고 그 중에서 남과 갓치 독특한 개성을 충분히 發揮하랴는 동시 좀더 만흔 행복을 어더보랴는 자는 **남성 중심으로 된 現代社會生活**에 대하야 만족을 어들 수가 업다. 그 중에도 봉건시대의 因襲 道德이 아즉도 만흔 세력을 가지고 잇는 우리 조선에 잇서서 더욱 심하다. 엇지하야 여자에게만 한하야 貞操와 守節을 강요하며 또 재산권도 업는가? 賢母良妻(현모양처)란 일홈 조흔 도덕은 누가 만든 것이며, 사람다운 사람은 기르지 안코 남자에게 형편 좋은 현모양처만 맨드러 내는 現代式 敎育制度는 누가 만든 것인가? 이것이 **모다 祖先 傳來의 남성들이 만든 道德이며, 현대 資本主義가 나흔 制度**이다. 여자로서 남에게 품파리하는 것은 비천한 일이라고 하다가 資本主義的 産業이 점차 발달됨을 따라 갑싼 女工이 필요하게 되매 職業婦人이란 美名下에 그들 獎勵하는 자도 그들이며, 문전 출입도 자유롭게 못하다가 생활이 곤란하게 되면 그 안해를 심상하게 품파리 식히는 것도 그들이며 여자가 공부해 무엇해 하다가 지금 와서는 공부한 여자가 아니면 장가 안 가자는 것도 그들이며 **여자에게 대하야 貞操와 守節을 요구하면서도 妓生과 娼婦를 필요로 하는 자들도 그들이니 아! 이것이 무슨 矛盾이냐.**

要컨대 현대 여자에게 대한 도덕과 법률은 모다 남성들의 생활상 형편 조토록 여자를 使役하자 함에 불과한 것이다. 여자도 사람인 이상 남성과 갓치 천부의 個性을 가지고 잇는지라 그를 發揮하는 것이 인간으로서의 權利이며 義務일 쑌 아니라 인간사회는 이갓치 男性 女性을 區別할 것 업시 각자 그 독특한 개성을 발휘하는 데에 비로소 완전한 向上과 발달이 잇슬 것이니 조선의 여성도 天賦의 권리와 의무를 履行키 위하야 인류문화의 진보 향상을 圖키 위하야 현하 우리에게 대한 모든 불합리한 제도와 인습 도덕을 根本的으로 打破하여야 할 것은 물론이다.

그러함에도 불구하고 소위 **新敎育을 바덧다는 朝鮮 新女性의 大槪는 自己의 處地와 個性에 눈쓰지 못하고 오즉 虛榮에만 心醉하야 感傷의 생활로 도로혀 그 지위를 墮落케 하는 感**이 업지 아니하니 진실로 한심타 아니할 수 업다.[46]

이 논설에서 이태선은 '구식 여자', '유한계급의 창부형적 여자' 등 봉건시대 여성과 '정조와 수절'을 강요하는 전래 남성의 도덕과 현대 자본주의 제도, 자본주의 산업 발달에 의해 탄생한 '직업 부인' 등의 문제를 거론하며, 차별 받는 여성문제를 지적하고 있다. 이러한 의식은 1920년대 여성해방 의식이 지식인을 중심으로 보편화되고 있음을 의미한다. 그럼에도 이 논설에서는 "소위 신교육을 받았다는 조선 신여성의 대개는 자기의 처지와 개성에 눈뜨지 못하고 오직 허영에만 심취하여 감상적 생활로 그 지위를 타락하게 하는 감이 있다"라고 서술한다. 이러한 논조는 일제 강점기 신여성 담론의 주류를 이룬다.

신여성 담론을 포함한 자료

게재일	신문	종류	필자	제목	내용	연재 횟수
1923.3.13~14	조선일보	기사	上海에서 成完生	中國 新女子의 文化運動, 女傑의 輩出	신문화운동, 참정권	2
1923.7.8	동아일보	논설		강명화의 自殺에 대하야	신여성, 연애문제	
1925.1.12	조선일보	사설		女性解放運動을 위하야	신여성 자각 촉구, 계급운동=여성관 진보	
1925.6.17	동아일보	사설		最近 新女性의 傾向	신여성=의복 사치 경계	
1926.1.4	조선일보	논설	정칠성	新女性이란 무엇?, 價値 大暴落의 허물은 누구에게	신여성 의미, 부인운동 비판	
1926.1.5	동아일보	논설	女醫 李泰山 여사	現下 조선이 요구하는 여성	신여성 비판	
1926.10.11~15	동아일보	논설	옥순철 (玉順喆)	自己解放을 忘却하는 조선의 新女性	신여성 비판	5
1926.10.29 ~11.3	동아일보	논설	玉順喆	과도기의 일반 경향과 조선 여성의 민감성	신여성 과도기	3

1927.6.15	동아일보	논설	金泳植	신여성에게	신여성, 계몽	
1927.8.20~8.24	동아일보	논설	김안서	毛斷껄(모던 걸)과 남성해방연맹	신여성	4
1929.4.10~25	동아일보	기사		신여성의 가정생활, 이것이 불평이라면	신여성, 가십성	14
1929.4.23~24	동아일보	논설	城東生	결혼난과 신여성	신여성	2
1929.12.6	조선일보	논설	白禮卿 寄稿	(婦人時論) 신구녀성관, 신녀성의 필연적 임무	신여성, 모던 걸에 대한 편견문제와 올바른 신여성의 행동	
1932.1.2	동아일보	기사		남성에 대한 宣傳布告, 各界 新舊女性의 氣焰	신구여성, 가십성	
1937.6.19	조선일보	논설	장문경	(일인일언) 신여성과 진찰	신여성, 의사 입장	
1936.7.18	동아일보	기사		횡설수설	모던 걸=신여성 비판	
1938.10.19	동아일보	논설		(시론) 未完成 新女性	신여성, 뾰족구도 외양, 어머니, 안해, 아들=딸	

이 표에 정리한 신여성 담론 가운데 상당수는 신여성에 대
한 냉소와 비판을 담고 있다. 예를 들어, 1927년 8월 20일부터
24일까지 『동아일보』에 4회에 걸쳐 연재된 김억(金億)의 「모던
걸(毛斷껄)과 남성해방연맹」이라는 칼럼은 "毛斷이다? 첨듯는 말
인걸.' 傑하며 머리를 흔드는 이도 업지 아니할 모양이니 우선 人
事나 식혀놋코 보자. 毛斷傑이란 온갖 奇異한 것을 好奇的으로
粗製濫作하는 現代品하나이라 하면 그만일 것이다만 넘우도 茫
然한 말이 되고 보니 한거름 들어가서 진고개니 종로니 하는 繁
華한 거리를 중심잡고서 머리를 깍고 안경을 쓰고 짧분 스커트

를 입은 아가씨들이 사뭇 급한 일이나 잇다는 듯시 왓다갓다 한다는 말을 해놋코 저 英語로는 '모던 걸'이라나 무어라 하는 것을 낫닉은 漢字音으로 밧쑤어 놋코 보니, 毛斷傑이라는 三字가 쩌러젓다고 하자"라고 서술한다.

그가 주목한 현상은 '머리를 깎고 안경을 쓰고 짧은 스커트를 입은 아가씨'다. 김억은 모던 걸은 거리에서 불량소녀로 비틀거리며 주정을 하든가, 사상가로 여권운동과 사회 개량을 높이 외치며 연애지상주의자로 자처하면서도 남존여비의 덕을 찬송하는 여성으로 묘사된다. 이와 같은 묘사는 본질적으로 신여성의 의미를 의도적으로 비하한 것밖에 되지 않는다.

이와 관련하여 김수진(2006)에서는 "이런 상황에서 조선의 직업부인이나 결혼한 중간층 여성들의 경제력과 독립성은 높아질 수 없었다. 이들이 갖가지 신문물의 상품을 살 수 있는 구매력도 커지기는 힘들었다. 직업부인의 길에 들어선 조선 여성들은 대부분 가족 부양과 보조의 책임을 지고 있었고, 직업부인이 되지 못한 여성들은 자신의 출신 배경에 걸맞은 결혼 상대를 골라 인테리층 남성과 결혼하기도 했지만, 식민지 중간층의 살림살이는 팍팍했다. 그나마 식민지 후기가 되어 갈수록 조선의 인테리층 남성도 근대적 직업을 구하기는 어려워 룸펜 인테리층이라는 말이 나올 정도였다"[47]라고 풀이한 바 있다. 즉, 신여성은 교육과 경제적 조건에 따라 형성될 수밖에 없으며, 식민 피지배 상황에서 조선의 신여성 담론이 여성문제의 본질을 담아내기에는 미흡한 상황에 있었음을 의미한다.

여성의 사회활동과 직업문제

넷째, 1920년대 이후 여성 담론에서 여성의 사회활동과 직업문제는 지속적이고 흥미로운 주제 가운데 하나다. 여성의 사회활동을 촉구하는 기본 바탕에는 '남녀평등'의 여성관이 작용한다. 앞서 살펴본 『동아일보』 1920년 6월 2일자 사설 「여자해방의 문제: 신도덕(新道德)의 일단을 논함」에서 나타난 바처럼, 남녀 동등 차원에서 '여자의 인격을 존중하고 교육을 실시해야 하며', '사회적 자유활동을 장려해야 한다'라는 논리가 1920~30년대 여성 담론의 주를 이룬다.

여성의 사회활동 관련 문제는 상당수가 가정과 사회의 관계를 전제로 한다. 때문에 결혼과 이혼문제 논의는 지속되었으며, 성역할 담론도 비교적 다양하게 나타났다. 예를 들어, 1924년 1월 10일부터 2월 25일까지 『조선일보』에 40회에 걸쳐 연재된 「성적 존재(性的 存在)와 현대부인(現代婦人)」에는 '결혼·이혼·성적 결합'(1924.1.15~21, 7회), '결혼과 이혼의 실현'(1924.1.22~1.29, 9회), '여성의 생활수단과 결혼'(1924.1.30~2.11, 12회), '여성의 과잉과 결혼의 기회'(1924.2.19~2.25, 7회) 등의 주제가 폭넓게 분포했다. 그러나 남녀평등과 이에 따른 여성의 사회활동을 옹호하는 담론일지라도, 이 시기 논설류는 무엇보다 가정에서 여성의 역할을 중시하는 경향을 보인다.

여성의 사회활동은 여성의 직업문제와도 밀접한 관련을 맺는다. 남녀평등 관념에 따라 여성의 사회활동이 보장되어야 하며, 여성도 직업을 가질 수 있다는 논리는 근대 이후 자연스럽게 확립되어왔다. 이와 같은 직업 담론은 앞서 살펴본 『동아일보』
1922년 6월 26일자 논문 「부인문제개관」에서도 확인된다.

婦人의 職業問題

부인의 직업문제는 往昔 家長本位의 家族制度 及 時代에 在하
야는 問題가 되지 아니하얏슬 뿐 아니라 오히려 職業 그것에 대
한 觀念까지도 缺無하얏다. 그러나 시대의 進化와 文明의 進步
를 따라 가족제도가 점차 廢止되고 分業組織이 行하게 됨을 따
라 婦人 職業問題는 玆에 그 芽를 發하게 되얏다. 다시 말하면
소위 資本集中主義를 基礎로 한 近代의 産業革命은 一切의 家
庭工業을 大規模의 工場工業, 機械工業으로 代케 하얏스니 이
에서 재래 가정공업에 從事하든 婦人은 一은 경제상으로, 一은
활동력 본래의 性質로부터 家庭外에 出하야 職業을 구할 필요
가 切迫하게 된 것이다. 近代 所謂 산업혁명은 실로 婦人의 직업문제의
産母가 되얏다.

그리고 前述한 바와 如히 가정 외에 직업을 구하여야 할 處地에
立하게 된 婦人의 職業에는 2개의 傾向이 現하얏스니 一은 工場
工業에 從事하는 傾向, 他는 敎育, 宗敎, 醫師 등에 從事하는 것
인대 전자는 주로 경제상 필요를 근본으로 하는 勞動階級의 婦
人이오 후자는 경제상 필요에 다시 往昔 家庭工業에 代할 新活
動을 加味한 것이니 즉 후자는 종교가나 쪼는 교육가나 의사로
서 何等의 意味로든지 사회에 기여하겟다는 社會的 要求이라.
여하간 此等은 모다 산업혁명이 齎한 당연의 결과라 하겟다.[48]

이 논문에 따르면, 여성의 직업문제는 산업혁명 이후 발생한 것이며, 여성의 직종에는 공장노동과 교육·종교·의사 등 이른바 전문직에 해당하는 분야가 있다. 그러나 1920년대에 직업을 갖는 여성은 극히 제한적이었으며, 직종 역시 다양하지 못했다. 예를 들어, 1926년 5월 12일부터 6월 16일까지 『조선일보』에 18회에 걸쳐 연재된 「조선 녀성이 가진 여러 직업」에서는 의사, 교유(教諭), 보모, 기자, 간호부, 배우, 산파, 사진사, 점원, 교원, 전화 교환수, 은행원, 자동차 운전수, 약제사, 타이피스트, 안마, 전도부인, 보험 권유원, 속기사 등이 대표적인 여성 직종에 해당했고, 1926년 11월 3일부터 5일까지 『동아일보』에 3회에 걸쳐 연재된 「어멈문예」에서는 유모, 침모, 식모 등이 여성의 직업이었음을 말해준다. 1930년대 이후에는 승강기 걸, 운전수, 아나운서, 다방 여급, 미용실, 백화점 걸 등이 새로운 직종으로 등장한다.[49]

여성 직업 담론은 그 자체로 스펙트럼이 매우 다양하다. 근대 이후 국가주의를 기반으로 여성 인력의 필요성을 주장하는 경우부터 여성해방 차원에서 여성의 경제적 자립을 보장하는 수단으로 직업이 필요하다는 논리에 이르기까지 직업 옹호론이 주를 이룬다. 하지만 일제강점기 여성 직업론은 무엇보다 가정 경제의 보조자라는 논리를 벗어나지 못하는 경우가 많았다. 특히 1920년대는 결혼과 가정이라는 테두리를 벗어나지 못했다. 다음 사설이 이를 증명한다.

職業婦人 問題

最近 數年來로 朝鮮人의 經濟生活이 漸漸 破滅의 奈落坑으로 逆轉하고 잇는 것은 새삼스러히 呶呶할 必要가 無하거니와 그 反面에서 職業婦人의 수가 漸次 增加되고 잇는 것은 實로 看過치 못할 一現象이다. 職業婦人이 증가하게 되는 理由는 여러 가지가 잇다 할 것이다. 그러나 代替上으로 말하자면 資本主義가 發達되야 감을 따러 中産階級이 沒落되는 동시에 發生한 바 多數한 無産階級의 家族이 家族의 經濟生活을 支持함에 男性의 勞働 以外에 또 婦女子의 勞働까지를 要求하게 되는 것이 其一이오, 社會的으로 資本家 階級이 賃金이 低廉하고 또 從順한 婦人 勞働者를 要求하게 된 것이 其二오, 多數한 無産 靑年이 生活上 不安定한 處地에 잇게 된 까닭에 自然히 結婚期가 遲延되고 따러 成年 未婚女가 獨立生活을 營爲하랴고 努力하는 것이 其三이라 할 것이다. (中略) 그런데 **職業婦人問題로서 가장 먼저 顧慮할 問題는 結婚問題라 할 것이다.** 職業婦人이 結婚하기 困難하다는 것은 다른 나라와 事情이 달리 돌이어 容易한 問題라 할 수 잇거니와 結婚 後에 그 婦人은 職業을 던지고 主婦의 生活을 專業으로 하든지 職業을 그대로 繼續하면서 主婦의 職務를 겸하게 되든지 두 가지의 生活 方式을 取하게 되는데 前者의 境遇에는 經濟生活을 男性에게 전혀 依賴하게 되는 것이니, 婦人 自體로 보면 個性의 自滅과 人格의 自貶을 招하는 자이오 後者의 境遇에 잇서서는 二重의 勞務로 말미아마 婦人 自身은 精神上 밋 肉體上 莫大한 苦痛을 受하게 될 것이다. 그리고 婚姻 傳의 職

業婦人은 흔히 不意의 情事로 말미아마 社會 道德의 苛酷한 制裁下에 職業을 失하고 또 墮落 犯罪의 巷으로 入하기 容易하다. 그럼으로 朝鮮에서는 職業婦人問題 곳 知識階級 婦人인 만콤 또 그 大多數가 敎育의 任에 當한 敎員問題인 만큼 重要視치 아니하면 안 될 바이다. 더욱히 朝鮮女性運動은 職業婦人들이 그 中樞가 되지 안으면 안 될 터이니 女性運動의 將來를 위하야서도 職業婦人問題를 疎忽히 할 수 업슬 것이라 한다.[50]

이 사설은 직업여성의 증가 원인에 대해 자본주의 발달에 따라 무산계급 부녀자의 노동력이 필요해지고, 부인 노동자의 임금이 저렴하며, 무산 청년의 경우 결혼이 지체되면서 독립생활을 영위하려는 노력이 필요해졌기 때문이라고 분석한다. 그리고 조선의 직업부인 문제는 일부 산파, 간호부, 의사, 교환수, 사무원 문제를 포함하지만 대부분 교원 문제이며, 이는 결혼문제와 직접적인 관련을 맺는다고 주장한다. 이 분석이 틀린 건 아니지만, 여성의 직업문제가 결혼 후 직장을 그만둘 것인가의 문제나 결혼 전 사회도덕의 가혹한 제재와 타락한 범죄문제로 귀결된 것은 여성문제의 본질을 제대로 파악한 것이라고 보기 어렵게 만든다.

식민 상황에서 여성의 직업문제는 단순히 경제적 차원에서만 바라볼 문제가 아니었다. 『동아일보』 1936년 1월 18일자 사설 「여성과 직업문제」에 따르면, 이 시기 조선 내 여직공의 숫자는 5인 이상 직공을 고용한 공장에서 일하는 사람만 33,282명이었

조선방직주식회사 부산공장(1930)

으며, 각종 공무와 자유업에 종사하는 자가 21,017명, 기타 직업 종사자(준직업자)가 21,276명이었다.[51] 물론 농촌의 부녀는 제외된 숫자다. 이처럼 공장 노동자, 버스 여차장 등 저임금·중노동에 시달리는 여성 노동자의 증가는 노동 조건과 임금문제를 비롯해 여성 직업인 보호 문제와 관련되는 다양한 담론을 산출하는 배경이 되었다. 이러한 담론은 1930년대 초부터 본격화되는데, 다음 사설을 참고해보자.

女子의 職業問題

버스의 女車掌이 버스 乘降臺에 섯다가 電車와 衝突을 피하기 위하야 急回轉하는 瞬間에 電柱에 부드치어 無慘한 死를 遂한 일이 잇다. 問題는 一女車掌의 橫死에 不過하나 이것이 朝鮮 職業女性 의 最初의 慘酷한 犧牲인 동시에 때마츰 女性의 職業問題가 論議되는 즈음 임으로 이 기회에 이것을 批評함도 徒勞는 아닐 것이다. 從來 女性 의 職業問題에 대해서는 두 가지 主張이 잇다. 하나는 母性保護 의 立場에서 職業을 피하자는 主張이오, 하나는 女權 擴張의 立場에서 職業 을 가지자는 主張이다. 즉 前者는 女子로서 職業을 가진다면 自然 家事에 周到해지지 못해서 子女의 敎養問題 겸하야 第二世 國 民의 健康 問題에도 一大 支障이 생긴다 함이오, 後者는 女子가 家庭에만 蟄伏하면 남자의 수입으로 生活하게 됨으로 남성의 專制에 堪耐치 아니치 못하고 그리고 社會知識에 어두워 必然 的으로 男性보다 뒤떨어진다 하는 것이다. 이리하야 先進 諸國에 서도 이 女性의 職業問題는 일정한 定論이 없거니와 事實에 잇서서 女性이 職業을 갖게 된 것은 大勢라 않을 수 없다. 先進 諸國에서 女性이 醫 師, 辯護士, 敎員 등 比較的 自由한 職業을 가지고 잇는 것은 勿 論이어니와 우에로는 國會議員, 高級官吏가 잇고 알에로는 職 工, 鑛山 勞働者가 잇는 것을 보면 這間의 消息을 窺知할 수가 잇다.

朝鮮에서도 女性의 職業問題는 切迫한 問題로 되아 잇다. 이미 敎員, 醫師, 新聞記者 가은 自由業者가 생긴 것은 물론이어니와 産業 上에도 女性의 地位는 輕視못할 狀態를 점하고 잇다. 昭和四年

末 調査에 의하면 朝鮮 工場勞働者 九萬 三千餘人 中 二萬六千九百人
은 女子 勞働者요 鑛山, 商店, 銀行, 官廳 病院에 고용된 人數는
未詳하나 상당수에 이르럿다. 朝鮮서도 女性으로서 오즉 家庭
에서만 蟄居할 수 없고 家庭 밖에 나아가 生活資料를 구하지 않
으면 生涯해 갈 수 없는 生活問題가 切迫해 잇슴을 알 수 잇다. (中
略) 그럼으로 社會는 모름직이 女性에게도 男性 同等의 敎育을 施하야
만족한 職業을 주되 신체상으로 軟弱한 그들을 위하야 特別한 保障이
잇지 아니치 못할 것이다. 日 鑛山, 其他 激烈한 勞働을 요구하는 勞働
의 禁止, 日 勞働時間의 制限, 日 産前, 産後 各 五六週間의 休養 등은 이것
이다.[52]

이 글은 버스 여차장의 죽음을 계기로 여성의 노동 조건 논의
의 필요성을 제기한다. 이 사설은 여성의 직업과 관련해 '모성보
호 차원에서 직업을 피하자'는 주장과 '여권 확장 차원에서 직업
을 가지자'는 주장이 있다면서, 선진국의 경우 이에 대한 정론
이 없으나 조선의 경우 생활문제(경제문제)의 절박함에 따라 여성
공장 노동자가 급증하고 있음을 지적한다. 특히 '남성과 동등한
교육 보장', '신체적으로 연약한 여성 보호', '광산 및 기타 격렬
한 노동을 요구하는 노동 금지', '노동 시간 제한', '산전·산후 각
5주간의 휴양 보장' 등을 촉구함으로써, 여성의 직업문제가 교육
문제이자 노동문제와 직결됨을 밝히고 있다.

이렇게 여성과 직업에 관한 담론이 활성화됨에 따라, 여성에
게 직업을 안내하는 칼럼, 직업생활을 경계하는 기사 등도 빈번

히 실리곤 했다. 1936년 2월 16일부터 20일까지 『조선일보』에 연재된 「여기서는 이런 여성을 뽑소」, 『동아일보』 1936년 2월 20일자 기사 「여성의 일터를 찾아: 여성 직업 안내·조건」 등이 이에 해당한다. 백화점의 경우 '친절하고 눈치 빠른 여성'으로 '단발머리'를 금하며, 간호부는 '무엇보다 친절한 마음', 버스 걸은 '손아귀 힘이 세고 꾀꼬리 같은 목청'이 필요하고, 여점원은 '첫인상'이 중요하다는 등의 취업 조건이 이 기사들에 열거되어 있다.

일제강점기 여성의 직업문제는 노동문제와 맞물리면서 때로는 모성보호 차원에서 노동 조건 개선을 촉구하는 담론까지 불러일으켰지만, 1930년대 말부터 진행된 식민지 총동원체제 하에서는 여성의 노동력을 착취하는 논리로 변질되기도 했다.

婦女의 勞務 動員

婦女子의 産業 動員은 반드시 近代 初有의 現象이 아니니, 經濟的 主權者가 男性이 아니고 女性이엇던 上古의 母系時代는 말할 것도 없거니와 農業 中心인 封建時代에 와서도 男耕女織이 비록 分業적 形式은 嚴格햇슬지언정 婦女子가 産業圈 內에 除外된 것이 아니라 堂堂히 一科를 擔富햇던 것이다. (中略) 그러므로 過去 或은 舊式의 女性을 無條件하고 産業上 無能力者라 하는 것은 是正치 안흐면 안 될 重大한 認識的 錯誤이다.

그런데 輓近 朝鮮에 잇서서 各種 産業 部門이 畸形的이나마 發達하여 온 途中에서 勞動力을 唯一한 밑천으로 한 農村 男女를 男耕女織의 從來 世界로부터 現代的 産業 動員에로 召集치 아

니치 못하엿다. 그리하야 男性뿐 아니라 都市로 工場으로 移動한 數字가 또한 적지 안타. 더구나 近來 非常時局下에 잇어서 勞務動員計劃의 遂行을 爲하야 朝鮮人 勞動力은 餘力이 없을 뿐더러 도리어 不足한 感이 적지 안흔 만큼 急激히 需要되고 잇는 바이다. 實例를 들면 當局이 今年 中에만 各其道外로 幹線 移住 시켜야 할 勞働者가 八萬名이며, 또 日本 內로 渡航시켜야 할 勞働者가 상당히 多數하리라 한다. 現在 農繁期를 앞둠에도 不拘하고 內外 都市, 鑛産 等 大規模的 工作으로부터 勞動力의 供給地인 農村 人口에 對한 需要가 이러하므로 總督府에서는 이 勞務動員에 關한 여러 가지 當面 問題를 協議키 爲하야 數日 前 社會課長 會議를 열엇는데 이 席上에서 內務局은 勞動力 動員의 特別 措置로서 各勞働場에 女子를 대신 動員시킬 것을 指示햇다 한다. 그런데 女子를 動員하자면 무엇보다도 一定한 勞働 時間에는 그들 子女를 代理 看護하는 機關의 設置가 先決的 問題이다. 이 對策으로서 農村마다 托兒所를 設置하고 적어도 農繁期에 잇어서는 幼兒를 托兒所에 매껴 共同 看護하는 同時에 그 어머니들로 하여금 自由롭게 勞働에 從事할 수 잇게 하리라 한다.[53]

이 사설은 폐간 직전 『동아일보』에 실린 것으로, 일제의 강제 징용에 따라 부족해진 농촌 노동력을 여성 노동력으로 대체하기 위해 탁아소를 설립한다는 계획과 관련된다. 총동원 계획에 따라 8만 명 이상의 노동자가 철도 건설에 동원되며, 일본으로 동원될 노동자 수도 적지 않은 상황에서 농촌 파탄을 막기 위한 대책으로서 여성 노동력을 활용해야 한다는 논지다.

이제 논의들을 종합해보자. 일제강점기 여성, 직업, 노동 관련 담론들은 1920년대 각종 여성단체의 출현과 여성해방운동 차원에서 여성교육과 함께 제기된 문제였다. 당시 여성의 사회활동은 본질적으로 가정과 결혼을 전제로 한 담론에서 벗어나지 못한 상태였지만, 1930년대 여성 노동자의 증가와 함께 여성 담론도 질적인 변화를 보인 측면이 있었다. 그럼에도 이 시기 여성, 직업, 노동 관련 인식에는 모성문제가 기본적으로 전제되어 있었고, 여성의 사회적 역할을 긍정하는 이론이 도리어 그 노동력을 동원하는 논리로 둔갑하는 등 혼란스런 양상이었다.

이 밖에도 여성의 지위와 관련된 '정치·법률적 차원'의 담론이나 '가정에서 여성의 역할과 위생', 저널리즘 발달에 따른 '여성미' 관련 담론 등도 일제강점기의 유의미한 여성 담론에 해당한다. '정치·법률' 문제는 1920년대 초부터 서구의 여성 참정권론이 다수 소개되면서 본격화되었고, 그 과정에서 참정권 운동을 전개했던 서구 및 중국의 여권 운동가에 대한 소개가 빈번히 이뤄졌다. 그러나 식민지 조선 내에서 여성 참정권 운동이 본격화되기는 어려웠으며, 이보다는 1930년대 중반 이후 식민지 조선에서 민법 개정 운동과 형법 개정, 친족상속법 제정 등에 따른 법률상의 지위문제가 중요한 주제를 이루었던 것으로 보인다. 가정에서 여성의 역할과 육아문제, 이와 관련된 여성 위생문제는 '부인란', '가정란' 같은 칼럼에서 지속적으로 다뤄지고 있었으며, 이 과정에서 여성미와 화장술과 관련된 다수의 연재물이 함

어머니와 아이(1930)

께 게재되기도 했다. 이와 같은 자료들은 본질적으로 일제강점기 혼재된 여성관을 반영할 뿐 아니라, 근본적으로는 일제강점기 여성교육 담론과 이어질 경우가 많다.

3. 일제강점기 여자교육론과 여성교육

1) 여자교육의 필요성과 여성교육

한국 근대의 여성교육사를 연구한 정세화(1972)는 '식민지 교육
정책과 여성교육'이란 장에서 일제강점기 교육이 식민지 지배 수
단이었음을 뚜렷이 밝힌 바 있다. 그 근거의 하나로 구한말 독
립된 정부 기구였던 학부(學部)가 강점 직후 총독부 내무부의 한
국(局)으로 축소되고, 교육행정 담당자도 전문가가 아닌 일반 행
정가가 임용되었음을 들고 있다.[54] 이러한 지적은 일제강점기의
교육을 '동화교육', '노예교육', '우민화교육'으로 단정한 박붕배
(1987)의 연구에서도 크게 다르지 않다.[55]

동화정책은 강점 이전부터 식민 지배 차원에서 계획된 것으
로, 강제 병합과 1911년 조선교육령 발포를 통해 그 정도가 극
심해졌다. 이는 1910년대 『매일신보』의 교육 담론을 통해서 쉽
게 확인할 수 있는데, 1918년 3월 26일부터 4월 2일까지 7회에
걸쳐 연재된 논설 「선인교육(鮮人敎育)의 요지(要旨)」에서는 "조선
인 교육이라 하면 조선인에게 보통의 교육, 즉 독서, 습자, 산술

경성공립여자보통학교 자수실습상황(1930)

을 가르치면 족할 것이오, 그 이상에 더할 것은 학과(學科)가 좀 심오할 뿐 아니라, 조선인을 교육한다 하면 기 취지가 크게 같지 않으니, 상언(詳言)하면 어떤 문명 조선인을 양성할 것인가, 그 자격은 어떠하며, 그 품성은 어떠하며, 그 기풍은 어떠한가 하는 점에 치중하고 일정한 방향으로 향하여 교육을 실시하지 않으면 안 된다[56]"라고 주장한다.

즉, 조선인 교육은 보통교육이면 충분하며, 그 이상의 교육은 논의의 대상이 되기 어렵다는 전제 아래, 기본적인 품성과 기풍을 통일해야 한다는 의미다. 더욱이 이 논설에서는 조선인 교육과 관련하여, 조선인 가운데 '영합성(迎合性)'을 가진 자가 많고, '의뢰주의·고식주의'가 만연되어 있으며, '협동생활의 관념'이 부족하기 때문에 '자기 스스로 생활하는 일', '신체상이나 정신상으로 남에게 의뢰하지 않고 활동하는 일'이 필요하며, '국가의 한 요소로 국체(國體)를 본위로 하고 자체(自體)의 이익과 국체의 이익을 일치'하도록 하는 것이 조선 교육의 요지라고 주장한다.

이렇게 동화와 우민화를 기본으로 하는 일제의 교육정책은 식민지 조선 여성교육에서도 크게 달라지지 않았다. 여성교육의 본질을 이해하고 그 필요성을 충족하는 교육이 아니라 '충량(忠良)한 국민 양성'(조선교육령 제2조), '부덕(婦德)을 함양하여 국민될 자격을 도야하며 그 생활에 유용한 지식 기능을 가르침'(조선교육령 제15조)이라는 취지에 맞춰 여성으로 하여금 식민지 국민, 굴종하는 여성이 되도록 전력을 다했다. 이는 1910년대뿐 아니라 1920년대 이후에도 『매일신보』 여성교육 담론의 기본 내용이었다.

女子의 常識敎育

我 朝鮮으로서 女子를 精神的으로도 解放ᄒᆞ야 女子에게 敎育을 施이 久치 못홈으로 因緣ᄒᆞ야 吾人은 이 朝鮮 女子의 識見과 學德이 萬全치 못홈에 對ᄒᆞ야 彼等을 咎치 아니ᄒᆞ며 責치 안이ᄒᆞᄂᆞᆫ 바이라. 然ᄒᆞ나 吾人은 今日에 對ᄒᆞᆫ 女子敎育이 理論的 境界를 脫出치 못ᄒᆞ고 如前히 理想的 方式 下에셔 敎之育之ᄒᆞᄂᆞᆫ 바의 傾向이 아직도 廣치 못ᄒᆞᆫ 半島內에 多치 못ᄒᆞᆫ 女學校 內에 漫然됨이야 實로 朝鮮女子를 爲ᄒᆞ야 日嘗歎息ᄒᆞᄂᆞᆫ 바이로다. 吾人의 生活은 迂遠ᄒᆞᆫ 理想에 依해 支配되지 안이ᄒᆞ고 其實 實際에 依ᄒᆞ야 左右되ᄂᆞᆫ 者이라. 如此홈에 不拘ᄒᆞ고 今日 女子敎育의 任에 在ᄒᆞᆫ 當局者 諸位의 敎之導之ᄒᆞᄂᆞᆫ 方法 恒常 實社會에 對ᄒᆞᆫ 生活과 遠離되야 彼等 敎育者ᄂᆞᆫ 實際를 論ᄒᆞ며 知홈보다 空論을 論홈에 長ᄒᆞ며 空理를 說홈에 長ᄒᆞ도다. 此ᄂᆞᆫ 要컨대 敎育의 任에 當ᄒᆞᆫ 者로셔 實生活에 關係된 智識을 敎授ᄒᆞ지 안이홈으로써라. 我朝鮮女子에게 精神的 門戶를 開放홈이 久치 못ᄒᆞᆫ 理由로 彼等은 門外에 對ᄒᆞᆫ 實社會的 生活 안이 우리 群居生活에 對ᄒᆞᆫ 知識이 一般으로 缺乏되야 門外만 出ᄒᆞ면 何如히 措ᄒᆞ야 可홀는지 茫然不知ᄒᆞ야 道路에셔 彷徨不已ᄒᆞᄂᆞᆫ 者가 今日에도 十中八九ᄂᆞᆫ 占ᄒᆞᄂᆞᆫ 現象이라. 然ᄒᆞ나 敎育의 任에 當ᄒᆞᆫ 者ㅣ 此에 向ᄒᆞ야ᄂᆞᆫ 十分 精査치 안이ᄒᆞ고서 오직 理를 讀케 ᄒᆞ며 宇를 쓰게 홀 쑨임으로 今에 所謂 女子高普를 卒業ᄒᆞᆫ 者로셔 實社會의 生活과 ᄀᆞ장 密接ᄒᆞᆫ 關係를 有ᄒᆞᆫ 常識이 缺乏되야 一朝에 學校의 門을 出ᄒᆞ면 또ᄒᆞᆫ 行方을 能히 定

이 사설은 조선에서 여자교육은 실생활과 관련된 상식교육이어야 한다고 주장한다. 조선 여자를 정신적으로 해방하여 교육을 실시한 것이 오래되지 못했고, 조선 여자의 식견과 학덕은 완전하지 못하며, 이상에 머문 경향이 있기 때문이라는 주장이다.

1920년대 『동아일보』, 『조선일보』의 여자교육 담론에서는 이러한 논조에 다소 변화가 생긴다. 먼저 여자교육의 필요성을 주장하는 논설류를 살펴볼 필요가 있다(이 시기 두 신문에서도 여성교육은 근대와 마찬가지로 대부분 '여자교육'으로 불렸다). 다음은 여성교육의 필요성을 주장한 대표적인 자료들이다.

여성교육의 필요성

게재일	신문	종류	필자	제목	내용	연재 횟수
1920.4.6	동아일보	인터뷰 기사		女子敎育의 必要	가정 중심	
1920.5.8	동아일보	논설		朝鮮 父老에게 告함(5)	여자교육 필요	
1920.7.21	조선일보	사설		女子敎育의 急務	국가주의, 경쟁 논리	
1921.4.5.	동아일보	기사		女子敎育을 爲하야	조선여자교육회, 문명 담론과 현모양처론	
1921.9.9 ~10	조선일보	논설		女子界의 激甚한 向學熱에 感함	여자교육 필요	2
1922.5.27	동아일보	기사		女子의 敎育을 위하야	여자교육 필요	

1922.12.8~9	조선 일보	논설	해남분국 기자 朴采敏 기고	女子不教育에 대한 關係	현모양처, 피교 육자 반성 촉구	2
1923.7.15	동아 일보	논설		男女平等의 教育 을 在內同胞에게 要望함	남녀평등 차원의 교육	
1924.6.26	동아 일보	논설		(자유종)女子教育 의 目的	이혼문제, 여자 교육 목적은 이 혼 예방에 있지 않음, 인격 완성	
1926.12.1	조선 일보	기사		女子教育의 必要 와 頑固父老의 覺醒	여자교육 필요	
1932.7.31 ~8.3	동아 일보	논설	고영환	女性과 醫學	여성 의학교육 의 필요성	3
1936.5.25	동아 일보	논설	은율 구월산인	婦女教育의 急務	부녀교육 (가정의 주인)	

이 표에서 보이듯, 여성교육의 필요성은 1920년대 초부터 신문사의 주요 의제 가운데 하나였다. 여기서는 신여자사(新女子社)를 주관했던 김원주(金元周)를 면담한 『동아일보』 1920년 4월 6일자 기사를 살펴보자.

女子教育의 必要: 新女子社 金元周 談

女子教育의 必要는 近來 우리 朝鮮에서도 누구든지 다 서슴지 안코 容易히 이것을 主張함니다. 따라서 이 問題는 극히 平凡하고 例事롭게 들니옵니다. 그런 故로 時代에 뒤진 言論을 말한다 批難사실 분도 잇슬는지 모르겟습니다. (中略) 오늘날 世界 列强에는 平和의 曙光이 빗취여 오고 그들의 國家는 富强하고 文

明하며 그들의 社會는 光明하고 新鮮하며 그들의 家庭은 自由
롭고 平和하지만은 오즉 우리의 國家 우리의 社會 우리의 家庭
은 왜 이럿케 貧弱하고 野昧하고 衰殘하고 不自由하고 寂寞하
고 冷淡함닛가? (中略) 우리 朝鮮 男子들은 女子의 恭順과 服
從에 幸福을 늣기고 짜라서 遊惰의 弊習과 懦弱의 深淵에 빠져
生存競爭의 落伍者가 되어 **우리의 家庭을 不完全하고 社會는 野昧하**
고 國家는 貧弱하야것슴니다. 그야 勿論 女子 自身의; 無自覺 沒
理想에도 잇겟지요마는 그 罪의 源泉을 究하면 亦是 女子教育
을 不許한 社會에 도라가겟슴니다. (中略) 高等教育을 바든 女
子로서 高尙한 理想과 遠大한 目的을 가지고서 實現코자 勞心
焦思하는 女子가 무수하옵니다. 그러나 그러한 女子를 理解하
고 活用할 만콤 우리 社會가 發達되지 못하얏고 또한 우리의 家
庭이 그러한 女子를 아라주고 歡迎할 만한 程度에 이르지 못하
얏슴니다. 그럼으로 金玉이 塵土에 뭇치고 眞珠가 水中에 潛沒
되는 例가 許多하옵니다. 그러나 우리의 社會가 文明할사록 우
리의 家庭의 程度가 놉하질사록, 一般 남자의 事業熱이 比等할
사록, 敎育 바든 女子를 要求하는 聲이 漸高하옵니다. 그런 故
로 오늘날 文化의 程度가 날노 놉하지고 社會의 現狀이 째로 複
雜하야지는 이 時代에 우리도 남과 가튼 快活하고 健全한 社會
를 이루랴면 우리도 남과 갓치 平和하고 安樂한 家庭을 이루랴
면, 무엇보다도 몬져 女子敎育의 必要를 提唱하옵니다.[58]

이 기사의 핵심은 문명부강 국가를 이루고 가정을 완전하게

하기 위해 여자교육이 필요하며, 조선 사회도 여자를 이해하고 활용해야 건전해진다는 내용이다. 이러한 담론은 여성교육 담론이 등장한 근대에도 빈번히 등장했던 논리였거니와, 1920년대에는 이러한 주장들이 좀 더 보편화된다.

2] 여성교육과 가정의 관계

김원주의 면담 기사에 나타난 '여성교육과 가정의 관계'는 일제강점기 여성교육 담론의 기본 전제처럼 활용된다. 이는 앞서 살펴본 일제강점기 여성관 및 여성상과도 무관하지 않다. 여성의 사회활동은 가정이라는 테두리를 벗어나지 않아야 한다는 것이다. 일부 논설에서 '어머니', '아내' 같은 인간관계가 전제된 여성의 지위를 벗어나 여성으로서의 존재를 주장하는 경우가 없진 않았지만, 대부분의 논설은 현모양처를 전제로 한 결혼과 교육 담론을 전개했다. 다음과 같은 자료들이 이에 해당한다.

여성과 가정 담론

게재일	신문	종류	필자	제목	내용	연재 횟수
1920.5.26	조선일보	논설	재동 김○○	家庭과 實生活·女子는 家庭 國民	가정 중심	
1920.8.22~23	조선일보	논설		家庭教育	가정교육	2

1921.8.22~23	조선일보	논설	개성 전용순 기서	가정교육	가정교육	2
1923.1.1	동아일보	논설		新人의 要求하는 新家庭·朝鮮 家庭의 改良할 점은 果然 何인가	가정교육, 개조	
1925.1.20~2.27	조선일보	기사		가정부인란, 자녀교육의 방법	가정교육	30
1925.2.28~3.2	조선일보	기사		귀한 아기를 학교에 처음 보내시는 어머니의 주의할 일	가정교육	3
1925.3.20~4.6	동아일보	기사		가뎡부녀의 배홀 곳	가정 중심	7
1925.3.27~4.6	동아일보	기사		어린이 가뎡교육	가정교육	4
1925.4.22~4.29	동아일보	기사		이다음 조선의 주인, 어린이 기르는 길	가정 중심	4

이 표의 기사 제목들에서 추론할 수 있듯이, 일제강점기 여성 교육 담론은 '가정 부녀', '자녀 양육의 책임자', '가정을 중심으로 한 국민교육' 등이 중심 내용을 이루고 있었다. 같은 맥락에서 당 시 학교교육 교과서나 대중 계몽서, 신문·잡지에 실린 여성교육 독본류 가운데 상당수는 가정교육 및 자녀 양육과 관련되어 있 었다.[59]

다만 『동아일보』 1924년 6월 26일자 「자유종」에 실린 '여자 교육의 목적'과 같이, 여성 대상의 교육이 결혼이나 이혼 방지에 있지 않고, 여성으로서 인격을 갖추는 데 있다는 주장을 펼친 경 우도 없지 않으며, 1924년 이후 기독교계를 중심으로 한 여자대 학 설립 운동과 관련하여 여성교육의 질적 변화를 촉구한 경우 도 있었다. 다음 시평(時評)이 이 사실을 증명한다.

女子大學

女子大學(一): 男女에 의하야 差別的 待遇를 하여온 것이 世界 各國의 通弊이겟지마는 더군다나 우리 朝鮮에 잇서서 그것이 심 하엿섯다. 그리하야 女子가 性的으로, 家庭的으로 또 社會的으로 奴隷的 地位에 잇섯던 것은 생각만 하여도 끔직한 일이다. 그러나 그것은 오래동안에 構成된 事實이니 그 原因을 除去하지 아니하면 그 나타난 現象만을 업시할 수 업는 것이다. (中略) 産業의 發達에 의한 近世文明은 女子를 家庭으로부터 解放하는 傾向을 가지게 하엿스니 즉 女子가 家庭에 잇서서 할 일이 減少 하게 되엿다. 그러면 女子는 그 餘力을 他處에 費用할 必要가 잇다. 그리하야 女子도 自然히 家庭에서 나와서 社會에 서서 活動 하게 되는 故로 知識을 要求하게 되어 이것이 風潮를 作하게 되어 女子의 敎育도 또한 依例히 할 것으로 認定되게 된 것이다.

女子大學(二): (中略) 社會的 必要에 의하야 出發된 事實은 容易히 阻害될 수 업는 것이니 女子敎育이 朝鮮에 잇서서도 男子 敎育과 並行되여 갈 것은 勿論 理由 明白한 일이겟다. 朝鮮에는 이미 多數한 中等女學校가 잇서서 每年 多數한 卒業生을 내는 터인즉 그들을 大學으로 引導하야 專門的 知識을 바들 機會를 提供할 必要를 感得하게 되엿다. 男子大學에 잇서서 女子의 共學을 許諾함도 한가지 方法이겟지마는 짜로 女子만의 大學을 建設하야 그 特別한 傾向에 注意하야 敎育을 加하는 것도 必要한 일이겟스니 이 點으로 보아서 우리는 예수 敎徒 中 某某 有力者 에 의하야 女子大學 設立의 議가 잇는 것을 歡迎하는 바이다.[60]

이 시평은 여성이 성적·가정적·사회적 노예 상태에서 벗어나 적극적으로 사회활동을 하기 위해 여자대학이 필요하며, 조선에서도 다수의 중등여학교 졸업자를 대상으로 전문교육이 이뤄져야 함을 강조하고 있다. 남자대학에서 공학(共學)을 허용하거나 여자대학을 설립하는 것이 이에 대한 대안이다. 그러나 이 같은 담론은 극히 제한적이었고, 논의가 폭넓게 확대되지는 못했다.

이와 함께 1920년대 후반부터 여성 노동, 직업문제와 관련하여 '여성의 직업교육' 문제가 대두된 점은 주목할 만한 현상이다. 다음은 여자의학교 설립과 관련한 사설의 일부다.

女子의 職業敎育에 對하야

朝鮮에 잇서서도 經濟問題나 政治問題 또는 社會問題 등 重大한 問題를 論議하는 時에는 반듯이 女子를 除外하고는 생각할 수 업는 形便에 니르럿다. 즉 從來와 가티 오즉 남자의 意見으로 남자의 형편에 딸서 남자만이 作定하고 남자만이 實行하야 오던 時代는 그 기록이 歷史에 잇슬 뿐이오 實際에 잇서서는 女子의 形便을 論議 範圍 外에 둘 수가 업게 되엇다. 다시 말하면 朝鮮에 잇서서는 政治的 生活에 大變革이 잇섯슴을 딸하 經濟的 生活이 團體的으로나 個人的으로 急激한 變動을 닐으키엇는 故로 朝鮮人의 生活 事實은 根本的으로 大變動의 過程을 밟고 잇는 터이다. (中略) 一般的으로 朝鮮人의 生活을 政治的으로나 經濟的으로 困窮한 處地에 떨어지고 個人生活이 多數에 잇서서는 極度로 貧乏한 環境에 包圍됨을 딸하 生活戰의 殺

氣가 더욱 沸騰되고 각자의 就職慾이 時時刻刻으로 熾熱하야 가는 것은 우리가 恒常 目睹하는 現像이다. 이러한 生活 場面 에 處하야 잇는 우리인 고로 남자의 經濟問題만이 經濟問題가 아니오 남자의 政治問題만이 政治問題가 아니다. 敎育을 남자 에게 同等으로 시키어야 할 것 가티, 社會的 不安을 緩和하려면 職業問題도 남자의 직업문제만 考慮할 것이 아니라 女子의 職 業問題, 經濟問題도 考慮하여야 될 時代에 當面한 것이라고 할 것이다.[61]

이 사설에서 여성의 직업문제는 정치문제이자 경제문제로 파 악된다. 즉, 경제적 독립을 위한 전문 직업교육이 성평등을 위한 정치운동의 하나라는 의미다. 그러나 여성을 대상으로 한 전문 직업교육이 어떻게 실현되어야 하는가에 대한 대안이 제시된 것 은 아니었다.

3) 교육정책과 맹휴, 여학생 담론

일제강점기 조선의 교육은 1911년 8월 24일 칙령 제229호로 공포된 조선교육령에 근거해 이뤄졌다.[62] 칙령 제1장 제1조는 "조선의 조선인 교육은 본령에 의함"이라고 밝혀, 식민지 조선 에서 조선인을 대상으로 한 교육령임을 분명히 했다. 이에 따라 1910년대 조선에서의 교육은 일본인 대상의 '소학교, 중학교, 고등여학교'와 조선인 대상의 '보통학교, 고등보통학교, 여자고등보통학교'가 구별되었으며, 조선인 대상의 각 학교 교과목에서 '조선어급한문'을 제외하면 모든 교육이 일본어로 이뤄졌다.

3.1운동의 결과, 1920년대 초에는 민족 차별 철폐, 조선인을 위한 교육문제가 본격적으로 제기되기 시작했다. 조선교육령 개정을 위한 조선인 교육조사위원회 설치와 관련하여 다수의 교육개선 건의안이 제기되기도 했다. 그중 하나로 부산·동래 지역 유지들에 의해 입안된 건의서가 있다. 이 건의서는 제2회 조선임시교육조사위원회에 제출된 것으로, '건의서'와 '교육 강령', '학교 계통과 목적', '학교 설치', '교과용 도서', '교수 용어', '의무교육 준비', '사립학교 장려', '학교 직원' 등의 내용으로 구성되었다. 중요한 대목들을 짚어보자.

建議書

現下 朝鮮 諸制度 中 改善을 要할 것이 實노 一二에 止치 아니호지마는 爾來 朝鮮人 上下의 心을 苦케 호야 一日이라도 速히 此 根本的 改善을 熱望홈은 朝鮮敎育의 制度에 在호거늘 新總督의 御赴任 以來로 從前의 敎育制度 並 其施設에 缺陷이 有호다고 認호고 此 改革에 着手호실 먼져 男女高等普通學校 並 私立學校의 規則 中 其一部의 改正을 斷行호고, 初等普通敎育의 機關에 在호야는 所謂 三面一校의 計劃을 急施호는 中이오, 特히 朝鮮敎育令의 根本的 改革을 호기 爲호야 敎育調査委員會를 設置호얏슴은 朝鮮人된 者ㅣ 擧皆 欣賀에 不堪호는 바이라.

惟컨디 社會의 興替 或은 民族 盛衰의 因을 作홀 것이 一二에 不止ㅎ겟지마는 敎育制度의 善惡과 其施設의 完否에 由來ᄒ 原因이 가장 有力홀 쥴노 信ㅎ노니 此에 對ㅎ야는 今次의 敎育 調査委員會에서 決定호 方針은 殆히 今後 朝鮮敎育의 根本 制 度가 될지니(中略)

一. 敎育의 網領

一. 朝鮮人의 敎育은 固有한 民性을 尊重ㅎ고 且 時勢에 順應케 홀 事.

二. 從來 敎育의 根本 方針되는 殖民地 敎育主義와 無理 解의 盲從主義를 排ㅎ고 人類 共榮의 精神에 立脚ㅎ 야 公正호 社會生活의 實現을 期ㅎ야 個性의 發展과 人格의 高潔과 能率의 增進과 勤勞의 尊重으로서 朝 鮮敎育의 基本으로 홀 事.

三. 專門 以上의 敎育에 在ㅎ야는 日鮮人 共學에 支障이 無홀 制度를 設홀 事.

四. 各學校의 敎科目 程度, 修業年限, 入學 年齡 及 其資 格 等은 全然히 日本과 同一ㅎ게 홀 事. 但 敎科目에 는 朝鮮語를 加ㅎ고 此에 關聯홀 敎授時數를 適宜 增 減홈도 有홀 事.

二. 學校의 系統 及 其目的

一. 敎育은 此를 大別ㅎ야 普通敎育, 師範敎育, 實業敎育,

專門教育(大學敎育을 含홈)으로 홈.

二. 普通敎育을 홀 學校는 此를 分호야 普通學校, 高等普通學校, 女子高等普通學校로 호고, 普通學校는 兒童 身體의 發達에 留意호야 德育을 施호되 國民敎育 基礎 並 其生活에 必須호 知識 機能을 授홈으로써 目的 호고, 高等普通學校 又는 女子高等普通學校는 男子 並 女子의게 必要호 高等普通敎育을 施홈으로써 目的 홈.(中略)

四. 敎科用圖書

二. 學務局 編輯官에는 朝鮮人 中 有識者를 加호야 敎科書의 編纂에 參與케 홀 事.

三. 普通學校의 敎科用圖書는 國語讀本 以外에 모다 朝鮮語로써 記홈을 原則으로 홀 事.

四. 普通學校用 朝鮮語及漢文讀本 中의 漢文 材料는 全然히 削除호고 純全호 朝鮮語讀本을 編纂홀 事. 高等普通學校用 朝鮮語及漢文讀本은 朝鮮語讀本과 漢文讀本과의 分離케 호야 漢文 材料를 從來의 것보다 其程度 分量을 低減호고 其代身으로 朝鮮語讀本의 內容을 充實호게 홀 事.

五. 모든 敎科書는 趣味 잇는 記述法을 取호며 더구나 修身書, 地理, 歷史讀本과 如홈은 其 材料를 多히 朝鮮事에서 採홀 것이며, 又 第一章 敎育의 綱領 第二項의

精神主意에 留意ᄒ야 此를 編纂훌 事.

六. 各學校에 使用훌 完全훈 朝鮮地理 歷史 敎科書를 編
纂훌 事.

五. 敎授用語

一. 普通學校에 敎授用語는 國語 敎授 以外에는 一切히
朝鮮語로써 홈을 原則으로 훌 事.

二. 中等 以上의 各學校에 敎授 用語는 日鮮 共히 制限을
不設훌 事.[63]

이 건의안은 일제의 강점 이후 식민지 조선의 교육이 갖고 있
는 문제를 포괄적으로 지적한다. 즉, 1911년 조선교육령의 교육
목표는 '충량한 국민 양성'으로 표현되는 식민주의·맹종주의 교
육이었으며, 일본인과 조선인을 제도적으로 차별하는 교육이었
다. 더욱이 '조선어급한문' 교과를 제외한 모든 교과서가 일본문
으로 편찬되었으며, 교수 용어도 일본어였다. 이 건의안은 바로
이러한 문제들을 해결하려는 시도였다.

일제는 교육상 민족 차별 철폐 운동에 따라 건의안의 내용을
일부 수용하기도 했다. 그 결과 1922년 2월 6일 칙령 제19호로
공포된 '조선교육령'(이른바 신교육령)에서는 "조선에 재(在)한 교육
은 본령에 의함"(제1조)이라고 하여, 식민지 조선에 거류하는 일
본인과 조선인 모두 조선교육령의 적용을 받는 것으로 교육령을
개정했다. 또한 건의안에서 제기한 보통학교 교과목에서 '조선어

급한문'을 '조선어'로 변경하고, 그와 관련된 교과서도 『조선어급한문독본』에서 『조선어독본』으로 바꾸었다. 고등보통학교의 경우 남학생을 위한 『신편 고등조선어급한문독본』을 '조선어부'와 '한문부'로 나누어 편찬했고, 여학생을 위한 『여자고등 조선어독본』을 편찬했다.[64]

그러나 이와 같은 변화에도 불구하고, 1922년 조선교육령은 본질적으로 조선인과 일본인의 차별, 남녀의 교육 차별 등을 해소한 것은 아니었다. 학생들의 학교 선택에서 '일본어(국어)를 상용하는 자는 소학교령, 중학교령, 고등여학교령'을 따르고(조선교육령 제2조), '일본어를 상용하지 않는 자는 보통학교, 고등보통학교, 여자고등보통학교'에 다니도록 규정했기(조선교육령 제3조) 때문이다. 이는 1910년대의 학교 구분이 그대로 이어지는 결과를 낳았으며, 조선인이 중심이 되는 학교의 교과목과 교수 용어도 여전히 일본어 중심이었다. 결국 조선인을 위한 교육은 이뤄질 수 없는 상황이 되었다.

뿐만 아니라 각급 학교의 교육 목적에서도 '아동의 신체의 발달에 유의하여 이에 덕육을 실시하고 생활에 필수한 보통의 지식 기능을 교수하여 국민될 성격을 함양하고 국어(일본어)를 습득케 함을 목적으로 함'(조선교육령 제4조), '남학생의 신체 발달에 유의하여 이에 덕육(德育)을 실시하고 생활에 유용한 보통의 지식 기능을 교수하여 국민될 성격을 양성하고 국어(일본어)에 숙달케 함을 목적으로 함'(조선교육령 제6조), '여생도의 신체 발달 급(及) 부덕(婦德)의 함양에 유의하여 이에 덕육을 실시하고 생활에 유용한 보통의 지식 기능을 교수하여 국민될 성격을 양성하고 국어(일본어)에 숙달케 함을 목적으로 함'(조선교육령 제8조)으로 규정하여, 식민지 교육의 기조를 그대로 유지하고 있음을 분명히 했다.

이를 고려할 때, 조선에서 여자교육은 '국민될 성격'으로 대표되는 식민지 교육, '부덕(婦德)'으로 상징되는 여성 억압 교육이 보편화되었으며, 일본어를 구사하지 못하는 조선인 여학생들에게 일본인 교사가 일본어로 수업하는 상황에서 발생하는 의사소통의 부재, 부덕을 강요하는 사회 상황과 교육 받는 여학생에 대한 왜곡된 시선, 부모와 학교로부터 이뤄지는 감시 등 다양한 문제를 내포할 수밖에 없었다. 의사소통 부재에서 비롯되는 체벌 문제, 여학생 기숙사 감시, 자유연애를 터부시하는 차원에서 빚어지는 편지 검열 등 오늘날 입장에서는 생각할 수 없는 다양한 억압과 구속이 상존했다. 이에 대한 반발로서 다수의 여학교에서는 맹휴(盟休) 사건이 발생하기도 했다. 다음은 이와 관련된 대표적인 자료들이다.

여학생 맹휴 관련 담론

게재일	신문	종류	필자	제목	내용	연재 횟수
1922.11.13~19	동아일보	논설	在東京 梁柱東	女子教育을 改良하라	여학교, 정신여학교 맹휴사건, 현모양처 전제, 기숙사 통신 검열 비판	6
1922.12.19	동아일보	기사		頑固한 貞信女校長	맹휴사건	

1922.12.21~25	조선 일보	기사	金瑗根	貞信女學校의 盟休와 其眞狀	맹휴사건, 정신여학교	5
1923.10.30	조선 일보	논설		崇義女校의 閉鎖에 대하야	맹휴 숭의여교	
1925.6.20	조선 일보	논설		貞明女校의 紛糾· 錯誤된 女子敎育	맹휴, 여자교육	
1927.6.10	동아 일보	기사		學生 要求는 全部 拒絶	맹휴, 숙명여자고등보 통학교 맹휴 사건	
1927.6.10.	조선 일보	논설		淑明 盟休 事件	맹휴, 숙명	
1927.6.11	조선 일보	사설		淑明問題	맹휴, 숙명	
1927.6.26~28	조선 일보	기사		淑明校 盟休 眞相	맹휴, 숙명	3
1927.9.1	조선 일보	사설		學生의 身分	맹휴의 진정한 원인, 순종주의 강요 비판	
1927.9.10	동아 일보	기사		또 문제된 復明校	맹휴	

여학교 맹휴 사건은 억압을 탈피하려는 여학생들의 몸부림에서 비롯된 경우가 많았다. 1922년 10월 발생한 정신여학교 맹휴 사건을 들여다보자.

解放을 絶叫하고 盟休

시내 련지동(蓮池洞)에 잇는 사립 뎡신녀학교(私立貞信女學校)에서는 그 학교 고등보통과(高等普通科) 일이삼사년 싱도 일동과 또는 보습과(補習科) 싱도 일동을 합하야 일백두명이 지나간 십사일 오전에 그 학교 손 교댱(孫校長)에게 네 가지 조건을 뎨출하고 돌연히 동맹휴학을 하야 그 학교는 방금 매우 분요 중에 잇는대, 이제 그 내용을 들은즉 젼긔 싱도 일백 두 명은 첫재로 그 학교 긔숙사 감독(寄宿舍監督) 겸 교사로 잇는 최명복(崔命福) 녀사는 학싱을 노예갓치 보고 또는 학싱을 전제력으로 하야 조곰도 학싱의 인격을 인뎡하여 주지 아니하는 터인즉 인격해방(人格解放)의 소래가 요란한 오늘날에 그러한 선싱을 긔어히 가라달나는 말과, 둘재로 그 학교 선싱 김형삼(金炯三) 씨는 교원의 자격이 업서서 교수하는 것이 불충분한즉 그 선생을 가라줄 일과, 셋재로 교감(校監) 신동긔(申東起) 씨는 너무 전제력이오 또는 학싱을 어린애갓치 보며 그 외에 수리(數理) 교수에 대하야 설명이 불충분한즉 수리 교사를 짜로히 고빙하여 주고 신동긔 씨는 태도를 곳처 달나는 말과, 넷재로 그 학교 손 교댱은 시대교육(時代敎育)에 리해(理解)가 업서서 교수 방침이 넘어도 시대에 뒤쩌러지고 또는 자격 업는 교원을 채용하며 학싱을 너무 구속하야 한 번 외출(外出)할 수도 업고, 또는 누가 면회(面會)를 와도 면회도 허락지 아니하는 터인즉 할 수 잇는 대로 시대에 합리한 교육을 베푸러 달나는 조건을 뎨출하엿다 하며(下略)[65]

이 기사에 따르면, 정신여학교 맹휴는 교사의 지나친 억압과 통제, 교사의 교육 내용 부실 등이 직접적인 원인이었음을 추론할 수 있다. 이와 같은 통제 상황은 맹휴 관련 담론들에서 쉽게 찾아볼 수 있는 내용들이었다. 이와 관련하여 도쿄에 유학중이던 양주동(梁柱東)은 다음과 같이 서술한 바 있다.

女子教育을 改良하라

나는 日前 東亞日報에서 京城 貞信女學校의 同盟休校에 關한 記事를 보앗다. 너무 外的이오 梗槪만임으로 內容과 詳細한 것을 알지 못하나마 나는 이 일이 우리 女學校에 처음되는 일(濫觴이다!)임으로 一層 깁흔 興味와 期待를 가지고 닑은 바이다. 나는 이제 이것을 機會로 삼아 우리 朝鮮女子教育의 缺陷을 指摘코저 한다. 論文의 小題目은 '貞信女學校 盟休事件'에 關한 것가치 썻지만 전혀 그와는 關係업는 獨立한 意見으로 보아주면 조켓다. (中略) 大凡 教育은 두 가지가 잇슬 줄 나는 안다. 教育學의 分類에는 잇든지 업든지 나는 教育을 **사람의 教育, 그릇의 教育** 兩者로 난호고 십다. 이 두 가지 教育 중에 어느 것이 人生에게 眞이 되는지 쏘는 社會에 有益할는지 그것은 나의 알 배 안이오 또한 알 수 업는 일이다. 女子教育으로 말하면 **所謂 賢母良妻主義 교육이 잇다. 女性**은 쏙 賢良한 母妻가 되도록 하자는 教育이다. 이것은 日本이나 朝鮮에 實行되고 主唱된 教育이다. 나는 이 主義의 教育을 그릇의 教育이라 한다. 母라는 妻라는 그릇으로 女性을 評價한 先入見이 잇는 까닭이다. (中略) 一言以蔽之하고 나는 우리 朝鮮 女學校가 監獄이나 달을이 업다고 말한다. (或 例外가 잇슬지도 몰으지만) 그런대 以上에 例를 든 두 女學校는 다 耶蘇教側의 經營하는 學校이다. (校名은 略한다) (그러면 耶蘇教會의 經營이 아닌 學校는 不然한가 하면 그도 안이다. 아마 다른 學校도 예서 못하지는 안을 것이다.) 우리 손으로 변변한 女學校 하나 經營치 못하는 터에 잔소리는 廉恥업지

만 그래도 할 말은 하여야 할 것이다. 耶蘇敎의 大精神은 元來
自由에 잇슬 줄 나는 밋는다. 그 女學校長은 自由思想의 先進國
인 英米人일 것이다. 英米國에도 이런 法이 잇는지? 나는 不幸
히 아즉 英米國을 가보지 못하얏슴으로 여긔 斷言은 못하겟다.
그러나 西洋서는 男女共學싸지 된 지가 오랫슨즉(中國도 亦是)
아마 이 싸위 不合理한 制度는 업스리라 한다.[66]

이 논설에서 양주동은 먼저 여성교육을 자유가 신장된 '사람
의 교육'과 현모양처를 신봉하는 '그릇된 교육'으로 구분한다. 그
러고는 현모양처주의를 모두 부정할 수 없지만, 이보다는 남녀
평등과 여권 확장을 전제로 한 사람교육이 먼저라고 주장한다.
그는 "대저 남성에게 굴복하여 종노릇을 할지대 모(母)는 되어 무
엇하며, 처(妻)는 되어 무엇하랴. 아니 그 따위 여성으로는 현모
양처는커녕 아무것도 못될 것"이라고 밝힌다. 이와 같은 맹휴 사
건은 1931년까지 빈번했던 것으로 보이며, 1932년 이후에도 간
헐적으로 나타나는데, 그 원인은 여학교의 경우 기숙사 생활 통
제와 편지 검열, 교원 자질 등과 관련된 것이 다수였다.

4. 소결

일제강점기 여성 담론은 여성교육의 성격과 내용을 이해하는 데 중요한 의미를 지닌다. 이 장은 1910년대 『매일신보』의 여성 담론과 1920~30년대 『동아일보』, 『조선일보』의 여성 관련 자료들에 대한 데이터 구축과 분석 작업을 진행했다. 시기를 구분하여 기초 자료를 달리한 까닭은 비록 『매일신보』가 식민정책을 옹호하는 매체였으되 이 시기에 활용할 수 있는 대표적인 매체라는 점을 고려한 것이며, 1920~30년대의 경우 식민정책에 비판적 입장에 서 있던 『동아일보』와 『조선일보』를 활용하는 것이 타당하다고 보았기 때문이다. 물론 연속성 차원에서 1920~45년까지 『매일신보』에 나타난 여성 담론 분석을 병행하지 못한 점은 일제강점기 여성 담론을 객관화하는 데 다소 한계로 작용할 수 있으나, 이 시기 주요 담론을 분석하는 데는 큰 무리가 없을 것이다. 이 장의 논의는 다음과 같이 정리된다.

첫째, 식민정책을 홍보하는 역할을 담당했던 『매일신보』였을지라도, 여기서도 이 시기 여성 담론이 지속된 것은 사실이다. 이 장은 1910년대 『매일신보』 여성 담론 자료 136종을 정리하고,

그 내용을 분석했다. 먼저 이들 자료는 대부분 '부인(婦人)'이나 '여자(女子)'라는 용어를 사용하고 있었다. 이는 이들 자료가 '여성으로서의 담론'을 지향한다기보다 식민 동화정책의 대상으로서 '여자'를 염두에 둔 담론이었음을 의미한다.

여성 담론의 내용이나 분야별 분포를 고려할 때, 가장 빈번히 등장하는 것이 여성 노동이나 가정 경제의 책임자로서 부인의 임무를 강조하는 내용이었다. 이는 식민시대 '일하지 않는 여성', '사치와 허영에 빠진 여성'으로 인해 빈곤이 발생하며, 이의 극복을 위해선 근면해야 하고 저축해야 하며 부업(副業)을 갖거나 지식을 배워 일을 해야 한다는 논리다. 그다음으로 빈번히 등장하는 내용은 전통적인 여성관을 바탕으로 순응적·순종적 여성이 되어야 한다는 논리다. 칩거생활에서 벗어난 부인일지라도 남편을 공경하고, 시부모에게 효양해야 한다는 순응 논리를 담론화하는 것이다.

『매일신보』에 등장하는 여자교육 담론은 말 그대로 근대적 여성교육관의 퇴영이었다. 이는 식민교육의 일차적 목표가 '순량한 국민 양성', 즉 일제에 동화된 순응적 인물이었기 때문이다. 더욱이 여성에겐 단순한 순응을 넘어 단정한 행실까지 요구되었고, 이를 위해 여학생은 철저히 감독되어야 한다는 논리가 전개되었다. 이렇게 『매일신보』의 여성 담론은 전통적 여성관을 기반으로 국가주의가 결합된 식민 여성 만들기가 주된 기조였다. 다수의 논설이나 기사뿐 아니라 사회의 모범이 되는 인물 전기에서도 '효열(孝烈)' 관련 내용이 주조를 이루며, 중국이나 서양의 혁명적 여성을 소개할 때도 국가주의 입장에서 진취적 기상을 배제하고, 자신을 희생하는 서사에 치우쳤다. 결국 1910년대『매일신보』의 여성 담론은 식민 시대 왜곡된 여성관을 기반으로 한 이중의 억압 담론이라고 결론지을 수 있다. 이 기조는 1920년대에 다소 변화된 모습을 보이지만, 이 신문의 태도가 본질적으로 변한 것은 아니었다. 이는 1920년대 문화운동 차원에서 조선 민족의 입장을 어느 정도 반영한 다른 매체와 비교할 때, 보다 뚜렷이 증명된다.

둘째, 1920~30년대『동아일보』,『조선일보』소재 여성 담론은 '식민지 여성'이자 전통사회의 굴레를 벗어나기 힘든 '조선 여성'이라는 이중 구조 속에서, 때로는 민족운동이나 사회주의 운동과 결합되어 진보적인 모습을 보이기도 하고, 때로는 전통적인 여성 담론을 답습하거나 여성문제를 왜곡하기도 하는 등 복잡한 양상을 띠는 점이 특징이다.

이 장에서는 두 신문의 여성 담론을 '여성관', '여성해방운동과 단체', '여성문제', '사회활동과 직업문제'로 나누어 살폈다. 여성관과 관련한 다수의 자료에서는 '아내', '어머니'로서의 여성 대신 '여성으로서의 자기 인식=인격'을 강조하는 논리가 등장한 점이 특징적이다. 이는 남녀평등과 여성해방이 새로운 남녀관계에서 비롯되어야 한다는 의미다. 같은 맥락에서 성적 민주주의, 정조 문제, 신여성 담론이 활성화된 것도 주목할 현상이었다. 하지만 현실은 대다수 자료에서 전통적인 현모양처로서 여성의 역할을 강조하는 경향이 우세했다.

여성해방운동, 여성단체, 근대 이후 여성운동의 역사 등에 대한 고찰은 한국 여성운동사의 흐름을 이해하는 데 중요한 부분이다. 1920년대에는 근우회를 필두로 각종 여성단체의 활동과 관련해 다수의 담론이 등장한다. 이로부터 다양한 여성문제들을 살펴볼 수 있다, 여성문제를 '부녀'나 '부인' 문제로 국한해 지칭했지만, '부인해방, 자유이혼, 연애의 자유', '부인 참정권의 역사', '부인의 직업', '모성보호론' 등 다양한 논리가 등장한 것은 이 시기에 일제강점기의 여성운동이 해방운동으로서 어느 정도 자리를 잡아가고 있었음을 증명한다.

여성의 사회활동과 직업문제는 1930년대 이후 다양하고 현실적인 모습을 띤다. 근대 이후 국가주의를 기반으로 여성 인력의 필요성을 주장하는 경우로부터 여성해방 차원에서 여성의 경제적 자립을 보장하는 수단으로서 직업이 필요하다는 논리에 이르기까지 직업 옹호론이 주를 이룬다. 이러한 상황에서 여성의 직업문제는 노동문제와 맞물리면서 때로는 모성보호 차원에서 노동 조건의 개선을 촉구하는 담론을 야기하도 했지만, 1930년대 말 식민지 동원체제 아래서 여성 노동력을 착취하는 논리로 변질되기도 했다.

셋째, 일제강점기 여자교육은 동화와 우민화교육을 목표로 삼은 식민정책과 밀접한 관련을 맺고 있었다. 『매일신보』의 여자교육 담론이 이를 뒷받침하는데, 여기서 여자교육은 '충량한 국민 양성'과 '부덕 함양'만을 목표로 할 뿐이다. 전문교육을 비롯한 여성의 능력 계발의 필요성이나 여성의 자유와 해방을 전제로 한 주장은 나타나지 않는다. 이와 같은 식민교육의 문제점은 3.1운동 이후 민족 차별과 성차별 문제가 대두되면서 다소 변화하는 모습을 보인다.『동아일보』,『조선일보』의 여성교육 담론에서 여성교육의 필요성이 재차 강조되는 것은 이러한 맥락에서다.

이 시기 상당수의 여성교육 담론은 '여성과 가정의 관계'를 전제하고 있었다. 그럼에도 여자대학의 필요성, 노동과 직업교육과 관련된 내용 등이 등장하는 것은 식민 시기 사회의 변화를 반영한 것으로 해석할 수 있다. 같은 차원에서 교육정책과 여학생 담론에도 흥미로운 경향이 발견되는데, 다수의 여학교 맹휴 사건의 근본 원인이 억압과 통제, 감시가 횡행하던 여학교 문화에서 비롯된 것임을 확인할 수 있다.

종합하자면, 일제강점기 여성 담론과 여성교육 문제는 근대의 여자교육론과 비교할 때, 다양한 스펙트럼을 보여주고 있다. 예컨대 진보적인 내용과 전근대성이 혼종된 모습을 보이기도 한다. 물론 이러한 혼종성은 식민 시기 여성운동의 한계이자 사회·문화·역사적 차원에서의 성 인식이 발전해가는 과도기적 상황에서 드러나는 불가피한 현실이었다.

제3장

일제강점기 여성교육용 자료의 분포와 내용

1. 여성교육용 자료와 교육 내용

이 장에서는 일제강점기 여성교육의 내용과 특징을 분석해본다. 일제강점기 여성교육은 제도상 존재했던 보통학교, 여자고등보통학교, 전문학교 등을 통해 이뤄졌으나 사실 취학자는 극히 일부였다. 물론 1920년대 이후 각종 여성단체가 설립되고 여성해방운동이 전개되면서 여성교육 문제가 사회의 주요 담론으로 부상하고, 다양한 여성잡지들이 출현함으로써 여성교육의 내용에도 적지 않은 변화가 일어나고 있었다. 그러나 이렇게 사회·문화적 차원에서 여성의 자기 인식이 성장하고 있었음에도, 근대 이후 일제강점기 내내 주된 여성관은 여전히 현모양처로 대변되는 '부인·부녀'가 기본이었고, 여성교육의 출발점 또한 가정교육과 밀접한 관련을 맺고 있었다. 이와 같은 사실은 이기봉(2007)을 비롯해, 『제국신문』 담론을 분석한 최기숙(2014), 『태양』 증간(增刊)을 대상으로 한 이윤주(2012), 가정학 역술 자료를 분석한 임상석(2013) 등을 통해서도 확인된다.

대중교육 차원에서도 근대의 여성 담론은 가정교육을 중심으로 이뤄졌다. 예를 들어, 1908년 여자보학원 강윤희가 중심이 되어 발행한 『녀ᄌ지남』에서는 "국가와 개인이 무비 다 어진 어머니와 착한 아내의 관계가 아니면 결단코 일등국과 일등인을 짖지 못하는지라"라고 하여, 근대 여성교육이 어머니로서의 역할과 아내로서의 역할을 기본으로 삼고 있었음을 보여준다.

일제강점기 여성교육의 내용 구조를 파악하기 위해서는 학교교육과 신문·잡지의 여성교육 관련 내용에 대한 분석이 필요하다.

학교교육은 폭넓게 진행되지 못했다. 다만 근대 소학교령에서와 마찬가지로 1911년 제1차 조선교육령에 근거한 '보통학교 규칙'에 따르면, 남학생과 여학생 간에 차이를 두지는 않았음을 확인할 수 있다. 예를 들어, 제6조 교과목 규정에서는 "보통학교 교과목은 수신, 국어(일본어), 조선어급한문, 산술, 이과, 창가, 체조, 도화, 수공, 재봉급수예, 농업초보, 상업초보로 함. 단 이과, 창가, 체조, 도화, 수공, 재봉급수예, 농업초보, 상업초보는 토지의 상황에 의하여 현금간(現今間) 결(缺)함을 득(得)함. 수공은 남아에게, 재봉급수예는 여아에게 교수하며, 농업초보, 상업초보는 그중 하나를 남아에게 과(課)함"이라고 했다. 이렇게 보통학교에서는 남녀 공통과목과 함께 남학생에게 부과되는 '수공, 농업초보, 상업초보', 여학생에게 부과되는 '재봉급수예'가 각각 운영되고 있었다.

중등교육의 경우엔 '여자고등보통학교 규칙'을 별도로 두어 남자교육과 구별했다. '수신, 국어(일본어), 조선어급한문, 역사, 지리, 수학, 이과, 습자, 도화, 음악, 체조'는 고등보통학교와 여자고등보통학교의 공통 과목이었다. 그러나 '실업급법제경제(實業及法制經濟), 수공, 영어'는 고등보통학교에만 해당하는 교과목(고등보

통학교 규칙 제7조)이었던 반면, '재봉급수예, 가사'는 여자고등보통
학교에만 해당하는 교과목(여자고등보통학교 규칙 제7조)이었다. 이
렇게 남녀 구분된 교과목이 존재한다는 것은 일제강점기 남자교
육과 여자교육이 구별되어 있음을 의미한다.

특히 중등교육 과정에서는 공통 과목에도 남녀 구별이 존재했
다. 1922년 발포된 신교육령에 따르면, 고등보통학교에서는 '조
선어급한문'을 교과목으로 둔 데 반해, 여자고등보통학교에서는
'조선어'를 교과목으로 두었다(고등보통학교 규칙 제7조, 여자고등보통
학교 규칙 제7조). 이에 따라 교과서도 달라졌는데, 고등보통학교
용 교과서로 『신편 고등조선어급한문독본』 5권(5년제)이 편찬되
었고, 여자고등보통학교용 교과서로 『여자고등조선어독본』 4권
(4년제)이 편찬되었다. 이 두 독본은 일제강점기 중등교육에서 여
자교육의 내용과 성격을 이해하는 데 중요한 자료가 된다. 또한
식민정책 차원에서 여성을 대상으로 한 강습회가 빈번히 열렸으
며, 그와 관련한 자료들도 남아 있다.

신문·잡지의 여성교육 자료는 계몽운동 차원에서 '강화(講話)',
'강좌(講座)', '독본(讀本)'이라는 명칭으로 보도된 경우를 의미한다.
여기엔 1920년대 이후 『동아일보』, 『조선일보』 등 신문 소재 독
본 자료와 다수의 여성잡지에 등장하는 '강좌', '강화' 등이 있다.
이 자료들은 저널리즘 특성상 흥미 위주의 내용을 다수 포함했
지만, 본질적으로 1920~30년대 여성교육의 주요 관심사가 무
엇이었는지를 잘 보여주고 있다. 이 자료들 가운데 일부는 단행
본으로 간행되기도 했다.

이러한 배경 아래서 이 장에서는 식민정책과 관련된 '여자교육용 독본'과 여성 계몽을 위해 '신문·잡지에 연재되었거나 단행본으로 발행된 독본'을 구분하고, 그 내용상 특징을 분석하는 데 집중했다.

2. 식민정책과 여자교육독본

1) 조선어과 교육과 「여자고등조선어독본」

신교육령(1922.2.6)에 따른 『여자고등조선어독본』은 여자고등보통학교용으로 편찬된 교과서로, 1922년 11월부터 1924년 1월에 이르기까지 전4권으로 편찬되었다. 이 교과서의 성격에 대해서는 김혜련(2008), 정상이(2011) 등의 연구가 있었으며, 일제강점기 국어정책과 관련해서는 박화리(2014), 독본의 수필 영역과 관련해서는 곽승숙(2015), 교과서에 반영된 여성 담론에 대해서는 송숙정(2022) 등의 연구가 있었다.

조선교육령 개정에 따른 각급 학교의 규정 개정에서는 일본인과 조선인의 '공학(共學)' 원칙이 문제였다. 표면상 민족 차별을 없애고 공학을 원칙으로 한다는 입장에서, 조선총독부는 일본 학제인 '소학교, 중학교, 고등여학교' 제도를 전제로 '보통학교, 고등보통학교, 여자고등보통학교' 학제를 개편했다. 여자고등보통학교의 경우 '고등여학교'를 준거로, 조선의 특수한 사정이 고려되었다. 이에 따라 1922년 2월 20일 발표된 '여자고등보통학교 규정'을 통해 '조선어급한문' 대신 '조선어'를 교과목으로 삼았다.
당시『동아일보』에 실린 기사를 보자.

女子高普 規程 要項

十七日 朝鮮總督府令 第十四號로써 中學校 規程과 共히 女子
高等普通學校 規程을 發布하얏는대, 全 六十一條로 成하야 設
立 及 廢止, 學科 及 其程度, 學年, 學期, 敎授日數 及 式日, 設
備, 入學 退學 在學及授業料 等略 **高等女學校規程에 準하야 制定한**
者이라. 本 規程도 勿論 新敎育令 附屬 法令의 一이나 新敎育令
에는 單히 目的, 學科, 修業年限 及 入學資格을 規定함에 止하
고 其他 一切의 內容은 總督府令에 讓하얏슴으로 本 規程은 實
로 女子高等普通學校의 內容을 決定한 規程이더라. 今에 其 要
項을 摘記하야 在來의 女子高等普通學校 及 高等女學校와 比
較 對照하면 次와 如하더라. (中略)

二. 學科目은 正科目으로 朝鮮語를 加하야 土地의 情況에 依하
   야는 漢文을 加함을 得하는 外에 全혀 高等女學校와 同히
   此를 從來의 女子高等普通學校의 學科目에 比하면 漢文 及
   手藝를 朝鮮語로부터 分離하야 加設 科目으로 하고, 外國語
   를 正科目 又는 缺除科目으로 하고, 又 敎育法制 及 經濟 及
   實業 等을 加設科目으로 하야 加함을 得함에 至하얏슴으로
   頗히 學科目에 自由의 範圍를 擴張한 者인대 生徒의 學習
   上 一層 奮勵를 要할 者 有할지며,

三. 各 學科目의 教授 要旨 及 教授의 程度는 全혀 高等女學校
와 同一히 하얏는대, 但 朝鮮 特殊의 事情에 依하야 特例를
設할 者, 例하면 朝鮮의 歷史 地理를 詳細히 하고 修身 家事
及 裁縫에 朝鮮의 道德 及 慣習을 重히 하게 하는 等에 對하
야는 細心의 留意가 有할지며(下略)[1]

1922년 2월 20일 발포된 여자고등보통학교 규정에 의거해
고등여학교를 기준 삼아 기존의 조선인 여학생 대상 '조선어급한
문' 교과가 '조선어'로 변경되고 '한문'이 분리되었다.[2] 이는 교과
서 편찬에도 즉각 반영되었다. 즉, 강점 직후 조선인 중등교육에
서 조선어과 교과서는 남녀 구분 없이 『고등조선어급한문독본』
을 사용했는데, 규정 개정에 따라 남자 고등보통학교와 여자고
등보통학교용 교과서가 달라지게 된 것이다.

특히 이 시기 편찬된 조선어과(조선어급한문, 조선어) 교과서는
1910년대 편찬된 교과서와 큰 차이가 생겼다는 데 주목할 필요
가 있다. 보통학교와 여자고등보통학교의 경우 '조선어급한문'에
서 '조선어'로 교과목이 변경됨에 따라 『보통학교 조선어독본』
과 『여자고등조선어독본』이 각각 편찬되고, 고등보통학교의 경
우 교과목은 그대로지만 『신편 고등조선어급한문독본』을 '조선
어부'와 '한문부'로 나누어 편찬하게 되었다. 이렇게 조선어과 교
과서에서 조선어와 한문이 분리된 이유는 강점 직후 조선인 대
상의 조선어 교육이 한문과 결합함으로써 조선어 교육이 제대로
이뤄지지 못한다는 비판이 거세게 일어났기 때문이다. 이러한

사실은 교과서 개편 전인 1921년 임시교육조사위원회와 관련된 기사를 통해 확인할 수 있다.

臨時敎育調查會와 敎科書調查會의 委員 任命 發表를 보고

所謂 朝鮮語 所謂 高等朝鮮語及漢文讀本에 잇는 朝鮮語 材料라 ᄒᆞ는 것은 分量도 極少ᄒᆞᆯ 쑨 안이라 日語 材料를 飜譯ᄒᆞᆫ 것이 大部分인데 그나마 初級 敎科書의 價値가 업ᄂᆞᆫ 것인즉 善否間 論評ᄒᆞᆯ 것도 업거니와 所謂 普通學校의 朝鮮語及漢文讀本으로 말ᄒᆞ면 兒童에게 朝鮮語의 基礎를 修케 ᄒᆞ여 朝鮮語를 自由로 且 正確히 語ᄒᆞ며 書ᄒᆞᆯ 만ᄒᆞᆫ 知識을 得홈에 足ᄒᆞ도록 編纂ᄒᆞ여야 ᄒᆞ겟거늘 現用의 讀本으로는 到底히 其目的을 達키 不能ᄒᆞ도다. 余는 某 高等普通學校에셔 師範科 生徒에게 此讀本을 敎授ᄒᆞᆫ 事가 有ᄒᆞᆫ데 讀本의 全部 改造를 絶叫ᄒᆞ엿도다. 此讀本은 能히 敎科書로 ᄒᆞ여 兒童의게 敎授ᄒᆞ기에 붓그러온 點이 多ᄒᆞᆫ 緣故니라. 何故오. 今日은 발셔 前日 "諺文은 女子나 비울 것이라"ᄒᆞ던 時代는 안이며 今日은 발셔 前日 홈부로 되는 디로 쓰던 時代는 안이다. 今日은 朝鮮語의 中興時代며 正確한 朝鮮文과 正確한 朝鮮語를 要求ᄒᆞ는 時代됨일셰로다. 今日 朝鮮語에 相當ᄒᆞᆫ 素養이 有ᄒᆞᆫ 人士가 頗多ᄒᆞ되 今般 委員 中에는 一人의 形도 無ᄒᆞ니 將次 朝鮮語의 敎科書는 엇지나 될나ᄂᆞᆫ지 抑 或 舊殼을 脫殼을 未脫ᄒᆞᆯ 前提나 안인지.[3]

기사에서 보듯이, 『고등조선어급한문독본』은 한문 위주 교재

로, 조선어부의 교재조차 일어 재료를 번역한 것이 대부분이라
는 비판이 이어지고 있었다. 이러한 비판은『조선일보』1921년
5월 4일~5일자「부산유지 교육개선 건의안」에서도 확인된다.
그중 교과서 관련 건의안에 보통학교는 한문 재료를 모두 삭제
하고, 고등보통학교의 경우 '조선어독본'과 '한문독본'을 분리하
여 편찬할 것을 주장한 내용이 들어 있다.[4]

이와 같은 배경에서 신교육령 시기 고등보통학교용『신편 고
등조선어급한문독본』과 여자고등보통학교용『여자고등조선어
독본』비교의 필요성이 생긴다. 두 독본의 발행 사항과 구성은
이렇다.

발행 사항과 구성

학교급	교과서	초판 발행	구성
고등보통학교	新編 高等朝鮮語及漢文讀本 卷一	1923.11	조선어21+한문51 총72과
	新編 高等朝鮮語及漢文讀本 卷二	1923.11	조선어19+한문42 총61과
	新編 高等朝鮮語及漢文讀本 卷三	1924.1	조선어19+한문33 총52과
	新編 高等朝鮮語及漢文讀本 卷四	1924.9	조선어17+한문34 총51과
	新編 高等朝鮮語及漢文讀本 卷五	1926.1	조선어17+한문34 총51과
여자고등보통학교	女子高等朝鮮語讀本 卷一	1922.11	조선어28과
	女子高等朝鮮語讀本 卷二	1922.11	조선어26과
	女子高等朝鮮語讀本 卷三	1924.1	조선어25과
	女子高等朝鮮語讀本 卷四	1924.1	조선어24과

『여자고등조선어독본』(1924)

　　두 독본은 1922년 조선교육령 개정과 그에 따른 학교 규칙 발포 이후 1~2학년, 3~4학년, 5학년의 편차를 두고 차례로 발행되었다. 『신편 고등조선어급한문독본』은 '조선어부'와 '한문부'로 나뉘었고, 『여자고등조선어독본』은 조선어부로 구성되었다. 두 독본은 남녀 중등교육용이라는 점에서 내용상 중복되는 과가 적지 않다. 『여자고등조선어독본』과 『신편 고등조선어급한문독본』 '조선어부'의 비/중복 여부는 다음과 같다.

권수	중복 과	비중복 과	계	비중복 과 비중
권1	18	10	28	35.71

권2	14	12	26	46.15
권3	15	10	25	40.00
권4	11	13	24	54.16
계	58	45	103	43.68

　　두 독본의 내용 비교에서 중복된 과는 103개 과 가운데 58개 과이며, 『여자고등조선어독본』에만 나오는 과는 45개 과다. 여기서 중복된 과는 식민 시기 남녀 공통의 교육 재료인 데 반해, 중복되지 않은 과는 여자교육에서 중시된 재료라고 해석할 수 있다. 비중복 과의 자료는 각 권별로 다음과 같이 정리된다.

각 권별 『여자고등조선어독본』에만 나오는 과

권수	과	과명	내용
卷一	第四課	虛榮心	여성 폄하
	第五課	貴婦人과 밀가루 장사	밀가루 장수가 귀부인을 경계함
	第六課	留學 가신 언니에게	여자도 공부
	第十四課	家庭	가정에서 가사를 다스리는 것이 여자의 본분
	第十五課	裁縫	재봉은 여자의 특권 책임
	第十七課	節婦 백수정	백수정이 수절하며 농잠 침적에 전력함, 명치천황 은사금
	第十八課	足의 分別	중이 목동의 발을 때려 아픈 것으로 자신의 발을 확인하게 함
	第二十三課	近狀을 報告키 爲하야 舊師께	스승에게 드리는 편지
	第二十六課	愛國婦人會	메이지 이후 일본 애국부인회와 조선 지부 설립
	第二十八課	鷄林과 月城	김알지와 금궤, 석탈해가 호공으로부터 택지를 돌려받음(국왕이 하사한 것)

卷二	第五課	遠足의 請誘	소풍가기를 권함
	第十二課	心身의 淸潔	예의 언어 행동은 여자에게 더 중요
	第十三課	蠅	파리 박멸 필요
	第十七課	母女間 往復書簡	여자의 일은 한번 잘하면 집이 흥함
	第十八課	薛氏女의 貞節	정절
	第十九課	日記 中에서	근면을 강조하는 일기
	第二十課	學校 記念日	일장기 게양 강조
	第二十一課	忌祭例	조상 제사 기제 절차
	第二十三課	溫達의 妻	양처
	第二十四課	寒中 親友에게	효양
	第二十五課	愛는 人에게 對하는 道	성심과 도덕
	第二十六課	赤十字社	일본 적십자사의 위업 선전 조선지부
卷三	第九課	歸省	하기방학귀성
	第十課	濟州島의 海女	반도 여자와 달리 해녀는 내지 여자와 근사
	第十二課	衣服과 精神	의복 단정=정신 정돈
	第十四課	山蔘캐기	가삼과의 차이 및 산신제의 신이함
	第十六課	俚諺	계몽적 속담
	第十七課	婦人과 地理	여자교육상 지리 지식 견문 소양이 필요함
	第二十課	下人에게 對한 注意	하인 노복을 지도하고 대우해야 하는 이유
	第二十二課	笑談	떡보가 중국 사신을 따라가서 의사소통이 안 되므로 손짓을 하면 중국 학자들이 과대 해석하여 대접을 받음
	第二十三課	講話의 大要를 缺席한 友人에게	부녀기라는 강화를 적어서 보내줌 (편협한 여성관을 드러내는 강연)
	第二十四課	知恩의 孝養	지은의 효

	第一課	新時代의 要求	노동 성실=근로=애국심 여성 노동=여자교육
	第二課	蜘蛛	거미줄을 응용해 장갑과 버선을 만듦
	第三課	京城 꽃 구경	비원 창경원 앵곡
	第七課	奧村五百子와 光州	오촌오백자는 20년 전 광주에서 교육, 개간, 농잠 권고 등의 업적을 남긴 인물
	第十一課	談話의 心得	여성의 사회생활에 필요한 담화의 원리
	第十三課	箱根路(一)	신유한 해유록
卷四	第十四課	箱根路(二)	신유한 해유록
	第十五課	典故五則	화사첨족 등
	第十六課	朝鮮 女子의 詩歌(一)	여옥 공후인, 직녀 회소곡
	第十七課	朝鮮 女子의 詩歌(二)	사임당 신씨, 난설헌 허씨
	第十八課	사랑하는 妹弟에게	여성 처세에서 직분을 지키고 조심함, 가족 형제 친척 고려, 남의 어머니된 직분
	第二十一課	掃除	소제 방법
	第二十四課	申欽의 妻 李氏	신흠 처의 근검과 겸손

이 표를 통해 『여자고등조선어독본』에 수록된 교재(教材)들이 식민지 여성 만들기에 충실했음을 확인할 수 있다. 그 여성상에 대한 정상이(2011)의 분석처럼, 이 독본에만 나타나는 교재들 가운데 상당수는 부덕의 강조, 여성의 사회생활 덕목, 순종하는 여성상, 국가를 위한 여성 노동의 필요성과 관련된 것들이다.[5]

이러한 특징은 「강화의 대요를 결석한 우인에게」(3권 23과), 「사랑하는 매제에게」(4권 18과)와 같은 편지글에서 두드러진다. 특히 여자고등보통학교에서 교육받았을지라도, 여성은 체격, 사고력, 활동상 특성 면에서 남성과 다르며, 이에 따라 경박하고 사치하기 쉽다고 전제한다. 따라서 여자교육에서 가장 중요한 건 행동을 조심하고, 무엇이 가족과 사회를 위한 공헌인지 생각해야 하는 것이라고 경고한다.

여성상 관련 과

강화의 대요를 결석한 우인에게(3권 23과): 女子高等普通學校라고 하야도 一二年生은 年齡도 幼少하고 體格이나 思想 感情이 다 아즉 幼稚하나, 三年生 以上은 참으로 女學生 生活期에 入하는 것인바, 그 品位와 態度가 다 一層 先進者의 地位에 잇지 아니치 못한지라. 此期에 入한 諸子는 벌서 幼女라고 할 수 업고, 婦女라 할 것이라. 婦女期에는 心身이 모다 變하야 特徵이 多하며, 體格은 顯著히 女性的으로 發達되며, 黑髮은 길게 늘어지며, 筋肉은 둥글게 發達되는 同時에 筋力도 增進되며, 胸部보다도 腰部가 肥大하야지며, 脂肪分이 漸漸 增加되여 身長이든지 體重이든지 모다 어른과 갓치 되며, 또 精神 方面으로 말하면, 知는 理性보다도 直覺이 發達하야 엇더한 싸닭이냐 疑心하지 아니하고, 엇더하다고 直覺하며, 사람을 흘씀 보면 벌서 自頭至足싸지 銳敏히 보는데 對하야 巧妙하나, 理智의 소리에는 耳를 기우리지 아니하고, '보기 실타' 든가 或은 '아니꼽다' 든가 하는 等, 輕薄히 行動하는 傾向이 有함은 깁히 警戒할 것이라. 意志는 大槪 薄弱하게 되어 奇妙한 것을 즐기며, 變化함을 愛하고, 單純함을 嫌忌하는 일로 말미암아, 他人이 하지 안는 일을 하고 십허하며, 頭髮을 異常하게 하기도 하며, 裳紐를 길게 느리거나, 굽 놉흔 洋鞋를 신고서 喜喜 樂樂히 生覺하는 弊習이 有한지라. 好奇心이 强하야 未知의 世界를 知코저 하며, 女子의 世界를 半도 알지 못하면서도 女子의 世界 全般을 知하랴고 努力할 쑨 아니라, 乃終에는 自己 以外의 世界일짜지라도 知하랴고, 眼光을 휘날니는 데짜지 널으나니, 此에 至하야서는 危險하다 稱할 수밧게는 업는지라. 그리하고 情은 廣闊하고 深厚하고 純潔하야 모든 것을 美化하고 善化하고 聖化하랴는 特徵이 有하나, 이에 熱을 添加하면 成火하기 쉽고, 더 過度하면 失性하기 쉬우며, 한갓 情의 奴隸로 變하야 가는 傾向이 有함은 警戒할 것이라 云云 하셧습니다.

사랑하는 매제에게(4권 18과): 雜誌의 論文 一二篇, 新聞의 雜報 一二項에도 心志가 動搖되기 쉬운 것은 그대들의 이만 째의 境遇인즉 至情의 衷心으로 적어보내는, 이 兄의 말을 잘 삭여 生覺하야서, 具體的으로 愼重히 思量하야 進行하기를 바란다. 그것은 即 一般 女子의 處世 方法에 對하야 더 한 層 깁히 生覺하야 볼 必要가 잇다 하는 일이다. 大體 男女를 勿論하고, 사람이 世上에 處함은 容易한 일이 아니다. (中略) 自己 天分에 適應한지 아니한지, 쏘 自己가 그리되는 것이 多少間 國家·社會에 貢獻함이 잇슬가 업슬가, 쏘는 거긔에 到達하기짜지의 徑路를 밟음에도 兩親·兄妹·親戚에게 괴로움을 씨치지 안을가 하는 것들을 깁히깁히 生覺할 點이라 하겟다. 이 點에 對하야, 나는 現今 靑年 男女의 多大數의 態度에 厭忌하는 마음이 업지도 아니하다. (中略) 天은 實로 女子에게 特別한 恩寵을 주신 것이다. 그것은 남의 어미가 되는 特權 곳 女子 獨占의 天分이 이것이다. 此 天分을 圓滿하고 充分하게 發揮한 女子는 一面으로 보면 深奧한 學理의 發見, 世界的 大藝術, 大文學의 創作과 갓치 尊貴 偉大한 事業을 成功함이라 할 수 잇다. 妹弟여 그대는 特히 此點에 깁흔 理解를 두고, 나의 意見에 贊成하야 주기를 切望한다.

이 두 과는 여자고등보통학교 졸업자에게 요구하는 덕목이 무엇인지를 잘 보여준다. 여자고등보통학교에서 습득하는 지식조차 가정과 사회와 국가에 순응하는 처세를 위해 배우는 도구이며, '남의 어머니'(제2세 국민)가 되기 위한 덕목으로서 부덕을 갖출 것을 강조한다.

특히 「가정」(1권 14과), 「재봉」(1권 15과) 같은 논설문이나 「모녀간 왕복 서간」(2권 17과) 등에서는 이 시기 여성에게 강요되는 부덕이 어떤 것인지를 잘 보여주고 있다.

여성의 덕목으로서 부덕

가정(1권 14과): 女子는 家庭에 잇서서 家事를 다사리는 것이 그의 本分이오, 그런즉 家庭에 對하야 重大한 責任이 업다 할 수 업소. 家長이 終日토록 밧게 나가서 事務에 努力하다가 저녁 때가 되어서 疲困한 몸을 끌고 집에 돌아와서, 사랑스러운 妻子를 相對할 때에 그 안해되는 사람이 반가이 迎接하는 일이 업고, 한마듸도 慰勞하는 말이 업스며, 쏘 子女가 녑헤서 울고 잇는 것도 不顧하면, 家長의 마음은 엇더하겟소.

재봉(1권 15과): 한짬 두짬 쒜매여 나종에는 一件의 저고리가 되고, 치마가 되나니, 그 完成된 衣服을 들여다 볼 째에, 무엇이라 形言할 수 업는 깃분 마음이 닐어나오. 이것은 裁縫하는 모든 女子의 同感이라고 말할 수 잇소. 다시 말하면 이 깃붐은 오즉 女子의 特權이라 할 수밧게 업소. (中略) 裁縫은 女子의 緊重한 諸德을 修養케 하는 것이라 하면, 터진 곳 하나를 縫合할지라도 그것이 곳 自心의 터진 곳을 縫合하는 힘이 든다 하야도 過言이 아니오.

모녀간 왕복 서간(2권 17과): 녀ᄌ의 하는 일은 한 번 잘하면 집이 흥ᄒ고 한 번 잘못하면 가도가 쇠삭하는 법이니 엇지 두렵지 아니하리오마는 녀ᄌ의 평싱 고락을 한가지 함은 남편이니 빅ᄉ를 네 마음대로 하지 말고 남편과 상의하며 그의 지휘대로 승슌하야라. 만일 가쟝을 압시하고 ᄌ의로 하다가 은졍이 변하야 일죠에 멀어지면 엇지 화락한 집안을 닐을 수 잇스리오. 부대 네 도리를 극진히 하기만 밋는다. 남녀간이 셩인이 된 후는 미셩한 째와 달으니 미거한 긔습을 다 버리고 슉녀의 아름다운 덕힝을 본바다 큰 칙망을 면할 쑨 아니라 더욱 화평한 집안을 만들어서 영원한 복을 밧기를 바란다.

여성의 덕목으로서 부덕은 전통적인 현모양처의 역할을 답습한다. 부덕의 주제가 효열(孝烈)을 다루는 설화적 제재들을 다수 포괄하고 있는 이유가 여기에 있다. 보건대 「설씨녀의 정절」(2권 18과), 「온달의 처」(2권 23과), 「지은의 효양」(3권 24과)이 대표적이다. 「허영심」(1권 4과), 「귀부인과 밀가루 장사」(1권 5과), 「족(足)의 분별」(1권 18과), 「애(愛)하는 인(人)에게 대하는 도(道)」(2권 25과), 「담화의 심득(心得)」(4권 11과) 등은 허영심과 사치 풍조를 경계하고, 사람마다 각자 직분이 있듯 여자로서 직분을 다하라는 경계를 담고 있다. 이 역시 전통적 여성관과 가정 중심적인 여성의 역할을 벗어나지 않는 소재들이다.

나아가 이 독본은 식민지 여성으로서 가정뿐 아니라 사회와 국가를 위한 노동 그리고 애국정신이 필요하다고 주장한다. 특히 이 교재의 노동 담론은 식민 지배의 논리를 교묘히 드러내고 있는데, 그 대표적인 예가 「신시대의 요구」(4권 1과)다.

신시대의 요구

新時代가 人生에게 對하야 男女老少와 貴賤賢愚의 區別이 업시 均一히 要求하는 것은 「勤勞하라, 死할 時까지 勤勞하라」함이니 此가 第一의 要求니라. 或은 農圃에, 或은 廛肆에, 或은 黌舍(횡사)에, 或은 官衙에, 或은 海外에, 何處에서든지 勤勞만 하면 그 사람의 要求를 滿足히 할 수 잇나니라. (中略) 勤勞라 함은 今日에 始初된 事는 아니나 但 今日의 勤勞는 世界的 意味가 附加할 뿐이니라. 何故오 하면, 此世界에 國을 建하야 互相 競爭하는 境遇에는 國民이 一致 協力하야 勞働치 아니하면 不可하니, 道德上으로 보면 華族 或은 財産家가 반다시 貴함이 아니오 大體 勞働하는 人이라야 貴한 사람이라 할지니라. 大凡 勞働이라 하야도 其中에 各色 種類가 有하나, 新時代의 要求하는 勞働은 眞實한 勞働 卽 誠心으로 國家와 人類의 利益을 爲하는 勞働이니, 이것이 現代의 要求하는 바 第二의 要件이니라. (中略) 日露戰役에도 日本의 金錢만으로는 그 戰爭을 할 資力이 無하얏스나, 日本 國民의 正直과 愛國心의 結晶이 英國人 其他 歐羅巴人으로 하야금 公債募集에 應케 한 故로 同戰爭에 勝捷하게 됨이니라.(中略) 第三은 男子만 勤勞할 것이 아니라, 女子도 勤勞치 아니치 못할 事니, 至今꺼지는 男子敎育만 重히 녁엿스나 新時代에는 第二의 國民을 養育할 重大 責任을 가진 女子의 敎育도 가장 重要視하는 배니라. 學問이 無한 女子의 手에 養育된 兒童은 그 智能이 他人에게 落下될지며, 迷信에 沈惑한 女子가 多하면, 男子의 活動을 沮害하는 事가 不尠하니라. 女子를 無知沒覺하다 하야 蔑視함은 舊時代의 陋習이라. 今後에는 男子와 同樣으로 敎育을 受하야 世界的 偉人을 産出하는 責任을 男子와 分擔하지 아니치 못할지며, 又 今日 以後는 一般 社會에서 女子의 聰明叡智를 期待하는 바가 不少할지니라.

이 과는 '남녀노소 귀천현우 구별 없이 근로(노동)해야 하며', '국가와 인류의 이익을 위하여 성심으로 노동해야 하고', '남녀 모두의 노동을 위해 제2국민을 양육할 책임을 가진 여자교육을 해야 한다'는 것을 신시대의 요구로 규정한다. 논리상 당대의 일반적인 여성교육 담론을 반영하고 있는 듯 보이지만, 이 과의 논리는 여성 노동을 경쟁 시대 국가를 위해 필요한 것으로 단정하고 애국심과 연결시킨다. 특히 러일전쟁 당시 일본 국민의 정직과 애국심으로 영국과 구라파에서 공채를 모집하는 데 성공함으로써 전쟁에 승리했다는 주장은 식민지 조선 여성들에게 애국 담론을 불러일으키는 논리 그 자체라고 할 수 있다.

메이지 이후 일본 애국부인회 창립과 활동에 관한 「애국부인회」(2권 26과), 일본 적십자사 창립과 그 업적에 관한 「적십자사」(2권 26과), 애국부인회 회원이었던 오코무라 이오코(奧村五百子)의 활동에 관한 「오코무라 이오코와 광주」(4권 7과)도 같은 맥락에서 풀이된다.

식민지 여성 만들기 관련 과

애국부인회(1권 26과): 明治維新 以後는 全國 皆兵의 令을 宣布하야 丁年에 達한 男子로 하야금 모다가 所定한 兵役에 服從케 한 事는 上古의 舊制를 回復함이니 我國의 武力은 此로 由하야 益揚하얏스며, 明治二十七八年과 三十七八年 兩度大戰役에 大勝捷을 得함으로써 世界의 耳目을 驚動케 하니라. 女子도 帝國民이 된 以上에, 엇지 徒食에 止하리오. 玆에 婦人들이 計劃하야 明治三十四年에 愛國婦人會를 組織하얏스니, 此會의 事業은 戰死者 準戰死者의 遺族과 廢兵을 救濟함으로써 目的하야, 戰時를 當하면 軍隊의 慰問·送迎·恤兵品의 寄贈, 軍人의

家族, 傷病兵의 慰問, 病死者의 弔慰, 遺族의 慰藉, 軍人의 家族, 遺族에 對한 授産等 婦人에 適應한 各種 事業에 盡力하야써 遠征하는 將卒로 하야금 內顧의 憂慮가 無케 함을 期圖하니라.

적십자사(2권 26과): 日淸戰爭에 際하야 此社가 一般 軍人 等의 救護事業에 盡力한 것은 勿論이오 特히 淸國은 以上 條約에 加盟치 아니하얏슬 뿐 아니라 淸兵이 我 負傷兵에게 對하야 殘忍酷虐이 太甚하건만은 我赤十字社 衛生部員들은 淸國의 傷病兵을 救護함이 我國의 傷病兵과 조곰도 달음이 업게 함애 彼等은 모다 叩頭感泣하야 我國의 慈惠를 拜謝하얏다 하니라. 또 近代 日露戰役과 最近 世界的 大戰役에 際하야도, 我赤十字社의 活動의 敏活하얏슴인, 널니 世人의 熟知하는 바이라. 我陸海軍의 名譽와 共히 邦人의 美德을 世界에 揚輝하얏스니 至今도 오히려 萬國에서 我日本 赤十字社를 稱頌하니라.

오코무라 이오코(奧村五百子)와 광주(4권 7과): 奧村五百子가 愛國婦人會의 創立者로 有名한 婦人이든 事는 世人이 熟知하는 바어니와 그 婦人이 二十餘年 前에 全羅道 光州에 끼친 바 敎育上 功績에 至하야서는 世上에서 널니 아지 못하는 일이오.

각 과들은 여자도 일제의 국민임을 강조하고, 국가에 일조해야 한다는 논리를 담고 있다. 애국부인회 부인들이 전시(戰時)에는 어떤 일을 해야 하는지를 설명하고, 청일전쟁과 러일전쟁의 승리가 이들의 활동과 무관하지 않음을 강조한다. 더욱이 조선에도 경성에 애국부인회 조선 본부와 각도 지부가 설치되었음을 설명하면서, '내선인 회원 수가 점차 증가함'을 강조함으로써 조선 여성의 식민화를 꾀하고 있다. 아울러 적십자사의 사례를 청국의 경우와 대조시킴으로써 일본이 박애주의를 실천하고 있음을 강조하고, 오코무라 이오코의 사적에서는 애국부인회 회원이었던 그가 광주 지역에서 교육 보급, 개간 사업, 농잠 권고 등의 활동을 전개했다고 설명한다. 이러한 활동 또한 식민지 조선 경영 차원에서 이뤄진 것임을 고려할 때,[6] 애국부인회 활동의 연장선에서 식민지 여성 만들기의 한 방편이었다고 볼 수 있다.

이와 함께 「심신의 청결」(2권 12과), 「승(蠅)」(2권 13과), 「소제(掃除)」(4권 21과) 등 위생 담론을 다룬 과나 「부인과 지리」(3권 17과), 「지주(蜘蛛)」(4권 2과)처럼 여자교육에 대해 다룬 과들은 여성을 가정 수호자로 지정하거나 여성의 순응적이고 순량한 인격을 앞세운 자료들이며, 근검과 겸손을 강조하는 「신흠의 처 이씨」(4권 24과), 스승과 부모에게 순종해야 함을 강조하는 「유학 가신 언니에게」(1권 6과), 「근상(近狀)을 보고키 위하여 구사(舊師)께」(1권 23과) 같은 편지들은 앞서 언급한 여자고등보통학교 교수 상 주의 항목인 '선량한 풍속', '순량한 인격', '정숙하여 동정에 풍부하며 근검을 숭상하는 지조' 등과 밀접한 관련을 맺는 자료들이다.

특이하게도 이 독본은 조선 숙종 연간 통신사 일행이었던 신유한(申維翰)의 『해유록(海遊錄)』에서 발췌·번역한 「상근로(箱根路)」(4권 13~14과)와 신라 김알지(金閼智)와 석탈해(昔脫解) 신화를 소개한 「계림과 월성」(1권 28과)을 포함하고 있는데, 엄밀히 보아 이 두 자료가 역사적으로 일본과 일정한 관계가 있는 까닭에서라고 하겠다. 또한 「여옥과 공후인」, 「직녀 회소곡」 그리고 신사임당과 허난설헌의 문학을 소개한 「조선 여자의 시가」(4권 16~17과)는 이 시기 조선 여성문학의 연구 경향을 보여주는 자료에 해당한다.

이상과 같이 『여자고등조선어독본』은 1920년대 식민지 조선에서 조선어과 교육이 갖는 특징뿐 아니라 당시 여자교육의 특징을 이해하는 데 중요한 자료로 활용될 수 있다. 무엇보다 이 독본에만 등장하는 다수의 자료들은 당시 여자교육의 내용이 사회·문화적 성 인식에 기반을 둔 것이 아니라, 식민지의 피지배 여성 만들기라는 이데올로기에 중점을 두고 있었음을 고스란히 보여주고 있다.

2) 청년운동과 농민독본류의 여성교육

일제강점기 여성으로서 보통학교나 여자고등보통학교를 다닌 사람은 극히 일부다. 당시 보통학교 보급정책 상 1920년대는 3면 1교 정책이, 1930년대 중반에 이르면 1면 1교 정책이 강조됨을 고려할 때, 학교 숫자가 매우 적었을 뿐 아니라, 중등 과정 이상의 교육을 받은 여성의 숫자 또한 매우 적었을 것이기 때문이다. 정규 과정 교육의 실상이 이러했으니, 1920년대 이후 활발해지는 청년운동, 각종 야학, 농민 대상 계몽운동을 살펴봐야 할 이유 또한 여기서 생겨난다.

일제강점기 청년운동은 한말의 구국운동, 독립운동, 계몽운동 등과 맞물리면서 다양한 모습을 띠었다. 이와 관련하여 전택부(1975), 안호상(1982), 한국가톨릭노동청년회(1977) 등의 기독교 및 가톨릭 청년회 중심 운동사 연구와 김재영(2007), 박한용(2013) 등의 형평운동 및 반제동맹 관련 연구 그리고 성주현(2008), 전갑생(2012), 황선희(2001) 등의 일제강점기 청년운동사 재구가 선행한다. 1920년대 청년운동의 전개 과정에서 다수의 청년독본이 편찬되거나 번역되기도 했는데, 이들 독본류에 나타나는 여성 담론은 대중 계몽 차원에서 여성교육의 성격과 내용을 잘 보여준다.

청년운동 차원에서 자각과 자조를 주장했던 안확은 『개조론』(한일서점, 1921)[7]에서 노동문제, 지식계급 문제, 문화운동, 경제생활 개조 문제와 함께 '부인문제'를 별도 주제로 다루었다.

婦人問題

婦人의 解放問題도 其國의 事情과 程度를 隨하야 行치 안할 수 업나니, 西洋에서는 此運動이 激烈하게 되얏는대, 濠太刺利 諸洲와 又 諾威에서는 婦人의 政治上 選擧權을 與하얏고, 又 波蘭서는 選擧權쑌 안이라 被選擧權까지 與한지라. 然이나 英國서는 아직 許諾지 안하얏스며, 米國서는 全國 四十七洲의 中 婦人參政權을 與한 處는 僅 五洲에 不過하얏나니 此等의 事實이다 其國의 程度를 隨하야 行한 것이다.

朝鮮 女子教育은 飛躍的으로 出함으로 程度의 不合을 因하야 種種의 弊害가 多하니 第一 家事教育이 不足하야 結婚 後에는 家庭 處理를 不能함이 多하고, 第二 時代的 生活을 不知함으로 歐米 婦人의 승내만 내고자 하야 奢侈生活의 虛榮心이 滿腹하고, 第三 體育을 輕視함으로 身體가 弱할 뿐 안이라 充實한 子息을 生치 못하며, 第四 離婚의 消息이 多出하야 不安의 家庭을 成하고 又는 相當한 配匹을 求하다가 晚婚의 弊가 生함에 至한지라. 此等 弊端으로브터 不良한 批評이 生할 뿐 안이라 家庭과 社會의 道德이 紊亂하게 되는지라.(中略)

女子의 教育을 完全히 하랴 함은 男子에 對한 權利的 解放을 求함에 止함이 안이라 女子 自己가 自己에 對한 人格的 解放을 求하랴 함이라. 婦人의 人格을 認하야 此에 自由를 與하야써 世를 爲하고 人을 爲하야 働하기 能하도록 함이 婦人의 理想이라. 卽 婦人은 婦人된 人格을 發揮하야 男女 相互의 扶助로써 社會나 國家를 向上 前進케 할 것이라.[8]

안확의 『자각론』, 『개조론』은 전형적인 1920년대 초 개조운동[9] 관련 독본이다. 남정희(2017)에서 밝힌 바와 같이, 그의 개조론은 노동, 여성, 지식계급의 각성 등을 중심으로 한 것이었다. 여성문제는 당시 시대적 조류와 마찬가지로 '부인문제'로 규정하고 있으며, 부인 참정권이나 부인해방의 이상뿐 아니라 부인의 인격 존중과 자유 부여를 강조한다. 특히 여자교육의 문제점으

로 '가사교육 부족', '시대 생활 부지(不知)', '체육 경시'를 제시했
는데, 이와 같은 내용은 1920년대 신문·잡지의 여성 담론과 크
게 다르지 않다. 여성 참정권과 부인의 인격, 자기 개조를 강조한
점에서 다소 진보적인 내용이 포함되기도 했으나, 본질적으로
사회·문화적 차원에서 어머니와 부인을 떠난 여성 자체에 대한
자기 인식이 강조된 것은 아니었다.

　이러한 경향은 다수의 청년독본류도 비슷하다. 박준표(1923)
의 『현대청년 수양독본』(영창서관) 상편에서 「가정」을 중심으로
한 개조론이 등장하고, 하편에서 「동권(同權)」이라는 제목 아래
남녀평등관이 피력된다. 가정 개조론에서는 현대 가정의 폐습을
언급하면서, 부인의 권리, 해방과 관련지어 '부부의 평등제도를
실행하라'라는 주장이 펼쳐진다.

夫婦의 平等制度를 實行하라

資産이 有한 者난 豪强의 作妾함을 必要의 條件으로 認함이 花
柳界에 優遊함은 丈夫의 能事로 思한다. 此를 우리 社會制度의
不完全함 點에서 由起한 關係라 할 것이다. 이 弊習을 速히 改善
코자 함에는 家庭에서 平常時부터 그 專制的 觀念을 全然히 脫
却하고 夫婦의 平等制度를 實行하야 婦가 그 家長인 夫에 對하
야 敬愛를 盡함과 同히 夫가 그 婦에 對하야도 相當의 敬愛를 表
하야 서로 尊敬하난 觀念이 鞏固히 되면 一家庭은 和樂의 福祉
를 成하야 一生의 慰安을 受하며 福祿을 享치 아니하겟는가. 이
것이 今日 우리 社會에서 桎梏으로부터 저 束縛으로부터 婦人

의 解放을 絶叫하는 所以이다. 다른 社會에서는 婦人의 權利가
男子와 差別을 廢함이 얼마나 長久한 歷史를 經하얏스며 最後
짜지 問題가 되얏던 婦人 參政權도 임의 許치 아니하얏난가.[10]

작첩의 폐습을 지적하면서 부부간의 경애(敬愛)를 바탕으로 한
평등제도가 실현되어야 한다는 주장은 근대 이후 여성 담론에
서 흔히 등장하는 논리다. 그런데 박준표의 주장에서는 이 평등
제도가 구체적으로 '참정권'을 통해 실현되어야 함을 암시한다는
점에서 진보적이다. 이 책 하권 제14장 「동권(同權)」에서는 이것
이 좀 더 구체적으로 드러난다. '여자에게는 동권(同權)이 없고 차
별이 있었으며 자유가 없고 속박이 있다'라는 전제 하에, '여자는
통관(通觀)이 미달(未達)하고 억압이 가심(加甚)함으로 오직 가계(家
計)에 용력한다'라고 하여, 진정한 동권의 실현은 여성의 사회활
동을 보장하는 데 목표를 두어야 함을 역설한다.

女子는 通觀이 未達하고 抑壓이 加甚함으로 오즉 家計에 用力한다

男子는 外에 動하고 女子는 室에 居하라 하야 男女의 權利가 逈
殊함도 아니다. 男子의 品位, 天에 限하고 女子의 格位 地에 喩
함에 男女의 榮辱이 大別됨도 아니다. 女子는 男子의 剛力에 依
賴하여야 危害업고 侮辱 업다 함에 繫在하얏다. 葡萄의 蔓은 檪
樹에 依하야 生이 盛하고 結이 潤하다 하면, 女子는 男子를 待
하여야 福樂의 生活이 잇다 함이니, 强剛의 力으로 天下를 號令
하고 萬人을 統御한다 하는 意味, 此間에 存在한 것이다. (中略)

女子는 永棄物 아니라 함면 共通한 偉力도 잇고, 共通한 行事도 잇슬 것이다. 佛國에 싼다크는 男子의 果敢勇斷을 壓頭하든 者 아니뇨? 北米의 헬렌겔나 女史는 男子에 先하야 文壇의 最貴한 榮冠을 戴하든 者 아니뇨? 觀하라. 門戶를 開放하야 地位 層下를 撤廢함에 分別업시 活動하는 歐米 女子에 比하야 舊慣을 採守함에 變함업시 拘束이 依然하고 制裁가 尙然하다 하는 吾人의 面目은 果然 如何할 것인가?[11]

이 논설은, '남자는 밖, 여자는 안', '남자는 하늘, 여자는 땅'에 비유하는 것 등은 사회적 관습과 관념에서 비롯된 사상에 불과하며, 여성 가운데 남성보다 과감용단, 영귀한 능력을 보인 사람이 많음을 지적하면서, 문호를 개방하여 지위 층하를 철폐해야 함을 강조한다. 그는 궁극적으로 "여자는 천사의 진정한 광영이며 세계의 공통한 가품(佳品)"이라고 주장하며, 여성도 무능력한 존재가 아니라는 점을 강조한다. 즉, 남녀동권의 근거는 남녀 모두 그에 합당한 능력이 있기 때문이라는 것이다. 이처럼 청년운동 차원의 여성교육은 이 시대 신문·잡지 등에 나타나는 여성담론과 크게 다르지 않다. 그러나 이들 독본에 나타나는 여성문제나 여성교육은 논리적 당위성에 비해 구체적인 내용이 서술되지 않는다는 점에서 한계를 보인다.

계몽운동 차원에서 여성교육은 야학운동이나 농민운동과도 밀접한 관련을 맺는다. 주봉노(1996), 김형목(2000), 조정봉(2004) 등의 선행 연구에서 나타나듯이 야학운동은 구한말부터

시작해 일제강점기 문자보급운동 차원에서 전국적으로 활발하
게 전개되었다. 야학운동은 미취학 아동뿐 아니라 성인 대중까
지 포함한 운동으로, 그 가운데는 여성의 비중도 적지 않았던 것
으로 보인다. 1920년대 초『동아일보』,『조선일보』에서는 함평
부녀야학, 야소교 부녀야학 등의 기사를 찾아볼 수 있는데, 이는
야학을 통한 여자교육이 중요한 의미를 갖고 있었음을 보여준
다.『조선일보』1923년 3월 13일자 사설「조선여자교육협회 내
근화학원(槿花學院)」에서도 이를 확인할 수 있다.

朝鮮女子敎育協會 內 槿花學院

朝鮮 女子의 敎育이 不完全함은 世界 獨特의 缺點이라. 朝鮮의
女子는 自來로 深閨에 蟄居하야 外界 事物은 一切 斷絶하고 男
子의 壓迫下에서 衣服 飮食을 製供할 뿐 苦悶 寂寞의 生活로
一生을 送하나니 女子는 다만 異性의 差別이 有할 뿐이오 그 身
體와 精神과 天賦의 權利가 男子와 何等의 差別이 無한 人類로
셔 無價値한 生活로 人類의 資格을 完全히 保有치 못하는 悲境
에 陷入함은 實로 우리 民族의 不幸이 此에 過할 者ㅣ 無하도
다. (中略) 暗黑한 濃霧를 劈破하고 一派 光線이 透下하야 丕運
을 泣하는 一般 女子界에 照映하는 者는 卽 朝鮮女子敎育協會
이니 우리 朝鮮女子敎育界에 泰斗라 할 만한 金美理士 女史로
始하야 婦人界에 有志한 同志가 糾合하야 一千萬의 女子로 하
야금 光明한 世界로 引導코자 하는 思想으로 數年前 此敎育協
會를 市內 淸進洞에 設立하고 千辛萬苦의 中에서 女子 夜學科

를 經營하야 今日에 至하도록 非常히 良好한 成績을 擧함은 其
誰나 諒解하는 바이니 此는 女子界를 爲하야 拜賀치 안이치 못
할 바이라.[12]

이 글은 조선여자교육협회 내에 두었던 여자 야학을 '근화학
원'으로 확장 운영하려는 계획을 축하하기 위한 사설이다. 사설
의 전제로 '여자는 다만 이성의 차별이 있을 뿐', '신체와 정신, 천
부의 권리가 남자와 어떤 차별도 없음'을 강조한 것에서 여성문
제에 대한 진보적 인식을 읽어낼 수 있거니와, 이에 따라 교육받
지 못한 여성들을 대상으로 근화학원을 운영하는 것은 의미 있
는 일이라는 주장이다.

물론 야학은 정식으로 취학하지 못한 여성을 위한 야간 학교
이기에, 교육 내용 상 보통학교나 여자고등보통학교와 큰 차이
를 보이지는 않는다. 그 때문인지 모르나 일제강점기 여자 야학
용 교재가 별도로 편찬된 사례는 찾아보기 어렵다.[13] 그럼에도
여성교육과 여성운동 단체의 활동이 활발해지면서 여성 대상의
잡지 발행이 활발해지고, 그 속에 '여성강좌'가 실리기도 했다.
1927년 조직된 근우회의 기관지 『근우(槿友)』에서도 이를 확인
할 수 있다.

1927년 7월 성립된 근우회는 '조선 여자의 공고한 단결을 도
모함', '조선 여자의 지위 향상을 도모함'을 강령으로 삼았으며,
"여성은 벌써 약자가 아니다. 여성 스스로 해방하는 날 세계가 해
방될 것이다. 조선 자매들아 단결하자"라는 슬로건을 선언서에

『근우』(1929)

담고 있다.[14] 이 단체의 회지가 몇 호까지 발행되었는지는 확인하기 어려우나,[15] 『근우』창간호(1929.5)에서는 두성(斗星)이라는 필명의 「부인강좌: 경제 조직의 변천과 부인의 지위」가 실려 있었다.

> ### 부인강좌: 경제 조직의 변천과 부인의 지위
>
> 녀성문제는 우리 사회의 유긔톄로서(有機體) 녀성이 가질 수 잇는 권리와 자유를 가지고 사회를 위하야 최선의 힘을 갓치하며 녀성도 사회의 유용한 사람이 되자는 것임니다.
>
> 녀성문제의 완전한 해결에는 압제 착취 비참 빈곤이 모다 절멸(絶滅)이 되며 개인급사회 전톄 쏘는 정신급육톄의 행복이 좌우

되는 것입니다. 그럼으로 녯날 사회의 잇서서는 부인의 지위가 엇더하엿스며 현재는 엇더하며 미래는 엇더할 것인가 하는 것은 적어도 인류(人類) 일반(一半)의 중대한 관게임니다. 더욱 구라파(瞿波羅) 갓튼 대는 여자의 수효가 남자보다 훨신 만흠으로 사회의 큰 관게로 되어 잇섯습니다.[16]

이 강좌는 사회경제사 관점에서 경제 조직의 변화에 따라 여성의 지위가 변화했음을 설명하고, 그로부터 성차별 철폐와 여성해방을 주장하는 데 목표를 두었다. 원시 공산시대부터 사유재산의 발달에 따른 여성의 지위 하락, 임금 노예의 등장 등과 같은 내용은 1920년대 이후 신문·잡지에 자주 등장하는 사회 조직의 변화에 대한 설명과 동일하나, 여성 독자 대상의 순한글 강좌 형식의 독서물이라는 점에서, 여성교육용 자료로서 유의미하다. 하지만 여성을 대상으로 한 야학과 여성단체의 잡지 소재 여성교육의 특징을 분석하기에는 자료의 양이 여전히 절대적으로 부족한 상태다.

이와 같은 맥락에서 농민운동 차원의 독본 자료에 등장하는 여성교육 관련 내용을 살펴볼 필요가 있다. 일제강점기 문화운동과 함께 농민운동을 전개한 대표적 단체로 조선농민사가 있다. 이 단체는 1925년 9월 29일 '조선농민계발(朝鮮農民啓發)', '잡지 『조선농민』 발행' 등을 목표로 김준연(金俊淵), 김현철(金顯哲), 이돈화(李敦化), 이성환(李晟煥) 등이 중심이 되어 조직한 단체다.[17] 1925년 12월 기관지 『조선농민』을 창간하고, 농민 계몽을 목적으로『농민독본』을 발행했다.

『농민독본』은『조선농민』의 부록 형태로 1927년 초판이 간행된 것으로 알려져 있지만,[18] 현재 미 발견 상태라 내용을 정확히 고증하기는 어렵다. 다만『조선농민』창간 당시부터 이성환(李晟煥)이「현대농민독본」이라는 이름으로 농민 교양 교재를 연재하고, 이 기관지 4-1호 서문에서 조선농민사가 1927년 1월『농민독본』상중하를 발행했다고 밝힌 점을 고려할 때, 이 독본은 이성환의 연재물을 부록으로 발행한 것으로 추정된다.[19]

연재물은「현대농민독본」(『조선농민』1-1, 2-1, 2-2)과「문맹 퇴치용 농민독본」(『조선농민』4-1, 4-3) 두 종류가 있다. 전자는 '자수대학, 농민, 농노, 농민과 독립자영, 농민과 공동정신, 농촌과 경제생활' 등 6과로 구성되었고, 후자는 '양반과 농민, 노동신성, 지혜와 권세, 허식의 탈, 조혼의 폐, 위생과 건강, 자유, 평등, 조선농민사' 등 9과로 구성되었다.

『농민독본』은 1930년 6월 이성환 저작으로 전조선농민사(全朝鮮農民社)에서 출판되었다. 상편 22과, 중편 29과, 하편 35과로 구성되었는데, 위 연재물의 확장판이라고 볼 수 있다. 상편은 서문과 한글 자모, 어휘와 글자 모으는 법, 이야기 한마디 등 14과까지는 과명(課名)이 없고, 15과부터 22과까지는 '양반과 농민, 노동신성, 지혜와 권세, 허식의 탈, 조혼의 폐, 자유, 평등, 권학문'이라는 과명을 붙였다. 중편은 '농민, 동무, 태양, 달, 책력, 작물과 풍토, 종자, 비료와 토양, 농가일기, 석탄과 석유, 철과 유리, 전기, 고무, 도시와 전원, 농촌과 경제생활(一, 二), 시대와 구

『농민독본(보급판)』(1931)

습, 민요, 나들이 가신 아부지에게, 농민 야학을 권고함, 규율,
인체생리(一, 二, 三), 조선 지리(一, 二, 三), 개인과 사회(一, 二)' 등
29과로 구성되었다. 하편은 '조선 농민, 농민과 독립 자영(自營),
농민과 공동 정신, 미신, 자연, 자본, 노동, 상품, 생산(一, 二), 소
비, 화폐, 기계와 사람, 분업, 임은(賃銀), 지세(地稅), 이자. 소작료,
잉여가치(剩餘價値), 소비조합(一, 二, 三), 농업금융(一, 二), 정말(丁抹
=덴마크)의 농민, 단체생활, 권리와 의무, 사람의 역사, 조선역사
(一, 二, 三, 四, 五), 조선의 신문명' 등 35과로 구성되었다.

　이들의 과명을 살펴볼 때, 여성교육을 별도로 언급한 부분은
없다. 당시 농촌문제가 남녀를 구별할 필요가 없을 정도로 심각

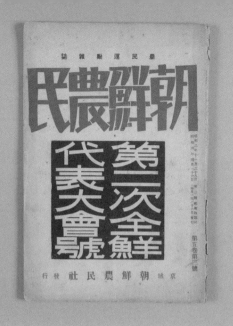

했고, 여기에 수록된 기본 지식은 남녀 공히 필요한 지식이라 여겨졌을 것이기 때문이다. 이는 『조선농민』에 수록된 당시 조선 농촌의 여성문제 관련 담론을 통해서도 증명된다. 예를 들어, 『조선농민』제3권 제9호(1927.2)에서는 「농촌여성문제호」라는 제목과 함께 이성환의 '조선의 농촌 여성', 유광열의 '농촌 여성을 전망하며', 김평우의 '여성문제의 일이삼', 적도생이라는 필명의 '농촌여성생활상의 관견' 등이 실렸는데, 이 가운데 김평우는 농촌 여성의 실상을 설명하면서 "농촌의 여성은 가정 노예인 동시에 농업 노예"라고 규정한다.

농촌 녀성의 타락

농촌 사람을 말할 째에는 반다시 순박하고 질실(質實)한 사람이거니 하고 생각되는 듯이 일방으로 또 그네들은 배움이 업고 알음이 업서셔 사람다운 인격을 가지지 못한 것이 됴션의 농촌 사람의 보편뎍 사실이다. (중략) 남존녀비(男尊女卑)라는 관념(觀念)이 뇌수(腦髓)에 깁히 인상(印象)되야 여자의 학대(虐待)가 참으로 눈쓰고 볼 수 업는 현상이 한두 차례 아일다. 여자는 세탁(洗濯) 재봉(裁縫) 밥지이(炊飯) 등 가명에서의 종노릇을 하는 이외에 양잠(養蠶)하기 위하야 쑝(桑)도 짜오고 농군의 점심도 먹이기 위하야 밥도 날녀주고 심하면 산에 올녀가서 나무도 하여 오고 들에 나아가서 밧매고 논 매는 일을 하지 아니하치 못한다.

농촌의 녀성은 가명노예(家庭奴隷)인 동시에 농업노예(農業奴隷)를 겸하엿다. 한가지 노예에도 참아 못할 것이거던 함을며 두가지 노예를 겸한 것이랴? 이 노예생활은 이에 한한 것이 아니라 자긔 직접 상면(上典)인 남자가 잇는 이외에 가장 무서운 가정 상면이 잇스니 그는 곳 남자의 부모일다. 이것을 소위 시부모라고 한다.[20]

이 논설은 보편적인 여성문제뿐 아니라 조선 농촌 여성문제를 사실 그대로 서술했다는 점에서 의미가 크다. 특히 이 논설은 '직업부인이란 엇던 것이냐?', '농촌 여성의 타락', '매음부가 천한가?' 등과 같은 부제들을 사용했는데, 이로써 농촌 여성의 문제는 이중 노예의 굴레에 있는 조선 농촌여성의 삶이 근본적 원인임을 명료하게 짚어내고 있다.

　이와 같은 인식은 『농민독본』의 저자인 이성환의 논문에서도 확인할 수 있다. 그중 『근우』 창간호(1929.5)에 실린 논설을 살펴보자.

今後의 朝鮮 女性運動

나는 농민운동에 생각을 치중하고 농촌으로만 쏫차다니는 짜닭인지는 모르나 오늘날 우리 조선 안에 잇는 모든 운동들이 모두가 도회디를 중심하고 잇는 느낌이 업지 아니합니다. 더구나 녀성운동(女性運動)에 잇어서는 극단으로 그러함을 봄니다. 조선에는 원래로 도회가 몃 군데 되지도 안커니와 도회디에 사는 시민층(市民層)의 여자만을 가지고 녀성운동의 튼튼한 진영처럼 생각하여서는 안 될 것이라고 생각함니다. 웨 그러냐 하면 녀성운동은 어데짜지든지 해방뎍 운동(解放的 運動)이어야 되는 뎜에서 그와 맛찬가지로 어데짜지든지 해방뎍 요소(解放的 要素)를 만히 가진 군중을 엇지 안코는 도뎌히 그 목뎍을 달할 수 업스니짜요. (中略) 녀성운동은 전세계뎍 쏘는 전인류뎍으로 보는 뎜도 잇지마는 우리는 먼저 우리가 서고 잇는 조선의 첟지와 객관뎍 조건(客觀的 條件)을 잘 보지 아니면 안 될 것이라고 생각함니다. 현하 조선의 녀성은 하나요 봉건 세력(封建勢力)으로부터 해방되여야 되고 또 하나는 근대뎍 압박(近代的 壓迫)에서 해방되어야 할 절박한 두 개의 조건을 가지고 잇는 줄 암니다.

곡물을 수확하는 농촌 여성들(1930)

> 그런데 이 모든 조건에서 하로밧비 벗서나지 아니하는 알 수 업
> 는 가장 비참한 경우에 잇는 녀성은 八百萬이 넘는 농촌녀성(農
> 村女性)임니다.[21]

이 논설에서 이성환은 농민운동 차원에서 여성운동이 시급하
며, 농촌 여성에 대한 압박이 봉건적 압박뿐 아니라 근대적 압박,
즉 노동 조건과도 밀접한 관련이 있다고 주장한다. 그는 8백만이
넘는 조선 농촌 여성의 삶이 비참함 그 자체이며, 이들을 각성시
키는 것이 여성운동의 핵심이라고 역설한다. 다만 이러한 농촌
여성문제에 대해 합당한 대안이나 여성교육을 위한 구체적 실

천 방안이 제시되지 못하고, 나아가 이와 관련한 대중 계몽서들이 발행되지 못한 것은 아쉬움으로 남는다. 이는 당시 농촌 계몽운동이 갖는 본질적 한계이자 식민 치하라는 시대적 한계이기도 했다.

3] 식민지 농촌정책과 부녀교육

농촌 여성교육 관련 담론에서 또 하나 간과할 수 없는 사실은 식민정책 차원에서 농촌 여성인력 동원을 위한 교육이 폭넓게 이뤄졌다는 점이다. 이는 1930년대 초부터 조선총독부의 농촌정책 가운데 하나로 진행되었는데, 산하 지방 행정조직을 중심으로 한 농촌진흥정책과 밀접한 관련을 맺고 있었다.

조선총독부의 농촌진흥정책은 만주사변 직후인 1932년부터 본격화된 것으로 보인다. 1932년 9월 30일 총독부령으로 '조선총독부 농산어촌 진흥위원회 규정'이 발포되고, 전국적인 농산어촌 정책 방침과 시설 통제, 진흥정책이 실시되었다.[22] "조선에서 농산어촌에 관한 방침, 시설 및 통제에 관한 주요 사항을 심의하기 위해 총독부에 조선총독부 농촌진흥위원회를 설치한다"라는 목적의 이행은 순조로웠다. 당시 총독 우가키 가즈시게(宇垣一成)는 일본의 농업 정치가이자 교육자로 알려진 야마자키 노부요시(山崎延吉)를 촉탁으로 초빙해 총독부 내 각 국장과 과장을 포함한 위원회를 구성했다. 이를 필두로 전국 각 도·군·읍면에 농촌

진흥위원회를 두는 규정을 제정하고,[23] 리(里) 단위 '농촌진흥회'를 조직하는 준칙까지 발표했다.

이 준칙에 따르면, 리 단위 농촌진흥회는 "정신의 진기(振起)를 도모하고 양풍미속(良風美俗)을 작흥(作興)하여 생업에 대한 신념을 계발 배양하고 스스로 분투하고 공동으로 노력하여 업(業)을 흥하게 하고 산(産)을 치(治)함으로써 생활의 신전(伸展)을 도모함"을 목적으로 하는 단체였다.[24] '정신 진기'는 일제강점기 식민 통치 이데올로기에 부합하는 황국 신민이 되는 것을 의미하며, '양풍미속' 또한 식민 지배 이데올로기와 깊은 관련을 맺는 표현이다. '생업에 대한 신념', '자분공려(自奮共勵)를 통한 흥업(興業)·치산(治産)'도 본질적으로 식민지 농촌의 생산성 증대와 무관치 않다.

이렇게 식민지 농촌정책에 따라 다양한 '농촌진흥정책', '자력갱생운동'이 전개되었고, 이를 뒷받침하듯 교재 편찬이 함께 이뤄졌다. 교재는 '농민독본', '조선어독본' 등의 이름을 달고 있었으며, 편찬 주체는 각 도 행정기관을 비롯해 금융조합이나 교육연구기관 등 다양했다.

각 도 행정기관의 농민독본 가운데 가장 먼저 편찬된 것은 1933년 『경기도 농민독본』으로 보인다. 이 독본은 1932년 경기도 안성 '죽산교원공산당사건' 당시 농민 저항의식 고취 과정에서 사회주의 사상이 가미된 농민독본이 활용되었다는 조사 결과에 따라, 이를 대체하기 위한 목적에서 편찬된 것으로 알려져 있다.[25] 이 독본은 '범례', '교수상의 주의' 및 60개 과로 이뤄진 본문과 부록으로 구성되었다. 본문 가운데 「23. 직업」, 「24. 농사 타령」, 「28. 진흥회 만세」, 「40. 농냥과 부채금」, 「41. 나의 땀」, 「42. 우리 집 논」 등은 농촌 생산성 향상을 위한 노동(근로) 담론을 포함하며, 「38. 부인의 책임」은 농촌 여성의 노동을 강조하는 내용이었다.

三十八 부인의 책임

어느 나라 인구를 보아도 대개는 남녀 수가 상반한 듯합니다. 한 집 식구를 볼지라도 그러합니다. 그런데도 여자는 밧게 나가 일하는 것이 아니라 하야 농사는 남자가 혼자만 하면 그 농가의 살림살이는 도저히 넉넉하야지지 못할 것이올시다. 조선에서도 북선이나 서선 지방에서는 여자가 남자와 가티 들에 나가 일들을 하는 까닭에 농가의 살님이 대단히 유족합니다.

여자는 남자의 일을 조력할 뿐 아니라 가정에 잇서서 부모를 잘 봉양하며 자식들을 잘 교육햐여야 됩니다. 가족이 화목하게 지내며 가사에 비용이 덜 들게 한다던지 이웃이나 친척이 서로 사이좃케 지내고 생활을 여러 가지로 고쳐가는 것도 여자의 힘이 만이 들어야 되는 것이올시다. 이러케 생각하야 보면 부인들의 책임은 대단히 중합니다.[26]

이 과에서는 남녀 모두 농사를 지어야 하며, 북선과 서선 지방에서는 여자가 남자와 함께 일을 하기 때문에 유족(裕足)하다는 주장이 펼쳐진다. 농촌의 빈곤은 여성이 농업에 종사하지 않기 때문이라는 것이다. 앞서 농민단체나 여성단체에서 농촌 여성이 가정노예와 농업노예로 전락해버렸다는 현실 인식과는 정반대의 논리다.

이와 같은 주장은 1937년 충청북도에서 발행한 『간이농민독본』에서도 확인된다. 이 독본의 「양잠」(13과), 「부업」(17과), 「직업」(19과), 「갱생부락문답」(23과), 「농가갱생오개년계획」(25과) 등은 전형적인 농촌 여성 노동력의 동원과 연관되고 있다. 이 가운데 25과에 실려 있는 '진흥회 종소리'를 살펴본다.

진흥회 종소리

「땡-땡-땡」 저녁 종소리가 들닌다. 저 종은 진흥회가 되자 구장께서 긔부하신 것이다. 저 종은 우리들에게 시간을 알게 하야 주며, 여러 가지 통지도 하야 준다. 「땡땡-땡땡」은 진흥회원이 모이라는 것이고, 「땡땡땡-땡땡땡」은 부인회원이 모이라는 것인데, 종소리만 나면 하든 일도 다아 던지고, 달음박질하야 모이는 것이 볼 만도 하다.

일전에도 졸지에 도청에서 오신 손님이 강연을 하신다고, 해가 막 떠러질 때에 「땡땡땡-땡땡땡」 소리가 낫섯다. 어머니께서는 머리도 밋처 다듬지 못하시고 빨니 가섯는데, 남보다 느저서 대단히 미안하엿다고 두세번 말삼하셧다.

진흥회가 처음 될 당시에는 종을 치기 시작하야 온 동리 사람이 모이기까지 십여분이나 걸리든 것이 요사이는 륙칠분 가량이면 된다고 진흥회장이 퍽 조와하신다. 저 종소리가 새벽마다 동내

를 울리면 남녀로소를 물논하고 일어나는 즉시 제각기 맛흔 일
을 힘쓴다.

집의 안팍을 소제하는 사람, 거름을 지고 나가는 사람, 풀을 비
여 들이는 사람, 가마니를 치는 사람, 집신을 삼는 사람, 모다 즐
거운 마음으로 쉴새업시 일을 한다.

「전에는 낫제도 일을 잘 안이하는 동리 사람들이 새벽부터 저와
갓치 부즈런히 하게 되엿스며 여러 가지 못된 버릇이 업서지고
점점 규모 잇는 생활을 하게 되니 이것이 모다 진흥회의 힘이며
저 종소리가 큰 보배로다.」[27]

진흥회를 통해 여성의 노동력이 어떻게 동원되고 있는지 확인
할 수 있는 내용이다. 도청 손님은 진흥회를 지도·감독하는 인물
로, 이들의 강연을 알리는 종소리가 세 번 연속되면 부인 회원들
이 모여야 하는데, 시간에 늦으면 안 되었다.

이러한 진흥회 모습은 1938년 국민교육연구회에서 편찬한
『농촌속수 조선어독본』에도 등장한다. 다음은 그 「제29 진흥
회」 장면이다.

第二十九 진흥회

장터에서 집으로 돌아오는 길에 구장을 맛낫다. 구장이 「명일
(明日) 정오에 보통학교(普通學校)에서 진흥회 창립식을 거행
하게 되니, 아모조록 오기를 바란다.」라고 말하고, 다른 급한 일
이 잇는 것 같치 웃동리로 빨리 간다. 나도 전부터 우리 동리(洞

里)에 진흥회가 된다는 소문을 듯고, 속으로 깃버하얏지마는, 이같치 속히 되리라고는 꿈에도 생각지 못하얏다.

이튼날 아침 나는 가마니를 짜다가 겨을 잛은 해가 반공에 오기 전에 학교(學校)로 갓다. 시간은 되지 아니하얏스나 동리(洞里) 사람은 전부 모엿다. 앞을 보니 면장(面長)님이 군(郡)에서 오신 내무주임(內務主任)과 같치 걸상에 앉어 잇다. 그 옆을 또 보니 학교(學校)장, 주재소 소장, 금융조합 리사 등 여러 사람이 나란히 앉어 잇다. 정각의 종소리가 나자 郡內務主任이 일어서서,

「오날 이 洞里 진흥회 창립식에 참가하게 된 것은 참으로 깃브게 생각합니다. 진흥회는 그 이름과 같치 이 洞里의 행복을 위하야 세우는 것이오, 결코 여러분을 괴롭게 할랴고 세우는 것은 아닙니다. 이 洞里에 지금까지 내려오던 낫븐 풍속이나 혹은 미신은 타파하고 잔치 기타에 무용한 돈을 쓰지 안케 하고 한 사람도 게을리지 아니하야 이 洞里 사람이 다 부자가 되고 조은 사람이 되라는 것입이다. 취지는 이러하니 이것을 잘 직히는 날에는 이 洞里는 우리 群內에 모범촌(模範村)이 되고, 이어서 다른 洞里까지에도 조은 영향을 줄 터이니, 여러분은 회장이 된 구장의 명령을 잘 순종하야 성적을 올리기를 바랍니다.」고 말하얏다.(下略)[28]

각 동리의 진흥회가 '농산어촌 진흥위원회 규정'에 따라 창립되고, 리 단위의 진흥회가 군 내무주임 주재 아래 각 학교, 주재소, 금융조합, 면장, 구장 등의 통제 절차를 따르고 있음을 이 과

는 분명히 보여준다. '구장의 명령을 잘 순종하여 성적을 올릴 것'이란 주문에 진흥회를 통한 농촌 통제의 태도가 그대로 담겨 있다. '나쁜 풍속과 미신 타파', '무용한 돈 쓰지 않기', '게으르지 않기' 등을 통해 '모범촌 만들기'를 내세우지만, 이는 피폐해진 농촌이 식민 통치와 수탈의 결과임을 은폐하기 위한 논리에 불과함을 노정할 뿐이다.

총독부 농촌 계몽정책의 극심한 통제성을 노골화한 자료는 1943년 황해도 농정과에서 발행한 『전시(戰時) 농민독본』이다. 일본문에 조선문을 부속시킨 문체가 사용된 이 독본은 책명이 암시하듯 전시동원체제에 맞춤한 것이다. 서문을 보자.

序
一

大東亞戰爭決戰下に於て(에 잇서서) 穀倉黃海道の(의) 國家的 使命は(은) 至重である(한 바 잇다). 本道五百萬農業戰士たる もの(여러분은) 是が非でも(아무러케 하여서라도) 此(이)の大 (큰)使命を(을) 成し遂げなければならない(達成치 안으면 안 되겠다). 玆に(에) 皇國農道の(의) 體得及本道農事獎勵事項の (의) 理解への(上) 手引として(한 參考로) 本書を(를) 物し(發 刊하야) 農業戰士諸君に(에게) 贈る(보내는 바이다). 各愛國班 より(으로부터) 漸次各家庭にまで行き亘り(에 이르기까지) 反 讀愛讀せられんことを(함을) 切望する(하는 바다).

尙(坯), 讀本とはへ(이라고 하지만) 載する(記한) 所は(바는) 本 道治道の(의) 根幹的事項であるから(인즉), 官公吏其の他指導

層の方のも(여러분도), 参考とせられたい(로 하기를 바라는 바다). 又, 本書が(가) 學校・鍊成道場等に於て教材とせらるべきは勿論(로 될 것은 勿論이지만), 農民諸君の(의) 國語敎本としても(으로도 만히) 利用せられたいことを(되기를) 特に(히) 附記して置く(바라는 바다). 昭和十八年 五月 黃海道知事 碓井忠平.[29]

글은 이 독본이 전쟁 상황에서 곡창 황해도의 농업 생산량 증대와 전시 동원을 목표로 삼고 있음을 뚜렷이 내세운다. 이른바 '황국농도(皇國農道)', '농업전사(農業戰士)'는 군국주의 일본의 농업정책이 식민 수탈에 있음을 선명히 한 물증이다. 일본문 중심, 조선문 부속의 문체에서도 일본어 보급·활용의 목적이 고스란히 읽힌다. 내용은 식민 지배정책 그 자체다.

독본은 총50과 구성이다. 「국체의 본위」, 「대동아전쟁」처럼 군국주의를 표방한 과를 제외하면, 대부분 농법(農法) 관련 내용이다. 예를 들면, 「식량의 증산(食糧ノ增産)」, 「토(土)」, 「증미(增米)」, 「수도의 종자(水稻ノ種子)」, 「개량묘상(改良苗床)」, 「박파(薄播)」, 「묘대의 수입(苗代ノ手入)」, 「조식과 밀식(早植ト密植)」, 「패발(稗拔)」, 「병충해의 구제(病蟲害ノ驅除)」, 「적기예취(適期刈取)」, 「전작의 개량(畑作ノ改良)」 등이다. 이 가운데 「부인의 취로(婦人ノ就勞)」, 「절약(節約)」, 「저축(貯蓄)」 등은 농촌 여성 노동력 수탈과 무관하지 않다. 「부인의 취로」를 보자.

第三十八 婦人ノ(의) 就勞

我我ノ(우리)家庭モ(도) 戰場デアリ(이고), 我我ノ(우리) 職場
モ(일터도) 戰線デアリマス(이오). 女モ(女子도) 男ニ(男子에
게) 負ケナイヤウ(지지 안토록), 此ノ(이) 戰線ニ(에) 立タナケ
レバナリマセン(나서지 안으면 안 되오). 今マデノヤウニ(從前
과 갓치) 屋內デグヅ―レテハ(에서 꾸물꾸물하고) 居ラレナイ
ノデス(잇슬 수 업소). 野ニ(들로) 山ニ(으로) 田植ニ(모내기에)
草取ニ(김매기에) 勇マシク(勇氣잇게) 進軍シマセウ(합시다).
サウシテ(그리하야) 善ク(잘) 働クコトニ(일함으로) 依ツテ(因
하야) 身ヲ(心身을) 鍛ヘ心ヲ練リ(心身을 鍛鍊하야), 皇國軍人
ノ(의) 母トシテ(로서), 又(또는) 皇國軍人ノ(의) 妻トシテ(로
서) 恥ヅカシクナイ(붓그럽지 안흔) 婦人ニナリマセウ(이 됩시
다).[30]

전시 농촌의 여성 동원이 어떻게 이뤄졌는지 잘 보여주는 과
다. 여성이 황국군의 어머니이자 처(妻)라는 이데올로기는 전통
적인 현모양처 이념의 변형이며, 농촌 여성의 노동력은 전시동
원체제에서 수탈당하는 대상일 뿐임을 읽어낼 수 있다.

여성 노동력의 극대화를 위해 개최된 각종 강습회나 강연 자
료는 무수하다. 1935년 전후 당진군에서 발행되었을 것으로 추
정되는 부인강습회 자료의 경우, 「농촌 부인의 심득」(김 군수),
「부인의 칙무」(교화주사 류영운), 「면작」(농회기수 박윤교), 「나무 절
약과 불조심」(산업기수 류영찬), 「양잠과 부인」(농회기수 박지풍), 「축

산과 농촌 부인」(농회기수 리찬구), 「거름과 퇴비」(농회기수 원용섭), 「납셰와 밀조쥬」(직무주임 한퇴동) 등 여덟 개의 강연 자료와 부록으로 구성되었는데, 면작, 양잠, 축산, 거름 관련 노동이 부인과 직접 연관되어 있다.

이 가운데 「부인의 칙무」는 식민지 조선에서 여성이 갖춰야 할 순응적 여성상을 역설할 뿐 아니라, 가정의 수호자이자 성실한 노동자가 되어야 한다는 주장으로 점철되어 있다. 다음은 그중 노동 관련 부분이다.

부인의 칙무

요 다음에는 부인 근로라 하는 데 대하야 말삼하겟습니다. 부인도 밧게 나와서 일을 하여야 한다는 말삼은 군수 영감께서도 말삼하셧지만은 부인이 밧게 나와서 할 일 몃 가지를 들어 말하면 다음과 갓습니다.

가. 집안 일 여가에는 논밧일도 하여야 합니다.

나. 양잠과 질삼과 가마니 치기를 힘써서 하여야 합니다.

다. 밧농사로 보리농사 콩농사 면화갈기 감자 무감자 심기, 삼갈기, 치소 갈기를 힘써서 하여야 하겟고, 또한 이런 일을 부인들이 공동으로도 히 볼 필요가 잇습니다.

라. 닭 치고 도야지 먹이기를 힘써서 하여야 합니다.[31]

이 강습에서 부인 근로는 일제강점기 농촌 여성의 노동력이 농업 전반에 걸쳐 있음을 보여준다. 집안일뿐 아니라 양잠, 길쌈,

가마니 치기, 논밭 농사, 부업 등이 모두 여성 노동의 영역이었다. 당시 대다수 농촌 여성이 어쩔 수 없이 감당해오고 있던 일들임에도 그 노동의 당위를 재차 역설하고 있으니 새삼스러울 뿐이다. 되짚어보면 이러한 주장은 전시 수탈을 위한 생산성 향상과 결부되어 있었다. 농촌 여성의 노동력은 그만큼 중요해질 수밖에 없었다. 중일전쟁과 태평양전쟁이 연이어 발발하면서 이러한 사정은 더욱 심해졌다,

다음은 중일전쟁과 함께 '국민정신총동원령'이 발포된 후, 총독부가 발행한 『자력갱생휘보』 제63호 언문판(1938.12)에 실린 농촌 여성 담론 가운데 일부다.

非常時와 農村婦人의 使命: 평안남도 농촌진흥과 부인 촉탁 리산라

제일선에서 용전분투하는 황군의 노력을 감사하는 마음은 도시나 농촌이나 일반으로 가틀 것입니다. 이즈음 날마다 들니는 국방헌금이라든지 비행긔 헌납이라든지 쏘는 우리 농촌 부인들이 아침저녁으로 한 술식의 쌀을 쩌서 모흔 돈이나 가마니를 짜고 색기를 쏘아서 판 돈, 혹은 전답의 허터진 이삭을 주서서 판 돈, 부인회원들의 품을 판 돈을 헌납한다는 아름답고 반가운 소식은 듯는 자로 하여금 감격의 눈물을 금치 못하게 합니다. (중략) 이제 우리 농촌 부인들이 취할 바 적극적 태도와 중대한 사명 두어가지를 들어 말슴하랴 합니다.

농촌진흥운동이 크게 고창되고 잇는 것인데 이것은 다만 궁핍한 농가의 의식주의 안정을 강구하는 경제생활 향상의 방책만

을 도모함이 아니라 한거름 나아가서 우리로 하여금 황군 신민
으로서의 신념을 두터이 가지고 농민의 인생관을 바르게 세워
서 더욱 튼튼하고 빛나는 생활을 하여 총후의 임무를 다하게 하
고자 함이올시다. (중략) 국민정신총동원이라는 것은 이러한 의
미의 말슴이올시다.

첫재 우리의 양식이 충실하여야 합니다. 그것은 즉 제일선에서
안심하고 충분히 싸우게 하는 것입니다. 둘재 군수품의 제공입
니다. 우리들의 손으로 생산하는 물품 중에는 군수품 되는 것이
만습니다.(군량, 마초, 화약, 병긔). 섯제 전비의 부담입니다.[32]

이 논설에서 필자는 자력갱생운동과 농촌진흥운동의 본질이
궁핍한 생활 안정뿐 아니라 국민정신총동원 차원에서 군량미,
군수품 제공에 있음을 분명히 하고 있다. 식민정책 차원에서 이
뤄진 모든 농촌 계몽, 여성 계몽 활동은 식민지 여성 수탈이란
목표에서 조금도 벗어나지 않는다.

『자력갱생휘보』 1940년 10월호(제4호) 언문판 「시국과 부인
의 노동」에서는 농촌 여성 노동력 동원의 본질을 다음과 같이 설
명한다. 기사에 나타나듯이, 전시 하 자력갱생운동 차원의 농촌
여성의 노동은 생산 확충, 노력 동원, 배급 등과 함께 전형적인
여성 노동력 수탈의 수단이었을 뿐이다.

『자력갱생휘보(언문판)』(1940)

時局과 婦人의 勞働

시국하 농산어촌이 짊어지고 잇는 사명(使命)의 달성(達成)이
라든지 희유한 한 해를 극복키 위해서 농산어촌의 계획적으로
하는 로력의 동원(勞力의 動員) 또는 그 배급문제(配給問題)를
일층 절실히 느끼는 것이다.

부락 진흥회원이 공동해서 각종 공사장으로 가서 로동하는 것
이며 또는 집에 잇는 부녀자가 결연 분기해서 혹은 가마니를 짜
며 혹은 보리밭을 가라치는 혁명적 로력의 자태는 한발로 말미
아마 나타난 기쁜 일이다. 한해(寒害) 극복의 효력이 혁혁하게

나타나는 그 힘은 시국하 생산확충(生産擴充)에 공헌(貢獻)할 바
가 여간 크지 안흘 것이다. 우리들은 그 계획적 수행(遂行)과 왕
성한 활동을 크게 기대하고 잇는 것이다.[33]

이상과 같이 식민지 농촌정책에 따른 부녀교육은 여성의 자각
이나 여성해방운동과는 무관한 생산성 향상, 노동력 수탈 차원
에서 수행된 왜곡된 계몽의식을 전제하고 있었다. 이는 일제강
점기 한국의 여성교육이 갖는 본질적 한계로 이어질 수밖에 없
었다.

3. 신문 연재물과 계몽독본

1) 신문 연재 독본

일제강점기 여성운동 담론이 비교적 활발했음에도 학생이나 일
반 대중을 대상으로 한 여성교육 내용은 대체로 전통적 가정교
육이 기반이었다. 경우에 따라 다소 차이는 있지만, '조선교육문
제'와 관련한 다음 자료는 1920~30년대 여성교육의 실상을 요
약적으로 보여준다.

朝鮮敎育問題: 三. 女性敎育

교육이란 남녀를 물론하고 性能 發揮, 個性伸張에 基調를 두어
生活化되도록 하여야 할 것이다. 만일에 그 바든 바 교육이 實
際生活과 調和시킬 수 업다 하면 그 교육은 모순되고 不合理하
다 아니할 수 업다. 이로써 미뤄 보면 우리 朝鮮 女性으로서 특
히 中等敎育 이상을 바든 소위 知識階級 女性으로서는 우리 조
선의 現實 社會 事情과는 넘어도 거리가 먼 非實際的 교육을 바
든 폐단을 절실히 늣기게 한다. 전부가 다 그러치는 안켓지마는

대부분이 資本主義 이데올로기에 陶醉된 享樂生活을 몽상하는 虛榮女가 되고 마는 감이 잇다. 그것은 女性 自身의 無自覺 無定見의 所致도 되겟지마는 교육자로서 이 점에 크게 着眼하여야 할 責任이 잇다고 본다. 外華나 숭상하며 有閑階級의 '노라'나 되려는 女性은 조선 사회뿐 아니라 全世界가 기다리지 아니한다. 수수한 옷을 입고 팔다리를 부르거든 후, 모든 일(家事이든지 社會 事業이든지 所任된 職業)을 씩씩히 하고 나가는 勇敢한 여성을 기다려겟만 敎養 잇는 女性으로서도 의연히 奢侈 化粧 등을 是事하며 非實際的 虛榮生活에 浸潤되는 것을 보면 放心치 못할 점이 넘어도 만타.(中略)

이 가튼 點에 대하여는 敎育者로서 敎科書 傳達에만 汲汲하거나 賢母良妻 養成의 單純한 目的에만 끗치지 말고 女性의 社會奉仕에 대한 精神的 指導가 잇서야 하렷만 某種 機關에서는 그가튼 일을 도리혀 意識的으로 抹殺하려 함에 이르럿스니 참 짝한 노릇이다. 以上에서 말하여 온 것이 中等敎育을 標準함이 되엿지마는 初等敎育에 關係되는 問題와 其他 性敎育 問題 等 할 말이 남엇스나 女性敎育에 대하여는 이에 쯔치고 만다.[34]

이 논설에서 보이듯, 1920~30년대 여성운동의 결과 지식인 여성을 중심으로 여성문제가 활발히 논의되기 시작했지만, 여성운동을 '허영심', '유한계급의 노라' 등으로 폄하하는 경우가 많았다. 특히 교육 내용 면에서는 '교과서 전달', '현모양처 양성'에 그치는 경우가 허다했다. 그리하여 '양파'라는 필명의 이 필자는 '여성의 사회봉사에 대한 정신적 지도'를 포함한 여성교육이 이뤄져야 한다고 강조하고 있다.

앞서 살펴본 바와 같이 일제강점기 학교교육에서 여성교육은 식민지 여성 만들기를 벗어나지 못한 상태였다. 따라서 사회교육 차원에서 여성 대상의 회보나 독본 자료를 찾아보는 일은 충분히 의미가 있다. 다만 현재까지 여성 독자가 대상인 사회교육용 자료가 충분치 않기 때문에, 이를 대신하는 차원에서 신문·잡지 소재 자료들을 우선 정리해두어야 한다.

여성잡지는 1920년대 이후 다양한 종류가 발행되었지만, 잡지 내에 여성교양을 표방한 별도의 강좌나 독본 형태의 자료가 수록된 예는 많지 않다. 예컨대 1923년 이후 개벽사가 발행한 『신여성』의 경우가 그렇다. 다양한 계몽 논설이 많이 실려 있었음에도 여성교양을 위한 교육용 자료는 찾아보기 어렵다. 다만 앞서 살펴본 『근우』 창간호의 부인강좌처럼 '강좌' 형식의 자료가 간혹 발견된다. 예를 들면, 1929년 양천호(梁天昊)가 중심이 되어 발행한 『여성지우(女性之友)』 제1권 제3호와 제4호에 각각 전치의원장(全治醫院長) 김진극(金鎭極), 의학박사 윤치형(尹致衡) 명의의 '위생강좌'가 실려 있다.

마찬가지로 신문의 '부인란'이나 '가정란'에 연재되었던 독본 형태의 연재물도 일제강점기 여성교육의 내용을 살피는 또 하나의 방편이 될 수 있다. 이러한 연재물은 1930년대 이후 등장하는데, 대표적인 것들을 정리하면 다음과 같다.

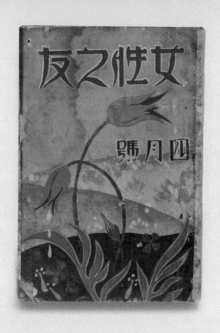

『여성지우』(1930)

1930년대 신문 소재 여성용 독본 연재물

게재일	신문	필자	제목	내용	연재 횟수
1933.10.12~10.28	동아 일보		화장독본(1)~(12)	화장법	12
1933.10.24~11.5	조선 일보	최영주, 안종일	젊은 어머니독본	육아	11
1936.6.25	조선 일보		싀골아씨독본	가십성	1
1935.6.29	조선 일보		여름 부인독본	여성 예절	1
1937.3.21~26	조선 일보		주부영양독본 5회	음식과 영양	5

1937.10.29~12.3 (석간)	동아 일보		새며누리 독본 (1)~(32)	생활예절	32
1938.2.1~2.3	조선 일보	문인주	어머니 의학독본	유아 헤르니아 예방과 치료	3
1938.3.11~19	조선 일보		주부간호독본	간호 요령	7
1938.4.8~7.18 (석간)	동아 일보		어머니독본 (1)~(23)	육아 · 아동교육	23
1939.7.6~9.25 (석간)	동아 일보	이만규	가정독본(1)~(38)	가정교육	38

이 표에 정리한 것은 '독본'이라는 명칭을 사용한 여성 대상 독서물이다. 이 가운데 「화장독본」은 「크림과 가루분만으로 하는 화장법」(1933년 10월 12일자), 「입술과 연지를 바르는 법」(1933년 10월 13일자) 등과 같이 화장법을 내용으로 한 독본이다. 사실 여성의 화장법은 1920년대부터 신문에서 비교적 빈번히 다뤄진 주제였다. 당시 여성미에 대한 관심이 높아지고 화장품 산업의 발달과 그 광고의 필요성이 증가하면서 신문에서 화장법 관련 독서물이 크게 늘어났다. 예를 들면, 1920년 12월 5일부터 7일까지 『조선일보』에 3회에 걸쳐 연재된 「동기(冬期) 부인 화장」(3회), 1923년 3월 24일부터 7월 25일까지 『동아일보』에 15회에 걸쳐 연재된 「미(美)한 화장(化粧)」(도쿄 오사카 히라오산페이상점(平尾賛平商店)의 광고물), 1925년 1월 28일부터 2월 20일까지 『동아일보』에 7회에 걸쳐 연재된 「화장의 비결」 등이다.

'여성미'는 본질적으로 '남성미'를 전제로 한 개념이다. 전통적 여성관에서 중시한 '여덕(女德)'과 '여용(女容)'의 잔재 아래, 억압과 배제라는 자질을 포함한 페미니즘적 개념으로 출발했다. 그런데 일제강점기 신여성 담론에서는 여학생의 복장과 사교 풍습을 사치스럽고 기괴한 것으로 비판하거나 소수 여성 직업인의 외모에 대한 호기심을 부각시키는 경우가 많았다. 물론 1920년대 이후 신문과 여성잡지에서는 여성미의 본질과 특성을 사회·문화적 차원에서 논의하려는 시도들이 자주 보인다.[35] 여성미와 화장법의 본질적 가치는 여성으로서의 자아 인식과 미를 추구하는 인간으로서의 본성을 찾는 데 있었기 때문이다.

화장법은 흥미로운 여성잡지의 소재였을 뿐 아니라 각 신문들도 '여성란'을 통해 여성 대중 독자들에게 알려야 할 중요한 지식 가운데 하나였다. 『동아일보』 기사 「봄 화장법」과 「화장의 비결」, 연재물 「화장독본」 그리고 『조선일보』 연재 기사 「얼굴 그을리는 것을 방어하는 화장법」, 「신춘을 당하여 미용 비법 소개」 등은 단순한 흥미 추구뿐 아니라 여성미의 재인식 및 상업적 목적 등이 복합적으로 작용한 결과였다.

「새며느리독본」, 「시골아씨독본」 등은 갓 결혼한 신부 대상의 생활예절을 다루며, 「여름부인독본」, 「주부영양독본」, 「주부간호독본」 등은 가정의 수호자로서 부인이 갖춰야 할 상식을 간략히 정리한 것들이다. 대부분 여성의 본질적 역할을 가정의 수호자로 둔 채 그 생활의 상식을 다루는 게 전부였다.

2] 「어머니독본」과 「가정독본」

1920년대 이후 여성해방 담론이 본격화하면서 '아내와 어머니'의 존재를 전제한 여성 대신 남녀동권에 따라 자신만의 인격을 찾는 여성이 되어야 한다는 주장이 등장하곤 했다. 하지만 일제강점기 여성교육의 주류는 여전히 어머니와 아내로서의 역할이 중심이었다. 이는 독본들의 명칭만 보아도 쉽게 파악되는데, 1933년 10월 24일부터 11월 9일까지 『조선일보』에 연재된 최영주(崔泳柱)의 「젊은 어머니독본」, 1938년 4월 8일부터 7월 8일까지 『동아일보』에 연재된 「어머니독본」이 대표적이다.

「젊은 어머니독본」은 「울음소리를 알라」, 「아가의 질문에는 어떻게 대답할까」, 「아가가 이야기를 조를 때 엄마는 어떻게 할까」, 「오늘의 무탈한 것보다 장성한 날의 건강을」, 「노래를 부르도록」, 「아가의 그림은 표현보다 관념」 등이 그 내용이었다. 여기에 신경과 · 정신과 의사 안종일(安鐘一)의 「신경증 · 정신병과 정신 요법」이 부가되었는데, 정신 요법이 '독본'이란 명칭 아래로 들어간 것은 편집상 실수일 수 있으나,[36] 최영주의 자료들은 전형적인 육아법에 해당했다. 「어머니독본」은 「어린이의 잘못을 인정하는 태도를 가르칠 것」, 「어린이의 장점과 단점에 대한 편견을 버릴 것」, 「이성에 대한 호기심을 바르게 이끌어줄 것」, 「울기만 하는 아이에게 야단만 치지 말 것」처럼, 어머니의 아동교육 원리가 중심이었다.[37]

현모를 목표로 하는 어머니 교육 자료는 단행본으로 출간되기도 했다. 그중 하나가 김상덕(金相德)의 『어머니독본』(경성동심원, 1941)이다. 박균섭(2022)은 한국에 존재하는 세 가지 인격교육 프레임[38]을 전제한 뒤, 이 독본이 식민주의 시공간에서 형성된 근대 수신 담론 차원에서 '군국의 어머니 담론'과 밀접한 관련이 있다고 설명한다. 이에 따르면, 1790년대 이래로 일본에서는 현모양처주의가 여성교육 이념으로 채택되고, 청일전쟁과 러일전쟁을 거치면서 군국의 아내와 어머니를 요청하는 이데올로기가 강화되었다. 이 궤적에서 식민지 조선에서도『군국의 어머니』(박태원, 조광사, 1942), 『어머니의 힘』(김상덕, 남창서관, 1943), 『어머니의 승리』(김상덕, 경성동심원, 1944) 등이 출현했다.

  김상덕의 『어머니독본』은 일제강점기 신문에서 발견되는 전형적인 아동교육법을 종합한 여성교육용 자료로, 정인섭(鄭寅燮)과 김태오(金泰午)의 「서문」, 「자서」, 35과의 본문 그리고 「어머니의 힘」이라는 부록으로 구성되었다. 정인섭은 "사람마다 자기 자식을 사랑한다. 그리고 아기를 잘 길러야 될 줄도 잘 안다. 그뿐만 아니라 어린이를 잘 지도해야 그 사회가 훌륭하게 되는 이론도 잘 알고 있다. 그러나 어떻게 사랑하며 길르며 지도해야 되느냐 하는 데 대해서는 대단히 둔한하다"라고 지적하면서, 이 독본이 아동교육의 원리와 방법을 설명한 책임을 밝히고 있다. 김태오도 "여러분은 꽃밭이나 과수원을 맡아 가꾸는 원정(園丁)이외다. 아름다운 꽃이 피고 탐스러운 열매가 맺게 하는 것이 오로지 여러분의 지극한 정성에 달린 것입니다. 여기에 있어서 자연교육의 창시자 룻소오 선생을 본받음도 좋을 것이오, 인류의 교육자 페스탈로치 선생을 배우는 것도 한 방법일 것이오, 유치원 창설자 프뢰벨 선생의 정신을 실행함도 귀중한 일이오, 맹자 어머님의 갸륵한 맘성을 배우는 것도 착한 현명(賢明)의 일이외다"라고 하여, 이 책이 아동교육 목적임을 밝혔다. 본문과 부록은 다음과 같이 구성되었다.

『어머니독본』의 구성

본문 목차	第一課 兒童과 家庭敎育 第二課 子女와 偏愛心 第三課 子女의 敎育 第四課 子女와 片母 第五課 兒童과 學業 第六課 幼兒와 知識 第七課 幼兒와 자장가 第八課 幼兒와 우름 第九課 幼兒와 養育 第十課 兒童과 食物 第十一課 子女와 食母 第十二課 兒童과 繪畵	第十三課 兒童과 音樂 第十四課 兒童과 讀書 第十五課 兒童과 童話 第十六課 兒童과 玩具 第十七課 取扱 困難한 兒童 第十八課 兒童과 싸홈 第十九課 兒童과 칭찬 第二十課 兒童과 꾸지람 第二十一課 兒童과 거짓말 第二十二課 兒童과 不良性 第二十三課 兒童과 盜癖 第二十四課 兒童과 勞働精神	第二十五課 兒童과 嫉妬心 第二十六課 兒童과 罰責 第二十七課 兒童과 神經質 第二十八課 兒童과 性敎育 第二十九課 兒童과 恐怖心 第三十課 兒童과 節約 敎育 第三十一課 兒童의 空想과 本能 第三十二課 兒童과 質向 第三十三課 兒童과 金錢敎育 第三十四課 兒童과 保護 第三十五課 兒童과 飮酒와 吸煙
어머니 의 힘 (부록)	강감찬의 어머니 정문의 어머니 김원술의 어머니 김부식의 어머니 최응의 어머니	송유의 어머니 정몽주의 어머니 남효온의 어머니 박광우의 어머니 김유신의 어머니	석탈해의 어머니 동명성제의 어머니 성간의 어머니 정린지의 어머니

35과로 구성된 본문의 주제는 어머니로서 아동교육을 어떻게 할 것인가다. 다수의 자료는 필자가 신문에 발표했던 것을 묶었다는 점에서 신문 소재 여성교육 담론과 크게 다르지 않다.[39] 부록에 해당하는 「조선 위인의 어머니 힘」은 위인의 어머니 일화를 소개한 것으로, 별도의 머리말을 두고 있다. "교육의 근본은

오로지 가정이다. 그런데 가정교육은 오즉 어머니에게서 완성되는 것이다"라는 페스탈로치의 말을 인용하면서 "양처와 현모를 많이 양성하는 것이 국가 장래의 운명을 개척하는 데 있어서 가장 중요한 일입니다"라고 주장한다. 즉, '양처현모'와 '국가주의'가 반영된 위인의 어머니 소개다.

이에 비해 이만규(李萬珪)의『가정독본』은 어머니 대상 여성교육 독본임에도 그 취지와 내용이 다소 다르다. 1939년 7월 6일부터 9월 25일까지『동아일보』에 38회에 걸쳐 연재된 것을 수정·보완해 1940년 영창서관에서『현대문화 가정독본』이라는 이름으로 발행하면서 머리말을 새로 붙였다.

머리말

가정은 생물적으로 보면 생산장(生産場)이요 사회적으로 보면 세포단(細胞團)이다. 생물의 번영이 자연에만 맡겨 두는 데 있지 않고 **과학적 원리를 응용하여 인위(人爲)로 촉진시키는** 데 있는 것이 많고, 사회의 발전이 습속(習俗) 그대로 되는 것이 아니요 **문화적 연구를 기다려 시대적으로 개혁하는** 데 있는 것이다. 조선 재래의 가정은 이 과학적 인위와 문화적 개혁이 없이 자연 그대로 습속 그대로 방임하여 몇 백 년을 지나왔다. 이것이 오늘날 가정생활에 불합리가 많이 된 원인이다.

이것을 다시 비평하고 검토하는 것이 시대의 요구가 아닌가 하여 이 독본을 쓴 것이다. 그런데 가정문제 전체를 통하여 검토하려면 범위가 클 것이다. **과학적으로는** 의식주 산아(産兒), 치료에

『가정독본』(1941년판)

들어가 그 자세한 조목이 백 천 가지로 퍼지고, **문화로는 습속,** 종교, 교육, 경제, 법률, 도덕, 예의, 예술, 직업, **용어(用語)**에 미쳐 그 자세한 조목이 또한 백 천 가지로 넓어질 것이다. 그러나 출판지면 관계로 다 들 수 없고, 다만 근본적 원칙만에서 몇 가지를 택하여 검토한 것이 이 독본의 요목(要目)이요 훨씬 더 심각하고 철저하게 검토하여 개혁을 강조할 것이 얼마나 많은 것을 모르는 바가 아니나 과도기에 있어 어느 정도까지 환경에 조화성이 있고 실현에 가능성이 있는 한계를 스스로 정했기 때문에 더 나아갈 길을 중도에서 멈추면서 스스로 불만을 가진 것이 이 독본의 내용이니 이 점은 독자 여러분이 필자의 고충을 이해하여 주면 하는 것이오, 이 앞으로 이 독본을 발단으로 하여 더 자세한 조목과 더 **진보된 내용을 가진 글이** 여러분의 머리를 통하여 사회에 나오기를 필자 자신이나 뭇 가정을 위하여 깊이 바라는 바이다.[40]

여기서 이만규는 과학 원리를 응용하고 사회 개혁을 도모하기 위해 여성보다 가정문제를 포괄적으로 연구할 필요가 있다고 주장한다. 그리하여 환경과 실현 가능성 차원에서 '의식주, 산아' 등의 과학적 문제, '습속, 종교, 교육, 경제, 법률, 도덕, 예의, 예술, 직업' 등의 문화적 문제와 연관된 근본 원칙들을 선별해 독본을 구성했다. 전체 14장 구성이다.

『현대문화 가정독본』의 내용

장	절	연재 당시와 비교
1. 어버이와 자식	1. 자애와 효도 2. 사상적 대립과 조화	1939.7.6~8
2. 시어머니와 며느리	1. 두 사람 사이의 문제 2. 두 사람 각각의 문제	1939.7.11~14 시모와 며누리
3. 딸의 가치	1. 딸에게 하는 말 2. 여자의 가는 길: 큰 딸에게	1939.7.21~8.4 딸의 價値
4. 여성의 미	1. 화장미 2. 의복미 3. 정신미 4. 육체미	1939.8.7~11 여성의 美
5. 여성과 가정	1. 여성의 가슴 2. 여성의 특색 3. 여성의 권리	1939.08.12.~15 여성과 가정

6. 신랑 신부에게	1. 결혼이란 무엇인가 2. 결혼의 성질과 비교 3. 결혼생활은 어떻게	1939.8.17~22 신랑 신부에게
7. 보다 나은 결혼	1. 선택 혼인으로 2. 이러한 부부가 되기를	1939.8.24~26 보다 나은 결혼
8. 가정 화락의 법칙	1. 잔소리를 말아라 2. 간섭을 말아라 3. 비평을 말아라 4. 서로 동정하여라 5. 조그만 친절을 하라 6. 예의를 지켜라 7. 성적 지식을 가져라 [부록] 부부에게 열 가지 질문	1939.8.28~9.7 가정 화락의 법측
9. 자녀교육의 비결	1. 부모가 합심하라 2. 부모가 먼저 실행하라 3. 환경을 교육적으로 하라 4. 여간 일에는 간섭 말라 5. 자존심을 길러주라 6. 사정과 행동을 살펴라 7. 칭찬과 벌을 법 있게 하라	1839.9.12~13 자녀교육의 비결
10. 여자교육의 중요성	1. 과거의 여자교육 2. 오늘의 여자교육	1939.9.16 여자교육의 중대성
11. 이성	1. 성교육의 필요 2. 이성 사이의 우정 3. 연애의 길은 위험	1939.9.19 남녀 간 교제: 이성 사이 우정 1939.9.25 여성과 직업(편제 안 함)
12. 축첩론	1. 축첩은 야만시대의 유풍 2. 조선의 축첩 풍속 3. 축첩의 내용 4. 축첩에 대한 신여성의 태도	연재 안 함
13. 가례	1. 가례를 문제 삼는 이유 2. 예의 본바탕 3. 예의 내용 4. 현금 조선의 가례 5. 혼례 6. 상례 · 제례	연재 안 함

14. 가정을 다시 인식하자	1. 가정은 사랑의 씨를 뿌린 묘포 2. 가정은 봉사의 꽃이 피는 화원 3. 가정은 감정의 훈련장 4. 가정은 운명의 창조소 5. 가정은 위안의 전당 6. 가정은 조화의 동산 7. 가정은 축소된 세계 8. 가정은 보존하는 곳간	연재 안 함

『현대문화 가정독본』은 신문 연재물 가운데 1939년 9월 25일자 「여성과 직업」은 제외하고, 10과 「여자교육의 중요성」에서 「과거의 여자교육」, 11과 「이성」에서 「성교육의 필요성」, 「연애의 길은 위험」을 보완했으며, 12과 「축첩론」, 13과 「가례」, 14과 「가정을 다시 인식하자」를 추가했다.

연재물과 독본을 종합해볼 때, 이만규의 가정교육론에서 여성미를 재인식하고, 여성과 직업문제 등에서 객관적 태도를 취한 점은 주목할 만하다. 그는 여성미와 관련하여, "미는 진(眞)과 선(善)과 함께 우주의 생명이오 인생의 이상이다. 그러므로 무엇이나 아름다운 것은 자연의 비밀을 드러내는 것이오, 미는 영원성(永遠性)과 향상성(向上性)을 가진 것이라고 하는 것이다. 이 미의 안내로 인생의 청춘이 걸어나가고 사회의 심장이 뛰는 것이다"라고 주장하면서 "여성이 자기의 미에 대하야 관심을 깊이 가질 중요한 조건은 화장미, 의복미, 육체미, 정신미 네 가지가 잇다"라고 설명한다.[41] 미를 긍정적으로 인식하고, 미의 추구를 자연스럽게 받아들이는 그의 태도를 읽을 수 있는 대목이다.

나아가 '화장미'를 추구하는 데 기준─과학적 기초를 세운 화장(영양, 예방과 치료, 청결과 보온), 자연을 무시하지 않는 화장, 인격이 고상한 화장—을 제시하고, '정신미'에서는 도덕적 요소를 강조했다는 점에서 계몽운동가이자 교육자로서 그의 입장을 간취해볼 수도 있을 것이다. 마찬가지로 '육체미'에서 미국인 헤스팅의 여성의 이상적 신체 조건을 소개하거나 독일 학자가 연구한 미인의 신체조건, 생리학과 해부학상의 미적 기준, 해부학자 스토라스의 이론 등을 구체적으로 설명한 것은, 당시 시야에서는 색다르게도, 여성미를 과학적으로 설명하려 시도한 그의 태도를 보여주는 대목이다.

또한 『동아일보』에 연재되었으나 독본에는 포함되지 않았던 「여성과 직업」은 그의 여성 직업관을 적절히 요약하고 있다.

여성과 직업

근일에 여성을 둘로 나누어 '가정부인', '직업부인' 이러케 부른다. 그리고 보면 직업부인은 가정 밖에서 노동하는 여성의 이름인 듯하다. 이제 직업부인의 직업 가치를 생각하여 보자. 원래 여성의 직업문제는 여성문제 중에 중대한 과학문제가 되어 잇는 것이니 여기에 장황히 말할 수 없다. 그 요지만을 들어 가지고 간단히 말하면 부인의 직업은 첫재 사회 봉사요 둘재 경제 독립으로 성해방(性解放)까지를 목표하는 데 장려할 가치가 잇는 것이다. 이 두 가지가 없는 여성 직업은 여성을 위하여 가치가 없는 것이다.

첫재로 사회봉사는 독신생활을 계속할 여성이 아니고는 성공하지 못한다. 조선 가정제도는 여자로서 주부가 되고도 완전히 가정 밖의 일을 하도록 되지 안헛다. 반드시 주부가 치산하고 양육하여야 하게 되엇고 이것이 주부 한 사람의 직무가 될 만치 큰 것이다. 그러므로 가정을 가진 여성으로서 또다시 사회의 일을 전담하여 히(희)생할 수 없게 되엇다. 그리하여 가정을 가진 여성으로서 취직한 그네들의 생활은 두 겹으로 고통이면서 직업장에서는 능률이 낮아서 성적이 조치 못하다. 그리하여 더욱 싼값에 싼 대우를 받으며 일을 하게 되며 자신으로나 사용자로나 영구성 잇는 계획을 세우지 아니한다. (중략)

둘재로 경제 독립 문제로 본 여성 직업문제에 대하여는 여자의 봉급 생활로 여성이 독립하여서 성의 해방까지 얻기는 현금 사회 정세로 보아 실현성이 적다고 본다.(중략) 조선의 직업여성의 수입은 우에 적은 평균률보다도 훨신 떨어질 것이다. 그러므로 독립생계를 못할 것이오 다시 누구의 도음을 받아야 할 것이다. 이러한 형편에 무슨 경제 독립이 잇으며 따라서 무슨 성해방이 잇을 것인가? 이 경제문제에서도 여성 직업의 근본 목적이 박약하다.

이 밖에 직업여성에 대한 결함을 생각지 아니하면 아니된다. 직업부인은 동경시의 조사를 보면 부부가 함께 노동한 여자는 아이 낫는 율이 감하고 어린 아이 사망률이 만코 생존한 아이도 발육이 나뿐 것이 판명되어 결국 부부 공동 노동은 전국적으로 제 이세 국민의 품질이 나뿌리라는 결론을 나리게 되엇다. 직업여성은 혼인 기간이 늘어지는 것도 한 문제인데 더욱 남자들이 직업여성을 안해삼기를 실혀하는 경향이 만흔 것도 여자로서는 고려하지 아니할 수 없다. 교육게에 여성에게는 직업이 교양적이니만치 별로 관심을 가지지 아니하지마는 다른 직업여성에 대하여서는 여러 가지로 관심을 가지고 잇다. 직업여성은 가사를 조하하지 안는다. 경제의 관렴이 적다. 외출을 조하한다. 애정이 엷다. 제 마음대로 하려든다. 사먹리를 잘한다. 극장 같은데 구경을 조하한다. 예모가 고상치 못하다. 그짓말이 비교적 만타. 교양이 부적하다 따위의 여러 가지 조건을 붙여 말하는 것이다. 봉사적 사업도 못되고 경제 독립도 못되는 직업으로 처녀 시대에 결혼에 다소라도 지장이 잇다면 이는 일신상에 큰 손해이다. 그러므로 직업여성이 되는 데는 극히 주의할 필요가 잇다고 본다.[42]

그는 '사회봉사', '경제적 독립과 성해방' 차원에서 여성이 직업을 갖는 것을 장려해야 한다는 전제하에 조선의 현실을 바라보고 있다. 가정을 가진 직업부인(직업을 가진 여성)이 가정과 직장으로부터 이중 고통을 받고 저임금에 시달리는 현실을 지적하면서도 그 대안을 제시하지 못한 점은 이 시기 전형적 여성 담론의 한계를 답습하는 것이지만, 그럼에도 직업여성에 부여되는 다양한 편견을 인식한 것은 그 자체로 의미가 있다. 다만 이러한 인식이 "처녀 시대에 결혼에 다소라도 지장이 있다면 일신상 큰 손해"라는 성급한 결론에 이르러버리는 맥락은 재차 숙고해볼 여지를 남긴다.

같은 맥락으로 독본에서 보완된 '성교육' 문제나 새로 추가된 「축첩론」, 「가례」 등도 현대의 가정교육 차원에서는 합당한 내용이 아니다. 그럼에도 "피교육자의 연령, 환경, 교육자, 요목" 등을 고려하여 적절한 성교육이 이뤄져야 함을 설명하거나 아내로서 남편이 첩을 둘 때 "지극한 온정으로 남편을 설복시켜 금하도록 하거나" 이 방법으로 안 되면 "끈기 있게 싸우는 수밖에 없고", 두 가지 방법이 모두 성공하지 못한다면 "인연을 끊는 것"이 부도(婦道)에 어긋나지 않는다는 논리는 이전 시대에는 찾아보기 어려운 것이었다.

이와 관련하여 강만길(1994)은 이 독본의 가치에 대해, 일본 제국주의의 침략전쟁이 본격화하고 전시체제가 강조되던 1930년대 후반기 이른바 민족말살정책의 횡포 앞에서 민족적 여성교육과 가정교육을 지키려는 목적의 일환으로 쓰인 독본이라고 규정한 바 있다.[43] 내용상 구체적 대안을 제시하지 못한 면이 없지 않지만, 일제강점기 여성문제 인식 차원에서 가정생활의 불합리를 개선하려는 의도로 쓰인 이 독본은 여성교육 차원에서 충분한 의미를 확보하고 있다.

4. 소결

이 장에선 일제강점기 여성교육의 구조와 내용상 특징을 살폈다. 당시 교육은 남자와 일본어 중심이었으므로, 제도상 여성교육이 보통학교, 여자고등보통학교, 전문학교의 체계를 갖추고 있었다지만, 그 특성을 분석하는 데는 한계가 따를 수밖에 없다. 그럼에도 1922년 신교육령 발포 이후 편찬된 여자고등보통학교용 『여자고등조선어독본』은 당시 여학생 대상 교육의 특징을 이해하는 데 중요한 가치가 있다. 아울러 1920년대 여성 담론이 활성화되는 가운데 계몽운동 차원에서 전개된 여성교육의 내용도 눈여겨볼 필요가 있다. 다만 이와 관련된 자료가 많지 않기 때문에 여기서는 주로 식민지 농촌정책과 부녀교육 관련 자료들을 활용했다. 마지막으로 '독본'이라는 명칭의 신문 연재물과 단행본으로 발행된 『어머니독본』, 『가정독본』도 이 시기의 여성교육 내용을 이해하는 데 도움이 되었다.

이 장의 핵심은 다음과 같이 정리된다.

첫째, 학교교육 차원에서 조선어과 교육은 보통학교, 고등보통학교, 여자고등보통학교를 대상으로 진행되었다. 제1차 조선교육령 시기에는 '조선어급한문'을 교과로 한 『보통학교 조선어 급한문독본』, 『고등조선어급한문독본』이 편찬되었다. 그러나 두 독본은 한문 중심 독본이어서 실질적인 조선어 교육에 활용되지 못했고, 따라서 여학생을 위한 조선어교육이 제대로 이뤄진 것도 아니었다. 그러다 1922년 신교육령 이후 보통학교의 경우 한 문을 제외한 『보통학교 조선어독본』이 편찬되었고, 고등보통학 교의 경우 『신편 고등조선어급한문독본』, 여자고등보통학교의 경우 『여자고등조선어독본』이 편찬되었다. 즉, 고보용과 여고보 용 독본을 비교해 일제강점기 여학생 교육의 내용과 특징을 분 석할 수 있는 조건이 마련되었다.

남학생용 신편 독본은 5년제 5권에 한문이 포함되어 있었지 만, 여고보용 독본은 4년제 4권으로 한문이 없었다. 두 독본에 중첩되는 과(課)는 총58과이며, 여고보용 독본에만 등장하는 과 는 45개다. 이 45개 과를 분석해보면, 일제강점기 여학생 교육 은 '여자고등보통학교 규정' 제8조에서 천명한 '국민된 성격', '국 어 숙달', '선량한 풍속 존중', '생도의 덕성 함양', '순량한 인격' 등 으로 표현되는 식민지 여성 만들기를 목표로 삼고 있었음을 확 인할 수 있다.

둘째, 청년운동과 농촌문제를 대상으로 한 교재에서는 자각과 개조를 목표 삼은 내용이 다수 등장한다. 안확의 『개조론』, 박준 표의 『현대청년 수양독본』에서는 '부인'이나 '가정문제'를 다루면 서 개조의 필요성을 역설하지만, 그 내용은 다분히 관념적이다. 농촌운동 차원에서도 여성운동의 연장으로서 여성의 계몽을 주장한 내용이 일부 발견되지만, 그 분포는 넓지 않았다. 다만 농촌 여성이 가정노예이자 농업노예의 처지에 있음을 각성시키려는 운동이 나타나기도 했다.

셋째, 식민지 농촌정책과 부녀교육 차원의 자료는 비교적 다수 발견된다. 특히 농촌진흥정책, 자력갱생운동과 연관되어 농업생산성 제고 및 여성 노동력 동원 관련 자료가 많은 비중을 차지한다.『경기도 농민독본』,『충청북도 간이 농민독본』,『황해도 전시농민독본』등이 대표적이며, 각종 여성 대상 강습회,『자력갱생휘보』등에서도 찾아볼 수 있다. 결론적으로 말하자면, 식민지 농촌정책에 따른 부녀교육은 왜곡된 계몽의식을 전제로 여성의 자각이나 여성해방운동과는 무관하게 생산성 향상, 노동력 수탈 차원에서 진행되었다.

넷째, '독본'이라는 명칭의 신문 연재물은 대중 계몽 차원의 여성교육용 자료의 한 유형이라고 볼 수 있다. 1920년대 이후 여성 독자를 대상으로 다양한 잡지가 발행되었지만, 잡지 내에 여성교양을 표방한 별도의 강좌나 독본 형태의 자료를 수록한 사례는 많지 않았다. 반면 신문의 '부인란', '가정란'에 연재된 독본 명칭의 자료는 다수 발견되는데, 화장법, 어머니독본, 부인 위생 관련 독본 등이 이에 해당한다. 이러한 독본들에서 일제강점기 '여성미', '화장미'에 대한 담론이 활성화되기 시작했음을 확인했으나 가정 담론들에서는 여전히 양처현모주의가 일반화되어 있었다.

다섯째, 일제강점기 대표적인 어머니독본으로 알려져 있는

김상덕의 『어머니독본』과 가정독본으로 알려져 있는 이만규의
『현대문화 가정독본』을 분석했다. 전자는 일제강점기 신문에서
발견할 수 있는 전형적인 아동교육 방법론들을 종합한 여성교육
용 자료다. 직접 "양처와 현모를 많이 양성하는 것이 국가 장래
의 운명을 개척하는 길"임을 강조하고 있듯이, 일제강점 말기 군
국의 어머니 프레임에서 벗어나지 못한 독본이라고 할 수 있겠
다. 후자는 신문 연재물을 수정·보완한 것으로, 여성미와 여성
직업, 성교육과 축첩에 대한 여성의 저항 같은 내용을 통해 다분
히 진보적인 모습을 보이기도 한다. 때문에 민족말살정책의 횡
포 앞에서 민족적 여성교육과 가정교육을 지키려 한 독본이라
평가되기도 한다.

제4장

일제강점기 여성잡지와 여성교육

1. 여성잡지와 여성교육

한국의 잡지는 1896년 대조선독립협회의 회보와 재일 조선인 유학생 단체의 친목회보에서 출발한 것으로 알려져 있다. 이후에는 각 지역 학술운동 단체의 기관지 형식으로도 발전해나갔다. 1920년대에 들어서면 일반 대중 대상의 종합잡지를 비롯해, 특정 독자를 대상으로 삼는 전문잡지가 발행되기 시작한다. 여성을 독자로 삼는 잡지(이하 여성잡지)도 이때 함께 출현한다. 이른바 대중 독자로서 여성의 등장이 이뤄낸 결과였다. 1920년 3월 창간된 『신여자』의 「권두언」과 「창간사」를 보자.

여성 독자의 형성과 잡지 창간

世界는 날날히 좁아지고 人間 交際의 範圍는 날날히 넓어져 多事 쏘 多事코져 하난 今日 男子는 勿論 特히 우리 朝鮮 婦女界의 確乎한 覺醒과 猛然흔 活動을 要함은 多言을 要치 아니함니다. 不啓不發 그리고 不知면 可히 바랄 게 업나니 今日의 急務는 一面으로는 婦女의 志氣를 振興홀 길을 求하고 一面으로는 婦女의 見聞을 널니하난 길을 만케 함에 잇슴니다. 이 点에셔 古代의 婦人

이 歷史에 빗나든 遺跡을 찻고 現代의 婦人이 世界 四方에셔 活動하난 事業을 紹介하야 우리 朝鮮 女子에게 公開코져 하난 것이 우리 뜻입니다.

改造! 이것은 五年間 慘酷한 砲彈 中에셔 呻吟하든 人類의 부르지즘이요, 解放! 이것은 累千年 暗暗한 房中에 가쳐 잇든 우리 女子의 부르지즘입니다. 肥己的 野心과 利己的 主義로, 陽春의 平和를 깨트리고, 죽엄의 山, 피의 바다를 니루는 戰爭이 하날의 뜻을 어기는 非人道라 ᄒᆞ면 다-갓흔 人生으로 움즉이고 일홀 우리를 無理로 奴隸視ᄒᆞ고 任意로 弱者라 ᄒᆞ야 오즉 廚房에 監禁홈도 이 亦 하날의 뜻을 어기는 非人道일 것입니다.(中略) 무엇무엇 홀 것 업시 통트러 社會를 改造ᄒᆞ여야겟습니다. 社會를 改造ᄒᆞ랴 ᄒᆞ면 먼져 社會의 原素인 家庭을 改造ᄒᆞ여야 하고, 家庭을 改造ᄒᆞ랴면 女子 먼져 解放이 되어야 홀 것입니다. 우리는 同等이란 헛 文書만 차즈려 홈도 아니고 女尊이란 헛글자만 쓰랴는 것도 아닙니다. 다만 社會를 爲ᄒᆞ야 일ᄒᆞ기 爲ᄒᆞ야, 解放을 엇기 爲ᄒᆞ야 남보다 나흔 社會를 만들기 爲ᄒᆞ야, 일ᄒᆞᆫ 되 죠곰이라도 貢獻ᄒᆞᆫ 비 잇슬가 ᄒᆞ야 나온 것이 우리 新女子입니다.

1920년 3월, 잡지『신여자』는 비록 소수였으나 여성 독자의 형성이란 배경 속에 빌닝스 부인을 발행인으로 탄생한다. 「권두언」과 「창간사」에서 '여자해방'이 전제되어야 할 '여자의 지기(志氣)', '부녀의 견문', '여자의 부르짖음', '가정 개조' 등의 논리를 짚는다. 이는 근대 계몽기에 형성된 여성 담론의 연장선에 있거니와 여성잡지가 여성문제와 성역할 등 본질적 문제로 이행해가는 과도기 과정에서 일정 부분 그 담론 형성의 역할을 수행하고 있음을 보여준다.

알다시피 잡지는 시사성이나 흥미 차원에서 신문과 결이 다르다. 신문은 정치·경제 사건과 문제들이 담론 형성에 직접적 영향을 미치지만, 잡지는 상대적으로 그러한 시사성이 떨어지고, 대중의 기호를 쫓는 흥미나 오락성을 중시하는 경향이 보다 두드러진다. 이를 염두에 두고서 이 장은 일제강점기 잡지들의 여성 담론의 특징을 분석함으로써 그 안에 내재된 여성문제와 여자교육의 본질에 다가가볼 것이다.

2. 여성잡지의 분포와 내용

1) 여성잡지의 분포

한국잡지협회(1972)의 『한국잡지총람』에 따르면, "잡지란 근대 문화의 산물이며 또한 서구 문화의 영향으로 발생된 새로운 문화 형태의 하나"다. 이 책의「잡지 발달사」에서는 1890년대 영문 잡지 『Korean Repository』부터 일제강점기까지의 잡지 발달사를 '한말 개화기', '무단통치기', '문화통치기', '암흑기'로 구분해 정리하고, 3.1운동 이후 이른바 문화통치기 급격히 늘어난 발행 잡지 종수를 계량화했다.[1]

이러한 흐름은 이소연(2002)에서도 연구된 바 있다. 이 논문은 우리나라 여성잡지의 기점을 1906년 『가정잡지』 발행으로 규정하고, 1910년대에 『여자지남』(1908.4~1908.6, 통권 3호), 『자선부인회잡지』(1908, 통권 2호), 『우리의 가뎡』(1913.12~191411, 통권 12호), 『여자계』(1917.8~1921.8, 통권 7호) 등 총 5종이 존재했다고 밝혔다.[2] 1920년대에는 『여자시론』, 『신여자』 등 16종, 1930년대에는 『여성조선』, 『부인공론』 등 8종이 여성잡지로 정

『가정잡지(통권 제5호)』(1908)

리되었다. 아울러 2014년 재단법인 아단문고 소장 미공개 자료 총서(4차분)을 통해 여성잡지들이 영인되고, 오영식의 해제(2014)에 다수의 잡지가 포함되었다.[3]

이와 같은 선행 연구들을 종합하여, 현재까지 확인된 일제강점기 여성잡지들—여학교 교지나 가정잡지 포함 여부에 따라 다소 차이가 존재한다—은 대체로 다음과 같이 정리된다.

일제강점기 여성잡지 목록

창간 연월	종간 연월	잡지	발행처	통권	비고 (소명 번호는 권수)
1913.12	1914.11	우리의 가뎡	新文社 (東京)	12	아단문고(소명 27-28)
1917.8	1921.8	여자계 (女子界)	東京女子留學生 親睦會	7	아단문고(소명 25)
1920.1	1920.11	여자시론 (女子時論)	女子時論社	5	아단문고(소명 26)
1920.1	1920.5	신여자 (新女子)	新女子社 (삘링스 부인)	4	아단문고(소명 21), 국립중앙도서관
1921.7		신가정 (新家庭)	신가정사	?	이소연(2002)에서
1923.2	1923.3	부인계 (婦人界)	부인계사 (이의순)	?	이소연(2002)에서
1923.10	1934.4	신여성 (新女性)	개벽사 (방정환에서 차상찬)	38	역락출판사 영인
1924.3	1924.4	성애 (性愛)	性愛社 (尹石重)	1	아단문고(소명 21)
1924.7	1925.5	부녀지광 (婦女之光)	경성 개조사 (서상렬)	?	아단문고(소명 18)
1925.5	미상	부인 (婦人)	신민사	1	아단문고(소명 19: 신민 3호 압수 후 대용 발행)
1925.5	미상	가정잡지 (家庭雜誌)	가정잡지사 (東京 심상민)	1	아단문고(소명 15)
1926.9	1927.3	활부녀 (活婦女)	활부녀사 (김순복)	1	아단문고(소명 30)
1926.11	미상	위생과 화장	회춘사	2	아단문고(소명 31)
1927.1	미상	장한 (長恨)	장한사 (김보패/최서해)	1	아단문고(소명 29)
1927.4	1932.3	부녀세계 (婦女世界)	부녀세계사 (신현구)	1	아단문고(소명 18)
1927.7	미상	소녀계 (少女界)	미상	?	이소연(2002)에서
1928.6	1928.7	현대부인 (現代婦人)	현대부인사 (이정화)	4	아단문고(소명 30)

1929.1	1930.6	여성지우 (女性之友)	조선 여성사 (양천욱)	6	아단문고(소명 23-24)
1929.1	현재까지	이화 (梨花)	이화여전	미상	이소연(2002)에서
1929.5	1932.7	배화 (培花)	배화여교	?	이소연(2002)에서
1929.5	미상	근우	근우회 (정칠성)	1	아단문고(소명 18)
1929.9	미상	우리가정	시조사 (우국화)	1	아단문고(소명 26)
1930.2	1933.1	여성조선 (女性朝鮮)	여성조선사 (김희철)	29	아단문고(소명 31)
1930.8	1930.9	여성시대	여성시대사 (윤갑용)	2	아단문고(소명 21)
1931.6	미상	현대가정공론 (現代家庭公論)	현대가정공론사 (송성원)	?	아단문고(소명 30)
1931.6	1938.10	현대여성 (現代女性)	현대여성사 (이계은, 김정숙 발기)	?	아단문고(소명 30)
1932.5	1936.6	우리집	우리집社 (홀 부인)	13	아단문고(소명 28)
1932.6	1932.10	여인 (女人)	비판사 (송봉우)	5	아단문고(소명 25)
1932.10	미상	만국부인	삼천리사 (김동환)	1	아단문고(소명 18)
1933.1	1936.9	신가정	동아일보사 (이은상, 양원모)	45	아단문고(소명 1-14)
1936.4	1941.2	백합 (百合)	세브란스연합의학전문학교 기독교청년회(이영준)	4	아단문고(소명 18)
1936.4	1940.12	여성 (女性)	조선일보사 (방응모)	57	현대사(1982), 아단문고(소명 35-39)
1936.5	1936.8	부인공론 (婦人公論)	사해공론사 (김해진)	4	아단문고(소명 20)
1936.12	1941.1	가정지우 (가정의우)	조선금융조합연합회 (小口弘)	39	아단문고(소명 15-17, 31)
1944.4	1945.4	일본부인	대일본부인회조선본부 (藤江諦一)	6(?)	아단문고(소명 29)

표에서 여성잡지 35종의 창간 연대별 분포는 1910년대 2종, 1920년대 20종, 1930년대 12종, 1940년대 1종이다. 한국잡지 협회(1972)의 잡지 목록을 조사한 고경민(2019)에 따르면, 일제 강점기 잡지 발행은 1910년대 57종, 1920년대 330종, 1930년 대 336종, 1940년대 17종의 분포를 보인다. 1930년대 분포수 가 높은 건 이 시기 각종 단체 회보뿐 아니라 일본어로 간행된 잡지가 망라되었기 때문이다.[4] 이를 고려하면, 일제강점기 여성 잡지의 연대별 분포는 조선어로 간행된 잡지 분포와 비슷한 경 향을 보인다.

여성잡지 제호로 자주 쓰인 단어는 '부인'(7회), '가정'(6회), '여 성'(5회), '부녀'(3회), '여자'(3회) 등이다. 이는 당시 여성문제가 '여 성' 자체보다 '가정에서의 역할'에 무게를 두고 있었음을 상기시 킨다. 이는 시대 흐름을 통해서도 확인되는 바다. '여성'이라는 제호는 1923년 창간된 『신여성』을 제외하면 대부분 1930년대 이후 잡지에 쓰였다. 사전적 의미에서 '여성'이 '성' 관련 용어이 자 여성문제의 본질을 나타내는 용어인데 반해, 조선시대부터 근대에 이르기까지는 그러한 성의식보다 '남녀 구별'을 중시하는 차원에서 '여자'라는 용어가 범용되었다. '현모양처'로 규정되는 가정 내 '부인'과 '부녀'의 역할을 강조한 결과였다. 이러한 실태 는 일제강점기 여성잡지가 꾸려지고 발행되는 데도 고스란히 반 영되었다.

이소연(2002)에서 밝힌 것처럼, 한국의 여성잡지는 1900년대 의 계몽의식과 함께 성장했다. 1910년대 무단통치 하에서는 일본인이 주관한 것이나 재일 여성 유학생 단체의 잡지 외에는 찾아보기 어렵다. 예를 들어, 도쿄의 신문사(新文社)에서 다케우치 로쿠노스케(竹內錄之助)가 발행한 『우리의 가뎡』, 도쿄 여자 유학생 친목회(東京女子留學生親睦會)가 편집인 겸 발행인 김덕성(金德成)의 이름으로 발행한 『여자계(女子界)』가 대표적이다.

『우리의 가뎡』은 '일본어'를 '국어'로 여기고, 일본어 보급 관련 기사가 연재될 정도로 식민 상황이 반영된 잡지다.[5] 총12호에 걸쳐 수록된 128건의 글 가운데 여성문제의 본질과 관련된 것들은 찾아보기 어렵다. 제3호의 「인종개선학(人種改善學)」이나 제5호의 「우리의 가뎡을 발간 후 감상」과 같은 글에서는 가정 개량의 책임이 부녀에게 있음을 강조하지만, 정작 식민지 여성의 문제는 은폐되고 있다. 여성으로서 분수에 맞는 삶을 살도록 계몽하거나(제8호, 「가란흔 사룸되는 묘결」), 남편이 면직되어도 생활하는 능력을 기를 것을 강조하는(제10호, 조영복) 등 생활난의 근원을 분수에 어긋난 삶이나 여성의 무능력 탓으로 돌림으로써 여성문제의 본질을 가린다.

이러한 경향은 『여자계』에서도 다르지 않다. 이 잡지는 현재 제2호와 제6호가 발견된 상태다.[6] 제2호 총 21건의 기사는[7] 논설류 13편, 문학류 8편으로 구분되는데, 논설류의 경우 「각성하라 신춘이로다」(편집인), 「가정제도를 개혁하라」(秋湖), 「대문을 나신 형제들의게」(박순애), 「신구 충돌의 비극」(김녑), 「부인의 각성이 남자보다 긴급한 소이」(제월) 등처럼 부인의 각성을 촉구 내용 일색이다. 비록 필명 '무명은인'이 「여자에게 주는 력(力)」에서

"여자가 가진 힘은 약하고도 강하니 이상한 힘"이라며 서구 종교개혁의 원동력이 부인들에게 있었다는 주장을 펼쳤지만, 근대 계몽기의 문명 담론과 전통 도덕을 옹호하는 기조는 변함이 없다. 흥미로운 것은 3.1운동 이후 발행된 제6호다. 수록된 기사는 논설류 11편, 문학류 4편으로 문학 비중이 절반으로 줄었다. 제6호의 논설들은 각각 「여자의 자각」(秋菊), 「우리의 운명은 어대 잇소」(김량), 「남녀 교제에 대하야」(星), 「결혼과 남녀」(옥로), 「여자의 자각과 남자의 반성을 규(叫)함」(MC생) 등으로, 가정문제보다 남녀문제, 즉 성차별과 관련된 논의가 다수 등장한다.

1920년대 여성잡지는 계몽 담론 차원의 '여자'나 '부녀' 문제를 점진적으로 '여성문제'로 이끌어가는 경향을 보인다. 특히 개벽사의 『신여성』은 문화운동을 천명한 종합잡지 『개벽』과 마찬가지로 계몽적인 담론을 다수 게재했다. 윤석중이 편집인 겸 발행인으로 활동한 『성애(性愛)』는 남녀문제의 대표적 담론인 '성'을 전면에 내세운 잡지였다. 1920년대 여성잡지의 이러한 변화상은, 서유리(2014)에서 밝힌 것처럼, 잡지 표지에도 반영되었다. "계몽의 의지에 가득 찼던 근대 여성잡지의 표지에는 독자들에게 동일시를 유도하기 위한 여성 인물들의 이미지"가 많이 그려졌으며, '가정 잡지'의 경우 "아이와 같이 있는 어머니"가 주로 사용되고, '여성의 교육과 계몽을 목적으로 하는 잡지'는 "여성 단독의 이미지"를 표지에 실었다.[8] 특히 트레머리 블라우스를 입은 신여성의 고뇌하는 모습이 담긴 『성애』(1924.4) 표지에서 유추되듯이, 1920년대에 이르면 여성문제는 성차별과 성도덕을 포함한 본질적 문제로 인식되는 경향이 뚜렷해진다.

1930년대 여성잡지는 계몽적 담론에서 흥미와 오락이 좀 더 중시되는 경향을 띤다. 서유리(2014)는 1930년대부터 1945년 까지의 여성 잡지들을 분석하면서 "잡지의 표지는 이미지와 디 자인 양식의 자유분방한 전용이 이루어지는 공간"이라고 규정 했다. 특히 '현대', '여성' 등의 표제어를 전유한 여성잡지의 경우 대중적 기호에 부합하는 성향의 것이 많다. 다양한 형식의 '이야 기'(실화, 야화, 야담류)와 문학작품의 수록 비중이 높아지고, 기사 도 계몽보다는 흥미 위주의 사례가 많아진다. 이러한 기류 속에 1920년대부터 본격적으로 등장한 '신여성(또는 신여자) 담론', '직 업 담론', '성문제' 등 주요 논제들도 적지 않은 변화를 보인다.

2) 1920년대 여성잡지의 특징

한국잡지협회(1972)에 따르면, 일제강점기 잡지는 무단통치기 (1910~1919), 문화통치기(1919~1937), 암흑기(1938~1945)의 세 시기별로 큰 변화를 보인다. 무단통치기에는 종교적인 잡지가 비 교적 많이 발행되었고, 잡지들이 계몽성을 띠었으며, 약간의 기 술 관련 잡지가 등장했다. 문화정치기에는 민족주의를 비롯한 사상 관련 잡지가 등장했고, 식민체제 하에서 허용되는 문학 분 야 잡지가 많아졌으며, 한국 연구에 대한 자각이 담기고 사회 주의 사상을 품은 잡지 발행이 많아졌다. 암흑기에는 친일 일색의 잡지가 주를 이뤘으며, 민족의식 문제는 잡지에서 기교적 차원에서만 허용되는 수준이었다.[9] 이러한 정리는 일제강점기 잡지 전체에 적용하기는 부족하지만, 시대 흐름을 고려하면 어느 정도 타당성 있는 진술이다. 하지만 여성잡지에 집중해보면, 1920년과 1930년을 전후해 잡지의 내용과 서술 방식, 담론의 주제 차원에서 적지 않은 차이가 보인다.

『신여자』

이를 확인하기 위해 먼저 개별 잡지에 수록된 글을 종류(문종), 분야, 주제, 대상 독자, 사용 문자 등으로 나누어 정리해보았다. 먼저 1920년 네 차례 발행되었던 『신여자(新女子)』[10] 제1호에 대한 기초 분석 자료다. 이 장에서 여성잡지 분석은 대개 이런 방식의 기초 자료가 토대가 되었다.

『신여자』 기초 데이터

게재월	잡지	권호	필자	제목	대상	문자	내용
1920.1	신여자	제1호	편집부	창간사	일반	국한문	
1920.1	신여자	제1호	편집부	알거든 나스라: 누의님에게, 축 신여자, 계급과 결혼	일반	순한글	
1920.1	신여자	제1호	편집부	新女子의 社會에 對흔 責任을 論홈	일반	국한문	평등·자유·해방, 부녀자는 남자의 연애·정욕의 대상, 소극적·적극적 책임
1920.1	신여자	제1호	편집부	신여자 누의님에게: 잡지 신청년으로부터	일반	국한문	축시

1920.1	신여자	제1호	애리시 아편설라	축 신여자	일반	국한문 영문	종교적 차원, 조선여자 계몽
1920.1	신여자	제1호	편집부	신여자를 위하야 계급과 결혼: 잡지 개척사로부터	일반	국한문	

글의 종류는 '논설', '논문', '기사', '문학', '이야기' 등 다섯 가지 범주를 사용했다. '논설'은 권두언의 사설이나 필자 개인의 주장을 담은 글이고, '논문'은 특정 문제 해결을 위한 연구와 논증이 포함된 글이다. 두 유형의 경계선을 정하기는 쉽지 않은데, 구조상 문제 제기부터 해결 과정까지 드러나는 글을 '논문'으로 분류했다. '기사'는 사건 중심의 보도 기사를 의미하나 경우에 따라 특별한 주제에 대해 잡지사가 유명 인사에게 부탁해 그 견해를 물은 글[11]을 포함한다. 예컨대 제1호의 「현대 남자는 엇쩌한 여자를 요구하난가?」라는 질문에 대한 양백화 외 다수 인사의 답변이 그렇다. '문학'은 시와 소설, 수필, 전설 등의 작품을 의미하며, '편지'도 넓은 의미의 문학에 포함했다. 특히 개인이 경험한 실화나 특정 주제와 관련한 서사 형식의 글이 다수 나타나는데, 이는 '이야기'로 분류했다. 문학성과는 그리 관련 없는 글로 판단되기 때문이다.[12] 예컨대 제1호 송계월의 「신구 충돌의 대비극: 희생된 처녀」(혼인애화)는 문학작품으로 판단하기에 부담스러운 면이 있다.

분야 항목은 글 내용이 어떤 문제를 다루는지가 기준이다. '가정문제, 결혼, 경제, 일상 계몽, 교육, 남녀관계, 여성관, 위생' 등으로 설정했다. 문학은 장르에 따라 '시, 소설, 수필, 일기, 전기,

편지' 등으로 나누었다.[13] 분야 설정은 논설과 논문류에서 다룬 내용이 무엇인지 확인하는 데 목적이 있으며, 그 내용이 구체적으로 어떤 대상을 다루는지는 주제 항목에서 키워드를 부여하는 방식으로 세분화했다.

이러한 기준에 따라 『신여자』 제1호~제4호에 수록된 글들은 다음과 같이 정리된다.

『신여자』 제1호~제4호 수록 글 분석

분야	기사	논설	문학	이야기	계
가정	1	1		1	3
결혼		1			1
경제	1				1
계몽		14			14
교육	2	2			4
기타	2	3		3	8
남녀	1	2		1	4
소설			6	2	8
수필			3	1	4
시			13		13
여성관		5	1		6
위생		1			1
인물	1				1
일기			1		1
전기			2		2

편지			1		1
계	8	29	27	8	72

　문종은 논설(27건)·기사(8건)와 문학(27건)·이야기(8건)가 비슷한 분포를 보이는 게 주목할 만하다. 논설 가운데 「권두언」(편집부), 「머리에 씀」(편집부), 「조선 여자에게 기(寄)홈」(버지니아 펠취), 「소녀의 책임론」(유각경) 등은 잡지의 취지나 여성문제와 관련한 주장을 담고 있기에, 여기서 당시 여성문제를 바라보는 잡지사와 필자의 의식을 도출해낼 수 있다. 「간호부 생활」(정종명), 「기숙사 생활」(김응순) 등의 기사에선 잡지사의 관심사나 시대 상황과 관련된 사건이 무엇이었는지를 확인할 수 있다. 반면 시나 소설과 같은 문학작품은 개별 작품에서 다루려 한 주제를 분석 대상으로 삼아야 하기 때문에, 당대 여성문제를 직접적으로 다루었다고 보기는 어렵다.

　『신여자』가 다루는 대표적인 여성문제는 '평등한 남녀관계', '결혼과 부인의 지위', '부녀의 비참한 생활' 등이다. 이미 근대 계몽기부터 존재해온 것들로, 1920년대에 새롭게 등장한 내용은 아니다. 다만 이때부터 본격적으로 '신여자', '신여성'이라는 용어가 확산되기 시작한다는 점이 주목할 만하다. 그러나 이 잡지에서 개념화한 '신여자'(간혹 신여성이라는 용어도 사용)는 어떤 의식이나 현상에 따른 것이 아니라 '시대의 변화'나 '시대의 요구'라는 추상적 관념이 적용된 것이다. 다음을 살펴보자.

'신여자'(신여성)의 용례

社會는 社會요 女子는 女子라 ㅎ면 우리 女子는 社會有無에 對ㅎ야 아모 關係가 읍슬 것이오 社會도 또흔 女子의 存在에 對ㅎ야 아모 干涉이 읍슬 것이외다. 그러나 原來 社會란 그것의 他一部가 우리 女子로써 組織되엇고 또흔 社會組織에 根本的 原因이 우리의게 存在흔 以上에는 社會와 女子란 것은 잠시라도 떠나지 못흘 關係가 잇스니 未開흔 古代에는 勿論이어니와 文運의 發達과 人事의 變遷을 짜라서 女子와 社會間에 調和흘 必要와 天賦의 關係를 論求코져 홈은 理勢의 當然흔 바이외다.(中略) 二十世紀인 今日에 至ㅎ야 所謂 世界大戰이 終熄을 告ㅎ고 平和의 曙光이 빗츄게 되자 一般 社會는 解放을 絶叫홈이 尤甚ㅎ고 標榜홈이 常理됨을 自覺ㅎ는 이 刹那에 우리도 敢히 解放의 意味를 더 徹底히 ㅎ고 또 그 色彩를 더 濃厚히 할 必要와 義務를 깁히 늣기고 **本誌를 特히 新女子라 命名**ㅎ야 써 天下 同志 諸士에 만흔 同情을 求코자 ㅎ나이다.[14]

『新女子』는 朝鮮의 開拓 雜誌라 할 만ㅎ며 싸르어 그 筆者도 반드시 潑剌흔 精力을 가진 女子일 터이고 또 未來를 미리 드려다 보는 그런 幻象을 가진 女子라야 합니다. 그렇치 안으면 自己 同族의 女子界를 爲ㅎ야 이런 크나큰 事業을 맞는다 할 수 업슬 거시외다. 조선 婦女는 이 큰 變遷期에 際會ㅎ야 그의 기쁨을 난ㅎ며 그리ㅎ야 精力 잇는 婦女가 될 줄 나는 꼭 밋습니다. 이 變遷은 곳 朝鮮女子의 比較的 地位를 意味홈이외다. (中略)

全世界를 通ᄒᆞ야 現今 時代가 我女子를 公的生活로 나오게 ᄒᆞ엿습니다. 이럼으로 婦女는 '傲慢'을 過度히 ᄒᆞ야 勢力ᄭᅥ지 그릇치ᄂᆞᆫ 일이 종종 잇습니다. 이것이 遺憾이외다. 實業界나 職業方面이나 엇더ᄒᆞᆫ 事業의 線에나 奮鬪의 道場에나 즉 우리 女性이 正當한 地位를 保ᄒᆞᆯ 그런 일은 어데ᄭᅥ지 溫慈ᄒᆞᆫ 女性은 溫慈ᄒᆞᆫ 女性이라야 ᄒᆞᆷ니다. 우리 家庭에서나 家族에서 보든 조곰도 다름업ᄂᆞᆫ 態度와 音聲이라야 ᄒᆞᆷ니다.[15]

두 편의 논설은 『신여자』에서 '신여자'가 어떤 의미를 갖고 있는지 잘 설명해준다. 첫 번째 창간호의 논설 속 '신여자'는 미개 사회로부터 '문운의 발달', '20세기 세계대전의 종식'에 따라 자연스럽게 등장한 시대 용어 가운데 하나다. 즉, 잡지 이름은 시대의 흐름을 따른 명명으로서 그 자체로는 '여성'에 특별한 의미를 부여하지 않는다. 두 번째 꼭지인 기자 엠마율 여사의 제4호 논설은 외국인의 관점에서 본 조선의 여성문제에 대한 것으로서, 이 역시 근본적으로 근대 이후 형성된 여성 계몽 담론의 궤적을 벗어나지 않는다. 여기서 '신여자'는 '공적 생활', '직업', '실업' 등 여성의 사회적 역할을 인식하지만, 그 자체를 여성문제로 인식하지는 않는다. 때문에 이 논설은 『신여자』가 '가정을 중심으로 한 주의'를 벗어나서는 안 되며, 여성으로서 '온자(溫慈)'를 지켜야 한다는 주장으로 귀착한다.

이렇게 1920년대 전반기 잡지에서 '신여성'이 단순한 시대 용어로 사용되었다는 맥락은 근대 계몽기의 계몽주의 여성 담론[16]

의 궤적과 1910년대 여성잡지의 일반적 경향에서도 크게 벗어나지 않는다. '여성'보다 '여자', '신여성'보다 '신여자'라는 표현이 더 빈번히 등장하는 이유가 여기에 있다. 따라서 사회 구조 및 식민지 현실과 관련된 여성문제의 본질에 집중하기보다 여전히 '가정주의', '부인', '부녀' 차원의 계몽 담론 주변을 배회할 뿐이다. 결국 『신여자』의 주요 관심사는 가정, 결혼, 모성 등으로 모아진다. 예컨대 공자와 맹자의 발언[17]까지 인용하며 성문제를 거론하지만, "정조(貞操)는 가인(佳人)의 생명"이라고 규정하는 데 급급했던 제3호의 「여자의 정조」(김해지)[18]처럼 대다수 논조는 본질적 문제와 거리가 멀었다.

　『신여자』의 여성 담론이 시대 의식을 뚜렷이 반영하지 못한 까닭은 발행 주체였던 이화학당, 연희전문, 기독교 감리회 등 편집진의 의식이 작용했기 때문이다. 오영식(2014)의 해제에서 확인할 수 있듯이, 창간호와 제2호의 편집인은 김원주였으나 발행인은 쎌닝스 부인이었고, 제3호와 제4호는 쎌닝스 부인이 편집인과 발행인을 겸하고 있었다. 제4호 편집 후기에서 "美國의 有名한 雜誌記者 엠마율 女史가 멀리 우리 朝鮮에 視察을 오섯다가 우리 新女子의 前途를 爲하야 그 貴重한 玉稿를 보니어 주사"라고 밝혔듯이, 『신여자』는 선교활동과도 밀접한 관련을 맺고 있던 잡지였다.

『여자시론(창간호)』(1920)

『신여성』

『신여자』와 달리 1920년대 초반 창간된 여성잡지로서『여자시론』과 개벽사의『신여성』은 계몽 담론 차원에서 흥미로운 사례였다.『여자시론』은 도쿄 여자시론사의 이양전(李良傳)이 편집인 겸 발행인을 맡고 있었다. 지금은 창간호와 제3호만 확인된다.[19] 두 권에 수록된 글은 논설 28건, 논문 1건, 기사 9건, 문학 2건 등 총 42편으로, 당시 다른 잡지에 비해 문학보다 논설 비중이 매우 높다.

특히「누님들아 울지를 말어라」(최영택),「가혹한 예절을 타파하라」(탄파 생), 「여자해방문제」(방순경), 「조선 여자의 처지」(송경선) 등의 논설은 1920년대 여성해방운동과 직접적으로 연관된 다수의 주의·주장을 포함했다. 창간호에 수록된 「유학생의 견지로 보는 조선 가정(1)」도 제2호의 부재로 그 내용과 논조를 정확히 확인하기는 어렵지만, '과도기의 조선 학생'이라는 부제를 붙여 조선의 가정문제를 사회문제 차원에서 연구한 논문이었다. 다만 「머리의 개조와 생활의 개조」(염상섭)처럼 여전히 개조론적 계몽 담론에서 벗어나지 못한 논설도 함께 싣고 있었다는 점에서, 이 잡지 또한 아직 여성의 지위와 차별, 성의식 등의 차원에서 본질적인 접근과는 거리가 있었던 것으로 판단된다.

개벽사의 『신여성』은 1923년부터 1926년까지 발행된 뒤 중단되었다가 1931년부터 1934년까지 재발행된 잡지라는 점에서 1920~30년대 여성잡지의 변화를 잘 보여준다. 내용 구성 방식, 여성문제와 담론의 특성 차원에서 두 시기의 차이를 비교·분석해볼 수 있는 좋은 자료다.[20]

1920년대의 『신여성』은 현대에 와서 두 차례(1983년 현대사, 2003년 역락출판사) 영인되었다. 다만 6권은 결호로, 현재 25권만 확인된다. 게재 글은 모두 538편이다.

1920년대 『신여성』 권호별 문종

권호	기사	논설	논문	문학	이야기	인터뷰	자료	기타	계
제1-2호	6	12	1	8				2	29
제2-3호(4호)	6	5		4	2	6		2	25
제2-4호(5호)	3	7		5	1	2			18
제2-5호(7월호)	8	4		8	1				21
제2-11월호	4	10	2	4		1			21
제2-12월호	6	4	1	5	1				17
제2-6호	6	4		5	2			1	18
제2-7호(8월호)	7	6	1	10	2				26
제2-8호(10월호)	2	4	1	7	5				19
제3-1호	5	15	1	7	3		1	1	33
제3-2월호	2	9	1	4	3		1		20
제3-5월호	1	13	1	3	1		1		20
제3-6~7월호	1	6		3	1	9		2	22
제3-8호	2	4		7	1	15			29
제3-10호	1	4	1	8	6		1		21
제3-11~12호 합본		5		5	1	7		1	19
제4-1호	3	2	3	11	1	6			26
제4-2호	3	2	2	7			1		15
제4-3호	5	4	2	6	3				20
제4-4호	8	6	2	3		2			21
제4-6호	7	4		5	1	2			19
제4-7호	6	3	2	7		2			20
제4-8호	4	5	1	5	1	1			17
제4-9호	2	5	2	8		1	4		22
제4-10호	2	8	1	7			2		20
계	100	151	24	152	36	53	11	9	538

이 표에서 문종은 앞서의 기준과 동일하다. 추가적인 것으로, '인터뷰'는 사회 유명인에게 청탁해 주제별로 받은 글이나 방문 면담 기사를 의미하며, '자료'는 여성 상식, 생활정보(의복, 음식 등), 교육 등과 관련한 '강좌', '독본' 등의 독서물을 의미한다.

주목할 부분은 권호별 차이는 있을지라도 계몽적 논설(151편), 문학(152편), 이야기(36편)의 비중이 매우 높다는 사실이다. 계몽 논설에는 '교육'(27편), '결혼'(16편), '도덕'(9편), '여성관'(9편), '성별 특징'(5편), '의복'(8편) 등 여성 관련 문제 전반에 걸쳐 다양한 주의주장이 등장한다. 문학과 이야기 범주엔 시, 소설, 수필류 뿐 아니라 세태 풍자나 실화 등 다양한 서사 형식이 포함되어 있었다. 이는 창간 당시부터 여성 독자의 기호를 고려했기 때문으로 보인다. 『신여성』제2호(1923.10)를 신간으로 소개한『동아일보』기사에서 이러한 의도가 잘 읽힌다.

新刊紹介

新女性 第二號(月刊婦人雜誌): 朝鮮 唯一의 月刊 婦人雜誌로서 '男女交際는 엇더케 할가'라는 숨너머가는 舊道德의 弔鐘으로 볼 수 잇스며, 女學生 制服과 校標問題는 參考上 必要하고, 女學生들의 붓으로 된 感想文 紀行文 等이 잇고 其外 羅晶月 씨의 夫妻問答, 金明淳 女史의 小說 '선례' 聲樂家 尹心悳 氏, 요째의 朝鮮女子 等은 모다 注目할 만한 文字이다.[21]

위 기사처럼 논설류는 '남녀교제', '부부', '조선 여자의 지위' 등

계몽 담론 상의 여러 문제들을 지속적으로 다뤘다. 예컨대 제2호의 「남녀교제는 엇더케 할 것인가」(김기전)는 남녀유별을 전제로 혼인, 축첩, 간음, 성교 등의 문제를 거론하면서 인습 타파를 주장하는 전형적인 계몽 논설이다. 흥미롭게도 남녀교제를 '부부가 되려는 것'와 '사무적인 것'으로 구분한 뒤, 성문제는 전자와 관련을 맺는 것으로서 후자는 성과 무관한 문제가 되어야 한다고 주장한다. 글의 서두에서 남녀의 감정문제를 부각하기 위해 견우와 직녀 설화를 거론하면서 교제를 두려워할 필요가 없다는 식의 결론을 도출하지만, 그 자체로 성문제나 여성문제의 본질을 다룬 것이라 보기는 어렵다. 이러한 논조는 또 다른 논설 「세상에 나온 목적」(이돈화)에서도 비슷하게 이어진다. 필자는 "여러분, 개성을 진실한 것이라고 믿었다가는 큰 코 다칩니다"라고 경계하면서 당시 신여성의 명예심과 체면을 버려야 한다고 주장한다.

교복과 교표(校標) 관련 기사와 논설은 당시 여학교가 늘면서 교복과 교표에 여학생의 상징성을 부여하려던 취지에 주목한 것들이다. 당시 기사는 「여학생 제복과 교표문제」라는 논설과 함께 일종의 인터뷰 형식으로 학교 관계자들의 짧은 글을 싣고 있었다. 논설은 "지금 우리 조선 여자교육계에는 남의 민족에게서는 별로 볼 수 없는 우스운 저주거리가 있는 것은 아는가?"라고 질문하면서, "그것은 별다른 것이 아니요, 탕녀(蕩女)와 여학생(女學生)을 구별하는 경계선이 무너지게 된 것, 다시 말하자면 기생(妓生)의 거동이 여학생의 거동을 밟으며, 매소부(賣笑婦)의 정장(正裝)이 여학생의 행색을 쫓는 폐단으로 인하여 은연중에 받는 저주"라고 써내려갔다. 기차 안에서 기생과 여학생이 구별되지 않는데, 교복과 교표가 그 적절한 구별의 방편이 된다는 주장의 근거가 그러했다.

결국 이 문제는 여학생의 '풍기문제', '성도덕문제'까지 연루되어 비판과 편견이 중심이 된 여학생 담론과 신여성 담론으로 이어진다. 이러한 태도는 인터뷰에 참여했던 학부형 김병준(풍기문란 대책과 교도 상 시급한 문제로 인식), 오화영(여학생과 잡부 구별에 필요한 것으로 인식), 유성준(여학생에게는 무명옷이나 베옷만 입혀 기생과 구별해야 한다고 주장)의 주장뿐 아니라 학교 당국자였던 여자고보 손정규(자유에 맡겨야 한다는 주장), 정신여학교 방신영(흰 저고리와 검정 치마는 문제없으나 깃과 동정 개선 필요) 등의 답변 등에서도 비슷하게 읽혀진다.

제2호의 문학류에는 「청춘의 일일: 각 학교 여행기」(경성여고보 진묘순, 동덕여학교 정애, 경성여고보 연옥), 「기도, 꿈, 탄식, 환상」이라는 시, 「인자와 묘자(猫子)」(김석송)라는 체호프 번역소설, 「부처간의 문답」(나정월)이라는 대화 형식 이야기 등이 있었다. 또한 필명 녹안경(綠眼鏡)이 쓴 「윤심덕 씨」처럼 이야기인지 취재 기사인지 구분이 어려운 글도 다수 포함되어 있었다. 당시 대다수 잡지들처럼 문학류는 대개 뒷부분에 편집되어 있었지만, 이야기 형식의 기사는 논설과 논문 다음에 배치되는 경우도 많았기 때문에, 문종은 엄밀하게 규정하기가 까다롭다. 대신 거론하기 쉽지 않은 시사적·사회적 이슈를 이야기 형태로 바꿔 해당 사건을 에둘러 다루려는 의도 하에 이러한 글들은 종종 쓰인 것으로 보인다. 물론 계몽의식을 품고 있으면서도 비판의식은 뚜렷하지 않았고, 문학적인 면에서도 감동이 모자란 형상화에 머문 경우가 많았기 때문에, 여성문제의 본질을 살피는 데는 그리 유의미한 자료가 되지는 못한다.

1920년대 『신여성』에 실렸던 '논문류'는 학술적 차원에서 주목해볼 만하다. 잡지 발행이 불완전한 상태였기 때문에, 일부 논문은 연재 중간에 중단되기도 했다. 논문들 가운데 대략 다음 15편은 비교적 학술성이 높다.

『신여성』의 논문류

게재월	권호	필자	제목	주요 내용
1923.10	제1-2호	손진태	神話上에서 본 古代의 女性觀	여성신은 학예신, 호운신, 미의 신, 미술·음악신
1924.8	제2-8호 ~ 제2-12호	김윤경	[婦人問題] 婦人問題의 意義와 婦人運動의 由來(1)~(4)	여성운동 대신 부인운동으로 지칭, 부인문제의 의미와 범위, 부인운동의 유래(8월)/ 서구 부인 참정권문제 전개 과정(10월)/ 세계 부인운동 차원에서: 부인의 직업/ 모성보호문제/ 구주대전과 부인문제(11월)/ 부인운동과 인격문제(12월호)
1924.11	제2-11호	권덕규	朝鮮 衣服의 史的 考察: 넷적 안악네의 옷은 어써 하엿나	지금 옷과 넷옷적 치마저고리와 쪽진 머리 트는 머리의 시초
1925.1	제3-1호	이경숙	여자해방과 우리의 필연적 요구	길만 부인과 타벨 여사의 의견: 상위-해방을 부르기보다 먼저 생각할 문제(직업문제 포함)
1925.2	제3-2호	SJ	부녀해방운동사 (其1) 婦人運動의 潮流	여성문제: 남녀관계, 정조문제 등의 성격―굴종
1925.5	제3-5호	연구생	부인의 智的 能力: 해방사의 一理論	부덕 근신/ 정조라는 도덕을 탈피해야 함을 주장

1925.10	제3-10호	이성환	所謂 一夫一婦 配偶法	역사상으로 본 배우법의 변천/ 소위 일부일부제는 남권 확립에만 유리한 것/ 소위 정조라는 언사는 夫의 소유권이라는 인증이다/ 결혼이냐 매음이냐
1926.1	제4-1호	김명호	朝鮮의 農村 女性	조선 여성 농촌 여성/ 농촌 여성은 얼마만한 일을 하는가/ 노예적 지위/ 순진인 농촌 여성/ 가능성과 불가능성
1926.1	제4-1호	유우상	女性의 革新生活: 입센의 女性主義	여성주의(페미니즘 관련)
1926.1	제4-1,3호 ~ 제4-4호	손진태	西伯利亞 各民族의 結婚 形式	시베리아 지역의 결혼 형식: 각 부족별(퉁구스, 알타이족 등)
1926.2	제4-2호	칠보산인	成品 人間 運動에 개성을 回收하는 思想革命에	인간성의 몰락자/ 조선 여성의 입각지/ 위선 개성 회수에/ 완전한 개성의 단결
1926.3	제4-3호 ~ 제4-4호	양명	婦女의 社會的 地位: 唯物史觀으로 본 婦女의 社會의 地位(1)~(2)	이데올로기 관점: 부인문제(1)/ 남녀 사회 변천사: 모계 사회로부터 남녀관계 변천/ 부녀의 지위
1926.7	제4-7호	추용	弱한 女性과 勞動階級의 起源	진화론적 입장에서 성차별 역사 논의 (삭제된 부분이 많음)
1926.7	제4-7호 ~ 제4-10호	김승식	[지상강좌] 心理學上으로 본 女子: 모방성과 감정에 대하야	여자의 감각은 예민한가, 둔한가?/ 여자에게는 감정적 색채가 만타(7호)/ 記銘力에는 청각이 낫고 기억 형식에는 시각형이 발달/ 인식 능력의 차이 등/ 유녀시대의 심리(8호)/ 사춘기 처녀(9호)
1926.9	제4-9호	유영준	女子는 果然 弱者인가: 의학상으로 본 관찰	정신적·사회적 차원의 여자에 대한 편견 지적 (의학상 여자가 약한 것은 아니다)

이 논문들은 1920년대 여성문제와 관련 있는 대표적인 주제들을 다룬다. 이성환의 「소위 일부일부 배우법(一夫一婦 配偶法)」은 가족제도의 변천사를 통해 당시의 사회문제로 대두되었던 '정조와 매음문제'를 논의하려는 계몽적 의도를 담고 있다.[22] 필명 SJ의 「부녀해방운동사」, 김윤경의 「부인문제의 의의와 부인운동의 유래」(1)~(4), 이경숙의 「여자 해방과 우리의 필연적 요구」,

필명 추용(秋用)의 「약한 여성과 노동계급의 기원」 등은 1920년 대 여성운동에 대한 사적 고찰뿐 아니라 당면 과제를 분석 대상으로 한 것으로, 여성운동사의 흐름을 이해하는 데 도움을 주는 자료들이다. 이 논문들은 여성문제가 본질적으로 '성차별'에서 비롯된 것이며, 차별은 역사적·사회적·제도적 근원을 갖고 있음을 규명하는 데 중점을 두고 있다.

사실 성차별의 역사와 현실에 관한 논문은 『동아일보』, 『조선일보』의 연재물을 통해 다수 확인할 수 있다. 예를 들어, 1922년 6월 13일부터 30일까지 『동아일보』에 16회에 걸쳐 연재된 「부인문제의 개관」(이쿠타 조코(生田長江)와 혼마 히사오(本間久雄)의 책을 번역), 1923년 11월 7일부터 30일까지 『조선일보』에 24회에 걸쳐 연재된 「남자 전제 사회의 남녀의 지위: 성적 제도와 남녀의 지위」(하세가와 만지로(長谷川萬次郞)의 책을 번역), 1924년 1월 10일부터 2월 25일까지 『조선일보』에 40회에 걸쳐 연재된 「성적 존재와 현대 부인」 등은 분량이나 내용 면에서 일제강점기 여성운동을 연구하는 데 꼭 참고해야 할 자료들이다.

이에 비해 잡지 소재 논문은 상대적으로 빈약한 느낌을 줄 수 있지만, 1920년대 여성문제가 일본의 연구물이나 해외 운동사를 중심으로 진행되었다면, 『신여성』의 논문은 여성문제를 한국 사회 입장에서 재해석하는 경향을 보인다는 점에서 차별화된다. 이와 같은 경향은 권덕규의 「조선 의복의 사적 고찰」, 손진태의 「신화상에서 본 고대의 여성관」, 「서백리아 각 민족의 결혼 형식」 등과 같은 복식, 민속사 연구 논문에서도 마찬가지다.

일제강점기 여성문제 연구가 대부분 남성 연구자에 의해 이뤄진 것은 그 본질을 이해하는 데 한계로 작용한다. 위의 15편 논문 가운데 여성 필자는 제3-1호 '독자논단'에 게재된 이경숙의 논문뿐이다. 이 논문은 여성해방운동의 유래와 여성의 직업문제를 개괄하고, 여성 직업 옹호론자인 길만 부인과 모성보호론자인 타벨 여사의 견해가 어떻게 다른지, 그것이 조선 사회에 어떻게 적용될 수 있는지 논의하고 있다. 논단 형식의 논문이라 여성 직업문제에 대한 필자의 결론 대신, "직업문제에 관한 사상적 고찰은 그만두고, 경제적 멸망에 핍박한 우리 조선 사회에 있어서 남자는 물론이어니와 우리 여성도 재래의 습관을 타파하고 자주 독립적 사상을 고취하여 한 사람이 밭을 갈고 열 사람이 먹는 생활 관념을 버리고, 한 사람이 밭을 갈면 한 사람이 먹는 자기 책임 관념에 눈뜨지 않으면 안 될 것"이라는 계몽주의로 회귀해버린다.

남성 중심의 연구 환경에서 여성문제는 그 자체로 편견과 흥밋거리로 전락될 위험을 내포하곤 한다. 김승식의 「심리학상으로 본 여자」는 '지상강좌'라는 타이틀을 달고 있지만, '모방성과 감정' 차원에서 남녀 차이를 비교한 논문이다. 필자는 심리학적으로 남녀 차이를 논의하는 게 쉽지 않은 일이지만, 경험과 여러 참고서를 추려 알아보기 쉽게 글을 쓴다면서 "여자의 감각은 예민한가 둔한가"라는 질문을 던지고 있다. 특히 경험 있는 심리학자의 말이라면서 "여자에게는 창조성이 적어 무엇을 통합해보는 힘이 부족하고, 그 반대로 외계의 모든 일을 자기와 결합시켜서 해석하고, 감동적으로 거기에 반응하기는 여자의 편에서 많아 소위 센티멘탈한 점에는 남자로서도 도저히 따를 수가 없다"라고 전하고, 남녀 간 차이를 설명해나간다. 여자의 문화는 모방에서 시작하여 모방으로 그친다는 것이다. "'여자는 이해력이 부족하다'는 주장은 사실이 아니며", "실물을 보아 기억하는 힘은 남학생이 낫고, 숫자나 단어를 들어 기명(記銘, 기억하여 새김)하는 능력은 여학생이 낫다"라는 실험 결과를 소개하거나 "정확성과 면밀성은 남학생이 우월하고 상상력은 여학생이 낫다", "남자는 먼저 의심한 뒤에 알고, 여자는 먼저 믿은 뒤에 안다"라는 식의 인식력 차이를 설명하려 했지만, 끝내 여성은 모방성이 강하고 의지가 약하다는 식의 결론을 도출해버린다.

이러한 논지는 일제강점기 계몽 시대의 성차에 대한 편견이 반영된 것이다. 더욱이 그 성차를 바탕으로 '감정, 모방, 기명, 의지'에 대한 '여자 특유의 심리, 특히 병적 심리'를 고찰한 것은 흥미를 위주 삼은 저널리즘적 특성의 반영일 것이다. 논문은 여자 유년기에 감상적 취미와 가사에 대한 관심이 높고, 여성 특유의 허영과 과시적 본능이 강하며, 소녀시대의 불안과 타인에 대한 평가가 질투와 험담으로 이어지고, 친구들과 어울려 분화하지 않은 성애로 나가는 경우가 많다고 서술한다. 성인 여성의 심리로까지 이어지지는 않았으나 소녀시대의—월경 체험 등으로 인한—공포와 불안을 적절히 극복해야 '처녀 시절의 불필요한 타격'을 입지 않을 수 있다고 주장하면서, "그 시기를 무사히 지낸 여성은 그 이후 급히 성적 지식의 체험을 자연 발달로 인한 성적 본능이 나타나는 영향에 인하여, 별안간 지금까지 비자각적으로 느끼고 있던 불안도 없어지고, 화장과 애교 같은 자기 동작의 참뜻을 알게 되어, 여자의 성적 경향은 여기에 춘정발생기(春情發生期)라고 이름 붙일 중대한 일대 전기에 들어가는 것이다"라는 결론에 이르게 된다. 즉, 심리적 차이에서 여성의 이상 심리에 주목한 뒤, 그것을 성적 문제로 귀결시켜버린 것이다.

이렇게 1926년 이후 『신여성』의 담론에 '성문제'가 등장하는 것은 시대상의 반영이자 대중의 기호에 부합하는 현상이라 해석될 것이다. 사실 1920년대 초반 간혹 매체에 등장하던 정조문제는 1926년 이후 신문과 잡지의 주요 키워드가 될 정도로 빈번하게 다뤄졌다. 예를 들어, 1927년 4월 2일부터 9일까지 『동아일보』에 7회에 걸쳐 연재된 광산(光山)씨의 「신여성과 정조문제」, 4월 14일부터 17일까지 4회에 걸쳐 연재된 유영준의 「광산씨의 신여성 정조관」, 4월 28일부터 30일까지 3회에 걸쳐 연재된 최활의 「정조문제에 대한 답변 수칙」 등이 대표적이다. 『신여성』에서 이 문제를 다루는 것은 제3-6호~7호 김기진의 「금일의 여성과 현대의 교육: 문란 중에서 그들을 선도하기 위해 연애를 알게 하라, 성교육을 실시하라」, 제3-8호 필명 연구생의 「남녀의 생리적 및 심적 소질의 차이」 등의 자료를 통해 확인할 수 있다.

3) 1930년대 여성잡지의 변화

1930년대 여성잡지에서는 취미와 오락 위주의 글과 문학작품의 비중이 증가하는 현상을 보인다. 잡지마다 다소 차이는 있지만, 이는 일반적 현상이었다. 마찬가지로 『신여성』도 1926년부터 이러한 경향이 나타나기 시작해, 1931년 복간 이후 두드러진다. 다음은 1931년부터 1933년 2월까지 발행된 12권에 수록된 글을 문종별로 분석한 자료다.

『신여성』 1931년 4월호~1933년 2월호 소재 문종별 분포

권호	기사	논설	논문	문학	이야기	인터뷰	자료	토론	계
제5권-4월호	6	3	2	12	1	1	3		28
제5권-5월호	5	5		18	3	1	3	1	36
제5권-6월호	3	3	2	9	4		4	1	26
제5권-10월호	12		2	12	2	1	2		31
제5권-11월호	11	5		6	2	5	2		31
제5권-12월호	9	2	2	10	2	2	1	1	29
제6권-3월호	6	3	1	9		1	4	1	25
제6권-8호	5	4		6	3	1	6		25
제6권-10호	4	2		6	7	1	6	1	27
제6권-11호	2	5		12	4	1	7		31
제7권-1호	1	2		5	15	2	1	1	27
제7권-2호		4	1		1	6			12
계	64	38	10	105	44	22	39	6	328

이 표에서 두드러진 양상은 '문학'(105편)과 '이야기'(44편)의 비중 상승(전체의 45% 자치)과 여성 계몽을 위한 강연, 강좌, 독본 등 자료(39편)의 증가다. 문학 비중의 상승은 1930년대 여성 독자의 경향이 반영된 것이다. 이는 당시 신문과 잡지 기사들을 통해서도 확인할 수 있다.

1930년대 여성 독자

學生은 科學書籍 女性은 戀愛物 耽讀-親燈 季節의 讀書 消息: 금 十五일 경성부 발표에 의하면 지난 八월 十五일부터 작 十四일 동안 부내 장곡천정(長谷川町) 부립도서관(府立圖書館)의 도서 열람자는 유료(有料) 四천 二백 十四명이엇다. 그 중에 학생 二천 九백 四十二명이 최다수이오 여자 一백 一 명이 전에 비하야 격증된 셈이다. 최근에 그들의 독서(讀書)의 경향을 보면 차츰 과학소설(科學小說)과 자연과학 서적 가튼 것이 만허간다. 그리고 일반 부인의 애독물(愛讀物)은 역시 련애지상주의(戀愛至上主義)의 련애소설(戀愛小說)이 최다수이라 한다.[23]

朝鮮 女性의 動向-讀書傾向 趣味 崇拜人物: 어제는 현대 조선 녀성으로서 '졸업한 뒤의 나아갈 길'과 '결혼 상대자'는 어쩌한 종류의 남성을 구한다는 것은 아럿지만, 오늘에는 그들의 취미(趣味)와 '독서의 경향'과 그들의 '숭배하는 동서 고금의 인물'을 소개할 것인데 먼저 취미에 대하여서 보면 대개가 음악(音樂)인 바 이것은 근자에 와서 어느 음악회에든지 청중에 신녀성

이 남자보담 더 만타는 대에서도 알 수가 잇는데 (중략) 그 다음은 학교 교과서 외에 그들이 틈틈이 보는 독서 방면에 대한 그 경향입니다. 그런데 급속히 쳐드러 오는 사조가 그들에게도 밋치여 그중에도 사회사상(社會思想)에 대한 독서열이 팽창한 것입니다. 밀려드러 오는 사조로 말미암음이란 것보담도 그들의 환경과 처지에서 과연히 그러한 경향으로 다라나지 아니치 못하게 하는 원인이 잇다고 할 수도 잇는 거는 모르나 하로와 이틀이 다른 그들의 진전이 눈압헤 보이는 것 갓습니다. 그 다음으로는 문예방면(文藝方面)인데 여긔에 잇서서는 문필에 종사하는 이들로서 그들을 마취케 하는 저열한 책자를 발행치 안토록 하는 것이 조흘 것 갓습니다.[24]

1930년대 여성의 독서 경향을 단편적으로 보여주는 두 기사다. '연애소설'을 비롯한 문학작품이 많은 비중을 차지했고, 사회사상 관련 독서물이 늘어났음을 확인할 수 있다. 이러한 경향은 당시 잡지 기사들에서도 확인된다. 예컨대 동아일보사 발행의 『신가정』 제2-10호(1934.10) 「도서관이 말하는 조선 여성의 독서계」(김가실)에 따르면, 당시 총독부 도서관을 찾는 여성은 하루 20여 명 정도였고, 월별로는 1월 507명, 2월 826명, 3월 859명, 4월 414명, 5월 740명, 6월 1005명, 8월 427명으로 적지 않은 숫자였다. 특집 「서점인이 본 여자 독서계」라는 인터뷰에서 "여성들이 구독하는 서적은 대개 취미 서적과 잡지밖에 없다"(한성도서회사 김진호), "단행본보다 잡지를 많이 사가지고 가며"(화신서적부 조용균), "전에는 연애소설이나 신소설 또는 유행 창가집 같은 것만 찾는 여자가 많더니, 요새는 기생이나 여급 같은 여자 이외에는 그런 책을 찾는 여자가 한 분도 없고, 중등 정도의 여학생이 많이 오는데, 요새 와서는 문예서적을 많이 찾는 경향이 있고"(박문서관 노익형)라고 하듯이, 당시 여성의 독서 경향은 잡지나 문예물에 치우쳐 있었다.

1930년대 『신여성』에서 문학 비중이 높아진 것은 편집인의 성향과도 무관치 않다. 제5-9호부터 편집인 겸 발행인이 방정환에서 차상찬으로 바뀌는데, 차상찬은 『조선 사천년 비사』, 『해동 염사』처럼 역사물, 전설, 사화 등에 관심이 많은 인물이었다. 그 자신이 직접 『신여성』에 「빛나는 여성(1)~(3)」(제5-1~3호), 「여류기인 개성명기 황진이」(제5-5~6월호) 등의 이야기를 수록했거니와 이후 편집인으로서 잡지에 다수의 전설과 사화를 포함했을 것임을 쉽게 추측할 수 있다.

그러나 문학 비중이 높아진 본질적 원인은 여성 독자의 기호를 따르는 잡지사의 의도에 있었으며, 당시 상당수 잡지사의 사정도 이와 다르지 않았던 것으로 판단된다. 엄밀히 말해 문학 비중의 상승 자체가 문제는 아니다. 하지만 당시 여성잡지에 수록된 시나 소설이 여성의 처지에 대한 한탄과 비정상적인 결혼생활, 도식화된 스토리 등으로 저열하다는 평가를 받는 경우가 적지 않았다. 때문에 1929년 3월 8일자 『동아일보』 사설에서는 이를 거론하면서 "저열한 성문제로 중심을 삼은 출판물, 잡지 등이 순진한 청년 남녀의 안두를 더럽히고 있다"라고 통렬하게 비

판하기도 했다.[25]

1930년대 잡지 문예물의 오락성 또는 저열성 문제는 당시 문학가들의 주요 관심사 가운데 하나였다. 그중 대표적인 게 한설야와 김동환의 논쟁이다. 한설야는 「문예시평: 삼천리사 근대문학전집 발간과 집필자 지조문제에 대하여」라는 평론에서 삼천리사의 근대문학전집을 "별건곤의 사촌쯤밖에 안 되는 오락열정(誤樂劣情)의 진열품"이라고 매도한 바 있다. 그가 이처럼 과격한 표현을 쓴 것은 "춘향의 정조관은 오늘까지 眞理외다. 심청의 육체에 대한 희생적 애(愛)나 남이 장군, 이순신 등 명장의 국가에 대한 순적 기개(殉的 氣槪)도 모도다 금일의 우리들 가슴에 통합니다"라는 광고와 관련되어 있다.[26] 이 비평은 과거의 작품을 다시 내놓은 데 대한 비판처럼 들리지만, 그 결론에 해당하는 '집필자의 지조'에 대해서는 "우리는 가끔 오락 잡지 같은 데서 적어도 계급 운동자들의 이론 발표를 접하는 일이 있다. 이것을 다만 우리에게는 발표 기관이 없으니까 하는 일면의 이유로서 관대시한다는 것은 너무도 값싼 인도주의 박애주의자적 아량임에 불과하다"라거나 "요담(謠談), 기담 또는 소위 '에로그로 넌센스' 등의 기사와 같이 의식분자의 글을 접한다는 것은 아주 불유쾌한 일이다"라고 평가한다.[27] 이와 같은 평가를 문자 그대로 수용해야 하는 것은 아니지만,[28] 1930년대 잡지에 수록된 '요담', '기화', 성문제와 관련한 문예물 등이 오락적이라는 비판은 당시 문학 비평에서 빈번하게 발견할 수 있다.

이러한 배경에서 1930년대 『철필』, 『쩌날리즘』, 『신문평론』

같은 언론 잡지가 등장한 것도 흥미로운 일이다. 이 잡지들은 주로 신문 비판이 목적이었다. 그러나『쩌날리즘』창간호(1935.9)의「쩌-날리즘 강좌」(Y생)를 보면, 저널리즘이 '신문'뿐 아니라 '잡지'에도 적용되고 있음을 분명히 한다. 즉, "저널리즘은 대중에 전달할 목적으로 행하는 기술 행위"이며, "신문, 잡지, 회지, 게시 등 문자적 표현 수단과 기타 의사 전달 수단을 통해 소식과 문제를 대중에 전달할 목적으로 행하는 일체의 행위"라는 해석이다. 여기서 저널리즘은 '사회성'을 갖고 있으며, '이해관계의 대립성', '통제성(일종의 교화 기능)'을 가질 뿐 아니라 "정기적으로 현실의 생생한 사실을 독자 대중에게 제공함으로써 독자 대중의 감각을 자극하며 흥미를 야기시켜 일정한 문제에 대해 일정한 인식과 판단을 가지게 한다."[29] 이는 저널리즘의 여론 형성 기능을 복합적으로 설명한 것으로, 대중 잡지에도 오락적이거나 자극적인 것이 내포될 수 있음을 시사한다.

이러한 저간의 사정은『신여성』에 수록된「안해에 대한 희망, 안해에 대한 불평」(제5-3호),「청춘 두 여성의 철도 자살 사건과 그 비판」(제5-5호),「명사의 부엌 참관기」(제5-9호),「말썽 많은 여학생 수학여행문제」,「구식 부인을 어떻게 계몽시킬까」(제5-11호),「내가 본 원만한 가정 소개」(제5-12호),「삭 여교 졸업생 언파레드」(제6-3, 8, 10, 11호),「제2부인(첩)문제」(제7-2호) 같은 인터뷰 형식의 기사가 지속적으로 연재된 데서도 확인할 수 있다. 다시 말해, 1930년대 여성문제의 주요 이슈로 '성문제', '성교육문제' 등이 빈번히 언급된 까닭은 시대 현실의 반영뿐 아니라 여

『신여성(창간 1주년 기념호)』(1924)

성에 대한 편견과 대중적 오락성에 부합한 측면이 없지 않다.

1930년대 『신여성』에서 또 하나 흥미로운 자료가 '강좌, 강연, 독본' 등의 독서물들이다. 이 자료들은 잡지의 계몽적 기능을 보여주는 글로서, 대표적으로 '독본'은 일종의 교과서를 대용한 용어다.

1930년대 『신여성』의 강좌, 강연, 독본 명칭의 독서물

게재월	권호	필자	제목	주제
1931.3	제5-3월호	방정환	살림사리 대검토, 가족 · 의복 · 식사 · 주택 · 육아편	가정
1931.3	제5-3월호	편집부	제8과 毛髮과 女性美(1), 제9과 모발과 여성미(2)	여성미
1931.3~4	제5-3~4월호	김세성	처녀독본 제3과 결혼	처녀
1931.4	제5-5월호	김세성	처녀독본 제4과 연애와 결혼	처녀
1931.4	제5-5월호	편집부	[모던 유행어 사전] 마티네 등	신어
1931.4	제5-5월호	윤지훈	모던여성 십계명(풍자)	풍자
1931.6	제5-6월호	김기전	처녀독본 제5과 남녀교제	처녀
1931.6	제5-6월호	편집부	유혹에 걸니지 안는 비결/ 사랑을 맞춰내는 법	남녀
1931.6	제5-6월호	편집부	유행어 사전: 외래어(후리란서 등)	신어
1931.6	제5-6월호	방정환	살림사리 대검토(2), 가계편	가정
1931.10	제5-9호	최인순	[가정경제란] 신부 경제학	경제
1931.10	제5-9호	편집부	모던어 유행어 사전: 자본주의 제3기 등	신어
1931.11	제5-11월호	김선비	[가정경제란] 불경기와 주부	경제
1931.11	제5-11월호	편집부	유행신어 해설	신어
1931.12	제5-12월호	김선비	[가정경제란] 금본위제의 설명	경제
1932.3	제6-3월호	이성환	[부인문제강화] 부인과 직업전선	직업
1932.3	제6-3월호	이정호	[어머니란] 아동문제 강화: 입학시험과 어머니의 주의	아동
1932.3	제6-3월호	김선비	[부인경제강좌](6) 犬養景氣란 무엇?	경제
1932.3	제6-3월호	이선근	[실익기사] 어린 아기 기르는 법(3)	육아
1932.8	제6-8호	이인	[특집 부인독본] 신여성 강좌	법률
1932.8	제6-8호	정영순	[사회 상식 강좌] 其三. 은행이란 무엇인가?	경제
1932.8	제6-8호	이정호	어머니란 [아동문제강화](其7) 兒童의 心理硏究	아동
1932.8	제6-8호	이선근	어린이들의 질병을 속히 發見하는 法	위생

1932.8	제6-8호	윤태권	[부인독본] 妊娠의 異常과 攝生法	출산
1932.8	제6-8호	편집부	신어사전	신어
1932.10	제6-10호	이선근	[아동과 위생] 기아와 기생충 문제	육아
1932.10	제6-10호	이정호	[아동문제강화 其5] 아동과 新聞에 대하야	아동
1932.10	제6-10호	송금선	[주부독본] 主婦와 家計簿	가정
1932.10	제6-10호	윤태권	[産婦讀本] 아기가 나오는 절차	출산
1932.10	제6-10호	박한표	[모사견물 지상강습(3)] 冬期에 適當한 男女 毛絲編物	의복
1932.10	제6-10호	편집부	[新女性 美容講座] 第1장 미용학의 근본문제	여성미
1932.11	제6-11호	정수일	[가정경제란 其2] 經濟知識과 朝鮮婦人	경제
1932.11	제6-11호	이정호	아동문제강화 其9: 아동과 의복(어머니란)	아동
1932.11	제6-11호	편집부	社會語 辭典	신어
1932.11	제6-11호	윤태권	安産敎科書/난산과 산부 등	출산
1932.11	제6-11호	송금선	[주부독본] 가정 염색법	가정
1932.11	제6-11호	박한표	[지상편물강습 4] 소녀용 도레쓰	의복
1932.11	제6-11호	이선근	[아동과 위생] 백일해 이야기	육아
1933.1	제7-1호	이선근	[가정의과대학] 肺炎	위생
1933.5	제7-5호	편집부	[婦人必讀] 男便 조정학 강좌	풍자
1933.5	제7-5호	울금향	[연애초등독본] 新令孃 指南版	풍자
1933.8	제7-8호	울금향	[當世艶書讀本]	
1933.10	제7-10호	울금향	當世 女學生 讀本	풍자

　방정환의 「살님사리 대검토」, 송금선의 「주부독본」 등은 가정 주부로서 알아두어야 할 지식을 소개한 글이며, 정수일의 「경제지식과 조선 부인」, 정영순의 「은행이란 무엇인가」, 최인순의 「신부 경제학」, 김선비의 「부인경제 강화」 등은 여성으로서 갖춰야 할 경제 지식에 대한 독서물의 일종이다. 오천석, 이정

호, 이선근 등의 아동 심리나 육아와 관련된 기본 지식, 윤태권의 「산부독본」, 「안산 교과서(安産教科書)」 등의 출산 관련 지식, 박한표의 「지상 편물 강습」 등도 여성에게 필요한 백과지식의 한 유형들이다. 이와 같은 글들은 후대에 '여성백과' 형식의 독서물로 출판되기도 한다. 시대 상황을 반영한 신어 자료를 정리한 글도 이 시기 신문이나 다른 잡지에서 흔히 볼 수 있는 것들이다.

그런데 강좌, 강연, 독본 명칭을 사용한 김세성(金世成), 김기전(金起田)[30]의 「처녀독본」은 계몽성이 강한 논설류에 해당하며, 울금향의 「당세 염서독본」, 「연애초등독본」, 편집부의 「남편 조정학 강의」는 독본 형식을 취했지만 세태를 반영한 흥미 위주의 독서물이다.

「처녀독본」은 과별 편제 방식을 취하고 있으나 제5-1~2월호가 발견되지 않으므로, 제1과와 제2과가 어떤 내용으로 구성되었는지는 확인할 수 없다. 제5-3~6월호에 연재된 3회분 내용은 다음과 같다.

김세성, 김기전의 「처녀독본」

권호	과	내용
제5-3호	第三課	結婚: 모파상의 「여자의 일생」을 소개하면서 같은 학교 졸업생 다섯 명의 결혼 사례를 들어 여성으로서의 각성 촉구
제5-4호	第四課	戀愛와 結婚: 결혼에 대한 조선의 관습과 윤리 비판, 연애는 결혼의 필수 조건, 연애하는 청년, 여성들의 심성과 노력 및 희생 강조

| 제5-6호 | 第五課 | 男女交際: 견문을 넓히고 품성을 도야하며 사회성을 감득하게 하는 수단으로서 남녀 교제는 어느 정도의 성적 교육이나 훈련이 됨 |

울금향의 「연애초등독본」, 「당세 염서독본」, 「당세 여학생독본」은 '독본'이라는 명칭을 사용했지만, '당세'라는 표현에서 알 수 있듯이, 세태를 반영한 흥미 중심의 독서물이다. 「연애초등독본」은 제1과 연애 타령, 제2과 연애 발아, 제3과 연애 분석, 제4과 연애 본체, 제5과 연애 궤도, 제6과 연애 이단으로 구성하여 마치 교과서의 과별 편제와 같은 방식을 취했지만, 내용을 보면 "연애는 열정 중에서 가장 위대한 것. 그것은 연애라고 그 어떤 위대한 인사가 말씀했습니다", "연애는 어디까지 주관적 가치를 백프로 가진 것입니다. 객관적 가치는 영프로에 지나지 않습니다" 등과 같이 자기 생각이나 당시 유행했던 명언 등을 옮겨놓은 것에 지나지 않는다. 「당세 염서독본」은 일종의 연애편지 작성법에 해당하는 것으로 제1집 '사나이 계집아이에게'에서 '사모하는 아가씨에게 보내는 말'을 세 과로 나누고, 제2집 '계집아이 사나이에게'를 네 과로 나누어 모범 편지를 제시하는 형태의 구성을 취했다. 「당세 여학생 독본」은 '독본'이라는 명칭을 사용하고, 과별 편제 방식을 사용한 독서물이지만, 그 자체로는 교육적 의미보다 풍자를 목표로 한 것으로 볼 수 있다. 이 글의 '서설'을 확인해보자.

이 아름다운 테스트를 읽으시려는 아름다운 令孃 여러분이시여. 먼저 그대는 修練된 그대의 聰明과 理智로써 이 글을 색여 읽으시라. 그대는 時代를 알고 當世 氣質을 아시는 분이니짜 아모 염려와 주저가 업시 이 글을 執筆하지만도 세상이란 그다지 單純치 못한 바라 그대의 老年 先生님 또는 阮固 父兄님 압헤 이 글이 나아갈 째 그들의 憤怒를 사고 末世之嘆과 함 =세 筆者가 餘地업시 抹殺 逢辱을 當할 생각을 하매- 째마침 感傷의 가을 이 가슴에 눈물이 넘처 흐르나이다. 그러나 그것으로 주저할 金香(필자)이 아닌 것을 金香 自身이 祝福하며 저들 완고한 前時代 人間의 人心을 어드려 안는 것을 金香 自身은 거륵하게 아는 터입니다. 그리하야 써 여긔 大膽하게 '當世 女學生 讀本'을 述함에 잇서 尖端的 氣風을 極力 支持하야 新新學生讀本의 讀本됨을 期하랴 하나이다. 만은 同情으로 읽어 주소서.

이 글은 필자 스스로 '노년 선생님, 완고 부형' 앞에서 '분노', '말세지탄', '봉욕'을 당할 만한 글이라고 썼듯이, 그 자체로는 풍자를 전제하고 있다. 글은 제1과 여학생, 제2과 사명, 제3과 대화, 제4과 구애, 제5과 취미, 제6과 교재, 제7과 충고로 이뤄져 있고, 각 과의 내용은 당시 여학생의 일상생활을 풍자한 것이다. 예를 들어, 제1과는 "구두를 사 신고 저럭저럭 거름을 거르면서 빙긋빙긋 웃든 당신이지요. 그럿습니다, 그 째가 제일년생(第一年生). 연애편지란 것을 밧고 얼골을 붉히섯지요. 그리고 그댐부터

모양내기를 시작하섯겟다요. 그럿습니다. 그 쌔가 제이년생(第二年生)"과 같은 식이다. 제2과에서는 "당신의 사명은? 아름다운 것입니다. 당신은 이제 이팔청춘(二八靑春)! 늙은 하라버지의 말슴도 '쏫가튼 너'라고 하십니다. 그러니짜 당신은 아름다워야 합니다. 만은 슯혼 일이 잇습니다"라면서 화장(化粧)을 금지하는 규칙과 시선 문제를 풍자한다.

이처럼 다수의 강좌, 강연, 독본, 교과서라는 명칭의 독서물은 1930년대 여성잡지에서 즐겨 사용하던 기사 편집 방식 가운데 하나였다. 물론 잡지의 발행 취지에 따라 그 성격이 달라지긴 했다. 예컨대 동아일보사 발행의 『신가정』에 소재한 다수의 독서물은 당대 여성교육의 내용과 구성 차원에서 주목할 것들이 적지 않다. 『신가정』 제1-7호의 「여자 하기 대학강좌 특집」, 제2-2호의 「염색, 편물, 수예, 요리강좌」, 제2-5호의 「지상 조선보통학교」(수신, 한글, 역사, 지리, 이과, 작문, 산술, 체조) 등이 그것이다.

1930년대 『신여성』에 수록된 연구 논문의 비중은 상대적으로 높지 않다. 대략 10여 편 정도다. 장국현의 「신연애론」(제5-3호), 최태훈의 「양성문제에 대한 일고찰」(제5-6호), 필명 우해천(宇海天)의 「연애의 계급성」(제5-9호), 김옥엽의 「가정문제와 성문제의 동향」(제5-12호) 등과 같이 연애와 성문제 연구가 중심이다. 필명 옥창해(玉滄海)의 「현대 법률과 여자의 지위」(제5-6, 9호), 이인의 「법률상으로 본 제2부인의 사회적 지위」(제7-2호)와 같은 여성의 법적 지위에 관한 논문과 조현경의 「자녀차별 철폐론」(제5-12호) 등의 성차별 관련 논문도 발견된다.

이처럼 『신여성』수록 기사가 변화한 데는 1920년대의 계몽 담론보다 1930년대 대중의 기호가 고려된 취미·오락의 영향이 더 크게 작용했기 때문이다.[31] 그러나 이 시기 동아일보사 발행의 『신가정』에서는 「부인해방운동론」(일송정인, 제1-4호), 「조선 여자교육사」(주요섭, 제2-4호), 「여성과 직업문제」(허영순, 제3-2호), 「여성 조선의 현상과 추이」(이여성, 제4-3, 4호) 등 『신여성』에서 발견하기 어려운 주목할 만한 논문이 다수 발견된다. 이는 『신 가정』이 "가정의 실제문제, 상식, 자녀 교육과 방법 등 가정 주부의 필수 지식을 전하고", "각 방면의 상식을 구비케 하여", "가정 향상"을 도모하려는 목적에서 발행한 잡지[32]이기 때문일 것이다. 따라서 1930년대 여성문제와 여성교육 담론의 본질을 파악하기 위해서는 '여성'을 표방한 잡지뿐 아니라 '가정'을 표방한 잡지도 함께 살펴야 한다.

3. 잡지의 여성문제와 여성교육

1) 잡지의 여성문제

앞 장에서 1920~30년대 『동아일보』, 『조선일보』 연재물의 중심 주제가 '여성의 자각과 역할'과 관련한 여성관의 변화, '여성해방운동', '부인문제', '직업문제'에 놓여 있었음을 확인했듯이, 이 시기 여성잡지의 논설과 논문류의 중심 주제도 본질적으로 그와 유사하다. 여성잡지는 시사성 차원에서 신문에 뒤쳐지는 면이 있지만, 대상 독자가 여성이고 다수의 여성 필자가 등장한다는 점에서 일간지나 종합 잡지와 다른 차원의 여성 담론을 형성한다. 이를 고려해 여성잡지의 담론을 주제별로 살펴볼 필요가 있다.

신여성

여성관의 변화와 관련하여 첫 번째로 흥미로운 주제는 '신여성' 이라는 키워드다. 이는 1920년대 '신여자'라는 표현에서 점진적으로 바뀌어 안착된 용어다. 1920년대 초 신여자는 그 자체로 특별한 의미를 지닌 용어는 아니었다. 제1차 세계대전이 끝나고

3.1운동이 전개되는 등 새로운 시대 의식이 성장하면서 자연스럽게 형성된 추상적 개념에 불과했다. 반면 『신여성』에서 '신여성'이라는 용어는 시대의 변화 추이를 따라 붙여진 명명 차원을 넘어 신교육의 산물로서 새로운 의식을 갖는 여성의 의미로 사용되기 시작했다.

이행화·이경규(2016)는 1925년 5월호(통권 제16호)에 수록된 월정생의 「신여성이란 하(何)오」를 언급하면서 "곳 학교에 가서 근대의 과학적 지식을(비록 중학 정도라 하드래도) 배운 이는 新女性이 되고 그러치 못한 이는 舊女性이라는 말인지 얼는 생각하면 이도저도 아닌 것 가트면서도 실은 그러한 종류를 보통 신여성이라는 것 갓기도 하고"라는 문장이나 신여성이라는 표현 다수가 여학교 졸업자 관련 담론에서 출현하고 있음을 근거로, 신여성을 신교육의 산물로 규정한다.[33] 이러한 해석은 여성잡지의 신여성 관련 논설을 통해 볼 때 어느 정도 타당성을 갖고 있다.

여학생과 신여성

게재월	잡지	권호	필자	제목	내용
1923.10	신여성	제1-2호	김성	듯든 말과 다른 朝鮮 新女性	과도기적 여성관: 여성과 여자 혼재, 여자 사치론 비판, 실제 사회생활이 적음 지적 등
1924.8	신여성	제2-6호 (8월호)	김기진 (팔봉산인)	所謂 新女性 내음새: 본지 전호 남녀학생 시비를 읽고서	전호 기사에 대한 비판적 견해(남녀 시비로 인식): 삭제 부분 다수 존재 (과격한 표현이 들어 있었을 듯)
1924.10	신여성	제2-8호 (10월호)	편집부	남녀학생 시비에 대한 反迫: 소위 신여성들의게(이창동) 등	신여성, 건방짐 등 비판적 견해 다수(남성), 무식한 남자들아 (여성의 반론)

1926.4	신여성	제4-4호	김경재	**女學生** 여러분에게 고하노라: 특히 생활운동에 착안하라	신여성에게 충고하는 내용 (절대의 균등, 경제적 해방 촉구)

이 표에서 '신여성'은 대체로 '여학생'과 관련을 맺고 있다. 김성(金星)의 「듯든 말과 다른 조선 신여성」은 표지 목차에서는 '조선 신여자'라고 되어 있으나, 본문에서는 '신여성'이라는 표현을 사용했다. 이 논설은 "金兄, 부인문제가 지금 우리 조선에 큰 문뎨 중의 하나인 것은 사실이올시다"라고 시작하면서, "'우리 조선 녀학생은 사치하다' 하는 것이 거짓말이외다. 공연히 흠을 잡으려고 '그 애 발뒤축이 닭알 갓다' 흉보는 것과 쪽가튼 心理에서 나온 말에 지나지 안습니다"라고 밝힌다. 뒤이어 "그래도 十餘年이나 학교에를 단녓다는 女子로써 工夫 아니한 女子와 그 日常生活에서 다른 몃이 업다구 하면 이것은 그 責任이 쪼한 그 女子 自身에게도 얼마만침 업다구 할 수는 업습니다. 더욱이 處女쩍에는 얼마간이라도 社會的으로 活動하든 여자가 한 번 시집을 간 후에는 그만 그 家庭 쏘는 男便에게 종된 몸이 되어서 그 一生을 家庭이라는 감옥 속에서만 썩이고 말게 하는 것은 現우리 社會制度가 우리에게 주는 한 毒藥일 것이올시다"라고 진술했듯이, '신여성'과 '신여자'를 섞어 쓰면서 '교육 받은 여자' 개념으로 사용하고 있다. 팔봉산인의 「소위 신여성 내음새」나 특집 기사 형식의 「남녀학생 시비에 대한 반박」은 '교육 받은 여성'이라는 개념의 신여성을 부정적·비판적으로 서술한 기사로, 여학생의 사치나 건방지다는 평가에 대한 논쟁의 성격을 띤다. 흥미로운 것은 김경재

의 「여학생 여러분에게 고하노라」로, 당시 교육 받은 여성이라는 신여성의 개념이 보편적으로 사용되고 있음을 보여준다.

女學生에게 告하노라: 特히 生活運動에 着眼하라

사람은 아지 못하면 아무런 무리에라도 그저 복종하려 하고 그에서 만족하려 하지만은 점차로 자긔에 대한 개성(個性)에 늣김이 잇고 인격의 존재를 깨닷게 되는 째에는 무리와 반항하려 하고, 복종치 안으려 할 쑨 아니라 엇지해서든지 과거에 잇서 상실(喪失)되엿든 권리를 회복하려 하고, 묵살되여 잇는 인격을 찻고자 한다. 그를 이름하야 녀성운동(女性運動)이라고 하는 바, 조선에 잇서서도 녀성운동으로 시작되기는 얼마 안 된다 할지라도 그와 가튼 행각이 녀성 각 사람의 머리에 엄돗기는 임이 오래 전의 일이라고 본다. 남자와 녀자는 절대의 평등이여야 한다고 말하게 된 것이 종래와 가튼 굴종의 미덕을 버리고 녀자를 누르는 온갓 인습이나 습관을 반항하게 된 것이다. 그가 누구이냐 하면 학교에를 단니고 다소의 쌔다른 것이 잇는 신녀성 여러분이라 할지니, **신녀성이라 하면 곳 녀학생**, 그럿케 된다. 다른 나라에서는 신녀성이면 녀학생. 그럿케 되지 안을 것이지만은 **조선은 현금의 경우와 처지가 녀학생이 신녀성이고, 신녀성이면 녀학생 그럿케 된다고 보아도** 크게 잘못된 일은 아니라고 한다.[34]

이 논설에서 규정한 '신여성=여학생'이라는 등식은 조선 상황에서 '개성과 인격'의 의미를 깨닫고 여성운동을 실천할 수 있는

유일한 집단이 여학생임을 전제한 것이다. 그리하여 여학생들에게 시대 의식과 남녀관계, 자본주의 사회구조에서 평등을 자각하고 경제적 해방운동에 나서라고 경고하고 있다.

신여성은 여학생만을 대상으로 하지 않았다. 1920년대에는 '신여자', '도시부인' 등의 용어가 대용어로 자주 사용되었고, 1930년대에는 '첨단여성', '인테리여성'이라는 용어가 쓰이기도 했다.

신여자, 도시부인, 모던여성, 첨단여성, 인테리여성

신여자: 高等普通學校와 同等 또는 그 以上의 程度를 卒業한 女子 여러 동무야. 당신들의 가진 공통한 일홈은 무엇이냐. 新女子이다. 舊女子가 아니오 新女子이다. 新女子면, 입은 옷도, 신는 구두도, 하는 말세도, 무엇도 무엇도 새로워야 되겟지만, 몬저 당신네들의 머리가 새로워져야 할 것이다. (中略) 各 普通學校에서 敎鞭을 쥐고 잇는 女性들아. 또는 普通學校 以上의 學校에 敎授 또는 助敎授의 資格으로 잇는 모든 女性들아. 또는 會社에 家庭에 社會에 다 各其 한 자리式을 차지하고 잇는 모든 女性들아. 당신들은 다 가티 新女子이다.[35]

도시부인: 一. 비단 옷은 뎨이의 목숨(第二生命)입니다. 二. 거짓말은 우리의 노래입니다. 三. 음해는 생활 수단입니다. (중략) 이것은 중류 이상 가뎡에 잇는 부인의 일과이라 한다. 그뿐 안이라 가난한 부인들도 이것을 부러워하야 도시문명에 취하여 구하는 이 허영뿐이다. 행낭사리를 할지언뎡 나드리는 비닷옷이

안이면 못 닙겟고 사흘을 굴머도 쌀밥 안이면 못 먹겟다. 남의집 사리하는 침모, 유모, 반비차집, 안잠자기, 행낭어멈들의 모혀서 하는 공론은 역시 주인의 흥하기와 힘 안드리고 잘 살겟다는 말 쑨이다.(중략) 이상은 모다 결뎜만 들어 말햇거니와 도시부인에 도 참 본바들 만한 조흔 일이 만이 잇다. 다정하고도 공손하고 남의 사정 잘 알고, 례절 알고, 바지른하고도 약은 것은 시골부 인으로는 짜를 수 업는 미뎜일 것이다.[36]

모던여성(현대여성): 家庭을 버서나 街頭로 튀여나간 곳에 現 代의 生活相을 엿볼 수 잇는 同時에 現代女性의 職業戰線에의 活躍을 나는 본다. 女店員, 女醫師, 女車掌, 女教師, 女事務員, 女給, 女工, 女運轉手, 女外交員, 看護婦, 派出婦, 褓母, 乳母, 産婆, 下女, 藝妓, 娼妓, 美容師, 美髮師, 舞踊手, 女俳優, 交換 手, 賣札手……로부터 '마네킨 썰', '에레베ー터 썰', '쟈솔린 썰', '쎄스 썰', '타이피스트', '쏌 카운타', '모델', '스트리트 썰', '애 나운서', '오퓌스 썰'……에 이르기까지 女性의 職業 範圍는 점 점 늘어간다. 그러나 내가 지금 여긔서 案內하려는 '모던 新職 業'은 그 題目이 말하는 것과 가티 '모던'한 새로운 尖端的 職業 이니 決코 위에 列記한 種類의 職業과 混同해서는 안 된다.[37]

첨단여성: 近來 우리들의 生活狀態는 모든 것이 極端에서 極端 으로 疾走하는 傾向을 만히 본다. 더욱 이러한 實例를 男性보다 도 新女性 中에서 가장 만히 볼수 잇다. 요사이 으르는 바 所謂 尖

端的 新女性이 이것이다. 尖端이란 用語는 모름직이 極端이란 旣用語에서 一層 더 徹底한 意를 가장 굿세게 表明한 것이다. (中略) 그러나 나의 新女性을 排斥한다는 것은 다만 尖端에 선 特種 女性들의 그 行動을 말한 것이요, 결코 善意의 一般 新女性을 排斥한다는 것은 아니다. (中略) 新時代에 處한 新生活에는 거기에 必要한 모든 要素와 모든 準備가 잇서야 할 것이다. 쉽게 말하자면 西洋料理도 먹어야켓고, 딴스 홀에서 처음 보는 男子와 배를 한데 대이고 춤도 추어야 할 것이니 이러한 모든 새로운 動作이 果然 新生活에 必要한 要素라 하면 나는 그것을 批難치는 아니한다.[38]

인테리여성: '인테리'라는 單語를 選擇한 本意는 다만 그 말의 根本意인 智識層의 것보다도 先覺者라는 意味를 特別히 包含식히고 십흔 까닭이다. 그러나 나에게는 인테리층의 朝鮮女性을 드러 더군다나 全體 朝鮮女性들의 先覺者요 指導者라고 부를만한 勇氣가 업다. 오즉 그리될 만한 素質과 條件만은 多分히 가지고 잇다는 것이 該當한 言分가티 생각된다. (中略) 筆者는 特히 朝鮮의 新女性-現代 敎育을 바든 知識階級 女性群에게 부르지즌다. 그대들은 좀더 明確하게 朝鮮의 現實을 認識하고 批判하고 그의 必然的 結果로서의 그대들에게 賦課된 歷史的 課題를 그대들의 獨特한 社會的 地位에서 過斷히 遂行하라.[39]

이 논설들은 1920~30년대 신여성을 대용하는 표현을 담고 있다. 앞서 살펴본 바와 같이 '신여자'는 여성이라는 의식 이전부터 새로운 시대의 여성이라는 뜻으로 비교적 자주 사용되던 용어다. 김소춘의 「신여자」는 '고등보통학교와 동등 이상의 학교를 졸업한 여자'의 뜻으로 사용했지만, 그 자체로는 교육적 차원보다 시대적 의미가 부여된 개념이었다. '도시부인'은 그 자체로 신여성을 의미하는 것은 아니지만, 1920년대 중반부터 '시골부인' 또는 '농촌부인'과 대립되는 개념으로 자주 사용되었다. 이 용어는 '문명화=도시화'라는 등식 아래 '농촌부인=구여성 : 도시부인=신여성'과 같은 대립 개념으로 사용된 경향이 있다.[40]

'모던여성'은 외래어 '모던'이 '근대'나 '현대'로 번역됨으로써 '현대여성'이라는 의미를 갖는다. 윤우일(允愚逸)의 「모던여성 신직업 안내」는 인용문 끝에서 "위에 열기한 종류의 직업과 혼동해서는 안 된다"라고 했듯이, 당시 여성들이 종사했던 직업이 아니라 "개업(開業)을 권고하기에는 너무나 안타까운 '모던'하기 짝이 업는, 그리고 다분(多分)의 '넌센스' 미(味)를 가진 직업"을 흥밋거리로 제시하는 데 글의 목적이 있었다. 글에서 언급된 직업류는 '리딩 썰(책 읽어주기), 스피킹 썰(잡담, 만담 등 이야기해주기), 애스팔트 썰(산보·산책하는 사람 동반해주기), 바누질 썰(신사들 양말 꿰매주기), 쌜내 썰(홀아비 와이셔츠 세탁)' 등처럼 비현실적 상황을 전제로 한 일거리들이다. 윤우일이라는 필명도 풍자적 차원에서 쓴 것으로 보이며, 당시 '모던'이라는 수식어 자체가 풍자적·비판적 의미로 사용되고 있었다.[41]

'첨단여성'은 시대를 앞서가는 여성이라는 의미로 쓰였는데, 김운정의 논설에서는 신여성의 일탈을 경계하기 위한 역설적 의

도도 갖고 있었다. "첨단여성은 병적이다"라거나 "군계(群鷄) 중의 병계(病鷄)이다"라는 식으로 "첨단을 동경하고 육감(肉感)의 향기(香氣)를 피우며, 찰나적 향락(享樂)을 부르짖는 첨단 행동"을 배척한다고 했다. 그러나 이 용어가 일탈 행위에만 쓰인 것은 아닌데, 『여성시대』 창간호에서는 「첨단여성의 클로즈 업」이라는 특집 아래 '정종명(鄭鐘鳴), 주옥경(朱鈺卿), 황신덕(黃信德), 윤성상(尹聖相), 김활란(金活蘭)' 등의 여성운동가들을 소개하고 있다.

'인테리여성'은 지식 계층의 여성을 의미하나 임원근의 논설에서는 '선각자'라는 의미에 중점을 둔 용어로 사용되었다. 이는 1930년대 여성의 사회활동과도 밀접한 관련을 맺는 개념으로 보인다. 당시 여성잡지에 지속적으로 실린 특집 기사류를 보면, 극소수의 여성운동가나 여성 문인, 음악가, 화가 등이 반복적으로 출현함을 확인할 수 있다. 즉, 여성 사회와 담론을 이끌어가는 집단이 극소수의 지식 계층으로 한정되어 있었고, 여성 생활과 문화, 직업, 성문제에 대한 의식도 소수 인텔리에 의해 주도되고 있었다는 의미다. 이와 같은 차원에서 '인텔리여성'이라는 용어도 일반적인 '신여성', '모던여성' 등과 크게 다르지 않은 개념으로 사용될 가능성이 높아진 것이다.

이처럼 '모던', '현대', '인텔리', '첨단' 등의 수식어를 동반한 '신여성' 개념은 기본적으로 '새로운 시대에 적합한'이라는 의미로부터 '고등보통학교 이상의 교육을 받은 여성', '사회 선각자' 등으로 확산된다. 이 과정에서 신여성의 자유로운 생활양식이나 일탈 행위에 대한 비판적 담론이 일상화되었다. 그렇기 때문에 대부분의 신여성 담론은 '일탈과 허영심'에 대한 경고와 함께 계몽적 차원에서 여성으로서 갖춰야 할 미덕을 강조하는 데 중점을 두고 있다.

이러한 담론은 『만국부인』 창간호에 간략하게 정리된 이광수의 「신여성의 십계명」에서 뚜렷이 나타난다. 필자는 '젊으신 자매께 바라는 십개조'라는 부제 아래, "1. 건강하도록 위생, 운동, 영양, 생활의 규율에 주의하시기, 2. 조선역사, 조선어, 조선문학, 조선사정, 조선의 장래에 관하야 배우고 생각하기, 3. '첫사랑을 남편에게'라는 주의(主義)를 확수(確守)하기, 4. 사치를 엄계(嚴戒)하고 일신에나 가정에나 수지예산(收支豫算)을 세워 절약제일주의(節約第一主義)를 가지시되 민족경제(民族經濟)에 유의하야 '우리 것' 주의(主義)를 지키시기, 6. 내우 수집음을 던지고 천연(天然)한 인격의 위엄(威嚴)을 지니시기, 7. 개인생활, 가정생활, 사교생활, 단체생활 기타에 개선을 염두에 두어 날로 째로 향상의 노력을 쉬이지 마시기, 8. 신문 잡지 서적을 보시기. 9. 처녀여든 배우자 선택에, 안해여든 일하는 남편을 정신적 협조를 주기에 힘쓸 것, 10. 젊은 여성은 가정과 그 몸이 잇는 곳에서 평화와 빗츨 주는 것이니 천부(天賦)의 성직이니, 항상 유쾌와 자애와 겸손의 덕을 가지고 분노 질책 질투 투쟁의 형상을 보이지 마시기"[42] 라고 충고하고 있다. 이러한 맥락에서 1920~30년대 신여성과 관련된 다수의 논설에서는 중등 이상의 교육을 받은 소수 여성들, 특히 그들의 일탈 행위에 대해 과도한 비판을 제기하면서, 표면상으로는 남녀평등, 여성해방을 주장하되 실제로는 순응적인 여성상을 강요하는 경우가 많았다.

『만국부인(창간호)』(1932)

　물론 신여성 담론이 모두 부정적이거나 비판적인 것은 아니었다. 『신가정』1932년 2월호에 실린 유옥경의 「현대 조선이 요구하는 여성」에서처럼 신여성으로서 "자존심을 가져라, 현명한 어머니가 되자, 봉사적 정신의 직업여성이 되자, 경제에 착안하라"와 같은 충고가 이어지고, 각종 성차별에 대한 자각을 촉구하는 논설에서는 교육 받은 신여성의 역할을 긍정하고 격려하는 내용이 다수 나타난다. 이와 같은 논조는 여성 필자의 글에서 더 자주 나타나곤 한다. 그러나 '여성으로서 결혼을 위해', '가정에서 남편을 위해', '어머니로서 자녀를 위해' 배운 지식을 활용하라는 이데올로기를 고수하는 건 여느 신여성 관련 논설들이 갖는 공통점이었다.

여성운동, 여성해방

둘째, '여성운동', '여성해방'이라는 키워드는 1920년대 초부터 신문, 잡지의 주요 키워드 가운데 하나였다. 여성운동 및 여성 해방 담론은 '해방'의 의미가 무엇인지, 그 성격은 어떤 것인지에 따라 다양한 논의가 가능하다. 예를 들어, 한국여성운동사에 대한 초창기 저작물에 해당하는 이현희(1978)의 『한국근대여성개화사』에서 일제강점기 여성운동을 대부분 '여성항일구국운동', '여성항일투쟁' 등에 맞춰 서술한 것처럼,[43] 해방의 의미를 정치적 차원에서 식민제국주의와의 투쟁에 초점을 맞춘 해석 방식이 있다. 특히 일제강점기 여성운동사 관련 선행 연구들은 상당수가 여성운동 및 여성해방의 문제를 민족 담론 차원에서 해석하려 한 경향이 있었다.

이렇듯 여성운동의 본질을 고려한다면 해방의 의미와 성격에 대한 규명이 선행되어야 한다. 최민지(1979)의 「한국 여성운동 소사(小史)」에서는 여성의 사회적 존재에 준거를 두고, 1924년 5월 발족된 '조선 여성동우회'를 최초의 '부인해방단체'로 규정하고 있다. 이 논문에서는 이 단체가 여성운동을 정치·사회·법률 및 그 밖의 모든 제도 차원에서 사회적 해방이라는 선으로 끌어올린 공로를 갖고 있다고 평가한다.[44] 이와 같은 평가는 일제강점기 여성운동사를 사회운동 차원에서 정리한 필명 성산학인(星山學人)의 「조선사회운동개관: 을축」이라는 기사를 통해서도 확인할 수 있다. 이 기사는 1926년 1월 1일부터 11일까지 『동아일보』에 11회에 걸쳐 연재된 것으로, 1월 7일과 8일자 기사가 이 내용에 해당한다.

女性運動

朝鮮의 女性運動은 運動의 歷史가 아직 쩌른 데다가 運動에 對한 社會的 環境은 너무나 不利한 것이다. 그리고 一般 男性도 그러하지마는 一般 女性의 思想은 너무나 傳統的이오 너무나 因襲的이다. 社會 內部에서의 運動 一般 女性을 相對로 하는 運動, 말하자면 社會環境을 絕對로 無視하지 못하는 朝鮮의 女性運動이라 思想이 頑冥할사록 傳統에 저진 生活일스록, 새로운 現象 새로운 運動에 대하야 더 굿센 反動이 이러나는 것이니 이것이 朝鮮女性運動, 아니 일반 東洋 女性運動의 큰 難關이다. 東洋流의 儒敎 道德, 男尊女卑, 賢母良妻의 思想에다가 아직도 大家族制度를 完全히 버서나지 못한 家庭生活의 環境 안에 머무는 婦人들과 女學生, 理想은 天堂의 幻影에다 두고 現實의 生活은 虛榮心의 支配를 밧고 잇는 人形, 隸屬的 根性에 저저서 屈從의 屈從됨을 알지 못하고 오직 僞善을 高調하고 假美를 崇尙하는 男性의 嗜好를 맞추기 위하야 音樂, 藝術, 文學이라는 感情 學問을 吸收하기에만 汲汲하야 情的 營養過多症에 陷하고 是是非非의 理智에 暗昧한 그들의 傳統을 破壞하는 곳에서만 可能한 朝鮮의 女性運動이니, 이것이 他部類에 屬한 運動에 比하야 女性運動의 特別한 努力을 要하는 點이다.[45]

이 기사에서 가장 먼저 주목할 점은 '해방'의 개념과 성격이다. 문자 그대로 해방은 구속에서 벗어나는 것을 의미하지만, 단순히 남녀평등을 외치거나 안락한 가정을 위해 부인의 역할을 보장받기 위한 해방이라면 그 자체로는 해방이 아니다. 이 기사에서 "조선에는 오랫동안 현재 사회제도 하에서 이상적 가정을 건설하려는 부르주아문화운동은 존재했으나, 인간으로서 전적인 해방을 목적으로 하는 여성의 사회운동, 여성의 계급운동은 존재하지 않았다"라면서 1924년 결성된 '조선 여성동우회', 1925년 결성된 '경성여자청년회'와 '경성여자청년동맹'에 이르러 비로소 사회적 해방, 계급적 해방과 관련한 운동이 시작되었다고 진술한다.

이 기사에서 일제강점기 여성운동과 해방 담론을 부르주아문화운동 차원과 인간으로서의 전적인 해방 담론으로 구별했듯이, 일제강점기 해방 담론의 스펙트럼은 매우 넓고 다양하다. 잡지의 경우 1920년대 초반까지의 해방 담론은 가정에서의 성차별, 즉 부인문제로 인식되는 경향이 우세했다. 예를 들어, 『신여자』 제2호(1920.2)와 제4호(1920.6)에 발표된 김활란의 「남녀동등문제: 갑을의 대화」, 「남자의 반성을 촉(促)함」 등과 같이, 남녀동등권을 주장하는 논설일지라도 대부분 가정에서 부인의 억압과 굴종된 삶을 비판하는 데 그친 경향이 많았다, 『여자시론』 창간호(1920.1)에 실린 최영택의 「누님들아 울지를 말어라」, 탄파생의 「가혹한 예절을 타파하라」 등도 가정에서의 차별을 언급하는 수준이었다. 더욱이 방순경의 「여자해방문제」는 '해방'이라는 용어를 사용했지만, 유교 도덕 아래서 여자의 권리를 찾아야 한다는 부인 담론을 벗어나지 못했음을 확인할 수 있다. 그러나 1920년대 중반에 이르러 해방 담론은 전통적 도덕과 인습 차원에서 사회적·법적 지위나 참정권 등과 같은 정치적 문제로까지 확대된다. 이러한 양상은 『신여성』에서도 확인할 수 있다.

『신여성』 소재 여성해방운동 관련 자료

게재월	권호	필자	제목	내용
1924.8~12	제2-8월호 ~ 12월호	김윤경	[婦人問題] 婦人問題의 意義와 婦人運動의 由來 (1)~(4)	부인문제의 의미와 범위, 부인운동의 유래 (8월), 서구 부인 참정권문제 전개 과정(10월), 세계부인운동 차원에서: 부인의 직업 /모성보호문제/구주대전과 부인문제(11월), 부인운동과 인격문제(12월호)
1925.1	제3-1호	편집부	年頭二言: 여성운동 (입센 노라)	여성의 자각: 여성의 지위/ 개인주의(1단계)에서 민중적 사회적 단계(2단계)로 진보해야
1925.1	제3-1호	김명희	시평: 산아제한 시비토론, 사치 유행병, 생산문제와 직업여자 증가, 여자 딴스 문제, 여자운동열	사치, 직업, 여자운동 비판 등
1925.1	제3-1호	이경숙	여자해방과 우리의 필연적 요구	길만 부인과 타벨 여사의 의견 상위: 해방을 부르기보다 먼저 생각할 문제(직업문제 포함)
1925.2	제3-2월호	북악산인	인간 본위의 婦人問題	여자 스스로 자각하여 지위 확보해야(부인문제로 규정)
1925.2	제3-2월호	SJ	부녀해방운동사(其1) 婦人運動의 潮流	여성문제: 남녀관계, 정조문제 등의 성격─굴종

김윤경의 '부인문제' 관련 논문은 여성해방운동사 연구 차원에서 주목할 만한 논문이다. 필자는 "부인문제라 함은 부인의 '개인'으로서의 각성과 '인간'으로서의 각성에 따라 생긴 남녀평등

감을 만족하게 하려는 운동에 대한 문제"라고 규정하고, 이 문제의 원인은 "생리적 차별이 성적 차별과 일치된 점, 곧 체질의 강약이 그것"이라고 주장한다. 특히 1789년 프랑스혁명 당시 제기된 정치상의 남녀동등권 건의로부터 1792년 울스턴크래프트에 의해 제기된 '여권옹호론' 등, 서구의 여성운동사를 개략적으로 제시하고, 그 과정에서 제기된 '여권', '연애', '자유이혼' 등의 과제와 사회주의적 관점에서 제기된 '남녀평등설'과 '매음(賣淫) 문제' 등을 객관적으로 설명하는 데 주력했다.

『신여성』 제2-8호(1924. 10)의 「부인참정권문제」에서는 여성문제가 생리적 성차와 사회적 차별문제뿐만 아니라 정치적 차원에서 해결되어야 할 문제라는 점을 지적하면서 "여자도 자유를 가진 인격"이라는 여성 본질의 가치를 해결하기 위한 방책으로 '부인참정권'이 중요한 의미를 갖게 되었음을 강조했다. 김윤경의 '부인문제'는 용어 사용에서부터 앞서 성산학인이 논문에서 지적한 '부르주아여성운동'의 성격을 띤 한계를 갖고 있었지만, '참정권'을 비롯한 여성의 권리를 실질적으로 제시했다는 점에서는 의미가 크다.

『신여성』 제2-9호(1924. 11)에 수록된 「부인직업문제」는 여성문제가 산업혁명 이후 자본주의 경제 체제에서 여성 노동문제로 변화하는 과정을 보여준다. 그는 산업혁명 이후 여성 노동문제에 대해 "재래 가정공업에 종사하던 부인들은 1) 경제상, 2) 활동력 본래의 성질상 가정 밖에서 직업을 구하지 않을 수 없게 되었다"라고 하면서, 여성의 구직이 "1) 공장 공업에 종사하는 경향과 2) 교육, 종교, 의사업에 종사하는 경향"으로 변화했다고 진술한다. 이는 비록 서구의 역사를 대상으로 한 것이지만, 일제강점기 '여공의 증가'와 '노동쟁의' 등이 발생하기 시작하는 시점에서 여성문제가 노동문제와 직결될 수 있음을 보여준 논문이라는 점에서 여성문제와 여성학 발전에 나름의 의미를 갖는 것으로 평가할 수 있다.

그러나 여성 직업문제에 대한 김윤경의 관심은 '모성보호문제', '인격문제'로 귀결되었다. 『신여성』 제2-10호(1924. 12)에 수록된 「부인운동과 인격문제」에서는 '덕(德)'의 구성 요소를 개인적 차원의 '자기 통어'(쾌락 통어, 고통 통어)와 '자기 도야', 사회적 차원의 '타인의 권리 존중'과 '타인의 결핍 고려', 그리고 종교적 차원까지 세 방면으로 설정한 뒤, '절제(節制), 용기(勇氣), 용지(容知), 공정(公正), 박애(博愛), 경건(敬虔), 겸허(謙虛)'의 일곱 가지 덕목으로 도식화하고 있다. 이러한 도식은 결과적으로 성문제를 일상의 성도덕과 일치시키는 한계를 보여준다.

『신여성』 제3-1호(1925.1)의 「권두언」은 이 시대 여성운동 담론을 요약적으로 보여준다. 그 핵심부에 "녀성운동의 첫재 계단은 물론 녀성의 자각에 잇고, 녀성 자각은 물론 녀성의 지위가 과거에는 엇더케 틀려 잇섯고 지금은 또 엇더케 잇는 것을 쪽쪽하게 인식하는 데서 시작되는 것이외다. (중략) 그러나 그 일이 어느 째짜지던지 개인주의역임을 면치 못하고 잇는 째는 그 운동의 참된 의의를 닐허버리게 된다는 말이외다. 입센의 '노라'는 사람인 자긔가 당연히 사람 대우를 바더야 할 것이어늘 남편에게 어엽븐 인형(人形)으로의 취급을 바다온 것이 불만불평이엿든 것이라 새로히 사람의 대우를 차즈려 인형의 집에서 쌔처 나온 것이 엿소이다"라고 진술되어 있다. 이는 여성운동이 개인적 자각으로부터 사회운동으로 확산되어야 함을 의미하는 것[46]으로, 그 방향은 사회 인식 차원에서 남녀관계, 정조문제, 직업문제 등으로 확산될 수 있음을 의미한다. 『신여성』 제3-1월호(1925.1)에 수록된 이경숙의 「여자 해방과 우리의 필연적 요구」에서 논의된 '직업문제'나, 제3-2월호에 수록된 필명 SJ의 「부녀해방운동사」에서 검토된 남녀의 도덕관과 '정조문제' 등도 이를 증명한다. 이러한 문제는 1926년 이후의 신문, 잡지 등에서 빈번히 등장하는 여성 담론의 핵심 주제들이었다.

성의식과 정조문제

셋째, 1920년대 이후 성문제의 중심 담론으로 '성의식'과 '정조문제'는 여성운동과 밀접한 관련을 맺고 있던 주제들이다. 특히 조선 여성동우회와 같은 여성단체 결성 이후, 성적 자각과 사회적 성에 대한 인식과 맞물려 급격히 확산되었다. 1910~20년대 전반기 여성해방론의 중심을 이루었던 '가정 내 부인의 입장', '인습적 성차별' 등과 관련하여 활발히 개진되었던 '결혼문제', '자유연애문제' 등의 담론에서 탈피해, 사회적 차원의 '정조' 개념과 편견문제, 이로부터 발생하는 성도덕과 성교육의 필요성 등으로 이어진 점이 특징적이다. 다음은 1920년대 『신여성』 소재 '성교육과 정조문제' 관련 논설류들이다.

게재월	권호	필자	제목	내용
1925.2	제3-2월호	SJ	부녀해방운동사(其1) 婦人運動의 潮流	여성문제: 남녀관계, 정조문제 등의 성격─굴종
1925.5	제3-5월호	연구생	부인의 智的 能力	부덕, 근신, 정조라는 도덕을 탈피해야 함을 주장
1925.7	제3-6월호 ~ 제3-7월호	김기진 (팔봉산인)	今日의 女性과 現代의 敎育	여성관과 성교육의 의미(약탈적 여성관에서 여성의 의미를 찾을 것)
1925.10	제3-10호	이성환	所謂 一夫一婦 配偶法	역사상으로 본 배우법의 변천/ 소위 일부일처제는 남권 확립에만 유리한 것/ 소위 정조라는 언사는 夫의 소유권이라는 인증이다/ 결혼이냐 마음이냐

성도덕, 정조문제, 성교육의 필요성 등의 이슈는 1925년 이후 자료에서 본격적으로 등장한다. 신문의 경우, 1927년 4월 6일에 이르러서야『동아일보』에 광산 씨에 의해「신여성과 정조문제」가 제기되고, 이에 대해 유영준, 최활 등의 비판이 전개되었던 데 비해,『신여성』에서는 1925년 전후부터 성도덕과 정조문제가 본격화된다. SJ의「부녀해방운동사」는 연재물 전체가 확인되지 않기 때문에, 정조문제의 구체적 내용을 확인하기 어려우나, "오늘날까지 명료라는 問題는 여자에게 한한 문제엇습니다. 똑가튼 사람으로서 이러한 차별을 짓게 되엇습니다"라고 하여 인습적 도덕 차원에서 정조문제가 여성에게만 작용하는 굴레라는 점을 비판하는 데 중점을 두고 있었다. 필명 연구생의「부인의 지적 능력」에서도 '부덕(婦德), 근신(謹愼), 정조(貞操)'가 여성에게 지워진 부당한 예속(隷屬)이라고 주장한다. 김기진과 이성환은

『동광(통권 제12호)』(1927)

이와 같은 굴레가 인류 사회의 역사적 전개와 밀접한 관련이 있음을 연관지어 주장했고, 약탈적 여성관에서 탈피해 성에 대한 올바른 인식을 촉구하려는 의도를 갖고 있었다. 그러나 이와 같은 정조 관념은 전통적인 성차별과 성도덕문제에 의의를 제기하는 수준일 뿐, 성문제의 본질에 다가서진 못했다.

성도덕, 성교육, 정조문제에 대한 본격적 연구 사례는 '여성해방운동' 차원에서 '여성의 인격문제'와 연계시킨 김윤경의 논문을 참고할 수 있다. 김윤경의 「성교육의 주창」은 종합 잡지인

『동광』 제11호(1927.3)와 제12호(1927.4)에 연재되었다. 성에 대한 소년소녀의 불안 심리를 해소하려는 의도에서 성욕을 연구한 학자, 위생학자 등 전문가에게 자문을 구해 논문을 작성한다고 밝혔다. 논문은 '성욕에 대한 그릇된 생각', '성욕을 귀중시 신성 시할 것', '성교육의 세계적 추세', '성적 생리와 성교육의 필요'로 구성되었다.

「성교육의 주창」

부제	내용
性慾에 대한 그릇된 생각	[성에 대한 그릇된 관념] 一. 花柳病을 現著히 蔓延시킴, 二. 秘密解産이 許多하여짐, 三. 私生兒가 年年 增加하는 일, 四. 花柳界가 繁昌하고 公娼이 增加됨, 五. 私娼 撲滅이 表面뿐이고 속으로는 늘어감, 六. 不良少年 少女의 늘어감, 七. 姦淫罪, 强姦罪, 媒合罪, 八. 猥褻罪가 늘어감, 九. 墮胎 嬰兒殺害 棄兒들이 늘어감, 十. 癡情 嫉妬 怨恨들로 생기는 殺人·强竊盜 傷害 脅迫 放火가 늘어감, 十一. 自殺 情死 神經衰弱 히스테리 狂暴가 늘어감, 十二. 所生子女의 早死·不具·病弱·天癡들이 늘어감, 十三. 倒錯性慾의 온갖 非行(同性淫行·性的亢進病·淫虐狂·淫虐的凶殺狂·屍姦·屍好淫虐狂·獸姦·受動的淫虐狂·性的狂崇·陰部露出狂)의 늘어감
性慾을 貴重視 神聖視할 것	[성교육의 기능] 一. 靑年男女의 放蕩과 淫湯을 矯正하고 自殺과 情死를 막을 수 있음, 二. 不義·不倫·野合의 惡行을 막고 墮落을 救濟할 수 있음, 三. 性慾의 壓迫과 禁止로 생기는 同性姦·强奸·獸姦·手淫 其他 人爲的 逐情行爲와 같은 變態的 性慾 滿足을 막을 수 있음, 四. 姦通·重婚·墮胎·殺兒들의 모든 性慾的 犯罪를 막음, 五. 花柳病과 其他 不正한 性交로 생기는 온갖 疾病을 막고 人民의 健康을 保全할 수 있음, 六. 藝妓·娼妓 其他 賣淫婦를 根滅하고 淫風을 막을 수 있음으로 그것들로 생기는 온갖 害毒을 除去할 수 있음, 七. 性慾 濫用으로 墮落되는 經濟的 貧困을 막을 수 있음, 八. 早老·早衰·神經衰弱 及 히쓰테리들을 막을 수 있음
性教育의 世界的 趨勢	독일 쇼펜하우어, 이탈리아 의학자 만테갓사 등의 성욕 관련 논의로부터 성교육 연구에 대한 흐름을 소개함. 과학적 성교육과 소년소녀를 대상으로 한 완전한 성교육의 필요성 제기(보헤미아의 성교육과 화류병 환자의 급감 사례, 구주대전(제1차 세계대전)에 따른 사회개혁과 성교육문제 발달)
性的 生理와 性教育의 必要	[성에 관한 지식 필요] 성지식은 일반 생리에 대한 지식과 불가분의 관계에 있음(성적 변화, 생식기에 대한 이해), 남녀의 육체적인 변화

김윤경의 성교육 담론은 1920년대 자료로서는 비교적 상세한 내용을 포함하고 있다. 성에 대한 그릇된 관념과 성교육의 추세, 필요성에 이르기까지 다양한 연구 성과와 조사 결과를 포함해 비교적 체계적으로 안내하고 있다. 그는 "가정에서는 의례 부모가 그 교육자가 될 것이지마는 학교에서는 생물학 선생과 연락을 취하면서 수신 선생이나 교장이나 나이 지긋한 고상한 인격자(일반 학생이 가장 숭배하는)가 이를 교수하는 것이 가(可)하다고 생각합니다. 이는 전반적으로 강의함보다는 연령별로 특별반을 조직하여 교수함이 가하겠고, 만일 부득이 학년별로 교수한다면 자세한 것은 중학 3~4학년에서 시작함이 가하다고 생각합니다"라고 하여 성교육의 주체와 적당한 시기까지 제시하고 있다.

그런데 '정조문제'는 교육적 차원의 성교육과는 달리 다분히 흥미 위주의 기삿거리로 전락할 위험을 갖고 있기도 하다. 흥미로운 사실은 1927년 전후 제기되었던 정조문제가 잡지에서 자주 언급된 것은 1930년대 이후라는 점이다.

예를 들어, 『신여성』 1931년 3월호 좌담회 「남자의 정조문제」, 1932년 3월호 특집 「지상(紙上) 정조문제」가 그것이다. 좌담회는 남성인 김창제(金昶濟, 이화전문 교수), 박희도(朴熙道, 중앙보육 교수), 이만규(李萬珪, 배화여고 교수), 여성인 허영숙(許英肅, 이광수 부인), 임효정(林孝貞, 경성여상 교수)을 참여시켜 정조에 대한 의견을 묻는 형식으로 진행되었다. 좌담은 정조가 여성만의 문제가 아니라 남성에게도 필요하다는 내용으로, 원만한 가정을 이루기 위해 '남자 자신의 수양'과 "남자가 부정한 행위를 하지 않도록 여자도 노력해야 한다"라는 식의 결론에 도달한다. 「지상 정조문제」도 비슷한 흐름을 보인다. 이 특집에서도 '남자 정조론'(유광열), '처녀 정조론'(최의순), '혼약자 정조론'(백세철), '인처 정조문제'(신형철), '과부 정조론'(주옥경), '종교상으로 본 정조문제'(김병준), '법률상으로 본 정조문제'(양윤식) 등 다양한 논의가 전개되고 있지만, 이러한 문제의 발생 원인이나 여성 스스로의 자각, 법적 지위 등의 본질적 문제에 대한 답변이 제시된 것으로 보기는 어렵다.

『여성시대』 창간호(1930.8)에 수록된 윤갑용의 「신정조론(新貞操論)」에서는 '어제의 정부열녀(貞婦烈女)'라는 정조 관념은 남성 중심의 도덕이며, 노예제도의 하나라고 규정한 뒤, 일부일부의 가족제도와 경제적 종속을 떠나 아무런 구속도 없는 인격적 존재가 지키는 정조론이 신정조론이라고 주장한다. 하지만 이 같은 정조 담론 또한 계몽적이며 시대적인 관심사를 표출하는 방식의 하나였을 뿐이다. 때문에 1930년대 정조론은 범위를 남성까지 확대한 공로는 있을지라도, 기존의 가족 질서와 자유연애 이데올로기를 전제로 한 성교육 담론의 확산으로 이어졌다.

그런데 동아일보사가 발행한 『신가정』 1936년 9월호의 「성교육문제 특집」은 이 시기 성교육의 본질과 내용을 이해하는 데 적절한 자료를 제공한다. 이 특집은 의학박사 이갑수(李甲秀)의 「성교육에 대하야」, 세브란스전문학교 학감 윤일선(尹日善)의 「성 홀몬에 대하야」, 여의사 장문경(張文卿)의 「정조 관념과 성교육」, 배화여고 주임 이만규의 「성교육 보급 방법은?」, 배화 교유(教諭) 이덕봉(李德鳳)의 「성교육의 책임은 누구에게 잇는가?」, 세

내가 만일 斷髮娘과 結婚한다면

다섯가지承諾을밧고야

孤 帆 生

단발미인과결혼을하면——숨과발한문데이다. 그러나나는이소리를드럿다.

미더주는것이 섬섬하다는리유로

「자 내가머리를싹가도 나를못미들터이요?」

세상에류행되는단발미인과 가른수작으로머리는싹가바렷다. 그러나그는 그다지가워하는것갓지는안앗다.

그이튼날아츰에그는 눈을뜨며 즉시싹경을향하야안머니 그남자더러

「여보 쪄무대뒤화장실에가서 머리지지는인두좀갓다주어요」

하얏다. 인두를갓다주니 이번에는

「알콜을좀부어서 불을부처가지고 인두를 좀데워주어요.」

하얏다. 인두를갈아가며 머리를지지고나더니

「암만해도 이머리에 조선옷은못입겟지」

를쎄 한가지녯긔억이떠오른다. 그것은 내가즉일히『로월회』라는 연극단데경영에 관게하얏슬써일이다. 녀배우의한사람이 돌면히머리를싹갓다. 머리는싹갓스나 돈이업서서양복을못해입는다. 그것이원통하야 외상으로킹요리를차려다노코 백알을 기우렷다. 술김에화가나닛가 동모들을엽고 외상자동차를라고방의새도록 도라다니다가 날이새고보니 남은것은 피로와외상갑뿐이엇다. 그가머리를싹고써여는 그가사랑하는사람이 그를못

—(118)—

「내가 만일 모던 걸(斷髮娘)과 결혼한다면」(1928)

브란스 원장 이영준(李榮俊)의「매독적 수음행위(手淫行爲)에 대하야」등과 같이 의학 전문가나 교육자들의 전문 지식을 소개하는 데 중점을 두고 있다. 흥미로운 것은 특집 말미에「성병 환자에게 시집 안 가려면?」이라는 인터뷰를 수록해 성병 예방 기도하기도 했고, 가십성 기사로「정조대란 무엇인가」까지 수록해 대중의 호기심을 자극하기도 했다.

덧붙여 여성해방과 여성 인격론은 성도덕과 정조문제와 다른 차원에서 여성의 '미' 논의를 활성화시키기도 했다. '여성미' 문제는 1920년대 신여자, 신여성론과 여성 직업 담론, 건강과 위생 문제를 포함해 여성 화장(化粧) 문제[47] 등과도 밀접한 관련을 맺는데, 본질적으로는 자각한 여성 스스로의 인격 관련 문제로 이어질 경우가 많았다.

이렇듯 여성운동, 여성해방, 성도덕, 정조문제, 성교육, 여성미 등의 담론은 식민지적 현실 속에서 남성 화자나 소수의 교육받은 신여성을 중심으로 전개되어온 게 사실이지만, 본연의 여성학 차원에서 눈여겨봐야 할 다수의 자료를 남기고 있다.

직업문제

넷째, 일제강점기 여성잡지의 담론으로서 직업문제는 경제적 차원의 기본 문제로 중요한 주제 가운데 하나였다. 이행화·이경규(2017)는 이 시기 새로운 직업여성의 등장과 여성해방 차원에서 경제적 독립의 필요성을 담론 활성화의 주된 요인으로 지적한 바 있다.[48] 논문은『조선총독부 통계연보』를 근거로 1912년부터 1935년까지 조선인 여성 취업자의 직업별 분포를 제시한다. 이에 따르면, 1912년 여성 취업자는 농수산업 767,789명, 공업 4,949명, 상업교통 53,896명, 공무 자유업 3,833명, 기타 27,011명(총 166,478명)이었다가 1935년에 이르러 농수산업 3,217,114명, 공업 30,816명, 상업교통 137,358명, 공무 자유업 25,518명, 기타 127,368명(3,538,174명)으로 증가한다. 사실 이 통계의 정확성은 신뢰하기 어렵지만,[49] 여성 취업자가 급증하고 직종이 다양해지면서 여성 노동문제와 직업문제가 일상적 담론의 하나로 부상한 사실은 틀림없다.

근대 계몽기에 문명화 목적의 여성의 사회생활과 노동의 필요성이 제기된 이후로 1910년대까지 여성 노동과 직업문제는 '양잠'을 비롯한 '제사공장(製絲工場)' 관련 논의가 중심이었다. 『동아일보』 1921년 4월 4일자 기사 「조선 잠업의 금석: 실로 장족의 발달을 시(示)하얏다」에서도 확인되는바, 이는 1920년대 전반기까지는 여성 노동이 가정 내에서 이뤄지거나 일부 여공의 문제로 인식되었음을 의미한다.

이와 같은 상황에서 1920년대 여성잡지의 직업문제는 독립적으로 인식되기보다 그저 여러 여성문제 가운데 하나로 서술되는 경향이 있었다. 앞서 살펴본 김윤경의 「부인문제(3)」에 언급된 '부인직업문제'도 부인해방운동의 여러 문제 가운데 하나로 서술되었으며, 『신여성』 제2-5호(1924.5)에 실린 주요섭의 「결혼생활은 이러케 할 것: 혼인 의식부터 자유롭게」에 포함된 '직업과 가정경제' 부분도 마찬가지였다. 그는 "부부생활을 하는 데는 물론, 남편이나 안해나 둘이 다 로동자(勞働者)가 되어야 합니다"라고 주장하면서, 부부 간의 공동 생산이 중요한 문제이며, 부부 간에는 분배의 차별이 없어야 한다는 평범한 논리를 펼쳐 나가고 있다. 이러한 상황은 여성 노동문제의 본질과 가까워지는 데 한계가 있을 수밖에 없었다.

이처럼 1920년대 초기 여성 노동과 직업 관련 담론은 큰 비중을 차지하지 못하고 있었다. 그나마 「가정경제의 보조자」, 「농촌 여성의 지위」 같은 논설이 눈에 띄는 정도다. 그러나 농촌 계몽 차원에서 농촌 여성문제를 다룬 상당수 논설도 노동문제보다 농촌 여성의 궁핍한 생활에 초점을 맞추는 경향이 있었다. 예를 들어, 『신여성』 제3-5호(1925.5)에 수록된 이성환의 「긴급동의합니다: 농촌 여성문제에 대하야」처럼 일반적인 문화운동과 사회운동을 '그릇된 사회운동'이라고 비판하면서, "특권 계급의 부인계를 위한 운동" 대신 "농촌의 부녀를 위한 운동"을 전개하라고 주장하는 논설류는 대부분 농촌의 피폐에만 시선을 돌리는 한계를 갖고 있었다. 이 논설에서 이성환은 농촌 부인의 조혼문제, 위생상 불합리한 문제 등을 지적하면서 '조혼 악습 타파, 식사와 영양 가치에 대한 상식 제공, 위생 사상 함양, 운동 관념 진작, 산전 산후에 대한 영양 섭취 지식 습득, 수면과 오락의 기회 제공' 등을 개선책으로 제시한다.

이와 같은 흐름에서 『신여성』 제4-1호(1926.1)에 수록된 김명호의 「조선의 농촌 여성」은 "농촌 여성은 얼마마한 일을 하는가?"라는 문제의식 속에서 농촌 여성문제를 노동문제로 다룬 논문이라는 점에서 주목할 필요가 있다. 이 논문에서 필자는 조선의 농촌 여성이 노예적 지위에 놓여 있으며, 여러 가지 문제의 원인도 이로부터 시작된다는 논리를 펼치고 있다.

農村 女性은 얼마마한 일을 하는가?

이제 農村女性을 말함에 미처 먼저 알고 십흔 것은 그들은 農村에서 얼마마한 勞働을 하고 잇는가 함일 것입니다. 大概 都會에서 生長한 사람들은 推測하기를 女子 짜위가 農村에서 일을 하면 얼마나 하랴지만 實際는 農村 女性이 農村의 男性보다 적어도 二培는 한다고 해도 寡言이 안입니다. 일의 種類로도 그러코 時間으로도 그럿습니다. 男子의 하는 일은 農事라는 單純한 일을 마터 하지만, 女子는 밥짓고 옷짓고 아해 기르기를 하면서 쏘 男子와 가티 農事에 從事합니다. 靑年 女子를 中心하고 보면 大概 以上에 말한 것은 每日의 課程임니다. 種類가 그러함에 짜라 時間도 그럿습니다.[50]

이 진술은 조선의 농촌 여성이 농사뿐 아니라 가사노동에 종사함으로써 이중 고통에 시달리고 있는 현실을 적절하게 설명한다. 필자는 이와 같은 상황의 여성을 '노예 상태'로 규정하고, "농촌의 소년 여성 중 간혹 살기 실흔 시집 남편이 마음에 안 든다든지 시부모가 몹쓸다든지를 반항하기 위하야 스사로 정조(貞操)를 째트리는 일이 잇슴을 보앗슴니다. 이것은 즉 자타락(自墮落)인데 결혼상으로 알어볼 일임니다"라고 하여, 농촌 여성의 정조를 '자타락'으로 규정하고 있다.

여성해방 차원의 노동문제와 직업문제가 본격적으로 등장한 것은 1925년 이후로 보인다. 먼저 신문을 보면, 『조선일보』 1925년 8월 2일자 사설 「직업부인의 문제」는 직업을 가진 부인의 결혼문제, 직업문제, 모성문제 등을 중점적으로 거론하면서 대표적인 여성 직업인으로 '여교원'을 들고 있다. 이외에도 「일반 녀성이 타고난 텬직과 직업」(『동아일보』 1925년 11월 7일자~8일자, 2회 연재), 「조선 여성이 가진 여러 직업」(『조선일보』 1926년 5월 12일자~6월 16일자, 18회 연재)처럼 당시 여성의 직업을 소개하는 기사가 연재되기 시작했고, 「어멈 문뎨·사람 대접 못 밧는 불상한 안잠자기」(『동아일보』 1926년 11월 3일자~5일자, 3회 연재), 「돈벌이 하는 女性의 이념과 표면」(『동아일보』 1928년 2월 25일자~3월 22일자)처럼 직업을 가진 여성들의 차별과 멸시에 관한 문제도 다루기 시작했다. 그리고 1930년대 이후엔 여성잡지에서도 여성 직업문제가 자주 등장하기 시작한다.

1930년대 여성잡지의 직업 담론

게재월	잡지	권호	필자	제목
1931.11	신여성	제5-11월호	신형철	現下에 當面한 朝鮮 女性의 三大難 : 修學 就職 結婚 모다가 난관
1932.10	신여성	제6-10호	강정희	[여성전선] 女給도 職業婦人인가
1932.10	신여성	제6-10호	강정숙	[여성과 직업] 職業 가진 안해의 悲哀 (실화 3편) 근심업는 안해가 되구 십다

1932.10	신여성	제6-10호	송금선	[여성과 직업] 職業 가진 안해의 悲哀 (실화 3편) 호소 못할 이중 삼중의 고통
1932.10	신여성	제6-10호	노혜영	[여성과 직업] 職業 가진 안해의 悲哀 (실화 3편) 위험천만 유혹과 조소 속에
1933.2	신여성	제7-2호	백철	[문화시평] 현대의 노라/ 천국에 맺은 연인 (일본어)/ 직업여성좌담회

이 자료들 가운데 신형철의 「여성의 3대난」에 포함된 '취업난' 이슈는 당위론 차원에서 "경제적 독립은 직업 전선의 진출-장이 조흔 말이요, 쏘는 당연히 그리되여야 할 일입니다. 그러나 조선 녀성의 현상과 조선 사회의 제도를 보면 녀자의 경제 직업 가튼 것을 말하기에는 너무도 주위에 억매여 노흔 줄이 만흡니다"와 같이 진술되고, "항차 조선에는 생산긔관(生産機關)이 너무도 빈약하야 노동부인으로도 긔껏해야 연초 전매국, 제사회사, 고무공장, 그러치 안흐면 낫모르는 집의 어멈이요, 그 위로 간호부, 산파, 교환수, 점원 가튼 직업이 약간 잇고, 말하자면 지식계급의 부인으로는 의사, 교원, 긔자 가튼 것이 잇스나 그런 것조차 너무도 긔관이 업고 활동의 무대가 좁습니다"라고 서술된다. 결국 일제강점기 여성의 직업문제는 '노동의 성차별문제'로 인식되기보다 '경제적 독립문제' 차원으로만 다뤄지는 한계가 있었다.

이러한 환경에서 『신가정』 1936년 3월호(졸업생 특집호)에 실린 이여성(李如星)의 「여성 조선의 현상과 추이(상)」는 주목을 끄는 기사다. 여기서 필자는 '조선 여자의 직업 상황'을 구체적인 표와 수치로 제시하고, 여성 직업이 갖는 의미를 짚는다. 자료에 따르면 조선총독부 국세(國勢) 조사 결과 '여자 직업 인구수'는

'농경, 축산, 잠업, 임업, 어업, 채탄·채광' 등 각 분야에 걸쳐 총 3,289,459명이며, 이는 전체 여성의 1/3에 해당한다. 흥미로운 것은 이 분포를 다시 '자유업 및 노동업'과 '여자 업주' 등으로 구분해 여성의 취업문제를 '고용 대 피고용'의 관계로 재정리한 부분이다. 이여성은 잡지 『숫자의 조선』 발행에 관여할 정도로 통계를 신뢰하는 인물이기도 했거니와 이렇게 본질적으로 통계에 토대를 두고 여성의 노동문제를 다루는 방식은 진보적 입장으로 이해될 수 있다.

> **朝鮮의 勤勞女性**
>
> 朝鮮의 勤勞女性은 그 有業數者의 八十九%를 占했다. 即 朝鮮 女子로서 職業을 가진 者는 그 大部分이 勤勞的 職業에 從事하는 者이므로 모처럼 職業 戰線에 나선 女性도 그 經濟的 地位나 生活은 모다 甚히 低劣한 狀態에 잇는 것을 볼 수 있다(이런 意味에 있어서 朝鮮 女性의 職業問題는 곳 勤勞婦人의 生活問題다).[51]

이여성은 일제강점기 여성의 직업문제를 여성의 노동문제로 규정한다. 그것은 또한 여성 피고용인의 문제이자, 빈곤한 여성 생활의 문제였다. 하지만 사실 당시 이러한 논지의 논설은 극히 드물었거니와 식민지 현실 속에서 여성문제에 대한 인식의 제고를 기대하기란 쉽지 않은 문제였다.

2) 여자교육 문제와 여성교육 담론

우리나라는 근대식 학제 도입 당시 '소학교령'에서 남녀 구별 없이 보통교육을 실시하도록 했지만, 실제로 여자가 소학교에 입학하는 경우가 많지 않았다. 1898년 순성학교 및 관립여학교 설립운동이 있었지만, 1908년 4월 '고등여학교령' 발포 이전까지 관립여학교의 설립은 요원했다. 물론 1886년 이화학당을 시작으로 정신여학교(1895), 정명학원(1903), 호수돈학교(1904), 진명여학교(1904), 수피아여학교(1907), 신명여학교(1907), 기전여학교(1907) 등의 기독교계 여학교가 운영되기 시작했고, 민간 차원에서 양규의숙(1905)이 운영되기도 했지만, 1920년대 초까지 여자의 학교교육은 미진했다.[52] 1916년 발행된 『조선총독부 시정연보(朝鮮總督府施政年譜): 다이쇼 3년(大正三年, 1914)』의 '조선인교육 보통학교' 통계를 보자.

조선인 교육 보통학교(1914)[53]

연도	유형	학교수	학급수	교원수			생도수			졸업자
				내지인	조선인	계	남자	여자	계	
1910		173	588	165	584	749	18847	1274	20121	1870
1911		306	916	370	888	1258	29982	2403	32385	3159
1912		367	1185	435	1243	1578	39630	3800	43430	4551
1913		388	1291	501	1200	1701	45572	4239	49811	5813

	관립	2	13	10	3	13	291	141	432	70
1914	공립	382	1330	498	1206	1704	46711	4042	50753	7033
	사립	20	62	19	58	77	1487	347	1834	808
	계	404	1405	527	1267	1794	48489	4530	53019	7911

이 표에 따르면, 보통학교 여학생은 남학생의 1/10 정도였고, 상급학교에 진학하는 여학생 수는 더욱 적었다.

같은 자료에서 제시된 '고등 정도 관립여학교'는 경성의 '경성여자고등보통학교' 1개교뿐이었고, 그해 6월 평양에 관립여자고등보통학교를 설치해 본과 및 기예과생을 수용했다. 이때 경성여고보에도 본과 외에 기예과를 부설했으며, 여교원 양성을 위해 사범과를 둔 것이 전부였다. 1914년 당시 경성여고보의 본과 생도수는 90명, 졸업자는 25명, 기예과 생도수는 22명, 졸업자 6명, 사범과 생도수는 22명, 졸업자 6명이었으며, 평양여고보 생도수는 본과 32명, 기예과 30명이었다. 이 밖에도 경성에 사립여학교 2개교가 있었고, 모두 본과와 기예과를 두고 있었으나 생도수가 많은 것은 아니었다.

이와 같은 상황은 1920년대에도 크게 달라진 것으로 보이지 않는다. 1924년을 기준으로, 관립 2개교, 사립 7개교 등 총 9개교(생도수 1,757명)가 전부였다.[54]

일제강점기 여자교육에서 보통학교, 고등보통학교, 전문학교 등 학교급 구별 문제는 중요하다. 왜냐하면 당시 여성 담론의 중심이었던 신여성은 주로 고등보통학교 이상의 교육을 받거나 직업을 가진 여성을 지칭하는 개념이었기 때문이다. 먼저 『신여성』 제3-1호(1925.1)에 수록되었던 「전선 여학생[고등 정도] 총수와 그 출생도별」 자료를 짚어보자.

全鮮 女學生[高等程度] 總數와 그 出生道別[55]

소재지	학교명	경기	충북	충남	전남	전북	경북	경남	황해	평남	평북	강원	함남	함북	외국	계
경성	여자고등보통학교	133	10	5	9	22	7	37	17	4	9	7	18	14	3	295
경성	동덕여학교	56	1		1	11	7	15	12	6	4	4	9	1		127
경성	이화여학교	91	2	4	4	8	6	3	21	19	18	8	12	5		201
경성	이화학당	37	2	5	2	5	3	1	14	13	11	5	3	1		99
경성	배화여학교	18	1	4	6	6	12	4	22	2	7	17	7	4	5	125
경성	숙명여학교	157	3	18	15	15	17	29	13	10	13	10	19	7	3	329
경성	진명여학교	83	5	5	6	13	21	14	17	2	2	2	5	3		178
경성	정신여학교	45	4	1	13	4	2	10	18	5	9	2	7	8	6	134
경성	근화학원	141	7	10	7	9	7	4	10	9	7	10	3	7		231
경성	태화여학교	49	3	4	6	7	5	4		3	4	8	5	6		104
경성	여자학원	53	6	5	3	4	4	4					4			83
경성	여자고등학교	8	1	2	1	1	6	4	1	1	1	1		2		29
대구	신명여학교					75			3							78

개성	호수돈여학교	102		2	3		1		34	2	6	11	8			169
평양	여자고보교	4			2		1		66	184	55		1			313
평양	정의여고교		2			1		19	103	30	4					159
평양	숭의여고교	1				5		3	35	62	26		1			134
제주	의정여학교고등과								7							7
계	18개교	985	47	65	78	20	175	132	306	428	202	89	102	58	18	2795

이 표에 제시된 조선인 대상 여자고등보통학교 및 전문학교 수준의 학교는 총 18개교, 여학생 숫자는 총 2,795명이다. 당시 '2천만' 조선인이라고 지칭되곤 했으므로,[56] 전체 인구의 극소수에 불과하다. 뿐만 아니라 그 여학생들의 출신지 분포마저 특정 지역 편중이 심했다.

이러한 현실 속에서 여성잡지의 교육 담론이란 근대 계몽기 방식의 '여자교육의 필요성'을 반복할 수밖에 없었다.[57] '신여성', '직업문제', '성도덕' 등 다양한 담론이 '남성 대 여성'이란 성차별의 문제보다 '소수 여성 대 남성'의 문제, 심지어 '일탈된 소수 여성'의 문제로 취급되는 경우가 많았다. 결국 여성잡지의 교육 담론 가운데 상당수는 '부인'이나 '부녀'로서의 역할을 전제하고 전개되었으며, 소수의 여학교와 여학생에 대한 특집 기사가 지속적으로 다뤄졌고, 그 와중에 여성 대중을 대상으로 한 계몽적 소양과 지식 보급 목적의 강연과 강좌 및 독본류 자료가 산출되기도 했다.

이러한 거시적 배경을 염두에 두고서 일제강점기 여성잡지들의 교육 담론의 주요 특성들을 짚어보자.

가정 개량과 생활 개선 담론

첫째, 부인, 부녀의 가정 개량 및 생활 개선 담론은 1920년대 초부터 1930년대에 이르기까지 여성잡지의 지속적인 주제였다. 이경규(2012)가 밝혔듯, 일부 신여성 대상의 가정 개량 담론은 '남녀평등의 인격주의, 참정권과 생존권' 등 새로운 주장과 맞물려 있는 경우도 있었지만,[58] 여성잡지들은 가정 내 평등을 주장하면서도 본질적으로는 '여성이 가정교육의 주체'라는 차원에서 '모성애'를 강조하고, '경제적 독립의 필요성'을 역설하면서도 '여성은 가정경제의 보조자'라는 점을 반복하며, 이를 위해 '여성이 생활 개선'에 앞장서야 한다는 논리를 제공하는 경우가 많았다.

이 같은 주장은 남성 필자의 논설에서 더 빈번히 나타났다. 『신여성』 제3-1호(1925.1)의 「내가 여학교 당국자이면!」이라는 특집 기획에서 이광수(李光洙)는 "녀자교육은 모성 중심의 교육이라야 한다. 녀자의 인생에 대한 의무의 중심은 남의 어머니되는데 잇다"라고 주장하고, 안재홍(安在鴻)은 "자연스러운 인생을 짓도록" 가르쳐야 한다는 전제 아래 "보담 가정적으로 양성되어야 할 것이다. 자연의 체질, 성향이 모성될 조건하에 잇는 여성 자체의 필연한 결과로 보든지 쏘는 사회적 필요로 보든지 여자는 가정적으로 쏘는 가정인이 되기에 합당한 덕성 견식 및 기량을 준비하여야 할 것이다"라고 주장한다.[59]

같은 맥락에서 이 잡지의「생활 개선」특집은 '가정 개량'의 대상이 무엇인지 요약해 보여준다. 이 특집은 방혜경의「숫자를 알고 살자: 남편이나, 안해나, 또 혼남녀까지도」, 임숙재(숙명여고 교사)의 의복, 음식, 주택 개량에 대한「이 세 가지를 통틀어 이러케 고첫스면 좃켓슴니다」, 이구영의「가정생활 개조와 그 실제」, 한명희(진명여고 선생)의「우리 생활 개선은 수자로부터」, 김건우(동덕여교 선생)의「시간을 절략할 것」, 이경완(근화학원 선생)의「주부로서 노력할 일」, 이덕순 여사(원산)의「오좀 요강! 더러운 요강!」, 최영자 여사(원산)의「가난한 새해를 마지하는 째」, 김동준 여사의「모자를 쓰고 십슴니다」, 김영순의「장, 김치, 쌀내」, 유각경의「형식적 예의와 의뢰심」등 인터뷰 형식의 논설들로 구성되어 있다. 제목에서 추측할 수 있듯이, 대부분 여자교육의 방향이 여성 본연의 문제라기보다 가정과 관련을 맺고 있으며, 여자교육이 생활 개선의 동력이 되어야 한다는 주의를 전제하는 경우가 많다.

근대 계몽기에도 그러했듯이, 가정과 여자교육의 관련성은 임신, 출산, 육아와 관련한 모성교육으로 이어지는 경우가 많았다. '현모양처'라는 표현은 사라지고 있지만, "어머니는 자녀교육의 책임자"라는 주장은 여전하다.

『신여성』제3-7~8월호(1925.7)에 수록된 이은상의「조선의 여성은 조선의 모성」에서는 이 시기 민족주의자의 여성 예찬론이 모성론을 기반으로 하고 있음을 보여준다. 이 논설은 세이스 박사의 『바빌론과 아시리안』에서 "바빌론의 고대 문명은 여계

(女系)의 문명이다"라는 말을 인용하면서 인류가 발전하는 데 여성, 즉 어머니의 역할이 중요하다고 주장한다. 그는 "인간 생산, 민족 생산은 생산 중의 제일 큰 생산"이라고 역설하면서, "조선에 새 국민이 필요한 이상, 완전한 모성이 필요하다. 조선에 새 생명이 필요한 이상, 완전한 모성이 필요"하다고 반복적으로 외친다. 이 같은 추상적 모성론은 소수 신여성의 자유분방한 생활과 의식을 '일탈', '허영', '사치'로 치부할 가능성이 높다. 남성 필자들의 신여성 담론이 대부분 이를 비판하고 일탈을 경계하는 데 치우친 까닭도 이러한 의식과 무관해 보이지 않는다.

정도 차는 있지만, 1930년대 개량 담론에서도 같은 흐름을 확인할 수 있다. 제호에 이미 가정이 천명된 탓이겠지만, 동아일보사의 『신가정』 창간사(1933.1)에서 송진우는 "혹 세상이 가정주부의 지위와 그 사회적 가치를 잘못 인식하여 남자에 대한 한 개인의 종속적 존재로만 말하는 이가 잇으나, 그는 결코 그렇지 아니합니다. 만일 조선이라는 사회가 이천만이라는 개인 분자를 떠나서 생각할 수 없는 것임이 분명하다 하면, 꼭 같은 이론으로 사백오십만이라는 가정 분자를 떠나서도 설명할 길이 없을 것이 물론입니다. 한 가정이 새롭고 광명하고 정돈되고 기름지다고 하면, 그것은 그 개인, 그 가정만의 행복이 아니라 그대로 조선 사회, 조선 민족의 행복으로 볼 것입니다"라고 주장한다. 그는 이 잡지의 중심 내용이 "가정의 실제 문제와 그 상식, 자녀의 교육과 그 방법, 가정주부의 필수 지식을 전하는 것"임을 천명함으로써, 여성문제는 곧 가정문제이며, 그 중심 내용은 자녀교육을 비롯한 가정주부로서의 문제임을 강조한다.

여성잡지에서 가정교육, 육아, 가정 위생, 여성의 임신과 출산 등에 대한 관심이 부정적으로만 표출된 것은 아니다. 무엇보다 '가정교육론'과 '임신, 출산, 육아' 등에 대한 전문적 연구 성과가 여성잡지를 통해 발표된 경우가 많았다. 『신여성』 제3-5월호(1925.3)에 수록된 필명 백합(百合)의 「유치원과 그 선생」, 제3-11월호(1925.11)에 수록된 필명 남한산인(南漢山人)의 「가정교육과 아동의 관계」 등과 같은 자료가 이에 해당한다. 전자는 유치원 교육 차원에서 교사의 자격, 유치원의 목적과 임무 등을 밝힌 논문이며, 후자는 아동 발달 과정을 토대로 합리적인 가정교육에 필요한 지식을 소개한 논문이다.

여학교 여학생 특집 기사

둘째, 소수의 여학교와 여학생에 대한 특집 기사는 1920~30년대 여성잡지의 주요 기사 중 하나였다. 졸업 시즌 여학교 졸업생에게 건네는 사회 인사들의 당부 글, 특정 사안에 대한 여학교 당국자들의 견해, 여학교 풍속도, 사회 풍토나 풍기문제(風紀問題) 등과 관련한 특집 기사들이 자주 수록되곤 했다.

『신여성』은 제1-2호(1923.10)에서 「여학생 제복과 교표문제」를 다루고, 제2-3호(1924.3)에 「여학교 졸업생들께 긴절한 부탁」 같은 기사를 싣고 있다. 특히 각 여학교 졸업생들이 쓴 졸업 후 진로에 관한 느낌이 인상적이다. 제2-3호에 수록된 숙명고보 김 모 졸업생의 「갈 곳이 업습니다」, 이학순 졸업생의 「돈 업는 신세」, 근화 상과생 이명숙의 「혼자 살 수만 잇게 되면」, 동덕여고보 주인석의 「속 깁히 뭇어 주신 한 가지 정신」, 필명 SWH라는 이화여고보 졸업생의 「싀집만 가라는 부모」 등이다. 졸업자가 많지 않은 상황이었음에도 이들의 진로는 불투명했고, 이로 인해 타락한 삶에 빠지는 경우도 있었다.

일부 남성은 여학교 졸업이 '첩(제2부인)이 되어 경제적으로 나은 삶을 살기 위한 수단'인 것처럼 매도하고, 덩달아 여성잡지는 흥미와 오락 차원에서 이 문제를 다루기도 했다. 『신여성』 제2-3호(1924.3)에서 필명 삼청동인은 「여학교를 졸업하고 첩이 되어가는 사람들」에서 '속아서 첩이 되는 이, 유혹에 빠져 첩이 되는 이, 타락의 끝에서 첩이 되는 이, 허영으로 첩이 되는 이, 생활난으로 첩이 되는 이'의 유형을 제시하면서 '매음, 성의 상품화' 문제를 비판한다.

같은 맥락에서 여학생은 종종 부모나 사회의 '통제 대상'으로 인식되었다. 이를 표상하는 대표적 공간이 '여학교 기숙사'다. 우선 이곳은 학교를 다니지 못한 일반 여성들에게는 부러움과 동경의 공간이었다. 이는 『신여자』 창간호(1920.1)에 수록된 「여학생 기숙사 생활」(이화학당), 제3호(1920.3)에 수록된 김응순의 「기숙사 생활」(정신학교) 등에서 확인되는 바다. 앞의 기사에서 필자는 2~3층 양옥에 "보통학교 졸업 정도 이상의 학력을 가진 처녀들이 연약한 처녀의 몸으로 쩔어지기 실흰 부모 동생과 이별하고셔 조선 각지에셔 모혀온 이네들은 학교에서 새로 사고인 동창에게 정을 붓치고 오래 잇은 상급 학우에게 사랑스러운 지도

를 밧으며 어린 가삼의 적막과 결함을 위안하고 지내입니다"라
고 서술한다. 기거, 식사, 고향 소식, 식후 소요(逍遙), 친목 방문
목욕 등 일상적 기록들에서 통제보다 특권으로서의 기숙사 생활
이 그려지고 있다.[60] 뒤의 기사에서도 두드러지는 건 자기 학교
기숙사에 대한 자긍심이다.

우리 寄宿舍

녜전 歷史序에 보면 古殿宇의 뒷문이 잇지요? 그거시 쏙 우리
寄宿舍 正門이외다. 누가 正門을 그러케 니엿는지 모르나 거믄
板子로 담을 사다가 담을 다 막고 나종에 드러올 데가 업서 板
子 몃츨 뜻고 드러온 것 갓흔 거시 우리 正門이외다. 돌노 만든
層層디로 흔참 나려오다가 불그레한 洋屋이 눈압흘 막는 것 갓
습니다. 울타리에는 잉도나무가 가지런흐게 서 잇고 間間이 포
풀나와 복숭아나무가 셕겨 잇서 흔창 時節에는 울긋불긋흔 쏫
이 울 안을 쏨인 데다가 싯파란 풀이 온 마당을 쌀아노핫습니
다. (중략) 핏덩이 굿흔 히가 昌慶苑 속으로 가물가물 드러갈 찌
窓門을 할작 열고 밋층에서 어느 學生의 그 '하모니' 豐富흔 풍
금 쯧는 쇼릐를 들으면 몸이 神話 中에 잇는 피릴란에 逍遙흠
갓습니다.[61]

그러나 기숙사는 통상적으로 여학생의 풍기문제와 관련해 감
독과 통제의 공간으로 인식되는 경우가 허다했다. 『신여성』 제
4-4호(1926.4) 여학생 특집호의 기사 「여성평론」이 이를 잘 보여

준다. 기사는 당시 여학교 교육이 영리(營利)의 교육이며 불평등의 교육이라고 진단한 뒤, '지방에서 온 학생 감독문제', '학교 걸상 개량문제', '여학생계에 유행하는 세 가지 폐풍'(치마를 짧게 입는 것, 굽이 높고 볼 좁은 구두를 신는 것, 다리꼭지를 드리는 것) 등을 여학생 관련 문제로 지적한다. 특히 감독문제를 풍기문제의 근원인 듯 설명한다.

디방에서 온 학생은 엇더하게 감독할가

남녀 학생의 풍기가 날로 문란하야 가는 것은 일반 사회에서 누구나 물론하고 다 크게 걱정하는 바이다. 그런데 경성 내 각 녀학교 당국자의 말을 드르니 대개가 경성에 잇는 학생보다도 디방에서 온 류학생의 풍기가 비교덕 더 문란하다고 한다. 물론 경성에 학생이라고 풍기가 다 조흘 것이 아니오 디방의 학생이라고 풍기가 다 안 될 것은 아니다. 그러나 경성에 잇는 학생은 자긔 가뎡에서 부형이 즉뎝으로 감독을 하는 까닭에 여러 가지의 제재가 잇고 짜라서 풍기 문뎨가 비교적 적지만은 디방에서 온 학생은 학교의 긔숙생활을 하거나 일가친척의 집에서 류숙하는 학생을 제한 이외에는 대가가 영업하는 하숙옥에 잇기 째문에 특별한 감독자도 업고 무슨 제재가 업서서 자긔 자유로 출입도 하고, 교제도 하다가 잘못하면 필경 다른 사람에게 유혹이 되야 몸을 타락식히는 일이 종종 잇다. 이것은 학교 당국자나 학부형이 크게 생각하야 볼 문뎨이다. 물론 학교마다 긔숙사가 잇고 쏘 설비가 완전하야 학교에서 즉뎝으로 학생을 다 수용할 수가 잇스면 학생들을 긔숙생활을 식히는 것이 조흘 것이다.[62]

이 기사에서 풍기문제는 문란한 남녀교제, 유혹, 타락뿐 아니라 유행에 따른 복장, 행동 등을 포괄적으로 지적한 개념이다. 사실 짧은 치마, 볼 좁은 구두, 다리꼭지를 드리는 것 등은 문제될 일이 아니다. 그러나 당시 담론에서는 여학생을 통제와 감독의 대상으로 인식하고, 유행은 절대 따라서는 안 되며, 그것은 기생이나 광대처럼 천한 여성들이 하는 짓쯤으로 치부했다. 『신여성』 제3-6~7월호(1925.7) 특집 「남녀학생의 풍기문제와 그 선도책」은 현대의 시선에선 가히 기괴할 정도다. 이 기획에 수록된 조동식(동덕여학교 교장)의 「젊은 남녀를 선도하는 근본책」, 다카기 치히로(高木千鷹, 경성여고보 교장)의 「사회멱 제재와 지도가 데일: 남자 몃 사람쯤 관계 햇드래도 하는 생각」, 안형중(이화여자고보)의 「남학생들이 쐬여 내는 죄」, 김윤경(배화여고보)의 「이럿케 대담한 편지질: 성에 관한 지식을 주자는 데 찬성합니다」, 강매(배화고등보교)의 「남자는 녀자가 버려놉니다」 등 노골적인 제목을 단 논설들은 여학생을 통제하고 감시함으로써 풍기문제를 해결할 수 있다는 남성적 시각만 드러내고 있을 뿐이다.

1930년대가 되면 다소 변화된 시각의 논설이 보이긴 한다. 『신여성』 제7-10월호(1933.1)인 여학생 문제 특집호에 수록된 조동식의 「풍기와 조선 여학생」에서 필자는 "요새 와서 여학생의 풍기가 몹시 문란하다고 근심해주는 이가 만타. 그 엇던 이유에서고 근심해주는 것은 고마운 일이요 감사할 일이겟지만은 이 사실만은 그러케 고마운 일은 못 되는 것이다"라면서, 여학교 당국자로서 실제 여학생의 풍기 문란이 그렇게 심각하다고 보지 않는다고 밝힌다. 그는 일부 사실로 여학생 전체를 불미스럽다고 과장할 필요도, 실제 몇몇 사건도 여학생 스스로 선봉이 되어 일으킨 경우도 없다면서, 풍기문제 자체가 과거 인습에서 비롯되었을 뿐이라고 해석한다. 그리고 유혹과 허욕, 향락과 타락을 경계하는 건 당연하지만, 풍기문제보다 스스로 뜻을 지키는 지조(志操)가 더 중요하다고 결론 내린다.[63]

이 특집호에서 좀 더 주목해야 하는 것은 주요섭의「조선 여자교육 개선안」, 현상윤의「조선 여학생에게 보내는 글」과 같은 논설이다. 주요섭은 당시 보통학교는 물론 고등보통학교, 전문학교까지 상식조차 갖추지 못한 교육을 하는 것이 여자교육계의 큰 문제라고 지적한다. 그는 "보통학교에서는 학득(學得)의 매개가 되는 기초와 어학을 배우는 데 그 시간 전부를 바치기 때문에 상식을 배울 기회가 적고, 고등학교에 가서는 실생활에는 별로 소용도 없는 수물(數物)과 어학에 시간과 노력을 다 허비하고, 상식 없는 반편 교육을 받고 나온다"라고 비판하면서, 조선의 여자교육이 '독서의 습관화'를 가르치고, (외국인의 손에 의해 실시하지 말고) 조선인을 중심으로 한 가정교육을 실시해야 하며, 이론보다 실천에 적합한 실습교육이 이뤄지도록 개선해야 한다고 주장한다.[64]

현상윤은 교육 전문가는 아니었지만 여학생들에게 '내용보다 외화(外華)에 치중하고, 저열한 사상을 갖는 현상'을 비판하면서 "이상을 고상하게 하고, 내실 즉 학덕(學德)에 힘쓰며, 조선 사회를 걱정하고 염려하는 사람이 될 것"을 충고한다. 이처럼 여학교 교육문제를 지적하는 과정에서 여학생뿐 아니라 여성 대중 대상의 표준 지식과 소양이 무엇인지 고민을 시작하게 된 것은 시대 상황을 고려할 때 여성교육 차원에서 유의미한 지점이었다.[65]

계몽적 소양과 지식의 보급

셋째, 여성 대중 대상의 계몽적 소양과 지식 보급을 중심으로 하는 강연, 강좌, 독본류 자료는 일제강점기 여성 대상의 상식교육의 내용과 성격을 이해하는 데 중요한 의미를 갖는다. 1920년대 중반 이후 신문과 잡지는 독자 대상의 상식과 교양에 관심을 기울이면서, '강연, 강좌'를 위한 '교과서'나 '독본' 등의 자료를 연재하는 경우가 많아졌다. 여성잡지들도 마찬가지였다. 특히 1930년대 이후로 여성교양 차원에서 가정생활, 위생, 임신, 출산, 육아 등에 대한 필수 지식을 교양하는 독서물을 다수 소개했다.

1930년대 여성잡지의 여성교양 독서물

· 가정생활과 상식

게재월	잡지	권호	필자	제목	내용
1931.3	신여성	제5-3월호	방정환	[가정계몽편] 살님사리 대검토	가족 · 의복 · 식사 · 주택 · 육아편
1931.6	신여성	제5-6월호	방정환	[가정계몽편] 살님사리 대검토(2)	가계편
1931.10	신여성	제5-9호	최인순	[가정경제란] 신부 경제학	결혼난의 원인, 결혼비용 표준
1932.8	신여성	제6-8호	이인	[특집 부인독본] 新女性 講座	母의 법률상 지위, 여자의 상속 (연속물, 5~6호 미발견)
1932.10	신여성	제6-10호	송금선	[주부독본] 主婦와 家計簿	가계부 관련

1932.10	신여성	제6-10호	박한표	[모사견물 지상강습(3)] 冬期에 適當한 男女 毛絲編物	의복
1932.11	신여성	제6-11호	이정호	[아동문제강화 其9] 아동과 의복(어머니란)	의복
1932.11	신여성	제6-11호	송금선	[주부독본] 가정 염색법	염색
1932.11	신여성	제6-11호	박한표	[지상편물강습 4] 소녀용 도레쓰	의복
1933.7	신가정	제1-7호	김메불	[여자 하기 대학강좌 특집] 제1실 禮儀科	소개 · 이야기할 때, 긔차 · 전 차 안, 방문, 려행, 의복
1934.2	신가정	제2-2호	윤주복	[염색강좌] 染色에 대한 근본 상식	염색의 필요성, 물감, 염색법
1934.2	신가정	제2-2호	박한표	[편물강좌] 冬期의 毛絲 編物 數種	모사 편물
1934.2	신가정	제2-2호	최영수	[수예강좌] 수예 도안의 본질과 화법	수예
1934.2	신가정	제2-2호	방신영	[요리강좌] 料理의 目的	요리
1934.2	신가정	제2-2호	안충수	[원예강좌] 水仙花 기르는 法	원예
1934.2	신가정	제2-2호	송금선	[가정강좌] 가정에 대한 근본 관념	가정학
1934.2	신가정	제2-2호	김영애	[재봉강좌] 외투의 지식	의복
1935.1	신가정	제3-1호	방신영	[요리강좌] 조선 요리 제법	요리
1935.1	신가정	제3-1호	임정혁	[재봉강좌] 겨울 에프론(앞치마)	앞치마 제조
1935.12	신가정	제3-12호	편집부	[특별부록] 신가정 요리독본	요리

· 경제

게재월	잡지	권호	필자	제목	내용
1931.11	신여성	제5-11월호	김선비	[가정경제란] 불경기와 주부	불경기란 무엇인가, 소비와 주비
1931.12	신여성	제5-12월호	김선비	[가정경제란] 금본위제의 설명	금본위제도, 금본위제도 정 지, 법정평가 등
1932.3	신여성	제6-3월호	김선비	[부인경제강좌(6)] 犬養景氣란 무엇?	일본 犬養내각의 경제이론
1932.8	신여성	제6-8호	정영순	[사회상식강좌 其三] 은행이란 무엇인가?	(연속물, 5~6호 미발견)
1932.11	신여성	제6-11호	정수일	[가정경제란 其2] 經濟知識과 朝鮮婦人	경제관념, 무지와 과소비, 시간과 노력경제

· 아동문제와 아동교육

게재월	잡지	권호	필자	제목	내용
1932.3	신여성	제6-3월 호	이정호	[어머니란: 아동문제 講話] 입학시험과 어머니의 注意	학교 선택, 학과 준비, 위생 상 주의 등
1932.8	신여성	제6-8호	이정호	[어머니란: 아동문제강화 其7] 兒童의 心理硏究	아동 심리학
1932.10	신여성	제6-10호	이정호	[아동문제강화 其5] 아동과 新聞에 대하야	아동문제
1933.5	신가정	제1-5호	오천석	[아동심리강좌] 아동의 본능적 행동	아동의 심리 특성과 행동

· 질병과 위생

게재월	잡지	권호	필자	제목	내용
1932.3	신여성	제6-3월 호	이선근	[실익기사] 어린 아기 기르는 법(3)	육아법
1932.8	신여성	제6권-8 호	이선근	어린이들의 질병을 속히 發見 하는 法	어린이 질병에 대처하는 법

게재월	잡지	권호	필자	제목	내용
1932.10	신여성	제6-10호	이선근	[아동과 위생] 기아와 기생충 문제	기생충
1932.11	신여성	제6-11호	이선근	[아동과 위생] 백일해 이야기	백일해
1933.1	신여성	제7-1호	이선근	[가정의과대학] 肺炎	폐렴

· 임신 · 출산

게재월	잡지	권호	필자	제목	내용
1932.8	신여성	제6-8호	윤태권	[부인독본] 妊娠의 異常과 攝生法	부인독본이라는 명칭 사용
1932.10	신여성	제6-10호	윤태권	[産婦讀本] 아기가 나오는 절차	출산 지식
1932.11	신여성	제6-11호	윤태권	[安産敎科書] 난산과 산부 등	섭생법
1934.5	신가정	제2-5호	길정희	초산 독본	임신 · 출산 지식

이상의 자료는 '독본', '교과서', '강연', '강좌' 등의 명칭을 사용한 여성교양 독서물들이다. 사실 이런 자료는 1920년대부터 출현하고 있었다. 『가정잡지』 1922년 5월호에 수록된 서병림의 「통속위생강화: 부녀수지(婦女須知)」, 『신여성』 제4-9~10호(1926.9~10)에 수록된 필명 연구생 「가정독물(家庭讀物): 카우스 세탁법, 가을철의 머리위생」 등이 대표적이다.

그런데 1930년대가 되면, 그 범위가 가정생활, 경제, 아동문제, 질병과 위생, 임신과 출산 등 제반 분야로 확산된다. 독자 대상이 소수의 신여성뿐 아니라 여성 대중 전반으로 확장되는 것이다. 내용 또한 『신여성』 제5-3월호(1931.3)의 「미인제조 교과서」나 제6-제10호(1932.10)의 「신여성 미용강좌」에서처럼 여성미 관련 상식이나 화장법까지 포함하기 시작했다. 이러한 상식범위의 확장은 광복 후 여성 독서물로서 '여성백과'가 탄생하는 배경이 된다.

4. 소결

이 장은 일제강점기 여성잡지에 나타난 여성 담론의 내용과 성격을 살피는 데 집중했다. 잡지는 신문과 달리 특정 독자군을 대상으로 발행하는 흥미와 오락성이 가미된 독서물이다. 무엇보다 우리나라 잡지는 역사상 "근대 문화의 산물이자 서구 문화의 영향으로 탄생한 새로운 문화 형태의 하나"로 규정되듯이, 계몽 담론과 밀접한 관련을 맺고 있다. 이와 같은 관점에서 이 장은 1910년대부터 1930년대까지 여성 독자 대상의 잡지 35종을 대상으로, 일제강점기 여성문제의 내용과 성격, 변화의 양상을 기술하는 데 중점을 두었다. 이 장에서 논의한 내용을 간추리면 다음과 같다.

첫째, 일제강점기 여성잡지의 흐름에서 1910년대는 일본인이 발행한 잡지와 도쿄에서 발행된 잡지 이외 다른 잡지를 찾기가 쉽지 않으므로, 여성문제의 본질과 내용을 확인하는 데 어려움이 있다. 그러다 1920년대에 이르면 계몽 담론 차원의 '여자'나 '부녀문제'가 점진적으로 '여성문제'로 변화해가는 과정을 확인할 수 있다. 특히 1924년 윤석중이 발행한 여성잡지 『성애』에서는 남녀문제가 계몽적 차원뿐 아니라 생리적·정서적 차원의 다양한 문제로 인식되기 시작한다.

둘째, 일제강점기 시대별 여성잡지의 특징을 살피기 위해 각 잡지에 수록된 글들을 문종, 필자, 제목, 분야, 주제, 특징, 대상 독자, 사용 문자, 내용(비고) 등을 기준으로 구분해 시대별 분포를 정리했다. 특히 이 장에서는 1923년부터 1934년(중간 휴간 기간 포함)까지 발행된 『신여성』을 중심으로 문종 변화의 양상을 주의 깊게 살폈다. 그 결과 1920년대는 상대적으로 논설과 문학류의 비중이 높았지만, 1930년대는 논설보다도 시, 소설, 이야기 등 문학류의 비중이 급격히 높아졌다. 이는 여성 독자의 기호 변화에 따른 것이었다. 또한 1920년대는 논설류에 '남녀 교제, 부부문제, 조선 여자의 지위' 등 계몽적 주제들이 주를 이루고, 간혹 학술적으로 눈여겨볼 만한 논문류가 자주 게재되었다. 반면 1930년대는 취미·오락물과 문학작품 비중이 높아지면서 대중의 기호에 영합하는 경향이 농후해진다. 또한 '강좌, 강연, 독본' 명칭의 독서물도 다수 등장하는데, 이는 백과 형식의 상식 보급을 위한 방편이었다.

셋째, 여성잡지에 나타난 중요한 여성문제들을 살폈다. 그 주제들은 신문 분석에 적용했던 기준과 마찬가지로, '여성관의 변화', '여성운동과 여성해방', '성문제에 대한 의식과 정조문제', '직업문제'를 대상으로 삼았다. 그 결과 '여성관의 변화' 차원에서는 '구주대전(제1차 세계대전)과 3.1운동 이후 (자유를 부르짖는) 새로운 시대의 여성'이라는 개념의 '신여성'으로부터 '고등보통학교 이상의 교육을 받은 여성'이라는 의미의 '신여성 담론'이 확산되는 과정을 살필 수 있었다. '여성운동과 여성해방' 차원에서는 이 담론이 1924년 조선 여성동우회 결성 이후 이전의 부르주아적 여성계몽 담론으로부터 점차 사회적·계급적 담론으로 확산·변화하는 경향을 확인할 수 있었다. 이러한 경향은 여성의 직업문제, 성의식과 법적 문제(제2부인, 즉 첩) 등에서도 자주 나타났다. 하지만 이러한 담론들도 여전히 소수의 여성 직업인과 신여성을 대상으로 한 논의가 많았기 때문에, 전조선 여성의 노동문제 등에 대한 논의는 충분치 못했던 것으로 확인된다. 이와 함께 '성문제에 대한 의식과 정조문제'가 여성교육 또는 흥미나 오락 차원에서 빈번히 다뤄졌다. 여러 가지 한계에도 불구하고 '성교육'이라는 새로운 담론을 형성한 것은 유의미한 일로 평가할 수 있다. '여성의 직업문제' 관련 논의도 다른 주제와 비슷한 경향을 보인다. 즉, 실제 노동문제로 파악되기보다 소수 여성 직업인의 난관, 모성보호문제 등이 집중적으로 논의되었다.

넷째, 일제강점기 여자교육 보급은 극히 저조한 상태였으며, 잡지의 여성교육 담론도 주로 고등보통학교 이상의 여학교 문제에 집중되는 경향을 보였다. 특히 잡지는 흥미 위주로 여학생의 일탈과 풍기 문란 등의 소재를 자주 다룸으로써 '남성 대 여성'의 성차별문제를 '소수 여성(여학생) 대 남성'의 문제로 변질시키는 경우도 많았다. 그럼에도 잡지 성격에 따라 다양한 분야의 여성 백과지식을 보급하려는 시도들이 있었으며, 그 결과 강좌, 강연, 교과서, 독본 등의 명칭을 사용한 백과지식이 정리되는 경향도 보였다.

제5장

일제강점기 여성교육의
구조와 본질

1. 서론

교육사적 관점에서 일제강점기 여성교육의 본질과 내용을 고찰할 때, 우선 학제와 교육과정, 교과서 등에 관심을 기울이게 된다. 선행 연구 대다수가 밝히고 있듯, 일제 식민지교육의 기본 방침은 제1차 조선교육령에서부터 천명한 "충량한 국민 양성", "시세 및 민도(民度)에 적합한 교육"이라는 표현의 우민화교육, 보통교육에서부터 "국민될 만한 성격을 함양하여 국어(일본어) 보급을 목적"으로 한 교육 등으로 요약할 수 있다. 이 방침은 보통학교의 여자교육뿐 아니라 고등보통학교 이상의 여자교육에도 적용되었다. 제1차 조선교육령 제15조에서 천명한 여자고등보통학교는 "여자에게 고등보통교육을 하는 바인즉, 부덕(婦德)을 양(養)하여 국민될 만한 성격을 도야하며, 그 생활에 유용한 지식 기능을 수(授)함"이라고 되어 있다. 즉, '식민지 국민 양성'과 '부덕 함양'을 목표로, '생활에 유용한 지식과 기능'을 가르치는 기관으로 규정된 셈이다.

그런데 손인수(1977)의 『한국여성교육사』에서 일제강점기 여성교육사와 관련해 '여성의 민족적 자각과 자아의식 각성' 같은

朝鮮總督府官報

第三百四號

明治四十四年九月一日 朝鮮總督府印刷局

○勅令

朕朝鮮教育令ヲ裁可シ茲ニ之ヲ公布セシム

御名 御璽

明治四十四年八月二十三日

内閣總理大臣 公爵桂 太郎

勅令第二百二十九號

朝鮮教育令

第一章 綱領

第一條 朝鮮ニ於ケル朝鮮人ノ教育ハ本令ニ依ル

第二條 教育ハ教育ニ關スル勅語ノ旨趣ニ基キ忠良ナル國民ヲ育成スルコトヲ本義トス

第三條 教育ハ時勢及民度ニ適合セシムルコトヲ期スヘシ

第四條 教育ハ之ヲ大別シテ普通教育、實業教育及專門教育トス

第五條 普通教育ハ普通ノ知識技能ヲ授ケ特ニ國民タルノ性格ヲ涵養シ國語ヲ普及スルコトヲ目的トス

第六條 實業教育ハ農業、商業、工業等ニ關スル知識技能ヲ授クルコトヲ目的トス

第七條 專門教育ハ高等ナル學術技藝ヲ授クルコトヲ目的トス

第二章 學校

第八條 普通學校ハ兒童ニ國民教育ノ基礎タル普通教育ヲ爲ス所ニシテ身體ノ發達ニ留意シ國語ヲ敎ヘ德育ヲ施シ國民タルノ性格ヲ養成シ其ノ生活ニ必須ナル普通ノ知識技能ヲ授ク

第九條 普通學校ノ修業年限ハ四年トス但シ土地ノ状況ニ依リ一年ヲ短縮ス

ルコトヲ得

第十條 普通學校ニ入學スルコトヲ得ル者ハ年齡八年以上ノ者トス

第十一條 高等普通學校ハ男子ニ高等ナル普通教育ヲ爲ス所ニシテ其ノ生活ニ有用ナル知識技能ヲ授ク

第十二條 高等普通學校ノ修業年限ハ四年トス

第十三條 高等普通學校ニ入學スルコトヲ得ル者ハ年齡十二年以上ニシテ修業年限四年ノ普通學校ヲ卒業シタル者又ハ之ト同等以上ノ學力ヲ有スル者トス

第十四條 官立高等普通學校ニハ師範科又ハ教員速成科ヲ置キ普通學校ノ教員タルヘキ者ヲ養成ス

師範科ノ修業年限ハ一年以内トス

師範科ニ入學スルコトヲ得ル者ハ高等普通學校ヲ卒業シタル者トシ教員速成科ニ入學スルコトヲ得ル者ハ年齡十六年以上ニシテ高等普通學校第二學年ノ課程ヲ修了シタル者又ハ之ト同等以上ノ學力ヲ有スル者トス

第十五條 女子高等普通學校ハ女子ニ高等ナル普通教育ヲ爲ス所ニシテ婦德ヲ養ヒ國民タルノ性格ヲ陶冶シ其ノ生活ニ有用ナル知識技能ヲ授ク

第十六條 女子高等普通學校ノ修業年限ハ三年トス

第十七條 女子高等普通學校ニ入學スルコトヲ得ル者ハ年齡十二年以上ニシテ修業年限四年ノ普通學校ヲ卒業シタル者又ハ之ト同等以上ノ學力ヲ有スルモノトス

第十八條 女子高等普通學校ニハ技藝科ヲ置キ年齡十二年以上ノ女子ニ對シ裁縫及手藝ヲ專修セシムルコトヲ得

技藝科ノ修業年限ハ三年以内トス

第十九條 官立女子高等普通學校ニ師範科ヲ置キ普通學校ノ教員タルヘキ者ヲ養成ス

師範科ノ修業年限ハ一年トス

師範科ニ入學スルコトヲ得ル者ハ女子高等普通學校ヲ卒業シタル者トス

第二十條 實業學校ハ農業、商業、工業等ノ實業ニ從事セントスル者ニ須要ナル教育ヲ爲ス所トス

第二十一條 實業學校ヲ分チテ農業學校、商業學校、工業學校及簡易實業學

'조선교육령'이 게재된 조선총독부 관보(1911)

계몽 담론 분석에 중심을 두거나, 김혜경(2002)의 『한국여성교육사상연구』에서 '현대 한국의 여성상'과 관련해 '현모양처형 여성상, 신앙형 여성상, 문학예술가형 여성상, 애국자형 여성상, 운동가형 여성상, 직장형 여성상' 등을 분석한 뒤, '부덕(婦德)의 전거 및 실체'를 주제로 삼은 것처럼, 공교육 학제와 교육과정, 교과서 등의 기초 자료보다 사회현상으로서 여성교육사에 더 많은 관심을 기울인 것도 사실이다.

물론 식민지 시대 교과서와 독본에 대한 관심이 높아지면서 '조선어과 교육' 연구 차원의 『여자고등조선어독본』에 대한 연구 성과가 축적되기도 했다(제3장 2절 참고). 또한 일제강점기 수신교과서 연구 차원에서 김순전 외(2006)의 『조선총독부 초등학교 수신서 원문』이 번역 출간되었고, 김순전·장미경(2006, 2007)의 「『보통학교 수신서』를 통해 본 조선총독부의 여성교육」, 「조선총독부 발간 『여자고등보통학교수신서』의 여성상」 등의 논문이 발표되어 일제강점기 여자교육의 실체가 규명된 것도 의미 있는 일이다. 이와 함께 오세원(2005)의 「일제강점기 식민지 교육정책의 변화 연구: 조선총독부 발행 『수신서(修身書)』를 중심으로」, 김순전·장미경(2007)의 「전시하 「중등교육여자수신서」에 나타난 여성교육 정책」, 서강식(2016)의 「수신교과서에 나타난 근대 여성상 연구」, 송숙정(2022)의 「일제강점기 중등교육 여자용 교과서에 나타난 여성 담론에 관한 고찰」 등의 논문들도 특정 교과 중심의 연구지만, 여자교육 정책과 여성상 연구가 진일보한 측면을 보여준다.

그럼에도 여자교육 관련 학제와 그 교육 내용뿐 아니라 식민지 교육을 대신하기 위해 여성단체나 언론에서 실행하려 했던 여성교육의 목표와 내용 등에 대한 체계적 접근은 아직 불충분하다. 따라서 이 장에서는 일제강점기 여성교육의 현실과 교과교육에 나타난 식민지 여학생 대상의 여자교육, 그리고 여성 독서물과 잡지에 등장하는 여성 상식과 교양의 주요 내용들을 분석함으로써, 당시 여성교육의 내용과 본질을 규명해본다. 아울러 교과교육 차원의 여자교육과 성차별적 구조 속에서 식민지 여성으로서 경험한 여성운동과 이에 대한 대응 방식으로서 여성교양의 실체와 그 문제점을 함께 살펴본다.

2. 일제강점기 교육 현실과 여성교육

1) 일제강점기 여성교육의 현실

일제강점기 '과학 발전의 필요성' 관련 담론이 활성화되면서, 식민지 조선에서도 숫자에 대한 관심이 급등했다.[1] 이는 이여성(李如星) 같은 사람이 『숫자의 조선』 시리즈를 발행한 데서도 확인할 수 있다.

여성교육과 관련된 숫자, 즉 통계 자료들도 이러한 맥락에서 관심 대상이다. 이여성은 『신가정』 1936년 3월호와 4월호에 연재한 논문 「여성 조선의 현상과 추이」에서 당시 조선 여자의 교육 정도와 교육 상황을 비교적 자세히 밝힌 바 있다. 논문은 『숫자의 조선』에서 간략히 제시했던 정보를 구체화했다는 점에서 기초 자료로서 손색이 없다. 제1절 '조선 여성의 인구 구성', 제2절 '조선 여자의 교육 정도', 제3절 '조선 여자의 교육 상황', 제4절 '조선 여자의 직업적 상황'(조선의 근로여성, 여성의 문화적 직업, 여성의 퇴폐적 직업), 제5절 '조선 여자의 혼인문제', 제6절 '조선 여자의 법률적 지위', 제7절 '여자의 인신매매문제'로 구성되었다.[2]

이 가운데 제2절과 제3절은 당시 조선의 여학교와 여성교육의 실태를 적실하게 보여준다.

조선 여자의 교육 정도

朝鮮에 新敎育 方式이 輸入된 지는 무릇 四十年이나 되지마는 그 가운데도 女子敎育은 男子敎育보다 더 늦게 出發되었고, 또 發展이 더 더디었든 까닭에 女子 學生總數는 아직도 十三萬六千餘人에 不過하야 女子 總人口에 對하여는 겨우 一.二%를 占하고 잇슬 뿐이다. 그리고 新敎育 方式에 依한 學校 敎育 以外의 所謂 在來 書堂이란 것은 그나마 거의 男子 兒童에게만 限했든 것인 까닭에 女子敎育機關이라고 할 만한 것은 아모 것도 없었으며, 極少數의 有閑 家庭에서 한글을 가르키는 것쯤이 기꾿이었다. 따라서 朝鮮 女子 文盲者數는 女子 總人口 一千三萬九千二百十九人 中 九百二十四萬八百四十六人의 多數에 撻하야 實로 女子 人口 百人 中 九十二人을 占하게 되었으니 어찌 寒心한 일이 아닐가.[3]

논문에서 당시 조선 여성은 모두 1천3만219명, 그중 924만 846명이 문맹자로 문맹률은 92%에 달한다. 각 도별로는 경기도 84.44%, 평안남도 89.94%를 비롯해, 전라남도 94.11%, 강원도 94.55%, 함경남도 95.41% 등의 분포다. 이런 배경에서 제3절에 여자 입학 지원자와 입학자수, 여학생수가 표로 제시되어 있다.

여자교육 상황

· 여자 지원자와 입학자 [4]

교종(校種)		지원자수	입학자수	입학자/지원자 비(%)
공립보통학교		41,203	31,717	77.22
부립사범부속여자보통학교		104	58	55.76
사립보통학교		3,279	2,585	78.77
공립고등여학교		391	111	30.49
사립고등여학교		15	2	13.31
공립여자고등보통학교		1,276	585	45.84
사립여자고등보통학교		1,874	1,093	58.32
사립각종학교(私立各種學校, 共學)		77	19	18.67
사립각종학교	일반	2,347	2,047	88.75
	종교	4,308	3,472	80.57
사립 이화전문학교	문(文)	27	25	92.59
	음(音)	28	26	82.85
	가(家)	49	44	89.79
공립여자실업학교		32	31	100.00
공립실과여학교		13	7	53.84
사범학교		135	60	44.44
계		55,142	41,942	76.03

· 조선 여학생수

교별(校別)	학교수	학급수	여생도수	경비(經費)
관립보통학교	2	19	286	-
사립보통학교	1020	9,254	99,820	13,336,414
공립고등여학교	24	186	547	1,164,299

사립고등여학교		1	6	38	24,600
공립여자고등보통학교		7	40	1,943	232,337
사립여자고등보통학교		10	73	3,236	275,085
각종학교	중등정도	44	218	1,562	637,232
	초등정도	232	577	4,145	374,511
	초등종교	180	588	8,851	346,273
사립여자전문학교		4	16	420	98,302
관립사범여자강습과		2	4	125	293,683
서당		7,529	7,529	10,822	777,528
공사립유치원		272	519?	4,597	297,802
계		10,372	29,029	136,494	417,858,065

위 통계는 1933년 「조선통계표」를 참고한 것으로, 사립여자
전문학교는 이화여전 외에 경성·중앙 양 보육학교와 여자의강
(女子醫講)까지 합친 것이고, 여생도수는 조선인 숫자만을 계산했
다고 한다. 흥미로운 대목은 '고등여학교'(공사립)의 입학자수다.
일제강점기 중학교와 고등여학교는 본래 일본인 거류자를 대
상으로 한 학교였다. 1922년 신교육령 발포 이후 학교 선택의
기준이 '일본어(국어) 상용 여부'로 바뀌면서 고등여학교에 조선
인 입학이 허용되었지만, 실제로 조선인 여학생이 입학한 경우
는 많지 않았다. 그런데 이 통계에서는 공사립 고등여학교에 지
원한 조선 여학생 406명(공립 391명, 사립 15명) 가운데 113명(공
립 111명, 사립 2명)이 입학했다. 1920년대 이후 조선인으로서 일
본인 중심의 고등여학교에 다니는 학생 수가 늘어나고 있음을

보여주는 증거다. 물론 지원자 대비 입학자 비율(공립 30.49%, 사립 13.31%)은 조선인 중심의 여자고등보통학교(공립 45.84%, 사립 58.32%)에 비해 현격히 낮다. 조선인 여학생으로서 일본어를 상용하는 고등여학교에 진학하기는 현실적으로 쉽지 않은 문제였다.

일제강점기 입학난은 강제병합 직후부터 1930년대까지 남녀 학생을 불문하고 지속된 문제였다. 『동아일보』 1936년 2월 2일자 사설 「보통학교의 입학난」에 따르면, 당시 보통학교 아동 취학률은 2.5%에 지나지 않았고, 이 가운데 남자는 4.3%, 여자는 1.3%에 불과했다. 『동아일보』는 1936년 2월 1일부터 2월 7일까지 '초등', '중등', '전문학교'의 입학난과 관련한 좌담회를 특집 기사로 연재하기도 했는데, 학교 설립의 경직성(통제), 비용 문제 등이 주된 요인으로 거론되었다. 특히 1936년 2월 1일자 「입학난의 제학교(諸學校)를 찾아서」라는 특집 기사에서 1932년을 기준으로 조선인 보통학교 남자 졸업생 45,036명 가운데 상급학교에 입학한 자는 7,411명, 여자 졸업생은 8,041명 가운데 1,698명뿐이었다면서 "일본 내지에서 초등교육은 의무교육 제도가 실시되어 교육기관의 부족은커녕 일정한 학령 아동에 대해 의무적으로 입학을 강제하는 형편에 있다. 또 중등 정도 학교에 있어서는 입학 지원자의 부족으로 조선에까지 학생 모집의 원정을 오는 것은 너무도 명백한 사실이 아닌가? 그런 유독 우리 조선만이 교육기관의 부족으로 배우랴 하여도 배울 길이 없어서 방황한다는 것은 일반성을 떠나서 일종의 특수 현상으로 결국은

괴현상(怪現象)을 이루고 잇는 것이다"라고 토로했다. 즉, 입학난 자체가 교육 통제와 민족 차별의 결과라는 것이다.

일제강점기 조선에서 여자교육은 식민지의 민족 차별과 봉건적 인습의 남녀 차별이라는 이중의 억압 구조 속에서 지극히 제한적으로 이뤄졌다. 이여성·김세용(1931)은 이렇게 서술했다.

教育의 指導 精神

殖民地 朝鮮의 教育權을 뉘가 가지고 잇스며 엇더한 精神과 目的과 方法으로 教育하는가 함은 贅言할 必要가 업슬 것이다. 朝鮮이 日本에 併合되기 前 儒教를 教是로 하고 封建的 教育制度를 五百年間 繼承하여 오든 舊時代 教育과 日淸戰爭 以後 日本 勢力이 漸次 浸潤한 明治三十七年부터 同三十九年 統監府 時代까지의 過渡期 教育은 우리의 興味埒外(부외)에 잇다. 그러나 (一) 其後 明治三十九年(一九〇六年)부터 併合 當時까지 即 朝鮮 支配의 政治的 基礎 工事 確立期에 잇서 舊韓國 政府가 日本으로부터 借款한 五百萬圓 中 十五萬圓으로 日本人 參劃의 諸教育法令 發布, 日本人 教員의 進出, 教育制度의 變更을 보게된 **教育支配確立期-保護時代의 教育**, (二) 一九一〇年부터(隆熙四年) 一九一九年 前半期까지 即 **政治的 支配權이 確立됨에** 따라 一九一一年 勅令 二百二十九號로서 朝鮮教育令이 發布되고 學制를 普通, 實業, 專門으로 三別한 後 學校系統과 目的, 修學 年限, 入學資格을 規定한 '所謂 新教育 黎明期'에 이르러서부터 우리는 비로소 興味를 가지게 된다.[5]

이 진술은 일제강점기 교육정책이 강제병합 직전 "조선 지배의 정치적 기초 공사 확립기"를 거쳐, 1910년대 "지배권 확립"을 바탕으로 추진된 것이며, 이로부터 학제와 학교 운영의 목적 등이 정해졌음을 의미한다. 식민 통치 차원의 교육정책은 당연히 남녀 불문 민족 차별 교육으로 이어졌고, 그 과정에서 여자교육은 이중 차별의 구조에 놓일 수밖에 없었다.

　『신여성』 제5권 제5호(1931.6)에서 주요섭은 '여자교육개신안'을 주장하면서, "이십 년 전이나 십년 전이나 또는 오늘이나 여자중등학교 기숙사는 '감옥'이란 별명을 듣고 있으니, 웬일이냐?"라는 한탄으로 논설을 시작해 당시 여자교육 문제로 '남녀공학'과 '교육 내용'을 비판한다.

　주요섭은 1930년대 조선 교육문제에 대해 다수의 논문을 남겼다. 그중 1930년 9월부터 10월 3일까지 24회에 걸쳐 『동아일보』에 연재한 「조선교육의 결함」이 대표적이다. 이 논문에서 그는 여자교육의 문제로 '남녀공학제'와 '교육 방침'에 대한 비판을 먼저 제기한 바 있다. 당시 남녀공학 반대의 주된 사유는 '풍기문란'과 관련된 것이었다. 조선에서는 고등보통학교 수준에서 남녀공학을 취한 학교는 없을 때였고, 이는 전문학교도 마찬가지였다. 그는 자신의 유학 체험을 바탕으로 남녀공학이 재학생에게 미치는 영향이 적지 않았음을 주장했다. 공학의 결과 남녀 학생들이 더 깨끗한 모습을 보이며, 공부를 열심히 하고, 교풍도 아름다워진다는 취지였다. 나아가 총독부 교육방침이 오직 국가적 능률, 덕성, 일본어 보급에 치중되어 교육의 본질을 실현할 수

「조선교육의 결함」(1930)

없을 뿐만 아니라, 교수법 또한 주입식, 일률 형식에 치우쳐 효율적인 교육이 불가능하다고 비판한다.

그의 교과목과 교과서 비판은 보다 흥미로운 대목이다. 그는 보통학교 수신서가 "도덕상의 사상 및 정조를 양성"한다는 목표 아래 도덕군자를 만드는 데만 치중하거나 구래의 미풍양속을 강조하면서 공익, 위생, 겸손, 인자, 덕행으로부터 국민 납세의무, 자선, 예의, 화친, 협동, 감사, 정직, 양심, 근검 등 막연한 정조만 가르치므로 "학과목에서 수신이란 과는 떼어버리는 것이 적당"하다고 주장한다. 뿐만 아니라 '국어(일본어)'와 '조선어' 교과서를 배우면서 많은 정력을 소모하지만 정작은 '독서의 흥미'를 박탈한다고 비판하면서 그로 인해 적지 않은 중도 탈락자만 양성하는 결과를 가져온다고 강조했다.[6]

주요섭이 두 편의 논문에서 주목한 여자교육의 중대 결함은 교과와 내용에 관한 것이었다. 「조선교육의 결함(19)」에서 그는 조선인 생도에게 실시하는 일본어, 조선어교육뿐 아니라 영어교육에도 적지 않은 문제가 있으며, "일본어와 조선어급한문만으로도 조선 학생은 벌써 너무 많은 시간을 어학에 소비하는데, 그 이상 소용이 없는 영어까지 강요한다"라면서 그렇게 할지라도 "전문학교 졸업자조차 영어로 신문 한 줄 읽지 못한다"라고 비판한다. 시간 치중뿐 아니라 원문 발음만 일본식으로 억지로 배우는 형식적 외국어교육의 폐해를 짚어내고, 정작 조선인에게 필요한 교육은 전혀 이뤄지지 않는다는 취지였다. 그리고 "조선의 여학생들에게 영어를 가르치는 시간을 이용하여, 가사, 요리법 및 경제 실습을 시키는 것이 훨씬 유용"하다고 주장했다.

『신여성』1931년 6월호에 실었던 논문 「여자교육 개신안」도 같은 맥락에서 이해된다. 실생활과 거리가 먼 '증기기관 운용 법칙'을 강요할 게 아니라 '물리 상식'을 가르쳐야 하며, '음악 연주법'을 가르칠 게 아니라 '음악을 듣는 법'을 가르쳐야 한다는 내용이다. 가사 시간에 "서양 요리법은 집어치우고 조선 요리법을 배워주라"는 주장이나 '가정 경제와 물품 사는 법', '성 위생'과 '육아법'을 가르쳐야 한다는 주장 또한 일제강점기 여자교육의 한계에 대한 절규에 가까운 주장들이었다.

『신가정』제2권 4월호(1934.4)에 실린 주요섭의 「조선여자교육사」는 한국 여성교육사에 관한 거의 최초 논문이라고 볼 수 있을 정도로 의미 있는 자료다. 이 논문에서 주요섭은 "조선서는 옛날에 여자는 교육을 받아본 일이 없다. 물론 가정에서 어머니에게 바느질 같은 것을 배우는 일이 있었지마는 남자들처럼 조직적으로 교육기관에 찾아가서 글을 배워본 일이 없는 것이다. 옛날에도 한문 글을 잘하는 여자가 있었고, 근세에도 언문 글자나 배워본 여자들이 있지만, 그들은 모두 가정에서 부모에게 개인 교수를 받을 수 있는 행복을 가진 극소수의 몇몇 여자였다"라면서 국가 제도상 여자는 교육기관에서 제외되어 있었음을 밝히고, 1908년 '관립고등여학교령' 발포와 '관립한성고등여학교' 설립으로부터 여자교육이 실시되었다고 설명한다.

이 논문은 가급적 여자교육 관련 사실을 최대한 객관적으로 서술하는 데 목표를 두었으므로, 1908년 '고등여학교령' 발포에 따라 당시 공립학교 네 곳(대구, 함흥, 군산, 여주)에 여자 학급을 창설한 일이나 1909년 공립보통학교(평양, 개성, 강화, 목포, 전주, 마산 등)에 여자 학급을 창설한 일에 대해서도 비교적 자세히 기록하고 있다. 여자교육 기관으로 이화학당의 설립과 그 변화, 『평양속지(平壤續誌)』에 소재한 평양 경창문 안의 '여소학교', '여중학교', '맹아학교', '여자의학교', '진명학교' 등에 대해 상세히 소개한 것도 주목할 만하다.

또한 주요섭은 조선 여자교육의 초창시대는 초등교육의 시대라고 규정하면서, '조선교육령' 발포 이후 '여자고등보통학교'라는 학교명과 함께 1934년 당시까지 6개의 공립 여자고등보통학교가 증가해 18개의 고등보통학교 수준의 학교가 있었음을 밝혀두었다. 아울러 1910년 이화학당에 '이화대학'이 설립되었지만, 1925년 법령에 의거해서야 '전문학교' 인가가 나면서 이화대학은 '영문과와 음악과'를 두었고, 치과의학전문, 약학전문, 협성신학 등에 남녀공학의 기회가 부여된 정도여서 실제 전문성을 지닌 여학교는 5개교에 불과하다고 밝혔다.[7]

일반적으로 일제강점기 여자교육은 민족 및 여성으로서의 지위 자각, 성차별 해소의 해방운동, 여성의 직업과 노동, 여성의 복지와 문화 등의 일반적 가치를 실현하는 데 한계를 가질 수밖에 없었다. 더욱이 식민지 상황에서 "교육에 관한 칙어의 취지에 기반한 도덕상의 사상과 정조 양성", "구래(舊來)의 미풍양속을 잃지 않음에 주의하여 실천궁행의 권장"(수신), "지덕의 계발"(국어, 조선어급한문), "아국체(我國體) 민정(民情)을 명료하게 함"(역사)

등과 같은 과목별 교육 취지는 당시 여자교육이 '일본어'로 이뤄진 것뿐만 아니라 교육 내용에서도 식민지 여성에 대한 이중 침탈 구조가 고착화되고 있었음을 의미한다.

2) 여성교육의 내용과 방향

일제강점기 교육기관 중심의 여학교의 교육 내용은 시기별로 차이가 존재하지만, 제1차 조선교육령(1911) 발포 후 공포된 '보통학교 규칙', '여자고등보통학교 규칙'의 교과 및 시간 배정을 통해 확인할 수 있다.[8] 1911년 10월 20일 공포된 '보통학교 규칙' 제6조는 보통학교 교과목으로 '수신, 국어(일본어), 조선어급한문, 산술, 이과, 창가, 체조, 도화, 수공, 재봉급수예, 농업초보, 상업초보'를 공통과목으로 하고, 이 가운데 '이과, 창가, 체조, 도화, 수공, 재봉급수예, 농업초보, 상업초보'는 상황에 따라 교수하며, '수공'은 남아, '재봉급수예'는 여아의 교과로 했다. 여자고등보통학교는 '규칙' 제7조에서 교과목을 '수신, 국어(일본어), 조선어급한문, 역사, 지리, 산술, 이과, 가사, 습자, 도화, 재봉급수예, 음악, 체조'로 하며, 기예과의 경우 '재봉급수예' 외에 다른 교과목을 가르칠 수 있도록 했다. 제8조에서 사범과의 경우 '수신, 교육, 국어(일본어), 조선어급한문, 산술, 이과, 가사, 습자, 도화, 재봉급수예, 음악, 체조'를 교과로 두었다. 당시 여자고등보통학교 교과 과정과 매주 교수 시간표는 다음과 같다.

경성여자고등보통학교(1925)

1911년 여자고등보통학교의 교과 과정 및 매주 교수 시간표

	1학년		2학년		3학년	
	과정	시수	과정	시수	과정	시수
수신	修身의 要旨	1	仝上	1	仝上	2
국어	讀方, 解釋, 會話, 書取, 作文	6	仝上	6	仝上	6
조선어/한문	讀方, 解釋, 書取, 作文	2	仝上	2	仝上	2
역사	本邦 歷史(일본 역사)	2	仝上	1		
지리	本邦 地理(일본 지리)	2			本邦에 關係가 잇는 外國地理	1

산술	正數, 少數	2	諸等數, 分數, 珠算	2	比例, 保合算, 求積, 珠算	2
이과	植物	2	動物, 人身生理及衛生	4	物理及化學(鑛物을 含홈)	4
가사			衣食住, 養老		育兒, 看護, 割烹 等	
습자	楷書, 行書	2	仝上	1		
도화	自在畫	1	仝上	1	仝上	1
재봉/수예	運針法, 普通衣類의 縫法, 裁法, 線法, 編物, 造花, 刺繡	10	仝上	10	仝上, 裁縫機械使用法, 囊物, 繰絲, 染織	10
음악	單音唱歌	3	仝上, 樂器使用法	3	仝上, 複音唱歌	3
체조	遊戲, 普通體操		仝上		仝上	
계		31		31		31

당시 여자고등보통학교는 3년제로 매주 31시간 수업 가운데 '조선어급한문' 2시간을 제외하면 모든 교과는 일본어로 진행되었다. 사범과의 경우 '교육'(6시간)을 포함한 33시간으로, '음악'(3)과 '체조'(2)는 분리된 교과로 운영했다. 이 교과목은 1922년 신교육령기에 여자고등보통학교를 5년제로 개편하면서 3년제, 4년제, 5년제 학교마다 다소 차이를 보이지만,[9] 교과 설정과 수업 시수는 큰 변화를 보이지 않는다.

주목할 점은 학교 규칙에서 설정한 교과 요지(要旨)다. 이는 오늘날 교육 과정에서 교과목 성격과 목표, 내용을 규정한 조항과 같다. 구교육령기 여자고등보통학교 교과별 요지는 이렇다.

교과	조항	내용
수신	제11조	修身은 教育에 關ᄒᄂᆫ 勅語의 旨趣에 基ᄒᄋ야 道德上의 思想 及 情操를 養成ᄒᄀᆞ 舊來의 良風美俗을 失치 아니홈에 注意ᄒᄋ야 實踐躬行을 勸獎홈을 要旨로 홈. 修身은 嘉言善行에 徵ᄒᄋ야 生徒 日常의 行狀에 因ᄒᄋ야 道德의 要領을 訓諭ᄒᄀᄀᆞ 兼ᄒᄋ야 禮義作法을 授홈이 可홈.
국어	제12조	國語는 普通의 言語, 文章을 了解ᄒᄋ야 正確 또 自由로 思想을 發表홀 才能을 得케 ᄒᄆᆞ 兼ᄒᄋ야 智德의 啓發에 資홈을 要旨로 홈. 國語는 現代의 文章부터 主로 ᄒᄋ야 其 讀方 解釋을 가르치고 會話, 書取, 作文을 授홈이 可홈
조선어/한문	제13조	朝鮮語及漢文은 普通의 言語, 文章을 理會ᄒᄋ야 日常의 用務를 辨ᄒᄂᆫ 能을 得케 ᄒᄆᆞ 兼ᄒᄋ야 智德의 啓發에 資홈을 要旨로 홈. 朝鮮語及漢文은 德敎에 資홀 文章을 選ᄒᄋ야 此를 授홈이 可홈
역사	제14조	歷史는 歷史上 重要ᄒᆞᆫ 史蹟을 알게 홈을 要旨로 홈. 歷史는 本邦歷史로 ᄒᄋ야 特히 我國體 民情을 明케 홈을 期홈이 可홈.
지리	제15조	地理는 地球의 形狀, 運動과 竝히 地球의 表面 及 人類生活의 狀態에 關ᄒᄂᆫ 知識의 一斑을 得케 ᄒᄋ야 處世上 必須ᄒᆞᆫ 事項을 知케 홈을 要旨로 홈. 地理는 本邦地理와 竝히 我國과 主要ᄒᆞᆫ 關係가 有ᄒᄂᆫ 外國의 地理에 對ᄒᄋ야 其 大要를 授홈이 可홈.
산술	제16조	算術은 數量의 關係를 明瞭케 ᄒᄋ야 日常의 計算에 習熟케 홈을 要旨로 홈. 算術은, 整數, 小數, 諸等數, 分數, 比例, 步合算, 求積, 珠算을 授홈이 可홈.
이과	제17조	理科는 自然界의 事物, 現象 其 法則 及 人生에 對ᄒᄂᆫ 關係를 理會케 ᄒᄋ야 利用厚生의 道를 知케 홈을 要旨로 홈. 理科는 植物, 動物, 人身生理 及 衛生, 物理 及 化學(鑛物을 含홈)에 關ᄒᄋ야 其 大要를 授홀 家事와 聯絡케 홈이 可홈.
가사	제18조	家事는 家事에 必要ᄒᆞᆫ 智識을 得케 ᄒᄋ야 兼ᄒᄋ야 勤儉, 秩序, 淸潔을 尙홀 思想을 養홈을 要旨로 홈. 家事는 衣食住, 養老, 育兒, 看護, 割烹, 其他 家政에 關ᄒᄂᆫ 事項을 授홈이 可홈.
습자	제19조	習字는 文字를 端正 書寫홀 能을 得케 홈을 要旨로 홈. 習字는 楷書, 行書의 二體를 主로 ᄒᄋ야 假名及草書를 加ᄒᄋ야 授홈이 可홈
도화	제20조	圖畫는 物體의 形狀을 看取ᄒᄋ야 正히 此를 畫ᄒᄂᆫ 技能을 得케 ᄒᄋ야 意匠을 鍊ᄒᄀᆞ ᄒᄋ야 美感을 養홈을 要旨로 홈. 圖畫는 自在畫로 寫生畫, 臨畫 及 考案畫를 授홈이 可홈.
재봉/수예	제21조	裁縫及手藝는 裁縫及手藝에 關ᄒᄂᆫ 技能을 得케 ᄒᄀᆞ 兼ᄒᄋ야 節約利用의 習慣을 養홈을 要旨로 홈. 裁縫은 運針法, 普通衣類의 縫法, 裁法, 繕法 竝히 裁縫器械 使用法의 一斑을 授ᄒᄋ야 便宜로 衣類의 保存法, 洗濯法 等을 課ᄒᄋ야 手藝는 紙細工, 編物, 造花, 刺繡, 囊物, 組絲, 染織 等을 授홈이 可홈.

| 음악 | 제22조 | 音樂은 音樂에 關ᄒᆞᄂᆞᆫ 知識技能을 得케 ᄒᆞ며 美感을 養ᄒᆞ고 心情을 高潔케 ᄒᆞ며 兼ᄒᆞ야 德性의 涵養에 資ᄒᆞᆷ을 要旨로 홈. 音樂은 單音唱歌를 主로 ᄒᆞ야 高雅ᄒᆞ고 敎育上에 補益이 有ᄒᆞᄂᆞᆫ 歌詞, 樂譜ᄅᆞᆯ 選ᄒᆞ야 授ᄒᆞ며 便宜로 複音唱歌ᄅᆞᆯ 加ᄒᆞ야 樂器使用法을 授ᄒᆞᆷ이 可홈. |
| 체조 | 제23조 | 體操ᄂᆞᆫ 身體의 各部ᄅᆞᆯ 均齊히 發育케 ᄒᆞ야 姿勢ᄅᆞᆯ 端正케 ᄒᆞ고 精神을 快活케 ᄒᆞ며 兼ᄒᆞ야 規律을 守ᄒᆞ고 節制ᄅᆞᆯ 尙ᄒᆞᄂᆞᆫ 習慣을 養ᄒᆞᆷ을 要旨로 홈. 體操ᄂᆞᆫ 遊戱普通體操ᄅᆞᆯ 授ᄒᆞᆷ이 可홈. |

또다시 확인되다시피 여자고등보통학교 교육은 식민지 시대 순응적 여성으로서 부덕을 갖추고 가정과 국가에 봉사하는 인물을 양성하는 것을 목표로 했다. '조선어급한문'을 제외한 모든 교과의 교수 용어는 일본어였고, 교과서 또한 일본어로 된 것들이었다. 뿐만 아니라 조선총독부가 편찬한 수신과 교과서나 국어(일본어)과 교과서, 조선어과 교과서는 식민 지배정책이 반영된 내용 중심이었다. 신교육령기 조선총독부에서 발행한 『여자고등보통학교 수신서』1~3권을 보자.

신교육령기 조선총독부 『여자고등보통학교 수신서』

권	내용
권1	目次, 第一課 入學, 第二課 學校, 第三課 學友, 第四課 微風と惡風, 第五課 自學自修, 第六課 實地の學問, 第七課 正直, 第八課 從順, 第九課 規律, 第十課 節制, 第十一課 質素儉約, 第十二課 淸潔, 第十三課 容儀, 第十四課 起居動作, 第十五課 言葉遣ひ, 第十六課 友愛, 第十七課 孝道
권2	目次, はしがき, 第一課 向上と努力, 第二課 專心と永續, 第三課 自分を知れ, 第四課 攝生と鍛鍊, 第五課 勤勞, 第六課 物事に忠實たれ, 第七課 何を恥づべきか, 第八課 溫和と貞操, 第九課 心を快活に持て, 第十課 一家の平和, 第十一課 長幼の序, 第十二課 使ふ人と使はれる人, 第十三課 博愛, 第十四課 公德, 第十五課 公益, 第十六課 反省, 第十七課 誠實, 第十八課 大御心, 第十九課 敎育に關する勅語(一), 第二十課 敎育に關する勅語(二)

『여자고등보통학교 수신서 (권1)』(일제시대)

권3	はしがき, 第一課 人生の春, 第二課 萬物の靈長, 第三課 人格, 第四課 智能の啓發, 第五課 德性の涵養, 第六課 習慣, 第七課 善惡の岐路, 第八課 責任の觀念, 第九課 克己, 第十課 寬容, 第十一課 相互の尊敬, 第十二課 名譽, 第十三課 財産, 第十四課 順境と逆境, 第十五課 生活の改善, 第十六課 生活と趣味, 第十七課 國家と國民, 第十八課 國交, 第十九課 戊申詔書(その一), 第二十課 戊申詔書(その二)

이 교과서는 권1의 '미풍과 악풍, 정직, 순종, 규율, 절제, 질소 검약', 권2의 '무엇을 부끄러워하는가, 온화와 정조, 박애, 공덕, 공익, 반성, 큰 어심, 교육에 관한 칙어', 권3의 '덕성 함양, 선악의 기로, 책임 관념, 극기, 관용, 상호 존경, 국가와 국민, 무신 조서' 등과 같이 식민지 여성에게 요구되는 덕목 중심으로 꾸려졌다. 뿐만 아니라 "구래의 미풍양속을 잃지 않도록 하는 데 주의"

하라는 취지에 맞춰 권1의 '용의, 기거동작, 우애, 효도', 권2의 '자기 분수를 알기, 일가의 평화, 장유의 질서', 권3의 '습관, 명예' 등의 교육 내용을 선정했다. '청결'(권1)을 강조하고, '공덕, 공익, 성실'을 덕목으로 하며, '역경을 이겨내는 일'과 '생활 개선에 힘써야 함'(권3)은 식민지 여성의 민족 차별이나 성차별에 대한 자각과는 거리가 멀었다.

이런 경향은 중일전쟁 이후 1938년 개정교육령기 단선학제[10]를 실시하면서 더욱 심해진다. 당시 수신서 내용을 살펴보자.

개정교육령기 조선총독부 『중등교육 여자수신서』

권	내용
권1	はしがき, 詔書, 第一課 天壤無窮の神勅, 第二課 皇國, 第三課 國旗, 第四課 み民われ, 第五課 生徒として, 第六課 まづ健康, 第七課 心身の鍛鍊, 第八課 朋友相信じ, 第九課 智能と德器, 第十課 教育に關する勅語, 第十一課 克く忠, 第十二課 克く孝, 第十三課 誠と敬, 第十四課 仁, 第十五課 義と勇, 第十六課 敬神崇祖, 第十七課 報恩
권2	はしがき, 詔書, 第一課 國憲國法, 第二課 一心奉公・盡忠報國, 第三課 世の中, 第四課 公益世務, 第五課 服業治産, 第六課 家事, 第七課 温良貞淑, 第八課 恭儉禮讓, 第九課 戊申詔書, 第十課 皇室, 第十一課 臣民, 第十二課 我が家・祖先, 第十三課 親子・兄弟, 第十四課 一家・親類, 第十五課 祝祭日・記念日, 第十六課 國民精神作興に關する詔書, 第十七課 國際親善・國運發展
권3	はしがき, 詔書, 第一課 肇國の精神, 第二課 忠孝一本, 第三課 國民性, 第四課 國民性と明き心, 第五課 國民性と淨き心, 第六課 國民性と直き心, 第七課 國民精神, 第八課 國民精神と畏み, 第九課 國民精神とたしなみ, 第十課 國民精神と婦道, 第十一課 國民文化, 第十二課 國民文化と學術, 第十三課 國民文化と藝道, 第十四課 行爲, 第十五課 品性, 第十六課 良心, 第十七課 人格

권4	はしがき, 詔書, 第一課 維新の皇猷, 第二課 教育に關する勅語の下賜, 第三課 教育に關する勅語の精神, 第四課 億兆心を一にす, 第五課 成其の德を一にす, 第六課 世 厥の美を濟す, 第七課 國民道德の由來, 第八課 我が國民道德と教育, 第九課 國民道德と宗教, 第十課 國民道德と政治, 第十一課 國民道德と經濟, 第十二課 國民道德と婦德, 第十三課 時代の思想, 第十四課 人類文化の發展, 第十五課 御代のめぐみ, 第十六課 我が國民の使命, 第十七課 皇運の扶翼

교과서는 하나같이 '천양무궁(天壌無窮)의 신칙(神勅)'이라는 축시와 함께, 1890년(메이지 23년) 내려진 '교육에 관한 조칙',[11] 1908년(메이지 41년)의 '조서', 1910년(메이지 43년)의 '조서', 1923년(다이쇼 12년) 12월 '국민정신 작흥(作興)에 관한 조서', 1926년(소와 원년) '천조후 조견 의례에서 하사한 칙어(践祚後朝見ノ御儀ニ於テ賜ハリタル勅語)', 1933년(소와 8년) '조서' 등 일본 제국주의 교육정책과 식민지 교육을 강화하는 조서들을 앞에 수록함으로써 그 이데올로기를 노골화하고 있다.[12]

식민지 여성 만들기의 교육 내용은 수신뿐만 아니라, '가사', '재봉 및 수예' 등 기능 교육 차원에서도 반영되어 있다. 이 교과들은 총독부 교과서가 따로 없이 문부성 검인정 교과서가 대용으로 사용되었다. 여기서 다루는 지식은 대부분 조선의 실정과 무관했다.

예컨대 1938년 문부성 검정 교과서로 고니시 시게나오·오사다 아라다(小西重直·長田新)가 지은 『통합 각과교수법』은 '가사'에 대해 "한 가정의 정리, 경영에 관한 내정(內政)을 총칭"하고, "의식주로부터 육아, 양로, 간호, 가사경제의 제반 사항에 미치며, 자연과학, 사회과학, 정신과학, 특히 교육학 등 제 방면의 지식이 기초를 이룬다"라고 했다. 또한 "가사에 취미를 갖고 내조의 공을 쌓는 것은 우리나라 여성이 세계적으로 드러날 수 있는 미덕이다. 주부는 한 가정의 여왕으로서 어린이를 양육하고, 노인을 공경하며, 단란하게 일가의 번영과 행복을 가져오게 된다. 이 미덕이 있으므로 우리 국가, 사회는 처음부터 견실한 진보와 발전을 영위하며 나간다"라면서 가사 교육이 본질적으로 내조 중심의 전통적 부덕(婦德)과 국가주의와 관련이 있음을 강조했다.

특히 '가사 교육의 재료'에서는 '기초적 재료', '시대의 요구에 합치되는 재료', '토지의 정황(土地の情況)에[13] 적합한 재료'를 구분하고, 상황에 따른 재료로 '타 교과와 연락을 밀접하게 하는 재료'와 '계절에 따른 사항'을 제시했다. 전자는 '이과 지식'과 관련된 것을 강조했으며, 후자는 '할팽(割烹: 음식 조리)의 원료', '의복 세탁', '기구의 수업' 등과 관련된 것을 제시했다.[14] 이렇게 구체적으로 살펴보면 당시 조선인 가정과 여성이 직접 접하지도 활용하지도 않는 내용들이 상당했다. 이 또한 일제강점기 여학교 교육이 민족 차별이나 성차별의 자각 같은 자의식의 성장과는 거리가 멀었음을 보여준다.

이런 맥락에서 전문학교의 교과 구성을 살펴볼 필요가 있다. 다음은 주요섭(1934) 논문에 소개되었던 이화전문학교 문과, 음악과, 가사과의 교과 구성이다.

이화전문학교의 교과 구성[15]

· 문과

과목	예과	1년	2년	3년
수신	1	1	1	1
성경	2	2	2	2
국어	5	2	2	2
조선어/한문	2	2	2	2
영어	12	12	10	10
교육			2	5
법제경제		3		2
심리학			2	
논리철학				3
역사	2	5	3	
생물학			2	
가정학	1	1	2	
수학	3			
음악	2	11	1	1
체조	2	2	2	2
계	32	31	31	30

· 음악과

과목	예과	1년	2년	3년
수신	1	1	1	1
성경	2	2	2	
국어	5	2	2	2
조선어/한문	2	2		
영어	5	5	5	2
음악이론급작곡법			1	2
화성학	2		3	
청음급시창학	4	2		

과목			
대위법		4	2	
음악감상법			2	2
음악사	2	2		
기보법			1	
합창	2	4	4	4
교육		1	3	7
미학				3
피아노급성악	5	5	6	3
체조	2	2	2	2
계	32	32	31	28

· 가사과

과목		예과	1년	2년	3년
수신		1	1	1	1
성경		2	2	2	2
국어		5	2	2	2
조선어/한문		2			
영어		4	4	4	2
가사이과		6	5	3	2
가사	의		4	4	6
	식	7	2	7	
	주		3		7
	보건	2	3	2	
	가정부업				3
교육급아동심리				2	2
법제경제급사회학			3		2
음악		2	2	2	1
체조		2	2	2	2
계		33	33	31	31

· 이화 보육학교

과목	1년	2년
수신	1	1
성경	2	2
교육학	2	1
심리학	2	2
보육학	4	1
유희	5	
음악	5	2
국어급한문	4	2
영어		2
자연과학	1	1
도화	2	2
수공	2	1
동화	2	
실습		15
계	32	32

이화전문학교는 '수신, 성경, 음악, 국어급한문(일본어), 영어'를 각 과 공통 과목으로 삼되, 음악과는 '음악이론급작곡법, 화성학, 청음급시창학(聽音及視唱學), 대위법(對位法), 음악 감상법, 음악사, 기보법(記譜法), 합창, 미학, 피아노급성악', 가사과는 '가사이과(家事理科), 가사(의식주, 보건, 가정부업)', 보육학교는 '보육학, 유희, 수공, 동화, 실습' 등을 전문 교과로 두었다. 문과와 음악과는 '영어' 비중이 꽤 높았고, 가사과와 보육학교는 '일본어'의 비중이 높다는 게 주목할 만하다. 특히 보육학교는 '조선어' 관련 교과 없이 일본어 교과만 두었다. 유치원 교사 양성이 목표인 보육학교 졸

업생의 진로가 일본인이 경영하는 유치원 취업과 밀접한 관련을 맺고 있기 때문이었을 것으로 추정된다.

전문학교의 교과 구성은 일제강점기 여성교육의 내용 구조 차원에서 의미가 크다. 특히 어떤 교과서를 사용했는가가 중요한데, 이와 관련된 선행 연구는 아직 부족하다. 다만 이화여자전문학교 교수였던 한치진(韓稚振)이 한글판『아동의 심리와 교육』[16] 같은 전문 서적을 출판하고, 동 가사과 보육실습소 담임교수 방신영이 『조선요리제법』을 출판했듯이,[17] 조선인이 직접 전문학교용 여성교육 자료를 구축한 사례도 발견된다. 한치진의 저서에는 이화보육학교 교수였던 서은숙(徐恩淑)과 교감이었던 김활란(金活蘭)의 서문이 실려 있다.

序文

서늘한 곳을 찾는 찌는 여름에 先生은 더위로 땀으로 조희로 붓으로 동모 삼아 努力핫ㄴ 결과 이만한 冊을 우리에게 내놓으섯음니다.

어느 冊이 우리에게 有益하고 貴하지 않음이 되오리마는 더욱이 이 時代 이 環境에 태여난 우리 根本的으로 幼兒教育에 等閑히 하고 幼兒의 所有權을 無視하고 幼兒의 自由 活動과 能率 發揮에 拘束하고 長成한 사람을 本位로 幼兒에게 對한 觀察과 引導와 發達식힘에 怠慢히 하든 우리에게 앞으로는 完全한 人格과 理想的 人物을 만들메 큰 도움이 될 冊이 우리는 雙手를 들어 감사하는 바이올시다.

純全히 朝鮮文으로 된 兒童敎育에 對한 書籍이 그 수효로 많지 못함을 크게 遺憾으로 알든 바 先生의 熱力의 功이 오늘날에 널리 퍼지기를 바랍니다.

이 冊은 特히 兒童敎育을 中心으로 한 모든 機關이나 또한 거기 많은 趣味를 가지신 여러분에게는 한 등불이 되는 줄 믿습니다. 그리하야 될 수 잇는 대로 널리 저 外國에 有名한 著者들의 것은 많이 參考하시는 半面 先生의 過去와 現在에 가지신 經驗과 才力을 注入하신 없어서는 아니될 冊이라고 합니다. 一九三二年 九月 六日

이 책을 이화전문학교에서 교재로 사용했는지는 밝혀지지 않았다. 그러나 이 서문의 필자와 책의 저자가 이화전문학교와 깊은 관련을 맺고 있었음을 고려한다면, 책의 내용이 당시 여성교육에서 중요한 자료로 활용되었으리라 짐작해본다.

3. 계몽의 시대 여성교육의 내용과 특징

1) 여성잡지를 통해 본 여성교육의 내용

일제강점기 여성잡지에 소개된 강연, 강화, 교과서, 독본 명칭의 자료 분석은 당시 공교육에서 다루지 못한 실질적 여성교육의 내용 구조를 파악하는 데 적절하다. 특히 1930년대 여성잡지에서는 「가정 강좌」, 「원예 강좌」, 「아동문제 강화」 등의 각종 '강좌·강화' 자료와 「안산 교과서(安産教科書)」, 「미인 제조 교과서(美人製造教科書)」 같은 '교과서', 「처녀 독본」, 「주부 독본」처럼 '독본' 명칭을 사용한 상식 자료가 비교적 다수 발견된다. 또 「가정경제란」, 「실익 기사(實益記事)」 등의 명칭을 사용한 상식 자료와 「특별 부록」 형태의 교양 자료도 다수 존재한다.

이 절에서는 1930년대 『신여성』, 『신가정』에서 확인되는 77건의 여성교양 자료들을 그 성격과 대상 독자별로 구분해보았다. 성격별로는 각 자료의 명칭을 고려해 '강좌·강화', '교과서', '독본', '신어'로 구분했고, 부록이나 특별한 명칭을 사용하지 않았을 땐 '상식'으로 처리했다. 독자별로는 '부인(주부)', '아동(보통학교)', '어머니', '여성 일반', '미혼 여성', '여학생'으로 구분했다(단, 잡지는 '미혼 여성' 대신 '처녀'라는 표현을 사용하고 있었다).

1930년대 『신여성』, 『신가정』 소재 여성교양 자료

대상	강좌·강화	교과서	독본	상식	신어
부인(주부)	14	1	4	7	
여학생	15		1		
어머니	5			5	
여성 일반	1	1	1		6
아동(보통학교)			8		
미혼 여성			6	2	
계	35	2	20	14	6

자료들의 명칭은 '강좌·강화'(35건)가 가장 많고, 그다음이 '독본'(20건)이다. 이는 여성교양용 지식이 공교육에서처럼 강의나 교과서(독본) 등을 통해서 다뤄질 수 있었음을 의미한다. 독자는 여성잡지 특성상 '부인(주부)'(26건), '여학생'(16건), '어머니'(10건) 의 분포를 보이는데, '여학생' 빈도가 상대적으로 높은 건 '하기 여자대학 강좌 특집호'였던 『신가정』 1933년 7월호에 관련 자료들이 다수 수록되었기 때문이다. 따라서 1930년대 여성잡지 여성교양 부문의 독자층은 '부인(주부)'과 '어머니'가 압도적이다. '여성 일반'이 대상인 9종의 자료에는 「미인 제조 교과서」, 「미용학의 근본 문제」 등과 각종 신어 자료가 포함되며, '아동(보통학교)' 대상 자료는 '어린이 특집호'였던 『신가정』 제2권 제5호

(1934.5)에 수록된 「지상 조선 보통학교(紙上 朝鮮普通學校)」라는 상식 자료가 중심이다. '미혼 여성' 대상 자료는 「처녀독본」처럼 흥미나 풍자 위주의 자료나 남녀 교제 및 결혼 관련 상식을 다룬 자료를 의미한다.

주제별로도 구분해보았다. 그 결과 의식주 등 생활 관련 상식 비중이 높고(12건), 아동 심리나 육아(7건), 건강과 위생(6건), 가정 경제(6건), 임신 출산(4건), 결혼과 남녀 교제(3건), 한글(3건), 법률(2건), 소비문제(2건), 수신(2건), 요리(2건) 순이었다. 그 밖에 학교 교과에 준하는 '산술, 역사, 영어, 이과, 작문, 정치, 직업, 체조' 등과 관련된 자료가 등장한다. 이렇게 여성잡지의 교양 자료들은 1930년대 공교육에서 담당할 수 없었던 부분을 채워주고 있었다.

이제 조선어를 기반으로 각계 명사의 강의 형태로 쓰여 계몽적 여자교육의 내용과 방향을 확인할 수 있는 사례들을 구체적으로 살펴볼 차례다. 먼저 『신가정』 제2권 제5호의 「지상 조선 보통학교」다. 여기서는 보통학교 교과 기준의 상식이 제공되고 있다.

「지상 조선 보통학교」의 교과와 내용

필자	교과	내용
이은상 외(추정)	수신: 입지	율곡 이이의 격몽요결에 있는 입지(立志)의 의미
김선기	한글: 한글 이야기	한글의 내력과 가치: 세계 문자의 역사를 고려할 때 한글은 가장 과학적 조직을 갖는 문자임을 강조
이윤재	역사: 문답 조선 역사	조선 역사를 배우지 못한 학생들에게 조선 역사의 중요성과 민족적 자긍심을 문답 형식으로 교수

김도태	지리: 옥순이의 조선 지리 공부	여자고보생 이옥순의 지리 공부를 통해 조선의 지형, 산맥, 산악 등을 가르치고, 한문이 조선에 들어오기 전 우리말 산 이름이 있었음을 강조
이덕봉	이과: 조선 식물 이야기	식물은 기후와 토질에 따라 특징을 갖고 있으므로 조선 식물을 이해해야 함을 강조
이은상	작문: 조선사상 아동 걸작품, 진각국사의 「고분가」	고려시대 명승 진각국사 최식의 전설과 그가 지은 「고분가(孤憤歌)」를 소개
백남규	산술: 죽산 이야기	동양에서 2천 년간 사용해온 죽산(竹算)과 그 사용법, 보태는 법[加算], 떼는 법[減算], 곱치는 법[乘法], 쪼개는 법[除法] 등을 설명
이이공	체조: 조선 소년 무용전, 14세의 이징옥	조선 세조 때 이징옥(李澄玉)이 형과 함께 들돼지를 잡으러 간 이야기

표로 정리했듯, 이 자료는 일제강점기 보통학교에서 다루지 않는 조선 관련 보통지식을 각 교과별로 구성한 것이다.

'수신' 교과는 "아저씨 말슴 다섯재 대신으로"라는 표현으로 시작한다. 이는 이 글이 연재물임을 의미한다. 즉, 『신가정』 제2권 제1호(1934.1)부터 「어린아 차지」라는 칼럼을 두고 아동 독서물이 연재되고 있었다. 칼럼 「아저씨 말씀」의 필자는 이은상으로 제2권 제1호에서는 「뿔과 발굽」, 제2호에서는 「오뚝이」, 제3호에서는 「사막의 꽃」, 제4호에서는 「글 읽는 법」을 연재했다.

「뿔과 발굽」에서 필자는 "캄캄한 밤, 깊은 산속에다 소와 말을 풀어놓아 그 밤을 새게 하면, 소는 머리 쪽을 밖으로 향하고, 말은 꼬리 쪽을 밖으로 향하느니라. 웨 그럴까? 그것은 소에게는 뿔이 있고, 말에게는 발굽이 있기 때문인 줄을 아마 너이들도 잘 알 것이다"라면서, 조선의 새벽을 맞이하기 위해 '부지런함'과 '건강함', '씩씩함'과 '참는 것', '서로 사랑함'과 '남을 도움'을 뿔과 발굽으로 삼기를 강조한다. 「오뚝이」는 쓰러져도 "머리를 쩔쩔 흔들면서 일어나 똑바로 서는 인형"을 보면서 그와 같은 정신을 가지라는 내용이며, 「사막의 꽃」은 기름진 흙에서 자라는 나무는 따스한 햇볕을 받아 꽃을 피우지만, 사막의 나무는 봄이 와도 꽃필 줄 모르고 여름이 와도 잎을 갖지 못하며 가을에는 단풍 없이 언제나 죽은 듯 서 있으나 실제로 죽은 것은 아니라 언젠가 부러진 가지에도 눈이 부시도록 찬란한 꽃이 핀다는 내용이다.[18]

　「글 읽는 법」은 범박하기는 하지만 보통학교 학생 수준의 '공부하는 법(독서법)'을 담고 있다. 그 중심부는 이렇다.

글 읽는 법

모르기는 하거니와 아마 너이들도 그렇게 방바닥에 들어누워 글 읽는 때가 많을 것이다. 그렇지? 조카들아.

그런데 그때 내 곁에는 어머니와 어린 아우밖에 없었다. 조곰 뒤에 아버지께서 방문을 열고 들어오셨다. 아버지가 들어오시기에 나는 얼른 일어나 앉았다. 그러나 아버지는 벌서 내가 누워서 글 읽던 줄을 알으시고 준절한 꾸지람을 내리시었다.

"얘. 글은 누워서 읽는 법이 아니다. 네게 유익하고 좋은 말을 써놓은 그 글을 읽으면서 그렇게 버릇없이 들어누워 읽을 수가 있단 말이냐. 옛 성현들의 좋은 훈계를 정중하게 앉아서 읽지 않고……." (중략)

글을 읽을 때에는 반듯이 옷깃을 바로 하고 단정히 앉아 읽는 것이다. 그리하여 나는 글이란 것을 소중히 생각하고 존경할 줄을 배웠다. '아버지께서 내게 이 같은 좋은 교훈을 주시었구나'하고 나는 언제나 감사한 생각으로 내 아버지의 말씀을 기억한다. 내 사랑하는 어린 조카들아. 나는 오늘 二十여 년 전 내가 내 아버지에게서 받은 교훈 그것을 너이들에게 들려준 것이다.

一. 글이란 것을 소중히 생각할 것

二. 그 글쓴이에게 경의를 가질 것

三. 그 글이 나를 좋은 사람 되게 하는 것이매 그대로 그것이 내게 은혜 됨을 감사할 것

四. 단정히 앉아 읽는 것이 위생에 좋은 것

五. 누워서 읽으면 쉬 졸리고 머리에 잘 들어가지 않는 해가 있는 것[19]

이와 연결된 맥락에서 제5호 '수신'의 연재 글인 율곡의 「입지」는 아저씨 말씀의 연장선에서 보통학교 학도(남녀 공통) 대상의 교훈적 이야기다. 글은 "우리 조선의 수신서 가운데 가장 이름난 것은 지금으로부터 三百五十년 전에 지어 퍼친 율곡 이이 선생의 『격몽요결(擊蒙要訣)』입니다. 여기에 번역하는 '뜻을 세우라[立志]' 한 일절은 그 책 맨 첫머리에 있는 것입니다"라고 운을 뗀 뒤, 그 핵심 내용을 옮겨놓는다. 수신이란 자신의 뜻을 세우는 데서 출발하는 것이며, 일제강점기라는 시대 상황 속에서 조선인에 맞는 수신 교육 내용이 필요하다는 자각에서 비롯된 글이다.

'한글' 교과의 「한글 이야기」는 보통학교 '조선어과'에 해당하는 자료로, '조선어'가 아니라 '한글'이란 단어를 사용한 것이 눈

에 띤다. '한글의 내력과 가치'를 주제 삼아 세종대왕이 한글을 창제하기까지의 과정과 『훈민정음』, 『용비어천가』에 대해 소개하고, 한학자들이 '언문'이라 일컬었던 일과 한힌샘 주시경이 '한글'이라 부르게 되기까지를 설명했다. 또한 세계 문자의 역사를 '기호 시대, 회화문자 시대, 상형문자 시대, 음절문자 시대, 자모문자 시대'로 구분한 뒤, 한글은 자모문자 중에서도 가장 발달한 것이라고 평가했다.

사실 1930년대 제도교육에서 조선어는 거의 사라져버렸고, 보통학교 졸업자의 상급학교 진학시험 교과목도 크게 변했다. 예를 들어, 1932년 전후까지는 각 고등보통학교 및 여자고등보통학교 입학시험에 대부분 '조선어'가 포함되어 있었지만, 1934년만 되어도 상당수 고등보통학교가 조선어를 입학시험에서 배제했고, 1935~36년에는 여자고등보통학교에서도 배제했다.[20] 필자가 "모든 고초에 시달릴 적에도 이를 가장 알뜰히 남몰래 사랑하신 분들은 오직 조선의 부인들과 이기들이었습니다. 앞으로 여러분들은 천추만대에 자자손손이 한글을 전하실 뿐 아니라 한글 연구의 큰 학자가 많이 나시기를 바랍니다"라며 절절하게 글을 끝맺는 이유는 이러한 사정에서였다.

「문답 조선 역사」의 필자는 이윤재(李允宰)다. 역사 연구부터 한글 연구, 한글 맞춤법 통일안 보급에 이르기까지 공헌이 많은 학자다. 그는 이 글에서 민족주의 관련 지식을 전달하려 한다. '조선'이라는 이름이 나오기까지 과정, 단군에서부터 삼한, 고구려, 백제, 신라의 역사, 대조영의 발해, 고려의 옛 땅 회복, 조선 건국,

임진왜란과 이순신 등의 테마를 문답식으로 풀어간다. 김도태(金道泰)의「조선 지리 공부」도 문답식으로 조선의 지리와 기상, 산맥과 명산을 설명한다. 그는 "어떤 이는 우리 반도가 토끼와 같다고 하는데 그도 또한 만주로 향하여 뛰어가려는 모양이라고 하며, 또 어떤 이는 흰옷을 입은 늙은이가 중국을 향하여 절하고 선 모양이라고 하는 이도 있다. 그러나 호랑이가 대륙을 향하여 뛰어 나아가려는 모양이라는 것이 용감스럽고 쾌활하여 좋을 것 같다"라면서 식민지 조선에 대한 폄훼를 극복하려 노력한다.

'이과'로 분류된 이덕봉(李德鳳)의「조선 식물 이야기」는 제목처럼 우리 기후와 토질에 적합한 식물 연구 자료다. 조선에 존재하는 식물이 3천6백여 종에 이르고, 그중 조선에서만 나는 것이 470여 종이라는 걸 밝혔다. 이를 초본(草本), 특산식물(特産植物) 등으로 구분해 소개하고, '금강초롱, 미선나무, 금강국수나무, 채양버들' 등은 흥미로운 식물로 뽑아 자세히 소개했다.

'작문' 교과에 속하는「조선 사상 아동 걸작품」은 진각국사의「고분가(孤憤歌)」를 소개한다. 사실 '작문'과「고분가」는 그리 관련 없어 보이지만, 필자 이은상은 진각국사가 어린 시절부터 글을 잘 지었다는 데 초점을 맞춘다.「고분가」의 하이라이트는 "인생 이 세상에/ 생긴 모양 다 같건만/ 누구는 가난하고/ 누구는 가멸하고/ 이쁘니 더러우니/ 이 무슨 까닭인고/ (중략) 가슴에 찬 외론 분(憤)이/ 날초 자라 뼈녹이네/ 기나긴 어둔 밤은/ 창문을 자주 바라/ 울음 긋지 못하노라"라는 부분으로, 필자는 "긴 세상 불공평한 것을 보며 울면서 노래한 값있는 노래"이자 "어릴 때 지은

『신가정』(1933)

노래"라는 점을 강조하고 있다.

백남규의 「죽산(竹算) 이야기」는 대나무 가지나 나뭇가지로 물건을 맞춰 세어가는 죽산이 동양에서 2천년 이상 된 산술법으로, 이를 가감승제(加減乘除)에 활용하라는 내용이다. 실제 생활에서 이를 활용할 가능성은 높아 보이지 않지만, 조선적 산술이라는 사실을 고려할 때 흥미로운 자료로 판단된다. 「조선 소년 무용전: 14세의 이징옥」은 정작 학교교육의 '체조' 교과와는 거리가 있다. 글은 이징옥이 어렸을 때 호랑이를 산 채로 잡으려 했다는 전설을 소개한 정도인데, 어린이에게 신체의 강건함이 중요하다는 교훈을 주려는 목적을 가진 자료일 뿐이다. 「지상 조선 보통학교」의 교과별 자료는 이렇게 실제 교과 지식과 일치하지 않는 측면도 있지만, 1930년대 보통학교에서 다루지 않는 교과 상식을 조선의 상황에 맞춰 찾아내려 했다는 점에서 의미가 있다.

한편 '여자 하기 대학강좌 특집호'였던 『신가정』1933년 7월호를 통해 1930년대 여성교양의 내용 구조를 일부 들여다볼 수 있다. 여기 실린 기사들은 이렇다.

여자 하기 대학강좌 특집

구성	필자	제목	내용
제1실 예의과	김메불	社交上의 一般 注意	남을 소개할 때, 내가 소개를 받을 때, 이야기할 때, 긔차나 전차 안에서, 방문에 대하여, 려행 중에, 의복
제2실 역사과	백낙준	歷史란 무엇인가	미문사관, 종교사관, 도덕사관, 정치사관, 철학사관, 위인사관, 과학사관, 사회사관, 경제사관, 지리사관, 종합사관
제3실 지리과	이이공	地圖 製作의 由來	지도 제작의 유래와 역사
제4실 정치과	고영환	人類生活과 政治	과학적 성격, 완전한 과학으로서의 정치학의 의미
제5실 경제과	김우평	經濟學의 意義	머리말, 문화생활과 경제, 경제의 동기, 경제는 유형물을 의미, 우리 경제사회는 경쟁적, 경제학의 의의
제6실 법률과	이태악	判例에 나타난 貞操	정조문제는 법률문제라기보다 도덕문제, 간통죄 관련 일화와 사회 통념
제7실 한글과	이윤재	한글은 어떤 것인가	한글이란 말의 뜻, 한글은 어떠케 생겼나, 우리글 운동의 첫 기빨, 철자법을 고쳐야 함
제8실 영어과	주요섭	家庭用 英語	앙트레이, 이미테쉔, 뤠딕메이드 등 영단어의 유래와 의미 설명(신어와 유사), 가로쓰기 편집이 특징
제9실 음악과	홍난파	家庭과 音樂	가정교육에서 음악의 중요성, 가정교육을 위한 음악교육의 주요 내용, 생활난에 쪼들린 조선에서 실현 가능성 문제
제10실 문학과	이은상	黃眞의 一生과 그의 藝術	황진의 생애 등(규방문학, 교방문학, 여류문학), 황진의 시조, 황진의 한시

제11실 할팽과	방신영	料理에 對한 常識	요리·부엌에 대한 이야기, 맛의 배합과 감정, 재료와 모양의 취향
제12실 미용과	김니수	美容室 祕話	제1미용실~제4미용실, A라는 인물을 설정하고 미용실을 방문해 아름다워지는 방법 소개
제13실 의복과	김영섭	朝鮮 衣服의 色과 스타일의 調和	의복 기능, 의복(조선옷과 양복) 짓는 법, 의복 색(단색/복색, 연한 빛/진한 빛, 빛/선, 체격에 따른 빛 선택 등)
제14과 육아과	구영숙	夏節의 育兒	육아 위험기는 칠팔월: 배꼽, 눈, 피서, 잠, 영양, 해충, 설사증 등 위생 관련 지식

이 특집은 고등보통학교 이상의 여성이 갖춰야 할 필수 교양을 제시한 것으로, '역사', '지리', '정치', '경제', '법률', '한글' 분야별로 민족 주체성 관련 논의를 다수 포함하고 있었다. 특히 사관(史觀)들을 자세히 소개하고 있는 「역사란 무엇인가」는 여성교양 차원에서 역사 지식의 확장을 보여주는 사례다.

사실 1920년대부터 1930년대 중반에 이르기까지 역사학과 사관에 대한 논의가 점진적으로 확산되었지만, 식민지 조선에서 조선사에 대한 과학적 연구는 충분하지 않았고, 이에 대한 체계적인 개념 정립 역시 미숙한 상태였다. '유물사관'도 1920년대 초 등장과 함께 논란을 거듭해왔다. 그러나 1930년대 중반에 이르면, 예컨대 홍기문이 「역사학 연구」에서 과학으로서의 역사학은 "역사적 현상의 원인과 결과를 밝혀 역사적 합법칙성을 발견"하는 데 목적이 있다고 주장하면서 결국 사관은 '정신사관'과 '유물사관'으로 귀결된다고[21] 했듯이, 당시는 역사학 연구에서 방법론이 재론되고, 정신사관, 유물사관 등의 용어가 보편적으로 확산되고 있었다. 결국 「역사란 무엇인가」도 여성교양 차원에서 이러한 분위기를 반영하고 있는 것이다.

백낙준이 사관에 대해 핵심적으로 설명한 사항은 이렇다.

근대의 역사관[22]

사관	내용(핵심 문장)
미문사관	아름다운 글, 수사적(修辭的) 안광(眼光)으로 력사를 보는 것. 다시 말하면 력사를 문학으로 보는 것이다. 동양의 사마천과 서양의 호머가 그 사시(史詩)를 력사로 본다면 이 사관의 대표로 들 수 잇을 것이다.
종교사관	력사의 변천은 천명(天命)의 발전이라고 보는 것이니, 동양에도 천명부서(天命符瑞)의 말을 한 력사가 많고 서양에도 성 오거스틴이 잇다.
도덕사관	력사를 쓰고 공부하는 목적은 후세 사람에게 도덕적 교훈을 주고저 함이라 주장하는 것이니, 동양에도 력사를 은감(殷鑑)이라 한 것과 서양에도 선악을 징계하기 위하야 쓴 력사가 많다.
정치사관	력사는 과거의 정치요, 정치는 현대의 력사라고 한다. 동양의 상서 춘추(尙書春秋)가 다 그러하고, 영국의 뿌리맨이 그 대표적 력사가이다.
철학사관	인류의 력사는 인류의 구경의 목적(究竟의 目的)을 찾는 것이며, 인생의 의의를 해석하여 주는 것이라 한다. 주역(周易)이 그런 것이며, 히랍의 애리스토틀레쓰도 그러하엿다.
위인사관	력사는 위인의 전기라고 본다. 동양에서 요순 문무(堯舜文武)를 높인 것이 그것이요, 서양의 칼라엘이 그 대표이다.
과학사관	력사를 과학으로 만들며, 력사의 재료 수집과 분류와 해석에다 근대 과학적 방식을 사용하는 것이다.
사회사관	인류의 활동을 종(縱)으로 건너보면 사회학이요, 횡(橫)으로 내리보면 력사이니, 상고의 사회학을 연구하는 것이 상고사요, 근대의 사회를 연구하는 것은 근대사라고 하야 력사를 사회학 중에 집어넣으려는 사관이다.
경제사관	혹은 유물사관(唯物史觀)이라고도 한다. 곳 모든 력사적 변천을 경제문제의 지배를 받는 것이라 하야 경제적 현상의 변천으로 력사의 변천을 설명하고 해석하나니, 칼 맑쓰가 그 효장(驍將)이다.
지리사관	인류 력사의 변천은 그 지방의 영향을 받아 변천된다는 것이다. 지리 환경이 인류의 활동을 지배한다는 사관이다.
종합사관	어느 한 가지나 두 가지 일이 인류의 활동을 지배하는 것이 아니요, 또한 여러 가지 사건이 합하야 인류의 활동을 지배하고 여러 가지 사건이 합하여 력사의 변천을 내인다는 것이다.

백낙준이 정리한 사관은 여성 지식인으로서 갖춰야 할 보편적 역사 지식의 수준을 보여준다. 백낙준은 "역사는 단순한 역사책이 아니며, 단순한 연대만을 의미하는 것이 아니다"라면서 인물 전기만 의미하는 것도 아니라고 밝혔다. 이는 일제강점기 역사물이 대부분 전기문 형태의 이야기로 읽히는 상황과 무관치 않다. 그는 "일사(軼事)와 고담(古談)도 력사 그 자체는 아니다. 일사가 아무리 취미 잇고 고담이 아무리 절묘하다 하여도 그냥 이야기로 좋을지언정 력사라고는 못할 것이다"라고 강조한다. 역사를 바르게 이해하기 위해 사관이 필요하며, 이는 남녀 불문 지식인으로서 갖춰야 할 소양에 해당한다는 취지에서다.

  「지도 제작의 유래」,「경제학의 의의」는 분과 학문으로서 지리학과 경제학에 대한 비교적 수준 높은 지식을 간추려 제시한 강좌다.「인류생활과 정치」는 과학으로서의 정치학, 국가생활, 정치 형태에 대한 논설 형식을 취하고 있다. 다른 글에 비해 분량이 짧기 때문에 그 자체로서 중요한 내용을 담고 있지는 않지만, 대중사상과 대립되는 '철인정치론'을 비판하고 '민중정치'를 옹호하는 입장을 천명한 것은 사회주의 도입 이후 1930년대 시대사조를 반영하고 있다.

  「판례에 나타난 정조」는 여성의 법적 지위와 관련된 강좌로, '간통죄' 판례를 소개하는 데 중점을 두고 있다. 필자는 "정조의 의무는 법률문제라기보다 도덕문제"라고 규정하면서, 형법 제183조 "남편 잇는 부녀가 간통할 때는 二년 이하의 징역에 처함"이라는 조항의 문제점을 지적한다. 이는 '남편 있는 부녀'만을 대상으로 한 것으로, 여성 입장에서는 '남편의 정조 의무'에 대한 규정이 없는 대표적인 성차별 조항이라는 취지다. 1926년 7월 일본 대법원이 제시한 남편 정조에 대한 신안(新案), 1927년 5월 '남자 정조론'에 대한 판례, 축첩제도가 폐지된 지 얼마 되지 않은 상황에서 1928년 10월 조선 고등법원이 첩을 들인 남편을 상대로 부인이 제기한 이혼소송을 기각한 판례 등을 소개함으로써 남편에게도 정조 의무가 있음을 계몽하려 한 의도가 읽힌다.

또한 필자는 "정조에 관한 현행의 법률은 남녀 불평등주의를 가젔으나 대심원의 판결은 남녀 평등주의로 향하여 간다"라면서 "남녀평등의 원측은 혼인제도의 론리적 요구이다. 그러나 종래에 여자는 경제적으로 따라서 법률적으로 남자에게 예속된 상태에 잇다. 남녀 간에 이러한 관계는 혼인에도 반영되엇다. 즉 혼인은 형식적으로는 남녀의 화합이나 실질적으로는 남녀의 투쟁으로 사회생활에 잇서서 지배계급을 대표하는 남편과 피압박계급을 대표하는 처의 가정 내의 투쟁의 축도(縮圖)에 불과한 것이다. 간통은 투쟁의 필연적 산물이니 현행법과 같이 처의 간통만을 처벌하는 입법례는 지배계급의 철저적 승리의 표현 형태라고 할 수 잇다"라는 교토제국대학 다키가와(瀧川) 교수의 말을 인용하면서 궁극적으로는 간통죄 처벌에서의 평등문제가 아니라 "일부일부(一夫一婦)의 가족제도를 낳은 경제관계가 소멸됨에 따라 간통죄도 소멸될 것"이라고 주장한다. 이는 본질적으로 간통죄는 성차별 문제가 아니라 경제문제이며, 법률문제가 아니라 남녀의 성적 자기결정권과 관련된 문제라는 의미로 읽힐 수도 있는 대목이다. 여하튼 간통은 일제강점기 조선에서 남녀 성차별 문제와 관련된 대표적인 문제 가운데 하나였다.

이 자료에서도 남녀 성차별에 대해 법률적 차원에서 적극적인 문제제기를 하지 못했듯이, 일제강점기 법률적 차원에서의 여성교양도 한계를 보일 수밖에 없었다. 그 대표적인 사례를 하나 꼽자면, 예컨대 '법 앞의 평등'을 주장하면서도 결혼한 여자의 경우엔 가족제도 유지를 위해 남편의 동의권을 인정해야 한다는 논리가 있다.[23]

제11실의 '할팽과(割烹科)', 제12실의 '미용과', 제13실의 '의복과' 등은 여자고등보통학교 이상의 학교 교과목인 '가정', '가사' 등과 관련이 있다. 방신영의 「요리에 대한 상식」은 "요리는 입에 들어갈 수 있는 것"만이 아니며, "음식물을 먹는 것은 눈이요, 코이며, 귀로 먹은 다음에 입으로 먹기 시작하는 것"이라는 명제와 함께 부엌의 청결, 맛의 배합, 재료와 모양의 취합, 경제적인 문제 등을 다루고 있다. 구체적인 요리 제조법은 포함하지 않았지만, 필자가 저술한 『조선 요리제법』을 비롯해 여성잡지에 소개한 각종 요리법들은 가사 교과의 교육 내용을 보완하는 데 적지 않은 역할을 했을 것으로 보인다. 「미인이 되는 길」, 「화장법」은 이야기 형식의 자료다. 그 마지막에 "덕(德)이 없는 화장은 향기 없는 장미꽃 같다"라는 격언을 제시하고, '아름다운 주부'가 되는 일을 부연했거니와 일제강점기 여성관의 변화에 따른 여성미의 발견이 교육적 차원에서 다뤄질 수 있는 가능성을 보여준다.

2) 계몽의 시대 여성교육의 특징과 한계

일제강점기 조선의 여성운동은 1924년 5월 '조선 여성동우회'의 창립과 함께 큰 변화를 맞이한 것으로 평가된다. 이 단체의 활동은 부르주아 여성운동이라는 비판을 받기도 하지만, 창립 당시 조선 여성의 현실을 직시하고 여성운동의 필요성을 현실성 있게 제시했다. 단체의 창립과 관련한 사설을 보자.

녀자도 사람이다: 녀성동우회의 발긔

◇ '남의 안해가 되기 전에, 남의 어머가 되기 전에, 사람이 되어야 하겟다'는 말은 '노라'를 식히어 '입센'의 부르지즌 소리이다. 이것은 현대녀성의 부르지즘을 대표한 말이오, 인류 량심에서 우러나온 거룩한 말이다.

◇ 현모량처주의의 무리한 쇠사슬을 버서난 조선의 새녀자들은 지난 사일에 경성에서 녀성동우회라는 모임을 발긔하고, 미구에 창립총회를 열기로 계획 중이라 한다.

◇ 그들의 모히랴 하는 취지는 과연 무엇인가. 아즉 선언과 강령을 발표하지 아니하얏슴으로, 분명한 내용은 알 수 업다. 그러나 '녀자도 사람으로 알어야 하겟다. 그리하기 위하야는 모든 쇠사슬을 버서나야 하겟다'하는 의미일 것으로, 추측하기는 어렵지 아니한 일이다.

◇ '사람이 사람을 지배하는 것은 죄악이다. 따라서 정치로나 경제로나 도덕으로나, 사회로나 가명으로나, 어느 사람이던지 남을 지배하는 것도 죄악이오, 남의 지배를 밧는 것도 죄악이라' 함은 현대 인류의 가장 공평히 밋는 진리이다.[24]

사설에서 확인되듯이, 일제강점기 조선에서 여성운동은 '여성도 사람'이라는 명제 아래 전통적인 현모양처주의를 벗어나 '정치, 경제, 도덕, 사회, 가정' 차원에서 여성이 사람으로 대접받는 운동을 포괄적으로 지칭했다. 그러나 당시 여성운동의 실상은 성평등 담론과 이중 억압 구조로부터의 해방 담론을 실천적으로 제시하는 데 한계를 보이고 있었다.[25] 『신가정』 1933년 4월호에 게재된 필명 용악산인의 「조선 여성이 걸어갈 운동선과 그 방침」은 그 현실을 이렇게 묘사한다.

여성운동의 본질과 조선이 요구하는 운동

여성운동이라는 것도 일반적으로 볼 때에는 일종의 사회개량운동 또 혹은 혁명운동이라고 보겟습니다. 그러나 여성운동은 언제나 여성에게 국한된 운동으로 여성 대중의 복리(福利)를 위하야 일하는 운동을 지칭하는 명사가 될 것입니다. 그러므로 여성이 종사하는 운동이라고 다 여성운동이 될 수 없습니다. 따라서 남자가 종사하는 운동일지라도 그 운동의 목표가 여성 대중의 해방과 복리를 위한 운동이라면, 그것 또한 여성운동이라고 할 수밖에 없을 것입니다. (중략) 여성운동이 생겨날 유일한 리유는 곧 현 사회제도 하에서는 남녀가 평등치 못하고 여자는 학대, 천대, 차별 대우를 받기 때문에 비로소 생겨나는 것입니다. 따라서 한 사회의 여성운동의 강약 도수(强弱度數)는 첫재 그 사회에 잇서서의 여성의 지위 여하와 둘재, 그 여성 대중의 각각 금 문화정도 여하, 이 두 가지로써 결정될 것입니다. (중략) 때는 一九三三년, 곧은 조선, 여기에서 요구되는 여성운동은 어떤 것이며 또 조선의 여성 대중을 동원시킬 가능성은 얼마쯤이나 잇는가? (중략) 한두 사람의 앞선 신여성이 하늘의 별처럼 높은 이상(理想)을 걸어놓고 웨친다고 여성운동이 곧 진전되리라고 생각하는 것은 망상입니다. 무슨 일에나 다 그러한 것처럼 여성운동이 진전되고 그 효과를 보게 되기 위하여는 무엇보다도 대중의 힘이 필요한 것입니다.[26]

논설은 여성운동의 본질을 '여성 대중의 복리를 위한 것'으로 규정하고, 여성운동이 '사회개량 운동'이나 '혁명적 운동'이 될 수 있다고 본다. 운동의 배경엔 남녀 불평등, 여성에 대한 학대, 차별이 놓여 있으며, 여성의 지위와 문화 정도에 따라 여성운동의 성격이 달라질 수 있다. 필자는 조선이 요구하는 여성운동은 소수 신여성 중심이 아니라 여성 대중의 참여를 유도할 수 있어야 하고, 이를 위해 여성에 대한 "교육상 기회균등"과 "인형적 교육에서 탈피한 인격적 교육"이 전제되어야 한다고 주장한다.[27] 나아가 여성운동의 향방을 '사회적 평등'에 두고 이를 실천하기 위한 방안으로서 "1) 교육받은 여성 자체의 노력(특히 교육받은 신여성이 사회적 존경을 받는 것이 아니라 멸시를 받는 입장이라는 점), 2) 여성이 노리개가 되고 장난감처럼 취급받는 모든 사회제도(공창, 카페, 술집, 유흥, 성 상품화 등)를 철폐하기 위해 싸우는 여성단체의 필요"를 강조한다.

여성운동 차원에서 '교육상 기회균등'과 '인격적 교육의 필요'에 대한 인식은 일제강점기 여성교육의 본질과 한계를 규명하는 데 중요한 기준이다. 엄밀히 말하자면, 여성학이 제자리를 잡은 오늘날 '여성교육'은 학교를 중심으로 보편화된 개념이 아니다. 예를 들어, 여성한국사회연구회 편(1993)『여성과 한국 사회』에서는 "여성과 남성의 사회적 관계가 범사회적으로 공통된 면도 있지만, 그보다는 특정한 사회의 제도와 문화의 영향을 상당히 많이 받고 있다"라면서 한국 여성문제와 관련된 두드러진 특수성은 '가부장제'에 있다고 밝혔다. 책은 가부장제와 여성해방 차원에서 '여성과 사회, 여성의 사회화, 가족, 일, 성과 문화, 정책, 사회운동'을 다룬다.[28] 사회문화 연구 차원에서 여성문제를 다룬 까닭에서겠지만, 이 책에서 주제상 여성교육 문제는 빠져 있다. 한국여성연구소(1999)의 『새 여성학 강의』에서도 마찬가지다. 책은 '여성학과 페미니즘에 대한 개괄적 이해로부터 가족, 노동, 성, 문화, 여성운동, 여성복지' 등을 중심 주제로 다룬다. "'성차'에 대한 깊이 있는 이해, '여성과 문화 읽기', '남성과 남성 문화' 등 성역할의 사회적 구성과 관련된 문화 분석, '여성의 몸과 정체성' 등의 새로운 문제 영역 개발"을 표방했지만, 그 속에서 '교육' 문제는 도외시된 상태다.[29]

물론 여성문제와 여성교육의 연관성에 주목한 이태영(1987)의 「한국 여성과 고등교육」 같은 연구가 있긴 했다. 논문은 이화여자대학교를 중심으로 한국 여성교육의 역사를 개략하고, '대학교육의 과제와 새로운 좌표'를 설정하는 바, '인간화', '민주화(가정 민주화, 사회의식 강화)', '민족주의자의 길(통일과 민족문화 창달)', '세계인의 길(세계의 운명을 나누어지는 여성교육)' 등을 제시한다. 특히 민주화와 관련해서는 "한국 여성은 이중의 멍에를 지고 있다. 그 하나는 여성으로 태어난 차별의 짐이요, 다른 하나는 여성으로 길들여졌기 때문에 주어지는 막중한 희생의 짐이다"라고 진술했다.[30] 즉, 성차별은 출생뿐 아니라 길들여짐에서도 비롯되는 것으로, 교육이 이를 깨뜨리는 수단이 되어야 한다는 의미다.

그러나 알다시피 일제강점기 여성교육에선 교육 목표로서 바람직한 여성상이 인습적인 현모양처와 식민지에 길들여진 여성상을 탈피하지 못했고, 보통교육에서 고등교육, 전문교육에 이르기까지 그 기회가 충분히 부여되지 못했으며, 성차별과 길들여진 여성을 벗어날 수 있는 교육 내용이 충분치도 않았다. 각종 매체의 '여자교육 문제' 관련 논설들이 이러한 사실을 항변한다. 당시 대표적인 교육학자였던 장응진(張鷹震)은 "여자도 개인으로, 사회인으로 남자동양(男子同樣)의 교육을 받아야 한다"라는 신념 아래, 인격 교육과 개성 교육을 주장한다.

女子敎育問題

그러면 今後 新時代에 處할 女子의 敎育은 將次 엇더한 理想과 方法으로 하여야 할 것임닛가. 解放이 된 新時代 女子의 敎育의 視線은 家庭外의 世界로 延長을 하여야 할 것입니다. 男子가 男子의 獨特한 個性을 發揮하드시 女子도 女子 獨特의 個性을 發揮하도록 하여야 할 것입니다. 男子가 學者로서나 政治家로서나 美術家로서나 其他 모든 方面에 獨特한 機能을 發揮하드시 女子도 學者로서나 政治家로서나 美術家로서나 其他 女子의 素質에 潛在한 能力을 어데짜지 發揮를 시켜야 할 것입니다. 男子가 個性人으로서 社會의 一元으로서 國家의 公民으로서 男子로서 賢父良夫로서의 必要한 敎育을 밧음과 가티, 女子도 亦是 個人으로서 社會의 一元으로서 公民으로서의 敎育을 밧아야 할 것입니다. 그리하야 우리의 家庭이나 社會에는 對等의 男子와 女子가 人格과 人格으로 서로 結合하야 가지고 다 各히 自己 體質에 가장 適合한 職責을 分擔하며 長短을 서로 도아서 사람인 年分의 責任을 다하는 것이 世界 進化의 原則이오 人類 文化 向上의 經路일 것입니다.[31]

여자교육의 시선을 가정 이외에 세계로 연장할 것, 여자 나름의 독특한 개성을 발휘하도록 할 것을 주장한 점이 이 논설의 특징이다. 그러나 남자교육 목표가 '현부양부(賢父良夫)'에 있듯이, 여자교육도 '개인, 사회, 공민'의 차원에서 남자와 대등해야 한다는 추상적 논리를 펼치는 데 그치고 만다.

교육학자 오천석(吳天錫)은 좀 더 논리적인 구조를 갖춰 여자교육의 의의를 주장하려 했다. 『신가정』 1935년 4월호에 소재한 「조선 여자교육 의의의 재음미: 조선 여자교육은 무엇을 위하야?」는 일제강점기 여자교육의 특징을 보여주는 대표적인 논문이다. 필자는 "과거에 있어 조선교육에는 확실히 세워져 있는 목표가 없었다고 하여도 과언이 아닐 것이다"라면서 "근자에 와서 남자교육에는 다소 뚜렷한 목적이 나타난 듯싶다. (중략) 즉 오늘에 와서는 교육을 직업에로 인도하는 한 계단으로 보게 된 것이다"라고 진술했다. 반면 "여자로서는 학교를 마친 뒤에 직업을 얻는 수효가 적고, 또 그 가능성이 적으매 직업을 교육의 목표라고 말하기는 어려울 것"이라면서, 당시 여자교육의 문제점이 오직 상급학교 진학이나 지식 중심 교육으로 채워져 있다고 지적했다. 그는 조선 여자교육의 실태를 "1) 실제 생활과 멀리 떠나 있고, 2) 조선 실정에 부합치 않으며, 3) 너무 지식과 기술에 편중되어 있고, 4) 생활 전체를 위한 교육이 아니"라고 비판하면서 '조선 여자교육의 신조'를 이렇게 정리한다.

조선 여자교육 신조

첫째로 현하 조선 사회 실정에 부합한 교육, 즉 교육받은 조선 여자가 1. 현재 조선이 처하여 있는 실제 사회에 들어가 자기 자신을 적용시켜 조선사회의 일원(一員)으로서 능률 있게 권리와 의무를 겸하여 시행할 수 있도록. 2. 현재 조선에 적용할 뿐만 아니라 이를 보다 실기 좋은 곳으로 만드는 데 유효한 지식과 기능과 이상과 태도를 가지고 몸소 도울 수 있도록.

둘째로 능률 있는 가정의 한 멤버가 되는데 필요한 지식 기능, 이상, 태도를 수여 함양하는 교육. 곧 교육받은 여자가 1. 슬기로운 애인이 되도록, 2. 이해있고 충성된 남편의 동반자가 되도록. 3. 어질고 총명스러운 어머니가 되도록. 4. 평화스러운 가정의 주인이 되어 모든 가정적 미덕(美德)의 샘이 되도록.

셋째로 참됨과 거짓을 능히 가를 수 있는 예민한 이지력, 옳음과 그름을 능히 분간할 수 있는 양심을 기르는 교육. 그리하여 교육받은 여자는 1. 참을 따르고 거짓을 버리도록. 2. 의를 따르고 불의를 버리도록.

넷째로 아름다움에 가슴을 울릴 수 있는 날카로운 감정을 기르는 교육. 그리하여 교육받은 여자는 1. 소리를 통하여 사람의 감정과 사상을 나타내는 음악. 2. 빛과 선과 형상을 통하여 사람의 감정과 사상을 나타내는 미술. 3. 문자를 통하여 사람의 감정과 사상을 나타내는 문학을 감상하고 즐길 수 있도록.[32]

이 논문에서 주장한 '사회 실정에 부합한 교육', '가정을 위한 교육', '이지와 양심 교육', '감성 교육' 등의 목표는 일반적인 교육 목표로서 불합리하다고 보기는 어렵지만, 식민지 남녀 차별의 이중 억압 구조에 놓여 있는 여성으로서의 자각을 환기하는 데는 여전히 부족해 보인다.

4. 일제강점기 여성문제와 여성교양

1) 여성문제와 여성운동의 시각

보통학교에서 여학생 반이 별도로 편성되고 여자고등보통학교와 전문학교에서 제도적으로 여성교육이 실시되었다지만, 여성교육사 차원에서 일제강점기 여학생 대상 교육은 목표나 내용 차원에서 그 자체로 여성에 대한 이중의 억압 구조를 해소하는 것과 동떨어져 있었다. 일제강점기 여성문제의 본질과 내용, 나아가 그 해결을 위한 노력과 한계를 좀 더 폭넓게 살펴야 하는 이유가 여기에 있다.

이 문제는 현대 여성학의 관점에서는 다양한 분야에 걸쳐 논의가 진행되어왔다. 예컨대 잉에 슈테판은 『젠더 연구』에 수록한 자신의 글에서 젠더 입문을 위한 세 권의 고전(시몬 드 보부아르의 『제2의 성』, 루스 이리가레이의 『하나가 아닌 성』, 낸시 초도로우의 『젠더, 관계, 차이』)과 함께 젠더 쟁점과 관련된 일곱 가지 핵심 분야들을 제시한 바 있다. 그것은 1) 젠더의 사회적 구성, 2) 억압과 성 정체성, 3) 가족·계급·인종·문화, 4) 젠더 그리고 과학과 철학,

5) 윤리와 차이, 6) 젠더 그리고 민주주의와 정치, 7) 법과 차이 등이다.[33] 현대 여성학에서 여성문제는 이렇게 확장된 범위에서 파악되어지는데, 특히 성차별과 저항 구조로서의 '페미니즘' 관점에서 여성 본연의 '젠더' 문제로 변화하는 모습을 보인다.

한국 사회에서도 '페미니즘'이라는 용어는 1929년 12월 4일부터 11일까지 7회에 걸쳐 『조선일보』에 연재된 정철(鄭哲)의 「여권운동의 사적 고찰」에서 나오듯, 비교적 오래 전부터 사용되어 왔다.[34] 물론 이때의 '페미니즘'은 현대 여성학에서 사용되는 의미와 거리가 있다. 캐롤린 라마자노글루의 『페미니즘, 무엇이 문제인가』의 정리를 빌리자면,[35] 역사·문화적으로 특수한 당시 상황과 맥락을 고려해 파악해야 할 필요가 있는 것이다.

이와 같은 차원에서 1929년 3월 22일부터 4월 4일까지 『조선일보』 연재된 표양문(表良文)의 논문 「구원(久遠)의 정의(正義): 성문제로 인간 생존 호조론(互助論)에 급(及)함」은 당시 여성문제를 바라보는 흥미로운 관점을 보여준다.

序言

우리들의 모든 社會問題는 主로 經濟上의 問題를 取扱하는 데 잇다. 이것은 人間의 社會生活의 主要素가 經濟生活인 까닭이다. 그러나 이것을 더욱 기피 생각하야 본다면 이 經濟生活이란 것도 畢竟은 男女의 性에 由來한 必然 事實이 잇슴으로서 그 남녀의 性의 社會를 維持하기 위한 努力인 經濟生活이 생기고 딸아서 그에 여러 가지의 社會問題란 것이 널어나는 것이다. 人生

에 男女의 성이란 事實업다면 거기에는 社會問題도 업고 經濟
生活도 업고 딸아서 社會問題도 잇슬 수 업는 것이다. 그럼으로
社會問題를 解決하는 데는 單只 從來와 가티 經濟上의 問題만
으로 期待하기 어려운 일이다. 반드시 일보를 進하야 남녀의 성
으로 그 考察의 出發點을 삼아서 人生의 根本的 問題로부터 硏
究치 안흘 수 업는 것이다. 그런데 오늘날까지의 時代와 社會는
남성중심의 시대와 社會이다. 思想上으로나 制度上으로나 道德
上으로나 習慣上으로나 到處에서 男性中心態度가 明白히 發揮
되어 잇다. 女性은 男性의 奴隷란 소리가 아즉도 그 影子를 남
기고 잇다. 自由思想과 平等思想이 물결치는 今日의 各文明國
家人의 입에도 아즉까지 남어 잇다. 女子라면 덥허노코 弱者요
無價値物이오 男子를 위하야의 一個 道具로 역이는 것이다. 여
기에서 婦人問題란 것이 發生한 것이다. 婦人問題란 이것을 婦
人쪽으로부터 본다면 舊來의 婦人 道德과 個人主義와의 衝突
로 一種의 道德問題라 할 것이다. 즉 婦人이 覺醒하게 된 結果
在來의 道德에 堪忍할 수 업시 된 것이다. (中略) 長久한 동안의
習慣은 婦人은 獨立한 一個의 人間으로서 認定할 수 업다는 大
誤謬를 나핫든 것이다. 그러나 天賦에 잇서서 女子가 男子에 얼
마간 떨어진다 하자. 그러나 女子도 人間이다. 남자와 가튼 인
간이다. 同等의 人間인 이상 婦人이라고 하야서 特別한 道德에
强壓된다는 것은 참을 수 업는 不平이다. 婦人의 道德이나 남자
의 道德이나 根本에 잇서서 同一치 안흐면 안 될 것이다. 正義
로운 道德을 一이오 二가 안인 까닭이다. 婦人도 결코 橫暴 주

머니를 주렁주렁 찬 신사 어른들과 自己 忘却의 貴夫人들이 목청을 다하야 부르는 賢母良妻主義만을 目的한 敎育에만 살을 수는 업는 것이다. 이상에 든 婦人의 抑鬱은 男性中心說과 男性崇拜論에 對抗하야 女性中心說과 女性崇拜論의 烽火를 든 것이다. 이것은 사실이다. 兩性關係의 설명을 目的하는 學說에 두 派別이 잇스니 一은 男性中心說이오 一은 女性中心說이다. 그러나 나는 이러한 便싸훔을 하고 십지 안타. 남성중심설과 여성중심설, 이 두 가지 中에 그 어느 것에도 나는 讚辭를 들일 만한 智慧와 寬容에 浴치 못하얏다.[36]

기조는 비교적 간단한데, 논문은 여성문제를 경제에 기반한 대표적인 사회문제로 규정한다. 남성중심주의 시대에 발생한 여성문제는 전래하는 관습의 변화에 따르는 도덕문제로, 남성중심(숭배)설에 대항하는 여성중심(숭배)설이 등장했지만, 본질상 남녀는 평등하며 경제적으로 호조(互助)하고 조화를 이뤄야 한다는 내용이다. 흥미로운 대목은 생존과 관련된 남녀문제를 '인간 본연의 자아'와 연계하고, '육체적 생존'과 '정신적 생존'에 대한 '권리와 의무' 차원으로 규정하려 했다는 점이다. 또한 필자는 진화론의 입장에서 "계급투쟁은 약탈을 절멸하기 위한 성전"이라고 규정하면서 "노동이 사회의 참된 기초"이며, "노동이 정당히 분배되어 있는 곳에서만 인간적 개성의 발양(發揚)이 있을 것"이라고 주장한다. 대체로 여성의 억압과 해방을 인간 본연의 차원에서 해석하는 새로운 경향을 보여주는 글이다. 물론 여성문제를

'부인문제'로 한정하고, 경제적 차원의 호조, 즉 공존만을 최상의 가치로 주장한다는 측면에서, 여성문제를 바라보는 근본적 한계와 당대의 억압적 정치 환경을 외면할 수 없게 만든다.

그렇다면 당시 여성을 대표하는 단체들은 여성문제를 어떻게 인식하고 있었을까. 1927년 7월 23일 발표된 '근우회(槿友會)' 제2회 전국대회 행동강령을 보면, 1) 여성에 대한 사회적·법률적 일체 차별 철폐, 2) 봉건적 인습 및 미신 타파, 3) 조혼 폐지 및 결혼의 자유, 4) 인신매매 및 공창 폐지, 5) 농촌 부인의 경제적 이익 옹호, 6) 부인 노동의 임금 차별 철폐 및 산전산후 임금 지불, 7) 부인 및 소년공의 위험 노동 및 야업(夜業) 철폐 등이 제시되어 있었다.[37] 『동아일보』 사설은 이를 다음과 같이 해석한다.

女性運動에 대한 일고찰: 犧牲과 奮鬪의 精神

同會의 綱領의 要點은 社會的 經濟的으로 男性 同樣의 自由와 權利를 要求하는 데 잇는바 금년 第二回 전국대회에 提出할 議案 중 행동 강령에도 이것이 강조되어 잇는 것은 該問의 소식을 斟酌할 수 잇다. 一. 女性에 대한 社會的 法律的 一切 差別 撤廢, 一. 一切 封建的 因習과 迷信 打破 等이 이것이다. 農民 婦人의 經濟的 利益 擁護라든가 婦人 勞働의 賃金 差別 撤廢 가튼 자는 朝鮮의 現象에 비추어 遠大한 理想에 속하는 者어니와 何如間 從來의 隷屬狀態에 잇든 女性의 地位를 向上하랴 하는 努力에 잇서서는 宜當한 主張이라 한다. 이것만으로도 조선의 여성이 점차 覺醒해 왓다 하는 것은 不誣할 사실이다. 그러나 금

> 후 槿友會는 그 강령의 실현을 위하야는 위대한 결심과 노력을
> 요하는 것은 물론이다. 何故뇨 하면 기존 세력 즉 法律 及 社會
> 制度에 대하야 支持的 態度를 取하는 여성 이외의 諸勢力 밋 여
> 성 지도자 자체의 사회적 困難性 등이 굿세게 뿌리를 부치고 잇
> 는 싸닭이다.[38]

사설은 근우회 강령 가운데 "여성에 대한 사회적·법률적 차별 철폐"와 "봉건적 인습 및 미신 타파"를 시급한 문제로 인식하고, "농민 부인의 경제적 이익 옹호", "부인 노동의 임금 차별 철폐" 등을 원대한 이상으로 규정했다. 실천 강령이 성과를 거두기 위해서는 여성 이외의 모든 세력과 여성 지도자의 역할이 중요함을 강조했는데, 그러면서도 "조선 여성 지도자의 곤란성은 여성이 각기 가정적으로 중대한 책임을 갖고 있는 것, 가정을 위해 직업 혹은 가사에 충실치 않으면 안 될 뿐 아니라 그 수가 극히 소수인 점" 등이 여성문제 해결의 난점이라고 지적한다. 여전히 여성문제를 인식하는 시대적 한계가 내비치는 대목이다.

이렇게 1930년대를 전후로 여성과 여성해방 차원에서 제기된 주요 사항들이 '사회적·법률적·경제적 차별' 및 '성차별' 문제에 닿아 있음에도 여성들을 교양해 이를 해결하려는 구체적 방안이나 그 노력이 성과로 드러난 것은 찾아보기 어렵다. 특히 가장 심각했던 건 "원대한 이상"으로 지적된 노동과 성차별(특히 정조) 문제였다. 더구나 이 문제는 식민 지배정책에 따르는 계몽 담론과 식민지의 현실 담론을 이끌어가던 소수의 사회 지도자(또는 여성)에 의해 왜곡되는 모습까지 적지 않게 드러냈다.

2) 노동과 성차별에 대한 여성교양의 한계

일제강점기 여성 노동문제는 1920년대 '여공 파업' 관련 기사가 빈번하게 등장했듯이 성차별 문제와 결합해 지속적으로 제기되었다. 쟁의는 정미소, 고무공장 등의 여공들과 상회의 여점원들의 임금 차별, 성적 유린 문제로 촉발되어 일어났는데, 실제 여성 노동문제는 신문에 보도된 것보다 훨씬 심각했다. 1923년에는 '경성고무여자직공조합' 같은 단체가 설립되고,[39] 동맹파업이 사회운동의 중심 주제로 떠오르기도 했다.[40] 1924년에는 '조선노농총동맹'이 결성되어 소작쟁의와 동맹파업을 주도하기도 했다. 그러나 운동은 비조직적이었고, 금력과 관력의 위협 속에 적절한 성과를 거두지 못할 때가 많았다.[41]

1930년대 여공 파업 기사는 거의 일상이 될 정도로 노출이 잦았다. 이는 조선 내에 각종 공장이 늘어난 결과이자 일제의 병참기지화 정책과도 밀접한 관련을 맺고 있었다. 김양섭(2014)이 「일제강점기 인천 성냥공장 여성노동자의 동맹파업」에서 밝혔듯 총독부 비호 아래 성장한 '조선성냥(주)'에서 일어난 네 차례의 동맹파업 사례와 이상의(2022)가 「구술로 보는 일제의 강제동원과 동양방적 사람들」에서 밝힌 동양방적의 사례는 당시 여공 파업의 현실을 잘 보여준다.

그러나 1930년대 중반까지도 이에 대한 사회적 담론은 현실 수준에 미치지 못하고 있었다. 『조선일보』 1933년 8월 23일자 사설 「고무 직공의 임금 인하」만 보아도 "근자에 이르러 고무 기업가의 일부로부터 직공의 임금은 인하가 행하는 동시, 전조선적으로 일제 인하의 기운이 농후해지자 직공의 반대운동은 각지에 봉기되여 잇다"라는 식의 사실 확인 수준이었다. 게다가 총독부 정책 하에 고무공업뿐 아니라 산업 전반에서 노동임금이 삭감되고 있는데도 "노동시간 단축과 임금 인하를 통해 경제공황을 극복하겠다"라는 식으로 글을 전개해버렸다. 공황은 대중의 구매력 저하 탓이지 임금 인하 때문이 아니라는 논리였다. 이렇게 본질과 거리가 먼 분석을 내놓았던 건 노동운동에 대한 정치적 탄압 등 여러 요인이 작용했겠지만, 1930년대 노동문제, 특히 여성 노동문제에 대한 인식이 현저하게 미흡했다는 방증일 수 있다.

다만 『동아일보』 1935년 4월 20일자 사설 「근로여성과 노동입법」에 여성 노동문제의 본질적 부분을 지적한 바 있어 눈여겨볼 만하다.

勤勞女性과 勞働立法

朝鮮의 工業化 速度는 참으로 놀랄 만한 것이어서 二十五年 前에는 約 八千人밖에 안 되든 工場 勞働者가 只今와서는 約 十萬人을 算하게 되엇다. 今後로 日滿 經濟뿔록이 有機的 發展을 보여 滿洲와 日本 內地와의 交易이 頻繁하여지면 그럴스록 朝鮮의 農業적 地位는 低下되지 안흘 수 없는 것이며 또 그 地位가 低下될스록 朝鮮은 農業에서 다른 産業으로 그 産業의 主方向이 移行될 可能性이 잇는 것이요 또 늘어가는 窮民의 剩餘 勞動力은 朝鮮의 工業化를 더욱 促進하게 할 것이니 工場 勞働者數가 이에 따라 激增되어 갈 것도 明若觀火한 일이다. 그리고 朝鮮 工業은 特히 輕工業 部門에 잇어서 그 飛躍的 發展을 보여줄 것이므로, 婦人 勞働者는 男子 勞働者의 늘어가는 速度보다 一層 더 빠를 것을 斟酌케 되는 만큼, 앞날 朝鮮의 女工 問題에 더욱 重大한 몫을 차지하게 될 줄 밋는다.(中略) 그러나 그들은 男

性이 아니요 女性인 故로 가장 劣惡한 勞動條件에서 일하여 주
고 잇으며 또 酷使에도 柔順히 응하고 잇는 것이 事實이므로 그
들 自身의 獨自的 努力으로 그 勞動條件을 向上한다든지 또는
그 保健 問題 같은 것을 解決한다고 하는 것은 심히 期待키 困
難한 것이 事實일 것 같다. 그러므로 最低勞賃制, 最高勞動時間
制, 最低年齡制, 勞動災害 及 吉凶扶助制, 標準衛生施設制, 最
低休日 及 病故, 分娩休暇制, 解雇 境遇 特別規定 等 一切에 關
한 가장 高度의 社會政策的 立法이 먼저 必要한 것은 勿論이요,
이것의 效果的 實施를 爲하야는 嚴密한 監督制度까지도 要求
되지 안흘 수 없는 것이다.[42]

일제의 여성 노동력 착취가 극심해지는 상황에서 여성 보호를
위한 최소한의 방책을 제시한 사설이다. 그러나 사실 일제강점
기 성차별과 해방 담론은 대부분 여성 노동력 착취 문제와 무관
하게 진행되었다는 점에 주의를 기울여야 한다. 보건대 1920년
대 이후 활발했던 여성해방운동론에서 여성의 경제적 해방은 가
정과 사회에서 여성의 경제적 지위를 보장해야 한다는 논리나
여성도 직업을 갖고 가정 경제를 돕기 위해 부업을 가져야 한다
는 논리로 귀결되는 경우는 많았지만, 실제 임금 노동자로서 여
공 문제를 구체적으로 논의한 사례는 거의 발견되지 않는다.

김미정(2019)이 밝힌 것처럼, 중일전쟁 이후 일제는 '국가총동
원법'을 적용하고, '근로보국대'를 조직하여 일반 여성과 여학생
을 '근로봉사'라는 명목 하에 총동원하는 체제를 수립했다.[43] 그러

국민근로보국표(1944)

나 사실 1937년 이후 여성 동원은 전시체제 하의 특수한 상황 때문에 추진된 것만은 아니다. 엄밀히 말해 식민지 시기 여성 노동 문제는 왜곡된 계몽 이데올로기의 산물이자 전형적인 성착취 문제 가운데 하나다. 돌이켜보면 1920년대 여성 노동 담론도 '직업부인'이나 '직업여성' 그리고 '모성보호' 정도를 주제어로 삼았을 뿐, 여성의 노동문제 자체에 주목한 경우는 발견되지 않는다. 남녀동등 차원에서 여성(특히 부인)도 일을 해야 한다는 추상적 논리는 '자력갱생', '농촌진흥', '근로보국' 등의 이데올로기와 결합하면서 가혹하게 전개된 식민지 여성 수탈의 현실을 외면하게 만들었다. 이에 대한 자각과 계몽을 도모하는 여성교양은 요원했다.

'성차별'과 '정조(貞操)' 관련 여성교양도 사정은 마찬가지다.
1920~30년대 신문과 여성잡지에서 성적 차이, 가족제도의 역
사, 여성의 사회적 지위에 관한 기사는 자주 접할 수 있다. 남
녀 신체 구조에 따른 성차(性差)는 자연스러운 현상이라거나 사
회·문화적 차원에서 성차가 차별로 굳어지는 건 오랜 역사의 산
물이라는 식의 논지를 가진 것들이다.[44] 그런데 문제적인 건 성
차별 논의가 곧장 '정조' 논의로 이어진다는 점이다. 본래 '정조'
는 '성적 순결을 지키는 것'을 뜻하는 도덕적 개념에서 출발했다.
앞서 살펴본 광산씨와 유영준 등의 「신여성의 정조문제」에 대한
논쟁[45]을 상기해보자. 즉, 성차별과 성착취 등의 본질은 가려진
채 '정조와 성매매', '자유로운 성도덕과 화류병(성병)' 등의 화제
만 부상해버린다. 관련 기사를 한번 살펴보자.

貞操의 將來

요사이 日本 女子界에서는 "어찌하면 貞操를 깨끗이 할가?" 새
로 깨다름이 잇는지 所謂 "貞操淨化聯盟"이라 하는 긔이한 團
體싸지 생기엿다 한다. 나는 이 소식을 들을 째에 전일의 日本
女子는 그 貞操가 남모르게 깨긋지 못한 것이 만헌든 것을 필경
은 뉘웃치게 된 것이 아닌가 생각된다. 그러나 이 貞操 紊亂의
問題는 오즉 日本에만 잇는 것이 아니오 朝鮮에도 잇고 中國에
도 잇스며 歐米諸國에서도 심상치 아니한 社會問題가 되어 잇
는 것을 보고 들을 째에 이것이 방금 世界的 現狀이 되어 잇는
줄노 생각한다. 그 原因을 말하자 하면 어찌 한두 갈내에만 슷

치고 만다 하리오마는 그 중에서 중요한 것을 추려서 내노코 볼 진대 첫재로 男尊女卑라 하는 그릇된 생각이 잇섯든 것이오, 둘재는 經濟問題에 시달린 것이오, 셋재는 女子로서의 修養이 업섯든 것이니 이것은 예로부터 뿌리가 기픈 弊端에서 생긴 것으로 생각한다. 그럼으로 그 세 가지의 事實을 차례로 대강 말하면 將來가 어찌될 것을 한번 생각하야 보려 한다.[46]

논문은 정조문제 발생 원인을 '남존여비' 관념, '경제문제', '여성의 수양 부족'에 두고, '여성의 상품화'가 언제부터 발생했으며, 어떻게 전개되어왔는지 살핀다. 이른바 '웃음 파는 여인'에 대한 사회의 인식 태도와 여성의 허영이 성의 문란을 야기했으므로 교제의 도덕을 지켜야 한다는 주장에 도달하는데, 문제의 본질에 대해서는 이렇다 할 근거를 내보이지 않는다. 사정이 이러했으니 1930년대까지 정조문제는 소수의 자유분방한 여성, 미천한 직업의 기생 또는 허영심에 자기 몸을 상품화하는 일부 여성의 문제로만 간주될 뿐이었다. 논의 반경을 약간 더 넓혀서 1920년대부터 여성으로서 '성적 자기결정권'을 지킬 수 없는 형상이 등장하는 인신매매 모티프의 소설도 여럿 존재하지만,[47] 이를 여성교양 차원에서 계몽하는 사례 역시 쉽게 발견되지 않는다. 종합하자면 성차별과 정조문제는 물론, 여성의 성적 자기결정권과 인신매매 문제까지도 당시 식민지 사회구조와 현실을 복합적으로 분석해 들여다보아야 하는 쟁점적 사안이었지만, 사정은 그에 미치지 못하는 시대적 한계만 드러내고 있을 뿐이다.

당시 '성교육' 담론들 또한 여기에 보탤 수 있는 사안이다. 이 역시 사회적 배경은 대부분 음각화된 채 예의 도덕과 정조문제로 귀착되곤 했다. 예컨대 여의사 장문경(張文卿)은 『신가정』 제4-9호에 실린 「정조 관념과 성교육」[48]에서 정조문제는 남성에게도 중요한 문제라면서 인식 전환의 면모를 내비치지만, "정조는 여자의 생명이라고 합니다. 정조 관념이 없는 여자는 성격 파산자라고 합니다"라는 말과 함께, 문제의 발생 원인을 결국 "19세기 자연주의문학 사조의 영향 아래 우리 여성들이 연애 자유, 결혼 자유를 부르짖고", "근대극의 원조 헨릭 입센의 노라와 같은 사조를 잘 소화하지 못한" 데서 찾고 만다. 극단적 연애 지상주의를 비판하면서 내놓은 대안이 '성교육의 필요성' 주장인데, 성은 신비주의나 비밀이 아니며 가정과 학교에서도 성교육을 실시해야 한다는 내용이다. 이와 같은 논지는 정조문제에 대한 변화된 태도로 읽히기도 하지만, 그 대상을 여성으로 삼는다는 점에서 교양적 시도의 한계는 분명해 보인다.

사실 『신가정』 제4-9호는 "알 것은 알아야 한다"는 표제를 내건 '성교육 문제 특집호'였다. 장문경의 논문과 함께 모두 여섯 편의 논문이 실려 있었다. 하나씩 짚어보면, 첫 번째 의학박사 이갑수(李甲秀)의 「성교육에 대하야」는 "인간의 성욕이란 우리 인류의 가장 큰 본능이어서 어렸을 때부터 아무리 숨겨둘지라도 일정한 시기에 이르면 발전되는 것"이라는 전제하에, 성적 본능을 교육의 힘으로써 "건전하고 선량한" 방면으로 이끌 수 있다고 했다. 여성뿐 아니라 남성에게도 초점을 맞춰 '생식기 변화와 수치감, 월경과 유정(遺精), 성욕 발동과 변태성욕' 등의 제반 문제를 사실 그대로 이해하는 교육의 필요성과 전문가 이론에 근거한 성교육의 시기와 방법을 설명한 것이 특징이다.

두 번째 세브란스 학감 윤일선(尹日善)의 「성 홀몬에 대하야」 는 성 관련 생리작용을 과학적으로 설명한 논문이며, 상기한 장문경의 논문이 세 번째다. 네 번째 배화 교무주임 이만규(李萬奎)의 「성교육 보급 방법」은 교육자 입장에서 성교육의 필요성과 보급법을 구체적으로 제시한 논문이다. 주요 내용을 짚어본다.

성교육 보급 방법

一. 성교육 보급의 필요

① 성기의 질병에 대한 지식이 없기 때문에 질병에 걸리는 일

② 성행위로 생기는 생리적 현상에 대한 지식이 없기 때문에 신체 건강에 손해를 당하는 일

③ 성욕에 대한 정당한 이해적 비판을 못했기 때문에 가면(假面)의 도덕이 발달되는 일

④ 성에 관한 우생학적 또는 유전학적 지식이 없기 때문에 결혼 생활에 자손에 대한 가정적 행복을 못 얻는 일

⑤ 남자의 성생활의 방종으로 상품화한 여자의 매음이 느는 것

⑥ 남녀 성생활의 무지와 부도덕으로 사생아(私生兒)가 느는 것

二. 성교육 보급 방침

① 신문 잡지를 통하여 성교육을 시키는 것. 그러나 흔히 볼 수

있는 <u>애로 소설은 성교육에 방해가 많다고 본다.</u> 권위 있는
연구가나 수양적 체험이 있는 선배들의 성의 있는 글을 실어
서 확실히 과학적이오 실제적인 내용을 가지고 독자에게 확
실한 지식과 인상을 주어야 한다.

② 학교교육을 통하여 성교육을 시키는 것. 학교 교과 중에서 성
교육을 다룰 학과는 박물, 공민, 가사 등이 제일 기회가 많은
것이다. 그런데 식물, 동물은 일이년 과정이기 때문에 새로
연령이 어려서 막연하게 들은 생도가 더 많을 것이오 가사와
공민은 상급의 학과이니만치 상당히 효과를 내일 수 있다.

③ 가정교육을 통하여 성교육을 시켜야 할 것. 부모들이 쓸데없
는 공포심을 버리고 아동의 발육을 잘 살피어 성적 방면의 조
숙(早熟)과 만숙(晩熟)에 주의하고 아동의 성질에 유의하여
성에 대하여 절제와 수영을 할 가능 여부를 살피고, 그 교육
하는 동무의 성적 품행을 조사하고 심상치 안은 병이 날 적에
도 먼저 그 성 방면에 유의하여 의사의 진찰을 받게 하고, 그
독서와 오락 방면을 조사하여 감시하고, 직적 간접으로 거기
대한 교육을 주되 간접으로는 거기 대한 좋은 서적을 소개하
는 것이 좋은 방법이다.

④ 사회를 통하여 성교육을 시켜야 보급이 잘 될 것. 종교단체의
사업으로 혹은 청소년 지도 기관의 사업으로 이를 위하여 강
연회, 영화회 혹 출판물 등을 보급시키는 것이 좋은 방법인가
한다.

⑤ 아동의 관찰을 이용하여 시킬 것. 아동이 가축(家畜), 조류

(鳥類), 어류(魚類), 곤충, 식물 등을 보고 의문을 일으킬 때에는 지도자들도 조금도 난색을 가지지 말고 참되고 정성스러운 말씨와 점잔은 태도로 그 사실을 설명하여 양성생활의 원리를 알아들을 수 있는 범위까지 설명하여 한편으로는 과학적 진리를 아는 데 재미를 갖게 하고 한편으로는 성문제에 대하여 심상이 보는 습관을 길러주어야 한다.[49]

사실 1930년대 성교육 담론으로서는 상당히 진전된 내용을 보여주는 논문이다. 성 지식이 신체 건강과 질병에 미치는 영향뿐 아니라 성 상품화 문제, 사생아 문제까지 포괄하면서 성교육의 필요성을 역설하고, 사회 전반에서 성교육을 실행하는 방법을 구체화하고 있다는 것이 특징이다.

다섯 번째 배화 교유(敎諭) 이덕봉(李德鳳)의 「성교육의 책임은 누구에게 잇는가」, 여섯 번째 세브란스 원장 이영준(李榮俊)의 「자독적(自瀆的) 수음행위(手淫行爲)」도 교육적 차원에서 유의미한 논문들이다. 하지만 1930년대 후반 성교육과 정조 관련 담론은 여성교양 차원에 여전히 시대적 한계에 붙들려 있었다. 이러한 경향은 특히 생물학적 성차 인식과 성차별, 성에 대한 고정관념 탈피, 성규범에 대한 비판적 이해 차원에서 뚜렷하다. 이를 증명하듯 이 특집호의 「지상만장일치(紙上滿場一致)」라는 인터뷰 기사의 질문 주제가 "성병환자에게 시집 안 가려면?"이다. 기사는 총 22명 응답자의 글을 수록하고 있다. 예의 대부분의 응답자가 성도덕 문란과 성병의 폐해에 주목하는 답변을 제시했다.

다른 매체들 역시 성도덕과 정조문제에 대해서는 매한가지 입장에서 다양한 양상들을 취재했을 뿐이라고 평가할 수밖에 없다. 일례로 1936년 12월 창간된 조선일보사의 『여성』을 들춰보자. 제2권 제3호(1937.3)에 소개된 변호사 윤원상의 「법률상으로 본 정조」, 제3권 제2호(1938.2)에 소개된 장문경의 「청춘독본 성심리 및 성교육 소고」, 제4권 제3호(1939.3)에 소개된 백철의 「신정조론」, 제4권 제11호(1939.11)에 소개된 원택연의 「정조의 문제」, 제5권 제8호(1940.8)에 소개된 김문집의 「남편의 정조문제」 등의 자료가 눈에 들어온다.

윤원상은 정조권과 정조 의무와 관련해 강간죄, 간통죄, 혼인 빙자 후 정조 유린 문제 등의 법적 성격을 설명하는 데 중점을 두었다. 김문집은 형법 개정을 앞두고 기존 형법에서 여성에게만 부과하던 정조 의무를 남성도 진다고 알리는 데 주력했다. 그러나 식민지 조선의 법률이 근대적 남녀평등을 구현하지 못한 상태로 여성에게 여전히 '풍속을 해하는 죄'(여성의 외설, 간음, 재혼 등)를 부과하는 현실에서 논문에서처럼 법률상 여성의 지위가 향상되었다는 해석은 어불성설일 뿐이다. 더구나 김문집 논문에 나오듯 "유부남이 외간 여자와 불의의 단꿈을 꾸다가는 큰 코를 다치게끔 되었다"라는 식의 표현에선 정조 관련 법률문제가 흥미를 유발시키는 소재로 변질된 느낌을 주기도 한다.

백철의 「신정조론」은 "정조문제는 남녀 도덕의 한 기본"임을 전제한 뒤, "금일에 유행하는 정조관류(貞操觀類)를 살펴볼 때, 한편에선 막연한 신비감에서 미신적으로 정조를 존중하는가 하면,

혹은 정조를 물질시하는 데서 가치를 정하고, 또는 그와 반대로 정조를 전연 무시하야 무의미를 지적하던가, 그렇지 않은데 의식적으로 정조를 초월한 자세를 취하는 등" 정조관에 대해 불의한 해석이 만연해 있다고 지적한다. 그리하여 자신이 '신정조론'을 논한다면서 '처녀성' 문제를 중점적으로 제기한다. 그는 수절과 재혼은 부권과 모권이 확립된 후 발생한 모순적 폐풍이자 봉건 도덕으로서 사회문제 차원에서 해결해야 할 문제라고 본다. 그러나 "결혼생활을 하는 한 안해의 정조는 절대로 요구하야 그것을 가정의 조기(調基)로 삼고, 부부간 아무 애정이 없어지고 정조를 다른 상대자에게 허(許)해야 하는 경우에는 그보다도 먼저 현재의 부부관계를 해소해야 한다"라는 당위론적 결론만을 내세운다. 이는 결국 정조문제는 여성의 문제라는 인식을 드러내는 것이다. 원택연의 「정조의 문제」에서도 '여자의 자유와 육체를 보호하기 위한 것'과 '남성의 감정을 보호하기 위한 것'으로 나누어 법률상의 규정과 책임을 논하고 있는데, 여성은 '자유와 육체'가 보호 대상으로 논의되는 데 반해, 남성은 '감정'인 만큼 성평등의 입장과는 거리가 있다.

이렇게 일제강점기 여성의 노동과 교육, 성 관련 담론을 둘러싼 여성교양 문제는 뚜렷한 시대적 한계를 노정한다. 특히 전시체제하의 일제 말기로 접어들면, 식민지 여성 동원 담론은 일체의 다양성이 소거된 채 '가정'보다 '국가와 사회'를 위해 희생할 것을 요구하는 논설로 가득 채워진다. 일례로『여성』 제5-1호 (1940.1)는 '장기전과 생활 합리화'라는 제하의 특집 논설들을 신고 있다. 이 가운데 김의순(金義順)의 「시국과 가정교육」, 박영숙(朴英淑)의 「이세국민의 전시교육」, 노좌근(盧佐根)의 「가정에서 가두로」 등에서 전시체제하의 여성교육론을 읽어볼 수 있다.

「시국과 가정교육」은 아동을 대상으로 한 정조와 신뢰교육이 국가교육의 기본이라는 국가주의 이데올로기를 피력한 논설이다. 이 기조는 「이세국민의 전시교육」에 그대로 이어진다. 「가정에서 가두로」에서 필자는 근거 없이 외국 여성의 총후 활동을 언급하면서 "전지(戰地)의 국외 전선(國外戰線)에 용감히 활동할 국가 경영의 전위 여성(前衛女性)을 절대 필요로 하고 있지 않은가. 전지의 군인과 억개를 나란이 하고 힘차게 명랑하게 진출할 여남(女男)이 참말 필요하지 않았는가"라고 외친다. 나아가 조선 여성이 사치에 치우치고 자주성이 부족하다고 질타하면서 이렇게 주장한다.

家庭에서 街頭로

人的資源과 女性: 우리는 겨우 志願兵이 있을 뿐으로 各其 公廳事務所나 學校 等에 出征 軍人이 적은 關係로 女性의 그 補填으로써 덜 必要하기도 한 現象이다. 그러나 內地의 女性들은 自己의 趣味와 獨特한 技術을 永遠히 살리려고 하는 努力, 經濟的 自立을 爲하여 오래동안 한 군데서 일하든 關係로 이런 戰時에는 優先的 待遇로 地位를 確立하고 또 人的 資源을 國家에 提供하게 된다. (中略)

朝鮮 女性이어 奮鬪하라: 女性의 社會的 政治的 意識에 있어도

過去에 우리는 東京 歐米 留學의 先進들이 싸하논 功勞의 塔이 歷然히 솟아 잇건만, 近間에는 아주 零星한 생각이 적지 않다. (中略) '좀더!'라는 希望과 아울러 '保守에서 進步에!', '家庭에서 街頭에!', '逃避에서 鬪爭으로!' 等이 이러한 希望이다. 나도 男性이지만은 男性과 싸워도 좋고, 社會와 싸울 機會에 勇敢히 싸워달라는 檄書이다. 그리하여 '노리개의 女性'에서 '人間 女性에의 還元'을 悲壯히 哀願하는 바이다.[50]

어처구니없게도 이 글은 "자기 취미와 특수한 기술"을 보유하고 "경제적 자립"을 꾀하는 여성이 남성의 억압으로부터 벗어나고 "노리개로서의 여성에서 인간 여성으로 환원"하자는 여성해방 담론을 "전시의 우선적 대우"와 "인적 자원을 국가에 제공하는 것"으로 변질시켜버린다. 그러니까 여성해방 담론이 느닷없이 식민지 여성 동원의 논리로 왜곡되고 마는 것이다.

5. 소결

사전적 의미로 '교양(敎養)'은 "학문과 지식, 사회생활을 바탕으로 이뤄지는 품위나 문화 등에 대한 지식"을 뜻하면서, 일반적으로 '가르치고 기르는 일', 즉 '교육'과 같은 의미로 사용되기도 한다. 일제강점기 여성교육의 본질과 내용을 이해하는 과정에서 '교양'이 '교육'의 내적 구조를 파악하는 데 중요한 의미를 갖는 이유다. 통상 현대 교육엔 이상적 인간형이 존재하고, 그에 따라 교육 목표, 교육 내용, 교수 방법과 평가 등의 기본 구조를 갖춘다. 그러나 한국은 근대식 학제 도입 이후 일제강점기 내내 이 같은 기본 구조가 제도적으로 뚜렷하지 못했다. 물론 '조선교육령'이나 각 학교 규칙 등이 작동하고 있었지만, 그 자체가 한국 민중을 위한 교육, 한국 여성을 위한 교육이 될 수는 없었다. 따라서 일제강점기 계몽 차원의 여성교양 문제는 한국 여성교육의 발전 과정에서 여학교 대상의 교육 목표와 내용 구조를 파악하는 문제보다 좀 더 우선시되어야 할 이유가 충분하다.

이 같은 입장에서 이 장은 일제강점기 여성교육의 현실과 교과교육에 나타난 식민지 여학생 대상의 여자교육, 그리고 여성 독서물과 잡지에 등장하는 여성 상식과 교양의 주요 내용들을 분석함으로써, 당시 여성교육의 내용과 본질을 규명하는 데 목표를 두었다. 여기서 논의된 내용은 이렇다.

첫째, 1930년대까지 보통학교 여학생반, 여자고등보통학교, 전문학교를 합쳐 여학교 여학생은 4만여 명에 불과할 정도로 여자교육은 부진했다. 1936년 아동 취학률만 놓고 보아도 경우 여학생(1.3%)은 남학생(4.3%)의 절반에도 미치지 못했다. 이 현실은 근본적으로 식민지 민족 차별과 봉건적 인습의 남녀 차별이라는, 여성에 대한 이중의 억압 구조에서 비롯한다.

둘째, 시기별로 다소 차이는 있지만, 교육기관 중심의 여학교 교육 내용은 제1차 조선교육령(1911)기 여자고등보통학교 규칙의 교과 요지에 규정되어 있었다. 규칙 제11조 '수신'부터 제23조 '체조'까지 교과 요지를 종합해보면, 일제강점기 여학교 교육은 식민지 시대 순응적 여성상이 목표로, '부덕(婦德)'을 갖추고 가정과 국가에 봉사하는 인물을 양성하는 것이 핵심이었다. 이 취지는 대부분의 교과에 반영되었다. 특히 각종 『수신서』는 '교육에 관한 칙어', '도덕상의 사상 및 정조 양성', '구래의 미풍양속을 잃지 않고 실천궁행을 권장하는 내용' 등이 중심이었고, 1938년 이후엔 식민제국주의 이데올로기를 반영해 식민 여성 만들기 관련 내용으로 개편되었다. 전문학교는 학교 설립 취지에 따라 교육 내용이 달라지고 전문성이 가미되었지만, 여느 여자고등보통학교와 다르지 않게 일본어 중심의 교육이 이뤄졌다.

셋째, 일제강점기 여성 계몽 차원에서 살펴본 여성잡지들의 교육 내용은 여성교양 차원에서 중요한 의미가 있었다. 1920~30년대 발행된 각종 여성잡지에는 '강좌·강화', '교과서', '독본' 등의 명칭을 사용한 다양한 교양 자료가 수록되어 있었고, 이는 '부인(주부)', '아동(보통학교)', '어머니', '여성 일반', '미혼 여성', '여학생' 등 다양한 여성 독자를 대상으로 삼고 있다. 그 가운데 『신가정』에 소재했던 「지상 조선 보통학교(紙上 朝鮮普通學校)」와 '하기 여자대학 강좌 특집호'를 일제강점기 여성교육의 내용과 특징을 이해하는 적절한 자료로 판단하고 분석해보았다. 무엇보다 이 자료들은 당시 학교교육에서 도외시했던 조선의 여성교육 내용을 담고 있기 때문이다. 특히 '하기 여자대학 강좌'에 들어 있던 「역사란 무엇인가」, 「인류생활과 정치」, 「경제학의 의의」 등의 자료와 요리, 미용, 복식 등을 다룬 가사 관련 교육 자료들은 일제강점기라는 시대 현실 속에서도 여성교육이 조금이라도 더 진보한 내용을 담아내고자 했음을 시사한다.

넷째, 일제강점기 여성운동 및 여성교육 내용을 바탕으로 그 특징과 한계를 들여다보려 했다. 당시 여성교육의 목표인 '바람직한 여성상'이란 인습적 '현모양처'와 식민지에 '길들여진 여성상'에서 완전히 탈피하지 못한 측면이 있었고, 보통교육, 고등교육, 전문교육에 이르기까지 그 기회가 충분히 확보되지도 못했으며, 성차별과 길들여진 여성상에서 벗어날 수 있는 교육 내용을 충분히 제공하지도 못했다. 이 시기 일부 여성교육론자들에 의해 '사회 실정에 부합한 교육', '가정을 위한 교육', '이지와 양심의 교육', '감성 교육' 등이 주장되기도 했지만, 본질적으로 식민지 민족 및 남녀 차별이란 이중의 억압 구조에 놓인 여성으로서의 자각을 환기하는 데는 충분하지 못했다.

다섯째, 여성교육사의 관점에서 일제강점기 여성문제의 본질과 내용 그리고 그것을 해결하기 위한 노력과 한계 등을 살폈다. 특히 1927년 근우회 강령에서 제시된 '1) 여성에 대한 사회적·법률적 일체 차별 철폐, 2) 봉건적 인습과 미신 타파, 3) 조혼폐지 및 결혼의 자유, 4) 인신매매 및 공창 폐지, 5) 농촌 부인의 경제적 이익 옹호, 6) 부인 노동의 임금 차별 철폐 및 산전 산후(産前産後) 임금 지불, 7) 부인 및 소년공의 위험 노동 및 야업(夜業) 철폐' 등과 관련해 여러 자료들을 살폈다. 하지만 1930년대를 전후로 여성과 여성해방 차원에서 제기된 주요 사항들이 '사회적·법률적·경제적 차별' 및 '성차별' 문제에 닿아 있음에도 여성들을 교양해 이를 해결하려는 구체적 방안이나 그 노력이 성과로 드러난 것은 찾아보기 어렵다는 결론을 얻었다.

여섯째, 일제강점기 여성교양의 일면으로서 노동문제와 성차별(성교육과 정조) 문제를 좀 더 중점적으로 살폈다. 1920년대 이후 활발했던 여성해방운동론에서 여성의 경제적 해방은 가정과 사회에서 여성의 경제적 지위를 보장해야 한다는 논리나 여성도 직업을 갖고 가정 경제를 돕기 위해 부업을 가져야 한다는 논리로 귀결되는 경우는 많았다. 하지만 실제 임금 노동자로서 여공 문제를 구체적으로 논의한 사례는 거의 발견되지 않았다. '직업부인', '직업여성' 등의 주제어도 자주 등장하지만, 직업을 가진 소수의 여성이나 모성보호 차원에서 논의가 이뤄질 뿐, 식민지 여성 수탈에 대한 본질적 논의도 이뤄지지 못했다. 성차별과 정조문제에서도 사정은 마찬가지였다. 특히 정조문제를 가정도덕 차원에 국한시키거나 형법 개정과 관련된 지식 제공 차원에서만 다룸으로써 사회 구조적인 성착취 문제는 도외시되고 만다. 심지어 여성교양으로서 여성해방 담론이 전시 식민지 여성 동원의 논리로 왜곡되는 경향까지 존재했다.

제6장

식민지 여성교육과
광복 이후 여성 담론의 변화

1. 여성교육과 여성 담론의 영향

여성교육사 연구에서 일제강점기는 식민 지배의 도구로서 학교교육과 여성문제에 대한 사회적 담론의 형성과 변화 과정을 제대로 인식하지 않으면 혼란을 피하기 어렵다. 설명하자면, 전자의 논의는 일제의 교육정책과 실현 양상을 객관적으로 기술하고 세밀하게 분석하는 작업이고, 후자는 식민 시대 여성문제를 종합적으로 분석하는 작업이다.

일제강점기 식민교육은 광복 직후 다양한 관점에서 조명되어왔다. 일례로 조선과학자동맹에서 발행한 『과학조선』 창간호(1946.2)에서 신진균(申鎭均)은 「조선의 교육 혁신에 관하여」라는 논문을 통해 교육의 본질을 '교육 이념에서 국가주의', '교육 실천에서 계급성', '교육 방법과 효과에서 이론과 실천의 분리'라는 차원으로 분석한 뒤, 일제강점기 교육을 '우민정책', '봉건적 요소의 이용', '동화정책', '관료주의'라고 요약했다.[1] 이 같은 분석은 일제강점기 교육사를 연구하는 대부분의 학자들이 공통으로 인정하는 대목이다. 이를 고려하면 식민지 조선에서 여성교육도 일반적인 교육 현상과 같은 맥락에서 우민화, 동화, 계급화를 지향해왔다고 할 수 있다.

언급했듯이 식민시기 여성교육 연구에서는 제도로서의 '여학교' 및 '여학생' 문제와 사회적 담론으로서의 '여성교육'을 구별해서 접근해야 한다. 특히 제도 차원에선 근대 이후 일제강점기를 거쳐 오늘에 이르기까지 '여성'보다 '여자'라는 단어를 사용해온 점에 주목할 필요가 있다. 예컨대 여성 대상 학교 명칭은 '여자고등보통학교', '여자대학교'처럼 '여자'라는 명사를 주로 사용해왔다. 반면 '여성'이라는 명사가 사용되는 건 '여성강좌'(일제강점기에는 주로 부인강좌), '여성대학'(이때 대학도 학교기관을 나타내기보다 강좌 형식의 사회교육을 지칭)처럼 사회교육 차원에서 이뤄지는 교육활동과 합쳐질 때였다.

이렇게 일제강점기 제도로서의 여성교육(여학교 제도)과 여성 담론의 본질을 규명하고, 그것이 광복 이후 한국 사회에 어떤 영향을 미쳤는지를 살펴보는 일은 중요하다. 이 장에서는 식민지 여성교육의 본질과 수탈 구조 그리고 일제 패망 후 과도기 상황에 반영되었던 여성 담론의 특징 등을 논의 대상으로 삼는다.

2. 식민지 조선인 교육과 여성교육의 본질

1] 일제강점기 조선인 교육의 본질

식민지 조선의 교육 목표는 1911년 '조선교육령'에서 천명했듯 교육에 관한 칙어의 취지에 기초해 충량한 국민을 양성하는 것이었다. '교육 칙어'는 1890년 일제의 교육 강령을 천명한 것으로, 일본 국체가 제국주의 기반임을 밝히는 '국체 정화', 위급 시 의용(義勇)을 발휘하고 황운(皇運)을 떠받쳐야 한다는 '황운 부익(扶翼)' 그리고 이를 위해 '충량한 신민'을 양성해야 한다는 내용이다. 시기와 상황에 따라 다소 차이가 있었지만, 일제강점기 식민지 조선인 교육은 이 범주를 벗어난 적이 없었다. 결과적으로 조선인을 우민화시키고, 식민제국주의 이데올로기를 수용하도록 강제하는 노예교육이었다.

이러한 평가는 광복 직후 교육문제를 다룬 다수의 논문에서도 확인할 수 있다. 일례로 앞서 운을 떼었던 신진균의 논문은 일제하 조선 교육의 특질을 '자본주의 교육'과 '식민교육' 두 차원으로 나눠 분석한다. 먼저 자본주의 교육 차원 논의다.

御名 御璽

明治二十三年十月三十日

朕惟フニ我カ皇祖皇宗國ヲ肇ムルコト
宏遠ニ德ヲ樹ツルコト深厚ナリ我カ臣
民克ク忠ニ克ク孝ニ億兆心ヲ一ニシテ
世世厥ノ美ヲ濟セルハ此レ我カ國體ノ
精華ニシテ教育ノ淵源亦實ニ此ニ存ス
爾臣民父母ニ孝ニ兄弟ニ友ニ夫婦相和
シ朋友相信シ恭儉己レヲ持シ博愛衆ニ
及ホシ學ヲ修メ業ヲ習ヒ以テ智能ヲ啓
發シ德器ヲ成就シ進テ公益ヲ廣メ世務
ヲ開キ常ニ國憲ヲ重シ國法ニ遵ヒ一旦
緩急アレハ義勇公ニ奉シ以テ天壌無窮
ノ皇運ヲ扶翼スヘシ是ノ如キハ獨リ朕
カ忠良ノ臣民タルノミナラス又以テ爾
祖先ノ遺風ヲ顯彰スルニ足ラン
斯ノ道ハ實ニ我カ皇祖皇宗ノ遺訓ニシ
テ子孫臣民ノ俱ニ遵守スヘキ所之ヲ古
今ニ通シテ謬ラス之ヲ中外ニ施シテ悖
ラス朕爾臣民ト俱ニ拳々服膺シテ咸其
德ヲ一ニセンコトヲ庶幾フ

「교육 칙어」(1890)

일본제국주의 하 조선 교육의 특질

교육이 한 사회의 자기발전 내지 자기 유지를 위한 의식적 기능의 하나이라면, 그것이 그 사회 자체의 본성을 반영―혹은 직접으로―할 것은 물론이다. 교육에는 가정교육, 학교교육, 사회교육 등 여러 가지 형식이 있지마는 자본주의에서 가장 발달 정비되었고, 가장 중요한 지위를 차지하고 있는 것은 학교교육인만치 여기서는 잠시 학교교육을 대상으로 시론코저 한다. 학교와 가정 이외에서의 소위 사회교육도 그것이 국가의 관리 하에 있는 한, 학교교육의 보족수단(補足手段)으로서 그 교육과 경향을 같이하는 것이니, 이는 학교교육에 준해서 보면 될 것이다.

> 자본=제국주의 일본의 손으로 수행된 식민지 조선의 교육의 특
> 질—이것을 파악함에는 먼저 자본주의 사회 일반의 교육의 특
> 질을 알아두는 것이 극히 필요하다. 그 일반적 특질은 무엇인
> 가? 가장 중요한 것으로 이하 세 가지를 들 수가 있다.[2]

필자가 제시하는 자본주의 교육의 특질 세 가지는 1) 교육 이념에서 개인주의와 국가주의, (2) 교육 실천에서 계급성, (3) 교육 방법과 효과에서 이론과 실천의 분리로, 일제강점기 교육은 1)의 차원에서 '국민'이라는 국가주의 이념만을 지향하는 교육이었고, 2)의 차원에서 지배계급의 교육정책을 통해 기만 하의 의식적 계획적 교육이었으며, 3)의 차원에서 현실에 맞지 않는 교육으로 고등교육일수록 이론과 실천의 괴리가 심했다고 진단한다. 이어서 그는 일제강점기의 교육을 '우민교육', '봉건적 요소의 이용', '동화정책', '관료주의'로 정리했다.

식민지 조선의 교육의 특질

> 합방 당시 조선은 경제, 정치, 문화 등 어느 면모로 보드라도 봉
> 건사회의 범주에서 일보도 탈각하지 못하고 있었다. 사기와 강
> 압으로써 이것을 정복(?)한 일본 자체는 메이지유신을 통하여
> 상공 경제를 중심으로 일면 급격한 자본주의적 근대화의 길을
> 걸으면서 그 근저에 있어서는 역시 다음과 같은 중세적 혹은 봉
> 건적 요소를 확고 범람하게 보유하는 반봉건적 사회에 지나지
> 못했던 것이다. 즉, 봉건적 유물인 신비주의적 천황제도를 중축

으로 하는 신앙, 도덕, 소위 일본적인 민족 취미 등 정신문화 면을 위시하여 이들과 상호 관련하는 농업, 소규모 상공업에서의 전(前)자본주의적 생산관계(농업 생산관계는 조선과 대동소이하다.) 또 소위 근대적 의회제도 하의 군벌, 관료의 전제정치— 이러한 봉건적 요소는 단명 성급했던 일본 자본=제국주의의 말기에 이를수록 그 파쇼화에 따라 더욱 고수 또는 강화되었던 것이다.

식민지 조선의 노예교육은 여상(如上)한 이중의 성격을 가진 일본의 제국주의적 요청과 조선사회 자체의 역사적 현실에서 규정되지 않을 수 없었다.

그리하여 그 교육의 특질은 우민정책, 봉건적 요소의 이용, 동화정책, 관료주의, 및 전기(前記) 자본주의적 교육의 일반적 세 특질의 일곱 항목으로서 구성되었다고 볼 것인바, 의식적 정책에서 오는 전 삼자(前三者)가 보다 더 뚜렷하게 나타난 것은 물론이다.[3]

논문에 따르면, 일제강점기 교육은 자본주의 교육의 세 가지 결함(국가주의, 계급성, 이론과 실천의 괴리)뿐 아니라 '우민화', '봉건적 요소 이용', '동화', '관료주의' 등 일곱 가지 폐단이 있는 교육이었다. 필자는 '우민화'에 대해 무산계급에 해당하는 대다수 조선인의 취학이 어려웠고, 사설 학원을 억압함으로써 교육 기회가 박탈된 것을 대표적 사례로 들었다. '봉건적 요소 이용'에 대해서는 교육을 통해 '봉건적 생산관계가 유지'되도록 어려운 환경에서도

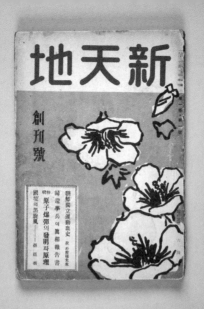

『신천지(창간호)』(1946)

중등교육, 특히 실업교육에 치중한 사실을, '동화정책'에 대해서
는 국가주의 이념 하에 조선어와 조선 역사를 배제하고 일본어
와 일본 역사만을 가르친 점을, '관료주의'에 대해서는 일본인 중
심, 일어 중심, 황민화를 목표로 한 학교 경영을 제시했다.[4]

　이 같은 분석은 신남철(申南澈)의 논문을 통해서도 확인할 수
있다. 경성제대 법문학부 철학과 출신의 신남철은 마르크스 철
학을 연구하면서 다수의 논문과 저서를 집필했다. 『신천지』
1946년 11월호에 일제강점기 교육문제를 진단한 「조선 교육 건
설상의 제문제」란 논문이 있다.

왜제(倭帝) 노예교육의 실황

우리가 왜제의 노예교육에 의한 우민정책을 지금에 와서 새삼스럽게 집어놀리는 것은 우에서 말한 조선 교육을 재건함에 있어서 중요한 구체적 방안의 설정을 반복 반성하기 위하여 필요하다고 생각하는 까닭이다. 그 6개 조항은 1) 조선 역사의 부인 개작(否認改作), 2) 인류학적 방법에 의한 종족적 열등감의 주입, 3) 지능 비교에 의한 소질적 열등감의 주입, 4) 노동 능력 우수성의 증명, 5) 세계사적 발전에 대한 과학적인 이해 파악을 허용치 않은 것, (6) 문화적 후배(後輩) 의식의 강조다.[5]

이 논문의 취지는 신진균의 그것과 다르지 않다. 그런데 두 논문의 분석에서 좀 더 주목할 대목이 있다. 식민지 교육의 본질로서 자본주의 체제 하에서 '노동력' 문제를 다루는 부분으로, 신진균이 언급한 '봉건적 요소 이용' 차원의 '실업교육 강화'와 신남철이 지적한 '노동 능력 우수성 증명' 대목이다.

일제강점기 교육에서 노동문제 분석

신진균: 제국주의적 이민족 경영의 문화적 수단의 소극면(消極面)이 우민정책이라면, 그 적극면(積極面)을 형성하는 것은 우선 그 민족으로서 약점이 될 수 있는 문화적 특성을 이용하는 것이요, 일보 나아가서는 동화정책이었을 것이다. 민족적 약점의 이용은 물론 경제, 정치, 문화의 모든 분야에서 착취, 반항 방지의 가장 유효한 수단의 하나가 된다. (중략) 조선에서는 일본 민

족을 위한 이 곡창으로부터 가급적 염가 다량(廉價多量)의 미곡을 공급시킴에는 무엇보담도 농업에서의 봉건적 생산관계를 유지 이용할 필요가 있었다. 즉, 신분적, 예속적 소작관계로서 농민을 최저의 생활수준에 얽매어두고 결국 최고율의 소작료를 난후케 하는 생산관계가 그것이다. (중략) 여사(如斯)한 경제적 관계에 입각하고, 이것을 정당화하는 지배계급 본위의 봉건적 관념과 질서, 유교에서 오는 모든 '아세아'적 사상, 도덕, 교육은 이것과 영합하여 이것을 조장 혹은 유지함으로써 조선인 자체의 문화적, 산업적 근대화, 자유 발전을 억제하는 데 힘썼다. (중략) 빈약한 중등교육에서도 비교적으로 치중한 것은 실업교육이었는데, 그중에서도 더욱 농업교육을 편중하고, 공업교육, 기술교육을 억제했으며, 특히 고공(高工: 고등공업), 광전(鑛專: 광업전문), 대학 등 고등의 과학기술 교육에는 노골적으로 조선인을 제한하여 그들의 근대 산업에의 진출을 저지했다.[6]

신남철: 노동 능력 우수성의 증명. 이것은 저렴한 노임(勞賃)에 의한 착취의 합리화를 조선인 노동자의 기술적 소질과 노동관의 '연구'에 의하여 확증하려고 했던 것이다. 노동력 공급지로서의 조선의 중대성을 그럴 듯한 분장과 조사 연구의 미명하에 강조한 것 외 불외(不外)하다. 우수한 노동 소질을 가진 조선인 노동자의 노동을 저렴한 임금으로써 고도로 착취할 수 있었는 외(外)에 금상첨화로 저렴한 전력이 무진장이니 자본을 투하하라. '대륙병참기지'로서의 조선을 병기창화하려 했던 것이었다. (하략)[7]

두 논문이 공통으로 지적한 일제강점기 조선인 교육 특성으로서 '노동력' 문제는 이데올로기 차원에서 '근면·성실'을 강조하고[8] 제도상으로 '실업학교'를 확충하는 방향으로 전개되었다. 이러한 경향은 총독부 발행 『시정연보』에서도 확인된다. 1923년 발행된 연보에 포함된 '실업 및 전문 교육기관' 실태에 따르면, 1922년 당시 '농업학교', '상업학교', '상업전수학교', '상공학교', '수산학교', '간이실업학교', '간이실업전수학교', '실업보습학교' 등 22개교가 설립되었으며, 대부분 국비나 도지방비로 운영되었다. 연보는 그 운영 상황을 보고하면서 별도로 '노동혐기(勞働嫌忌)의 교정'을 한 항목으로 정리하고 있는데, 차별적 시각의 의도가 노골적이다. "고래 조선에서는 실업을 비하하고 근로를 싫어하는 폐풍이 있었으므로, 이에 대한 교정으로써 근검역작(勤儉力作)의 정신을 양성하도록 해야 하며 조선의 실정(實情)을 살펴 적절한 실업교육을 시행하고, 산업의 개발을 도모하는 것이 급무이다."[9] 이는 노동력 제고와 생산성 증대가 경제적 수탈의 기본임을 전제한 진술이다.

조선인 대상의 군사교육도 사정은 마찬가지였다. 매체 등을 통해 군사교육의 구실이 강화되어가는 과정은 동원과 수탈의 의도가 점증되는 진상과 일치한다. 먼저 『매일신보』 1924년 12월 4일자 기사에 따르면, 일본 본국에서 각 중등학교와 전문학교에 군사교육을 실시하는 법령이 공포된 뒤, 식민지 조선의 조선인 학교에서도 군사교육을 시행하는 것이 타당한지에 대한 논란이 벌어졌음을 확인할 수 있다. 당시 학무국 당국자는 "조선인 학생에게 군사 보충교육은 우수한 군인을 양성할 예비로 하는 것이 유일한 목적이 아니라 군인이 되지 않아도 소위 군인정신의 특장과 심신의 단련에 의해 타일 사회의 활동에 도움이 되는 일이 적지 않으므로, 학교교육의 정신 목적을 조해(阻害)하지 않는 선에서 실시하는 것은 극히 환영할 일"이라고 밝힌다.[10]

그런데 동 신문 1925년 7월 5일자 기사에서는 "병역의 의무 관계와 군사교육은 별개 문제: 본 연도는 실시 불가능"이라는 결론이 제시된다. 하지만 이때도 당국자는 "병역의 의무가 없는 조선인 학생에 대해 차(此: 군사교육)를 어떻게 해야 할지 논란이 있으나, 일시동인(一視同仁)의 성지를 따라 내선인의 차별 철폐를 취지로 하는 조선 시정의 근본 방침에 따라 특히 교육에만 차를 차별함이 타당하다 할지"라면서 "군사교육이라는 것은 반드시 병역 의무가 있는 자에게만 한할 것이 아니요, 유도(柔道), 병식체조(兵式體操) 등은 병역의 의무라는 엄격한 해석을 시(試)할 것이 아니요, 일반 국민된 자에게도 학문으로 이를 교수할 필요가 있다"라고 주장한다.[11]

이후 논의는 점차 활성화되고, 동 신문 1933년 10월 26일자 사설은 "병역 의무가 무(無)한 자에게 군사훈련을 실시함은 일견 무의미한 듯하며, 또 사실 여사(如斯)한 견해에 대하여 종래 고등보교에는 군사훈련을 실시하지 아니한 바이엇다. 그러나 시(是)는 심대한 오류이며 착각이다"라면서 군사교육 실시를 적극 주장한다.[12] 이들의 논리는 군사교육이 '충성, 예의, 신의, 무용, 질소(質素)'를 기르는 데 중요한 역할을 하며, 따라서 군사교육을 통

해 교육 효과가 높아진다는 것이었다. 물론 이 같은 주장은 군국
주의 하에서 조선인의 인적 수탈을 전제로 한 것이라고 볼 수밖
에 없거니와 중일전쟁 이후 지원병제와 태평양전쟁 이후 징병제
가 어떻게 시작되는지 보여준다고 할 수 있다.[13]

2) 여학교와 여학생, 이중 억압의 여성교육

광복 후 해방 공간엔 과거 청산과 국가 재건을 비롯해 그간 누
적되어온 다양한 사회문제들의 각축장이 펼쳐졌다. 이때 교육
분야, 특히 시야를 초점화해 여자교육 분야의 사정은 어떠했을
까. 일례로 해방부터 1960년대 초까지 출판된 여성종합지를 분
석해 당대 여성의 일상을 재구성한 자료집을 들춰보면,[14] 여자교
육 및 여학교 관련 담론은 공백인 채로 둔 것이 사뭇 아쉽다. 사
정이 이러하니, 고명자(1947)의 「조선 부녀운동의 당면 과제」나
이경희(1946)의 「여성해방운동에 대하야」 같은 논문은 당시 사
정을 반추해볼 흥미로우면서도 소중한 자료라 해야 할 것이다.

고명자의 논문은 "봉건사회 가부장제도의 질곡 밑에 부녀는
남자에 예속된 존재이었으며, 일본이 침략한 이후로는 반(半)봉
건적인 식민지적 자본주의 체제에로 변혁됨에 따라 부녀는 남자
에게 예속된 존재이면서도 현실은 그 예속된 존재를 완전히 이
행(履行)하지 못하고, 부녀가 남성 세계의 영역을 침범했던 것이
다"라면서 여성문제가 '일제의 반(半)봉건적 자본주의 체제의 변

혁'에 따른 이중적 억압 구조 아래 있었음을 강조한다. "봉건 유제(遺制)인 군주국가로서 봉건 잔재를 소탕하지 못한 반(半)봉건적 자본주의 국가" 일본의 식민 체제와 그 통제 하에 "반(半)봉건적인 식민지적 자본주의"로 전환한 조선의 체제를 동시에 감당해야 하는 조선 여성의 비극이 읽힌다.

이러한 현실을 감안해 필자는 현 단계 여성운동은 과거 여성운동의 한계로 지적되어온 자유인권주의 영향하의 관념적 자유와 평등론을 극복하고, 참정권 운동과 대중 획득 운동으로 나가야 한다는 논리를 전개한다.

조선 부녀운동의 당면 과제

부녀운동이 초기에 있어서는 자유인권주의의 영향을 받아 억압된 인간의 인권을 옹호하야 남녀동등의 여권주의 운동에서 위시(爲始)한 것이다. 이 자유와 평등은 남성사회의 자유와 평등이었으며, 이 운동의 진전에는 여성도 또한 자각이 생기지 아니할 수 없었다.

그러나 이는 현실적으로 남성 대 여성의 성별에서 출발한 여성운동이기 때문에 여성이 남성에 항쟁함으로서만 자신의 해방을 달성할 수 있다는 사상이었다. 그러므로 이 운동은 끝까지 사상운동의 영역을 탈출할 수 없으며, 또 그러기 때문에 이 운동은 공허(空虛), 한 편의 염불에만 그치고 만 것이다.[15]

일제강점기 여성운동은 자유인권주의 이데올로기상에서 남성

대 여성의 대립으로만 인식되어 실질 상황을 파악하는 데 실패했다는 내용이다. 따라서 진정한 여성운동은 단순한 여권주의가 아니라 참정권을 비롯해 여성 대중을 획득하는 방향으로 나가야한다는 논리다. 필자는 여성운동의 진로를 거론하며 "일하는 농민에게 농토를 주고, 능력 있는 부녀에게 직장을 주라. 문맹은 국비로서 퇴치하라. 노예교육을 근절하자. 반동 정치는 인민의 적이다. 봉건 유습은 속박의 철쇄이다"라고 외친다. 물론 여성운동을 '부녀운동'으로 부른다거나 대안으로 계몽을 제시한 것은 여성운동의 본질 차원에서 그 자체로 한계를 갖는다고도 볼 수 있다. 그러나 광복 후 여성운동과 관련해 교육과 계몽문제를 제기한 것은 분명 적잖은 의미가 있다.

이경희의 글은 더 직설적이다. 필자는 "보라! 우리 여성들이 봉건적 제도와 그 고루한 성벽을 넘으려 하는 의기와 성의를 짓밟고, 입으로는 도의고 부덕을 주창하면서 공창제(公娼制)를 강조하고, 모든 여자 취학 기관을 탄압하며, 또한 인구정책이란 미명하에 조혼으로써 여자의 취학 기간을 암암리에 제지하는 등 그들의 죄악은 이루 헤아릴 수 없으리라"라는 다소 과격한 논조를 취한다. 글은 공창제 문제뿐 아니라 경제적으로 불평등한 남녀 임금 문제, 여자 참정권 문제 등이 여성해방의 방향임을 강조한다.[16]

식민지 여성을 향한 이중의 억압 구조를 살피는 데 반드시 짚어야 하는 대목이 노동력 착취 문제다. 이는 사실 1920년대부터 제기되어온 문제 가운데 하나다. 일례로 『동아일보』 1925년 1월 3일자에 번역 논설로 실린 야마카와 키쿠에(山川菊榮)의 「동양 부인의 해방」은 식민제국주의의 본질을 감춘 채, 자본주의 체제 아래 여성 노동력 착취의 메커니즘을 상술하고 있다.

東洋 婦人의 解放

東洋 婦人이라 하면 封建的 男尊女卑의 因習과 奴隸的 生活에 對하야 한마듸라도 反抗 소리조차 못하는 無智 無氣力의 化神처럼 알아왓슴니다만은 數千年 동안 긴 睡眠 속에서 婦人 虐待를 繼續하여 오든 東洋 民族도 資本主義 經濟의 發達과 함께 婦人이 家庭을 쩌나서 生産的 勞動에 從事할 必要가 잇게 됨을 짤아 婦女間에 끌어올으는 自由解放의 要求는 엇지할 수가 업게쯤 되엿슴니다. 더욱 資本主義의 諸 强國에게 民族의 獨立을 쌔앗기며 또는 威脅 밧는 民族 사이에는 國民 全體間에 퍼지는 民族解放運動이 必然으로 婦人의 政治的 自覺을 促進하게 되엿슴니다. (중략) 資本主義 經濟는 婦人을 封建的 家族制度와 家長 專制에서 分離하야 國民經濟의 重要한 要素로 보아 經濟的 獨立 機會를 준 것이 婦人에게는 分明히 救援의 길을 열어준 것임니다. 그러나 資本家가 婦人을 利用한 것은 결코 婦人을 解放하랴는 것이 아니고 돈 모흘 手段을 삼은 것이엇슴니다. 教員이나 事務員이 男子 代身에 女子가 使用되는 것은 '갑이 싸다'는 것이 第一 理由임니다. 더욱 女工 갓튼 것은 極端의 無智와 順從을 利用하야 搾取할 수 잇는 대로 搾取하는 것이 常事임니다. 機械의 精巧한 것도 업고, 天然의 富源이 豐富한 것조차 업는 日本 工業은 只今것 대단히 '갑싼' 勞動者 그 中에도 婦人 勞動者를 搾取

하야 繁榮하여 왓습니다. 그러나 最近에는 日本 勞働者 組織이 進步되고 自黨이 놉하짐을 싸라 無制限의 搾取에 대한 反抗이 漸次 有力하게 되엿습니다. (중략) 數年 來로 日本 紡績工場에 朝鮮 女子가 만히 보이게 된 것은 이러한 理由임니다. 日本 紡績業者가 日本의 貧寒한 農村을 도라단닐 수 잇는 대로 돌아다니며 연약하고 無智한 少女들을 붓들어다가는 機械 압에서 그들의 勞働을 搾取한 結果, 只今 日本에는 以前과 가치 '갑싼' 賃銀으로 얼마든지 勞働하여 줄 少女가 만치 못하게 되야 이번에는 朝鮮의 가난한 少女들을 차자다니게 되엿습니다. 日本 女工이 갑싼 賃銀과 함쎄 工場에서 엇던 것은 過勞와 結核 諸症과 不姙症과 또는 夭死임니다. 이 悲慘한 運命이 只今 朝鮮 姉妹에게까지 미치게 되엿습니다.

필자는 수필가이자 사회주의 여성해방운동가로 알려져 있다. 논설은 여성의 값싼 노동력을 노리는 자본주의의 본질을 언급하면서 그 착취의 메커니즘에 대신 동원되고 있는 가난한 식민지 조선인 여성의 비참한 운명을 지적한다.

식민 지배체제가 강화되면서 여성에 대한 노동력 착취도 더욱 심해졌다. 더구나 군국주의 일본이 대륙 침략을 선언하고 조선의 병참기지화를 추진하면서 그 수탈의 체제는 더욱 공고해졌다. 물론 그 궁극에는 '국가총동원법'이 있었다. 이 법은 국가총동원에 대해 "전시에 이르러 국방 목적 달성을 위해 전력을 다해 가장 유효하게 발휘하도록 인적, 물적, 자원을 통제 운용하는 것"(제1조)이라고 규정한다.[17] 시행일은 1938년 5월 5일이었고, 대만 역시 이날부터 같은 적용을 받았다. 물론 이 법 이전에도 '군수공업동원법' 같은 법령으로 식민 수탈을 합법화한 사례가 있었기 때문에 총동원이 갑작스러운 건 아니었다. 하지만 총동원법에 의거한 수탈은 전면적이었다. 한 사설을 살펴보자.

婦女의 勞務 動員

婦女子의 産業 動員은 반드시 近代 初有의 現象이 아니다. 經濟的 主權者가 男性이 아니고 女性이엇던 上古의 母系時代는 말할 것도 없거니와 農業 中心인 封建時代에 와서도 男耕女織이 비록 分業的 形式은 嚴格햇을지언정 婦女子가 産業圈內에 除外된 것이 아니라 堂堂히 一科를 擔當햇던 것이다. (중략) 近來 非常時局下에 잇어서 勞務動員計劃의 遂行을 위하야 朝鮮人 勞動力은 餘力이 없을뿐더러 도리어 不足한 感이 적지 안흔 만큼 急激히 需要되고 잇는 바이다. 實例를 들면 當局이 今年中에만 各其道外로 幹旋 移住시켜야 할 勞働者가 八萬名이며, 또 日本 內로 渡航시켜야 할 勞働者가 상당히 多數하리라 한다. 現在 農繁期를 앞둠에도 不拘하고 內外 都市, 鑛山 等 大規模의 工作으로부터 勞動力의 供給地인 農村 人口에 대한 需要가 이러하므로 總督府에서는 이 勞務動員에 關한 여러 가지 當面 問題를 協議키 위하야 數日 前 社會課長 會議를 열엇는데 이 席上에서 內務局은 勞動力 動員의 特別 措置로서 各 勞働場에 女子를 대신 動員시킬 것을 指示햇다 한다.[18]

부녀 노무 동원의 전제 조건으로 '탁아소 설립' 등 아동보호 문제가 해결되어야 함을 주장하는 내용의 사설이다. 식민 침탈이 극도로 이른 상태에서 폐간 직전 신문사의 사설이라는 점을 고려하면, 실제 여성 노동력 수탈이 어느 수준으로 이뤄지고 있으며, 어떤 문제가 있었는지 추론하는 데 모자람이 없다. 즉, 부족한 노동력을 메우기 위해 "노동장에 여성을 대신 동원할 것"을 강조하거니와 실제 노동력 수탈은 식민지 조선의 농촌뿐 아니라 일본 및 그들의 영향력이 미치는 전 지역에 이르고 있었음을 보여준다.

또한 총동원 이후 여자교육과 여성 담론도 전면적인 통제하로 들어갔다. 『여성』 1940년 제5-제1호에 실린 '장기전과 생활 합리화' 특집을 참고해보자. 여기엔 「전기 경제하의 가정생활」(이건혁), 「이중 과세(過歲)의 폐해: 설을 두 번 세는 것은 낭비라는 주장」, 「시국과 가정교육」(김의순), 「이세 국민의 전시 교육」(박영희), 「가정에서 가두로」(노좌근) 등의 글이 실려 있었다. 그중 박영희와 노좌근의 글이다.

장기전과 생활 합리화

박영희: 신동아 건설의 중대한 책임을 지고 있는 우리 가정에서 자라나는 자녀들ㅡ다시 말하면 차대 황국신민의 육성이라는 것은 특히 가정에 있어서 힘을 넣치 않아서는 안 된다는 것은 여기 더 말할 필요도 없지만, 참으로 현하의 심정으로 보아 비상한 로력이 없이 용이하게 그 철제를 기할 수가 없는 것임을 잊어서는

안 될 것입니다. 말하자면 금일이란 오늘날은 로동력의 부족을 현저이 볼 수 있는 것입니다. 그런데 시국의 진전은 점점 더 없은 로동력을 가정 밖으로 인출할 것을 요구하고 있습니다. 그러나 여기 주의를 요치 않으면 로동 가정의 자녀교육과 양호에 많은 결함 또한 아려야 할 것입니다. (중략) 출정 군인의 그 수많은 통신을 통해서 옛보드라도 집에 두고 온 자녀의 육성에 여간 마음을 두는 것이 아닙니다. 이런 것을 보고 생각하드라도 총후의 가정을 지키는 어머니의 로력 그것이 게을너서는 안 될 것입니다. 어디까지든지 자녀를 염두에 두고 국가 유용의 재료로 만드는 것은 남자들의 출정에 결코 지지 않을 국가에의 최대 봉공일 것입니다.[19]

노좌근: 우리는 겨우 지원병이 있을 뿐으로 각 관공청 사무소나 학교 등에 출정 군인이 적은 관계로 여성의 그 보전으로써 덜 필요하기도 한 현상이다. 그러나 내지의 여성들은 자기의 취미와 독특한 기술을 영원히 살리려고 하는 노력, 경제적 자립을 위하여 오래동안 한군데서 일하는 관계로 이런 전시에는 우선적 대우로 지위를 확보하고, 또 인적 자원을 국가에 제공하게 된다. 사회적 명사의 여성도 이런 때에 더욱 그 가두적(街頭的) 활동이 맹렬하고, 여자의 정치적 진출을 용감히 꾀하고 있다. 기회를 파악하려고 노력한다. 싸온다. 그리하여 요시오카 야요이(吉岡彌生)[20] 같은 여자는 정부 위원으로 등장하여 당당히 논진(論陳)을 펴지 않았는가. 그는 전시에 제(際)하여서 여성의 기술적

교육, 사무적 교육 등이 더욱 필요하다고 절규했다. 출정 군인의
뒷담당을 여자가 충분히 하자는 것이다.[21]

박영희의 논설은 전시 상황에서 가정을 지키는 교육을 강조
하는 데 중점을 두고 있다. 그러나 핵심엔 일제의 식민지 동원을
합리화하고 여성의 노동력 동원을 뒷받침하는 논리가 전제되어
있다. 노좌근의 논설은 이보다 더 심각하다. '내지 여성의 가두
범람'을 예찬하고, 전시 후방에서 여성이 적극적으로 활동하기
위해 '기술교육', '사무교육'을 받아야 한다는 주장이 서슴없다.
이렇게 여성 침탈이 합리화되는 사정이라면, 학교교육의 전면적
통제 또한 의아할 것이 없겠다.

3. 일제강점기 여성교육과 여성 담론의 영향

1) 광복 이후 교육제도와 여학교

일제강점기 제도로서의 '여자교육'과 교육적 차원에서 남녀평등과 기회균등을 위해 '여성' 계몽이 필요하다는 담론은 매우 일반적이었다. 그러나 광복 이후엔 그와 같은 차원에서 '여학교' 설립의 필요성과 '여성만을 위한' 교육 등과 관련된 논의는 거의 찾아보기 어렵다. 광복 이후 학제에선 남녀학교를 구별하지 않았기 때문이다. 1949년 공포된 교육법 제5장의 각 학교 관련 조항을 들여다보자.

> **제5장 교육기관**
>
> 제2절 국민학교(제93조~제99조)
>
> 제93조 국민학교는 국민생활에 필요한 기초적인 초등보통교육을 하는 것을 목적으로 한다.
>
> 제94조 국민학교교육은 전조(前條)의 목적을 실현하기 위하여 다음 각 호의 목표를 달성하도록 노력하여야 한다.

1. 일상생활에 필요한 국어를 정확하게 이해하여 사용할 수 있는 능력을 기른다.

2. 개인과 사회와 국가와의 관계를 이해시켜서 도의심과 책임감, 공덕심과 협동정신을 기른다. 특히 향토와 민족의 전통과 현상을 정확하게 이해시키어 민족의식을 앙양하며 독립자존의 기풍을 기르는 동시에 국제협조의 정신을 기른다.

3. 일상생활에 나타나는 자연 사물과 현상을 과학적으로 관찰하며 처리하는 능력을 기른다.

4. 일상생활에 필요한 수량적인 관계를 정확하게 이해하며 처리하는 능력을 기른다.

5. 일상생활에 필요한 의식주와 직업 등에 대하여 기초적인 이해와 기능을 기르며 근로역행, 자립자활의 능력을 기른다.

6. 인간생활을 명랑하고 화락하게 하는 음악, 미술, 문예 등에 대하여 기초적인 이해와 기능을 기른다.

7. 보건생활에 대한 이해를 깊게 하며 이에 필요한 습관을 길러 심신을 조화적으로 발달하도록 할 것(중략)

제3절 중학교

제100조 중학교는 국민학교에서 받은 교육의 기초 위에 중등보통교육을 하는 것을 목적으로 한다.

제101조 중학교 교육은 전조의 목적을 실시하기 위하여 다음 각 호의 목표를 달(達)하도록 노력하여야 한다.

1. 국민학교 교육의 성과를 더욱 발전 확충시키어 필요한

품성과 자질을 기른다.

2. 사회에서 필요한 직업에 관한 지식과 기능, 근로를 존중하는 정신과 행동 또는 개성에 맞는 장래의 진로를 결정하는 능력을 기른다.

3. 학교 내에 있어서의 자율적 활동을 조장하며 감정을 바르게 하고 공정한 비판력을 기른다.

4. 신체를 양호 단련하여 체력을 증진시키며 건전한 정신을 기른다. (중략)

제4절 고등학교

제104조 고등학교는 중학교에서 받은 교육의 기초 위에 고등보통교육과 전문교육을 하는 것을 목적으로 한다.

제105조 고등학교 교육은 전조의 목적을 실현하기 위하여 다음 각 호의 목표를 달성하도록 노력하여야 한다.

1. 중학교 교육의 성과를 더욱 발전 확충시키어 중견 국민으로써 필요한 품성과 기능을 기른다.

2. 국가 사회에 대한 이해와 건전한 비판력을 기른다.

3. 민족의 사명을 자각하고 체위(體位)의 향상을 도모하며 개성에 맞는 장래에 진로를 결정케 하며 일반적 교양을 높이고 전문적 기술을 기른다. (중략)

제5절 대학

제108조 대학은 국가와 인류 발전에 필요한 학술의 심오한 이

론과 그 광범하고 정치한 응용 방법을 교수 연구하며
지도적 인격을 도야하는 것을 목적으로 한다.

제109조 대학은, 대학(單科)과 대학교(綜合)의 이종(二種)으로
한다. 대학교에는 삼개(三個) 이상의 단과대학과 대학
원을 둔다. 단과대학에도 대학원을 둘 수 있다. (하략)[22]

정부 수립 후 교육법에서 설정한 초중고 및 대학 제도는 남녀
를 구분하지 않았다. 이른바 '민주주의 교육'에서 성별 구분은 성
차별을 의미한다는 인식이 작용했기 때문이다. 1946년 9월 1일
자 『조선일보』 기사는 이렇다. "과거 四十년간 일본의 노예교육
제도는 일정한 범주 안에서 기계적인 교육을 실시해왔기 때문에
개인적 인격을 무시한 직업화적 교육이었으나, 이제부터는 우
리는 민주주의적 이념 아래 자유로운 교육을 받을 수 있게 되었
다." 그리하여 새 교육제도는 "중등학교 6년제를 실시"하고, "중
학교와 실업학교의 차이를 없"애며, "국민학교로부터 대학에 이
르기까지 남녀공학제를 실시"해 "남녀 간 교육 차별을 철폐"하
고, "여자교육의 빈약"함을 강화함으로써 "균등한 기회를 제공"
한다.[23] 1963년엔 '실업고등학교 교육과정'을 제정했는데, 여기
서도 '농업계', '공업계', '상업계', '수산계', '가정계' 등 분야를 구
분했을 뿐 남녀 구분은 없었다.[24]

그러나 사실 남녀공학 문제는 1920년대부터 제기되어온 오
래된 이슈였다.

가명평론: 남녀공학 문뎨에 대하야, SH생

남녀공학을 한 변측의 교육 방법으로 역이는 리유가 이상에 말한 사회력 디위나 성능 활동이 성뎍으로 다른 것을 과학상으로 관찰한 곳에만 잇섯스냐 하면 이것은 반드시 그러한 리유쑨이 아니오 그 밧게도 남녀칠세면 자리를 가티 하지 안는다 하는 재래의 인습이 그 가운데에 감졍뎍으로 잇는 것을 짐작할 수도 잇다. 이러한 현상은 중학 뎡도의 혈긔가 발자한 청년 남녀의 공학을 절대뎍으로 허락지 안는 것으로 보아도 넉넉히 알 수 잇스니 소학교육이나 대학교육에서 변측뎍으로 남녀공학이 행하게 되는 것은 그러한 위구가 비교뎍 적은 까닭이라고 할 수 잇다.

그러나 **중학교육에서 남녀를 엄졍히 구별하야 교육하는 것**은 재래의 모든 인습 도덕상으로 보아 아즉 혈긔 미졍한 젊은 남녀를 그대로 방임주의 아래에 공학을 식히기에는 아즉도 우리들의 재래의 생활이 그만큼 리지뎍(理智的)이 되지 못하엿스니 **그대지 남녀공학을 힘쓸 필요를 인뎡할 것이 업스나 뎐문교육이나 대학교육에 이르기**까지 남녀를 구별할 필요가 과연 잇슬가 하는 생각이 업지 안타. 물론 지금 말코자 하는 것은 그 제도 불비 여하를 말함은 아니오 대학에 여자를 입학식힐 수 업다 하는 그 리유에 나타난 것에 대하야 두어말 하고자 한다.[25]

경성제국대학 설립 이후 여학생 진학을 허용하지 않는 규정을 비판하는 논설로, 고등교육 단계에서 남녀차별이 부적절하다는 내용이다. 논설은 차별의 근거로 제시된 "남자 중등교육의 주안

점이 국민교육이나 실업교육에 있다"는 주장에 대해, 실제로는 "남자 중등교육[의 목적]이 고등교육이나 전문교육 준비에 있었고, 여자의 중등교육은 그 주안점이 실사회의 현모양처를 양성함에 있었기 때문"에 남녀차별이 생겨난 것이지, 여자가 고등교육이나 대학교육을 받을 자격이 없는 것은 아니라고 강조한다. "선천적으로 남성이 우월한 힘을 가진 것이라는 미망(迷妄)"에 대한 비판이다.

물론 남녀공학에 비판적인 입장도 만만치 않았거니와 그 대표적 논리가 공학이 '풍기문란'의 원인이라는 것이었다. 일례로 1928년 4월 14일자 『조선일보』 칼럼에서 근화여학교 김미리사는 이렇게 쓰고 있다.

학생 풍기문제에 대하야

學生의 風紀에 對하야 언제나 問題視하지 아니하는 것은 안입니다만은 그것은 도모지 엇지할 수 업는 것입니다. 그네들이 하고 십허서 하는 일을 制止하기 퍽 어렵습니다. 家庭이나 學校의 監視나 訓戒가 그네들에게 무슨 힘이 잇슴니싸. 모든 것을 그들의 自覺에 一任하는 外에 아모 道理가 업는 줄로 밋습니다. 그리고 아즉도 過渡期에 잇는 우리 朝鮮에서 避치 못할 現像인 줄 압니다. 歐美의 學界에서는 小學時代부터 男女가 共學을 하게 되고, 또 그러한 制度의 歷史가 오래인니만치 學生의 風紀에 關하여서 그러케 問題되지 안흡니다. 勿論 전혀 업다는 것은 안입니다. 젊은 男女가 모힌 곳에 엇지 업기야 하겟슴니싸만은 그들

> 은 우리 學生들 모양으로 물불을 가리지 안코 덤비는 그러한 行
> 動은 업습니다. (중략) 우리 朝鮮에 잇서서 異性에 대한 過去의
> 習慣으로 말하면 自己의 父母 妻子 兄弟 以外에는 異性과의 接
> 觸이 업습니다. 萬一 잇다면 그것은 花柳界 男女만이 잇슬 쑨입
> 니다. 그리하여 自己의 親戚 關係가 업는 異性을 대할 째에는
> 반듯이 花柳界의 異性을 대할 째 取하는 그러한 態度를 갓게 됩
> 니다. 이와 가튼 習慣에서 자란 그들임으로 學生界에서도 그들
> 이 서로 交際를 하게 될 째에 무엇보다도 性에 對한 것이 먼저
> 話頭에 낫하나게 됩니다. 그럼으로 그들은 異性으로밧게 더 사
> 괴지 안습니다. 이것이 學生 風紀問題에 가장 큰 原因입니다.[26]

풍기문제가 이성과 접촉이 적은 조선의 습관에서 비롯된다는
칼럼이다. 소학교부터 남녀공학인 구미엔 풍기문제가 없지만, 과
도기 조선의 이성 접촉은 화류계 남녀에게나 해당되는 것이니만
큼 학생들에겐 풍기문제를 불러일으킬 소지가 다분하다는 취지
다. 남녀공학 반대 논리가 탄생하는 지점이 바로 여기다.

이러한 격세지감의 논리는 다음과 같은 글을 통해 1930년대
에 접어들어서야 점차 해소되는 분위기를 읽을 수 있다. 1930년
11월 25일자 『동아일보』 사설은 개정 변호사법을 통해 여자도
변호사가 되고, 여학생도 경성제대에 입학할 수 있게 된 사실이
법률상 남녀평등이 달성되는 진일보의 현상이라고 규정한다.

女子에의 門戶開放

또 이것과 前後하야 京城帝國大學에서는 從來 女子에게는 事實
上 入學生을 許치 안튼 것을 이번 大學 通則을 改正하야 女子에
게도 選科生을 許하고 또 同時에 內規에는 本科는 女子中等學校
各 卒業生을 募集하기로 決定하얏슴으로 朝鮮의 女子도 右資格
만 잇스면 最高 學府에서 學問을 修得하게 되엇다. 이 大學의 女
子에의 門戶開放은 實로 右 辯護士法의 改訂과 한가지로 女子에
게는 一大 社會的 地位에의 門戶開放이어서 社會上 한 發展이라
할 수 잇다. 如何히 文字上으로 혹은 辯論上으로 男女의 平等을
부르지젓자[부르짖어 보았자―옮긴이 고침] 社會의 眞權利를 잡
고 잇는 法律과 規則이 舊式을 그대로 保全하고 잇는 以上 그곳
에 完全한 解放은 잇슬 수 업다. 이 意味에 잇서서 이 兩個의 事實
은 女子에의 一福音인 同時에 社會의 一進步라 안흘 수 업다.[27]

같은 맥락에서 이번에는 남녀공학이 '풍기 정화'를 위해 효과
적이라는 취지의 다음 글도 들여다볼 만하다. 중등 이상의 교육
기관에서 남녀공학제를 실시하는 것이 도리어 이성(異性)에 대한
이해를 넓힘으로써 풍기문란 문제를 해결하는 데 도움이 된다는
취지의『동아일보』1934년 5월 8일자 사설이다.

男女의 共學問題

先進社會―特히 西洋에서는 初等敎育으로부터 高等敎育에 이
르기까지 一律로 男女共學制를 施行하여 오는 中이다. 그런데

昨日 伯林 電報에 의하면 나치스 政府에서는 男女共學이 깨끗한 子女敎育에 弊害가 잇다는 理由下에서 男女共學制를 禁止하려고 한다고 한다. 所謂 '非常時'라는 看板下에서 이미 坑儒焚書하는 等 暴政까지도 敢行하는 나치스 獨逸의 일이므로 지금 獨逸의 行事에 對하야 特別히 論評하려고는 않거니와 近來 우리 社會의 男女 風紀가 漸次 紊亂하여 가는 傾向이 顯露됨을 보게 될 때 한 편으로는 크게 寒心할 現狀임을 慨嘆하는 同時에 다른 한 편으로는 中等 以上의 敎育機關에서도 速히 男女共學制를 實施하야는 것이 그 終局的 效果性으로 보아서 더 緊要하지 않을까 생각된다. (중략) 오늘날 風紀가 漸次 紊亂하게 되는 것은 우리 社會에서 家庭上 社會上으로 男女의 交際 接觸을 너무 忌嫌 或은 禁制하므로─따라서 그들(男女)의 接觸이 自然 稀少하니만큼 그들 相互間의 一種 好奇心이 어떠한 機會를 만나게 되면 不慮의 衝動에 左右되기 쉬운 것 같다. 그러므로 男女共學制를 施行하야 그들의 接觸을 公公然하게 頻繁케 하여 준다면 男子는 一般 女子를, 또 女子는 一般 男子를 서로 理解하게 될 뿐만 아니라 그들의 交際가 自由로움을 따라서 모든 것을 서로 冷靜히 생각하게 되는 同時에 어느 時期를 지내게 된 뒤에는 男女가 서로 '男'이니 '女'이니 하는 性的 觀念을 떠나서 '사람'으로서의 交際하는 階段에까지 반듯이 이르게 될 것이다.[28]

그럼에도 불구하고 일제강점기 남녀공학 이슈는 미제로 남았다. 알다시피 1938년 개정교육령은 '중학교 규정'과 '고등여학교 규정'을 별도로 두었고, 수업 연한도 남학생 대상의 중학교는 5년(보습과 별도) 규정이었지만, 고등여학교는 3년부터 5년까지 유동적이었다. 그러나 광복 후 사정은 반전되어 남녀공학이 기본이 된 것이다.

이 시기 남녀공학 이슈는 대부분 찬성 의견 중심이었다. 일례로『부인』1946년 4월호에 실린 설문조사 형식의「남녀공학 문제에 대한 시비」를 보면, "비록 시기상조로 보일지라도 실시해야 한다"(경기도 학무국장 이병규), "효과는 의문이지만 찬성한다"(입법의원 대의원 박승호)처럼 소극적 찬성 의견뿐 아니라, "첫째 남녀의 공동생활과 마찬가지로 남녀공학은 자연적이며, 둘째 학교 설립이나 운영 차원에서 남녀공학은 경제적이고, 셋째 남녀 학생의 능력을 고려할 때 남녀공학은 공평하며, 넷째 지식 자극 정도로 볼 때 남녀공학은 효과적이고, 다섯째 남녀 교제 차원에서 남녀공학은 서로를 이해하게 하며, 여섯째 편협한 성격을 벗어나게 할 수 있다는 점에서 남녀공학은 인격교육에 도움이 된다"(유신 공립중학교 교장 김용하)라는 식의 적극적 찬성 의견도 발견할 수 있다.[29]

물론 제도 정착까지 부정적 의견이 전무한 것은 아니었다. 예컨대 1949년 1월 20일부터 22일까지『경향신문』연재된 이해남(李海南) 논설「남녀공학상의 시비」가 대표적이다. 필자는 모든 교육을 동등하게 하는 것은 교육학, 심리학, 문화철학적 이론으로도 불가능하며, 특히 남아와 여아의 성장 발육 속도가 다르기 때문에 같은 연령의 남녀를 공학하도록 하는 것은 모순이라고 주장한다. 무엇보다 그의 주장이 이상적 여성상, 즉 여자교육의 목표를 '현모양처'라고 전제한 처사는 일제강점기 반대론자들의 입장과 크게 다르지 않다.

남녀공학상의 시비

男女 兩性이 가진 文化的 使命을 考慮하지 않은 敎育은 어리석은 敎育이다. 우리는 어디까지나 全女性을 오울드미스(老處女)로 養成할 것이 아니라 반드시 民族 社會의 永遠한 生命 維持를 위하여 賢母良妻로 敎育하지 않으면 안 될 것이다. 家庭 及 家族에 대한 貢獻이라는 것이 女性의 天職이며 女性의 使命이다. 時代는 進步하여 보다 더 많은 女性의 政治的 社會的 職業的 進出을 要求하고 있다. 그러나 이것이 결코 플라톤적인 妻子의 共有에 이르는 길은 아니며 人類의 存在하는 한 家庭과 家族 制度는 없어지지 않을 것이기 때문에, 良妻賢母의 文化的 使命은 永遠히 사라지지 않은 것이다.[30]

남녀공학을 주제 삼은 이 논설로부터 여성문제와 여자교육에 대해 일제강점기에서 광복 이후까지 관습적으로 이어져온 전통적 시각을 재확인하게 된다. 그러나 여성은 반드시 결혼해야 하며, 이에 따라 가정의 유지자로서 그 소임을 다해야 한다는 인식은 가정과 사회 유지 차원에서 필요한 전제일지는 모르나 그 자체로 타당한 논리를 만들지는 못한다. 그러니 이 또한 여성을 억압하는 구실로 기능했을 뿐이다.

2) 일제강점기 여성교육 담론의 잔재와 청산 문제

광복 직후 여성 관련 담론에 큰 변화가 일어난 것처럼 보이지는 않는다. 여러 매체에서 '여성', '민주여성', '여성운동'이라는 표현이 굳어졌지만, 여전히 '부인', '부인운동'이라는 용어도 널리 사용되고 있었다. 여학생 담론에도 부정적 의미에서 '신여성', '풍기와 정조문제'가 빈번히 등장했다. 해방 공간의 기사들이었지만, 인식 수준은 아직 일제강점기 때 시각에서 크게 벗어나지 못했음을 그대로 노출한다.

일례로 『새교육』 제2-1호에 실린 손정규의 논설을 보자. 그는 당시 국립서울대학 학생과장으로, 민주주의와 민족교육이라는 수식어를 끌어들였지만, 본질적으로 "여성은 순정적이고, 미적이며, 온유유약하다"는 전제하에 여성교육의 지향을 제시하고 있다. 그러니 "중학 정도의 여성교육 목표가 가정적 소양"에 있으며, "우수 인재에게는 대학교육을 허용해야" 한다는 결론은 그 자체로 편견에 젖은 주장일 수밖에 없다.

> ### 一般 社會가 女性敎育을 再認識해야 한다
>
> 첫째로 女性 自身이 自己의 할 일을 再認識하여야 한다. 過去의 女性들이 犧牲的 生活이 無意味할진댄 虛欺回遊할 것이 아니고 무엇을 어떻게 盲從했든가를 具體的으로 原則에 따라서 自己의 本能을 最高度로 發展시킬 深奧한 敎養을 찾기에 힘써야 한다. (中略) 둘째로 男性으로서 女性觀을 좀 달리하여야 한다.

『새교육(창간호)』(1948)

家庭婦女子라면 無條件하고 低劣視, 奴隷視, 玩具物視하는 것이 國家 大計에 어그러진 줄을 알아서 扶助, 鞭撻, 愛護 尊敬하여 先進的인 男性이 뒤떨어진 女性을 自己 水準에까지 높여 놓음으로 均衡을 엇게 되어 民主國家 完成의 根據가 女性教育 充實로써 우리 國家社會가 速히 確立될 줄 알아야 한다.

要컨대 女性教育은 中學 程度에 있어 家庭的 素養이 깊은 女性을 大衆的으로 教育할 것이고, 優秀한 人材에게는 大學 程度의 教育도 서슴지 않아야 한다. 女性은 民族의 人格 構成을 擔當한 教育者이다. 그 자의 素養 如何가 國運을 左右하는 것이며, 民主主義 國家의 새 建設은 民族教育 均衡에 있어야 함에 따라 女子教育을 一大 重大視하여야 한다.[31]

이렇게 불완전한 여성관과 여기서 파생하는 여성교육에 대한 편견은 당시 신여성 담론에도 그대로 반영되었다. 본래 '교육받은 여성'을 의미했던 신여성 개념은 대체로 부정적 맥락에서 그들의 의식과 생활방식, 정조와 풍기문제를 비판하는 데 동원되곤 했다. 이는 일제강점기부터 관성적으로 이어져온 방식이었다.

광복 직후 신여성 담론의 사례

새해 신여성의 각오(박승호): 너무나 막연한 소리 같습니다만 우리들은 '신여성'이라는 그 단어에 대하여 과히 기분 좋은 느낌을 갖지 못합니다. 왜냐하면 과거의 신여성들, 소위 학교교육을 받은 여성들의 행동이 그다지 남에게 호감을 줄 만한 그 무엇이 없었으며 이로서 사람들이 신여성이라는 말을 입에다 담을 때는 그만큼 비웃는 생각이 섞여 있기 때문입니다. (중략) 먼저 과거의 신여성들의 언행에서 그릇된 점은 무엇무엇이든가 하는 것을 한두 개 들추어본다면, 첫째로 경솔했고, 둘째로 건방졌고, 그리고 만사에 있어서 '체'하는 것이 너무나 많았습니다. 그 원인을 생각해 보건대 무엇보담도 정치적으로 우리는 활기를 띄우지 못했고, 따라서 자기들의 건방진 실력을 고루게 뻗어나가지를 못했기 때문에 한참 무성하게 퍼져 나가야 할 젊은이들의 힘과 생각이 이상하게 꾸부러져 나가게 되었던 것입니다. 이것이 극단의 내성적인 성격이 아니면 아까 말한 바와 같은 건방진 것과 경솔과 그리고 남자들로 친다면 자포자기적인 성격으로 뻗어나갔든 것이라고 봅니다.[32]

신여성의 각오(정충량): 소위 신여성이라고 하는 독특한 명사는 아마 남성의 호기심이 빚어낸 소산물이 아닌가 싶다. 신여성의 본의는 서구에서 신사조가 수입됨에 따라 개화한 몇 가정의 자녀가 신교육을 받게 된 후부터 생긴 명사인데 요는 문맹 여성과 구별하기 위해서인 동시에 교육받은 여성의 애칭이기도 하다. 기미운동을 전후해서 신교육을 받은 여성은 그 발전 과정에 있어선 장해도 많았으나 사회의 총애를 받은 것만은 사실이었다. 우리의 어머니들 즉 오십대 여성이 젊었을 시절에는 일반적으로 외국 문화라면 무조건 받아드리었다. 우리의 풍토 민족성에 적합 부적합한 것은 문제 외였다. 말하자면 문화를 받아드리기에만 급급하고 그것의 취사선택은 둘째 문제였다. (중략) 여성이 신교육을 받기 시작한 지 반세기가 넘는 지금에 와서까지 외국 문화에 대한 장단을 가리지 못하고, 단지 모방에만 그친다면 구태의연한 여성과 하등의 차이가 없는데 이는 남성이 어떠한 한계선을 그어놓고 여성세계를 한정한 그 속에서 영영 이탈하지 못함은 그 사상의 빈곤이 주인(主因)인 것이다. 여성 또는 여류라는 명사가 생긴 시초가 여성은 남성보다 문화에 뒤떨어짐을 방증하는 것이다. 그러나 많은 여성이 인권의 무시를 당하게 됨을 깨닫기커녕 그 외모 단장으로 연해 여성을 자부하는 어리석은 여성이 거리에 범람하게 되는 것은 여성의 수치가 아닐 수 없다.[33]

위 논설에서 당시 정부 사회부 후생국 부녀국장 박승호는 "신여성은 경솔하고, 건방지고, 체하기를 좋아한다"라는 편향적 시각에 제대로 된 아무런 근거도 제시하지 않는다. 그는 다른 글에서도 여성의 지위와 관련해 "우리나라의 헌법을 보면 여성의 참정권이 인정되어 있고, 여성의 권리가 완전히 보장되어 있다고 할 수 있습니다. 이것은 인권마저 유린당하고 있던 과거의 여비(女卑) 사상의 봉건적 인습을 청산한 신생 민주국가의 혜택이 아닐 수 없습니다"라면서도 "현하 우리나라의 경제적 현실은 대부분의 남성이 실업 상태에 있음으로 여성의 대량 진출은 남성에게 큰 위협이 되어 사회의 균형을 잃을 염려가 없지 않습니다"라는 엉뚱한 결론에 도달한다.[34] 신여성에 대한 편견뿐 아니라 여성의 사회활동에 대한 왜곡된 시각을 그대로 드러낸 것이다. 정충량의 논설 또한 마찬가지다. 그는 교육받은 신여성이 외국 문화를 무분별하게 모방함으로써 "지(知)를 탐구하기보다는 눈썹을 짙게 그리고 거리를 활보하는 존재"라고 묘사하고 있다.

이러한 태도는 '정조'나 '성교육' 문제를 다룰 때도 그대로 반영되었다. 『부인』 1949년 6월호에 게재된 이규엽(李圭燁)의 「여학생의 성교육 문제」는 "팔·일오를 계기로 성문제는 하나의 커다란 사회문제로 우리 눈앞에 나타났으며 커다란 진전과 새로운 계단에 들어선 감이 없지 않다"라면서 성병의 폐해와 이에 대한 방지책을 교육 차원에서 설명하려 한다. 그러나 "사춘기 전후의 소녀들에게 좋건 나쁘건 생리적으로 닥쳐오는 신체적 변화와 막연한 그리고 몽롱한 봄달 같은 몽상과 환상에 젖는 정신적인 동경이 그들을 고민과 우수에 잔주름짓게 한다"라는[35] 진술에 이어 '성교육'을 오직 여성문제로 환원시키는 듯한 태도는 여전히 편견에서 자유롭지 못한 인상을 준다. 정조문제에 대해선 흥미 본위의 기사마저 산출되었다.[36] 이렇게 성문제가 자주 화제에 올랐던 데에는 광복 직후 논란이 된 '공창제 폐지 운동'이나 『킨제이 보고서』 같은 성 관련 자료 유입이 적잖은 영향을 미쳤을 수 있다.

그러나 이런 분위기 속에서 결이 다른 시야를 제공하는 주장도 존재했다. 사회주의 경향의 잡지 『여성공론』 제2호(1946)에 게재된 이정순의 「부인운동의 당면 임무」를 보자. 우선 논문은 "추상적인 고급 설명보다 구체적인 해설 투쟁에 치중해야 한다"라면서 그 방편으로 각종 단체의 연합, 영화와 연극 이용 등을 통한 공민권 획득, 민족통일전선에 따른 진보적 자주독립 전취 등을 전제한다. 그리고 '부기(附記)'에서 "부인에 관한 모든 문제는 결코 부인 독자로 해결될 바가 아니다. 부인문제의 기초가 되는 예속적이며 봉건적인 상태에서의 해방은 어디까지든지 인민해방의 일환으로 파악되지 않으면 안 된다. 부인 해방은 인민정권 하에서 일본 제국주의의 잔재 세력과 반봉건적인 가장제도(家長制度)를 완전히 타도하고 노동권, 생활권, 휴식권 확립과 모든 경우 남녀동등이 실현되는 데서만 가능하게 된다"라고 주장하면서 23개 실천 과제를 제시한다.

부기에 제시된 실천 과제

一. 十八歲 以上의 남녀에 대한 選擧權, 被選擧權 確立과 選擧
　　干涉 絶對 反對

二. 婦人에 대한 封建的인 雇傭制度와 人身賣買 絶對 反對

三. 年期 契約制度 廢止, 其他 一切 婦人에 대한 奴隸的인 勞動

條件 絶對 反對

四. 婦人에 대한 重勞動과 有害하고 危險한 勞働 禁止

五. 職業病에 대한 研究 豫防 及 治療와 施設의 完備

六. 傷害에 대한 全額 賃金 支給과 治療 完成 及 傷害에 대한 生
活 水準 完全 保障을 條件으로 하는 賠償

七. 勞動組合의 管理下에 있는 婦人 及 靑少年의 勞務關係 監
察制度 確立

八. 婦人 勞働者에 대한 産前 産後 二個月의 有給休暇

九. 姙産婦에 대한 工場內의 醫療 保護 設備의 充分 完備

一〇. 各地域에의 無料産院 無料 託兒所의 完全 設備

一一. 姙産婦에 대한 食料 倍額支給 及 그의 質的 向上과 農村
都市의 一般 姙産婦에 대한 國營 醫療施設 完備

一二. 戰災 孤兒, 其他 保育을 떠난 兒童의 國營에 의한 適正 保育

一三. 私生兒의 差別 待遇 撤廢, 私生兒의 保育費는 實父 負擔
으로 할 것

一四. 一週間의 有給 生理休暇 其他 婦人의 身體的 特質에 대
한 全面的 配慮와 保護

一五. 母性 保護를 위한 姙産婦의 醫學的 調節 自由

一六. 洗濯 炊事 其他 家事의 合理化와 工業化

一七. 女子라는 理由의 馘首 反對, 女子의 年齡에 의한 雇傭制
度 撤廢

一八. 法律上의 모든 無權利와 不平等한 規定 卽時 全廢

一九. 婦人에 대한 暴行 其他 傷害 行爲에 대한 婦人 擁護를 위

한 處罰 加重

二〇. 賣春婦 制度 根絶

二一. 男女 貞操觀念 對策, 職權 又는 優越的 地位를 利用하는
婦人에 대한 破倫行爲 絶對 反對

二二. 모든 職業의 女子에 대한 解放 特히 公務 公職上의 差別
撤廢 及 職業上의 地位 男女 同等

二三. 教育에 대한 男女 機會均等 及 그 質的 差別 撤廢, 男女
共學의 自由[37]

제안은 당시 성차별 관련 문제들이 참정권, 노동권, 경제적 평
등, 출산 양육에서의 여성 보호, 여성과 관련한 사회문제 해소,
교육 평등 등 여성운동 차원에서 해결해야 할 과제임을 분명히
밝힌다. 비록 용어상 '부인운동'이라는 표현을 사용함으로써 여
성교육의 본질이 결혼을 전제로 한 '부인', '부녀'의 관점에서 벗
어났다고 보기는 어렵지만, 정리한 이 23가지 과제가 성평등뿐
아니라 여성교육 담론 차원에서 지속적으로 주목해야 할 문제들
이었음은 분명하다. 이렇게 광복 후 과도기 상황에서 여성교육
과 여성운동 담론에 점진적으로 변화가 나타나기 시작한 것은
그 자체로 충분히 의미가 있다.

맺음말

이 책의 집필 과정에서 줄곧 고민해왔던 문제 가운데 하나는 '여자교육'과 '여성교육'이라는 용어 사용과 관련된 것이었다. '여자교육'이 적합할까, '여성교육'이 합당할까. 분명한 건 근대식 학제가 도입된 1895년부터 현재까지 공교육 차원에서 교육 과정이나 학교명에는 '여성'을 사용하지 않는다. 반면 성의식과 관련되어 통용되고 있는 용어는 '여성'이다. 예컨대 손인수(1971)의 『한국여성교육사』처럼 교육(사) 차원에서 여성문제를 다룰 땐 대부분 '여자' 대신 '여성'이 사용된 것이 분명하다. 그러나 이번 연구를 통해 '여성' 표현은 사회적 성을 인식하기 시작한 1920년대 이후에야 본격적으로 사용되었음을 확인했고, 따라서 필자는 '여성교육'과 '여자교육' 혼용이 불가피하다고 판단했다.

다른 분야도 그렇겠지만, 여성문제 연구에서 동일한 표현이 시기(대)와 상황별로 다르게 해석되는 경우가 종종 있다. 일례로 축자적 의미에서 '남녀동등권'은 남녀의 평등을 의미하지만, 이번 연구에서 드러난 바로서 근대에 등장한 동등권은 추상적 의미에서 동등일 뿐, 무엇을 어떻게 동등하게 하는지에 대해서는 구체적으로 논의하지 않는다. 더구나 동등권이 국가주의 차원에서 여성의 역할, 특히 어머니 역할을 강조하는 방향으로 이어질 땐, 도리어 여성에 대한 억압을 가중시켰을 뿐이다. '여성해방' 표현도 마찬가지였다. 해방을 주장하는 다양한 논의가 가정에서 여자가 제대로 대우받는 것을 의미할 때, 과연 그것이 해방인가라는 의구심이 들 때가 많았다.

이는 근대 이후 일제강점기 교재 분석 과정에서 자주 확인된 문제였다. 이번에 당시 독본류 교재들을 다수 분석하면서 여자교육의 내용 구조를 밝히는 데 집중했거니와 근대식 학제가 도입되고 여자교육의 중요성이 강조되었음에도 그 내용 차원에서 혁신적 변화를 감지하기는 쉽지 않았다. 상당수 교재가 '전통적 가족 윤리'와 관련해 '현모양처'를 이상적 여성상으로 설정했고, 거기에 근대적 특성과 계몽의식이 강조된 '애국심', '사회생활과 직업' 등의 내용이 포함되는 수준이었다. 수신류 교과서도 사정은 같았다. 시기(代) 변화가 무심하게 전통적 '부덕(婦德)' 윤리는 요지부동이었다. 다만 일부 수신서에서 '여자 세계의 진화', '남녀 동등권' 등의 개념이 천명된 것이 특별하게 다가왔다.

알다시피 일제강점기 여성문제는 남성중심주의라는 봉건적 억압과 식민제국주의의 침탈이라는 이중의 억압 구조 아래 처해 있었다. 당대 회자되던 '신여성론', '정조론', '노동과 직업 담론' 등에도 그 흔적이 짙게 남아 있다. 더구나 '동화', '우민화'가 기본 목적인 식민지 교육 치하에서 교육받은 신여성이나 직업여성 자체는 소수에 불과했거니와 '여성해방' 등의 담론도 그 주장의 효과를 거두기에 한계가 있을 수밖에 없었다.

무엇보다 이 책이 주의를 기울인 건 여성교육을 위해 만들어진 자료들에 대한 분석이었다. 그것은 공교육에서 사용된 교과서, 민간 중심으로 만들어진 독본류, 신문과 잡지의 연재물 등 다양한 형태로 존재했으며, 저작 주체, 출판 의도, 활용 방안 등에 따라 각기 독특한 내용을 보유하고 있었다. 하지만 여성교육 차원에선 공히 전통적인 가족 윤리, 여성의 근면, 현모양처의 역할을 강조하는 등 시대적 한계를 벗어나지 못하고 있었다. 더욱이 일본의 제국주의 의도가 노골화되어감에 따라 이 자료들은 식민지 여성 수탈의 도구로 전락해버리고 말았다.

담론과 제도 연구를 통해 여성문제와 여성교육의 역사성을 밝히는 일은 큰 산을 넘는 것과 같은 느낌이었다. 출발할 때는 새로운 근대적 여성상에 대한 기대감 속에 산적한 자료들을 누볐다. 이때 중요한 건 '균형감'이었다. 편향된 시각과 주관을 최대한 배제하고, 사실로서의 역사를 직시하고자 애썼다. 따라서 연구를 계획할 때부터 특정 자료에 집중해 의미를 부여하는 질적 연구보다 확인할 수 있는 최대의 자료를 정리하고 분석하는 양적 방법론을 취하기로 했다. 만만치 않은 작업이었다. 무엇보다 근대 이후 일제강점기 자료는 거의 무한정에 가까웠다. 근대 국문으로 이뤄진 신문, 잡지, 교과서류뿐만 아니라 다양한 통계 자료에서 유관한 것들을 정리하고 해석하는 작업은 그 자체로 중노동에 해당했다.

이 연구를 지속할 수 있게 한 동력은 여성문제는 오늘날까지 진행형이란 인식 때문이다. 물론 이 책이 집중한 근대 이후 일제 강점기(및 해방 직후)까지 여성문제와 여성교육은 오늘날의 그것과 시차가 크다. 그러나 근대 이후 여성 담론은 나름의 우여곡절을 겪으면서도 우리의 현실을 반영했고, 그를 통해 성에 따른 사회적 모순을 점진적으로 노출시켰으며, 때때로 적극적으로 해결 방향을 찾아나가기도 했다. 이 점에서 근대 이후 여성 담론과 여성교육의 실상을 체계화하는 작업은 필자에게 매우 의미 있는 일이었다.

그것은 그저 여학교가 탄생했고, 남녀공학이 이뤄졌으며, 여성을 독자로 하는 독서물이 활발하게 유통되었다는 사실만을 밝혀내는 작업이 아니었다. 궁극적으로 여성교육의 본질이 무엇이며 그 바람직한 방향은 무엇이었는지를 묻는 과정이었다. 상투적 표현일지는 모르겠지만, 일제강점기와 광복 직후의 여성 담론 가운데서 "여성문제는 여성으로서의 문제가 아니라 사람으로서의 문제"라는 주장을 자주 확인할 수 있었다. 이제 과제는 이 추상적 이 명제를 어떻게 구체적인 사실로 풀어내고, 그 방향성을 찾아나가는가에 놓여 있다. 연구를 마무리하는 시점에서 큰 산을 넘었더니, 또 다른 큰 산이 나타남을 깨닫지 않을 수 없다.

주

서장

1 『동아일보』 1922년 6월 30일자.

2 이화여자대학교 한국문화연구원(2011), 『근대 수신교과서』 1, 소명출판 참고.

제1장

1 최민지(1972), 「한국 여성운동 소사」, 이효재 엮음, 『여성해방의 이론과 실현』, 창작과비평, 239쪽.

2 이현희(1978), 「개항과 여성의 지위 변화」, 『한국 근대 여성개화사』, 이 우출판사, 16-17쪽.

3 권경애(1999), 「근대적 여성관 변천에 관한 연구」, 『사학연구』 58·59, 한 국사학회, 987-1,009쪽. 김현우(2016), 「근대 전환기 여성관의 변화」, 『양명학』 45, 한국양명학회, 417-446쪽. 이배용(2003), 「19세기 개화사 상에 나타난 여성관」, 『한국사상사학』 20, 한국사상사학회, 113-150쪽.

4 민족문화추진회(1976), 『국역성호사설』 Ⅵ, 민문고, 143쪽.

5 민족문화추진회(1979), 『국역청장관전서』 Ⅱ, 민문고, 42쪽.

6 　이주연(1929), 「부인문예강화(35): 금욕과 승려생활」, 『조선일보』 1929년 12월 6일자. 이주연은 이 시기 신간회 여성 대표자로 활동했던 인물이다.

7 　『한성주보』 1986년 2월 1일자, 「외보」.

8 　이에 대해서는 김경남(2024), 『조선시대 지식사회에서 여성의 역할과 근대 여자교육에 대한 인문학적 연구』(경진출판)에서 좀 더 자세히 논의한 바 있다.

9 　『미일신문』 1898년 8월 13일자 「론셜」.

10 　김경남(2021), 「근대 계몽기 신문 소재 논설의 여성문제와 여자교육 담론의 분포와 의미」, 『인문과학연구』 70, 강원대학교 인문과학연구소, 5-31쪽. 이 논문에서는 근대 계몽기 9종의 신문 논설 85편을 대상으로 주요 여성문제가 무엇이었는지를 분석했다. 이에 따르면 그 당시 가장 많은 비중을 차지한 문제는 '여자교육'(38편), '여성의 지위'(9편), '혼인문제'(8편), '여성단체'(7편), '구습 타파'(5편), '의복문제'(5편), '성역할 문제'(4편) 등의 분포를 보인다.

11 　허재영(2013), 「근대식 학제 도입 이전(1880-1894)의 학교와 교과서 연구」, 『한국언어문학』 87, 한국언어문학회, 517-545쪽.

12 　『구한국관보』 제119호, 개국504년 7월 19일. 아세아문화사.

13 　『구한국관보』 제138호, 개국504년 8월 15일. 아세아문화사.

14 　『매일신문』 1898년 10월 13일자.

15 　『독립신문』 1899년 5월 26일자.

16 　『구한국관보』 제4037호(융희 2년 4월 2일). 아세아문화사.

17 　『구한국관보』 제4044호(융희2년 4월 10일). 아세아문화사.

18 　조선총독부(1910), 『조선총독부 시정연보(1906-1908)』, 국학자료원, 제15장 교육. 이 자료에 따르면 1908년까지 조선에서 보통학교(소학교)는 갑종과 을종을 합쳐 100여 개 미만이었던 것으로 확인된다.

19 　이화여자대학교(1967), 『이화80년사』, 이화여자대학교출판부, 65쪽.

20 　대한기독교서회(2021), 『대한기독교서회 창립 130주년 기념 화보집』, 대한기독교서회, 132쪽. 이 책은 최초 한글 성서 번역을 주도한 존 로스

(한국명 라요한)의 영문 저작을 이화학당 설립자 스크랜턴 여사가 번역한 것으로, 기독교의 핵심 교리 72가지를 문답식으로 정리해놓은 책이다. 1890년 『크르스도쓰성교문답』이라는 제목으로 출판되었다가 1893년 『성교문답』으로 개제되었다고 한다.

21 『훈ᄋ진언』은 교회학교 아이들과 여성을 위한 문답식 교과서다. 총53장으로 제1장부터 제11장까지는 '창조와 영혼', '천사', '마귀', '세계에 대한 이야기', 제12장부터 제50장은 복음서의 예수 행적, 제15장부터 제53장은 '사도행전', '요한계시록', '심판 이야기'로 구성되었다.

22 『덕혜입문』은 존 그리피스가 중국에서 낸 전도 책자를 번역한 것으로, 유교를 기본 소양으로 하는 식자층을 대상으로 한 책이다. 공자, 주자, 장자, 자하, 주렴계 등 동양 선인과 학자들의 논설을 긍정적으로 수용하면서 그 한계를 기독교의 진리로 보충하고자 한 책으로 알려져 있다.

23 박붕배(1987), 『한국국어교육전사』, 대한교과서주식회사. 이종국(1991), 『한국의 교과서: 근대 교과용도서의 성립과 발전』, 대한교과서주식회사. 이는 1895년부터 1900년 사이 출판된 대부분의 교과서가 학부 편찬이었음을 고려하면 타당한 논리라고 할 수 있다.

24 허재영 엮음(2017), 「근대 교과서 목록」, 『근대 계몽기 학술잡지의 학문 분야별 자료』 권9, 경진출판을 참고할 수 있다.

25 일제강점기의 경우 여학도를 위한 '국어(일본어)', '조선어', '역사', '지리' 등의 일본문 교과서가 편찬된 경우도 있으나, 근대 계몽기에는 수신과, 국어 독본, 가정학 이외의 다른 교과와 관련된 여자용 교과서가 저술되지는 않았다.

26 물론 이 분류가 항상 적합한 것은 아니다. 왜냐하면 학부 편찬(1895) 『국민소학독본』이나 『소학독본』은 여자교육과 관련된 내용이 전혀 반영되지 않았으나, 그것으로 이러한 교과서가 여자교육에는 적용되지 않았다고 단정하기 어렵기 때문이다. 특히 소학용 독본으로 널리 알려진 현채(1907)의 『유년필독』, 『유년필독석의』 등은 비록 소수일지라도 여학교에서 교과서처럼 읽혔을 가능성이 있다.

27 여기서 교과 구분은 교과서의 내용을 고려하여 설정한 것으로, 교과서에 '수신' 또는 '독본'이라는 용어를 사용하지 않을 경우 그 교과서를 특정 교과에 포함시키기 곤란할 경우도 있다.

28 『서례수지(西禮須知)』, 『유몽휘편(幼蒙彙編)』 및 '소학(小學)'을 서명으로 한 교과서의 경우 순수한 독본으로 보아야 할지 아니면 수신교과서의 일종으로 보아야 할지 경계가 불분명하다. 그럼에도 근대식 학제 도입 직후 편찬된 다수의 교과서가 수신과 및 독서과(국어)의 공용이었을 가능성이 높고, '소학'이라는 명칭을 사용한 『국민소학독본』의 경우 그 편제를 고려할 때 '독서, 작문, 습자' 교과에서 사용할 목적을 갖고 있었다고 판단되므로, 이들 교과서를 독본류에 포함시켰다.

29 국민교육회의 『초등소학』 제4권 제29과에도 같은 제목의 과가 들어 있다. 다만 국민교육회의 '和睦호 家眷'에서는 "여긔 한 草家가 잇스니 저 貌樣은 別로 볼 것이 업시나 그러나 其家內를 보면 참 形言할 수 업는 아람다운 것이 잇나이다.(중략) 지금 父는 집신을 삼는디 겻에서 長子는 집을 츄리고 次子는 색기를 쏘오. 또 母는 織機에셔 문영을 싸고 그 겻에 長女와 次女가 母의 일을 그드누이다"라고 하여 가난한 집일지라도 가족이 협력하여 일을 하여 행복한 상태에 있음을 강조하고자 했다.

30 정전은 가치 있는 규범이 될 만한 텍스트를 의미한다. 그러나 정전화 과정은 교양 텍스트의 독점과 지배를 의미할 수 있는데, 이와 같은 정전화는 계몽시대의 패러다임에서 비롯된 것이라는 지적이 있다. 이에 대해서는 박인기(2010), 「문학교육과 문학 정전의 새로운 관계 읽기」, 한국문학교육학회 엮음(2010), 『정전』, 역락, 23쪽을 참고할 수 있다.

31 이 텍스트는 휘문의숙(1906), 『고등소학독본』 권1 제9과 '孟母의 敎子'에도 나타난다.

32 『초목필지』 하권에 등장하는 법률 조항은 갑오개혁 이후 공포된 형법 등을 근거로 한 것이다.

33 『서례수지』는 1866년 존 프라이어가 중국어로 지은 책으로, 1895년 학부에서 한문본을 간행한 뒤, 1902년 국문 번역본을 발행했다. 여기에서는 국문본을 옮겼다. 허재영 주해(2015), 『(존 프라이어 저) 서례수지』, 경진출판.

34 이 교재 제4권 제29과 '화목(和睦)호 가권(家眷)'에서는 짚신을 삼는 일은 남자의 일이며 직물은 여자의 일로 설정한 장면이 나온다.

35 1900년대 이후 농상공부에서는 인공 양잠 전습소를 설립하고 누에치기를 장려했다. 『제국신문』 1900년 6월 18일자 논설을 참고하면, 이 시기 김가진은 대한제국 인공양잠회사 전습소 첨학원을 설립하고, 잠농 육

성에 힘쓰고자 했음을 알 수 있다. 이와 같은 배경에서 학부 편찬(1907) 『보통학교 학도용 국어독본』제5권 17과 '養蠶'도 남학도뿐만 아니라 여학도를 목표로 한 교재라고 볼 수 있을 것이다.

36 이 교재는 국한문으로 출간되었으나 독자의 이해를 돕기 위해 허재영 (2018), 『주해 유몽천자』(경진출판)의 번역문을 옮겼다.

37 신가국(身家國) 사상은 근대 계몽기의 대표적인 국가관이라고 할 수 있다. 예를 들어 『대한매일신보』 1909년 7월 15일~17일자 논설 「身家國 觀念의 變遷」을 참고할 수 있다.

38 중요한 내용만을 간추려 제시했다.

39 박선영 옮김(2012), 『초등여학독본』, 경진출판.

40 과번호는 삭제함. 1-2는 같은 주제를 연속한 과(課)를 표시함. 즉, 명륜장 第一課 人倫, 第二果 上同으로 표시된 것은 인륜(人倫) 1-2로 정리함.

41 근대 계몽기 띄어쓰기와 철자법 통일 문제는 『독립신문』 창간호부터 애국계몽기까지 중요한 문제 중 하나였다. 특히 1907년 학부 내의 '국문연구소' 설립과 1909년 '국문연구의정안'을 만들기까지 다수의 노력이 있었다. 철자법 통일은 일제강점기인 1911년 '보통학교조선어독본 언문철자법' 제정을 거쳐 1933년 조선어학회의 '한글맞춤법통일안'에 이르러 이뤄졌다.

42 예를 들어, 하권 첫 부분은 상단에 "胞 [ᄋᆞ히빌포] 賦 [부세부 픔부부 부지을부]/ 靈[신령령, 靈젹] 魂[혼혼 魂빅]/ 肉[고기육, 슉肉] 閉[닷슬 페, 開閉ᄒᆞ다]/ 關[집관, 닷을 관] 期[긔약 긔, 期會ᄒᆞ다]/ 腕[히쩌러질 원, 늣다] 海[바다히, 海關]/ 航[비항, 航海ᄒᆞ다] 梯[샤다리데, 계梯]"와 같은 한자를 두고, 하단에 "莫非王臣 우리 同胞 天賦ᄒᆞ신 愛國性은 男女 分別 잇슬손가. 靈魂 肉身 同一ᄒᆞ다. 閉關自守 우리나라 文明風期 腕晩ᄒᆞ여"라는 텍스트를 제시했다. 즉, 상단에 제시한 한자를 하단 텍스트에서 찾게 함으로써 낱자 학습과 문맥상의 의미를 함께 익힐 수 있도록 했다.

43 『황성신문』 1906년 11월 1일자 「女子敎育會趣旨書」, 1908년 2월 11일자 廣告 「女子敎育會에서 已設ᄒᆞ 普學院을」 참고.

44 김수경(2011), 『『녀자소학슈신서』 해제』, 이화여자대학교 한국문화연구원, 『근대 수신교과서』 1, 소명출판.

45 이 책은 장별 편제 방식이 통일되지 않았기 때문에 제2장과 같이 서론에 해당하는 논설이 없는 경우도 있다.

46 제1장 논설은 이기(李沂), 「家政學說」, 『호남학보』 제1호(1908.6.25)의 「幼兒롤 敎育ᄒᆞ논 大要」와 내용이 동일하다. 「가정학설」에서는 국한문을 싣고, 일부 내용은 국문으로 번역했다.

제2장

1 수요역사연구회(2005), 『일제의 식민지 지배 정책과 매일신보: 1910년대』, 두리미디어. 이 책에서 다룬 주제는 '1910년대 동화정책'(조성운), '1910년대 일본 시찰단'(조성운), '1910년대 식민지 조선에 구현된 위생정책'(김혜숙), '보통학교 교육정책'(정혜정), '1910년대 조선에서의 일본 불교 포교활동과 성격'(성주현), '1910년대 조선 귀족의 실태'(심재욱), '1910년대 중앙 시험소의 요업정책'(엄승희), '1910년대 선만일원화론'(박성진) 등이다.

2 『매일신보』에서 '여성'을 제목으로 사용한 기사는 1920년 7월 15일자 '동서시평'란의 「여성시대」 이후로 보인다.

3 이와 같은 자료 유형화는 조사 관점에 따라 달라질 수 있다. 예를 들어, 1910년대 『매일신보』에 연재된 다수의 신소설은 조사 대상에 포함하지 않았다. 이 시기 소설의 스토리와 플롯이 당시의 여성 담론을 반영한 상상물이므로, 현실 담론을 고려할 때 연재소설을 제외해도 큰 무리가 따르지 않는다는 판단이 작용했기 때문이다.

4 이는 다소 임의적인 분류에 해당한다. 예를 들면, 1911년 1월 11일자 사설 「경고 부인사회」는 부인계의 사치와 놀음을 경계하고 가법(家法)과 예법(禮法)을 중시하라는 내용인데, 이는 '사회의식'에 포함할 수도 있고, '식민 통치를 위한 순응주의 교육정책'이 반영된 것으로 분류할 수도 있다. 이처럼 분류 기준 설정이 까다로울 경우, 전통적인 의식 계몽을 주

제로 한 것은 '계몽'에 포함하고, 식민 통치를 위한 여성의 순응성을 주장한 것은 '식민'에 포함하는 방식으로 분류를 진행했다.

5   『매일신보』 1913년 9월 12일자 사설, 「朝鮮 婦人의 勤勞」.

6   『매일신보』 1912년 10월 16일자 사설, 「婦女의 奢侈와 虛榮」.

7   『매일신보』 1912년 10월 1일자 사설, 「朝鮮 婦人의 編綱」.

8   이 시기 『매일신보』에는 신소설류가 아닌 특집 기사 형태로 30회 이상 연재물이 실린 경우가 매우 드물다.

9   『매일신보』 1911년 2월 7일자 사설, 「警告女子界」.

10 『매일신보』 1912년 2월 2일자 사설, 「婦人의 蟄居」.

11 『매일신보』 1914년 4월 17자 사설, 「女學生界에 對ㅎ야」.

12 『매일신보』 1914년 6월 5일자 기사, 「婦人 必守의 十條項」.

13 박붕배(1987), 『한국국어교육전사』, 대한교과서주식회사. 이 책에서는 일제강점기 교육정책의 기조를 동화정책, 우민화정책, 노예화정책이라고 규정한 바 있다.

14 『朝鮮總督府官報』 제229호(1911.9.2).

15 『매일신보』 1918년 8월 23일자 기사, 「鮮人同化(1)」.

16 일제강점기 조선에서의 교육은 '조선교육령'을 준거로 한다. 1911년 9월 2일 공포된 '조선교육령' 제15조에서는 "女子高等普通學校는 女子에게 高等普通敎育을 ㅎ는 바인즉, 婦德을 養ㅎ야 國民될 만혼 性格을 陶冶ㅎ며, 其生活에 有用혼 知識技能을 授함"이라고 했고, 이에 따른 '여자고등보통학교 규칙' 제9조 교수 상의 주의에서는 "貞淑ㅎ고 勤儉혼 女子를 養成홈은 女學校의 主要혼 目的이오니"라고 규정한 바 있다.

17 『매일신보』 1916년 1월 1일자 기사, 「回顧·新政五個年, 三. 敎育」.

18 『매일신보』 1914년 10월 27일자 논설, 「女兒의 學校敎育의 可否」.

19 『매일신보』 1915년 2월 5일자 기사, 「女子를 不得不 敎育홀 必要: 總督府 秋山 視學官」.

20 『매일신보』 1911년 5월 6일자 사설, 「警告 男女學生」.

21 『매일신보』 1913년 9월 26일자 사설, 「女學生의 鑑戒」.

22 재동야인(齋洞野人)이 인촌 김성수(金性洙, 1891~1955)라는 설이 있
   으나 명확치는 않다. 김성수는 대한제국 말기의 언론인이자 기업인으로
   1914년 와세다대학을 졸업하고, 1915년 중앙고등보통학교를 인수해 교
   육활동을 전개했으며, 1919년 경성방직 설립, 1920년대 『동아일보』 창
   간 등의 활동을 전개했다. 인촌의 집이 '재동'에 있었기 때문에 '재동야
   인'이라는 호를 사용했다는데, 『매일신보』에서는 「재동야인」을 칼럼명으
   로 쓰고, 필명은 '몽길생'이므로 인촌이 쓴 것이라고 단정하기는 어렵다.

23 김경남(2021), 「장지연의 『여자독본』·『일사유사』를 통해 본 근대 지식과
   여성 인물 발굴의 의미」, 『어문논집』 85, 중앙어문학회, 129~154쪽.

24 『매일신보』 1912년 6월 18일자 기사, 「女子 參政權運動: 지나 혁명과
   지나 부인」.

25 『매일신보』 1915년 12월 12일자 기사, 「革命運動과 女開化黨」.

26 『매일신보』 1912년 6월 14일자 기사. 「소설적 戰場의 天使: 革命과 支
   那婦人」.

27 『매일신보』 1914년 8월 22일자 기사, 「馬上의 女天使(1)」.

28 박혜란(1993), 『삶의 여성학』, 또하나의문화.

29 강이수(1999), 「여성학이란 무엇인가」, 『새 여성학 강의』, 동녘.

30 자료 유형 분류에서 기사는 사건 보도, 심층 취재, 인터뷰 등의 자료이고,
   논설과 사설은 개인과 신문사의 의견을 담은 자료다. 논문은 여러 자료
   를 근거로 한 연구 성과물로 연재된 것들이 많으며, 평론은 문학과 예술
   분야의 논평류를 지칭한다. 문학과 민속 등에 관한 연구 논문은 평론의
   성격을 띤 것들도 있으나 문학사나 민속사 등과 관련된 자료는 논문에
   포함시켰음을 밝혀둔다.

31 키워드 설정에서 '여성미'는 '여성관(여성상)'에 포함할 수도 있으나, 이
   시기 여성미의 개념이 등장하고 있음을 전제로 별도의 항목으로 설정했
   다.

32 이 가운데 '위생문제', '법률', '여성미' 등과 관련된 개별 기사 또는 연재
   물은 논의에 필요한 기초 자료만 선별한 상태임을 밝힌다. 특히 여성미
   의 경우 각종 화장술, 화장품에 대한 광고류를 포함할 경우 그 양이 방대
   해지므로, 담론 분석에 필요한 수준에서 자료를 정리했다.

33 『동아일보』 1920년 4월 2일자, 朴仁德, 「現代朝鮮과 男女平等問題」.

34 이 논문에서는 남녀 불평등을 '기괴한 비극적 사실'이라고 규정하고, 양성 불평등의 원인을 재산제도의 발달과 관련지어 설명한다. 즉, 몽매의 시대에는 양성관계가 평등했으나 사유재산제도가 발달하고 국가조직이 성립되면서 불평등 관계가 성립되었다는 것이다.

35 이는 하세가와(長谷川萬次郎)가 쓴 「남자 전제사회의 남녀의 지위」라는 논문을 번역·게재한 것이다.

36 『동아일보』 1920년 8월 15일자, 首陽山 正覺寺 洪基瑗(寄), 「異性의 道德을 論하야 男女의 反省을 要求함」.

37 『동아일보』 1920년 8월 16일~18일자, 金麗生(寄), 「女子解放의 意義」.

38 『동아일보』 1927년 3월 6일~8일자, 김재은 「무엇에 쓰랴는 남녀존재?」 (3회); 1927년 4월 1일~9일, 光山, 「新女性과 貞操問題」(7회); 1927년 4월 14일~17일자, 劉英俊, 「光山氏의 新女性 貞操觀」(4회); 1927년 4월 26일~30일자, 崔活, 「貞操問題에 對한 答辯」(3회) 등이 이에 해당한다.

39 정효섭(1971), 『한국여성운동사』, 일조각, 제4장 참고.

40 『동아일보』 1924년 5월 6일자, 「자녀도 사람이다: 녀성동우회의 발기」.

41 『조선일보』 1924년 5월 13일자, 「女性同友會創立」; 『조선일보』 2024년 6월 6일자, 「女性同友의 宣言」. 선언문은 경찰의 금지로 별도 인쇄·발표하지 못했다.

42 『동아일보』 1924년 5월 22일자, 「조선 여성동우회」.

43 이현희(1978), 『한국근대여성개화사』, 이우출판사, 377-379쪽.

44 『동아일보』 1927년 5월 11일자, 「槿友會 發起 趣旨」.

45 김수진(2006), 「1930년 경성의 여학생과 '직업부인'을 통해 본 신여성의 가시성과 주변성」, 『식민지의 일상: 지배와 균열』, 문화과학사, 490-524쪽 참조. 신여성과 관련된 선행 연구로는 요시미순야(吉見俊哉, 2002), 「總說」, 帝都東京とモダニテイの文化政治. 小森陽一 外 編集, 『擴大するモダニテイ 1920-1930』, 岩波書店; 문옥표(2003), 「한국과 일본의 신여성 비교: 나혜석과 히라츠카 라이초우의 생애사 비교」, 『신여성』, 청년사; 서지영(2004), 「식민지 근대 유흥 풍속과 여성 섹슈얼리티: 기

생·카페 여급을 중심으로」, 『사회와 역사』 65집, 한국사회학회 등을 참고할 수 있다.

46 『동아일보』 1926년 1월 5일자, 「女醫 李泰山 여사, 現下 朝鮮이 要求하는 女性」.

47 김수진(2006), 앞의 논문, 520쪽.

48 『동아일보』 1922년 6월 26일자 논문, 「婦人問題槪觀」.

49 『동아일보』 1936년 1월 3일~4일자 기사, 「色다른 職業女性과 그들이 본 世上」.

50 『조선일보』 1925년 8월 2일자 사설, 「職業婦人 問題」.

51 『동아일보』 1936년 1월 18일자 사설, 「女性과 職業問題」. "最近 發表된 統計에 의하면 朝鮮內 女職工의 數爻는 五人 以上의 職工을 使用하는 工場에서 일하는 이만 하여도 3만 3천 282人이며 이 外에도 各種의 公務와 所謂 自由業에 從事하는 자가 2만 1017인, 其他의 職業 從事 卽 準職業者가 2만 1276인으로서 都合 七萬 五千 五百七十五人이라는 多數가 職業女性이다. 그러나 以上의 數字는 統計上에 나타난 朝鮮의 職業女性뿐인즉 이밖에 어떠한 事情으로던지 上記 統計 數字 中에 漏落된 職業女性도 적지 안흘 터이니 이제는 職業戰線上에 出陣한 朝鮮 女性도 相當한 수에 達하엿다고 볼 수 잇다. 그러면 從來 男女七歲不同席의 儒敎 道德에 支配되어 어느 階級을 莫論하기 거의 다 女性은 그 全生涯를 家庭內에서만 보내지 안흘 수 없게 되든 朝鮮에서 이처럼 多數의 女性이 社會로 進出하야 職業戰線에 나서게 되엿다는 것은 實로 時代의 進運에 隔世之感을 느끼지 안흘 수 없다."

52 『동아일보』 1932년 8월 17일자 사설, 「女子의 職業問題」.

53 『동아일보』 1940년 6월 1일자 사설, 「婦女의 勞務 動員」.

54 정세화(1972), 「한국 근대 여성교육」, 『한국여성사: 개화기~1945』, 이화여자대학교출판부.

55 박붕배(1987), 『한국국어교육전사』(상), 대한교과서주식회사.

56 『매일신보』 1918년 3월 26일자 기사, 「鮮人敎育의 要旨」.

57 『매일신보』 1920년 11월 17일자 사설, 「女子의 常識敎育」.

58 『동아일보』 1920년 4월 6일자 기사, 「女子教育의 必要: 新女子社 金元周 談」.

59 이에 대해서는 다음 장에서 좀 더 구체적으로 살펴보기로 한다.

60 『조선일보』 1926년 5월 28일자 시평, 「(時評) 女子大學」.

61 『동아일보』 1928년 3월 26일자 사설, 「女子의 職業教育에 對하야」.

62 허재영 편(2011), 『조선교육령과 교육정책 변화 자료』, 경진출판.

63 『조선일보』 1921년 5월 4일~5일자, 「釜山有志 教育改善 建議案」.

64 강진호·허재영(2010), 『조선어독본』 1~5, 제이앤씨.

65 『동아일보』 1922년 10월 19일자 기사, 「解放을 絶叫하고 盟休: 학생의 구속이 심하다 하야 명신녀학교 학생 동맹휴학」.

66 『동아일보』 1922년 11월 13일~19일자 논설, 「在東京 梁柱東, 女子教育을 改良하라」.

제3장

1 『동아일보』 1922년 2월 17일자 기사, 「女子高普 規程 要項」.

2 1911년 교육령(구교육령)에 따른 여자고등보통학교규칙(1911.10.20)에서는 '수신, 국어(일본어), 조선어급한문, 역사, 지리, 산술, 이과, 가사, 습자, 도화, 재봉급수예, 음악, 체조'가 기본 교과였다. 『조선총독부 관보』 1911년 10월 20일자, 호외 참고.

3 『조선일보』 1921년 1월 7일자, 李奎昉, 「臨時教育調查會와 教科書調查會의 委員 任命 發表를 보고」.

4 『조선일보』 1921년 5월 4일~5일자, 「釜山有志 教育改善 建議案」.

5 『여자고등조선어독본』은 '여자고등보통학교 규정' 제8조에서 규정한 '국민된 성격을 함양하며 국어에 숙달케 함', '선량한 풍속을 존중하며 생도의 덕성을 함양하여 순량한 인격을 도야하고, 특히 정숙하여 동정(同情)에 풍부하며, 근검을 숭상하는 지조를 두텁게 하며, 나아가 동포를 집목(輯睦)하는 미풍을 양성함', '지식 기능은 생도의 장래 생활상 적절한

사항을 선별하여 이를 교수하고 또 가성적(可成的) 개인의 특성에 유의함', '생도의 신체를 건전히 발달케 함을 기약하되 어느 학과목에서든지 그 교수는 생도의 심신 발달의 정도에 부응케 함', '각 학과목의 교수는 그 목적 및 방법을 오해함이 없이 상호 연락(聯絡)하여 보익(補益)케 함' 이라는 다섯 가지 교수상의 주의 사항을 반영한 내용으로 구성되었다. 여기서 '국민된 성격', '선량한 풍속'. '순량한 인격' 등은 식민지 여성이 갖춰야 할 순응력, 희생정신 등을 의미한다.

6 『동아일보』 1937년 9월 25일자 기사, 「南總督 訓話 要領」. 이에 따르면 오코무라 이오코(奧村五百子)는 1900년대 북청사변(北淸事變) 직후 애국부인회를 창립했다고 한다. 미나미 총독은 애국부인회와 관련하여 "愛國婦人會는 距今 三十七年 前 北淸事變 直後의 女傑 奧村五百子 女史가 肺肝으로부터 遊出하는 愛國의 熱情에 依하야 昭憲皇太后를 奉始하야 各宮妃 殿下의 惶悚하옵신 思召에 依하야 設立한 것으로 過去 日露戰役과 世界大戰 中의 靑島戰役, 西比出亞 事變에 當하여는 銃後에 잇어서의 唯一의 婦人 團體로서 活躍하야 赫赫한 功績을 얻은 것은 이제도 아즉 世人의 記憶에 새로운 바이다"라면서, 이 단체가 만주사변과 중일전쟁 시기에도 같은 활동을 지속해왔음을 강조한다. 단체의 성격을 고려할 때, 오코무라 이오코가 광주에서 전개한 것 또한 식민지 경영 차원의 계몽활동이었을 것임을 쉽게 추론할 수 있다.

7 정승교·한국국학진흥원 국학자료부(2003), 『(자산 안확 저작 자료집) 자각론·개조론』, 한국국학진흥원.

8 안확(1921), 『개조론』, 회동서관, 「婦人問題」.

9 안확의 개조론에 대해서는 류시현(2009), 「1910~1920년대 전반기 안확의 '개조론'과 조선 문화 연구」, 『역사문제연구』 13, 역사문제연구소, 45-75쪽; 공임순(2017), 「안확과 개조론: 세계어로서의 개조와 자기 민족지의 생성 논리」, 『민족문학사연구』 64, 민족문학사학회·민족문학사연구소, 197-233쪽; 최호영(2017), 「자산(自山) 안확(安廓)의 내적 개조론과 '조선적 문화주의'의 기획」, 『한국민족문화』 64, 부산대학교 한국민족문화연구소, 113-143쪽; 남정희(2017), 「자산 안확의 여성 인식과 여성문학 논의: 「자각론」, 「개조론」, 「조선문학사」를 중심으로」, 『민족문학사연구』 64, 민족문학사학회·민족문학사연구소, 235-261쪽 등의 선행 연구를 참고할 수 있다.

10 박준표(1923), 『현대청년 수양독본』, 영창서관, 상권 제3장 「가정」.

11 박준표(1923), 위의 책, 하권 제14장 「동권(同權)」.

12 『조선일보』 1923년 3월 13일자 사설, 「朝鮮女子敎育協會 內 槿花學院」.

13 『동아일보』 1924냔 2월 24일자 기사, 「婦人讀本 發刊」. 평원군 읍내 천주교당에서 부인 야학을 설립한 뒤 『부인독본』이라는 회보를 발간해 일반 부인에게 배포했다는 내용이 나타나는데, 이러한 회보를 찾기는 어렵다.

14 근우회(1929), 「근우회 선언」, 『근우』 창간호(1929.5).

15 『조선일보』 1931년 2월 10일자 신간소개. 여기에 『근우(槿友)』가 포함되어 있음을 고려하면, 1929년 창간 이후 3년 동안 이 잡지가 발행되었을 가능성이 높다. 다만 현재 확인된 것은 통권 1권 1호 창간호(소명출판 아단문고 미공개 자료 총서 18권 소재)뿐이다.

16 근우회(1929), 「부인강좌: 경제 조직의 변천과 부인의 지위」, 『근우』 창간호(1929.5).

17 『동아일보』 1925년 10월 2일자 기사, 「農村啓發을 目的으로 朝鮮農民社 組織」.

18 『동아일보』 1927년 2월 21일자 신간소개, 「農民讀本(朝鮮農民에 附錄). 國文에 發音法 等이 滿載」.

19 허재영(2017), 「일제강점기 농민독본의 국어교육사적 의미」, 『어문학』 137, 한국어문학회, 169-198쪽.

20 김평우(1927), 「女性問題의 一二三」, 『조선농민』 3-9, 조선농민사, 1927.2. 17-18쪽.

21 이성환(1929), 「금후의 조선 여성운동」, 『근우』 창간호, 1929.5. 41-43쪽.

22 『동아일보』 1932년 10월 1일자 기사, 「振興會의 規定을 公布」.

23 『동아일보』 1932년 10월 5일자 기사, "村落 振興會 組織: 自力更生 圖謀. 農村振興委員會 規定. 第一條 農村振興에 關한 硏究 調査를 行함. 且 道 郡 警察署 邑面 金融組合 其他 機關의 聯絡 統制를 圖키 爲하야

道에 道農村振興委員會, 郡에 郡農村振興委員會, 邑面에 邑面農村振興委員會를 置함."

24 『동아일보』 1932년 10년 5일자 위의 기사, "何里 農村振興會 規約 準則. 第一條 本會는 會員 輯睦 連帶의 力에 依하야 精神의 振起를 圖하고 良風美俗을 作興하야 生業에 對한 信念을 啓培하고 自奮共勵로 業을 興하야 産을 治함으로써 生活의 伸展을 圖함으로써 目的함."

25 허재영(2017), 앞의 논문, 184-185쪽.

26 경기도(1933), 『京畿道 農民讀本』, 吉岡印刷所. 「三十八 부인의 책임」.

27 충청북도(1937), 『간이농민독본』, 충청북도 지방과. 이 독본은 허재영 해제(2012), 『계몽운동·문자보급자료』 5(역락)에 수록되어 있다.

28 국민교육연구회(1938), 『농촌속수 조선어독본』, 正文堂.

29 황해도 농정과(1943), 『전시농민독본』, 황해도. 괄호 안은 일본문에 해당하는 조선문 부속문임.

30 황해도 농정과(1943), 『전시농민독본』, 황해도. 제39과.

31 허재영 해제(2012), 『계몽운동·문자보급자료총서』 6, 역락.

32 조선총독부(1938), 『자력갱생휘보』 제63호 언문판(1938.12).

33 조선총독부(1940), 『자력갱생휘보』 언문판(1940.10).

34 『동아일보』 1931년 12월 1일~5일자 논설, 「陽波, 朝鮮敎育問題(二): 내가 체험한 敎育界의 不合理 三. 女性敎育」.

35 1920~30년대 여성미 관련 자료는 별도 연구가 필요하다.

36 「젊은 어머니독본」은 '부인란'에 연재되었는데, 최영주, 안종일의 연재 이후 '부인란'에서는 '부인논단'을 연재했다. 1933년 11월 7일부터 9일까지 『조선일보』 '부인란'에는 김혜남의 「여성의 사회적 지위」라는 논설문이 연재되었다.

37 「어머니독본」이라는 제목의 연재물은 이 시기 다른 신문에서도 찾아볼 수 있다. 예를 들어, 1935년 8월 15일부터 9월 21일까지 『조선중앙일보』에 실린 백옥경(白玉卿)의 「어머니독본」도 이와 비슷한 내용으로 이뤄져 있다.

38 박균섭(2022), 「수양 공부론·근대 수신 담론·인성교육론의 계보학」, 『인격교육』 16, 한국인격교육학회, 69-97. 이 논문에서는 '성리학적 시공간에서 구성된 수양 공부론', '식민주의적 시공간에서 구성된 근대 수신 담론', '학교 교과 편제 중심의 인성교육론'이 세 가지 프레임에 해당한다고 보았다.

39 이 가운데 제1과, 제3과, 제6과, 제15과, 제17과, 제18과, 제19과, 제20과, 제22과, 제26과, 제33과는 조선일보사 『가정지우』에 발표했던 글이며, 제12과는 『조선일보』, 제14과, 제16과, 제23과, 제24과, 제32과는 『만선일보』 조금련 선문판(朝金聯鮮文版)에 발표했던 것을 묶은 것이라고 했다.

40 박용규 해제(1994), 『이만규 지음 가정독본』, 창작과비평사.

41 『동아일보』 1939년 8월 7일자 기사, 「가정독본: 여성의 미, 一. 화장의 미」.

42 『동아일보』 1939년 9월 25일자 기사, 「가정독본: 여성과 직업」.

43 강만길(1994), 「『가정독본』 복간에 부쳐」, 『이만규 지음 가정독본』, 창작과비평사.

제4장

1 한국잡지협회(1972), 『한국잡지총람』, 한국잡지협회, 72쪽. 이에 따르면 무단통치기 발행 잡지는 49종인데 비해, 문화통치기는 440여 종으로 늘어났다.

2 이소연(2002), 「일제강점기 여성잡지 연구: 1920-30년대를 중심으로」, 『이화사학연구』 29, 이화여자대학교 이화사학연구소, 217-235쪽.

3 오영식(2014), 「서지 해제: 여성잡지 영인본 해제」, 『아단문고 미공개 자료총서』, 소명출판.

4 고경민(2019), 「한국 근현대 학문의 장-학회보」, 허재영·김경남·고경민, 『한국 근현대 지식 유통 과정과 학문 형성·발전』, 경진출판, 434-435쪽.

5 허지애(2021), 「일제강점기의 여성잡지 『우리의 가뎡』에 나타난 일본어 교육」, 『일어일문학』 89, 대한일어일문학회, 543-558쪽.

6 재단법인 아단문고(2014), 『아단문고 미공개 자료총서 2014』 25, 소명출판.

7 수록 기사는 논설류, 논문류, 문학류, 기타 등 네 유형으로 구분했다. 논설류는 필자의 주장이 전제된 글, 논문류는 개념 및 문제에 대한 설명과 연구가 포함된 글, 문학류는 시, 소설, 수필 등을 의미한다. 편지 형식은 그 내용에 근거해 논리적 주장이 강한 것은 논설류로, 개인적 친분과 정서 중심인 것은 문학류로 포함했다. 다만 축시, 실화 같은 이야기는 범주 구분이 애매하여 기타로 분류했다.

8 서유리(2014), 「여성잡지 주요 표지 이미지 해제: 여성, 잡지, 이미지」, 재단법인 아단문고 편, 『아단문고 미공개 자료총서』, 소명출판.

9 한국잡지협회(1972), 앞의 책, 62-91쪽.

10 이 잡지는 국립중앙도서관 디지털도서관에서 열람할 수 있다.

11 일종의 인터뷰 형식으로 볼 수 있으나, 인터뷰는 기자가 직접 방문하여 의견을 묻고 대답을 기록하는 형식인데 비해, 의견을 구하는 글은 문답 형식 대신 주제에 대한 서면 답변을 받은 것이므로 '기사'의 범주에 포함하고자 했다.

12 이에 대해서는 연구자마다 다른 기준을 적용할 수도 있을 것이다. 실화일지라도 인물과 사건, 배경 등이 나타나는 서사이므로 굳이 구분할 필요가 없다고 여길 수도 있다.

13 분야 설정을 통해 확인하고자 한 것은 '여성관과 여성문제'의 내용, '교육문제'의 대상과 성격이다. 이를 위해 분야 다음에 '주제'를 별도로 설정하고자 했다.

14 「新女子의 社會에 對흔 責任을 論흠」, 『新女子』 제1호(1920.1).

15 雜誌記者 엠마울 女史, 「半島 女子界의 先驅, 新女子롤 爲ᄒ야」, 『新女子』 제4호(1920.6).

16 김경남(2021), 「근대 계몽기 신문 소재 논설의 여성문제와 여자교육 담론의 분포와 의미」, 『인문과학연구』 70, 강원대학교 인문과학연구소, 5-31쪽.

17 "부귀로 구할 수 있는 것이라면 비록 채찍을 잡는 마부의 일이라도 나는 할 것이며, 구할 수 없는 일이라면 내가 좋아하는 일을 하겠다[富貴如可 求雖執鞭之士吾亦爲之 如不可求從所好]"(『논어』, 「술이」)와 "살고자 하는 것도 내가 원하는 것이며 의로움도 내가 원하는 것인데 두 가지를 함께하기 어렵다면 생을 버리고 의를 취하겠다[生我所欲 義亦我所欲 二者不可得兼 捨生就義]"(『맹자』, 「고자 상」)

18 김해지(1920), 「女子의 貞操」, 『新女子』 제3호(1920.3), 신여자사, 45-46쪽.

19 재단법인 아단문고(2014), 『아단문고 미공개 자료총서 2014』 26, 소명 출판.

20 이 같은 차이는 편집자(발행자)의 변화와도 관련이 있을 듯하다. 이 잡지 의 편집인 겸 발행인은 초기 박달성(朴達成)에서 방정환(제2권 3호~제5 권 5호), 차상찬(제5권 9호~제8권 3호까지)으로 바뀌었다. 박달성은 『개 벽』의 주요 필자이면서 계몽운동에 관심을 기울였던 인물이며, 방정환은 어린이 운동뿐 아니라 여성 대상의 계몽운동에도 열성적이었다. 차상찬 은 야담운동 및 전설 발굴 등과 같이 이야기 문학 발전에 기여한 인물이 다.

21 『동아일보』 1923년 11월 21일자, 「신간 소개」.

22 『동아일보』 1922년 1월 25일부터 27일까지 3회에 걸쳐 연재된 변희용 (卞熙瑢)의 '남녀 쟁투의 사적 고찰', 1924년 2월 18일부터 25일까지 2 회에 걸쳐 연재된 어수갑(魚秀甲)의 '일부일처제의 역사'도 비슷한 내용 을 포함하고 있으나, 두 편의 논문은 정조와 매음문제를 다루고자 한 것 은 아니다.

23 『동아일보』, 1931년 9월 16일자 기사.

24 『조선일보』, 1932년 3월 10일자 기사.

25 『동아일보』 1929년 3월 8일자, 사설 「低劣한 趣味를 버리자」. "今日 朝 鮮의 出版界를 보라. 學術上으로나 藝術的으로 보아 價値 잇는 出版이 얼마나 되며 一般人이 歡迎한다는 興味物을 보라. 高尙한 情緖의 發露 로 人間性에 하소연하는 것이 그 얼마나 되며 家屋의 建造와 衣服 粧飾 과 飮食 嗜好를 보라. 高尙한 趣味를 發揮한 것이 그 얼마이냐. 趣味 讀 物이라 하야 低劣한 性問題로 中心을 삼은 出版物 雜誌 等이 純眞한 靑

年 男女의 案頭를 더럽히고 잇스며 쌔락과 달음이 업는 所謂 文化住宅
과 拜外 新人들의 阿房宮이 되며 短裳 高靴와 廣袴 長髮이 모든 男女로
鳥中之孔雀의 感을 가지게 하며, 料亭 酒肆에서 徹夜痛飮하는 것이 所
謂 紳士의 唯一한 享樂이 아닌가."

26 한설야, 『조선일보』 1931년 4월 15일자, 「문예시평(1): 삼천리사 근대문
학전집 발간과 집필자 지조문제에 대하야」.

27 한설야, 『조선일보』 1931년 4월 19일자, 「문예비평(4): 삼천리사 근대문
학전집 발간과 집필자 지조문제에 대하야」.

28 김동환, 『조선일보』 1931년 4월 21~24일자, 「문예시평에 대하야 한설야
씨에 답함(1)~(3)」.

29 Y생, 「쩌-날리즘 講座」, 『쩌-날리즘』 창간호(1935.9), 54~58쪽.

30 김기전(金起田)은 호를 소춘(小春)이라고 했으며, 어떤 글에서는 한자
가 다른 김기전(金起瀍)으로 표기되기도 한다. 그가 김세성이라는 이름
을 사용했었는지는 확인되지 않으나, 동일 인물일 가능성을 배제할 수
없다.

31 이러한 흐름은 1936년 이후 발행된 조선일보사의 『여성』도 비슷하다. 이
잡지도 계몽 담론보다는 취미·오락 관련 기사가 큰 비중을 차지한다.

32 송진우(1933), 「창간사」, 『신가정』 창간호, 신가정사, 2~3쪽.

33 이행화·이경규(2016), 「일제강점기의 조선 신여성 인식에 관한 일고찰:
여성잡지 『新女性』을 중심으로」, 『일본근대학연구』 51, 한국일본근대학
회, 201~216쪽.

34 김경재(1926), 「女學生에게 告하노라: 特히 生活運動에 着眼하라」, 『신
여성』 제4-4호(1926.4), 신여성사, 5~8쪽.

35 小春, 「요 째의 朝鮮 新女子」, 『신여성』 1~2호(1923.10).

36 TS생, 「都市婦人의 生活相」, 『부인-신민』 7월호, 신민사(1925.7).

37 尹愚逸, 「모던 女性 新職業 案內」, 『여성시대』 1~2호, 여성시대사
(1930.9).

38 金雲汀, 「尖端女性에게 드리는 苦言」, 『여성시대』 1~2, 여성시대사
(1930.9).

39 林元根, 「인테리 女性에게」, 『만국부인』 창간호, 삼천리사(1932.10).

40 TS생(1925), 「도시부인의 생활상」, 『부인-신민』 7월호, 신민사, 15–18 쪽 등을 참고할 수 있다.

41 윤지훈, 「모던여성 십계명」, 『신여성』 제5-5호(1931.4), 개벽사. 이 글에서도 '노인 말을 듣지 말라', '땅을 보지 말라', '어데까지 여성이 되어라', '번역식을 쫓지 말라', '사랑으로 먹지 말라' 등과 같이, '모던'이란 표현의 신여성을 과도하게 부정적으로 논술하고 있다.

42 이광수, 「新女性의 十戒銘」, 『만국부인』 창간호(1932.10), 삼천리사. 제목은 10계명이나 실제는 5번이 빠져 있으므로 9개 조항에 해당한다.

43 이현희(1978), 『한국근대여성개화사』, 이우출판사.

44 최민지(1979), 「한국 여성운동 소사」, 이효재 엮음, 『여성해방의 이론과 현실』, 창작과비평사, 242–244쪽.

45 『동아일보』 1926년 1월 7일자 기사, 성산학인, 「조선사회운동개관-을축(7)」.

46 윤형식(1931), 「1931년의 여성운동과 금후 전망」, 『신여성』 제5-12월호(1931.5), 6–9쪽. 이 논문에서는 1926년 이후로 1931년까지 여성운동사를 정리하면서 여성동우회, 여자청년동맹 등의 활동과 방향 전환에 따라 민족주의, 사회주의 양 진영의 합동으로 생겨난 근우회에 대해 "급진분자라고 하던 小뿌르적 인테리들이 지도적 지위에서 그야말로 여성운동을 리더하게 되었든 것"이라고 평가한 뒤, "금후의 여성운동은 노동자계급의 계급투쟁과 합류하는 노동부녀의 대중적 활동이 활발히 진전될 것"이라고 예측했다.

47 여성의 화장문제는 『위생과 화장』(1926.11)이라는 잡지가 등장할 정도로 1920년대부터 본격적인 논의가 시작된 것으로 보인다. 특히 1936년 조선일보사 『여성』에서는 홍종인의 여성미 관련 논문이 지속적으로 연재될 정도로 화장과 여성의 아름다움 문제가 일제강점기 또 하나의 여성 담론의 주제를 이루고 있음을 확인할 수 있다.

48 이행화·이경규(2017), 「일제강점기의 직업여성에 관한 담론」, 『일본근대학연구』 57, 한국일본근대학회, 195–207쪽.

49 통계를 신뢰하기 어려운 것은 1912년 여성 취업자 총수가 166,478명에서 1915년에는 4,872,475명으로 급증했다가, 1920년에는 3,194,027명

으로 줄어들며, 1935년에 다시 3,538,174명으로 늘어나기 때문이다. 그러나 『신가정』 1936년 4월호 이여성의 '여성 조선의 현상과 추이'에 제시된 '여자 직업 인구'에 따르면 여성 취업자는 3,289,469명인데 비해, '학생, 종속자 재감자, 무직자, 기타' 등의 인구가 6,749,718명이라고 했으므로, 대략 여성의 1/3이 취업자에 해당한 것으로 볼 수 있다.

50   김명호(1926), 「朝鮮의 農村女子」, 『신여성』 제4-1호(1926.1), 개벽사, 57-58쪽.

51   이여성(1936), 「女性 朝鮮의 現象과 趨移(上)」, 『신가정』 1936년 3월호 (졸업생 특집호), 동아일보사, 153쪽.

52   정세화(1972), 「한국 근대 여성교육」, 이화여자대학교 한국여성사 편찬위원회, 『한국여성사: 개화기~1945』, 이화여자대학교출판부, 285-319쪽.

53   朝鮮總督府(1916), 『朝鮮總督府施政年譜: 大正三年(1914)』, 朝鮮總督官房總務局印刷所, 第十五章 教育. 262쪽.

54   朝鮮總督府(1926), 『朝鮮總督府施政年譜: 大正十三年(1924)』, 朝鮮印刷株式會社, 170. 官公私立教育機關. 이 자료에서 1924년 기준 '일본인' 여학생 대상의 고등여학교는 총 31교, 생도수 5,321명이었던 것으로 나와 있다.

55   『신여성』 제3-1호(1925.1), 「全鮮 女學生[高等程度] 總數와 그 出生道別」, 24-25쪽.

56   이여성(1936), 「女性 朝鮮의 現狀과 趨移」, 『신가정』 1936년 3월호, 동아일보사, 361-362쪽. 이 글에서 1910년 조선인 인구수는 남자 695만 3천 명, 여자 617만5천 명 수준이었으며, 1933년에는 남자 1026만9천 명, 여자 993만6천 명이라고 했다. 이를 고려하면 1920년대 중반까지 남녀 2천만 명 수준으로 볼 수 있다.

57   P생(1920), 「女子教育에 對훈 意見」, 『여자시론』 창간호(1920.1). 이 논설은 "우리나라 녀자가 오로지 교육이 업는 것은 안이지만 저 문명훈 틔셔 각국의 부녀와 굿치 자긔의 칙임을 다 잘ᄒᆞ지 못ᄒᆞ얏습니다. 그러닛가 부녀의 힘으로 자녀를 잘 가라치지 못ᄒᆞ얏스며 부녀의 힘으로 훈 가명을 잘 다사려 가지 못ᄒᆞ얏지요"라고 말하면서, 여자교육이 없는 사회는 반신불수의 사회이므로 여자교육이 필요하다는 논리를 전개한다.

58   이경규(2021), 「일제강점기 여성교육과 가정 개량 담론에 관한 일고찰」, 『일본근대학연구』 71, 한국일본근대학회, 181-196쪽. 이 논문이 신문 담론을 주요 논거로 삼고 있기는 하다. 단, 여성잡지의 논조는 신문의 그것과 다소 차이가 있다. 신문은 시사성 면에서 진보적 논조를 취하는 경우가 많았지만, 여성 독자 대상의 잡지는 계몽성, 취미 오락성이 좀 더 강했다.

59   『신여성』 제3-1호(1925.1)의 「내가 여학교 당국자이면!」이란 특집 기획에는 「먼저 세상을 알리기에 힘쓰라」(민태원), 「모성 중심의 여자교육」(이광수), 「자기반성, 자기 번민을 갖게 하라」(김기전), 「남녀평등을 말하지 안토록」(홍명희), 「자연시러운 인생을 짓도록」(안재홍) 등 5편의 논설이 실려 있다. 남성 필자 입장에서 쓰인 이 논설들은 대부분 여성문제의 본질적인 측면보다 남녀평등의 이데올로기나 가정주의에 대한 계몽적 논리를 주로 다뤘다.

60   편집부(1920), 「女學生 寄宿舍 生活(其一): 梨花學堂」, 『신여자』 제1호(1920.1), 신여자사, 54-58쪽.

61   김응순(1920), 「女學生 寄宿舍 生活(其二): 梨花學堂」, 『신여자』 제3호(1920.3), 신여자사, 52쪽.

62   일기자(1926), 「여성평론」, 『신여성』 제4-4호(1926.4), 개벽사, 15-16쪽.

63   조동식(1933), 「풍기와 조선 여학생」, 『신여성』 제7-10월호(1933.10), 개벽사, 20-21쪽.

64   주요섭(1933), 「조선 여자교육 개선안」, 『신여성』 제7-10월호(1933.10), 개벽사, 12-17쪽. 주요섭은 1930년대 여자교육문제와 관련해 다수의 논문을 발표했다. 『신가정』 제1-7호(1933.7), 「여자 하기 대학강좌 특집: 제8실(室) 영어과」; 『신가정』 제2-4호(1934.4) 「조선여자교육사」; 『신여성』 제-6월호(1931.6), 「여자교육 개신안」; 『신여성』 제7-1호(1933.1), 「신여성과 구여성의 행로」; 『동아일보』 1925년 9월 1일자~11월 15일자, 「소학생도의 위생교육」(38회); 『동아일보』 1931년 2월 14일자~3월 15일자, 「성격의 측정」(18회) 등이 대표적이다.

65   여성에게 표준이 될 만한 지식과 소양은 여성생활과 관련된 백과지식 형태로 제공된 경우도 있지만, 『신가정』 제1-7호(1933.7), 「여자 하기 대학강좌」, 제2-제5호(1934.5), 「지상 조선보통학교」처럼 교과 형태로 제시된 경우도 있었다. 이는 교육 내용 차원에서 일제강점기의 잠재적 교육과정의 하나로 평가할 수 있다.

제5장

1 이여성·김세용(1935), 『숫자조선연구(數字朝鮮硏究)』 제5집, 세광사. 이 시리즈는 1931년부터 1936년까지 총 5집이 발행되었다. 제1집은 '토지', '농촌과 농민', '교육', '언론 출판', '조선 사상 관계 법령' 등 5장으로 구성되었고, 제2집은 '조선 내 금융자본', '민족별 자본 총관', '총독부 재정 해부', '조선 노동자 현황', '조선 철도의 내막', '근 백년간 연대표 및 색인' 등 5장으로 구성되었다. 제3집은 '조선과 외지의 금융 왕래', '조선 조세제도의 해부', '조선 전매제도의 내막', '조선의 실업자문제', '조선의 사상범 추세', '조선 종교 및 유사종교 총관' 등 6장으로 구성되었으며, 제4집은 제1편 '공업 조선의 해부' 아래 '조선 공업의 현상', '조선 공업의 특질'을 두고, 제2편 '조선 도시의 추이'를 별도로 구성했다. 제5집은 제4집의 내용과 동일하나 내용 일부를 보완했다. 이 책에 수록된 통계의 출처는 조선총독부 기타 관청, 회사, 은행, 공공단체 등으로, 일부는 정확하지 않을 수 있다. 다만 식민 지배자들의 통계 활용의 일면을 확인하는 데 중요한 자료가 된다.

2 잡지의 불완전한 편집 탓에 3월호에서는 '절'로 구분되었으나, 4월호는 '장'으로 구분되었다.

3 이여성, 「女性 朝鮮의 現狀과 趨移(上)」, 『신가정』 1936년 3월호, 동아일보사, 145쪽.

4 원본 표에서 사립 각종학교 일반은 입학자수 3,472명, 지원자수 2,347명 88.75%로 기록되어 있었지만, 이는 오기로 판단된다. 여기서는 비율에 맞춰 입학자수를 2,472명으로 수정 입력했다.

5 이여성·김세용(1931), 『숫자조선연구(數字朝鮮硏究)』 제1집, 세광사, 74-75쪽.

6 주요섭, 「조선교육의 결함(17)」, 『동아일보』 1930년 9월 24일자 기사. 당시 제시한 조선 각 학교 졸업자 및 퇴학자 수는 다음과 같다.

7 주요섭(1934), 「조선여자교육사」, 『신가정』 2-4호(1934.2), 동아일보사, 24-39쪽. 이 논문에서 열거한 학교는 경성 이화(1886, 괄호 안은 창립 연대), 경성 정신(1889), 경성 배화(1898), 평양 숭의(1903), 경성 진명(1906), 경성 숙명(1906), 경성 동덕(1908), 경성 공립(1908), 개성 호수돈(1909), 평양 공립(1914), 평양 정의(1920), 원산 루씨(樓氏, 1925),

진주 일신(一新, 1925), 전주 공립(1926), 대구 공립(1926), 부산 공립(1926), 광주 공립(1927), 함흥 영생(1926) 등 18개교다. 또한 전문학교는 이화보육(1914), 중앙보육(1922), 이화전문(1925), 경성보육(1926), 여자의학강습소(1928)가 있었다고 밝혔다.

8 허재영(2011), 『조선교육령과 교육정책 변화 자료』, 경진출판. 이 책에서는 일제강점기 조선교육령의 변화를 9차로 나누고, 제1차(1911, 구교육령), 제3차(1922, 신교육령), 제4차(1929), 제7차(1938, 개정교육령), 제8차(1941, 국민학교령), 제9차(1943, 통합교육령)에 해당하는 학교 규칙을 정리했다.

9 허재영(2011), 위의 책, 96-97쪽. 신교육령기 '여자고등보통학교 규칙' 제27조 '매주 교수시수'는 수업 연한(3~5년제)에 따라 갑호표, 을호표, 병호표로 나누어 제시했다.

10 일본인 또는 일본어 상용자가 다니던 '소학교-중학교/고등여학교' 및 조선인 또는 일본어 비상용자가 다니던 '보통학교-고등/여자고등보통학교' 학제를 '소학교-중학교/고등여학교' 체제로 단일화한 학제를 말한다.

11 이권희(2013), 『근대 일본의 국민국가 형성과 교육』, 케이포북스, 78-79쪽. 이 칙어는 메이지 시기 일본의 구화사상(歐化思想: 서방을 모방하는 주의)에 반대하는 전통주의, 유교주의적 덕육을 강조한 칙어로, 일본 제국주의 교육정책의 기반을 이룬다.

12 이들 조서는 조선총독부의 수신서뿐만 아니라 이 시기 일본 문부성 검정 교과서에도 의무적으로 수록하고 있다.

13 일제강점기 '토지의 정황(土地の情況)'이라는 표현은 '상황에 적합한'이라는 의미를 갖는다.

14 小西重直·長田新(1938), 『統合各科教授法』, 永澤金港堂.

15 주요섭(1934), 앞의 논문, 33-35쪽.

16 한치진(1932), 『아동의 심리와 교육』, 철학연구소. 이 시기 한치진은 『신심리학 개론』, 『논리학개론』, 『유태민족의 세계적 활약』, 『사회학개론』, 『인생과 우주』 등을 철학연구소에서 간행했다.

17 방신영(1934), 『조선요리제법』, 한성도서주식회사. 이 책은 1921년 광익서관에서 처음 출판된 뒤, 1934년 한성도서주식회사에서 다시 발행되었

다. 방신영은 이 책 외에도 여성잡지에 요리법과 관련한 다수의 자료를 남기기도 했다.

18 흥미롭게도 "아저씨 말씀" 세 번째 「사막의 꽃」은 필자를 피천득으로 표시했다. 문체상으로도 다른 연재 글이 '-해라' 체를 사용한 데 반해, 이 글은 '-습니다' 체를 사용했다. 보건대 이 글만 피천득이 쓴 듯하다. 다섯 번째 「수신: 입지」는 따로 필자 표기가 없지만, 내용이나 문체상 이은상이 쓴 게 맞다.

19 이은상(1934), 「아저씨 말씀 넷재 글 읽는 법」, 『신가정』 제2-4호(1934.2), 동아일보사, 168-169쪽.

20 이와 같은 상황은 연도별 「중등 이상 남녀학교 입학 안내」 연재물을 통해 확인할 수 있다.

21 홍기문(1935), 「역사학 연구」(1)~(11), 『조선일보』 1935년 3월 19일자 ~4월 5일자. 이 연재 논문은 정신사관과 유물사관의 착오를 비판하고, 역사 연구를 위해 기술적 방법론(역사적 자료를 취급하는 문제), 사료의 유형과 분류법을 제시했다.

22 백낙준(1933), 「歷史란 무엇인가」, 『신가정』 1933년 7월호, 동아일보사, 25-26쪽.

23 옥창해(1931), 「현대 법률과 여자의 지위」, 『신여성』 제5권 6월호(1931.6), 22-25쪽. 이 논문에서는 "현대의 법률 제도 하에서는 남녀를 막론하고 법률 앞에서는 사람이라는 점에서 또한 인격 소유자라는 점에서 평등이라고 보지 않을 수 없다"라면서도 "다만 결혼한 여자, 즉 남의 부인이 되고 보면, 일가의 평화를 유지하고, 소위 부권(夫權)을 존중한다는 의미에서 일정한 행위에 대해서는 제한"을 받는다고 설명한다. 즉, 남편의 동의가 필요한 행위는 그 나름의 논리가 있다는 주장이다. 이러한 차원에서 호주제나 '첩(제2부인)'의 지위에 대한 논의도 빈번히 다뤄졌다. 『신여성』 제5권 10월호(1931.10)에 실린 옥창해의 「현대 법률과 여성의 지위(속)」에서는 일본 여성은 호주가 될 수 있으나 조선 여성은 호주권이 인정되지 않음을 설명한 바 있고, 『신여성』 제7권 2월호(1933.2) '제2부인 문제' 특집에는 당시 빈번했던 제2부인의 법적 지위가 보장되지 않음을 주제로 한 다수의 논설이 수록되어 있다.

24 『동아일보』 1924년 5월 6일자 기사, 「녀자도 사람이다: 녀성동우회 발긔」.

25 한국여성연구소(1999), 『새 여성학강의』, 동녘.

26 용악산인(1933), 「조선 여성이 걸어갈 운동선과 그 방침」, 『신가정』 1933
    년 4월호, 동아일보사, 68-71쪽.

27 용악산인(1933), 앞의 논문, 70-71쪽. 여기서 '인형적 교육'이라는 말은
    입센의 『인형의 집』에서 유래한 억압적 교육을 일컫는다.

28 여성한국사회연구회 편(1993), 『여성과 한국 사회』, 사회문화연구소.

29 여성문제연구소(1999), 『새 여성학 강의』, 동녘.

30 이태영(1987), 「한국 여성과 고등교육」, 이화여자대학교 학술회의 준비
    위원회, 『한국 여성 고등교육과 미래의 세계』, 이화여자대학교출판부,
    25-58쪽.

31 장응진, 「여자교육문제」, 『조선일보』 1929년 1월 1일자 논설.

32 오천석(1935), 「조선 여자교육 의의의 재음미: 조선 여자교육은 무엇을
    위하야?」, 『신가정』 1935년 4월호, 동아일보사, 48-54쪽.

33 크리스티나 폰 브라운·잉에 슈테판 편, 탁선미·김륜옥·장춘익·장미영
    역(2002), 『젠더 연구』, 나남출판.

34 정철, 「여권운동의 사적 고찰」(6), 『조선일보』 1929년 12월 11일자. 이
    논문은 영국의 여성 참정권 운동을 소개하면서 '페미니즘'이라는 용어를
    사용했다.

35 캐롤린 라마자노글루, 김정선 옮김(1997), 『페미니즘, 무엇이 문제인가』,
    문예출판사. 저자는 페미니즘이 1960년대 이상주의 정치운동 차원에서
    쓰인 용어이며, 그 자체가 대표적인 억압이론이자 급진적 해방이론이라
    고 규정했다. 때문에 1980년대 여성문제를 논의하는 과정에서 이 용어
    를 새롭게 정의해야 한다고 보았다. 먼저 페미니즘의 여러 경향들을 정
    리했다. 사회 구조에 대한 근본적 문제 제기 없이 여성의 권리와 기회를
    주장하는 '자유주의 페미니즘', '남성 지배의 모든 것을 공격하는 급진 페
    미니즘', '사회주의 역사 발전 단계와 연관된 마르크스주의 페미니즘', 서
    구 문화가 기반인 자유·진리·과학·개인의 권리·자유 등의 가치와 투쟁
    경험을 중시하는 '뉴웨이브 페미니즘' 등이 그것이다. 저자는 다양한 수
    식어가 붙는 페미니즘 유형들에 앞서, 역사·문화적으로 특수화된 일련
    의 실천을 통해 본질적으로 '억압'과 '해방'이라는 이데올로기를 발견해
    내야 한다고 주장했다.

36 표양문,「久遠의 正義: 性問題로 人間 生存互助論에 及함(1)」,『조선일보』 1929년 3월 22일자.

37 이지휘,「조선사회운동: 去歲 槪跡과 今年의 趨勢-女性運動」,『동아일보』 1930년 1월 9일자.

38 『동아일보』 1929년 7월 26일자 사설,「女性運動에 대한 일고찰: 犧牲과 奮鬪의 精神」.

39 『조선일보』 1924년 7월 3일자 기사,「고무女工總會」.

40 적성산인,「조선사회운동개관」.『동아일보』 1925년 1월 1일자. 이 기사에 따르면, 1924년 노동운동은 대부분 소작쟁의와 관련을 맺고 있었고 (약 200건), 공장 노동 관련 동맹파업은 20여 건이었다.

41 성산학인,「조선사회운동개관: 을축 일년 總收穫記」,『동아일보』 1926년 1월 4일자.

42 『동아일보』 1935년 4월 20일자 사설,「勤勞女性과 勞働立法」.

43 김미정(2019),「일제강점기 조선 여성에 대한 노동력 동원 양상: 1937~1945년을 중심으로」,『아세아연구』 62-3, 고려대학교 아세아문제연구소, 9-42쪽.

44 문일평,「역사상으로 본 조선 여성의 사회적 지위」,『조선일보』 1929년 8월 15일자~9월 27일자 논문. 조선의 가족제도와 여성의 지위 등을 다룬 논문들 가운데 하나다.

45 광산,「신여성의 정조문제」,『동아일보』 1927년 4월 6일자~4월 9일자; 유영준,「광산씨의 신여성 정조관」, 1927년 4월 14일자~4월 17일자.

46 운종학인,「정조의 장래」.『동아일보』 1931년 4월 22일자~5월 19일자.

47 김미향(2018),「'인신매매 모티프' 속에 나타난 여성 인물 연구」,『인문사회21』 9-5, 아시아문화학술원.

48 장문경(1936),「정조 관념과 성교육」,『신가정』 제4-9호(1936.9), 동아일보사, 13-19쪽.

49 이만규(1936),「성교육 보급 방법」,『신가정』 제4-9호(1936.9), 동아일보사, 21-24쪽.

50 노좌근(1940),「가정에서 가두로」,『여성』 제5권 제1호(1940.1), 조선일보사, 23-26쪽.

제6장

1   신진균(1946), 「조선의 교육 혁신에 관하여」, 『과학조선』 창간호, 조선과
    학자동맹. 이하 국한문 혼용의 원문을 한글 전용으로 바꾸어 표기했다.

2   신진균(1946), 앞의 논문, 88-89쪽.

3   신진균, 앞의 논문, 92-93쪽.

4   오늘날 일제강점기 교육문제를 분석한 대부분의 연구는 이런 논리에 공
    감한다.

5   신남철(1946), 「조선교육 건설상의 제문제」, 『신천지』(1946.11), 신천지
    사, 202-215쪽. 이 논문에서는 1)~6)을 항목별로 상세히 분석해놓았다.

6   신진균, 앞의 논문, 94-95쪽.

7   신남철, 앞의 논문, 13-14쪽.

8   '근면', '성실', '정직' 등을 주제 삼은 교재(敎材)는 각종 조선어독본과
    농촌 계몽용 독본류에서 찾아볼 수 있다.

9   조선총독부(1924), 『조선총독부 시정연보』, 조선총독부.

10 『매일신보』 1924년 12월 4일자, 「조선인 학교에 군사교육을 찬성: 심신
    (心神)을 단련할 필요성」.

11 『매일신보』 1925년 7월 5일자, 「군사교육 실시 문제」.

12 『매일신보』 1933월 10월 26일자 사설, 「보교(普校)의 군사교련(軍事敎
    鍊)」.

13 이에 대해서는 표영수(2013), 「일제강점기 조선인 군사훈련 현황」, 『숭
    실사학』 30, 숭실사학회, 215-252쪽 참조.

14 이화영 외(2005), 『한국 현대 여성의 일상문화』(전8권), 국학자료원. 연
    애, 미용, 복식, 여가, 결혼, 자녀교육, 가정생활, 가정위생 등으로 주제를
    나눠 당시 여성의 일상을 재조명했다.

15 고명자(1946), 「조선 부녀운동의 당면 문제」, 『인민평론』 제2호, 인민평
    론사, 68-69쪽.

16 이경희(1946), 「여성해방에 대하야」, 『혁명』 창간호, 혁명동지사, 14-15
    쪽.

17 『조선총독부 관보』 제3391호(1938.5.10), 「소화13년 4월, 법률 제55호 '국가총동원법'」.

18 『동아일보』 1940년 6월 1일자 사설, 「부녀의 노무 동원」.

19 박영희(1940), 「二世 國民의 戰時 敎育」, 『여성』 제5-1호(1940.1), 조선일보사, 22쪽.

20 일본의 의사, 교육자, 여성운동가로 활동했던 인물이다.

21 노좌근(1940), 「家庭에서 街頭로」, 『여성』 제5-1호(1940.1), 조선일보사, 23-25쪽.

22 『관보』 1959년 12월 31일자 호외, 「법률 제86호 교육법」, 공보처.

23 『조선일보』 1946년 9월 1일자, 「민주교육의 첫 시험대」.

24 문교부(1963), 『실업고등학교 교육과정』, 한국교과서주식회사.

25 『조선일보』 1926년 6월 3일~6월 5일자 논설, 「남녀공학 문데에 대하야 (1)~(3)」.

26 김미리사, 『조선일보』 1928년 4월 14일자 칼럼, 「(학교와 학생) 학생 풍기문제에 대하야: 과도기의 현상」.

27 『동아일보』 1930년 11월 25일자 사설, 「여자에의 문호개방: 개정 변호사법과 경성제대의 남녀공학 실시」.

28 『동아일보』 1934년 5월 8일자 사설, 「남녀의 공학문제: 풍기 정화상 그 효과 여부」.

29 박승호(1947), 「찬성은 하나 효과가 의문」, 『부인』(1947.4), 부인사, 22-24쪽(아단문고 미공개 자료총서 2014, 권32 소재).

30 이해남, 『경향신문』 1949년 1월 21일자 논설, 「남녀공학상의 시비(중)」.

31 손정규(1949), 「민주주의 민족교육과 여성교육의 지향」, 『새교육』 제2-1호, 대한교육연합회, 48-49쪽.

32 박승호, 『경향신문』 1949년 1월 1일자 논설, 「새해 신여성의 각오」.

33 정충량, 『경향신문』 1949년 10월 10일자 논설, 「신여성의 각오」.

34 박승호(1949), 「우리 여성의 진로: 새해 신여성에게 보내는 나의 부탁」, 『부인』(1949.1), 부인사, 14-15쪽(아단문고 미공개자료 2014. 권33 소재).

35 이규엽(1949), 「여학생의 성교육 문제」, 『부인』(1949.6). 부인사, 26쪽
(아단문고 미공개자료 2014. 권33 소재).

36 이화영 외(2005), 『한국 현대여성의 일상문화』 권1 '연애', 권6 '결혼', 국
학자료원. 이 자료집 권1에서는 정비석 등 7인의 정조 관련 논설을 포함
하고 있으며, 권 6에서는 성병과 성교육에 대한 6종의 논설이 포함되어
있다.

37 이정순(1946), 「부인운동의 당면 임무」, 『여성공론』 제2호(3-4월 합호),
27-34쪽.

참고문헌

- 강이수(1999), 「여성학이란 무엇인가」, 『새 여성학 강의』, 동녘.

- 강진호·허재영(2010), 『조선어독본』 1~5, 제이앤씨.

- 고명자(1946), 「조선부녀운동의 당면 문제」, 『인민평론』 제2호, 인민 평론사.

- 공보처(1959), 『관보』 1959년 12월 31일자, 공보처.

- 공임순(2017), 「안확과 개조론: 세계어로서의 개조와 자기 민족지의 생성 논리」, 『민족문학사연구』 64, 민족문학사학회·민족문학사연구소.

- 곽승숙(2015), 「1920년대 독본과 수필의 영역」, 『한국근대문학연구』 16-2, 한국근대문학회.

- 구자황·문혜윤 편저(2009), 『시문독본』, 경진출판.

- 권경애(1999), 「근대적 여성관 변천에 관한 연구」, 『사학연구』 58·59, 한국사학회.

- 김경남(2015), 「근대 계몽기 가정학 역술(譯述) 자료를 통해 본 지식 수용 양상」, 『인문과학연구』 46, 강원대학교 인문과학연구소.

- 김경남(2020), 「지식 생산과 전수 방법의 보편성과 특수성의 관점에서 본 조선시대 여성 지식인 형성 배경」, 『인문사회과학연구』 21-1, 부경대 학교 인문사회과학연구소.

- 김경남(2021), 「근대 계몽기 신문 소재 논설의 여성문제와 여자교육 담론의 분포와 의미」, 『인문과학연구』 70, 강원대학교 인문과학연구소.

- 김경남(2021), 「장지연의 『녀ᄌ독본』·『일사유사』를 통해 본 근대 지식과 여성 인물 발굴의 의미」, 『어문논집』 85, 중앙어문학회.

- 김경남(2022), 「1910년대 『매일신보』의 여성 담론과 식민지 여성 만들기」, 『젠더와 사회』 33, 신라대학교 여성문제연구소.

- 김경남(2024), 『조선시대 지식사회에서 여성의 역할과 근대 여자교육에 대한 인문학적 연구』, 경진출판.

- 김경남(2024), 『한국의 여자교육서와 여성교육 담론 변천: 조선시대 지식사회에서 여성의 역할과 근대 여자교육에 대한 인문학적 고찰』, 경진출판.

- 김경희(1993), 「한국 여성고등교육기관의 변천과정 연구」, 건국대학교 대학원 박사학위논문.

- 김미정(2019), 「일제강점기 조선 여성에 대한 노동력 동원 양상: 1937~1945년을 중심으로」, 『아세아연구』 62-3, 고려대학교 아세아문제연구소.

- 김미향(2018), 「'인신매매 모티프' 속에 나타난 여성 인물 연구」, 『인문사회21』 9-5, 아시아문화학술원.

- 김병곤(1931), 「조선여속소고」, 『동아일보』 1931년 12월 3일~31일자.

- 김부자(2009), 『학교 밖의 조선 여성들: 젠더사로 고쳐 쓴 식민지 교육』, 일조각.

- 김성은(2012), 「1920~1930년대 미국 유학 여성 지식인의 현실 인식과 사회활동」, 서강대학교 대학원 박사학위 논문.

- 김수경(2011), 『녀자소학슈신서』 해제, 이화여자대학교 한국문화연구원, 『근대 수신교과서』 1, 소명출판.

- 김수진(2006), 「1930년 경성의 여학생과 '직업부인'을 통해 본 신여성의 가시성과 주변성」, 『식민지의 일상: 지배와 균열』, 문화과학사.

- 김순전·문철수·이병담·김현석·정승운·김용갑·서기재·박제홍(2006), 『조선총독부 초등학교 수신서 원문』 상하, 제이앤씨.

- 김순전·장미경(2006),「『보통학교 수신서』를 통해 본 조선총독부의 여성교육」,『일본어문학』28, 한국일본어문학회.

- 김순전·장미경(2007),「전시하「중등교육여자수신서」에 나타난 여성 교육 정책」,『일본어문학』39, 일본어문학회.

- 김순전·장미경(2007),「조선총독부 발간『여자고등보통학교수신서』의 여성상」,『일본학연구』21, 단국대학교 일본연구소.

- 김순천(2010),「조선후기 여성 지식인의 주체 인식 양상: 여성성의 시각을 중심으로」, 단국대학교 대학원 박사학위 논문.

- 김양섭(2014),「일제강점기 인천 성냥공장 여성노동자의 동맹파업」,『지방사와 지방문화』17-2, 역사문화학회.

- 김옥희(1991),『한국천주교여성사』, 한국인문과학원,

- 김용숙(1989),『한국 여속사』, 민음사.

- 김현우(2016),「근대 전환기 여성관의 변화」,『양명학』45, 한국양명학회.

- 김형목(2000),「한말·1910년대 여자 야학의 성격」,『중앙사론』14, 한국중앙사학회.

- 김혜경(2002),『한국여성교육사상연구』, 한국학술정보.

- 김혜련(2008),「식민지기 국어교육과 '지식'의 창출:『여자고등조선어독본』을 중심으로」,『동국어문학』19·20, 동국대학교 국어교육과.

- 나임윤경(2005),『여자의 탄생』, 웅진지식하우스.

- 남정희(2017),「자산 안확의 여성 인식과 여성문학 논의:「자각론」, 「개조론」,『조선문학사』를 중심으로」,『민족문학사연구』64, 민족문학사학회·민족문학사연구소.

- 대한기독교서회(2021),『대한기독교서회 창립 130주년 기념 화보집』, 대한기독교서회.

- 류시현(2009),「1910~1920년대 전반기 안확의 '개조론'과 조선 문화연구」,『역사문제연구』13, 역사문제연구소.

- 맹문제(2003),「일제강점기의 여성지에 나타난 여성미용 고찰: 1930년대를 중심으로」,『한국여성학』19-3, 한국여성학회.

- 문교부(1963),『실업고등학교 교육과정』, 한국교과서주식회사.

- 문옥표(2003),「한국과 일본의 신여성 비교: 나혜석과 히라츠카 라이초우의 생애사 비교」, 문옥표 외,『신여성』, 청년사.

- 민족문화추진회(1976),『국역성호사설』VI, 민문고.

- 민족문화추진회(1979),『국역청장관전서』II, 민문고.

- 박균섭(2022),「수양 공부론·근대 수신 담론·인성교육론의 계보학」,『인격교육』16, 한국인격교육학회.

- 박붕배(1987),『한국국어교육전사』, 대한교과서주식회사.

- 박선영 옮김(2012),『초등여학독본』, 경진출판.

- 박승호(1949),「우리 여성의 진로: 새해 신여성에게 보내는 나의 부탁」,『부인』(1949.1), 부인사.

- 박용옥(1984),「한국 근대 여성운동사 연구」, 고려대학교 대학원 박사학위논문.

- 박인기(2010),「문학교육과 문학 정전의 새로운 관계 읽기」, 한국문학교육학회 엮음,『정전』, 역락.

- 박혜란(1993),『삶의 여성학』, 또하나의문화.

- 박화리(2014),「일제강점기 조선에서의 국어정책: 중등 국어교육을 중심으로」,『아시아문화연구』34, 가천대학교 아시아문화연구소.

- 서강식(2016),「수신교과서에 나타난 근대 여성상 연구」,『교육논총』53, 공주교육대학교 초등교육연구원.

- 서유리(2014),「여성잡지 주요 표지 이미지 해제: 여성, 잡지, 이미지」, 재단법인 아단문고 편,『아단문고 미공개 자료총서 2014』, 소명출판.

- 서지영(2004),「식민지 근대 유흥 풍속과 여성 섹슈얼리티: 기생·카페 여급을 중심으로」,『사회와 역사』65집, 한국사회학회.

- 서진영(1991), 『여자는 왜?』, 동녘.

- 손인수(1971), 『한국여성교육사』, 연세대학교출판부.

- 손정규(1949), 「민주주의 민족교육과 여성교육의 지향」, 『새교육』 제 2-1호, 대한교육연합회.

- 송숙정(2022), 「일제강점기 중등교육 여자용 교과서에 나타난 여성 담론에 관한 고찰」, 『비교일본학』 54, 한양대 일본학국제비교연구소.

- 수요역사연구회(2005). 『일제의 식민 지배 정책과 매일신보: 1910년대』, 두리미디어.

- 스테판 W. 리틀존(2005), 『커뮤니케이션이론』, 나남출판.

- 신남철(1946), 「조선교육 건설상의 제문제(諸問題)」, 『신천지』 (1946.2), 신천지사.

- 신진균(1946), 「조선의 교육 혁신」, 『과학조선』 창간호, 조선과학자동맹.

- 아단문고(2014), 『아단문고 미공개 자료총서 2014』, 소명출판.

- 안확(1921), 「婦人問題」, 『개조론』, 회동서관.

- 여성문제연구소(1999), 『새 여성학 강의』, 동녘.

- 여성한국사회연구회(1993), 『여성과 한국 사회』, 사회문화연구소.

- 오세원(2005), 「일제강점기 식민지 교육정책의 변화 연구: 조선총독부 발행 『수신서(修身書)를 중심으로」, 『일본어문학』 27, 한국일본어문학.

- 오영식(2014), 「서지해제: 여성잡지 영인본 해제」, 『아단문고 미공개 자료총서 2014』, 소명출판.

- 윤여탁 외(2005), 『국어교육 100년사』, 서울대학교출판부.

- 이경규(2021), 「일제강점기 여성교육과 가정 개량 담론에 관한 일고찰」, 『일본근대학연구』 71, 한국일본근대학회.

- 이경희(1946), 「여성해방에 대하야」, 『혁명』 창간호, 혁명동지사.

- 이권희(2013), 『근대 일본의 국민국가 형성과 교육』, 케이포북스.

- 이규엽(1949), 「여학생의 성교육 문제」, 『부인』(1949.6), 부인사.

- 이기봉(2007), 「장보기와 치맛바람: 근대와 여성의 '가정적 이미지'」, 『대한지리학회 학술대회 논문집』, 대한지리학회.

- 이능화(1927), 『조선여속고』, 한남서림.

- 이능화(1927), 『조선해어화사』, 한남서림.

- 이배용(2003), 「19세기 개화사상에 나타난 여성관」, 『한국사상사학』 20, 한국사상사학회.

- 이상의(2022), 「구술로 보는 일제의 강제동원과 동양방적 사람들」, 『인천학연구』 37, 인천대학교 인천학연구원.

- 이소연(2002), 「일제강점기 여성잡지 연구: 1920-30년대를 중심으로」, 『이화사학연구』 29, 이화여자대학교 이화사학연구소.

- 이승희(1991), 「한국 여성운동사 연구: 미군정기 여성운동을 중심으로」, 이화여자대학교 대학원 박사학위논문.

- 이영아(2011), 『예쁜 여자 만들기』, 푸른역사.

- 이윤주(2012), 「근대 가정(家庭)과 여성 이미지의 형성: 종합잡지 『太陽』 增刊 「근래의 부인문제」를 중심으로」, 『일본어문학』 55, 한국일본어문학회.

- 이종국(1991), 『한국의 교과서: 근대 교과용도서의 성립과 발전』, 대한교과서주식회사.

- 이주연(1929), 「부인문예강화(35): 금욕과 승려생활」, 『조선일보』, 1929년 12월 6일자.

- 이태영(1957), 『한국 이혼제도 연구』, 여성문제연구원.

- 이태영(1987), 「한국 여성과 고등교육」, 이화여자대학교 학술회의 준비위원회, 『한국 여성 고등교육과 미래의 세계』, 이화여자대학교출판부.

- 이행화·이경규(2016), 「일제강점기의 조선 신여성 인식에 관한 일고찰: 여성잡지 『新女性』을 중심으로」, 『일본근대학연구』 51, 한국일본근대학회.

- 이행화·이경규(2017),「일제강점기의 직업여성에 관한 담론」,『일본근대학연구』57, 한국일본근대학회.

- 이현희(1978),『한국 근대 여성 개화사』, 이우출판사.

- 이화여자대학교 한국학연구원(2011),『근대 수신교과서』1~3, 소명출판.

- 이화여자대학교 한국학연구원(2011),『근대 역사교과서』1~6, 소명출판.

- 이화여자대학교 한국여성연구원(1998),『한국여성사 자료집』11, 이화여자대학교출판부.

- 이화여자대학교(1967),『이화80년사』, 이화여자대학교출판부.

- 이화영·허동현·유진월·맹문재·윤선자·이정희(2005),『한국 현대 여성의 일상문화』(전8권), 국학자료원.

- 임상석(2013),「근대 계몽기 가정학의 번역과 수용: 한문 번역 신선가정학(新選家政學)의 유통 사례」,『한국고전여성문학연구』27, 한국고전여성문학회.

- 장영은(2017),「근대 여성 지식인의 자기 서사 연구」, 성균관대학교 대학원 박사학위 논문.

- 장병인(2007),「조선시대 여성사 연구의 현황과 과제」,『여성과 역사』, 한국여성사학회.

- 장지연 저·장재식 발행(1923),『일사유사』, 회동서관.

- 장지연(1908),『녀ᄌ독본』, 광학서포.

- 전경옥(2006),『한국여성문화사』, 숙명여자대학교 아시아여성연구소.

- 정상이(2011),「『여자고등조선어독본』을 통해 본 여성상」,『국학연구』18, 한국국학진흥원.

- 정세화(1972),「한국 근대 여성교육」, 이화여자대학교 한국여성사 편찬위원회,『한국여성사: 개화기~1945』, 이화여자대학교출판부.

- 정승교·한국국학진흥원 국학자료부(2003),『(자산 안확 저작 자료집) 자각론·개조론』, 한국국학진흥원.

- 정해은(2013), 「조선시대 여성사 연구 동향과 전문 2007~2013」, 『여성과 역사』 19, 한국여성사학회.

- 정형지 · 김경미 역주(2006), 『17세기 여성생활사 자료집』 1, 보고사.

- 정효섭(1971), 『한국여성운동사』, 일조각.

- 조경희(2009), 『학교 밖의 조선 여성들: 젠더사로 고쳐 쓴 식민지교육』, 일조각.

- 조선총독부(1924), 『조선총독부 시정연보』, 조선총독부.

- 조선총독부(1938), 『조선총독부 관보』 제3391호, 조선총독부 관방과.

- 조정봉(2004), 「일제하 영주지역 노동야학에 관한 연구」, 『한국교육』 31-4, 한국교육개발원.

- 주봉노(1996), 「日帝下『夜學』의 社會敎育的 活動에 관한 硏究」, 『사회과학연구』 5, 장안대학교 사회과학연구소.

- 최기숙(2014), 「이념의 근대와 분열/착종되는 근대 여성의 정체성과 담론: 『제국신문』 논설 · 기서(별보) · 서사의 여성 담론과 재현」, 『여성문학연구』 31, 한국여성문학학회.

- 최민지(1972), 「한국 여성운동 소사」, 이표재 엮음, 『여성해방의 이론과 실현』, 창작과비평.

- 최숙경 · 하현강(1993), 『한국여성사』 1-3, 이화여자대학교출판부.

- 최호영(2017), 「자산(自山) 안확(安廓)의 내적 개조론과 '조선적 문화주의'의 기획」, 『한국민족문화』 64, 부산대학교 한국민족문화연구소.

- 캐롤린 라마자노글루, 김정선 옮김(1997), 『페미니즘, 무엇이 문제인가』, 문예출판사.

- 크리스티나 폰 브라운 · 잉에 슈테판 편, 탁선미 · 김륜옥 · 장춘익 · 장미영 역(2002), 『젠더 연구』, 나남출판.

- 탁선미 · 김륜옥 · 장춘익 · 장미영 역(2002), 『젠더 연구』, Braun Christina Von Stephan(2000). Inge Cristia Brown. Gender-Studien: eine Einfuehrung, 나남출판.

- 표영수(2013), 「일제강점기 조선인 군사훈련 현황」, 『숭실사학』 30, 숭실사학회.

- 한국여성연구소(1999), 『새 여성학 강의』, 동녘.

- 한국잡지협회(1972), 『한국잡지총람』, 한국잡지협회.

- 한국학문헌연구소(1977), 『개화기교과서총서』 1~20, 아세아문화사.

- 한국학문헌연구소(1977), 『한국개화기학술지』 1~21, 아세아문화사.

- 허재영 엮음(2017), 『근대 계몽기 학술 잡지의 학문 분야별 자료』 권9, 경진출판.

- 허재영 주해(2015), 『(존프라이어 저) 서례수지』, 경진출판.

- 허재영(2011), 『조선교육령과 교육정책 변화 자료』, 경진출판.

- 허재영(2013), 「근대식 학제 도입 이전(1880-1894)의 학교와 교과서 연구」, 『한국언어문학』 87, 한국언어문학회.

- 허재영(2017), 「일제강점기 농민독본의 국어교육사적 의미」, 『어문학』 137, 한국어문학회.

- 허재영(2018), 『주해 유몽천자』, 경진출판.

- 허재영·김경남·고경민(2019), 『한국 근현대 지식 유통 과정과 학문 형성 발전』, 경진출판.

- 허지애(2021), 「일제강점기의 여성잡지 『우리의 가뎡』에 나타난 일본어 교육」, 『일어일문학』 89, 대한일어일문학회.

- 홍인숙(2009), 『근대 계몽기 여성 담론』, 혜안.

- 홍학희 역주(2013), 『19·20세기 초 여성생활사 자료집』 1, 보고사.

- 황수연 역주(2010), 『18세기 여성생활사 자료집』 1, 보고사.

- 小西重直·長田新(1938), 『統合各科教授法』, 永澤金港堂.

- 吉見俊哉(2002), 「總說」, 帝都東京とモダニテイの文化政治, 小森陽一 外 編集, 『擴大するモダニテイ 1920-1930』, 岩波書店.

찾아보기

『신편가정학』 23, 68, 126

신해영 67, 100

실업교육 499~501, 518

실업학교 502, 516

아

안종화 67~68, 103

안확 262~263, 310

애국계몽기 15, 23, 126

애국부인회 27, 179, 183

애국부인회(일본) 249, 258~260

애국심 73, 93, 99, 134, 251, 258, 533

야학운동 266~27

양주동 169, 229, 231

「어머니독본」(『동아일보』 소재) 14, 23, 26, 295, 297

『어머니독본』 298~299, 309, 312

여성 담론 5~7, 19~22, 39~40, 46, 69, 110, 123, 126, 131~132, 136, 139~143, 161, 163, 165~168, 172, 175, 179, 187, 191, 194~197, 207, 232~234, 235, 239, 243, 262~266, 287, 296, 307, 309, 317, 331~332, 338, 359, 368~369, 376, 391, 396, 408, 410, 415, 493~494, 510, 513, 526, 535

여성 지식인 30, 160, 454

여성 참정권 18, 22, 174, 207, 264

여성강좌 268, 494

『여성공론』 529

여성관 5, 37~38, 40~41, 43~44, 46, 48, 59, 73, 79, 88, 92~93, 99, 102~103, 105, 109, 117, 120, 123~124, 132, 134~136, 159~160, 168~172, 176, 179, 181, 194, 197, 209, 217, 233~234, 239, 250, 256, 295, 327~328, 336, 341, 359~360, 377~378, 409, 456, 526

여성단체 22, 163, 167~168, 171, 179, 183, 207, 235, 239, 270, 280, 376, 416, 460

여성대학 494

여성문제 4~6, 13, 22, 29, 140, 166~171, 183, 187~189, 191, 194, 196, 201, 234~235, 263, 273~274, 276, 292, 305, 308, 317, 322~324, 329, 331~332, 334, 337, 339~342, 350, 358~359, 373, 375, 377, 384~385, 389, 396, 408~409, 460~461, 465~466, 468~470, 489, 493, 504, 523, 528, 532~535

여성문학 169, 261

수록 도판 크레디트

14쪽   장지연, 『녀ᄌ독본』 겉표지(1908, 대한민국역사박물관 소장, 출처 이뮤
       지엄)

29쪽   이능화, 『조선여속고』(1927, 국립한글박물관 소장, 출처 이뮤지엄)

32쪽   강화석, 『부유독습』(1908, 대한민국역사박물관 소장, 출처 이뮤지엄)

39쪽   이화학당 수학수업(1908, 출처 위키피디아커먼즈)

49쪽   '소학교령'이 게재된 대한제국 관보(1895, 출처 국사편찬위원회 한국
       근대사료DB)

55쪽   '고등여학교령'이 게재된 대한제국 관보(1908, 출처 국사편찬위원회
       한국근대사료DB)

62쪽   『숙혜기략』(1895, 국립한글박물관 소장, 출처 이뮤지엄)

74쪽   『유몽휘편』(1895, 국립한글박물관 소장, 출처 이뮤지엄)

80쪽   『신정심상소학(권3)』(1896, 국립한글박물관 소장, 출처 이뮤지엄)

94쪽   『유몽천자』(대한제국기, 대한민국역사박물관 소장, 출처 이뮤지엄)

109쪽 이원긍, 『초등여학독본』(1908, 국립한글박물관 소장, 출처 이뮤지엄)

121쪽 장지연, 『녀ᄌ독본』 목차(1908, 국립한글박물관 소장, 출처 이뮤지엄)

128쪽 『국문 신찬가정학』(대한제국기, 제주교육박물관 소장, 출처 이뮤지엄)

146쪽 경성부 은사수산장 양잠부(1911, 출처 서울기록원 서울사진아카이브)

150쪽 (위)숯다리미질하는 여인(1920, 서울역사박물관 소장, 출처 서울역사
아카이브), (아래)김장하는 여인들(1930, 서울역사박물관 소장, 출처
서울역사아카이브)

185쪽 근우회 발회식(1927,『조선일보』 1927년 6월 19일자)

202쪽 조선방직주식회사 부산공장(1930, 출처 서울기록원 서울사진아카이브)

208쪽 어머니와 아이(1930, 서울역사박물관 소장, 출처 서울역사아카이브)

211쪽 경성공립여자보통학교 자수실습상황(1930, 서울역사박물관 소장, 출
처 서울역사아카이브)

248쪽 총독부,『여자고등조선어독본』(1924, 국립한글박물관 소장, 출처 이뮤
지엄)

269쪽 『근우』(1929, 출처 국가보훈처)

272쪽 이성환,『농민독본(보급판)』(1931, 국립한글박물관 소장, 출처 이뮤지엄)

273쪽 『조선농민』(1929, 국립한글박물관 소장, 출처 이뮤지엄)

276쪽 곡물을 수확하는 농촌 여성들(1930, 서울역사박물관 소장, 출처 서울역
사아카이브)

289쪽 『자력갱생휘보(언문판)』 제11호 5월호(1940, 국립한글박물관 소장, 출
처 이뮤지엄)

294쪽 『여성지우』(1930, 송파책박물관 소장, 출처 이뮤지엄)

301쪽 이만규,『가정독본』(1941년판, 최용신기념관 소장, 출처 이뮤지엄)

319쪽 『가정잡지(통권 제5호)』(1908, 국립중앙박물관 소장, 출처 이뮤지엄)

333쪽 『여자시론(창간호)』(1920, 최용신기념관 소장, 출처 이뮤지엄)

351쪽 『신여성(창간 1주년 기념호)』(1924, 최용신기념관 소장, 출처 이뮤지엄)

369쪽 『만국부인(창간호)』(1932, 최용신기념관 소장, 출처 이뮤지엄)

378쪽 『동광(통권 제12호)』(1927, 국립한글박물관 소장, 출처 이뮤지엄)

382쪽 「내가 만일 모던 걸(斷髮娘)과 결혼한다면」(1928,『별건곤(제14호)』,
출처 국사편찬위원회 한국근대사료DB)

414쪽 '조선교육령'이 게재된 조선총독부 관보(1911, 출처 국사편찬위원회
한국근대사료DB)

424쪽 주요섭, 「조선교육의 결함」, 『동아일보』 1930년 9월 3일자(출처 국사편
　　　 찬위원회 한국근대사료DB)

429쪽 경성여자고등보통학교(1925, 서울역사박물관 소장, 출처 서울역사아카
　　　 이브)

433쪽 『여자고등보통학교 수신서(권1)』(일제시대, 교과서박물관 소장, 출처
　　　 이뮤지엄)

450쪽 신동아사, 『신가정』 제4권 제1호(1933, 국립한글박물관 소장, 출처 이뮤
　　　 지엄)

471쪽 「여성운동에 대한 일고찰」(1929, 『동아일보』 1929년 7월 26일자 사설)

475쪽 국민근로보국표(1944, 국립일제강제동원역사관 소장, 출처 이뮤지엄)

496쪽 「교육 칙어」(1890, 출처 위키피디아커먼즈)

499쪽 『신천지(창간호)』(1946, 대한민국역사박물관 소장, 출처 이뮤지엄)

525쪽 『새교육(창간호)』(1948, 국립중앙박물관 소장, 출처 이뮤지엄)

총서 📚 知의회랑 을 기획하며
arcade of knowledge

대학은 지식 생산의 보고입니다. 세상에 바로 쓰이지 않더라도 언젠가는 반드시 인류에 필요할 지식을 생산하고 축적하며 발전시키는 일을 끊임없이 해나갑니다. 오랫동안 대학에서 생산한 지식은 책이란 매체에 담겨 세상의 지성을 이끌어왔습니다. 그 책들은 콘텐츠를 저장하고 유통시키며 활용하게 만드는 매체의 차원을 넘어, 인간의 비판적 사유 능력과 풍부한 감수성을 자극하는 촉매의 역할을 충실히 해왔습니다.

이와 같은 '책을 읽는다'는 것은 단순히 지식과 정보를 습득하는 데 멈추지 않고, 시대와 현실을 응시하고 성찰하면서 다시 그 너머를 사유하고 상상함을 의미합니다. 그러므로 '세상의 밑그림'을 그리는 책무를 지닌 대학에서 책을 펴내는 것은 결코 가벼이 여겨선 안 될 일입니다.

이제 우리는 다양한 방식으로 존재하는 지식과 정보, 그리고 사유와 전망을 담은 책을 엮어 현존하는 삶의 질서와 가치를 새롭게 디자인하고자 합니다. 과거를 풍요롭게 재구성하고 미래를 창의적으로 기획하는 작업이 다채롭게 펼쳐질 것입니다.

대학의 심장부에 해당하는 도서관이 예부터 우주의 축소판이라 여겨져 왔듯이, 그곳에 체계적으로 배치된 다양한 책들이야말로 이른바 학문의 우주를 구성하는 성좌와 다름없습니다. 우리는 그 빛이 의미 없이 사그라들지 않기를, 여전히 어둡고 빈 서가를 차곡차곡 채워가기를 기대합니다.

앎을 쉽게 소비하는 시대를 살고 있지만, 다양한 앎을 되새김함으로써 학문의 회랑에서 거듭나는 지식의 필요성에 우리는 공감합니다. 정보의 홍수와 유행 속에서도 퇴색하지 않을 참된 지식이야말로 인간이 가야 할 길에 불을 밝혀줄 수 있기 때문입니다. 앞으로 대학이란 무엇을 하는 곳이며, 왜 세상에 남아 있어야 하는 곳인지 끊임없이 되물으며, 새로운 지의 총화를 위한 백년 사업을 시작하겠습니다.

총서 '知의회랑' 기획위원
안대회 · 김성돈 · 변혁 · 윤비 · 오제연 · 원병묵

총서 茴 知의회랑 arcade of knowledge 총목록

■ 총서 '知의회랑'의 모색과 축조는 진행형입니다

지은이 **김경남**

건국대학교 국어국문학과를 졸업하고, 같은 대학원에서 「한국 고소설의 전쟁 소재
연구」로 박사학위를 받았다. 여러 대학에서 고전문학과 글쓰기를 강의했으며, '근대
기행 담론과 기행문', '근현대 학문 형성과 계몽운동', '한국에 영향을 미친 중국의 근
대 지식과 사상' 등 다양한 연구프로젝트를 수행해왔다. 현재 국립부경대학교 인문
사회과학연구소 학술연구교수 겸 단국대학교 교육대학원 초빙교수로 재직 중이다.
최근에는 '조선시대 여성의 역할과 근대의 여자교육', '계몽시대 여성 담론과 여성교
육' 문제에 주목하면서 여성교육의 통시적 고찰에 집중하고 있다. 이제 다시 '근현대
기행문학의 크로노토프적 재현과 상상'을 주제로 기행문의 시공간에 대한 연구를
이어갈 계획이다.
주요 저서로 『서사문학의 전쟁 소재와 그 의미』, 『시대의 창, 자의식과 재현의 모티
프로서 근대 기행 담론과 기행문의 발전 과정』, 『한국의 여자교육서와 여성교육 담
론 변천』 등 다수가 있다.

知의회랑
arcade of knowledge
047

닫힌 텍스트, 갇힌 여성들
계몽의 시대, 여성 담론과 여성교육

1판 1쇄 인쇄 2025년 2월 20일
1판 1쇄 발행 2025년 2월 28일

지 은 이   김경남
펴 낸 이   유지범
책임편집   현상철
편   집   신철호·구남희
마 케 팅   박정수·김지현
펴 낸 곳   성균관대학교출판부
등   록   1975년 5월 21일 제1975-9호
주   소   03063 서울특별시 종로구 성균관로 25-2
전   화   02)760-1254 팩스 02)762-7452
홈페이지   http://press.skku.edu

ISBN 979-11-5550-655-4 93810

ⓒ 2024, 김경남
값 36,000원

⊙ 이 저서는 2021년 대한민국 교육부와 한국연구재단의 지원을 받아 수행된 연구임
(NRF-2021S1A6A4048348).